● 第二辑 ●

选择
你自己的
冒险

家在月球
星际穿越

[美] 安森·蒙哥马利　　[美] R. A. 蒙哥马利◎著

张悠然　申晨◎译

CnS 湖南文艺出版社 HUNAN LITERATURE AND ART PUBLISHING HOUSE　　小博集 BOOKY KIDS

著作权合同登记号：图字18-2020-147

图书在版编目（CIP）数据

家在月球·星际穿越 /（美）安森·蒙哥马利，（美）R.A.蒙哥马利著；张悠然，申晨译.-- 长沙：湖南文艺出版社，2022.3
（选择你自己的冒险.第二辑）
ISBN 978-7-5726-0294-8

Ⅰ.①家… Ⅱ.①安… ②R… ③张… ④申… Ⅲ.①儿童小说－长篇小说－美国－现代 Ⅳ.①I712.84

中国版本图书馆CIP数据核字（2021）第162354号

上架建议：儿童文学

XUANZE NI ZIJI DE MAOXIAN. DI-ER JI   JIA ZAI YUEQIU·XINGJI CHUANYUE
选择你自己的冒险.第二辑   家在月球·星际穿越

作　　者：	[美]安森·蒙哥马利　　[美]R.A.蒙哥马利			
译　　者：	张悠然　申晨			
出 版 人：	曾赛丰	责任编辑：	刘雪琳	
策划编辑：	蔡文婷	特约编辑：	丁玥	
营销支持：	付佳　付聪颖　周然	版权支持：	刘子一　姚珊珊	
封面设计：	潘雪琴	版式设计：	霍雨佳	
出　　版：	湖南文艺出版社			
	（长沙市雨花区东二环一段508号　邮编：410014）			
网　　址：	www.hnwy.net	印　　刷：	三河市兴博印务有限公司	
经　　销：	新华书店	开　　本：	855mm×1180mm　1/32	
字　　数：	150千字	印　　张：	8.375	
版　　次：	2022年3月第1版	印　　次：	2022年3月第1次印刷	
书　　号：	ISBN 978-7-5726-0294-8	定　　价：	130.00元（全5册）	

若有质量问题，请致电质量监督电话：010-59096394
团购电话：010-59320018

注意！

这是一本与众不同的书，

决定故事内容的人完完全全是你自己。

书中有危险，有抉择，有冒险……当然，也有后果。

你必须用尽自己丰富的才能与大量的情报，

错误的决定可能导致最终的灾难，甚至死亡。

但是，不要气馁。

你在任何时候都可以返回，做出另一个选择，

改变你的故事走向，从而改写结局。

加油吧，选择你自己的冒险！

家在月球

献给丽贝卡。

——安森·蒙哥马利

　　你的家园是月球上一个年轻的国家，名叫第谷移民地。这里有很多人，在地球对面的圆顶玻璃下呼吸、生活、学习和工作。

　　作为第一批来到第谷移民地的人类，你很荣幸。但这并不意味着事情就这么简单，不论是在"远端"寻找外星人的踪迹，还是在月球内部的黑暗隧道里勇往直前，都祝你好运！

现在是二〇五三年，你居住在月球，你的家在冰冷岩石下的隧道里。

你从出生就一直生活在月球，你的父母则出生在地球，那是人类起源的地方。在你出生前，他们就已经加入了一个名叫"月球居民"的精英团体。那时，地球已经不适合人类居住了，而你父母所在的团体则向外发展，探索宇宙。

每年，你生活的第谷移民地都在不断扩张，越来越多的人来这里永久定居。新移民们大多是科学家，也有很多是从事平凡工作的普通人。

随着超过十万人定居在月球，这里的经济不断发展，它已经不仅仅是研究基地了。另外，刚刚成立的火星移民地极大地促进了制造业的产品运输贸易，人们把第谷移民从地球独立出来的想法在日益增强。

第谷移民地由布满隧道的岩石和巨大的透明玻璃圆顶构成，大多数人住在隧道里，也有少数人搬到中心商业区——大圆顶中居住。你想不明白为什么有人想要离开隧道，对你来说，地下才更像自然的居住场所。

▶▶ 请翻到 下一页

4

和你的父母不同，你一直都想远离复杂的月球政治。你的父母都是月球独立党的忠心拥护者，这个党派一直在努力赢得月球的真正独立。而且，他们认为地球人对月球了解甚少。现状还远不止这些，有超过二十个地球国家声称对这块移民地有着控制权。而往往当一个国家决定做什么时，总会有其他国家站出来阻挠。

如果断绝与地球母星的贸易往来，月球移民地将无法生存。而且，你最喜欢的电视节目也都来自地球。即便是你的父母，也喜欢时不时地收看地球的体育节目，尤其是他们有机会取笑一个被地心引力束缚的地球人试图在篮球赛中成功灌篮。

现在，你并没有考虑政治或体育，而是在心里装着其他的烦恼。你不仅要完成期末考试，还必须完成一个重要的工作项目。也许地球人认为上学、做两份工作、在人造环境中生活有些奇怪，但这是你所了解的唯一的生活模式。

▶▶ 请翻到下一页

明天是六月二十一日，夏天的第一天。你早已迫不及待。

月球上的夏天和冬天几乎是一样的，但是学校放暑假的传统仍然从地球延续到了月球上。透过一米厚的超耐用玻璃窗，你望向外面的风景，那风景永远一个模样。从老电影和书里，你得知雪是什么样子，得知树上的叶子随季节变化，在地球上的极地冰盖融化之前，人们总是能在蓝色的星球上看到些许的白色。当地球上的冬天来临时，你也可以从北半球的降雪中看到一点点白色。

现在阳光明媚，但你看到的只有黑色、白色和灰色。天空只能呈现出外太空的黑色，没有大气层，无法使它变成其他颜色。太阳熊熊燃烧，在地球上却无法感受到这巨大的活力。

每个月球日大约持续两周，在你居住的地方还会有大约十天的阳光。

"你在干什么？"一个声音问道。

▶▶ 请翻到下一页

你转过身，看到总爱提醒你面对现实的好朋友，塔米尔。

"没什么。我只是在想住在月球如何使我们与众不同。"

"不要想这些啦，梦想家。"塔米尔笑着说。

"难道你没想过，你的生活可能会完全不同吗？"你问。

"当然想过，但不是忙着准备微积分期末考试的时候。"塔米尔叹口气，"咱们只是能力有限的普通人，不是一边备考一边做白日梦的超级大脑。"

你低头看看手腕，瞥了一眼手表，这是你地球上的祖父送你的。这个古董小玩意儿还有指针呢。手表脆弱得很，不小心磕磕碰碰就会把它弄坏，但你还是喜欢它。"咱们乘飞机去吧，不然我们会错过考试，还得花整个夏天来补考。"

▸▸ 请翻到 **第 9 页**

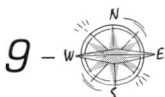

塔米尔又叹了口气，一句话也没说，伸出手，抓住了系在低矮天花板上的拖绳，这条拖绳可通往学校。

他一下子就走完了通道的一半。移民地刚建立时，通道里并没有拖绳。由于月球的引力小，人们的头经常撞到天花板上。

当你只有十二千克重的时候，在拖绳上晃一晃并不令人有多紧张。但是在地球这个大行星上，所有的东西都要重六倍的时候就不一样了。

经过六个走廊和四个阶梯后，你来到学校。你看看手表，距考试还有三分钟的时间。

你把背包放进储物柜里，朝着考试亭走去。

每个学生都带着自己的独立考试亭，门一关上，电脑模拟就开始了。虽然你知道对面的人只是一个电脑生成的全息图，但你总感觉它是真的。

"早上好。"一个温暖而低沉的男性声音说，他从一堆全息图书里抬起头来。说话时，他的脸一上一下微微摆动。这是一张典型的男人的脸，由于是全息图，他的肤色有点呈绿色。

"请为今天的练习做好准备。稍后我们将评估你在牛顿理论学习中的表现。"

▶▶ 请翻到 下一页

两个小时过去，你感觉像是在电影中被警察严厉问讯了一番。痛苦终于结束了，你感觉自己完成得还可以。还没等好好换口气平静下来，成绩就出来了。

"恭喜你。你以九十七分通过了考试。你有资格获得夏季科学团的最高荣誉和特殊职位。"出了考试亭，你见到了塔米尔。"我们去庞尼克斯水上公园吧。"他兴奋地说，"压力过去后需要好好看看大自然。艾玛说她考试后要去那儿。"

你也觉得水上公园是个好去处。虽然你喜欢月球，不想住在别的地方，但有时你也觉得有必要远离人造环境，以及那月球表面的荒芜之地。庞尼克斯公园是一个巨大的地下洞穴，第谷移民地的大部分食物和氧气都在这里生产。一排排的西红柿、豆角、玉米、西葫芦和无数的其他蔬菜向上生长，这个方向有明亮的人造阳光。在月球微弱的引力下，这些植物长得又长又细，但它们的味道和从地球进口的蔬菜差不多。

▶▶ 请翻到下一页

公园里有一条人工河流沿着地面流动，树木一直延伸到天花板。巨大的藤蔓挂在树冠上，趁科学家和园丁不注意，你们可以荡着藤蔓玩耍。当你想要放松的时候，这是你最喜欢去的地方。自从你第一次把塔米尔带到这里之后，他便经常过来，还讨人厌地声称是他发现了这个地方。你和塔米尔也是在这里认识了艾玛·巴恩斯，你们三个人经常一起来这个公园。

▸▸ 请翻到**下一页**

这些树又高又瘦，主干上伸出褐色和绿色的树枝，张牙舞爪的样子就像在跳舞。你看过地球上的树木的图片，与这些在土壤肥沃、重力轻的环境里培育出的奇观相比，地球上的树看起来又矮又胖。而且，严格的检疫控制成功地防止了常见病虫害对植物的危害。即使在月球上最大的水培公园里，也只有大约一百棵树——主要是枫树、云杉和桦树。但对目前来说是足够的。

塔米尔说："我不在乎我是否从未遇到过一个需要再次发现其体积的三维空间。所以，来吧，天才，告诉我你的分数是多少？"

"我考过了。"你说。塔米尔看你有些沉默，不免暗暗高兴，以为他自己的成绩比你高。在他再次给你施压之前，艾玛的到来救了你。

"嘿，伙计们，别在这儿伤感了，夏天来了！"她说着，扑通一声坐到你们两个身边，"你们是考试不及格，还是有别的心事？"

▸▸ **请翻到下一页**

"你们暑假有什么计划？"你问，忽视了艾玛的问题。

"不知道，可能会腾出更多的工作空间，帮老爸挖隧道吧，还要帮忙修理盆地里的那些太阳能收集器。"塔米尔回答，"你们呢？"

"我还不确定。导游工作没什么进展，最近没有旅客观光飞船；地理实验室的人也没通知我是否需要我参与远端的探险之旅。"

"远端可冷得很呢！"艾玛说，"什么时候能得到通知呢？"

▶▶ 请翻到第 **15** 页

"希望是今天。"这时，塔米尔的腕部通信器哔哔作响。塔米尔输入密码，获取信息。他看了一会儿通信器显示屏，然后转向你。

"是给你的，"他长长地叹口气说，"希望你能戴上你爸爸去年送给你的那个漂亮的'马克四号'通信器。我好不容易收到一条信息，结果还是找你的。"

"别抱怨了，快看看信息。"艾玛俯身看了看显示屏说道。

你看了看背光显示屏，发现有两条信息是发给你的。一条来自地理实验室，问你是否愿意参加这次探险任务。另一条来自你的老板艾尔，告诉你一艘来自地球的特别外交船定于今天下午抵达，他想让你带着这些重要人物四处参观。这两条消息都包含对塔米尔的谢意，以及立即传达信息的请求。

刚才你还不确定今年夏天要做什么，现在你需要做出选择。你还从来没有去过月球远端，但是带领地球外交团参观游览也是一件令人兴奋的事情。你会怎么选择？

▶▶ 如果你选择去月球远端执行探险任务，请翻到**第 16 页**

▶▶ 如果你选择当导游，请翻到**第 32 页**

对于这种做导游的机会，你可从来不会放弃，尤其是可以带着重要的外交使团参观你喜欢的地方。可是，能参加深度研究项目也是不能错过的良机。这次的探险任务是探索远古的火山、山脉、断裂带，这些造就了月球表面的奇特地形。尽管是和教授们一起，但是这项任务仍然具有一定的危险性。在野外工作，远离人烟，你可能会受伤，甚至有生命危险。不过，你现在满脑子想的都是参加重要的研究任务。有传言说在月球远端住着奇异的生物，多数时候你并不相信这类传言。

"所以你要去月球远端咯！"塔米尔特意强调了"远"这个字眼。

"你怎么知道的？我刚刚做好决定。"

"小菜一碟，换了我也会做同样的决定。"塔米尔笑着说，"另外，我能猜对的概率是百分之五十。"

你返回通向家的隧道，脑海里盘算需要带的物品。研究设备会由远征项目主管负责。你拿出无压太空服，之后在月球表面探险时需要用到。你娴熟地将衣服查看一番，检查是否有破洞和磨损。

▶▶ 请翻到**下一页**

这种有光泽的材料摸起来又硬又脆，但你知道它很耐用。它可以应对月球上极端的高温和低温，以及岩石遍布的特殊地形。

整套太空服的效果非常棒，尤其头盔堪称技术上的杰作。偏光玻璃遮阳板可以让你不论是在一片黑暗中，还是在强烈刺眼的阳光下，都能保持清晰的视野。安置在头部的微型控制器集合了所有的功能。太空服的主体材料内嵌控制节点，并与头盔相连。

▶▶ 请翻到下一页

只剩下洗漱用品和衣服要打包了。你又想起还要拿出腕部通信器，它的定向仪与卫星网络相连，如果你在月球上迷路了，它就能派上用场。你还下载了地质学课本和一些你一直想要在手腕上阅读的书。现在，你要告诉父母去月球远端这件事了。

"哦，妈妈。"你说，"我刚得知我被邀请去探险。"

"但我认为探险还需要等一段时间。"她说，"我希望你能在做出最后决定之前和我们谈谈。"

"是，但我现在得走了，不然就走不成了。对了，我今天早上考试得了九十七分。"

你妈妈忧虑的表情因骄傲而稍稍缓和。"好吧，这算是对你好成绩的奖励。你可以去，但一定要非常小心。"

▶▶ 请翻到**下一页**

"谢谢你，妈妈！"你拿起包，冲进气闸，去往主廊。

探险队队长纳西尔博士在信中说，你要在中央中转站与探险队会合，然后出发。你穿过迷宫般的通道和下降槽。出发地点就在主气闸的旁边。当你到达的时候，看到男男女女在成堆的装备中来回穿梭。

从其中一个观景台往外看，你看到即将载着探险队前往月球远端的车辆。它看起来有点像昆虫，尽管你只看到过这种生物的图片。这辆车有一排排的机械腿，成对折叠在车辆的三个部分上。通常，车辆在巨大的尖刺轮子上行驶，但即使是这样的轮子，也无法应对接下来的地形。车辆到达岩石地带时，机械腿会慢慢地伸展，在崎岖的地面上转动。

穿过人群、仪器和装备，你找到纳西尔博士，做了登记。你以为纳西尔博士是个严厉的、令人生畏的学者，但这位英姿飒爽的女人热情地欢迎了你。

你找到一处安静的角落，准备让自己放松下来。没有什么会打扰你，你对自己说，同时闭上了眼睛。"醒醒，时间到了。"一个声音在你的梦中响起。

"什么……在哪里？"你嘟囔着，"哦，博士，我们准备好了吗？"

▸▸ 请翻到第 21 页

像许多第一次来到月球的地球人一样，纳西尔博士看起来有点迷失方向，但她的聪明才智是显而易见的。

"我已经为这次任务做好了充分的准备，"纳西尔博士在简短的开场白中坚定地告诉大家，"我是在地球上出生的，在埃及长大，我熟悉那里的气候。你们会发现，那里的气候与月球表面惊人地相似——沙漠就像月球。我研究的是地质细节，这是大多数人没有耐心和兴趣的。"纳西尔博士的演讲简短但内容丰富，你看出她尽管聪明敏锐，却缺乏幽默感。

"准备好了。"她说，"我们上车吧。"

你穿上衣服，把头盔夹在胳膊下，准备好开启旅程。尽管车内进行了增压，但每个人都提前穿好了太空服。因为一旦遇到事故，根本没有时间换衣服。

你在找座位的时候，听到了一个熟悉的声音。"你是怎么参加的这项任务？"莎拉·拜恩斯笑着问。这个人是艾玛的妹妹，她以前在你面前很害羞，但现在好像不那么害羞了。

"我刚刚在庞尼克斯公园看到了你姐姐。"你说，"她没说你也参加探险。"

"是啊，嗯，我也是考试后才知道，这不是来了嘛！"

"很高兴见到你，莎拉。我相信这次探险一定会很有趣。"

"来，我帮你准备好。我已经做过几次了。"她说。

▸▸ 请翻到下一页

刚系好安全带，纳西尔博士过来检查你的情况。你很紧张，但不想让她知道。"一切都好。"你告诉她。

"哦，还有一件事。"纳西尔博士说，"在这次远行中，你将有机会进一步了解每项工作的方方面面。我会和分析团队一起工作，但是你可能想更多地使用机器。驾驶钻探设备需要具备专业学位，操作负重机器人则是一门艺术。让我知道你的选择。"

"谢谢你，博士。"这确实需要好好思考一番。你想和纳西尔博士一起工作，你知道她可以在实验室里教给你很多东西。但是操控机器设备也十分诱人。

▶▶ 如果你选择和纳西尔博士工作，请翻到**下一页**
▶▶ 如果你选择学习操控机器，请翻到**第42页**

你告诉纳西尔博士，想和她一起工作，她看起来很高兴。她示意你跟着她到车上的一间储藏室去。你不清楚这其中的秘密，但你信任博士，尽管对她突然间神神秘秘的举止有点好奇。一进储藏室，纳西尔博士就检查门是否完全关闭，然后迅速打开，再把它关严。她看到你盯着她，不由得笑了。

"我只是想确定没人在偷听。"她说，"我真的很高兴你选择和我一起工作，这样我就可以告诉你这次探险是怎么回事了，否则不得不把你蒙在鼓里。"

"关于什么？"你问。

"我们将要探索和研究的城市。"

"什么城市？我以为要去另一个移民地呢。"

"不是研究移民地，而是在这之前的城市。"纳西尔博士等了几秒钟，让你慢慢消化这些重要信息。

"我们的任务是，确定是谁、是什么造就了这些城市，以及后来发生了什么。"

▶▶ 请翻到**下一页**

"哇，你说的是来自其他星球的外星人，是吗？"你越来越兴奋。这正在变成一场更刺激的冒险。

"是的。"博士严肃地回答，似乎要提醒你不要太激动。

"你知道这些废墟存在了多久吗？"你问。

"不知道，我们只知道很古老。无数个世纪过去了，这些街道没有出现过任何生物。因为没有大气和水对它的磨损，它们基本保持了原样，尽管会出现一些老化的迹象。"博士看了看表，"但现在我们必须为明天做准备，我们所能想象的一切都会和那里的现实相差甚远。"

"谢谢你，博士。我很高兴和你一起工作。这太令人振奋了。"

▶▶ 请翻到**下一页**

　　一整天你都在想那座陌生的城市。晚上，你梦到尘封的遗迹在眼前重获新生，过去的秘密也随之揭开。第二天早上醒来，你也不确定这梦是好是坏，只知道你很想念自己舒服的床，和它可调节的柔软度。博士来找你的时候，你的头还是晕晕乎乎的。当她告诉你，几分钟后就要去古城遗址时，你立刻清醒过来。

　　准备好一整天的装备需要一段时间。你的太空服上绑了很多小的零部件，感觉沉甸甸的。你想，这就是地球人在重力作用下的感觉吧。一想到能在一天结束的时候把这些额外的重量拿掉，你就很开心。

　　你和纳西尔博士乘坐一艘探险船前往古城。很长一段时间，你并没有发现任何异常。

▶▶ 请翻到第 27 页

到处都能看到岩石和灰色的沙子。但你意识到，这些岩石有些奇怪。它们看起来不太自然，像是被什么人或什么东西改变了似的。一种奇怪的感觉占据你的内心。博士也时不时地看看你。

"所以，你也感觉到了？"

"是的。"你迟疑地回答。

"很好，能感知到隐藏的东西是一项难能可贵的技能。现在，我们要看一些更有趣的东西。"说着，她停下探险船，带着一块岩石走出来。她把这块石头塞进地面上的一个小洞里，就像钥匙插进钥匙孔里一样合适。岩石表面突然出现了一个大洞，大到可以走进去。

"跟我来。"博士边说边走进洞里，"你待在入口处，我去看看前面的房间。"

"好的。"你小声说。

博士把你留在一间有光滑石墙的房间里，它看起来就像几何体内部。你坐下来，避免迷失方向。当你靠在一堵墙上时，另一个洞在你的对面打开。博士进入的那个洞口似乎通向一间房间，和你所在的房间很像。在隔壁的房间里，你可以看到不断移动变化的色彩，还有金属在像是阳光的光线下闪闪发光。

▸▸ 请翻到**下一页**

这里很奇怪，你心想。但是不知为何，你没有被这动静吓到。要是发生在第谷，你大概会以最快的速度跑去找心理医生。你往洞里挪了挪，可是越靠近，就越看不清楚到底发生了什么。

"博……博士，你在吗？"你通过无线电轻轻地问，但没有人回答。"说话呀，博士！"你感到一股强烈的冲动，想去看看这个奇怪的房间，但你记得博士说的话："在这儿等着。"这是她的原话。但在这句话背后的意思是"别做傻事"。

那种想要进到洞里一探究竟的渴望变得难以抵抗。虽然博士让你在这里等着，但是她也可能希望你探察一番。这小小的灯光秀似乎不仅仅是形状奇特的岩石或光线的反射。你不清楚纳西尔博士到底去了哪里，而且无线电好像也坏了。如果你穿过洞穴，看得更清楚些，或许就能把一切都弄明白。这似乎是一个好主意，但你仍然感到不安。

▸▸ 如果你选择去找纳西尔博士，请翻到**第 57 页**
▸▸ 如果你选择探察石墙里的洞穴，请翻到**第 66 页**

你帮不了约翰什么忙，决定留在探险队。尽管如此，当你看着紧急救援人员穿过尘土飞扬的地面时，还是会感到非常紧张。"祝你好运，约翰。"你小声地说道。

这一次，沿着山的边缘上升时，你留在车上。每次遇到颠簸，你都忍不住握紧拳头。午饭前，车辆到达了顶端，你从舷窗向外眺望月球的轮廓。窗外几乎没有任何颜色，所有的东西看起来似乎很近，又似乎很远。

下降比上升更糟糕，但至少速度更快些。还没反应过来，你就已经回到了平地上了。车开得很快，不一会儿就到了第一个分析地点。一个临时营地搭了起来，你能感觉到加压模块在"帐篷"周围的地面上嗡嗡作响。

日子一天天过去，你们采集并分析了许多样品。你已经非常熟悉机器的操作，它可以把石头的表面打磨得十分光滑。第一天的兴奋过后，随之而来的是枯燥但快乐的日常。

探险队在每个地点停留大约三天。采集的样本数量众多，大部分必须储存起来，以便日后回移民地进行分析。到达第四个地点时，你快要变成两鬓斑白的专家了。这时，兴奋之情又重新点燃。

▶▶ 请翻到第 31 页

　　每个人都在自己的岗位上忙着工作，纳西尔博士突然一声大叫。你看到她兴奋地跳上跳下。她平时可是个非常安静克制的人，你好奇是什么让她如此兴奋。当你到来到她的工作区域时，已经有一小群人聚集在这里。

　　"我把样本放进了密封容器，"你听到她说，"就没再去想它。这只是一块放射性岩石，在月球上很少见，但并非闻所未闻。我没有多想，直到我开始处理这边的样本时，才意识到它是什么。"你感觉到人群在紧张地听她的结论。"这是核爆炸的残余，是事故发生时产生的一块放射性残渣。从原始同位素的半衰期和衰变量来看，我认为爆炸至少发生在五万年前。""那可是在人类踏上月球之前……"一个声音响起，又渐渐消失。

　　"没错，"纳西尔说，"除了人类以外，还有其他人或其他东西引发了爆炸，形成了我们现在居住的大坑。现在看来，我们还需要请一些考古学家来。"她兴奋地看着你。"我很高兴你加入了。"她说，"未来几年，我们还有好多激动人心的工作要做！"

▸▸ **本故事完**

你决定给地球上的外交官当导游。通常情况下，你带的团是搬到月球移民地的一大群人，大部分是科学家和他们的家人。这些新居民不怎么给小费，但至少他们会提出有水平的问题。其他类型的团是有钱或地位显赫的人，虽然给不少小费，但总是没完没了地发表一些愚蠢的观点。所以你更喜欢科学家团。

"艾尔，你有什么要给我吗？"你走进老板的办公室问道。艾尔看起来忧心忡忡，但还是快速地叹了口气，笑了笑。在安静的工作环境下，一切看起来似乎有些失控。文件扔得到处都是，全息显示屏撞在一起，相互干扰。你还看到艾尔的桌子下面有一块吃了一半的三明治。

"我很高兴你能来。"他说，"理查迪跟我取消的时候，我真不知道该怎么办。"

"你是说我是第二选择咯？"你刻意用被冒犯的语气说。

"我当然是需要你的，但我知道你有那份地质学的工作。"

"你当时很绝望，所以我才在你需要的时候帮助你。"你说，"到底怎么回事？"

"两天前，我得知行星理事会的七名成员要来这里检查设施，以确定未来十年的资助等级。"

▸▸ 请翻到第**34**页

"哇。"

"没错。所以你能想得到，我花了大量时间确保他们在这里时一切顺利。你的工作是让他们开心，让他们认可我们成功建设这样一个移民地所付出的努力和资金。这次访问关系重大。"

"我很荣幸你把这份工作交给我。"你说，"但是，你不觉得付出的额外努力应该得到额外报酬吗？嗯……再加一点工资？"

艾尔看着你，就好像你拒绝在月球上给他提供氧气瓶似的。他很快微微一笑，打破了尴尬。他说："你这是敲诈，不过，我应该钦佩那些知道什么时候利用形势的年轻人。但是，只有当你出色完成工作，才会得到加薪。如果做不好，我们俩都可能失业。"他愁眉不展地说："因为最近行星理事会的紧张局势加剧，这份工作变得格外重要。如果局势变得奇怪，我希望有可以信任的人。"

"你说的'奇怪'是什么意思？"

"哦，谁知道那些疯狂的地球人会做什么。不管怎样，我得回去工作了。"

"我什么时候见他们？"你问。

▶▶ 请翻到**下一页**

"两天后，十二点钟在大厅见。准备好给他们看任何他们想看的东西。那天可能不会有向导工作。他们刚刚从地球来到这儿，需要一个漫长的欢迎仪式。"阿尔叹口气说，"不要迟到。"

"明白了，老板。"你离开时说道。

这项任务肯定比面对一群老富翁更令人兴奋，但你也对最后完成的效果感到紧张。

▸▸ 请翻到 **下一页**

回家的路上，你一直在想等代表团到了你该做什么。通常你要做的就是带人们四处看看，让他们不要做傻事，但这次，你必须努力地推销所展示的东西。你决定去参观一些特别的地方，同时又能刷新对科技场所的记忆。

欢迎仪式开始的时候，你已经多次往返于移民地。从核聚变和裂变能源处理工厂，到水回收设施，再到飞绳穹顶，你察看了所有代表团可能感兴趣的地方。仪式的时间比你预想中要长，你在脑海里一遍又一遍地检查事项清单。

酒店总监的演讲结束时，聚集的人群爆发出雷鸣般的掌声。你并不觉得这个演讲有多棒，但当你意识到仪式已经结束时，你开始像其他人一样使劲地鼓掌。

你抬头看了看舞台，想弄清楚那七个代表是什么样子。除了衣服之外，三个女人和四个男人看起来极为普通。他们的衣服在地球上可能很实用，但在月球上看起来很不舒服，显得不合时宜。然而，也许让他们看起来不舒服和不合时宜的不仅仅是衣服。

▶▶ **请翻到下一页**

　　仪式结束后，艾尔把你介绍给代表团。得知明天早上才开始行程时，他们都松了一口气。

　　你很想早点开始，因为有太多想要展示的内容。但是，你明白，只有团员们休息好了才能给予更好的评价。

▶▶ 请翻到**下一页**

　　第二天一早，你会见了代表们，准备带他们参观移民地。光是适应隧道里的拖绳就要花费近半个小时的时间，你意识到你必须挣到工资的每一分钱。当你带着代表们参观水培花园和公社苗圃时，你感觉得到他们很开心，更重要的是，所到之处都给他们留下了高效和整洁的印象。

　　"所有这一切都令人印象深刻。"来自刚成立不久的地球国家加拉尼亚的代表说，"但我最想看到的是可以合成化学物质的裂变工厂。"

▸▸ 请翻到**下一页**

这是你没有预料到的。虽然你准备带他们参观发电厂，但你自己从来没有去过合成实验工厂。在地球上进行合成实验很危险，一旦泄漏就会严重破坏环境。合成工厂是移民地的最大成就。由于工厂如此重要，除了少数可信赖的工人外，所有人都不得进入。通常情况下，你会简单地告诉大家，工厂是受到参观限制的，但你不确定这些限制是否适用于这些行星理事会代表。

▶▶ 请翻到下一页

你低头看看腕表，真希望自己戴的是个人通信设备。你来到最近的壁挂式电话，拨号打到艾尔的办公室，但无人接听。你意识到只能靠自己了。因为你的父亲在合成工厂工作，你知道怎么去那里。代表们的证件应该能让你得到进入许可，但你不确定这么做是否正确。

如果代表们出了什么事怎么办？出于安全考虑，这种工厂是禁止进入的。即使是很小的干扰也会扰乱精密的合成过程。

"我们现在可以走了吗？"来自加拉尼亚的代表问道。

▶▶ 如果你选择带代表团参观合成工厂，请翻到**第 52 页**

▶▶ 如果你选择告诉代表团不确定工厂现在是否安全，并带他们去参观月球表面，请翻到**第 64 页**

　　你拨动紧急求救信号的开关，显示器亮了起来。你衣服上的每个无线电波段装置都会发出信息，定位器会把你现在的位置发送到第谷的中央电脑上。现在你能做的只有等待。

　　为了打发时间，你想到朋友们，以及和他们一起制订的计划。你向自己保证，如果你能摆脱这种情况，就会做所有你以前没时间做的事情。

　　过了一会儿，你感觉朋友们好像就在你身边。他们的面孔浮现在你眼前，你不再感到那么孤独。可是当这种感觉过去，你的真实情况似乎更加糟糕。

　　你看着信号灯不断地发送信息，肯定有人要来找你。最后，你睡着了。当你醒来时，你从眼角看到一丝晃动。

　　探头一直在努力地自我修复，当它们席卷重来时，水已不再是可怕的敌人。

▶▶ **本故事完**

你参与这项任务是为了探索你生活的这个星球上不为人所知的地方。在实验室工作就像待在第谷移民地，只是少了些舒适。当这些想法掠过你的脑海时，你看向前视窗外。被刮花的防爆玻璃扭曲了视野，但你可以看到陨石坑底部广阔的灰色平原。轮胎扬起了细小的尘埃，但因为没有风和空气，尘埃又很快落下来。你知道，你的痕迹会一直留在那里，直到有别的东西经过。

过了一会儿，你离形成火山口边缘的山脉越来越近。山峰呈锯齿状，十分尖锐。黑暗的阴影与明亮的反射点交替出现。望着群山，你看不出汽车怎么可能越过它们。在你的生活中，你目睹过很多令人惊叹不已的事情，这些壮举在地球上是不可能完成的：人用看似脆弱的绳索将马车拉过高高的岩石裂缝；无线电发射机被直径一厘米、一百多米高的塔支撑着。没有大气和重力，许多不可思议的事都在这里成为现实。但你仍然怀疑车辆是否能越过山脉。

你对即将到来的上升仍然感到好奇，这时，有人拍了拍你的肩膀。你转过身去，看到一位泰然自若的老人。

"你好！"他说，"我的名字叫约翰。我想向你们展示我们是如何处理这些东西的。"

▸▸ 请翻到**下一页**

"很高兴见到你，约翰！"你回答说，"是什么东西？"

"首先，我们如何让这辆车越过山区。我告诉你，这是一道值得一看的风景。"

"好的。"你怀疑地说，"我该做什么？"

"问问题是一个好的开始，即使你觉得这听起来很蠢，也要去问。那些没有提出足够问题的人已经失去了生命。"约翰说，"现在，你只需要待在那儿。大约十分钟后，车停下来，我们就出去安装绞盘。"

十分钟似乎很漫长。终于，约翰回来告诉你一切准备好了。你小心地调整头盔的接触点。接触点一打开，你就启动显示器。一层约一厘米厚的空气将你的皮肤与太空服隔开，这种内部空气压力就像一个缓冲器，防止摔倒，万一遇到穿刺，还能多给你几秒钟的缓冲时间。

"我们走吧。"约翰通过头盔的无线电系统说，他转身朝气闸走去。你们俩都走进去。你听到空气被抽出来时发出的声音，这些被抽出来的气体将会被再利用。除了自己的呼吸声，你再也听不到任何动静。你小心翼翼地爬下梯子，跳下最后五米的高度，来到月球表面。

▶▶ 请翻到下一页

约翰奔向一大堆闪闪发光的金属机器。他抓起一个机器，掏出一把看起来像大枪的东西，转向你。他单腿跪下，开始调整。

"这是缆绳枪。"你头盔上的无线电噼啪作响。"我要在最近的山上射击一个位置。"你看到约翰指着你面前的那座黑漆漆的山。"我们一上去，就把大绞盘拉上去，这样汽车就会跟在后面上去了。"

▸▸ 请翻到第 **46** 页

"好吧！"你感到有些紧张。

约翰站了起来，还没等你反应过来，他已经用一根长长的缆绳拖了一根长钉。你看到钉子插进山的一侧，定住了位置。

"把你的手给我。"约翰说，"准备好见证低重力生活方式的奇迹吧！"你把戴着手套的手放在他手里，他按下了缩回键。你们俩加速向山的岩架冲去，你全程屏住了呼吸。

你们安全到达岩架后，约翰从背包里拿出了绞盘和滑轮。金属在强烈的阳光下闪闪发光。约翰用绞盘上的绳索把一个更大的滑轮系统和发动机从汽车上拉了起来。你坐在一块平坦的岩石上，看着他布置一切。一个小时后，他告诉你，好戏即将开始。他挥着手，通过无线电告诉在汽车上的工作人员连接缆绳。

约翰转向你，问道："想把开关扔了吗？"

你立马回答："是的。"启动绞盘的杠杆很小，但当你翻转它的时候，能感觉到鞋底都在震动。你从岩架向外望，看到当拉紧的绳索拉起汽车的前轮时，汽车的后轮开起来了。然后你就可以欣赏汽车那昆虫般的腿是如何工作的了。

▸▸ 请翻到**第 48 页**

汽车四肢伸展，在悬崖的岩石表面找到支点，缓慢而稳定地向岩架爬去。你惊讶于它整个身体的移动方式，就像有生命的东西一样。"我们是从蜘蛛那儿得到的灵感。"约翰通过无线电说。

"我看过蜘蛛的照片！"你说，"但从没见过活生生的蜘蛛。"

"你应该去地球看一看。"约翰说，"现在，我要你看着这辆车，确保绞盘在到达边缘时关闭。我们可不想把车拉到岩架上，让它撞到岩石。我现在要爬上那块更高的岩架，搭建第二个平台。"他指着一块露出地面的岩石说，"待在

这里。"

"好的。"

约翰射出了第二条缆绳，然后离开了。你看到他在上面寻找安全的位置。你将注意力转回汽车上，看着它缓慢地爬上陡峭的岩石，你被它缓慢而精准的移动深深吸引。突然，一阵强烈的震动晃动了地面。你下意识地伸开胳膊，却被巨大的力量弹起，脸朝下摔在地上。

▶▶ 请翻到**下一页**

一块石头砸在你旁边。你挣扎着站起来，呼叫约翰和汽车，但无人应答。汽车继续缓慢地爬上悬崖，但你看到一块石头击中了它的"鼻子"，把它撞凹了。

你应该怎么做？约翰留下了另一支缆绳枪，但他告诉你留在这儿等汽车。你不知道如果把绞盘关掉会发生什么。

▶▶ 如果你选择关闭绞盘，查看约翰是否安然无恙，请翻到**第 59 页**

▶▶ 如果你选择等待汽车爬上岩架，请翻到**第 75 页**

你绝对不能冒险伤害约翰。他的经验是巨大的帮助，但你得自己做这项工作。你看着他一动不动的样子，不禁打了个寒战，那些石头很可能会砸在你身上。

汽车还在下面，你得确保没人受伤。如果你把缆绳射到比现在的位置稍高一点的地方，就可以把自己降低到第一个岩架。这个主意听起来并不算多好，但你现在没有其他的选择。就在几个小时前，你还从未见过缆绳枪，而现在，许多人的性命都将取决于你如何使用它。

你把钩子放进枪口，瞄准，射击，一气呵成。你拉了拉绳索，似乎可以抓紧。你把缆绳放在手里，让自己慢慢下降。因为没有被微型马达拉着，所以不会有突然的抖动来干扰你的平衡。如果你不是那么害怕，这可能会很有趣。

一切都很顺利，这让你很紧张。有句老话说："月球从不让它走它应该走的路。"即使你知道这只是一个愚蠢的说法，但你也看到太多小事故最后变得严重。当你从岩壁中蹬出腿时，你感到缆绳有点滑动。虽然看起来和之前一样坚固，但是新的恐惧在你内心滋生。

▸▸ 请翻到第 **63** 页

"我们要通过特别的隧道去合成工厂。"你解释说，"不过，在外面探险不需要你们穿特制的衣服。"

"好的，我们行动起来吧。"你不用看是谁说的，一下子就能听出是那位爱出风头的加拉尼亚代表的声音。

"好的。"你说，"我在隧道的尽头找一个安全柜，你们可以把行李放在那儿。"如果你让他们把东西放在安全柜里，警卫们也许就不会搜查代表团了。

到达隧道站点时，代表们已经被错综复杂的隧道搞得晕头转向了。你看到门口站着的武装警卫，感到不安。坐在桌旁的那个人比持枪的警卫更威严。不知道的还认为他是机器人。"早上好！"男人说，"恐怕这里禁止所有非工作人员入内，你们必须离开。"这比你想象中要难，但你必须试一试。

"我理解你们的限制。"你说道，"但现在情况特殊，他们是行星理事会的代表，正在执行一项情况报告任务。了解我们在合成领域取得的进展对他们认识我们社会的工业能力至关重要。"

"我没听说有这回事。"

▸▸ 请翻到**第 55 页**

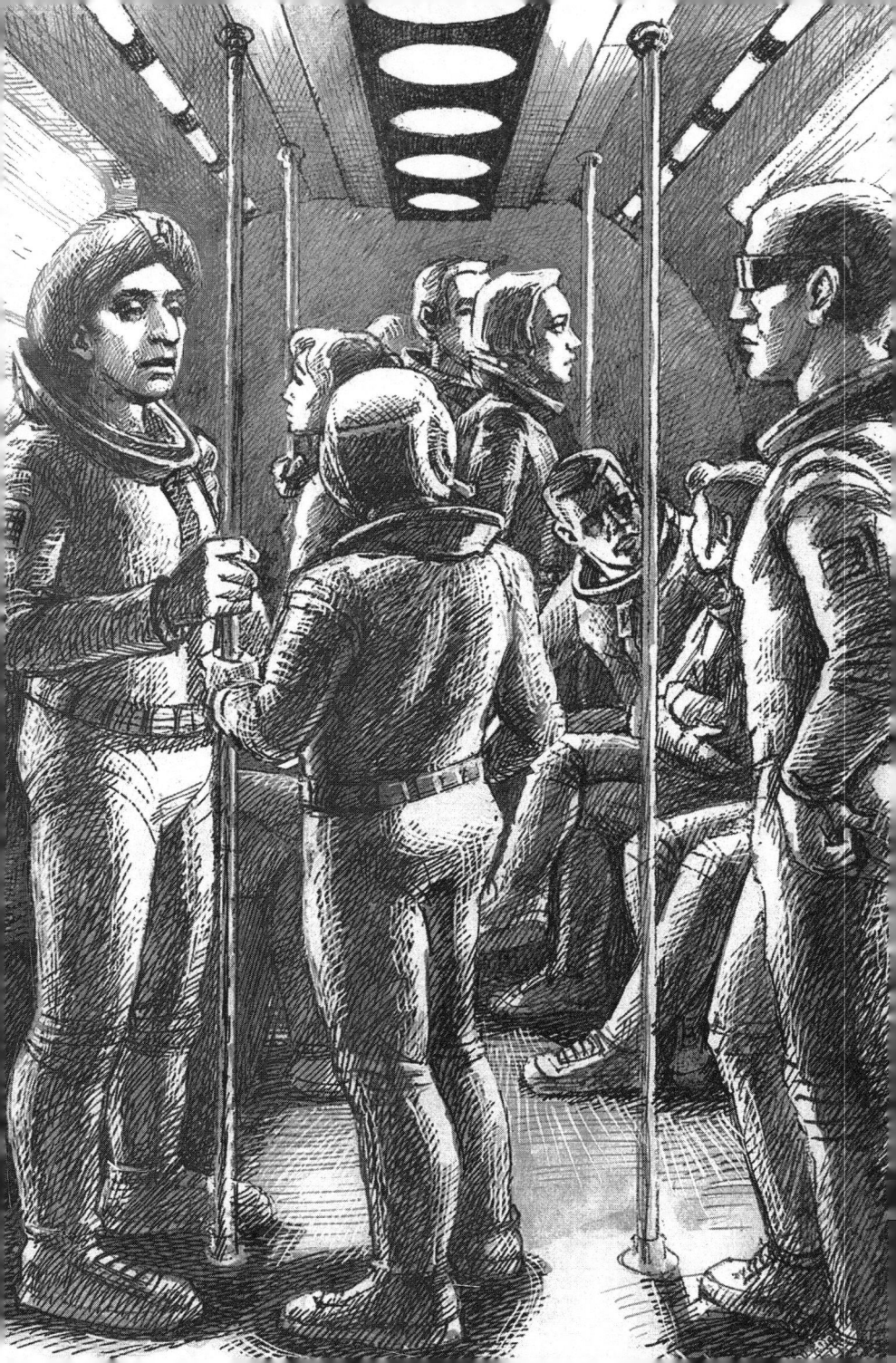

"如果你想给移民地的长官打电话得到他的批准，尽管去好了。"你说，也不知道自己希望他打还是不打。

"要不我陪你们参观。"警卫笑着说，"不用麻烦长官了。"

这就容易多了，你心想。

一眨眼，你们就来到了开往工厂的地铁里。不知怎么的，那个来自加拉尼亚的代表手里攥着一个密封瓶。你本想把密封瓶的事告诉警卫，但又觉得返回车站让代表们不开心不值得，毕竟他们掌握着移民地的财政未来。地铁毫无预兆地突然转弯，还好有安全带能让你双手抓紧。

▸▸ 请翻到第 **122** 页

你决定尽快离开这个陌生的房间，以免给自己惹来大麻烦。最后再看一眼跳动的颜色后，你朝着博士离开的方向走去。你进入的新房间看起来很像上一个，但感觉不一样。

你不确定博士走的是哪条路，于是只能随便选一个。从左边的入口进去，会看到另一个房间，和刚刚离开的房间一样。但当你穿过这个房间时，感觉好像在推着一层厚厚的膜，一直推到底后，你听到一声巨响。

你低头看看外部大气测量仪，传感器现在表明：外层大气由百分之八十的氦气和百分之二十的氧气组成。这对人类来说并不理想，氦气会使人的音调变高，但对维持生命来说没什么影响。没有气闸他们是怎么做到的？你心想。

▸▸ 请翻到第 **101** 页

如果约翰受伤了，立即处理可能是唯一救他的办法。你低头看看汽车，它所有的腿都牢牢地嵌在岩石的缝隙里。

你把绞盘关闭，感到另一股力量在你的身体里颤抖，这是由于汽车突然停来下，而不是因为岩石的滑动。一切似乎都是那么安静和沉默，很难相信这是在危机情况下。不过，现在没有时间去考虑这个问题。你必须确保约翰安然无恙，并且不会危及其他人。

你拿起备用的缆绳枪，仔细瞄准，你必须在第一次就万无一失。你扣动扳机，屏住呼吸，钉子拉着后面结实的缆绳。你听不到任何声音，唯一的想法就是希望钩子能紧紧地卡在岩石缝隙里。你最不希望的事情就是从悬崖上跌落到尖锐的岩石上。你看了静止的汽车最后一眼，按下了缩回键。

你还没反应过来，就朝着一块黑色的巨石直冲而去。巨石离你越来越近，你本能地用腿把它推开。你大声尖叫，失去控制，迷失了方向。你撞上了坚硬的岩石，疼痛灼烧着你的肩膀。你很庆幸无压太空服如此结实。这次上升虽然不像约翰所做的那么平稳，但至少你停止了旋转。

▶▶ 请翻到**下一页**

还没等你意识到，你就已经来到了第二个岩架的边缘。你从山顶往下看，看到了岩石滑落的痕迹，却没有看到约翰。你爬上去，你一边疯狂地寻找着，一边用无线电呼叫约翰，却没有得到应答。但你确实看到了一些闪闪发光的东西埋在岩石堆里。现在，你害怕极了。

"约翰！"你小声地说，"但愿你没事。"你靠近那堆石头，原来那个闪闪发光的东西是约翰从废墟中伸出来的手套。你蹲下身子，凝视着黑暗中他身体的其他部分。幸运的是，一块又大又平的岩石正好压在他的头顶上，使他免受其他岩石的重压。但是因为角度问题，你无法把他拉出来，你甚至不确定他是否还活着。

▶▶ 请翻到**下一页**

　　既然没有办法知道约翰是否安好，你只能当作他还活着。你环顾四周，想找个什么东西把那块又大又平的岩石和碎片从他身上搬走。你注意到岩崩区域外的绞盘，好像被一两颗小石头击中了，不过，你觉得它应该还能工作。不妨试一试。

　　你小心翼翼地安装了绞盘，使它能把平坦的岩石从约翰身上卸下来，离他远远的。你唯一担心的是从岩石上掉下来的碎石。你不想在救约翰的过程中伤到他。钩子牢牢地固定在那里，你启动绞盘，看着它慢慢地开始工作。缆绳绷紧了，岩石移动了。几分钟后，你让绞盘停下，小心翼翼地爬进去，抓住约翰伸出的手，用力拉。一开始他好像被卡住了，然后你慢慢地把他的身体拖了出来。

▶▶ 请翻到**下一页**

你将约翰从废墟中拉出来，可以更好地了解他的伤势有多严重。他的外部生命显示器上的大多数灯都已经进入了琥珀色区域，但这只是意味着他处于昏迷状态，并没有生命危险。你有一个装有兴奋剂的小药箱，但是不确定是否应该给他用。

照顾约翰的时候，你又感到了震动。你冲向悬崖边，胃因恐惧而痉挛。往下看，你看到汽车撞在墙上。即使有四肢的支撑，但由于月震后的持续运动，绞盘的机械装置也有了轻微的位移，缆绳似乎也在缓慢地移动。你希望汽车会自动降到地面。

如果你用了兴奋剂，约翰也许会醒过来，并告诉你该怎么做，但是你没有多少时间。如果你使用缆绳枪反向下降到第一个岩架，便可以调整绞盘。可问题是，你从来没有见过约翰使用缆绳枪下去，爬到这个岩架几乎是你能做到的极限了。但是你现在必须再次做出生死抉择。

▸▸ 如果你选择用兴奋剂唤醒约翰，请翻到**第 87 页**
▸▸ 如果你选择下到第一个岩架，请翻到**第 51 页**

啊！又滑了一下！这次你差点撞到岩石上面。你往下看，距离岩架还有大约五十米。月球的引力虽然很弱，但动力和重量仍然会让你在坚硬的岩石上撞伤。你现在能看到的只有黑影和灼热的太阳。

快到了——只差一点就到了。在离岩架二十米的地方，你感觉很有信心，觉得自己能成功。汽车还在等着你。当你获得自信，放松下来时，缆绳松开了，你向下坠落。你的手臂任意地摆来摆去，未固定的缆绳锚滑落下来，将你击中。

一开始你以为自己瘫痪了，但随后疼痛袭来。你的视野开始变得狭窄模糊，光明和黑暗失去了意义，但有一个想法占据着你的大脑：你必须拯救汽车。

你倾尽全部的毅力，爬了两米来到绞盘，把控制杆转到正确的位置。之后，你昏了过去。

当你在医院醒来的时候，感到困惑不已，直到你看到约翰的脸。"干得好，孩子！"你在痛苦的挣扎里听到他的声音，"你是一个英雄。"

▶▶ **本故事完**

"对不起，今天工厂里正在进行一项程序十分精密的项目，可能很危险。"你对代表说，"也许我们可以明天参观工厂。现在我想带你们参观移民地真正的奇迹，以及我们对地球的看法。"你希望这能安抚团队，但你看到一些人在他们的个人通信设备上做记录。

让每个人穿戴齐全，并掌握户外生存的基础知识，这比你计划中花费了更长的时间。你终于准备好了，决定用一架中程运输机接送代表团。运输机算不上豪华，但它能在最崎岖的地形上出色地导航，令人赞叹不已。运输机开了几公里，把你们带到第谷平原上的一个小山丘。你觉得，这里的景色

比月球其他地方都更接近于地球。

　　没有向导的指引，代表们像皮球似的来回弹跳。等他们走出气闸，你将大家聚集起来，带领他们走进运输机。运输机爬上山坡，这座山名叫特伦特山峰，是以移民地的第一任长官的名字命名。你轻松地驾驶着运输机前行，一些代表用难以置信的表情看着堆积如山的岩石。

▸▸ 请翻到第 71 页

你穿过房间，小心翼翼地把手伸进发光的洞口。刚伸进去还不到一厘米，一道强烈的亮光闪过，差点晃瞎你的眼睛。不知道怎的，你意识到自己不再穿着无压服。当你的眼睛能看清时，眼前是意想不到的画面。

"欢迎！"一个人说，他坐在你父亲最喜欢的椅子上。你环顾四周，发现这是在自己家的书房里。甚至连橱柜上烧焦的印记都还在，那是你小时候玩月岩矿工的时候留下的。但在内心深处，你知道这并不是你真正的家。你穿着工作服。恐惧令你的胃开始抽搐。

"你是谁？"你喘着气问道。

"一个虚构的人物。"男人回答。你注意到他的脸是光滑的，眼睛是深灰色的，但他的其他面部特征似乎在不断变化。"你的大脑正在创造这个场景。"他继续说，"试图让不可能的事情变得有意义。"

"你这是什么意思？"

"你正以一种舒适的方式与我们的外星机器交互。"男人说着身体向前倾，"我是我们种族的精髓。"

"你是说建造这个地方的外星人？"

▸▸ 请翻到第 **68** 页

"是的。"他答道，"我们已经死了很久了，但是在我们的种族灭绝之前，我们创造了一种方法来传递我们的遗产。你是第一个收到遗产的人。"

"听着，我只是想离开这里。这不是我的家，你告诉我你不仅是外星人，还是个鬼！"

"我不是鬼。我的存在说明了我们种族的思想和感情。我没有生命，但我知道生命是什么，或者可能会是什么。"

一切都消逝了，没有任何移动的迹象，外星人站在一片白色的一望无际的平原中间。你感到眼睛很痛。

"我们不想白活。我们的社会创造的奇迹和恐怖都是宝贵的。如果没有人知道它们，它们可能永远不会发生。你的存在本身就值得我们付出巨大的努力去创造。"外星人微笑着说。

"很好，现在你能让我回到我的身体里吗？我保证，我这辈子都会记得你。"

外星人的脸消失了，然后又出现了，而且比之前更加清晰。"你们的知识是救赎，却不是成就。"

"你说的成就是什么？你希望我怎么帮你实现它？"

▶▶ 请翻到**下一页**

"我们需要你接受我们种族所有人一生中积累的知识。我们没有继承人，我们曾经繁荣的世界已经化为冰冷和死亡，只有我们的知识留了下来。我们会让你知道所有的秘密，你们的技术将得益于我们千辛万苦取得的进步，不仅如此，你们也会获得对自己生活的全新认识。只有把失败和知识传递下去，我们才能归于安宁。"

"为什么不是别人呢？我相信很多人会很乐意接受你的提议。让更强大的人来继承你们的知识。"你实在难以承受这样重大的责任。

"很遗憾，事情发展的流程并非如此。一旦我们的机器将注意力集中在你身上，它们就会调整到你的思想上，而且，只会调整到你的思想上。我们只有一次机会——就是你。"

"如果我说不呢？"

"这是你的权力，因为我们的知识只能被当作礼物。我们不能强迫你，即使我们有办法，也不会强加于你。"外星人的脸变得平滑了，"你必须做出选择，让我们的种族是作为一个谜团被遗忘，还是让它重生。"

▶▶ 如果你选择告诉外星人，你很遗憾不能接受他们的知识，请翻到
第 82 页
▶▶ 如果你选择收受外星人的胜利和失败，请翻到**第 106 页**

"我不能为每个人做决定，"你说。

"什么决定？"纳西尔博士问道。

你抬头看到博士正站在门口。"哦，没什么……"你回答道。

"好吧，看看我发现了什么。"她说着，举起一些亮闪闪的东西，"我不知道它们是什么，但它们绝对很重要。我在主走廊外一个封闭的房间里找到的。"

"它们看起来很有趣。"你告诉她。你没有告诉她的是，这些是外星人的鳍盖，辐射太强的时候会磨损并坏掉。最接近鳍盖的人类物品应该是雨衣。"我很好奇它们是什么。"你故意开玩笑地说。

"我也不知道。"博士回答道，"可能是举行仪式用的东西。"

你点头微笑。"这又是一个永远无法破解的谜。"

▸▸ 本故事完

　　"这是一个崎岖不平的地方。"有人通过无线电广播频道低声说。

　　当你们到达特伦特山峰时，你猜想所有人都把合成工厂抛到了脑后。你停下运输机，小心地带领代表们穿过平原，来到山脚的巨石上。经过一段短暂的徒步旅行，你们看到了隐藏在岩石后面的地球，它发出绿色和蓝色的光芒。白色的旋涡在它的表面移动，为它的宁静之美增添了动感。

▶▶ 请翻到下一页

炎热的太阳光落在遥远的地球上，可以清楚地看到美洲大陆。赞赏声传进无线电对讲机里。

你让代表们尽情欣赏这番美景。正当你要开始演讲关于拥有一个强大的观测设施的用处时，你们头顶上方发生了爆炸。一大块岩石砸下来，部分汽化的岩石碎片落得到处都是。

"大家还好吗？"你对着无线电大声喊道。

"发生了什么事？"有人问道。

"那是激光射击。趴下身子，说不定下一枪会打中我们。"

好像听到了传唤似的，另一发射击打中了你上方的岩石。更多的碎石如雨点般落下，你知道必须离开这里。不管是谁在开枪，只要在上面的岩石上不停地向下射击岩石，迟早会把你们活埋。运输机离你们只有几百米远，但要过去，必须穿越平原，那里没有任何掩护。

▶▶ 请翻到第 74 页

谁会朝你开枪呢？你知道，代表团的访问有很多政治因素。难道是暗杀？现在你没有时间去想这些，只想确保袭击者不会成功。

你知道这里有一个通道，通往采矿隧道，沿着山脊有几公里，最后能到达特伦特峰。问题是，你不知道袭击者在哪里。无论如何，你必须迅速采取行动。

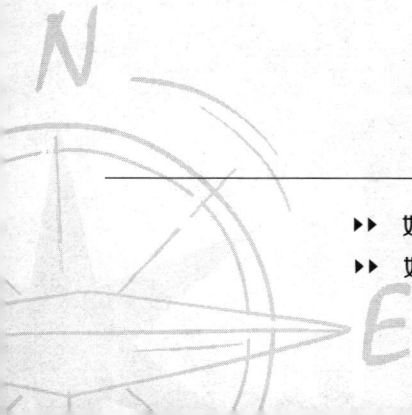

▸▸ **如果你选择回到运输机上，请翻到第 79 页**

▸▸ **如果你选择找到采矿隧道，请翻到第 83 页**

你决定按约翰的指示，留在原地不动。你低头看着汽车，纳闷为什么没人回应。汽车继续缓慢地爬上峭壁。

过了几分钟，你从头盔的喷嘴里啜了一小口水。水和蔗糖的混合物尝起来真糟糕。你能感觉到能量流入你的身体。

汽车几乎已到达岩架的边缘。头盔前面的透明玻璃应该能让你看清控制室，看到大家是否安然无恙。但阳光直直地照在玻璃上，使你无法透过强光看清楚。你把绞盘转到停止的位置，看到汽车停稳了。

也许你应该爬到气闸那里。气闸的操作相当简单，你应该能够自己打开它。

就在即将开始危险的下降时，你看到气闸的外门旋转到关闭的位置。你希望是有人正在使用它，而不是故障导致的锁定。又过了几分钟，你看到气闸在旋转。你屏住呼吸，直到一个穿制服的人小心地从车里出来，环顾四周。

▶▶ 请翻到下一页

"在这里！在这里！"你大声喊道，但那个身影没有转向你。你不停地挥舞手臂，大喊大叫，直到身影终于看到了你。还没等你反应过来，那人用缆绳枪射出一根坚固的绳索，固定在你旁边的岩架上。几秒钟后，那个身影似乎正朝你飞奔而来。他来到你跟前，你透过头盔的面罩看到他的脸，是之前你见过的登上车的人。

"这是怎么回事？"他问，并用他的头盔碰了碰你的头盔。这是无线电设备坏掉时交流的备用方式。"我们不知道发生了什么。月震一定把你的无线电震坏了。你还好吧？"

"不太好。"你回答道，"但是现在，约翰急需帮助。我想他是被上面那块岩架上的一些石头击中了。我的无线电坏了，所以不清楚他现在如何。"

"太糟糕了，我得先检查一下，确保汽车安全。然后我再去看看约翰。"他一边说着，一边开始操作起绞盘的控制面板。你看到汽车慢慢地、小心地驶下悬崖。

▶▶ 请翻到**下一页**

过了一小会儿，你看到更多的人在气闸处来回挣扎。他们好像要带担架过来。四个人用缆绳枪到达约翰所在的岩架。你希望他没有受伤。接着，像发生另一场月震似的，你感到一阵头晕目眩，你昏迷过去。

当你醒来时，你看到汽车在最下面。没有医务人员的踪迹。第一个从气闸里出来的人正在摇晃你的肩膀。你看到他的嘴唇在动，却什么也听不到。

"该坐汽车了。"他弯下腰来，你听清了这句话。

"约翰怎么样了？"你问道。

"他没事，正在睡觉呢。"

你几乎没有意识到自己被带到了汽车上。从陡峭的悬崖上冲下来，只有一条细绳支撑着你。经过了这一天的遭遇，你已经不会觉得这有多危险。纳西尔博士在气闸里等着你，把你带回到你的卧铺。你一躺下来，立马又睡着了，梦里充满了落石和爆炸的山丘。几个小时后你醒来时，并没有感到精神振奋，但至少兴奋带来的肾上腺素已经消失殆尽。

你走过汽车，发现约翰不是唯一在月震中受伤的。震动一定剧烈地摇晃了汽车。好几个人带着绷带和吊腕带走来走去。

▸▸ 请翻到下一页

"原来你在这儿，"纳西尔博士在你身后说，"我还担心你醒不过来了。我们必须制订新的计划，因为这次意外，我们原先的目标改变了。"

"什么意思？"

"嗯……"她开始说，"急救舱内的人想要回去。有这么多人受伤，约翰的情况又如此严重，我们决定削减任务。虽然还会继续进行，但只需要最精简的团队。"

"你的意思是想让我回去吗？"你问道。

"我认为这个决定应该由你来做。现在，你已经知道这些探险有多危险了。如果你选择留下来，我们有很多工作要做。有这么多人受伤，多一个人帮忙都是很宝贵的。"

"让我考虑一下，我还是有点头晕。"你对她说。

"不要太久，紧急团队人员二十分钟后就要出发了，他们不能一直等着。"

▶▶　如果你选择不顾危险，留在探险队，请翻到第 **29** 页

▶▶　如果你选择和约翰一起返回第谷，确保他脱离危险，请翻到第**129**页

激光枪的再次响起令你必须做出选择。你认为选择运输机逃脱的机会更大，你不敢设想万一某个代表被枪击，艾尔会有何反应。

"好的。"你在广播上说，"我们要冲到运输机那儿去。"你抓住离得最近的代表，指着运输机说："我数到三就出发。"

你查看了一番，确保每个人都能明白你的意思。枪声没有继续，你希望一切保持现状。你必须快速移动，并确保大家在穿着无压服、处于低重力环境下移动时不被射杀。

▶▶ 请翻到下一页

"我数到三！"你重复道，"一……二……三！"在你的第三根手指落下的时候，所有人开始向运输机移动。你担心激光枪会随时穿透你的衣服，但什么都没发生。

到了平原上，没有掩护，你们完全暴露出来。狙击手再次发现了你们，一股沙尘在你面前呼啸而过。离运输机只有很短的距离了，你尝试了几个低空跳跃，顺利到达。你径直进到车里，发动引擎。团队中有三个人也成功了，你感觉到了希望，直到你看到一个代表的背部被击中。她慢慢地倒在了陨石坑的地面上。你屏住呼吸，看着另外两个人弯下身子，挣扎着去扶起倒下的同伴。太空服背后喷射出的灰尘气体表明，代表的氧气罐被击中了。

只有你知道如何给衣服重新加压，也只有你会开车。你没法知道那位代表是否还活着，如果你们想活下来，就必须尽快离开这里。

▶▶ 如果你选择尽快驾驶运输机到安全地区，请翻到**第 93 页**
▶▶ 如果你选择让别人来开车，自己前去查看伤者，请翻到**第 113 页**

"对不起！"你说，"我不能照你说的做。我的思想是我自己的。我理解你们想要永生的愿望，但是你们必须意识到，你们的文化已经消亡了，活在我的脑海里并不会让你们复活。"

在你面前的影像渐渐褪去，在它消失时，你听到最后一条信息："如果你不愿意拥抱我们，那么至少请记住我们，尊重我们。我们也会同样回报你。"

接下来你知道的是，你的双手和头紧贴着房间的墙壁站着，纳西尔博士在你身边，透过无压服使劲摇晃你，冲着她的无线电大声喊。你努力整理自己的思绪。

"你还好吗？"博士问道。

你感到头昏眼花，难以忍受。"没事，我很好，但是我需要坐下来。刚刚发生了一件非常奇怪的事。"

"什么事？我几分钟前刚回来，看到你在盯着墙壁。"

"我觉得，我做出了对自己最好的决定，但可能是对人类最坏的决定。"

"我觉得你情况不太好。"纳西尔博士认真地说，"你说话不像你自己。"

"好吧……"你不知道该怎么跟她说。也许你再也不会和以前一样了。

你伸手去够墙。在你的手套接触到墙面之前，一切都在你面前消失了。一个圆洞又出现了，但是这一次没有闪光。

请翻到第 **86** 页

你决定通过采矿隧道逃跑。现在的问题是，持枪暴徒想要杀了你们，该怎么过去呢？你爬到一个身穿太空服、蜷缩在地上的人身边，把你的头盔贴在他的头盔上，告诉他你的计划。用这种方式传递信息只需要很短的时间，但对你来说感觉有一个世纪那么长。每一秒的流逝都会增加袭击者越过岩石保护圈的可能性。

最后你成功了。你最大的优势是出其不意。即使袭击者知道采矿隧道，你也不相信他们会想到去那里找你。运输机是更大的目标，所以会被重点蹲守，而采矿隧道在相反的方向。

在岩石中爬行时，你感到非常脆弱无助。你必须带头引路，你希望每个人都能紧紧跟上。另一束激光击中了岩石，更多的碎片飞了起来。但看起来，袭击者只是瞄准了你们之前藏身的地方。汗水沿着鼻子和前额流下，太空服的冷却系统在超时工作，但你已感觉不出有什么作用。

十分钟后，你已经走了大约半公里。射击已经停止了。你回头看大家是否安好，却看到让你充满希望，又非常恐怖的画面：岩石落下，砸在你刚刚走过的地方。

▸▸ 请翻到第 85 页

如果他们认为你还在上面，就会以为已经完成了任务。你想到这里打了个寒战。以前从来没有人想杀你。

你想知道，到底是谁想要你的性命。"疯狂边缘"是一个激进组织，几乎是在移民地刚建立时就有了。他们一直宣扬自由，但一直致力于和平变革。

现在你必须专注于眼前的目标。只要你到达二百米开外的山脊，就可以开始正常地移动，隧道的入口也就不远了。你继续小心翼翼地前行。虽然你有强烈的回头看的欲望，但是你必须克制住。

当你到达山脊时，你感觉自己快要爆炸了。你脊椎上的每一根神经都绷紧着，等待激光的灼烧。你安全地翻过山峰，来到山的另一面。现在，你要等待其他人。

一个接一个地，代表们爬过山脊。他们脸上的表情告诉你，他们和你一样紧张。等他们都爬过来后，你们继续前进。这一次前进得更快了，代表们也不再犯之前的简单错误。恐惧和绝望促使每个人全神贯注于眼前的事情。

▶▶ 请翻到第 **90** 页

你往洞里看，只能看到一个清晰的球体。有那么一会儿，外星人脸上幽灵般的微光隐约出现在里面。你意识到，这个球体是整个灭亡种族的标志。很美丽，也很悲伤。

"我有机会让他们活下来。"你喃喃自语。

"没有人可以在这里长久地存活。"纳西尔博士说道。

你回到营地，没有告诉任何人这段经历。但在接下来的几周和几年里，当你在月球上过着日复一日的生活时，陌生人总会被你吸引。他们都想谈论同一件事——那些曾把月球称为家园的种族的神秘遭遇。

▸▸ **本故事完**

你从腰间抓起医疗包，试图快速移动而不犯任何错误。你发现医用微型气闸就在约翰脖子的动脉附近。你从药箱里拿出兴奋剂，把里面的药物注射到他的血液里。

"醒醒，约翰！你能做到的。醒醒吧，一切都会好起来的。"约翰的生命指数保持不变。

时间像几个世纪那样漫长地过去，你突然看到约翰的嘴唇动了动，却听不到他说话。他的眼睛仍然闭着，但你开始看到了希望。他挣扎着挪动，你看到他的脸因疼痛而扭曲。突然，他睁开眼睛，直直地盯着你。

你不确定无线电是否能正常使用，就指了指一堆掉落的岩石，然后又指了指岩架。约翰小心地转过头去看，嘴唇紧绷。他小心翼翼地爬到边上，向下看绞盘和汽车。

然后，他抬起头，示意你向他弯腰。他向上移动，直到你们头盔上清晰的防爆玻璃碰到一起。"把我移到边上。"他说。起初，你对他的声音感到惊讶。然后你意识到，没有无线电信号时，你们可以通过头盔交流。

"慢慢来，你可以拉着我，把我拉过去。"

"好的，准备好了。"你说。

▶▶ 请翻到 下一页

移动约翰是一项艰难的任务，但不是因为他的体重。在月球，你用一只手就足以把他举起来，但你必须格外小心，因为不知道他的伤势有多严重。

等你到达岩架，约翰告诉你："把缆绳枪给我，把绞盘架在岩架上，让它朝下。确保它是安全的。"

你按他说的去做，尽管你想不出他为什么要装绞盘。

约翰手里拿着缆绳枪，在岩石上休息了一会儿。他每次移动都疼得龇牙咧嘴，但他一直保持着稳定的动作。他鼓起勇气，精确地瞄准，扣动扳机。你的目光随着缆绳向下猛冲。

缆绳正好击中方向杆。方向杆在冲击下弯曲，但很快停止了。你微笑着转过头去看他。他看起来既高兴又痛苦。你俯下身来。

"现在我们得把绞盘从斜坡上拉下来，这样就没事了。"约翰说，"首先，把缆绳的一端系在这些大石头上，然后把绞盘扛在肩上，顺着绳索往下拉。然后把缆绳挂在汽车上，把汽车拉上来，看看里面发生了什么。"

"好的。"你回复道。

▸▸ 请翻到**下一页**

你终于完成了这项棘手的工作，但没有时间沾沾自喜。车的内部一片混乱，里面散落着各种设备。还好乘客们系着安全带，没有大碍。

你检查了一圈，发现有一个天平砸倒了一个人，除了他以外，其他人只是受到了惊吓。你看到莎拉安然无恙地坐在座位上，对你竖起大拇指。"看来你救了我们所有人的性命。"

纳西尔博士把你拉到一边，感谢你救了大家。你不知道怎么回答，但是很开心。

▸▸ **本故事完**

又过了大概十分钟，你看到一块巨石，标志着隧道的入口。小时候，你的父母经常带你来这里玩，你就是在那时发现了隧道。巨大的岩石耸立在入口处，像一个被冻住的灰色士兵。

你跌跌撞撞地走上前，意想不到事情正等着你。一个功能良好、最近刚使用的气闸占据着门口。上次你来的时候，门口只是一个简单的洞，通向月球深处。你怀疑自己是不是找到了袭击者的根据地。

你示意大家向前走，跟着你穿过气闸。当等待空气压力和室内的压力等同时，你想弄清楚这是什么地方。

隧道内有个房间，房间里有两张床、几把椅子、一个便携式淋浴器、一个野营小厨房。桌子上放着一枚威力巨大的炸弹。你不敢贸然行动，等待其他人进来。光是看着这枚炸弹就令你紧张不安。它发出的像节拍器一样的轻微嘀嗒声，令你的神经绷得紧紧的。

桌子上还摆放着各种工具，你希望这能说明炸弹还没有制作完成。你意识到，情况比你担心中还要严重。单独的袭击者是一回事，有组织的谋划是另一回事。你要做的是带领这些代表参观移民地，而不是参与星际阴谋。

▸▸ 请翻到第 92 页

大多数代表已经走进了房间。你开始探索这附近的其他地方。另一个气闸将房间与采矿隧道连接起来。当你回到门口时，所有的代表都聚在房间里，盯着桌子上的炸弹。

"看来，我们找到了袭击者的巢穴。"你边说边摘下头盔，"现在的问题是，我们该怎么做？"

"你这是什么意思？"

"我们应该等着袭击者回来并试图抓住他——或他们，或者试图通过矿井隧道回到移民地。"

"我不是英雄！"一位代表说，"我认为应该让相关部门来处理这件事。"

"我同意。"你说，"但现在我们只能靠自己，除非我们采取行动，或者至少拿出一个计划，否则当局只能给我们收尸了。"

"我们明白你的意思。"另一位代表最后说，"但是，你比我们更熟悉这里的情况。你做决定吧，我们听你的。"

▶▶ 如果你选择通过隧道返回移民地，请翻到**第 96 页**

▶▶ 如果你选择等袭击者回来，请翻到**第 124 页**

"快上车！"你一边喊，一边发动引擎。

运送伤员的代表们一登上运输机，你就立即启动发动机。尽管听不到猛烈加速的声音，但车辆的剧烈晃动几乎把你震得四分五裂。尖刺轮胎扬起滚滚尘埃，希望可以模糊袭击者的视线。虽然你不知道发动攻击的人有多少，但你必须当作被包围了一样。除了凸出的岩石外，雷达什么也没有监测到，但你并不觉得有了大麻烦。有很多地方可以藏身，即使是相对平坦的陨石坑表面都可以。雷达起不了什么作用。

▸▸ 请翻到**下一页**

你转过头去，想看看受伤的人怎么样了。能看到的是一堆无压服挤靠在地板上。每次你转身，就看到他们碰撞在一起。因为你是沿着弯路曲折行驶，他们很容易撞在一起。

"把应急气瓶从右舷医疗包里拿出来，旋进头盔下方的喷嘴。"你朝后面大声说道。你不知道是否有人在听，你必须把注意力集中在驾驶上。

▶▶ **请翻到下一页**

你看到了远处移民地的圆顶。再过几分钟，你就会到达安全区。你想知道到底是谁会攻击你。显然有人不希望行星理事会的代表们对移民地及其运作有好的看法。

现在，你终于有一点时间来思考这个问题。你意识到刚刚逃出来本不应该这么容易，任何一个袭击者所要做的就是击中运输机，然后把你们一个一个地干掉。

▶▶ 请翻到第100页

"我觉得应该试试隧道。"你说，"保证你们的安全是最重要的，一旦我们到达移民地，就可以让安全部门处理这件事情。"你开始收拾桌子上的工具。

"你在干什么？"一个代表紧张地问。

"这或许能阻止他们完成制作炸弹。"你回答说，"如果我们要离开，现在就得走。你们五个人下去，尽快穿过气闸。我们其余的人留在这儿守着门口。"

等待其他人通过气闸进入矿井隧道时，你收拾好桌子上摆放的所有工具。这些工具，有些很熟悉，但有些对你来说完全陌生。你把它们塞进一个工具箱里。瞥了一眼守在门口的两名代表，你突然想到，可以用合适的障碍物堵住气闸。

如果其中一扇门关不好，气闸就不能用。快速减压带来的最轻后果是混乱，最坏后果是致命。如果阻止袭击者进入这里，他们就无法跟踪你，也拿不到炸弹。你用凿子和钳子把门边的金属凿出缺口。接着，你和两个代表在门口尽可能多地摆放家具。你退后看了一眼，对自己的做法很满意。现在没有人能通过那个气闸了。

▸▸ 请翻到**下一页**

"我们走吧，"你对代表们说。你带上工具箱，走向到远处的另一个气闸。通过气闸后，你在门上凿了更多的缺口。进入隧道后，你不确定哪条路可以回到移民地。头盔上的光束穿透你前方的黑暗。

通过隧道时，你在每一个拐弯处的墙上刻下一个十字记号。没有人说话，但每个人都专注地看着你。你们走了几个小时，大部分时间里都是沉默的。你开始觉得饿了，你抑制住想看表的冲动。每一套太空服都有足够的空气，能够维持十八个小时。

"你觉得还要走多远？"终于有人问道。

"不远了。"你回答道，但你知道自己的答案并不令人信服。呼吸变得越来越困难，你低头看了一眼气压表，数值比你预期中还要低。你试着不去想它，继续在隧道中前进。

▸▸ 请翻到第 99 页

就在你准备坐下来，想要放弃的时候，你拐了个弯，差点从悬崖边上掉下去。头盔上的灯光照出一个巨大的空间。光在抵达空间的尽头前就被吞没了。往下看，是一堆尖锐的岩石，躺在黑暗的阴影里。

你从口袋里掏出一盏应急照明灯，点燃包裹在里面的化学物质，然后把灯抛到空地上。你看着照明灯飞进洞穴时，希望被点燃了，但同时又被熄灭了。你现在位于主要加工洞穴，从这里可以轻松到达移民地的压力隧道。但是，你离地面有一公里多，悬崖的墙壁几乎是垂直的。

你试着保持冷静。"这就是我们想要来的地方。"你告诉代表们，"唯一的问题是，我们得想办法下去。"

"我们该怎么做？"一位代表问道。

"可以试着爬下悬崖，也可以回到隧道，寻找另一条下去的路线。肯定有一个方法能行，但我不知道怎么做。"

▸▸　如果你选择尝试爬下去，请翻到**第 121 页**

▸▸　如果你选择返回隧道，找别的路线到洞穴的地面，请翻到**第 123 页**

仪表盘上的闪光表明，你已进入移民地的无线电范围内。"呼救！呼救！"你对着话筒大声喊，"代表们遭到不明袭击者的枪击。现在需要紧急医疗救助！"

"我是高桥指挥官。你所说的无法验证。请验证身份，并离开官方频道。完毕。"

"呼救！我再说一遍，呼救！这是导游团。一名代表中枪了，马上派医疗队来！"接收区和运输机的主气闸就在眼前了，只有几百米远。你始终保持最高速度行驶，直到最后一刻。你一停下车，就冲向车舱查看受伤的代表。只需要看一眼，你就知道已经不需要医务人员了。你瘫倒在运输机上。

事件调查结束后，你得到了嘉奖，但未能抓到袭击者。移民地的资金大幅减少。

▸▸ 本故事完

你被噼啪作响的声音和房间里的诡异气氛弄得心烦意乱。你注意到地板上新出现了一个洞，里面闪烁着成千上万的灯光和移动的机器。这个洞有两米宽，一眼望不到底。你猜想纳西尔博士走了这条路，也许你应该从另一个方向回去。但是，当你转身时，之前进来的洞口突然消失了。

突然间，还没等你意识到发生了什么，一根金属触须从洞里钻了出来，缠住了你的腿。猛地一下，你被它拽向前面。你的头撞在坚硬的地板上，即使戴着头盔，也能感到头晕目眩。你被拉进洞穴里，更多的触须从两边伸出来，将你紧紧地抓住。

▸▸ 请翻到下一页

"救命！"你尖叫着，但没有人回应。

你想努力挣脱，但没有东西可以让你抓，你只能来回扭动身体。下面的空间充斥着大量的触须，洞很深，根本望不到底。一束蓝光不时地闪烁，当它照到你的眼睛时，你开始感到虚弱和恶心。你继续挣扎时，触须开始缠绕在你的头盔上。

当你在困境中挣扎时，时间仿佛失去了意义。你被吸到下面，越来越靠近蓝光。突然你意识到，你将成为它的食物！

其中一根触须紧紧地缠住你的头盔。它不断挤压，头盔的遮光玻璃开始破裂。你紧张得胃里一阵抽搐。另一只触须从破裂的玻璃中伸进来。触须有一个尖锐的探头，它慢慢地进入头盔，朝向你的脸。你拼尽全力地挣扎，试图挣脱触须，但还是被困住了。绝望之下，你向敌人吐口水。

当你的唾液碰到探头时，你听到嗞嗞的声音。探头痉挛般地抽搐起来，好像在经受剧烈的疼痛。它扑向你的脸，你不知道还能做什么，只能继续吐口水。这一次，嗞嗞的声音伴随着强烈的蓝光。你头晕目眩，失去了知觉。

▶▶ 请翻到第 **104** 页

当你醒来的时候，探头不见了。你看到头盔面罩上有个小洞，内心充满惶恐。破洞在大多数情况下意味着死亡。过了一会儿，你才能意识到，如果没有空气，你将永远无法恢复意识。触须还抓着你。

口水肯定能抵御探头，但你也不知道这是为什么。如果这是人类唾液的化学特点，你也没有希望了。即使你一整天都在吐口水，也不可能击退所有的触须。你希望是水让探头产生了那样的反应。

看了一眼你的控制面板，你发现水箱里的水还有一升多。水是用来喝的，但你现在更关心的是逃跑，而不是口渴。检查控制面板时，你吓得身体都僵住了。紧急求救信号灯还没被激活。就在你要打开开关的时候，你看了一下电量水平。如果使用信号灯，太空服里的电量就不够用来修复破损的头盔。如果你想通过使用水箱里的水来逃脱，就必须再在头盔上戳一个洞。你需要做出选择，是自己挣脱，还是叫人来救你。

▶▶　如果你选择自己逃脱，请翻到**下一页**

▶▶　如果你选择保证求救信号灯的电量，请翻到**第 41 页**

尽管所有的紧急情况指南都建议使用求救信号，但你认为这种情况需要更积极地行动。另外，一边被这些触须抓住，一边被动地等待，对你来说太违背自己的常识了。而且，你不能保证探头不会带着新的、防水的外壳卷土重来。

你低头看了一眼水量，然后用牙咬住水管，吸了一大口水。你张开嘴唇，把舌头推向咬紧的牙齿，一股水流从你门牙的缝隙中挤出。一开始，你没能瞄准这个洞，但很快你就可以控制水流的方向了。咝咝的声音再次传来，缠绕在头盔上的触须开始扭动。你停顿片刻，需要补充更多的水，然后再继续对准那个洞。等到口干舌燥的时候，头盔上的大部分触须都脱落了，你终于可以转动头部。这是你所希望的。

你把头移向右边，又吸了一口水，然后瞄准右臂。当水接触到触须时，它们痛苦地抽动起来。一根触须击中了你的肚子上方，可能打断了你的一根肋骨，但你继续喷水。仪表显示已经用完了一半的水。

▸▸ 请翻到第 125 页

你告诉外星人愿意接受这个提议。

"那太好了，我相信你做出了正确的选择。事先提醒你，同化的过程会让你迷失方向。"

"好吧，但是动作要快，否则我可能会改变主意。"你说，尽量不去想自己答应的事情。

"谢谢你。"影像说道，然后就消失了。你的大脑内部变成了一团混杂的颜色和感觉。当你在接受外星人的生命，体验他们的生活时，无法确定是过去了一个小时，还是一个世纪。你为他们经受的痛苦和误解而哭泣，也为他们感受到的爱而喜悦。起初，有些事情让你无法理解，但当你被整个种族的经历所包裹，看到他们的梦想和担忧，也就能理解他们所做的选择。

这些外星人认为他们是梦之族，于是把吸引他人进入他们的思想看得极为重要。这与人类的心灵感应最为相似。你意识到，这就是刚刚和外星人谈到的事情。梦之族不像人类那样用眼睛看东西，而是通过身体来吸收电磁波的波长。他们创造的一些艺术达到了你无法想象的复杂程度，但是，他们也将自己的天赋用于摧毁和战争。

▶▶ 请翻到第 **108** 页

过了一段时间，梦之族的思想和经历渐渐消失。你感到自己体内充满了他们的智慧。

你不仅知道他们的做法，还知道自己该怎么做。不需要检验你的能力，你相信自己可以将全人类带进你的梦境里。没有一个梦之族的人可以做到这一点。

▶▶ 请翻到下一页

你知道，你现在有能力停止人类所有的痛苦和解开所有的误解。通过将他人带入你的梦境，你可以让他们拒绝偏见、反对战争。和平将成为自然的状态。

"我有权让人们做我希望的事情吗？"你问自己。

你的意识已经回到了自己的身体里。你看到头盔显示面板上的时钟，惊讶地发现，从纳西尔博士离开这个房间到现在，只过去了十五分钟。在这短短的十五分钟里，你经历了百万年的时间。你知道无数人的感受和想法。虽然他们是外星人，却和人类很相似。你唯一不知道的是，他们为什么会灭亡。

他们唯一留下的生命就在你的体内。有了他们的技术，你可以帮助人类创造一个富足的黄金时代。没有人会挨饿，人们将从沉重的痛苦和工作中解脱出来。但你必须把每个人都带进和平的梦境。

"人们会希望我给他们这种和平与安全吗？"

▶▶ 如果你认为让别人进入你的梦境是停止战争和痛苦的唯一方法，请翻到**下一页**

▶▶ 如果你认为自己没有权让别人做你希望的事情，请翻到**第 70 页**

你将梦境里的知识牢牢地存在脑海里，你坐下来，慢慢地进入无意识的世界。当你游离于生命和思考的领域之外时，你把自己交付给感觉和情感。你极其小心地构建出人类该有的样子。你尽力不去剥夺对人类至关重要的自由意志。与此同时，你构建出一个现实，在那里，暴力不仅是不可能的，更是不可想象的。

每一步都能让你看到更多的画面。你意识到，暴力的冲动非常深。你仔细地追踪它的根源，确保那些暴力的思想不会复苏。你会意识到其他人的想法，会看到已经发生的变化。甚至在你的思想里，那些关于暴力的想法发生了改变。像贪婪、恐惧和复仇这样的想法会从你的头脑中消失，直到它们只会以晦涩的概念，而不是可能性存在。

▶▶ 请翻到**下一页**

你的梦境也会遇到阻力，但你用更强的力量和更微妙的方式继续下去。有些人会抗拒，而另一些人会欣然接受你的梦境，就好像他们一直认为那是真的一样。你能感受到人类所有的思想，你能看到这些思想是如何越来越接近和谐。

思想进入你的大脑，然后迅速传播开来。然而，思想的流向不是单一的，一股情感和记忆的洪流再次将你吞没。这次的经历是人类的。每一个意识在这个复合的整体中形成了自己独特的结构，你感觉到一个超越个体的意识正在形成。

▶▶ 请翻到**下一页**

你不知道花了多长时间来完成发送和接收思想意识，最终结束时，你感到了片刻的平静。你环顾四周，发现自己仍然站在同一个房间里，仿佛什么都没有改变。梦境的传递会成功吗？会拯救人类吗？还是人类注定要灭绝？就像之前的外星种族一样？

这些想法使你疲惫不堪。你感到头晕目眩，有一种与宇宙融为一体、征服时间和空间的感觉。一切都变得模糊不清，直到你重新集中注意力，意识到亿万年已经过去。

"不要害怕。"你对面前受到惊吓的人说，"我是死去的人类的灵魂。我们化为尘埃的时间比你想象中还要长。我们渴望有人知道我们，记住我们。"

"这是什么意思？"

"我们做了太多尝试，代价是人类的停滞和消亡。我要传授给你们的知识来自宇宙中最初的生命。这些知识从一个灭绝的种族传给了另一个。如果你正确地使用它，将帮助你们避免前人的命运。"

"你想让我做什么？"

"没什么，除了让人们知道我们是谁，做了什么，还要知道权力之路带来的危险。我们失败了，但你们也许不会重蹈覆辙。"

▸▸ **本故事完**

"有人知道如何驾驶大型机器吗？"你朝代表们大声喊道。

"我在家乡的农场上开过联合收割机。"一个娇小的女人回答说，"但是和这个一点都不像。"

"你来开吧。"你说着把紧急空气供给装置连接到这个矮个子代表身上。"白色的杠杆是油门，红色的杠杆是刹车。地板上的踏板是离合器。现在开动吧！"被击中的是来自北美的女代表。你以最快的速度将新鲜空气注入她的受损的太空服，但衣服漏气了。

▶▶ 请翻到**下一页**

你把她翻过来，查看被击中的地方。金属和塑料被熔在一起，衣服上至少有三个地方被击穿了。她被打晕了，但似乎没有受重伤。然而，她的嘴唇开始发紫，如果长时间不呼吸新鲜空气，她可能会没命。

运输机突然开动了。你毫无防备，一下子被撞到后面的墙上。如果没有太空服，你可能会被撞得粉碎。你感到头昏眼花，但这次撞击并非毫无益处。运输机舱室内的隔板被撞下来，你看到了里面的东西，大脑开始飞速旋转。

隔板容器上写着"紧急密封泡沫"。它是用来修理运输机的。但你认为这是唯一可以将受伤代表的太空服重新密封起来的东西。你快速阅读着容器上的说明。

▶▶ 请翻到**下一页**

刚刚系上的氧气瓶几乎空了。你准备在被刺穿的衣服上喷上密封泡沫。你松开喷嘴，按下开关。白色的水雾从喷嘴的一端喷出，一旦接触到破裂的太空服，就凝结成一团泡沫。衣服背面的破损被完全盖住，你继续喷，直到喷完了一整瓶。

"她会没事吧？"来自亚洲的代表问道。

"我不知道。"你回答说，"但是我真的没有时间照顾她了。你看到我是怎么把氧气瓶贴在她衣服前面的吗？"男人点了点头。"很好。拿着这个瓶子，贴在衣服上。我要去驾驶舱看看外面发生了什么事。"

▶▶ 请翻到 **下一页**

"希望她能挺住。"男人说。

"我们还有很长的路要走，"你回答说，"恐怕刚刚的撞击损坏了一些东西。我真不喜欢这种行驶的感觉。"

你小心地来到运输机的前面。一阵猛烈的震动令你紧张不安。来到操控室里，你看了一眼司机。她紧张地咬着下嘴唇，但动作果断精准。如果换作你，你不确定是否能像她一样开得这么好。

▸▸ 请翻到**下一页**

"你还好吗？"你问道。

"还不错，但我觉得方向盘有点问题。它变得越来越难转弯。"

"我已经料到了。"你指着液压计说。数值不断下降，指针已经在中间点以下。

"我们必须把运输机开到移民地，希望能够找到救援。"

"为什么不现在求救呢？"她问道。

"因为不管谁在攻击我们，对方都比移民地离我们更近，他们可以锁定我们的位置。来，让我开吧。你做得很棒，不过我想你现在应该很累了。"

当你驾驶时，方向盘变得更难控制。过了一会儿，你决定徒步走完剩下的路程去移民地。离开运输机前，你向移民地发出了求救信号。即使袭击者会偷听到，但如果有人来找你们，你们获救的机会也会很大。

▶▶ 请翻到 **下一页**

受伤的代表必须被抬着走。她的生命检测器上的读数很糟糕，但为了其他人着想，你努力保持乐观。可是，在内心深处，你真的很害怕。继续往前走，你意识到，离移民地还很远，剩下的氧气不足以支撑到最后。正想着的时候，你看到另一辆运输机朝你驶来。一开始，你担心是袭击者，但运输机是从移民地方向来的，上面还有官方的保护者标志。你挥舞着手臂，跳上跳下，对着无线电大声叫喊，成功地吸引了他们的注意。运输机在你们一群人跟前停下，还不等你反应，两个拿着枪的士兵跳了下来。

"幸亏我们找到了你。"一个士兵说，"显然，我们派去的刺客没有完成任务。那就让我们来解决吧。"

士兵们举起枪。你闭上眼睛，不想看到代表们脸上被背叛的表情。

月球政府暗杀行星理事会代表的新闻引发了一场星际战争。月球上的平静生活已经成为遥远的记忆。

▸▸ **本故事完**

"你们有人知道怎么攀岩吗？"你问道，"没有吗？好吧，我也是。既然我们没有绳子，大家只能靠自己。记住，在低重力的情况下从这么高的地方掉下去不像在地球上那么糟糕，但仍然可能是致命的。一定要小心。"

你深吸一口气，从岩石边缘往下看，准备向下爬。进展很缓慢，好几次你险些滑倒，但幸好有足够的支撑点。你开始变得更加自信。你抬头向上看，其他人也都很顺利。

经过三个小时的缓慢进展，你忍不住想要尖叫。胳膊和手臂都在颤抖，疼痛难忍，但你必须坚持下去。往下看，洞穴的地面离你近了三分之二。头盔上的光已经可以照射到地面。就在那一刻，你抬头向上看，一个人朝你飞来。他穿着太空服的身体在空中扭动，偶尔撞到岩壁上。当那个人靠近你时，你伸出手，想要抓住他的胳膊或腿。但你没能抓住，他从岩壁上滑下去，摔到地面上。

难以置信的是，他竟然没有受伤。你看了看那个摔下去的人，看到他正扭动着胳膊和腿，让你松了口气。你闭上眼睛，等待其他人下来。等代表们聚齐，你就把他们送回移民地，交给别人来负责。经历了这么多事情之后，你决定，这辈子再也不做导游了。

▸▸ **本故事完**

进入工厂，你能看出代表们对这里印象深刻。闪闪发光的设备看起来神秘而又先进，尽管你不知道它是干什么用的。最令人印象深刻的是对不同化学物质和化合物的提炼。为了提取各种不同的化学物质，一列高能激光小心地刺激化合物，确定它们的成分。分析之后，扭曲的块状物质被放进不同的溶液中。由此产生的爆炸是威力十足的，真的要感激这厚度达一米的防护玻璃。

"离开前再让你们看看超级电脑实验室，它们负责非常精密的计算过程。"一个警卫说。

当你打开电脑实验室的门时，你看到加拉尼亚代表的脸上露出胜利的微笑，他把手伸进密封瓶。你迅速反应，将他制伏。你将他击倒在地，密封瓶掉在地上，来回翻滚。你冲过去，打开盖子，里面有一组倒计时的数字。在炸弹爆炸的白光闪过之前，你最后一眼看到显示屏上显示着 00：01。

▶▶ **本故事完**

"如果我们在下去的过程中死去，那就没有意义了。"你说，"如果找不到另一条通往谷底的路，我们至少还可以返回隧道尝试一下。"

其他人接受了你的决定。但返回隧道是你做过的最困难的事情之一。越来越接近自由，但你也知道，死亡可能是它的代价，这令眼前的任务更加困难。

往回走的时候，你努力寻找方向，看哪边可以通往洞穴。但每次你选择一条看似向下的隧道，它都会又折回去，或者通向上面。你遇到每个拐弯都在墙上做出记号。但过不了多久，你就不知道自己身在何处了。你发现，自己总是在相同的墙壁上做记号。你们被锁在一个地狱般的死循环里。你的呼吸变得困难，不仅仅是因为走得久。

"好吧！"你说，"这不会有什么结果。我们用剩下的氧气瓶补充一下体力，然后回去，爬下悬崖。"大家对你的话没有什么反应，只能听到他们转过来时沉重缓慢的脚步声。

你开始往回走，沿着之前的路，速度更快了些。但随后，这条路突然变得陌生起来。你着急地走来走去，道路却越来越混乱。你的思维也开始变得混乱，氧气已经消耗殆尽了。

当矿工们找到你们的时候，已经太晚了。

▸▸ **本故事完**

"我对隧道的连接只有一个模糊的概念。"你说，"不如让我们趁暗杀者不备将他抓住，给他一个惊喜。就算有不止一个暗杀者，每个人也必须单独通过气闸。"你看得出，在遭受枪击和险些被埋葬之后，大家都希望采取报复行动。

"我们该怎么办做？"南美洲的代表问道。

"首先，有人了解炸弹吗？"所有人都摇摇头。你深吸一口气说："好吧，那就让两个人来守着门，我们其他人脱掉无压服，这样我们的动作就更灵活。"你从其中一张床上取下一张床单，对两个代表说："用这张床单，盖住任何从气闸进来的人。只要他看不见，就处于劣势。他可能携带激光步枪，但愿他在炸弹附近可以小心谨慎些。"

你环顾四周，注意到采矿作业的急救箱里有一套无压服注射器。月球上的无压服在头盔的接头处设计了一种特殊的密封装置，用于皮下注射。每个急救箱里都有一剂全身麻醉药。你赶紧去做准备。

▶▶ 请翻到**第 126 页**

现在，你的手臂终于自由了，可以直接打开水管。通过头盔孔喷射出的大部分水都漏在了你的太空服上。你在腰上的供给袋里找出微型激光钻，用它瞄准其中一根触须。什么也没有发生。

你的太空服上的空气和水的供给管相连接，在你的腰带下聚在一起。你把蓝色的供水管拿出来，小心地用激光瞄准它。

蓝色的管子被切成了两半，水开始喷出。你尽最大努力将水管瞄准眼前的触须，在上面喷水。场面立刻变得混乱起来，触须终于停止了蠕动。

你用左手将自己悬在一个洞口。你沿着洞的侧边，顺着逐渐消失的蓝光的方向爬行，你做好准备，应对随时可能复苏的触须。你把供水管打了个活结，以便在下次攻击时方便取用。终于，你顺利地到达底部，中途没有遇到任何干扰。到达这里后，你发现洞穴的地面是透明的，透过它可以辨认出月球的表面，灰色的荒地从来没有现在看起来这么美好。你用尽剩余的电量将太空服修补好。

现在你要做的就是找一艘水上飞船，带回一些水箱和水管，然后去找博士。如果不是亲眼看到这个地方，不知道会不会有人相信你的这番经历。

▶▶ **本故事完**

"只要有袭击者从气闸里钻出来，你们两个就将他蒙住，然后我给他注射麻醉药。希望一切都能尽快结束。"脱掉无压服时，你让别人拿着注射器。

接下来就是等待。一个多小时过去了，终于，气闸上"正在使用"的灯亮了。门一打开，两名代表就用床单裹住一个受惊的人。你冲上前时，被蒙住床单的身影猛烈挣扎，突然一拳击中你的头部。你眼前的一切都变成了慢动作。

你看着针在空中飞舞，知道这就是结局了。如果袭击者振动步枪，很快就能将你们几个人制伏。你看到来自加拉尼亚的代表抓住注射器，冲向蒙着床单的人，毫不犹豫地一针扎下去。那人一开始没有任何反应，接着，他停止打斗，瘫倒在你身边。

你想要欢呼，但只是勉强发出了一点咕哝的声音。当你发出的紧急求救信号得到回应时，你所关心的只有回家这件事。艾尔最好能为这次旅行给你一大笔奖金。

▸▸ **本故事完**

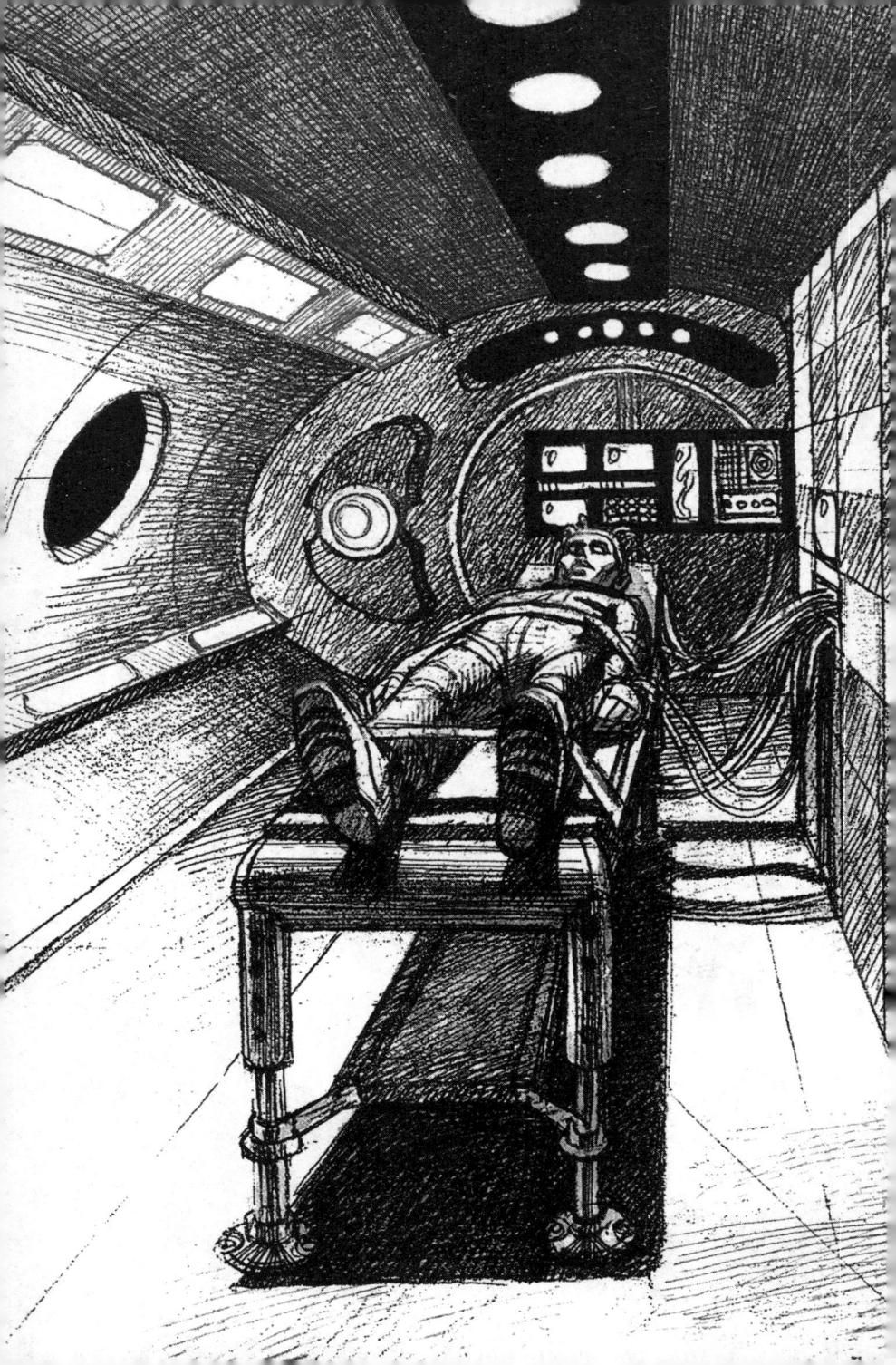

急救舱里挤满了伤员和护理人员，所以你尽量不给大家添麻烦。你时不时地检查一下约翰的生命表。他似乎只是在睡觉，没有任何迹象表明他伤势严重，但所有的监视器都在闪烁黄色的灯。急救舱其实是一辆应急车，里面装有发动机和其他设备。你必须用安全带把自己绑在金属地板上，而不是座位上，舱里的噪声非常大。能来这里已经让你很感激了。你不敢想如果没有把约翰送到医院，会发生什么事。

应急车迅速穿过平原。每次碰到石头，急救舱就会被震起来。每一次颠簸都会让你更加担心约翰，但他的生命表数值几乎没有变化。

一个小时左右的颠簸过后，你终于看到了远处的第谷。约翰的一盏灯变成了红色，你注意到医务人员担忧的表情。"你能挺住，约翰。再坚持一会儿。"你说。

▶▶ 请翻到下一页

到达城市时，约翰的生命表读数中有三个是红色的。急救舱一停下来，医院的工作人员就拥上前来，把所有的伤员都带走了。你独自一人，不知道自己该做什么，只好回到家里。父母看到你很惊讶，但你太疲惫了，暂时无法回答他们的问题。

你打电话到医院，想知道约翰是否还好，他们让你稍等。等待时你才发现自己并没有毫发无损地从月震中逃脱，你手臂上有淤青。但你听到一个声音，让你忘记了所有的疼痛。

"是的，看来我们及时把他送来了。他的情况仍然危险，但我们相信他能痊愈。多亏你救了他。"

"谢谢……非常感谢！"你说完，然后挂了电话，上床睡觉。

▸▸ **本故事完**

星际穿越

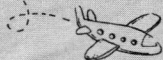

献给安森、拉姆齐、艾弗里、莱拉和香农。

——R.A. 蒙哥马利

　　首先，你要选择自己出生的星球。这将决定你未来的发展方向。

　　请努力做出明智的选择。正如有人在格莱布·福戈——一个距此并不遥远的星系——所说。

　　祝你好运！

你出生在一艘穿梭于各个星系间的宇宙飞船里，这艘飞船正在执行一项危险的科考任务。飞船上的船员来自五个不同的星系。虽然你的父母来自不同的星系，但是他们身上都具有与地球生物类似的特征。飞船以六十二倍的光速行驶，在你十八岁那年，仅用三天零两个小时，你们就抵达了地球。

因为你出生在外太空，所以你必须选择一个自己想要归属的星系和星球。现在你有两个选择：一个是位于品图姆星系的肯达星球，另一个是位于奥福斯星系的克罗伊德星球。本次任务的指挥官要求你做出选择。

▶▶ **请翻到下一页**

肯达星球的大小是地球的三倍，这是一颗古老的星球，有人担忧它的生命力正在逐渐衰退。据历史记载，肯达星球一直麻烦不断。

克罗伊德星球距离银河系十分遥远，它所在的奥福斯星系中存在着黑洞和超新星。在观测者和飞船船员眼中，奥福斯星系是一片不稳定的区域。在那片区域航行会受到很多阻碍，而且黑洞的位置也无法标明，非常危险。之前的航天探测器报告了克罗伊德的黑暗历史，报告还预言那里会有一片光明并且振奋人心的未来。

▶▶ 如果你选择肯达作为你归属的星球，请翻到**第 135 页**

▶▶ 如果你觉得克罗伊德更吸引你，请翻到**第 136 页**

　　在星系扫描仪上可以看见肯达星球，那是你父亲的故乡。飞船的船员为你准备了飞往肯达星球的飞船。你在控制台前坐下，按照既定轨道设定航线，随即脱离母舰，飘入太空。一进入太空，你的飞船便由重力发生器推动前进。

　　等等，情况有点不对劲！你看了一眼扫描仪，发现有一团本不该出现在航线上的星云。星云的气体和微粒突然间将你包围。你的重力发生器和生命维持系统都有可能失灵。辐射计数器发出刺耳的哔哔声，打破了星际飞行的寂静，这些声音提示辐射的强度已经达到了危险水平。

▸▸　　如果你选择返回母舰，请翻到**第 138 页**

▸▸　如果你选择相信自己的直觉并且依靠它继续航行，请翻到**第 139 页**

克罗伊德！多么动听的名字呀！你简直无法抗拒这个星球和其未知历史的诱惑。当指挥官说到你在那里将有美好的未来时，你更加坚定了自己的选择。你得知原来那是你母亲的故乡。她拥抱着你祝福你好运，并且给了你一小块拴在链条上的金属物体。

▶▶ **请翻到下一页**

"这个东西或许会帮到你。"

正当你准备进行飞行前的最后的情况汇报时，一位年轻的船员冲进来说道："让我和你一起去吧，你会需要我的帮助的。"你和他并不是很熟，但是你觉得他是一个热心肠的人。他叫摩玛，正冲你灿烂地微笑着，让你顿时对将要开启的旅程倍感欣喜。他当然可以加入你。

科研组的负责人提醒你要小心桑普星。这个星球体积巨大，是太阳的十二倍。在其轨道上还有类太阳星，它有着强大的引力，非常危险。还要注意黑洞和超新星。他说如果你推迟出发时间，先参加太空学院的培训，会让你成功抵达克罗伊德的概率更大些。

▶▶ 如果你选择推迟出发时间，去太空学院学习，请翻到**第 140 页**

▶▶ 如果你选择匆忙出发去克罗伊德，请翻到**第 141 页**

回到母舰应该更容易些。你敲击导航按钮，推动反向命令开关。可就在这时，舱内闪烁起了黄绿色的警示灯光，同时所有的系统都停止了运行。打着旋的气体和尘埃覆盖了飞船表面。你疯狂地猛敲重启按钮，但无济于事。

那些气体匆匆而至，又匆匆而去。警示灯关闭了；控制台接通了电源，不停地闪烁着；导航系统发出"出发！"的指令；飞船自动发出了紧急求救信号。你疲惫地瘫坐在控制台前。

▶▶ 如果你选择等待救援，返回母舰，请翻到**第 144 页**
▶▶ 如果你认为既然神秘的星云已经消失了，那么就可以继续航行，请翻到**第 146 页**

大量的流星雨使你的导航系统受到了干扰。由于干扰过于严重，所有的通信设备都失灵了。飞船在广阔的宇宙中横冲直撞。你透过舷窗向外看，惊叹于周围的景象。突然，飞船开始翻转，你感到眼花缭乱、天旋地转。

你的飞行速度很快，应该可以很快穿过流星雨，甚至还可以纠正导航问题。不过，单靠听天由命来摆脱这个困境过于危险。如果用无线电求助会不会更有效并且更安全呢？激光无线电具有穿透星云的可能性。

▶▶ 如果你选择相信自己的判断，期待能穿过流星雨，请翻到**第147页**

▶▶ 如果你选择用无线电求助，请翻到**第149页**

你不确定自己还需要接受哪些方面的指导。目前，你已经掌握了飞行程序、导航语言、武器使用，以及设计航线等技能。虽然知识多多益善，但是你问科研负责人，自己什么时候才能掌握足够的知识。

"自我知识储备，也就是你从过去到现在所学习的一切。你只能自己去体会。现在要花一些时间去理解，然后便可以出发了。"

"好的，我接受您的建议。但是这要花多长时间呢？"

他说："你可以学习太空学院的课程，也可以在这里跟我学习。"

▶▶ 如果你选择学习太空学院的课程，请翻到**第 151 页**
▶▶ 如果你选择跟科研负责人学习，请翻到**第 152 页**

虽然这个决定有些仓促，但是你和摩玛已经迫不及待地进入了飞船。你在飞行仪表盘上输入相应的数字，随后便出发了。

"摩玛，请查看一下稳定器。我们似乎在打转。"

"好的，我这就检查。"

突然，电脑屏幕显示你们正在接近一个黑洞。危险的是一旦靠近那个黑洞的引力场，就没有机会逃脱了。摩玛帮你查看了导航系统的数据输入。

▸▸ 请翻到**下一页**

出乎意料的是，你输入的数字是四千零八，而不是四千八百。现在你的飞船已经被锁定飞向黑洞了。

摩玛惊恐地看着你。那些曾经被卷入黑洞的人都再也没能回来。

▶▶　如果你选择将飞船开到全速状态，希望能突破引力场，降落在黑洞上，

请翻到**第 156 页**

▶▶　如果你选择为飞船撑起能量填充罩试图逃离黑洞，请翻到**第 154 页**

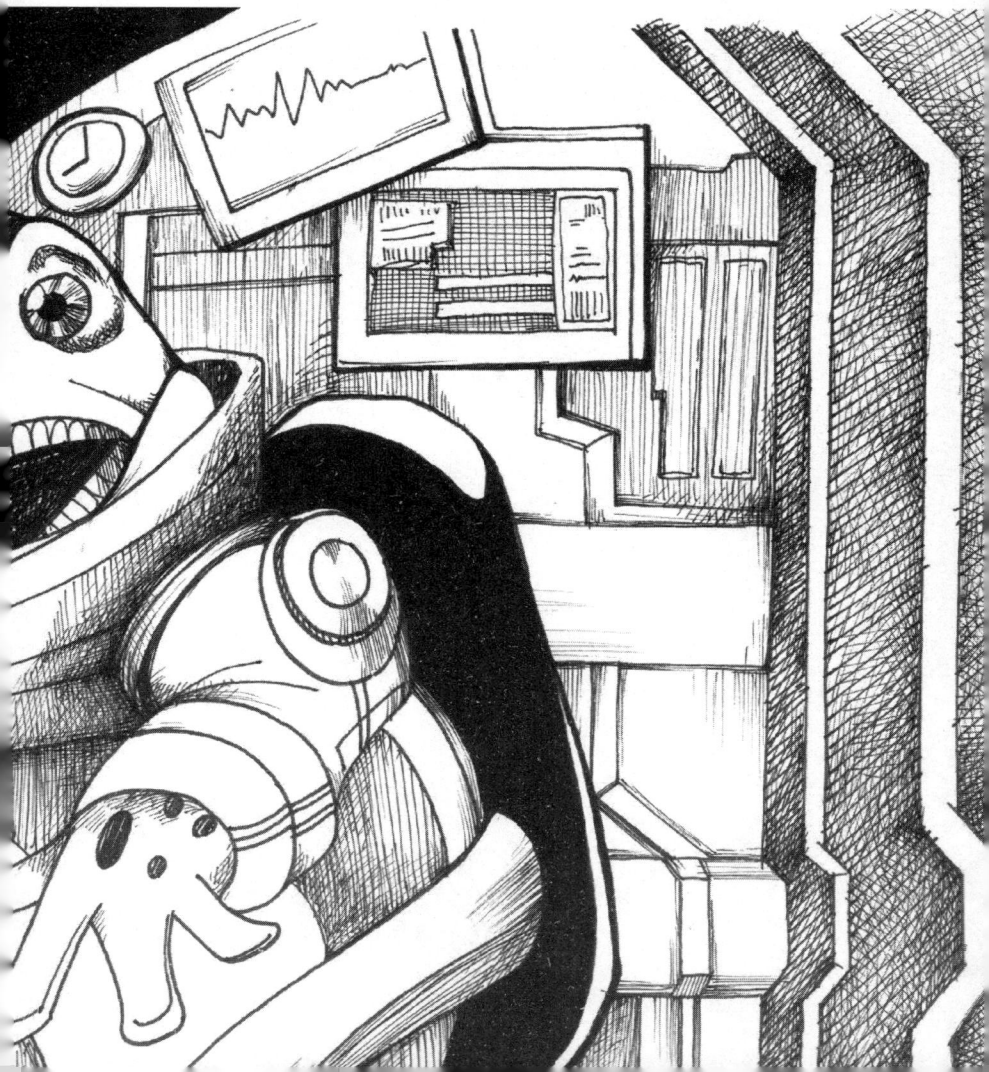

在太空中发射求救信号是一件很冒险的事情，因为无法预测会被谁听到或看到。你满怀期望地等待着，这样能有效地摆脱恐惧感。这时，一个不明物体吸引了你。首先是在屏幕边缘出现了一个横向移动的斑点。接着，它蹿到了屏幕的中心。这个东西看起来很像一条变形虫，但是它发着光，身上分布着舷窗，并且还带有你从未见过的花纹。突然，它在你附近停了下来。

在太空中，外星生物并不罕见。对那架飞船里的生物来说，你就是外星人。那么，这些外星生物会不会有敌意呢？也许他们根本就不知道什么是敌意和友好。

没时间思考了。他们正向你发出信号，让你加入他们。你是希望将他们赶走，还是安静友好地跟随他们离开呢？你必须做出选择。他们过来了，很难看出他们是一个人还是很多人，看上去似乎是聚集在一起的。

▸▸ 如果你选择随他们而去，请翻到**第 157 页**

▸▸ 如果你选择反抗，请翻到**第 160 页**

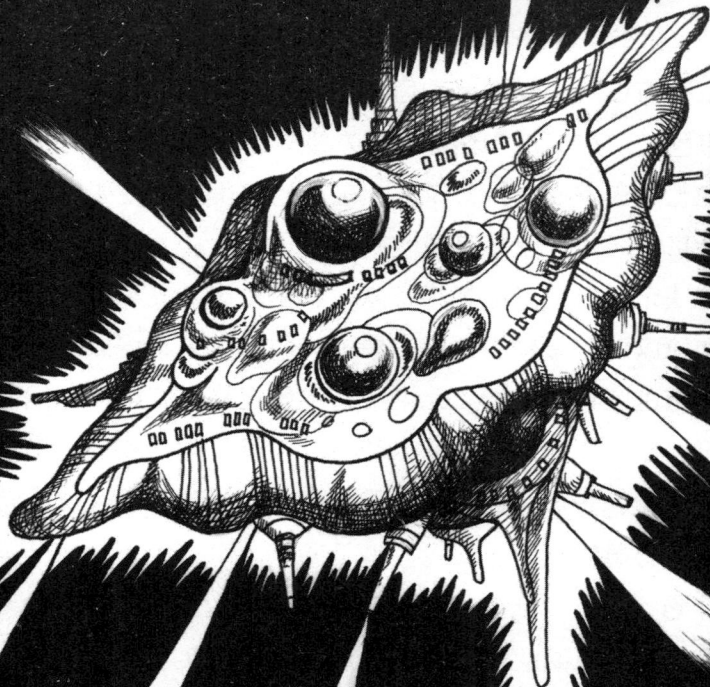

飞船里的能量指示灯已经从一长条的蓝色变成了只有四分之一长度的红色。电脑分析系统向你发出警告，所有的生命维持系统将在三小时六分钟后停止运转。你的求救信号并没有换来回应。你通过雷达扫描仪发现，即使有人前来救援，可能也无法在生命维持系统失灵前赶到这里。你绝望地期盼有人能来帮助你，但希望渺茫。

你决定用剩余的能量跟踪从黑洞里发出的光岛信号。宇宙中之所以存在黑洞，是因为星体的质量过大，导致任何事物都无法逃脱其引力场，无论光、热量还是无线电波皆是如此。可神奇的是光岛——被少数星际飞行员口述和记录下来的一种现象——很明显被指示是来自黑洞中的某一区域。有人说那是心灵感应沟通（或者叫丅网）。

你必须采取行动了。你只有两个选择：要么飞向黑洞里的光岛，要么无助地漂流，等待救援船的到来。

▶▶ 如果你选择去光岛，请翻到**第 164 页**

▶▶ 如果你选择漂流，请翻到**第 165 页**

为什么不试一试呢？你觉得自己可以穿过去。你将安全带和肩带系得更紧一些，然后按下前进按钮，接着便向前冲去。飞船剧烈地摇晃震动起来。

突然传来了砰砰声。飞船被抛出流星雨之外，进入了一个过境区。

这个过境区是一条收取交通费用的太空公路，千奇百怪的飞船正在各种激光束形成的公路上行驶着。

一艘巡逻飞船盘旋在你的飞船附近，发出信号要求你跟随它。你在游客服务台遇到了一些可以搭伴前行的伙伴。

"有一支太空旅行队也许会在肯达经停。旅行队就像吉卜赛人一样，他们随遇而安。还有一队太空马戏团的演员们，他们可能在三个加强日之内去肯达演出。"

你问道："什么是加强日？"

他们回答说："三个加强日等于地球上的九天。"

▸▸ 请翻到**下一页**

那支太空旅行队也许根本就没想过要去肯达。不过，太空马戏团的演出也并不确定。

▶▶ 如果你选择与太空马戏团的演员们同行，请翻到**第 163 页**

▶▶ 如果你选择去太空旅行队碰一碰运气，请翻到**第 166 页**

相信自己的直觉有时候会奏效，但是这次的情况非常危险。刚刚出发不久便求救未免有些尴尬，你发现自己的掌心冒着虚汗，而且颜色异常惨白。毫无疑问，你非常害怕，不过情有可原。在这种情况下谁能不恐慌呢？

"前往肯达的飞船在执行跨星系飞行任务时受到流星雨干扰，目前舱内四分之三的系统已失灵。当前坐标为 Z2380，F9212，X2922。外环 2L。需要紧急救援。重复，需要紧急救援。"

你的声音回荡在飞船内，显得无比渺小又空洞。你是如此孤单。

▶▶ 如果你选择用应急助推引擎来推动飞船，向一个微弱的无线电信号方向行驶，请翻到**第 168 页**

▶▶ 如果你选择使用剩余的能量来增强无线电通信，请翻到**170 页**

在太空学院里学习可能会很乏味，而且只是学一些与飞行相关的知识。这艘科考宇宙飞船体积非常庞大，并且有着先进的配置，你之前根本不知道飞船上还有这样一所学院。

你向学院的院长进行了咨询，他说道："选择权在你。你可以加入指挥学院，学习如何成为一名飞船的船长；你也可以继续深造，主攻科研。我们已经将你的性格特征、智力水平及健康状况进行了详细的记录及综合测评，你获得了非常高的得分。我认为你在这两个领域都能达到顶级的水平。你的想法是什么？"

▶▶ 如果你选择加入指挥学院，请翻到第 171 页
▶▶ 如果你选择加入科研项目，请翻到第 174 页

科研组的负责人名叫福斯。他告诉你，在过去的经历中，所有出现过的生物都是取之不尽用之不竭的知识宝库。这听上去很疯狂，但是你也无法判断这一说法是否正确。你怀疑自己是否能够回想起过去的经历。你的细胞里会存在记忆的碎片吗？难道你在梦里到过的地方，做过的事情，以及见过的人都曾经是你真实的经历吗？它们正在你的体内跃跃欲试地寻找出口？也许梦境才是现实。福斯说道："我的朋友，请记住：所有太空的旅行都尚未完成。我们只是在原地徘徊。平行线相交了！时间并不是真实存在的。试着让过去变成现在。"

你并不能完全领悟这些深邃的思想，尤其是他提到的平行线相交的理论。而且，无限到底意味着什么呢？

福斯又说道："我们可以用过去做实验。过去并没有消失，它只是变成了另一种形式。"

你用数天的时间重温过去的经历，记忆好像一台巨大的造梦机器。

"你做得很棒。想要尝试一下吗？"

你问道："什么意思？"

"你可以穿越到过去的特定年代，大概是地球上的一亿两千五百万年前——恐龙时代，去那里逛一逛。你也可以随机地进入一个未知的历史时期。你选择去哪个呢？"

▶▶ 如果你选择回到一亿两千五百万年前的恐龙时代，请翻到**第 173 页**

▶▶ 如果你选择碰碰运气，选择随机回到未知的过去，请翻到**第 176 页**

"别放弃！我们要放手一搏。快！撑起能量填充罩。"

说话的是摩玛。他比你年长两岁，而且已经游历过太空的大部分地方。

"摩玛，你觉得我们接下来会怎么样？"

他回答道："没人能知道。"

随着突如其来的一阵晃动，飞船被吸进了引力场中。你发现自己正向着隧道一样的空洞疾驰而去。从外部看去，黑洞是黑色的，因为任何光线都无法逃脱它的引力场，但是所有的光和能量都储存在了这个空间中。隧道被照耀得很亮，可奇怪的是，这种强烈的光线却并不刺眼。

你突然进入了一个巨大的房间。不，这不是房间，它其实是黑洞的内部。这是一个横跨数千公里的巨型棱柱体——一个独立的世界。你不再感到害怕。你和摩玛离开了飞船，开始在这个崭新的世界生活。

新世界非常安宁。这里的人民都十分友好，他们热烈地欢迎你和摩玛的到来。大家都不慌不忙，工作非常惬意。每个人都有食物和住所。这真是一个美好的世界。

▸▸ 本故事完

你从此杳无音信。

你不知道这是些什么样的生物，而且你发现自己的防御武器可能对他们无效，看来以开放的心态、赤手空拳地去见他们似乎是更明智的选择。他们忽然出现在了你的飞船内，你只听到了能量穿透固体的声音，然后他们就变成原本的形态。他们将这种变化称之为非物质化。这种奇观让你大吃一惊。

飞船内有一种翻译设备可以帮助不同物种间进行沟通，而这个种类的外星人显然与你还有其他任何生物有着天壤之别。你似乎感到被数百只外星生物包围，而你却只看到一只个体。

▸▸ 请翻到**下一页**

翻译机器的开关按钮就在附近，你迅速地将其按下，然后大声说道："欢迎来到我的飞船。我正在飞往我自己的星球去执行任务。我并没有敌意。"

那些外星人没有回应你。他们一言不发，接着在一瞬间就变身成一大团杂乱的、如同果冻一般的庞大生物，将你围在当中。你被裹进了黏液一样的物质内，你竭力想要挣脱出来，可是无济于事。

黏液中传来一个声音，像是电流声与鸟叫声的结合，但是这声音并未打消你的顾虑。一种从未有过的轻盈感纵贯你的全身，接着几秒钟内你就被非物质化，并被运输到微微抖动着的那些外星生物的宇宙飞船内。

你试探了他们的宇宙飞船的材质，认为自己可以冲破它然后逃之夭夭。他们的飞船就像是裹在网球上的橡皮泥一样包裹着你。你只需找到你的飞船的舱口，就能冲进去拿到携带的武器。虽然机会十分渺茫，但还是切实可行的。

▸▸ 　如果你选择逃跑，请翻到**第 179 页**

▸▸ 　如果你选择不做任何反抗地跟随他们，请翻到

第 177 页

那团生物朝你的飞船靠近。他们的数量急剧增加，多到你数不过来，形状和体积也与之前截然不同。他们侵入了你的飞船中，如同融化在了控制面板上一般。通信和导航系统似乎失灵了。你别无选择，唯有为生存而战。

你把手伸向应急能量开关，与此同时，这群生物将你包围，他们融为一体，形成了一种巨大的摇晃的形态。你费尽九牛二虎之力才从那一团黏糊糊的物体中挣脱出来。你手里握着一支激光眩晕手枪，瞄准那堆黏性物体的中心，按下了发射按钮。你看见那物体皱缩起来，发出五颜六色的光芒，慢慢燃烧、抖动，随后又再生。你继续射击。

一阵你从未听过的声音传来。不是音乐声，却蕴含着音调和美感。你射击的时间越长，那声响越大。激光在你不经意间射向了操控台，摧毁了其主体结构。但你还是继续射击。忽然，那一大团物体皱缩起来，渐渐消失了。四周一片寂静——你胜利了。

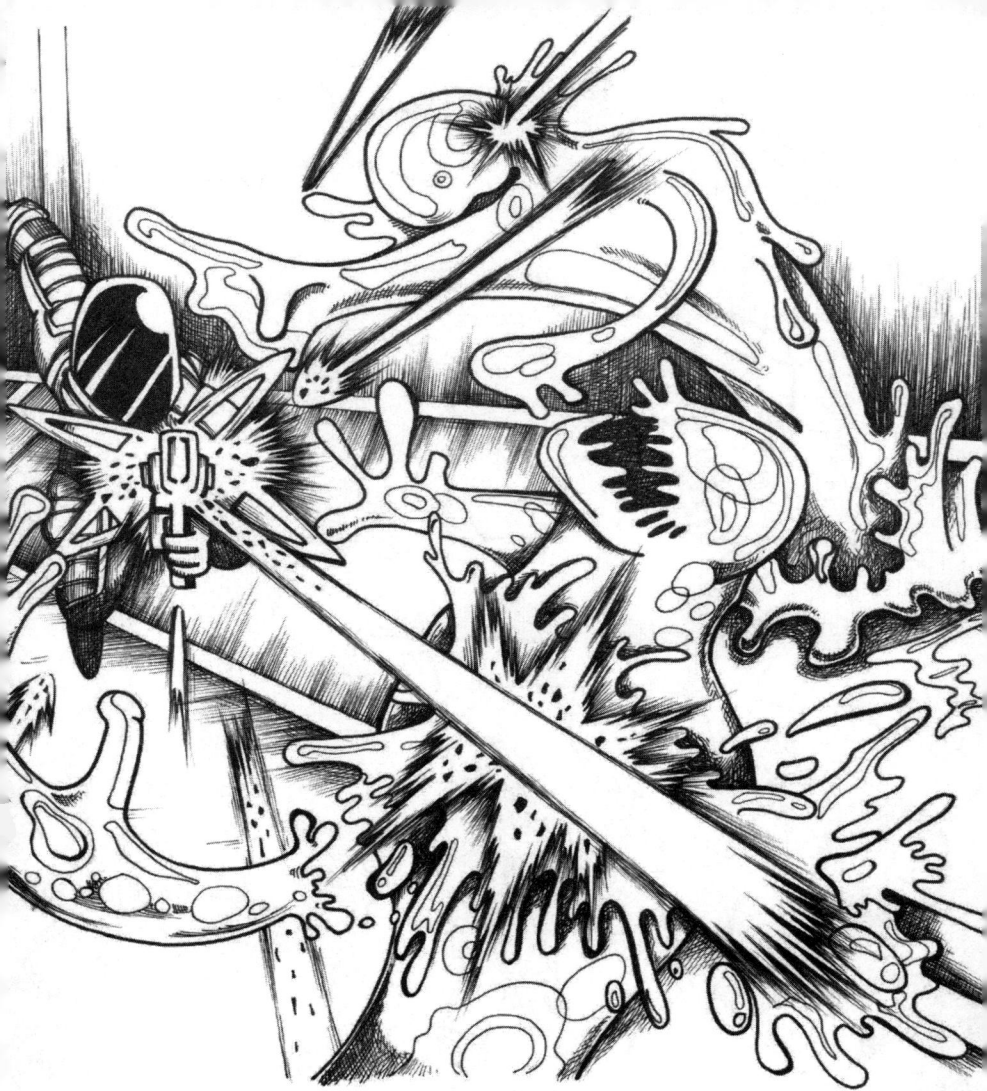

不过，你也为此付出了惨重的代价。你现在才发现飞船受损严重。你在宇宙中游荡着，祈祷着能出现一线生机。

▶▶ 为了争取逃生机会，请放弃肯达，尝试前往克罗伊德星球，请翻到

第136页

你迅速地做出了决定。虽然太空马戏团听上去很荒唐，但是游荡在星系间寻找你的出生星球也很荒谬。你去见了马戏团的领班佐戈，他看上去就是一个普通的地球人：脸上蓄着红色的胡须，身材魁梧，经常咧嘴大笑。他爽朗的笑声让你感到了家的温暖。

"欢迎加入我们！我们需要创造力。欢迎参加全宇宙最盛大的演出。"

"不过，我能表演什么呢？"

"别担心，我的朋友，我们会为你找到工作的。完全没问题！"

于是你加入了这个团队之中。这里有地球生物，也有其他你从未见过的物种。你们在太空中飞行，在奇异的星球和沿途遇到的空间站做短暂的停留，有时只是在宇宙空洞中游荡。

你的专职工作是训练高能的粒子和夸克，让它们表演杂技。你很喜欢夸克，它们似乎也很喜欢你。

你始终没能抵达肯达，但你已经不在乎了。

▸▸ **本故事完**

你用剩余的能量将飞船驶向黑洞。当你逐渐靠近黑洞时，飞船里出现了种种异象。首先，控制台上的所有电子读数都开始逆转，飞快地归零了；你的头发直直地竖起来；飞船中所有的光线都像水流一般向黑洞流去；你的所有血液都涌向了四肢，你感到头晕目眩、惊恐万分。

你透过一扇舷窗看到了一个正在跳动的天鹅绒质感的物体，比天空还要广阔——至少看上去是那样的。

你听到有人用尖锐的、极有穿透力的声音呼喊着："趁现在还来得及，赶快回头，立刻掉头回去。"

你想不通这警告声来自何处。也许你现在还有机会掉头，也许还没有太迟，也许残存的能量足以逃脱黑洞巨大的引力场。

那警告声并没有再次响起，你对接下来的行动犹豫不决。

▶▶ 如果你选择继续前进，请翻到第 **180** 页
▶▶ 如果你选择掉头，请翻到第 **182** 页

你没有预料到在去往肯达的路途中会遇到黑洞，对于这种问题你也没有紧急预案。你的确很聪明也很有创造力，但是这个问题显然对你来说非常严重。你不能冒着生命危险去接近黑洞。

你在黑洞的引力场刚好无法波及的轨道上游荡着。你孤身一人无比绝望地看着飞船内的设备，其他所有的设备都在运行，唯有计时设备没有了记录，你这才意识到时间已经静止了。你对其进行了仔细的检查，可设备看起来并没有问题。接着，你才完全明白自己处于怎样的状况。

在这片空洞中，时间是不存在的，空间也不存在。你也一样。

▸▸ **本故事完**

太空旅行队！有什么能比在太空中游历更令人兴奋的呢？你被安排去见太空旅行队的领队。她叫欧斯，是一位美丽的诺曼人——至少在诺曼人的审美标准里她是一位美女。你和她通过翻译系统进行交流。

欧斯向你介绍自己的团队致力于搜集异域的美味佳肴和精美的物件，并告诉你，他们正运载一批黑洞尘埃前往地球。地球人相信它是一种能够让自己永葆青春的魔药。她对此报以嘲笑。"那些愚蠢的地球人总是在追求他们无法得到又一文不值的东西。"她说，"加入我们吧，我们不能再等了。"

于是你们启程上路。当你抵达地球时，你被这个星球上的奇特文明所吸引。这里高楼林立，这里的人看起来和你很相像，但是从他们的反应可以看出他们受到了惊吓。这里有汹涌的黑色运河、狂暴的飓风、厚重的乌云，还有一望无际的沙漠。

▶▶ 如果你选择留在地球，请翻到**第 183 页**

▶▶ 如果你选择离开，请翻到**第 184 页**

幸运女神眷顾了你。你突
然被一道光束吸进一个巨型太
空科考站的接收舱内。科考站
由宇宙管理组织指挥，你受到
了所有船员的热烈欢迎。他们
立即修复了你的飞船。其中一
个人说道："我们正前往艾克斯
尔星。这是一次慈善之旅。艾克
斯尔星人感染了一种可怕的不
治之症，或许你不该跟我们一
起冒险，你自己来决定吧。"

虽然科考站的人也有可
能被传染疾病，但是飞船上
的科学家与医生都愿意冒这个
风险。这个决定真的是太难
做了！真是刚出龙潭又入虎
穴啊。

▶▶ 如果你选择和他们一起前往艾克斯尔星，请翻到第 **186** 页

▶▶ 如果你选择继续前往肯达，请翻到第 **187** 页

你的求救广播受到相斥力场的干扰，你发出的信号被放大并且原路返回了。你的飞船被自己发出的信号引力波击中，爆炸了。

　　成为一位执行太空任务的飞船船长听上去更让你感到振奋，你报名进入了指挥学院学习。摩玛决定同你一起学习。由于你对学院的课程越来越感兴趣，便把飞往肯达或克罗伊德的计划渐渐抛到脑后。

　　时间一天天过去，你在学院取得了优异的成绩。你的父母都为你感到骄傲。毕业之际，你和摩玛被分派到了一艘与之前截然不同的新型飞船上，你们要乘坐它前往遥远未知的星际空间，进行深入的探索。有人暗示说你们甚至有可能去探寻虫洞，进入时间和空间的连续体。

　　在和所有朋友、家人道别后，你和摩玛登上了新飞船，准备前往那些未知地区展开十二年之久的勘察。

▶▶ **本故事完**

你曾经通过将信息下载到大脑的方式，学习过十二个星球上的生物进化史，其中包括地球。你对恐龙时代一直非常着迷。霸王龙所生活的白垩纪时期是求生艰难却又吸引人的一个时期。你还没反应过来就已经身处其中了，那是一个没有人类生存的世界。你很惊讶地发现自己变成了一只迅猛龙。和霸王龙相比，这种恐龙的体形要小得多，对食量一向很大的霸王龙来说简直就是完美的猎物。

你躲在茂密的植被后面，又渴又饿，却一动不敢动。在这个世界里，轻举妄动会被残忍地杀害。你听到了一阵急匆匆的脚步声，接着一只小型的原角龙疾驰而过，它自言自语道："现在安全了。霸王龙和可怕的特暴龙已经离开了，他们彼此在一决胜负。或许，我们可以暂时松一口气。"

你谨慎地透过植物的枝叶向外瞄去，然后小心翼翼地迈出你的避难所。你所处的地理位置非常有优势，能观察到正打得不可开交的霸王龙和特暴龙。

▸▸ 请翻到**第 175 页**

"科研"到底是关于什么的呢？除了听到空间站里的每个人说"研究，研究，再研究"之外，便没有更具体的信息了。对你来说，科研不过是你琢磨感兴趣的事情的别称罢了。你决定尝试一下。

科研协调员对由六个人组成的精英小组说道："我们研究的主题是，在所有星球上引起暴力冲突尤其是战争的原因。虽然战争带来了痛苦，但是它有好的一面。我们想研究的问题是，这些好处能否不通过悲惨恐怖的暴动来实现。你们能入选这个小组是因为你们都具有为难题寻找解决方案的天赋和才能。"

你被这段开场白所吸引，似乎已经淡忘了要飞往肯达或克罗伊德的想法。摩玛选择陪在你的身边，他是一位很贴心的同伴。

在经历了一段高强度的研究工作后，科研队决定分成两组。Ａ组将前往辛西娅星观察那里正在发生的战争。Ｂ组将前往火星研究六千二百万年前在那里发生过的一场战争。时间旅行机会帮助你们穿越到那个时间点。

▸▸　如果你选择加入 Ａ 组，请翻到第 **188** 页

▸▸　如果你选择加入 Ｂ 组，请翻到第 **192** 页

霸王龙胜利了！它将注意力转向周围，随即发现了你，并疯狂地向你冲了过来。

你最好趁还来得及尽快脱离此地。你胡乱地按着时间穿越仪上的按钮。

▶▶ 如果你选择按下清除键，请翻到**第 189 页**

▶▶ 如果你选择按下时间返回键，请翻到**第 194 页**

虽然到未知的时空去要冒很大的风险，但是这也激起了你想要冒险的欲望。

你飞快地在时间中倒退回永恒的边缘，也就是整个宇宙的开端。你达到了一个失重状态，并且感受到了完全的安宁和稳定。没有声和光，但周围也并不是黑暗的。你迅速地回到了宇宙最开始的阶段，那个令人激动又兴奋的起点——万物起源的大爆炸。你现在是万物的一部分，当然曾经也是，永远如此。开端已成为终结。

▶▶ **本故事完**

你尽量表现得自然，好让他们明白你没有恶意。那些起源不明的生物貌似能理解友好的肢体语言。

他们再次变形，组成一个固体的形态，大声地用金属质感的声音向你提问。这让你想起在太空博物馆里看到的早期磁带。这些磁带来自一个无名星球的古老文明，他们都发出同样的叮当声。他们说道："我们一半是物体一半是生物。我们来自生物和非生物没有明确界限的地方。"

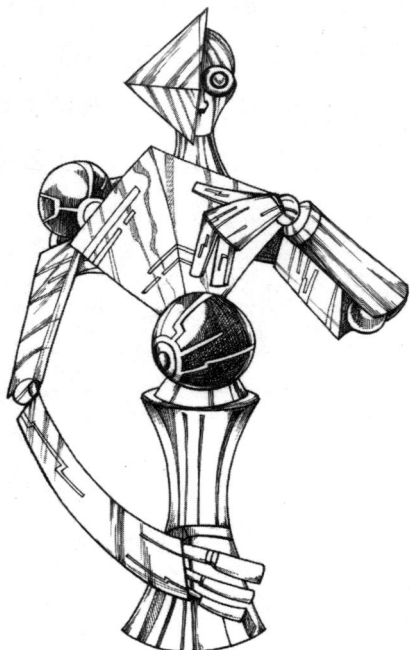

▶▶ 请翻到**下一页**

"由于分子重组，我们的星球正岌岌可危，它可能很快就会被分解掉。我们需要像你这样的生物来帮助我们寻找一个新的星球。我们无法保持一种形态——物体或生物，因此，我们有必要加入一个完全是生物的物种群体中。现在你有两个选择：要么帮助我们，要么被放逐到这个星系中流浪。"

▸▸ 如果你选择帮助他们，请翻到**第 199 页**

▸▸ 如果你选择拒绝他们，请翻到**第 202 页**

快！没时间了。你打开思维扫描电脑，输入他们的思维模式。电脑里传出近乎发牢骚的声音："解读这些奇怪生物的思维真是个复杂的工程。"

终于，大功告成！电脑屏幕上闪烁着一行字：准备进入交流模式。

"主要能源位于坐标中靠下的第三象限，系数负三，除以E3，B13，优化处理根参数，输入并且处理分析字符。"这听起来像是荒唐的地球语言，但你还是大体听懂了。你可以让这些生物陷入无助的境地，如果你愿意甚至可以将其摧毁。

"请听我说。你们没有反抗的机会，请停止攻击，否则我会使你们失灵。不信我为你们做个演示。"你立即播放出一段编排好的能使他们失灵的代码片段。那群生物顷刻间开始颤抖起来，可他们还是很强硬。

▶▶　如果你推断他们将和你谈判，请翻到**第 196 页**
▶▶　如果你认为他们会无视你的威胁，请翻到**第 198 页**

　　光岛对你来说简直是一个避风港，你的飞船在温暖的光辉中平稳地降落了。你走出飞船，受到了六个生物的欢迎。他们能改变年龄和身体特征，不断地在老人和婴儿之间变化。这让你无法理解，甚至感到异常恐怖。这一切就像是看着过去变成了现在，现在变成了未来。这里就像生命的万花筒，是无限次诞生与死亡的循环往复。

　　你忽然发现这种现象也开始在你身上发生了。你低头看向自己的手，发现它们变得小巧粉嫩——那是婴儿才有的手。接着，你眼睁睁地看着它们长大，改变颜色和质感。你感到了时间和经历对自己的改变。你并未感到不适，但却无法控制变化的发生。然后，双手出现的皱纹和老年斑让你感到毛骨悚然。

▶▶ 请翻到**下一页**

站在你面前的一个生物对你说："别害怕，起初我们都受到了惊吓，但一切都会随着时间过去的。"

你喊道："随着时间过去，是什么意思？"

他们笑了起来，但是听上去是善意的。于是，你放松了下来。

"听着，在这里，你必须接受自己只属于过去或者未来，现在并不是真正存在的。为什么不选择你想经历的那段时光呢？啊，亲爱的，正如我们所说，时间是不存在的，真的。但是不要担心，你可以选择进入过去或者未来。"

▶▶ 如果你选择冒险进入未来，请翻到**第201页**
▶▶ 如果你选择回到安逸的过去，请翻到**第203页**

你慌乱地敲打着返回和能量输出的按钮，感觉飞船好像失控了一样在剧烈地抖动着。稳定了一阵后，随之而来的是更加剧烈的摇晃，你大惊失色。

你现在终于清醒了，完全缓过神来。你看着控制台检查路线和导航电脑的状态，发现自己已经在去往肯达的航线上了，一切正常。刚刚的经历只是进入了系统设定的睡眠模式，那些流星雨、光岛和黑洞只是系统制造的梦境。

现在，你向肯达出发了。

地球对你产生了极大的吸引力。你曾经听过很多关于地球历史的故事，那是一段充满着暴力与贪婪的历史，一段持续了数年乃至数个世纪的摧残与仇恨的历史。史书记载了那个险恶的世界，只有真正的冒险家才敢不避艰险地在那里长久坚持。不过，在残酷的现实之下，地球上的人类建立起造福于所有地球生命的社会。这真是一幅复杂矛盾的画面。或许，你该待在这里。

于是，为了适应地球的生活，你使用生物电脑程序将自己的生命系统转换成地球生命系统。

你发现地球人的态度非常开放、友好，但是你在他们之中嗅到了一丝怀疑之意。

▶▶ 如果你选择留下，请翻到**第 204 页**

▶▶ 如果你选择离开，请翻到**第 206 页**

当你们降落在地球上的时候，第二大飞船的飞行员向你挑衅。他说道："听着，你不属于我们，我不想再看见你。你必须离开这里，否则我会让你蒸发掉。"

他向你挥舞着一种激光武器。你完全不理解他为什么会如此生气，但是也没有必要冒险。你选择主动离开，你终于要再次出发了。这次的路线可能会有所不同，你的新路线也许会将你带到距离克罗伊德更近的地方。

▸▸ 请翻到**第 136 页**

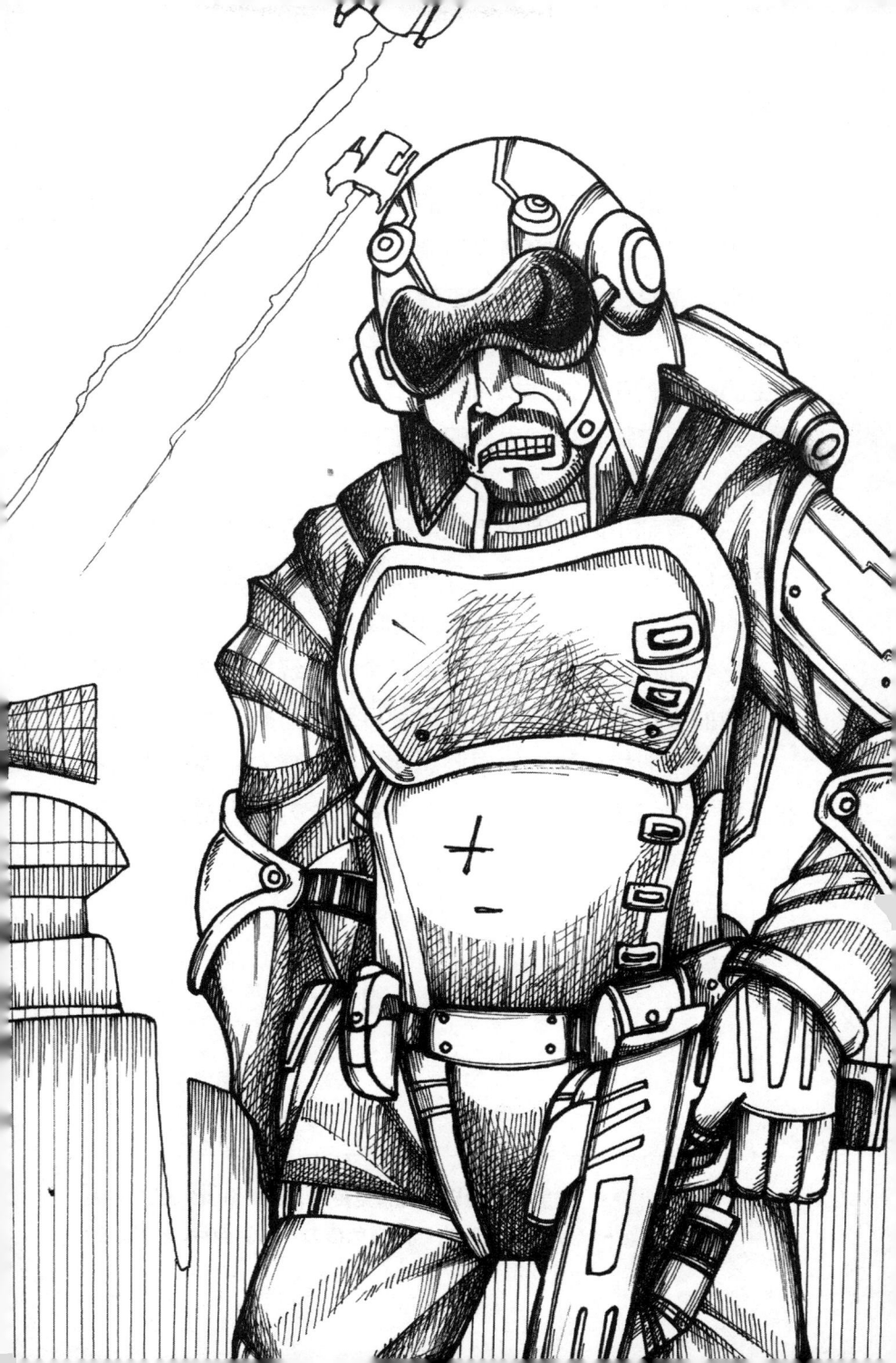

科考站进入了艾克斯尔星的大气层。科学家们紧张地观察着大气状况、微生物情况和能量关系的监控设备，似乎一切正常。飞船在一个名叫诺尔的城市上空盘旋。登陆小队已经集结完毕。虽然你并未被编入其中，但却时刻关注着下面发生的一切。通过 3D 显示器，你看到了寂静的城市。但几乎看不到任何生物，偶尔出现的人看起来虚弱无力，而且情绪低落。

你从登陆小队发回的无线电信息得知，一种奇怪的发热疾病正在艾克斯尔星传播，几乎所有居民都受到了感染。星球上的人都太虚弱了，根本无力自救。

据登陆小队汇报，他们中有三个人已经出现了同样的症状。他们决定暂时先撤退，然后制订新的方案。另外你还得知，有些其他星球的生物对此恶疾具有免疫力，而有些则不然。科学家们认为，应该将那些具有免疫力的人留在该星球上治疗疾病。

▶▶ 如果你认为自己具有免疫力，请翻到**第 205 页**
▶▶ 如果你认为自己没有免疫力，请翻到**第 210 页**

你对飞往艾克斯尔星的危险性进行了一番评估，认为以自己的能力无法解决将会面临的问题。

"很抱歉，指挥官，我不想去。我不能冒险受到传染，并且再将这个疾病传播到其他星球上去。"

"我能理解你的担忧，也很欣赏你直面恐惧的勇气。我们会尽可能为你的航行提供帮助。祝你好运。Gleeb Fogo（宇宙中表达友谊的敬语）！"

你的飞船已经修理完毕并配备好了宇航装置。你从科考站弹射出来，回到了黑暗的空洞里，一圈又一圈地旋入永恒无垠的宇宙中。

▸▸ 请翻到第 **212** 页

辛西娅星的表面覆盖着旋涡状的稠密云层，云层的湿度很大。你的飞船穿透这些云层，冲入一片生长着茂密植被的陆地上空，在这块大陆上方飞行。你并没有看见乡镇和城市。这里的居民都在哪儿？哪里爆发了战争呢？

你跟随先遣队一起登陆，发现自己的生物系统几乎可以适应这里的大气。

▸▸ 请翻到第 **191** 页

你及时摆脱了那只霸王龙，可是在你按下清除键后，并没有被带到某个地点或者时刻。你通过无线电求助并且获取方向。

刹那间，你又回到了飞船内。

哦，不，一切又重新开始了。你真是无法忍受了。

▸▸ 请翻到**第 135 页**

你只需从生命维持包中获取少量的气体就可以正常呼吸。摩玛站在你的身边。

"你看到那个东西了吗？"

"什么？你看见什么了吗？"

"一道影子。那影子移动得飞快，好像在跟着我们。"

忽然，一阵短促的类似于号角发出的响声让你们停下了脚步。你被一群忽隐忽现的身影包围了，这群生物如影子一般纠缠扭曲着，你无法看出他们到底是什么。

那群影子人说道："和平还是战争？你们听着！你们是领导者还是追随者？"

"当然是和平。在我们的世界里，是没有战争的。"

"大家都这么说，但是战火在整个宇宙蔓延。"

"你们在做什么？为什么不求助呢？"

"我们在和光的军队对抗，他们是我们的敌人。我们是影子。"

你不知道是否该相信他们，但是你别无选择。你不得不跟着他们走。他们将你带到了总部，向你解释说，那些光的军队建造了一个四面八方都有光射入的世界，这样影子便无法生存，他们企图以此将影子灭亡。那些光人不允许有光和影的多彩生活存在。

▶▶ 如果你选择加入影子人的部队并在这片土地上作战，请翻到**第 214 页**

▶▶ 如果你选择加入火箭飞船部队，请翻到**第 215 页**

时光旅行真是惊心动魄。当你在时间中倒退时，仿佛坐在向后行驶的过山车上，但速度比过山车快得多。你透过舷窗观望宇宙，看到星星的诞生和消亡，看到一颗颗行星在宇宙中盘旋，看到彗星飞来飞去，看到超新星猝然爆发，以及过去所有你未曾见过的景象。你只是时间倒退时的一种能量体，最后你抵达了火星。火星是银河系中的一个行星，你对它闻所未闻。

你们抵达火星后便隐身了，通过空间、固体旅行，甚至能进入人脑的思维。

火星上的战争是怎么引起的呢？谁知道内情呢？贪婪？饥荒？羡慕？妒忌？抑或只是对战争的本能需求，完全是为了寻求厮杀的感觉而战？这简直是太复杂了，每个人都有不同的答案，但无一例外是在指责别人。这里尸横遍野，房倒屋塌。这是什么生活呀？这就是为什么会有新的生存方式的原因。你就是新的生存方式的一

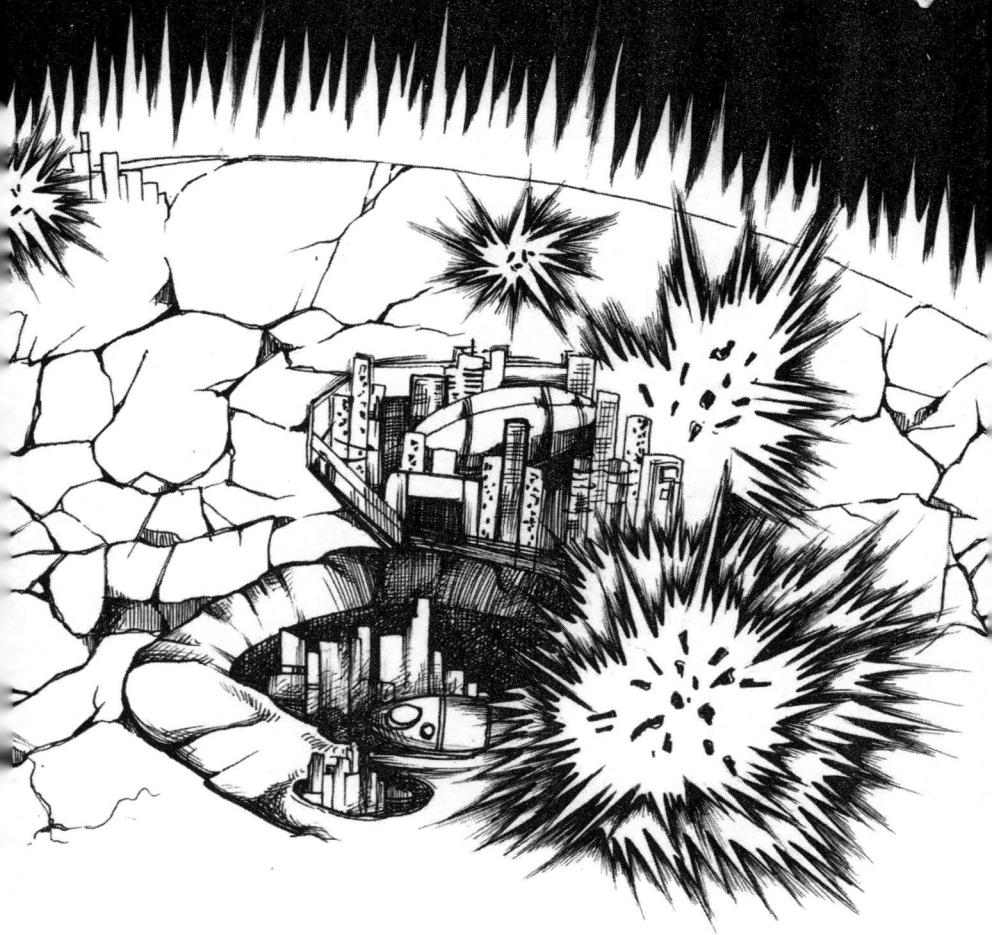

部分，那是崇尚分享的方式。

▸▸ **本故事完**

时间穿越仪将你弹射到地球的四百万年前，地点是现在的东非奥杜威峡谷，不过那时的奥杜威峡谷还是一片高原。这时人类刚刚诞生，他们以打猎为生，过着群居的生活。他们已经发明了工具，并且开始使用棍棒和动物骨头作为武器。这里是文明的起点。

为什么不留下来看看会发生什么呢？也许，你能扭转乾坤。

▸▸ **本故事完**

他们相互拉扯，变成一团杂乱的物体，嘀嘀咕咕地商量了一会儿。那团物体的一部分开始分解，将自己伸展成十分接近人类的形态，然后用尖锐、单一的语气说道："虽然你可能具有摧毁我们的力量，但我们还是决定信任你。如果你真的怀有敌意，早就将我们毫不犹豫地毁灭了。我们相信你是好人。"那团杂乱的物体中传来低声的赞同声。他继续说道："我们从原本居住的星球外出执行任务，寻找一种特殊的血浆，为我们的思维生成器提供能量。在我们的星球上，这种血浆已经消耗殆尽了。没有它，我们将走向灭亡。我们只能变成一大团杂乱无章的东西。我们的思维需要它来提供导向。据说这种血浆能在两颗星球上找到，其中一颗名叫肯达。"

你为这个巧合大吃一惊，然后俏皮地说道："棒极了！我们走。"

一切似乎都静止了，一个奇怪的声音回荡在空洞中。那声音不大，也不轻柔，但很明显的是，它就在你的外面，将你包围。

▸▸ 如果你认为那个声音是友善的，请翻到第 **218** 页
▸▸ 如果你认为那个声音并不友善，请翻到第 **219** 页

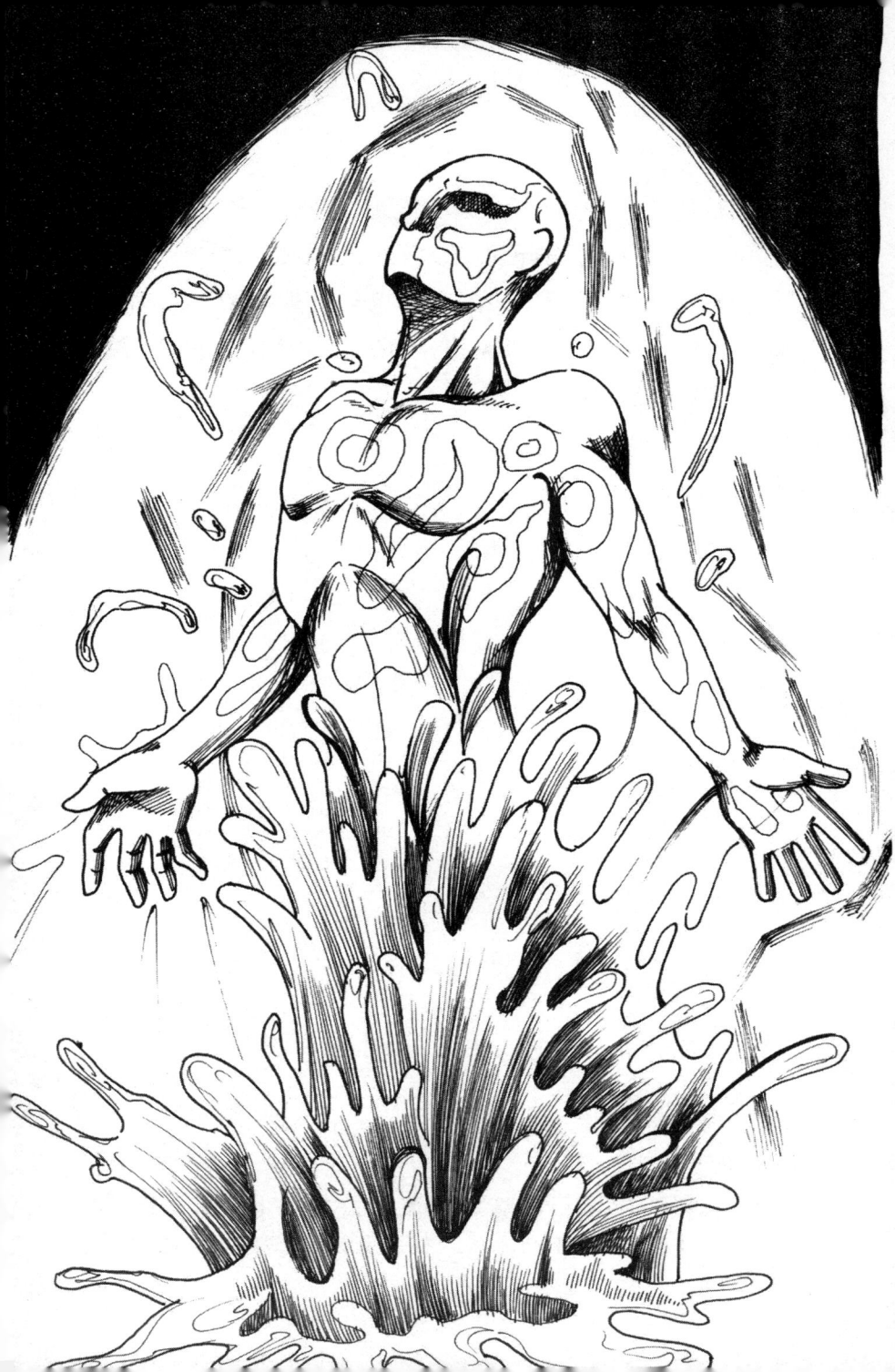

无视你让他们犯下了巨大的错误。他们以为你在虚张声势，可你当然没有。你不可能拿自己的生命冒险！

你编入正确的代码，然后看着这些充满敌意和疑虑的生物开始消失。你感到了一种超能力带来的无比美妙的满足感。接着，你发现自己也发生了变化。

▶▶ 如果你选择继续摧毁这个充满恶意的生物，请翻到第 216 页

▶▶ 如果你选择将他们制伏，然后控制他们，请翻到第 217 页

你不想流浪，只得选择帮助他们。他们一边寻找思维所需的能量血浆，一边收集其他星球上各式各样的生物。他们希望通过对这些生物的研究，而转化成完全生物。他们称这次研究行动将会造福宇宙中的所有生物。

你这才意识到你就是他们收集的标本之一，心中感到非常恐惧。由于他们的形态看起来让人作呕，所以他们希望你加入这次行动，帮助他们收集生物样本。你现在才明白，你成了他们的诱饵！你并不喜欢这个主意，但他们向你保证，不会伤害那些收集到的生物。在进行研究和评价后，他们就会回到原来的家乡。这对你来说会有什么损失呢？你或许可以跟随他们一同前往，这可能会很有趣。

你可以到两个星球上寻找生物，一个是居住着人类的地球，另一个是一颗正在萎缩的小型星球。

▶▶ 如果你选择去地球，请翻到第 **221** 页

▶▶ 如果那颗小型星球更吸引你，请翻到第 **224** 页

纵观所有时代，任何生物都希望能够预测未来。他们有的向神明卜问，有的在动物身上寻找真相。有时，他们会走火入魔，但大多数时间他们只是希望能看透未来的变化。不过，他们似乎从未成功过。而你，现在可以到未来去。

"请走这边，你必须为通往未来的旅程做准备。"他们领着你穿过一条长长的斜坡，四周是不断变换的光线和画面。

"现在，别出声，保持冷静。享受旅程吧！"

你在一瞬间便跃入了未来。

▶▶　如果你相信接下来的是未来，请翻到第 227 页

▶▶　如果你对所发生的一切感到怀疑，请翻到第 228 页

不，你当然不想和这群怪物待在一起。哪怕被放逐，你也希望离他们远点。可当你离他们远去时，他们对你喊道："我们诅咒你！你不相信别人，也不关心别人！"

诅咒是危险又邪恶的东西。你怎样才能摆脱这个诅咒呢？

▶▶ 如果你选择找机会复仇，去消灭这次诅咒的源头，请翻到**第 223 页**

▶▶ 如果你选择不在意他们说的话，请翻到**第 226 页**

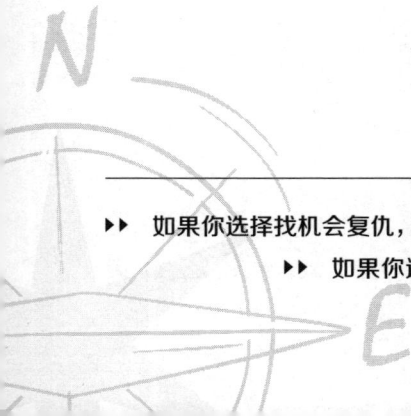

你认为回到过去最安全，可能也最有趣。但是，过去又意味着什么呢？五分钟以前？一年前？三百年前？还是两百万年前？范围实在是太广了。你得选择一个过去的特定时间点，就算不是时间点，也得是一个时间段。

▶▶ 如果你选择去看看二十亿年前的宇宙，请翻到**第 229 页**

▶▶ 如果你选择回到一百年前看看，请翻到**第 230 页**

这真是个有趣的星球，有很多不同的人种、语言和习俗。你可以在这里四处游览，学习到很多知识。

这里的确有很多严重的问题，比如污染、战争和能源危机。但是你相信一切都会有所改善，因为有一个名为联合国的大型政治组织正在试图解决其中一些问题。人们也已厌倦了战争。你认为地球是一个值得留下的星球。或许，你可以提供帮助，让这里成为更适宜生存的地方。

▸▸ **本故事完**

你对艾克斯尔星上流行的奇怪疾病具有免疫力。医生和科学家也确认，你的生化组成不会受到下方的发热病的影响。你和其他三名具有免疫力的成员通过小型运输机下降至地面。

"真是太奇怪了，是不是？"

"的确，好像整个城市都死亡了。快看那边那个人，怎么回事，他几乎没办法走路。"

"正如我所说，太诡异了。"

"不过，这一切肯定是有原因的。我的意思是，每个人都受到了感染。"

你们向几个遇到的病人了解情况。他们都说疾病是突然暴发的。仅仅几天的时间，所有人都丧失了行动能力。在疾病暴发前，他们没发现任何异常。唯一不寻常的是，有一支其他星球的代表团来这里寻找几名潜逃的政治犯。没有发生过其他事情了，疾病就这样暴发了。

▸▸ 请翻到第 208 页

飞船上的心灵感应影碟描绘了地球上的问题：人口过多、食物不足、犯罪率高，并且污染严重。当你真的踏上了地球，才发现那些问题的严重性，你对此感到很恐慌。你该从哪里开始解决这些问题呢？你能做什么呢？

一切都太迟了，你已经无法离开这个星球。大地开始剧

烈地摇晃起来，地震和其引发的海啸将城市夷为平地。虽然导致地震的原因不明，但是人们怀疑罪魁祸首是数次核爆炸。

▶▶ **本故事完**

你向他们追问关于外星代表团的问题，但是他们的回答都不确定。他们不记得那个星球的名字，也想不起外星人乘坐的飞船的序列号，他们帮不上什么忙。那些代表团很可能心怀叵测，有计划地暗算了艾克斯尔星球。

你们又询问了其他人。他们都提到，有一些科学家曾经警告过他们，艾克斯尔星已经被污染，并且很快就会给他们带来无法解决的麻烦。不过那些人的回答也是含糊不清。

▶▶ 如果你选择调查外星代表团，请翻到**第 231 页**

▶▶ 如果你去选择寻找污染源，请翻到**第 233 页**

于是你加入了他们，但是你被迫卷入了明显毫无意义的冲突中。他们甚至不知道斗争的原因，只是接收到命令，于是便去执行。这场冲突简直毫无意义。

其他飞船已经摆出防御队形，并且发射无线电广播请求停战。你提出要作为代表去谈判。几艘飞船的船长低声商量了一番，说道："请告诉我们谈判的原因。"

"一直打下去有什么好处呢？你们都会被杀的，没有人会取胜。"

"我们会取而代之的。"洛兹佐特的指挥官说道。

▸▸ 如果你选择坚持谈判，请翻到第 237 页

▸▸ 如果你选择逃命，请翻到第 236 页

你们都出现了发热的症状。其他船员也一个接一个地受到了感染，甚至连那些本以为自己有免疫力的人也没能幸免。由于发烧，船长已经神志不清了，他试图逃向另一个星球。

"我们得逃命，我们必须到其他地方去。"他喊着。飞船发出刺耳的声音，驶离了艾克斯尔星，但是你们会将疾病带到所过之处。在漫无目的地飘荡了几周后，宇宙管理组织派出了驱逐舰来抓捕你们。这意味着你将被隔离，或者在监狱中度过漫长的余生。

如果你选择在被捕前策划出逃跑方案，请翻到第 235 页

▶▶　如果你选择在被捕前策划出逃跑方案，请翻到**第 235 页**

▶▶　如果你选择通过电脑搜索引发疾病的原因，请翻到**第 234 页**

嘭！！！你被射出的激光束包围。你的光学扫描仪显示一共有十一艘飞船，其中四艘具有洛兹佐特的设计风格，六艘看上去有马尔利的特征，第十一艘看起来像是宇宙管理组织的警察飞船。

轰！激光束击中了宇宙管理组织的警察飞船。它被炸成无数闪闪发光的碎片，而其中一艘洛兹佐特风格的飞船停下来调查你。

"立即停止一切行动！解除激光炮。说出你的身份。"说话的是洛兹佐特飞船的指挥官。

你说道："好的，好的，请放心。我是友善的人。"

"友谊有多种形式，我们之前也听过类似的话。你会加入我们对抗敌人吗？"

如果你不加入他们的战斗，那么你就会被汽化，然后……

▸▸ **本故事完**

▸▸ 但是，如果你选择加入他们，请翻到第 **209** 页

摩玛劝你加入防御光人进攻的陆军部队。你和摩玛奉命指挥一支由十四名影子人组成的队伍，建立了一套墙壁系统来阻挡光源。光人发出要求影子军队投降的信息，让整个战势陷入了紧张状态。

你和摩玛被邀请参加一场协商会。

一个像是领导的人问道："我们是该攻击他们，还是该撤退呢？我们不太可能抵挡得住他们的袭击。"

你和摩玛与影子部队商讨起来。

▶▶ 如果你选择进攻，请翻到第 **238** 页
▶▶ 如果你选择撤退，请翻到第 **239** 页

火箭飞船部队听上去最有趣，而且你也接受过宇航员的训练。地面部队对你来说有一定难度。你被晋升为指挥官，率领着一艘配备了激光火箭武器的巨型飞船。从此以后，你将在太空中搜查并监管外星飞船。

但是，你心里想：到处制造毁灭，这种生活值得吗？也许你会退出。

▶▶ **本故事完**

　　嘭！嗖！唰！他们颤抖着倒下了，化为一摊摊黏稠的液体。接着，在舱内的地板上变成了干脆的固体。由于能量消耗过大，你自己的形态也发生了改变，变成了纯粹的能量体。

　　或许你可以重新开始，也许还能重新物体化，请尝试一下。

▶▶　**如果你选择尝试重新物体化，然后飞往肯达，请翻到第135页**

终于，你掌控了局势。这感觉好吗？不好。会不会感到孤独？也不会。但你现在很迷茫，也许掌控全局的感觉就是这样的。你想弄清楚他们此行的目的。你继续操作。

首先，你要搜索他们的记忆库，查看飞船之前的航行记录，接下来将所有的数据汇总成答案。虽然这很令人费解，但是你依旧坚持着。

那些数据好像三维拼图一样，形成了一个星球处于进化中期的不完整的模样。他们起初以物体的形式存在，之后渐渐萌生出意识，介于物体与生物之间。在某一阶段，他们交缠在一起，并将自己的整个身躯发射进太空来寻找思想。他们认为，有了思想就可以向真正的生物进化。

▸▸ **本故事完**

声音的响度逐渐增大，音调也变了，声音中的能量转化成了光，散发着温暖和积极的力量。整个区域都覆盖在美丽的色彩中，让你心中凭空出现了一种强烈的幸福感，伴随着它的是一阵脉动。你跳入了多维空间中。"真是太棒了。"你想。那束光就像交通工具一样载着你和其他生物一起驶向一片未知的地方。

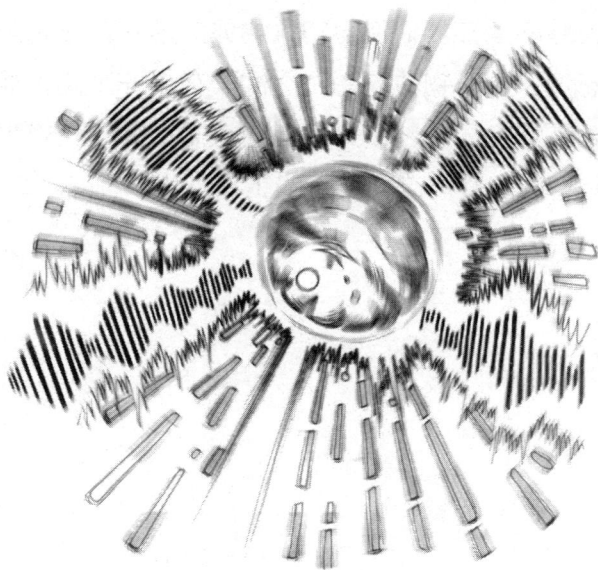

▶▶ 如果你选择冲破载着你的光团载具，回到自己的飞船上，请翻到 **第 226 页**

▶▶ 如果你选择继续前进，请翻到 **第 246 页**

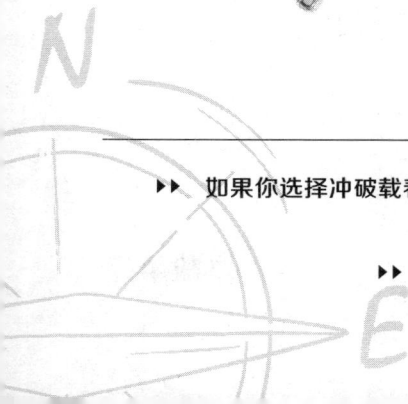

那个声音是从哪里来的呢？一块巨大的阴影将你笼罩。所有的系统都停止了运转。你听见了一阵嗡嗡声，抬头向上看，你发现了一艘巨型的宇宙飞船，比你所见所闻的任何一艘飞船都要大。它闪烁着微弱的绿光，那阵嗡嗡声很明显是它发出的。

一束传输光线捕获了你，并且将你传送到了飞船内部。奇怪的是，这艘飞船上没有任何人或者任何生命。它是空的。

你被机械手臂放置在一间小屋里，屋内的桌子上摆着食物、书籍、音乐播放器和磁带。嗡嗡声停止了。一个声音说道："我们一直在寻找你，非常欢迎你活着进入克拉伯克斯，我们是一个独立的小世界。我们需要你这样的生物来帮助我们建设完整的社会。请自便，我们不会伤害你的。"

▶▶ 请翻到第 222 页

他们的一个指挥官说道："我们正在接近地球。现在的行进方向能让我们一直处于月亮的阴影中。我们会降落在无人区，然后展开收集标本的工作。"更高一级的指挥官被召回到基地，参加一场非常高端、重要、复杂又未知的谈判。也许刚才讲话的那个指挥官对你更有利。不管怎样，你们降落了，在一片被小型灌木覆盖的沙漠区域登陆。

你第一个走出飞船，向后面的人说道："这里没有发现任何人和生物。"

低一级的指挥官说道："执行收集计划。"

你来到了一个小镇上，被这里的生物惊呆了。他们很喜欢你，但是他们每个人说话的语速都太快了。他们正在疯狂地吃着东西，将圆形的盘子塞入口中，又向嘴里倒入棕色的液体。色彩鲜艳的盒子里发出奇怪的声音。你还从来没有见到过这样的场景。他们的每个动作都操作得飞快，让你感到很不舒服。

突然，一个主意浮现在你的脑海中。"或许，我可以逃跑。我看起来和他们很像，可以混入他们之中逃之夭夭。"你加入一排领取盘子和棕色液体的队伍中（有些液体是橘色或者白色的——真是太恶心了）。

▶▶ 如果你选择继续实施逃跑计划，请翻到**第240页**

▶▶ 如果你选择不逃跑，请翻到**第241页**

那阵嗡嗡声再次响起，你开始沉沉地睡过去。

当你醒来时，你被那个声音告知，要进入九十九号或者一百号房间。你询问原因，但是那个声音只说让你做出选择。那要怎么选择呢？这就像是在抛硬币——没有真正的选择。那么，开始抛硬币吧。

▶▶ 如果你选择九十九号房间，请翻到第 247 页

▶▶ 如果你选择一百号房间，请翻到第 248 页

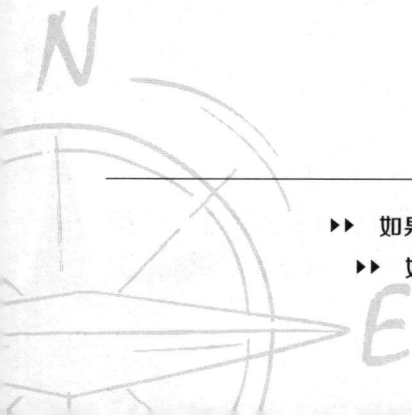

由于宇宙无边无际，因此你渐渐打消了复仇的念头。你非常幸运地与另一些飞船相遇，这群生物是地球的叛徒。

和他们交流没有太大的障碍，但你目前还不清楚，这些叛徒究竟是太空海盗还是喜欢冒险的流浪者。在说明你的情况后，这些新朋友给了你两个选择。

▶▶ 如果你选择同他们组建一支战队，在太空中搜寻给你带来麻烦的飞船和生物，请翻到**第 242 页**

▶▶ 如果你选择忘记过去，作为冒险家（如果你愿意，也可以是太空海盗）和他们继续前行，请翻到**第 243 页**

星体只是原子粒子爆炸所释放能量的高热气体的固体形态。它们频繁的核反应所形成的威力是无法想象的。你为什么想要深入到这样一个世界中呢？但这是你自己选择去做的事。

你所加入的这个外星生物小组对这次任务抱有极大的热情。如果能成功地进入这个星球的内部，并且带着生物样本返回，那么他们就会成为英雄。

宇宙飞船环绕在这个星球外的宽阔轨道上。然后，在恰当的时刻，在热量折射罩、反物质反射器和非物质化齿轮的帮助下，飞船冲出轨道奔向它。飞船剧烈地颤抖着，你这才意识到，再做任何事情都已无法挽回局面，你被分解成了最基本的能量粒子。

▸▸ **本故事完**

你以最快的速度离开了。能够再次控制自己的飞船真是太舒心了。你沉浸在摆脱了那群外星生物的喜悦中，并重写了速度控制程序。电光火石间，你的速度甚至达到了极限。

你一直在不停加速，似乎永远能够达到更快的速度。身边的事物开始变得模糊起来，你开始无法辨别控制台的轮廓。灯光过于耀眼，你意识到自己和太空已没有明显的界限。你已经和遍布星尘的虚无融为了一体。

▶▶ **本故事完**

　　这是一间宽敞又昏暗的房间，屋内的桌子上摆着一盏小灯，空气里有淡淡的灌木的味道。一个声音引导你观看出现在你面前的全景图，这是你过去六百万年间的生活史。你为自己的生命长度感到震惊。在这么长的时间里，你既是胜利者也是失败者。你快乐过，也悲伤过。这么久只有两次感到无聊。

　　"嘿，等一下，我以为我会去到未来。你们知道的，那才是我的选择。现在继续带我到未来去，你们要遵守约定。"

　　"过去就是未来。你还有很多东西要学，之后，未来自然会呈现。"

▸▸ **本故事完**

这不过是老生常谈，你已经听过这些故事。你不能在他们身上浪费时间。

或许你自己能找到这荒唐的出口。过去就是现在！胡扯！

但是没有出口，至少看起来是这样的。

▸▸ **本故事完**

　　二十亿年前。你甚至不敢相信二十亿这个数字本身。这是哪里呢？忽然间，你便身处在那里。

　　空间里布满了粒子云。星尘出现了，行星突然间爆发，黑暗被无数的星光驱离。你漫步在星光和小粒子中，一切是如此绚烂美丽。

▸▸ **本故事完**

好吧，如果你只是想到一百年前去看一看，那么你想去看哪里的景象呢？地球？这个选择很有趣，但你也可以选择其他地方。决定权在你，你只想看地球的话，我们走吧。

地球在过去的一百年是怎样的呢？人口爆炸，城市过度拥挤，交通工具从马车变成了飞船，出现了假肢和心脏病手术，实现了心电交流，电脑被植入了指尖，由机器管理广阔的农场，石油被发现之后面临枯竭，伟大的太阳能得到了利用——一切都在飞速地变化。哪里才是尽头呢？

▶▶ 如果你选择观看未来，请翻到**第 256 页**

▶▶ 如果你选择去其他地方，请翻到**第 257 页**

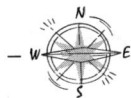

很可能是图谋不轨的外星人故意将病毒传播给艾克斯尔人。你们将这里的情况汇报给科考站，然后被派出调查外星代表团。

目前只有一条线索，就是当艾克斯尔星发出求救信号时，你们科考船上的无线电通信记录。虽然那条信息很模糊，但是根据其给出的太空坐标，你们发现了一颗名为弗利迪斯的邻近星球。你们飞到那里，发现了一件可怕的事情——这颗星球几乎荒无人烟。

▶▶ 请翻到**下一页**

那里只有城镇的残骸，像是爆发过一场大规模的战争，但你们并未发现那里有被邪恶势力统治过的迹象。不过，你们在那里发现了与发热病有关的证据。

▶▶ 如果你选择执行清理行动，请翻到**第 258 页**

▶▶ 如果你选择回到过去，寻找瘟疫暴发和这个星球被毁掉的原因，请翻到**第 259 页**

空气、水源和土地污染很快在艾克斯尔星上蔓延起来。你的研究表明，仅需三代人的时间，这里的空气将无法供人呼吸，并且水源也将无法饮用。但几乎没有人在乎或关注此事，污染的程度因而飞速加重。

领导者们在商讨解决方案，而与此同时，人民也在等待情况有所好转。可发热病很快就席卷了全球，你发现它是由污染和全民健康水平下滑共同导致的。

▶▶ 如果你选择带领活着的艾克斯尔人采取措施停止污染，请翻到
第 260 页

▶▶ 如果你认为这个问题该由星系法庭处理，请翻到**第 261 页**

　　在全世界的历史中都有关于瘟疫、发热、恶疾和传染病的悲惨记录。其中最为严重的，是长期暴露于辐射中所引起的病症。虽然你没有检查艾克斯尔星的核辐射是否超过了安全水平，但结果显而易见：人们麻痹大意，事故便发生了。这是最严重的放射性疾病，无法治愈。

▶▶ **本故事完**

驱逐舰通过追踪几个星球上的传染性发热病例，弄清了你们疯狂逃窜的路线。很快就有消息称，所有星球表层都设置了防护罩，目的是阻止你们进入其中任何一个大气层。已经有三名船员因发热而死，但是你的情况并没有恶化，反而有所好转。因此，你提出了一个惊人的想法：

"要不这样，我们回到发热病暴发地艾克斯尔星，因为只有从起点才能找到原因。"

其余的船员不情愿地接受了你的意见，你们返回艾克斯尔星。他们之所以接受你的提议，是因为你在重压之下还能表现得如此有勇有谋。

▸▸　如果你相信你们能够找到治疗方案，请翻到**第 263 页**
▸▸　如果你认为目前的情况已经无力回天，请翻到**第 262 页**

赶快逃命吧！置身于战争中太愚蠢了，谁在乎他们为什么而战。你推动了最大加速挡，离开了这片区域。

虽然激光炮不停地射击你，但是电脑控制的躲避策略让你得以逃脱。

你终于再次独自一人飞行在宇宙中了。

▸▸ **本故事完**

　没有人真的想要打仗，已经有太多人为此牺牲了。

　你为双方阵营促成了和谈。他们都是两支超级无敌舰队的幸存者，双方已经交战了三千银河年。他们是最后一批幸存下来的人，但是已经想不起导致这场战争的原因了。

　　辛西娅星球就是一个战场。城市中硝烟四起，到处都是断壁残垣。你们使用激光武器进行攻击，但是敌军的攻势过于强大，你们无力抵御。

　　你们的军队伤亡惨重，到处是残兵败将。

▶▶ 如果你选择坚持抵抗敌军直到逃脱追击，请翻到**第 244 页**

▶▶ 如果你选择举手投降，请翻到**第 245 页**

撤退并非坏事。如果现在继续战斗下去，只会造成更大的损失。目前的伤亡已经够惨重了。停止对抗，做出让步，也让对方了解当下的局势。

当你们撤退后，敌军似乎也在惊讶之下停止了攻击。浓烟消散，偃旗息鼓，他们也退兵了。战争就此结束了。

▸▸ **本故事完**

逃跑似乎轻而易举。你试着将其中一个盘子塞入头上的洞里。它尝起来很奇怪，而且表面有一层黏糊糊的黄色物质，令你作呕。上面放置着一层红色的软泥和圆形的绿色小盘子。真是怪异的食物。

你混入人群之中，他们并没注意到你，因为他们都在忙自己的事。从彩色盒子里传出的噪声简直是震耳欲聋。你模仿着他们的样子，将纸揉成一团，然后随意扔掉。好奇怪的习俗呀！

你在外面坐上了一辆暗绿色的大车。有人冲你喊着什么。然后车子启动了，你被带到了城外的一片辽阔的营地。一条巨大的横幅上写着"欢迎参军"。你还没弄清楚情况，但是你好像已经是军队中的一员了。

▶▶ 如果你选择留下并且弄清这里发生的事，请翻到**第 249 页**

▶▶ 你有一个还未使用的秘密武器。如果你选择使用它，请翻到

第 252 页

　　逃跑后也可能再次被捕，你最好还是跟随着这些奇怪生物执行任务。当得知地球上没有什么生物会对你造成伤害后，你鼓起了勇气，捕获了三名地球人——一名是政客（非常危险的生物），一名学生（也很危险），还有一名公务员（不知道是否危险）。他们看起来很像。你通过思维扫描仪看出，他们的思想基本一样。至少，他们思考问题的出发点是一样的。

　　你一路上时不时地停下来欣赏风景，但是很快这些景物就被浓密的黑烟所覆盖了。

▶▶　如果你选择向学生进行询问，请翻到第 **250** 页

▶▶　如果你选择向政客进行询问，请翻到第 **251** 页

你们很快就形成了四支编队。你将飞船加速至最高的速度，在最近的星系空间搜索奇怪的飞船和生物。但是所有扫描设备都显示没有扫描结果。你意识到，这些生物不会发射回应信号，雷达探测他们的飞船也不会有常规样式的反射波（飞船是软质的胶状物，能够吸收雷达探测的能量，并且将它们储存起来作为己用）。这加大了你们的搜索难度。

幸运的是，你猛然间看见了那艘飞船，完全依靠直觉。它就在正前方。你们排成三角阵型，缓慢地将多重火力集中在那个奇怪的飞船身上。只听"砰"的一声巨响，那艘怪异的飞船便爆炸解体了。

成功了吗？你不确定。

▸▸ **本故事完**

飞船的指挥官用温和的语调说道："忘记他们的所作所为吧，我们也不想从他们身上获得什么。复仇是一件非常劳心费神的事。"

"那么，我们现在要做什么呢？"你希望凡事都有计划。

"我们要展开搜索行动，我们想在其他星球上找到我们所需的东西。在可能的情况下，我们只想把资源带走而已。我们尽可能不伤害任何人，但还是会有风险。"

"什么，你们是太空海盗！你难道认为我会参与你们这种疯狂的行动吗？宇宙管理组织会怎么对待这种事呢？"

有几个飞行员发出了咯咯的嘲笑声，可你不知道他们是在嘲笑你，还是因为想到了宇宙管理组织。

情况太糟糕了，你现在该怎么办？你不知道。

用掷硬币的方法来看看会发生什么吧。

▶▶ 如果是正面，请翻到第 **253** 页
▶▶ 如果是背面，请翻到第 **254** 页

你们获得了逃跑的机会。在战争的停火期间，你们的小分队逃到了一个偏远的山区。

激光武器、飞船和通信设备的能量都神秘地消失了，你们只能依靠自己的力量。所有的武器都失去了用武之地。无线电和运输工具只是废铜烂铁和塑料而已，它们都失灵了。现在为了求生，你们必须寻找食物，并且互相扶持。

▸▸ **本故事完**

投降！如果你再不认输，一切都会被摧毁的。投降意味着什么呢？你感到很害怕，但是历史经验告诉你，征服者并不会永远都是征服者，他们会变成新文明的一部分，文明既需要失败者也需要胜利者的品质。尽管如此，投降还是迫不得已的下策。

在和你带领的部队进行了一番长谈后，你们都决定冒险投降，加入征服者。就这样决定了。

▸▸ **本故事完**

在你向未知的地方前进时，宇宙管理组织发布重要新闻，一场大型的能源枯竭危机正在所有星系爆发。没有人能弄清能源流失的原因，所有的系统都被关闭了，包括交通、通信、生命支持等等的一切系统。仿佛一颗巨型电池的电量被耗尽，并且每分钟电量都在减弱。

你现在只能靠自己了。

▸▸ **本故事完**

好吧，你的运气将你带到了这里。

多么神奇，你的运气扭转了时空，你将回到起点。现在，你又获得了一次机会。

请再试一次！祝你好运！

▸▸ 请翻到第133页

不错，你做出了选择，你赢了。一百号房间是领导者的屋子。

你将统治这个奇特的人工世界；你将学尽所有的知识，看尽所有的风景；你要引领这个飘浮着的迷你世界在星系中探索，进行更深入的研究，搜集其他生物的标本。

▸▸ **本故事完**

你所到之处的人或者其他生物都在争斗。他们想要更多的土地、水源和权力，或者仅仅只是为了刺激。

因为你所加入的势力没有领袖，所以你自然而然地成为领导者。他们说自己已经厌倦了战争，于是你提议展开和谈。你在与敌军进行第一场和谈时被捕，而战火依旧在燃烧。

▸▸ **本故事完**

"好吧，学生，请介绍一下，到底什么是学生呢？"

那位学生很放松，因为他离开了学校，并且他并不怕你。

"嗯，我也不知道。当学生好比当囚犯，每个人都在告诉你要做什么、要去哪里、不该说什么话，而且总是有人冲你大喊大叫。真是烦死了。"

你对他的话感到震惊，至少，你很享受学习。你最喜欢的一位老师曾说，她正传授古往今来的神秘知识。你从过去到现在，一直对她的话深信不疑。这是造福所有人的事。

你问道："你觉得做学生有什么好处吗？"

"嗯，假期吧，那时没有很多被迫做的事，日子就好过多了。"

你又问："你危险吗？"

"不，他们只是这样认为而已。我们一点也不危险。"

那个学生突然站起来，抓住了你的胳膊。你被绑了起来，现在你成了他的囚犯。他说："让你尝尝这滋味吧。我要给警察局打电话。"

他拨通了电话，很快你就被身穿制服的人抓走了。在未来的日子里，你将被作为研究的对象，你永远都没有自由了。

▸▸ **本故事完**

你问道："什么是政客？"

那个人吞吞吐吐地说道："政客为人民服务，并且帮助他们做出正确的选择。我们非常、非常、非常重要！为什么呢？因为没有我们就没有麻烦——呃，我是说，没有我们问题就不会严重，比起我们解决的问题，我们带来了更多的麻烦，这就是我们在办公室里所做的事，因为有人要解决问题。"

那位政客停顿了一下，突然开始微笑，他表现得非常友善，说道："嘿，等等。你从另一个星球而来，我们会出名的，想想看，全世界都想看到你，还想听到有关你的一切。到时候我会做你的经纪人，我们可以组成一个团队。"

你以最快的速度离开了那里，一点也不想参与到这场荒唐的演出中。但正当你试图离开时，他阻挡了你的去路，你被抓了起来，作为一个来自外太空的奇葩留在了地球。

▸▸ **本故事完**

你想起自己在离开飞船时分到的一个秘密武器，这是一个能让各个星系的时间停止的武器。一旦你使用它，所有的动作和行为都会立即停止不动。没有人会受到伤害，只要释放能量场就能恢复原样。你启动了这个武器，解除了两边人的武装。接下来，你设置程序，将时间跳转到未来和平时期的时间点。

在这些雕塑一般的人周围走来走去感觉非常奇怪，不过很快他们又活动了起来，并且对新世界感到好奇。他们真的忘记了过去，重新开始生活了。

▸▸ **本故事完**

任何年代、任何地方的海盗，无论驾驶的是帆船、飞机还是宇宙飞船，他们都会掠夺他们能拿走的一切。海盗游荡在社会的边缘，他们必须被驱逐。

你和你的海盗舰队被宇宙管理组织的驱逐舰包围，你被放逐到一个由宇宙军队看守的遥远昏暗的星系。你的海盗生涯就此结束了。

▸▸ **本故事完**

当一个海盗多么有意思呀！真是美妙的生活，飞船上的藏宝箱里塞满了宇宙管理组织的钱。

可忽然有一天，你截获了一条无线电广播。宇宙管理组织宣布取消所有货币，并且不再使用。一种新型的、不需要货币的共享食物、衣服和居住地的体系已经开始运行。作为海盗的你们完蛋了，因为你们没有东西可供窃取了。

　　难以想象未来地球的样子，一切皆有可能。你想尝试一下，选择了未来五十年之后，发现自己正和大约六十个人在一起，他们都充满青春活力，身体健康。他们对你说，自己正在太空中执行寻找另一个可居住星球的任务。现在地球过于拥挤，受到严重的污染，资源被过度开发，到处危机四伏。虽然你不太相信他们所说的，但是他们的神情看起来很严肃。

　　其中一个人喊道："快看！"一艘巨大的宇宙飞船着陆了。你们都登上了飞船，加速飞入太空。这一切对你来说太熟悉了。乘坐一艘宇宙飞船在星系间飞行是你的起点，一切又重新开始了。难道这是一场没有尽头的旅行吗？

▶▶ 本故事完

这么说，你已经受够了地球，想要逃之夭夭，对吗？什么时间？逃到哪里呢？你能去哪个星系？哪个星球呢？

你自己来决定，或许会回到起点。

清理行动其实是这样的：一旦你发现周围没有生物存活的迹象，几艘配备着激光扫射设备的运输飞船，将会消灭掉整个地区的所有细菌生命。这是一种极端的行为，因为激光会清除所有生物。

但是，命令已经下达。你别无选择，只能执行。

▶▶ **本故事完**

也许历史中会有你想要的答案。你在飞船电脑的数据库中检索类似的事件。果然有类似的瘟疫记录，你还发现了可能有效的治疗方案，这个方案曾经应用在一个遥远的星球上，那个星球的大部分都是沙漠，只有少数高山和河流。有百分之十的人口被献祭。据推测，这些献祭的人能够安抚愤怒的神明。艾克斯尔人当然不会这么做，有谁会呢？

没有救治的办法，发热病疫情只能顺其自然。

▸▸ **本故事完**

　　这些人长久以来一直在污染他们赖以生存的星球，你又有什么办法来劝说他们悬崖勒马呢？

　　也许，完成这项任务是痴人说梦。

你和团队的成员被送回科考船汇报情况。

"我们认为，隶属于宇宙管理组织的星系法庭，应该派出一支执法部队对艾克斯尔星实施强制改革。"

"说得轻巧，这会干涉一个独立星球的权力。我们怎么能够告诉他们该如何生存呢？是他们咎由自取。"

你的报告及建议被递交到星系法庭。法庭对此报以同情，但是他们说无法也不会采取任何行动。艾克斯尔人要自己解决问题。

▶▶ **本故事完**

　　真是不可思议！简直是难以置信！宇宙管理组织已经派出了警察，他们乘坐巡逻船去艾克斯尔星。

　　你和科考站被强制降落，并且同艾克斯尔人一起待在永久的防疫站里。根本没办法救治！

▸▸ **本故事完**

太神奇了！真是惊人之举！你亲眼见证了艾克斯尔星上发生的奇迹。居民都有所好转，发热病被治愈了，文明再一次向前推进，他们都热情欢快地欢迎你。

治愈发热病的方法出人意料的简单：完全置身于艾克斯尔三个月亮的月光下保持三周，不吃固体食物，只饮用温和的液体。简单、古老，又有效。你也被治愈了，未来依然值得期待。

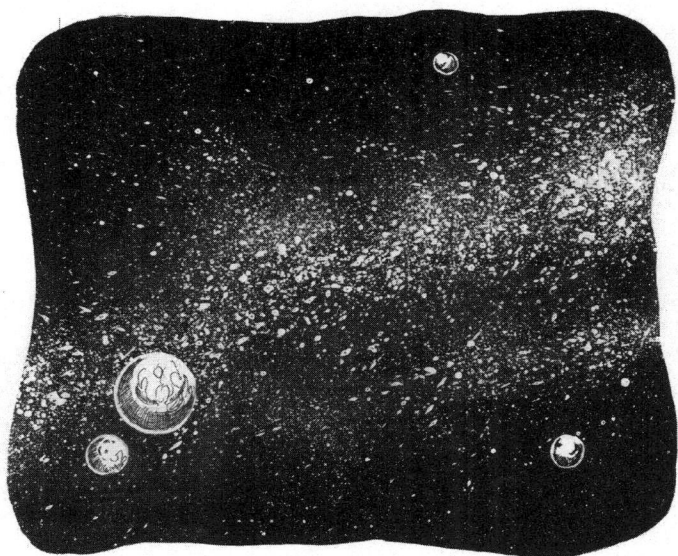

▶▶ 本故事完

第二辑

选择你自己的冒险

神秘玛雅
古城宝藏

[美]R.A.蒙哥马利　　[美]吉姆·贝克特◎著

申晨　张悠然◎译

湖南文艺出版社
HUNAN LITERATURE AND ART PUBLISHING HOUSE

小博集
BOOKY KIDS

注意！

这是一本与众不同的书，
决定故事内容的人完完全全是你自己。
书中有危险，有抉择，有冒险……当然，也有后果。
你必须用尽自己丰富的才能与大量的情报，
错误的决定可能导致最终的灾难，甚至死亡。

但是，不要气馁。
你在任何时候都可以返回，做出另一个选择，
改变你的故事走向，从而改写结局。

**加油吧，
选择你自己的冒险！**

神秘玛雅

献给安森、拉姆齐、埃弗里、莱拉和香农。

——R. A. 蒙哥马利

　　你最好的朋友汤姆在墨西哥执行工作任务时失踪了，你得去帮忙找到他。

　　你是否需要服用一剂能让你穿越回神秘玛雅文明世界的魔药呢？或许，汤姆仍然身处当前的时空？你能否信任曼纽尔？凭借你自己的选择，你有可能成为一名伟大的玛雅王国的统治者，或者是一个对抗现代文明的双面间谍。

　　如果你做了错误的选择，可能会让自己被献祭在神坛之上。

夜幕降临。你正站在一座石头筑成的金字塔的平顶上，你的四周围满了一群穿着绿色长袍的人，他们在用一种你听不懂的语言吟唱。

你在朦胧的光线下搜寻着你的朋友汤姆的身影。突然，你看到了他——他正在挣扎着求生。他被捆绑在一座祭坛上，四肢被束缚住。汤姆瞪着惊恐的双眼望着你，你看见他嘴里说着："救命呀！求你救救我！"

一个身着长袍的人走上前去，用一把尖刀刺向汤姆。

"不——！"你叫喊着，向他伸出了手。

▶▶ 请翻到下一页

4

你向前挥舞手臂，却只抓住了床边的台灯。你突然醒来，坐起身子环顾四周：你在自己家的卧室里，这儿并没有祭坛，也没有咏唱的人群。你深深地调整了几次呼吸，那只是个噩梦。

三天前，你最好的朋友汤姆在墨西哥执行工作任务时失踪了，当时他正在奇琴伊察的玛雅古庙为有线电视台录制一档节目，他的助理阿曼达在电话里把这件事告诉了你。

"汤姆当时在跟踪一条热点新闻，但他不愿在电话里透露细节。在他被报失踪后，警察在古玛雅人曾举行活人献祭仪式的祭坛上发现了鲜血。自那天起，没人再见过他。"阿曼达对你讲述着。

"是谁打电话通知你的呢？"你问。

"汤姆的向导曼纽尔。汤姆曾说如果他出事，我应该第一时间联系你，"她答道，"你能过去找他吗？我真的很担心。"

▶▶ 请翻到下一页

汤姆是你的第一个朋友，你们在幼儿园时就相识了。你别无选择，必须前往墨西哥找到他。

"我当然会去的。"你对阿曼达说。

那已经是三天前的事了。你看了看床边打包好的行李，然后看了一眼手表。虽然天还没亮，但你反正也该起床了。

短短数小时后，你已经在三万五千米的高空之上，飞向尤卡坦州的首府梅里达。你面前摊开着几本关于玛雅的书。

曾几何时，玛雅人掌控了整个墨西哥尤卡坦半岛上的大型祭祀、农业以及贸易中心。他们的帝国以加勒比海沿岸的图卢姆为起点，直达遥远南方的蒂卡尔，向内陆延伸至奇琴伊察和乌斯马尔。直到有一天，这些壮丽的玛雅城邦却轻易而神秘地灰飞烟灭。它们变成了鬼城，只留下了断壁残垣。玛雅文明在一夜之间化为乌有。如今，藤条枝蔓已经掩埋了一切。

▶▶ 请翻到第 7 页

　　汤姆曾经飞到过梅里达，你的计划是先去那里，尝试勾勒出他的行进路线。阿曼达已经安排汤姆的向导曼纽尔到机场去接你。

　　"对那些探寻玛雅未解之谜的人来说，曼纽尔是大名鼎鼎的向导。"阿曼达对你说。

　　"而且，他和梅里达大学的关系很好，有很多出色的玛雅研究学者都在那里工作。但是众所周知，他这个人与众不同，汤姆曾怀疑他是一位古代玛雅萨满法师的转世化身。"她警告你说。

　　你阅读的那些导游书上说，萨满法师曾拥有至高无上的权力，是类似于祭司的法师或者巫师。玛雅人相信萨满代表了天堂与人间的联系。他们是人与玛雅众神（比如令人生畏的羽蛇神或是拥有巨大力量的美洲虎）的媒介。

　　你很想去见一见这位曼纽尔先生。

▶▶ 请翻到下一页

几个小时之后，你抵达了梅里达，通过了海关。有一个人不知道从哪里突然出现在你身边。

"您好！我叫曼纽尔。我将担任您的导游。欢迎来到墨西哥！"他和你握着手，露出了微笑。

曼纽尔的皮肤闪着古铜色的光泽，他那硕大的鼻子和后倾的额头让你联想到了在飞机上所读的书中那些玛雅的图画和石雕。你忽然意识到曼纽尔本人一定是玛雅人的后代。很多人认为，虽然玛雅文明早在八百年前就灭亡了，但是玛雅人一直存在至今。

"我曾尽力帮助汤姆，"曼纽尔说着，一把拎起你最沉的行李箱，"但是……很不幸，他没有采纳我的建议。或许，我们能一起找到他？"

"你认为我们该从哪里着手呢，曼纽尔？"你问。

"要不要先向大学求助？洛佩斯博士也许能帮助我们，他是研究玛雅祭祀数一数二的专家。或者我们直接去汤姆最后被目击到的地点奇琴伊察？"

▶▶ 如果你选择拜访洛佩斯博士，请翻到**下一页**

▶▶ 如果你选择直接去奇琴伊察，请翻到**第 40 页**

曼纽尔对你的决定报以满意的微笑。

"太好了！你会很喜欢洛佩斯博士的，请跟我来！"

一辆出租车载着你们穿过梅里达一条条狭窄的街道，经过了一座座西班牙式的建筑，来到了一所大学。洛佩斯博士的办公室在一栋大楼的四层，楼内有长长的走廊和高高的天花板。你走进他有些杂乱不堪的办公室。

"欢迎来到玛雅王国！"他微笑着说，然后在屋子里挥舞着手臂。当你在想如果你的卧室和洛佩斯博士的办公室一样乱的话自己会被禁足的时候，你注意到这间屋子里摆满了玛雅的艺术品。你看到了一组令人瞠目结舌的陶器和石雕，有蛇、猴子、美洲虎和面目狰狞的半人半兽的造型。你感慨着，即使在流行电脑动画的时代，古玛雅的圣像依然充满力量、令人生畏。

▶▶ 请翻到**下一页**

"你是为了你的朋友而来，就是那个年轻的美国电视台记者，不是吗？"洛佩斯博士友好地说。

"是的，是的，我正是为他而来。您能帮助我吗？"

"也许吧，"洛佩斯博士答道，"他曾来这里咨询过信息。玛雅文明的秘密吸引来许许多多的人，汤姆不是唯一失踪的人。他急不可耐地想要了解真相，于是我给他指引了一条很特别又很危险的途径。"

"那是什么呢？"你问道。你浑身的汗毛倒竖，感觉有些事不对劲。

"那是玛雅人数百年前发明的一种用来穿越时空的药剂，我在汤姆出发去奇琴伊察遗址之前给了他一瓶。如果你在其中一个古金字塔附近服用它，药效是最好的。我猜想你的朋友服用了药剂，回到了过去。我无法解释在最大的金字塔卡斯蒂略的石头祭坛上出现的新鲜血迹，如果汤姆所做的事激怒了玛雅祭司，那些鲜血可能会是他的。当祭司大发雷霆的时候，他们会极其恶毒和凶残。"

"那我们该怎么办？"你大喊道。

▶▶ 请翻到下一页

洛佩斯博士把手伸到办公桌里，掏出一支小小的细颈瓶。他把瓶子递给你。

"就是这个，拿去吧，这是我储备的最后一瓶。这瓶药剂将会把你带回到八百多年前，回到玛雅文明开始走向消亡的时代。不过请谨记，当你到达那里时，千万不要面露怯色，你必须要勇敢。曼纽尔会陪你一起去的。"

洛佩斯博士朝你的向导点了点头。你看向曼纽尔，他也用善良的目光看向你。

"如果你需要的话，我会陪你一起前往。"他温和地说。

▶▶　如果你选择服下药剂，穿越时空去找汤姆，请翻到第 **13** 页

▶▶　如果你拒绝服用药剂，选择前往奇琴伊察遗址去向当地警察了解情况，

请翻到第 **40** 页

你决定尝试时间旅行药剂。首先，你和曼纽尔乘坐公交车前往奇琴伊察。到达那里之后，你找到了一个安静的角落将洛佩斯给你的瓶子拿出来。这瓶药剂既浓稠又黏滑，你喝了一大口。

转瞬间你身处于一座热闹的城市。女人们都抱着看起来很沉重的陶罐，你梦中出现的身裹绿袍的男人们往来于街道上。出现在你正前方的是一座类似神庙的建筑，曼纽尔站在你的身旁。

"表现得正常一些，"他低声说道，"我们回到了一千五百年前一个叫乌斯马尔的地方，那座巨大的建筑被称为巫师神庙。"

他摇了摇头，好像要止住一个喷嚏。"这剂药的效力过强了，"他说，"我们抵达的地点也不对。"

"我们在乌斯马尔吗？汤姆是不是也发生了同样的事？"你喊道。

曼纽尔耸了耸肩，他的目光四处寻觅着，好像在寻找某个人。

▶▶ 请翻到**下一页**

你顺着曼纽尔的目光看去，他正盯着一座狭长的低矮建筑——由覆盖着蛇形浮雕的黄色石块砌成。

人群突然变得鸦雀无声。五个男人和一个女人穿着金色和红色的长袍，手持银色的长矛，头戴翠绿色的羽毛，从那座低矮的建筑中现身，他们穿过人群，开始爬上神庙的阶梯。

"他们是祭司阶层的人，"曼纽尔低声说道，"他们中的那位是女祭司。"

一队手持刀剑的武士在广场中散开。

直到现在，你才注意到人群中的其他人都在注视着曼纽尔。有几个人向他深深地鞠躬，他们退到两边，好像在为你们俩让出一条前行的路。原来曼纽尔是一名萨满法师？

他冲你笑着说道："我的朋友，你可以选择跟随着祭司们走，或者跟武士们走。这两拨人都可能知道如何找到汤姆。"

你听到从一座金字塔后面的小屋里传来了惊悚的尖叫声，每个人都停了下来。

"怎么回事？"你小声问道。

"你很快就会明白的，可能有人在为仪式做准备，你要立刻做出决定。"曼纽尔急促地低声答道。

▶▶ 如果你选择跟随祭司们，请翻到第 **36** 页

▶▶ 如果你选择跟随武士们，请翻到第 **42** 页

被蛇咬的地方很疼。羽蛇神又变成了一只很危险的普通的蛇，它绕着树干爬行，把头塞进一个洞里，然后便消失得无影无踪了。

一切都结束了，那些托尔特克人将你留在原地等死。现在，你对他们来说已经没有利用价值了。

可你并没有死去！羽蛇神一直都在保护着你，羽蛇神的灵魂让你重获生命。你成了玛雅最万能的众神的侍者之一。也许你会找到汤姆，也许不会。

▶▶ **本故事完**

你盯着面前的祭司们，有两个人对你怒目而视。其中一人手握利刃，你突然感到惊恐万分。

大祭司看起来很严厉，说道："别害怕，我们不会伤害你。你看天上，那是金星，它既是启明星又是长庚星。金星将会像指引我们一样指引你通晓天堂与地狱的秘密，领悟天涯与海角的力量。"

你感到迟疑，还是决定留在这群人中间。突然，其中三人走上前来，抓起你的双臂，将你推向血迹斑斑的祭坛。他们是要将你献祭吗？

其中一人宣布："你必须通过献祭来表明自己愿意与我们达成约定。你已经无法回头。这儿有一把刀，你必须挖出祭品的心脏。"

你感到毛骨悚然，要被献祭的是什么？是动物还是人类，是可怜的奴隶，或者是某个战俘？如果你拒绝了，他们会用你来献祭吗？

▶▶ 如果你选择同意执行献祭，请翻到**第 67 页**

▶▶ 如果你选择拒绝实施献祭，请翻到**第 44 页**

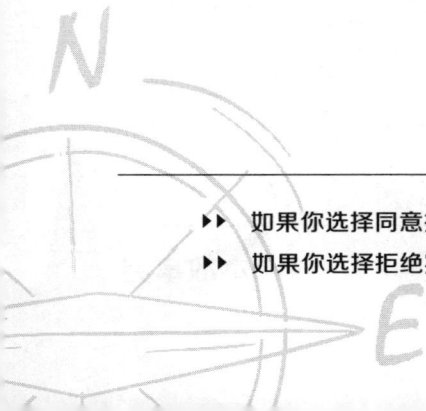

你拔腿就跑，跌跌撞撞地从台阶向下冲。

"抓住那个人！"祭司们用手指向你，向广场上的武士们大喊。祭坛下的每个人都仰起脸向上望来。突然，石阶通道里打开了一扇门。一个身披翠绿色长袍、颈戴黄色珠串的女人示意你进去。

"我叫扎马，是曼纽尔的朋友。跟我来，快！"

你一头钻了进去，砰的一声关上了石门。石门里面一条散发着霉臭的漆黑隧道向下倾斜着，一直通向金字塔的中心。扎马领着你穿过一座地下迷宫，你紧随其后。地面上人群的叫喊声逐渐模糊。十五分钟后，你们俩爬上一座小楼梯，推开一扇活板门。你们已身处巫师神庙外面丛林里的某个地方。你还能听到从远处传来的祭品的尖叫声。

"这到底是怎么回事？"你问。

"曼纽尔是反对祭司的一个秘密组织的头目。我们想废除祭祀行为并驱逐祭司集团。"

"我们现在要去哪里？"

"去卡巴，它是附近的一个村子，你将被藏在一座古庙里。"扎马回答说。

▸▸ 请翻到**下一页**

一天一夜后，你们抵达了卡巴。

夜幕降临时，你的双脚已经感到酸痛，还被砂石路磨出了水泡。你一到卡巴就看到了主神庙，它的墙上满是雨神恰克雕像。扎马将你藏在一个黑暗的房间里，给了你一些玉米、南瓜和辣椒。至少你可以休息一下，但是，你在睡觉时仍然能感觉到强烈的恐惧感。

而且，你还是没有发现关于汤姆的任何线索。

▶▶ 请翻到下一页

黄昏时分，一位年纪较大的男人走了进来，坐在你面前。你猛然惊醒，认出来那是洛佩斯博士。他对你说："我的朋友，现在你看到了玛雅文明衰败的一部分原因——邪恶的祭司阶层、恐怖统治、肆意妄为的活人祭祀和无处不在的死亡。"

"可是，现在该怎么办呢，洛佩斯博士？"

"你可以继续留在卡巴，作为一名农民生活和劳作，直到一切恢复安全；或者你可以前往一座名叫科苏梅尔的海岛。去海岛的路途将会很危险，但是如果你成功抵达了那里，祭司们便无法再找到你了。如果留在卡巴，只要你按照我们说的去做，你也会相当安全。扎马会留在这里帮助你。"

"但是汤姆在哪里？"你问道。

"我们不能告诉你……至少现在不能。"这就是你得到的答复。

▶▶ 如果你选择留在卡巴，请翻到**下一页**

▶▶ 如果你选择前往科苏梅尔，请翻到**第 33 页**

　　你决定留在卡巴，洛佩斯博士邀请你住在他的小茅草房里。村子里的生活节奏很慢。你帮助村民清理丛林、种植蔬菜。有时在夜晚，你会到篝火边、在星空下听老人们讲故事。

　　有时你会和洛佩斯博士探讨玛雅人的生活方式。

　　"这里的土地并不适合耕作，也没有足够的水源。我们为了种植作物砍伐丛林，烧毁了灌木丛。"

　　"可是这里的丛林太少了，发生了什么事？"

　　"过了六七年，太阳晒干土地，植物将土壤中的矿物质和养分吸收殆尽。之后，植物便无法生长。于是，我们不得不砍伐更多的丛林，烧毁更多的灌木丛。我们遗弃的那些土地变得坚硬、贫瘠。这种情况已经持续了数百年。"

▸▸ **请翻到下一页**

"我还是不懂。"你实话实说。

"这里的人们崇拜雨神恰克,"洛佩斯博士解释说,"恰克一直很眷顾他们,但是,也许有一天他不再施以恩惠,到那时庄稼就会颗粒无收。"

"其他的神都掌管什么呢?"

"哦,羽蛇神,他是众神之神。烟镜神,是愤怒之神。还有其他的神,有善良的也有邪恶的。活人祭祀被视为一种伟大的仪式,生命与死亡仅仅是一枚贝壳的两端,你的朋友汤姆痴迷于天堂和地狱。也许,他被传送到了地狱,那是黑暗的一端。"

"汤姆?"你很疑惑,忙问道,"你知道他在哪里吗?怎样才能找到他?"

"你不能去找他,你只能等待。只有时间才会或者才能将他释放。"洛佩斯悲伤地回答,"汤姆似乎比你更容易受到祭司们的蛊惑。"

"我该怎么做呢?"你追问道。

"你目前在这里很安全。如果你愿意的话可以动身去海边,海岸的生活更丰富一些。渔民们是群居的群体,人们往往会路过海岸。或许碰巧有人看见过或听说过你的朋友。"

你环顾四周,你已经在这里停留了许多周了。虽然你的生活很快乐,但是你此次旅行的任务还没完成。

▶▶ 如果你选择留在卡巴,寄希望于汤姆能够出现,请翻到**第 25 页**
　　▶▶ 如果你选择动身去海边,成为一名航海商人,请翻到**第 34 页**

你是至高无上的统治者，是羽蛇神的继承人，一定要提防所有反抗的人。你以胜者的姿态进驻奇琴伊察，所到之处，人们都崇敬你、爱戴你。

广场里举行了大型的庆典，成百上千的人前来参加。有球赛时，你拒绝将失败者献祭。你取消了所有用人和动物来献祭的行为，改用供奉玉米、南瓜和辣椒来代替。

人民都很敬爱你，但是祭司们都怒不可遏。他们都不喜欢你，因为你夺走了他们的权力。一定要小心！玛雅祭司和萨满法师很快就会采取恐怖的复仇活动。

▶▶ **本故事完**

当他离开时，曼纽尔转向你并挥舞一只小小的手杖，从里面射出了一束光。一瞬间，你吓得汗毛倒竖。

那束光像橡皮一样，擦掉了你当天所有的记忆。你脑海中最后一幅画面就是汤姆笑着登上了宇宙飞船。

忽然，宇宙飞船消失不见了。你傻傻地站在卡斯蒂略金字塔的脚下，你无法想起和曼纽尔吃过早饭之后所发生的一切，偌大的广场上寂静无声。

改变人生的机会来了又走了，你没有把握住它。

▸▸ **本故事完**

卡巴拥有着悠久的历史和复杂的习俗。在庙宇的墙上装饰着雨神恰克的画像，大部分建筑的外墙都雕刻有羽蛇神像。你和一位名叫米姆拉的十一岁女孩和一位名叫奥德克斯的十五岁男孩成了好朋友和好伙伴。你们每天都在地里劳作，种植玉米、南瓜和辣椒。

在一天中最热的时候，你们就在茅草房的屋檐下乘凉，玩一种考验运气和技巧的叫"Mara Coo"的玛雅游戏。老人们娓娓诉说着杰出领袖和血腥战争的故事，吟诵着或慈悲或凶残的神明的诗歌。你格外小心那些令人畏惧又备受尊崇的响尾蛇，因为它们潜伏在干枯的灌木丛中，随时准备置人于死地。

你日渐感到寝食难安，对自己没有去寻找汤姆心生自责。

"我得离开这儿了。"你向你的新朋友们和洛佩斯博士宣布。

"如果你留下来，你将会成为我们中的一员，前途无量。我们很快就会推翻祭司的统治，你是一位天生的领导者。"

"但是我必须找到我的朋友汤姆。"你毅然决然地说道。

"如你所愿！"你得到一句简单的回答。

▶▶ 请翻到下一页

"这一定是在梦中。"你在做决定时自言自语，"我只有在现实世界才能找到汤姆……无论他在哪里。"

一阵天旋地转。

瞬息间，你站在了同样的地方，但是你发现了一个翻天覆地的变化。土地由于被滥用而变得异常坚硬。目之所及，寸草不生。田地被太阳炙烤成了棕黄色。

有一些人在旁边瞪着眼睛盯着你，他们瘦骨嶙峋、目光呆滞。没有人面露微笑，也没有人和你打招呼。四周一片死寂，只有风吹过废弃茅屋周围的干枯灌木发出的声音。他们中只有寥寥几个儿童，也都毫无生气、郁郁寡欢。这是多么悲惨的景象啊！

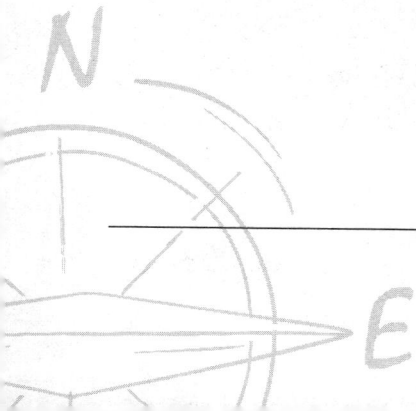

▶▶ 请翻到第28页

洛佩斯博士站在你身旁，脸上没有笑容，满是悲伤。

"你看到了吧，这里始终没有下雨，土地被过度使用，庄稼被太阳晒死。你已经目睹了导致玛雅王国衰败的其中一个原因。"

你心情沉重地点了点头。

"接下来要去哪里？"

洛佩斯博士对你说你可以离开卡巴，前往西南方的山区和茂盛的热带雨林。或者，你可以原路返回乌斯马尔。你也不知道汤姆会在哪里。

▶▶ 如果你选择去山区和热带雨林，请翻到第 63 页

▶▶ 如果你选择返回乌斯马尔，请翻到下一页

你回到了乌斯马尔，在那里见到了一座座小丘般的树丛和灌木。你意识到在这些灌木下是一座座庙宇和房子，丛林植被已经将石砌建筑掩盖得无影无踪。

让你感慨万千的是这里曾经那样繁荣昌盛，人民曾经安居乐业。几个世纪之后的现在，这里竟然成了一座荒无人烟的鬼城，万籁无声。

就在这时，你听到了一个声音，那是笛子声。

▶▶ 请翻到下一页

笛声召唤着你，它如同具有一种魔力，在吸引着你。难道是来自古代的对人施咒和蛊惑人心的海妖之歌？

有两个人从森林的边缘向你靠近。哇！是曼纽尔和一个朋友。

"你看，不再下雨了，庄稼也不再生长。人们相信雨神恰克对他们发泄了怒火。"

"后来发生了什么呢？看这片丛林的样子，雨水一定又回来了。"

曼纽尔回答说："哦，后来雨水确实回来了，可是已经太迟了。那时候人们已经迁走了，他们不再相信祭司的力量了。他们离开家园，去寻找更肥沃的土地和更丰富的水源。他们相信恰克已经诅咒了这片土地。"

"我已经了解了。"你说，"但是汤姆发生了什么事？你把这些展示给他看了吗？"

"我不能告诉你，你必须亲自去寻找答案。"

▶▶ **本故事完**

▶▶ 如果你选择重新开始自己的调查，请翻到第 **40** 页

洛佩斯博士和扎马都和你谈到过清水白沙的海滩，你心意已决。也许汤姆和你的逃生路线是一样的，他正在沙滩等着你呢。

反正你已经摆脱了那些头发上抹着血的祭司。你和扎马在丛林中艰难地行进了十天，荆棘和干枯树枝划破了你的衣衫和皮肤，不断出现的毒蛇让你们一直处于危险之中，唯有咯咯的响声才能发现这致命的存在。

但是比起偶尔出现的美洲虎来说，毒蛇根本不算什么！终于，丛林的灌木变得稀疏，你沿着小路进入了一片有些荒芜的草地，空气中充满了海水的味道。

你站在海岸边，双脚浸在水中，让沙子从脚趾间流过。在一座小渔村，你登上一艘小船，向科苏梅尔出发。

一阵狂风袭来，巨浪拍打着小船。小船内灌进了水，开始下沉，你被迫吸入一大口咸咸的海水。接着，一件奇怪的事情发生了：海水将神奇药剂的药效冲刷掉了。

你发现自己又回到了现代，你已经忘记了所有关于拜访洛佩斯博士和穿越回古代的事情，只记得你的使命是寻找汤姆。

▶▶ 请翻到第 40 页

你向海岸走去，花了四天的时间乘船到了科苏梅尔。科苏梅尔简直是一座人间天堂。各种各样的鱼在多彩的珊瑚礁中穿梭着，巨型海龟在小岛的北端遨游着。晨曦与黄昏时分，天空中盘旋着许许多多的海鸟。海天一线，看不出边界。

这座岛是玛雅商人的家，他们靠沿海航行交易布料、翡翠、鱼类和陶器为生。

他们可能听说过你的朋友。你四处打听，可没人听说过或见过汤姆。直到有一天，有一位来岛的商人曾听过关于一位奇怪的年轻白人的传闻，据那位商人说年轻白人被俘虏在女人岛。

▶▶ 如果你选择到女人岛去，请翻到第 87 页
▶▶ 如果你觉得人们所说的这个故事是编造的，请翻到第 88 页

当你和曼纽尔跟在祭司们身后行进时，围观的人群向左右分开一条通道。你们开始攀登陡峭的石阶。当你们到达一个平台时，那位女祭司靠近你仔细查看，五名男祭司在你四周围成一个紧密的方阵。他们黑色的长发上裹着一层黏糊糊的东西，气味令人作呕。你问曼纽尔那是什么。

"是血，那是用来献祭的活祭品的血。祭司们认为那能使他们变得更强大，它被称为伊察！"

你吓得倒吸了口冷气。

"献祭？献给谁？什么样的祭祀？"

"请耐心一些，只管跟着祭司，无论怎样都不能面露怯色。"

曼纽尔退了回去。你身边的祭司们一个接着一个爬上了巫师神庙的陡峭台阶。在金字塔的顶端有一间小屋，房内的石头祭台上流淌着已经凝固的棕色血迹。

"现在，你将成为我们中的一员，"大祭司说道，仿佛与你相识已久，"欢迎加入玛雅祭司会，这里的男人和女人——"

但是，他还没说完，下面就传来了令人毛骨悚然的尖叫声。发生了什么？

▶▶　如果你选择转身逃跑，请翻到**第 18 页**

▶▶　如果你选择留下来，接受他们的邀请加入祭司会，因为这或许

能帮你找到汤姆，请翻到**第 16 页**

你们竭力按照航线前行，但是风暴和巨浪将你们的船向东推去，你们唯一能做的就是不让船沉没。一个水手被掀翻到海里，他的尖叫声淹没在了咆哮的海浪中。

"船长，你还有办法吗？"你喊道。

他没有回答，而是全神贯注在风浪之中。

你的船在暴雨中飘摇了一整天。随后，风力再次增强，推着你们的船划过海面，好像你们乘坐的不是帆船，而是摩托艇。

"陆地！前方有陆地！"瞭望员喊道。

然后，你也看到了椰林、白沙，还有高山，你们已经抵达了未来某一天会被称作古巴的地方。那艘船迎面冲击着海浪，摩擦着沙滩停了下来。

你们遇到了一群身材高大，有着古铜色皮肤的印第安人，他们的脸上洋溢着灿烂的微笑。他们很友好，为你们提供了食物和休息的地方，还邀请你们留下来和他们一起生活。

▸▸ 如果你选择留在古巴，请翻到**第 118 页**

▸▸ 如果你选择乘船到坎昆继续沿着商船的路线航行，请翻到**第 119 页**

你决定直奔奇琴伊察，去向那里的警察咨询。首先，你和曼纽尔开车抵达了你在梅里达过夜的宾馆。梅里达是在十六世纪西班牙征服了墨西哥后建成的，城里古老的教堂和城墙都带有浓郁的西班牙风情。

"我们明天开始，"曼纽尔说，"奇琴伊察是玛雅遗址中最大的景区，作为已经失落的权力中心而闻名遐迩。那里筑有一座宏伟巨大的金字塔、一座圆顶天文台、一个深水洞或深井，还有举世闻名又令人胆寒的球场。在古代，输掉球赛的人会没命的。"

当晚，你觉察到曼纽尔很沉默。他清了清喉咙说道："你或许想先去乌斯马尔，虽然它比奇琴伊察要小，但是那里更古老。乌斯马尔的巫师神庙充满了远古的秘密。"

"见到汤姆的最后一天，他没有透露要去哪里。"曼纽尔补充道。

▶▶ 如果你选择先去奇琴伊察，请翻到**第 48 页**

▶▶ 如果你选择去乌斯马尔，请翻到**第 46 页**

你选了黄色，那是统治者的稻草。你很快就成了托尔特克人的新统治者。

你一直统治着整个王国直到九十三岁去世。曼纽尔和洛佩斯博士几次试图将你带回现代，但是你都拒绝了，你很享受统治他人的感觉。

▶▶ **本故事完**

武士们正在拿着弓箭、长矛和棍棒进行实战演习。他们非常吵闹，大喊大叫，互相摔打着。

曼纽尔告诉你这些武士从奇琴伊察而来，他将你介绍给长官。

在你们返回奇琴伊察的路上，长官告诉你：

"这里有两支队伍。一支队伍负责袭击敌人，俘虏战俘或复仇，战俘用来献祭。这支队伍的士兵行动敏捷，善于在丛林里潜伏，并且在被俘时随时准备牺牲。

"另一支队伍用来防御入侵者。他们小心谨慎、善于观察。他们从不轻言放弃，他们会战斗到生命的最后一刻。"

▸▸ 请翻到第 **45** 页

"不！"你大声喊着，"我永远不会为了任何神明或者任何原因去将一个活人献祭。你们都是疯子。"

说出那些话是一个错误。祭司们都安静下来，神情严肃。太阳在天空中耀眼刺目。曼纽尔消失得无影无踪。

一声鸟叫打破了沉默，两名祭司向你走来，面无笑容。其中一人说道："既然你不会执行献祭，那么我们来执行，而你就是那个祭品。"

▸▸ **本故事完**

"谁是你们的敌人？"你问。

"托尔特克人，一群崇拜烟境神、战争和死亡之神的野蛮人，他们总是侵略我们。"几个武士点头表示赞同。

长官对你说："你自己决定，是去袭击还是留在这里防守。"

▶▶ 如果你选择加入突袭队，请翻到第 50 页

▶▶ 如果你选择留下来，请翻到第 51 页

你的直觉告诉你，汤姆也许去了乌斯马尔。你和曼纽尔赶到公交车站搭车前往，路途遥远，天气炎热，你们终于抵达了古城遗址。巫师神庙若隐若现，陡峭的石阶向上通往金字塔顶端的一座更小的神庙。巫师神庙正对着一座巨大的长方形建筑，西班牙征服者称之为修女院。没有人知道它从前的真正用途。

"你觉得呢，曼纽尔，你知道它是用来做什么的吗？"你问道。

曼纽尔思索了一分钟，说道："也许那个建筑是萨满的皇宫，或许他们曾在里面施法。"

那么你应该先到哪里查看，巫师神庙还是修女院？如果汤姆曾经来过乌斯马尔的话，他会怎么做？

▶▶ 如果你选择去调查巫师神庙，请翻到**第 52 页**

▶▶ 如果你选择去调查修女院，请翻到**第 54 页**

通往奇琴伊察的高速公路不过是一条从茂密灌木丛中开辟出的平坦小路，沿途有几栋房子或小屋。接着，一个巨大的轮廓出现在你的视野之内。随着巴士逐渐接近目的地，那个东西变得越来越大，车最终停在了一片废墟的阴影中。卡斯蒂略，这座玛雅最大的金字塔在你头顶上方赫然耸现。

从金字塔外延伸出一条条宽阔的大路，分别通往其他石砌建筑、广场和残酷的球场，很多玛雅人由于输掉了比赛命丧于此。其中一条大路通向深井，那里面满是祭品的鲜血。

有大约二十个人沉默地站在卡斯蒂略金字塔底座下。

你的目光锁定在一个手指天空的人的身上。金字塔的顶端正闪烁着明亮的红光，那是从哪里发射出来的呢？

一艘巨大的宇宙飞船正在金字塔顶盘旋。

"这意味着什么，曼纽尔，发生了什么？"你吓坏了。

"这些玛雅的遗迹是与其他星球联系的联络点。那群人得到了离开地球前往梅加纳提星球的命令。"

你相信世上存在UFO，但是当你目睹，却感到异常恐怖。

"曼纽尔，这简直太不可思议了。为什么它会出现在这里？"

▶▶ 请翻到下一页

"地球被视为首要星球，其他的文明想向我们学习。他们派来使者请我们和他们一起回去，参加一场关于宇宙生命权利的银河外星系大会。那是即将启程的前去参加会议的最后一批人类代表。如果你觉得汤姆会参与这次行动的话，你应该加入他们。"

这一切是曼纽尔编造出来的吗？无法否认的是金字塔顶确实闪烁着红色的光芒。

▶▶ 尽管你知道此去面临着无法回头的危险，但你还是毅然决然地参加此次行动，请翻到**第 64 页**

▶▶ 如果你选择留下来完成你的工作，请翻到**第 66 页**

你很想加入战斗，但是你准备好了吗？

穿越时空是一回事，作为一名武士参战完全是另一回事。你从未杀过人。还有如何自我防卫？尽管如此，你还是决定加入突袭队。

经过了三周的训练，长官宣布："好，是时候了。我们要去征战小城伊塔尔，那儿距这里有三天的路程。"

▶▶ 如果你选择加入战斗，请翻到**第 69 页**

▶▶ 如果你选择在一个隐秘的地点观战，请翻到**第 70 页**

你留在了奇琴伊察。日子过得很惬意，你和年轻的玛雅武士成了好朋友。你寻找汤姆的热情渐渐消退，但是你发誓会留心察看。

这些玛雅人有农民、商人、工匠和武士。房子如雨后春笋般从奇琴伊察一直盖到了乌斯马尔。这块陆地人口很密集，水源短缺。

有的人在地里干农活，其他人纺织棉布用来与玛雅其他的中心城市做生意。人们来到奇琴伊察参加盛大的祭祀仪式，买卖商品，以及让祭司们和贵族们帮他们解决争端。

有一天，几个武士一起来找你。其中一个身材颀长、肩膀宽厚的男子对你说："你想参加球赛吗？"

他解释了比赛的规则，带你参观了场地，并且给你展示了硬质的橡胶球。比赛的目标是让球穿过带有雕刻的石环。比赛看起来节奏很快，较为复杂。并且，那个人告诉你这还有很强的技巧性。祭祀仪式当天，在球场里比赛的两支队伍将面临真正的考验。如果赢了，他们就是英雄；但是如果输了，他们将会作为之后仪式的人祭。

他们说球赛象征着生命之主与死亡之主的斗争。

你被选中加入其中一支球队。

▶▶ 如果你拒绝参赛，请翻到第 **72** 页

▶▶ 如果你选择参赛，请翻到第 **74** 页

"巫师神庙"的字样让你倍感兴奋。你走向那座巨大的金字塔，但是一大群游客围在金字塔的底座四周拍照，人潮拥挤，把它围得水泄不通。

你在那儿站了好一会儿，等待游客散去。这时，一位皱纹堆垒、身披玛雅披肩的长者拖着脚步向你走来。

"请跟我来，"他对你说着，伸出满是皱纹的手招呼着你，"我将带你去看一个很深的水洞，一口秘密的深井。水源在这片干旱的土地上很稀缺，深井是选择居住地的最重要因素。没有水源，就没有生存的机会。我在深井那里展示给你的东西一定会让你大吃一惊。"

你环顾四周，却不见曼纽尔的踪影。他去了哪里呢？

▶▶ 如果你选择跟随老者一同前往深井，请翻到**第 73 页**

▶▶ 如果你选择谢绝老者的邀请，留下来等候曼纽尔，请翻到**第 78 页**

　　那座被称为"修女院"的建筑上雕刻着复杂精细的鸟类、毒蛇和类人生物的图案，几乎没有线索能透露这座建筑的功能。屋里一片漆黑，根本不能作为住宅使用。

　　你拿着手电在这间黑暗的屋子里四下摸索，发现在远端的墙上贴着一张白色的字条，上面写着：

　　　　玛雅宾馆，奇琴伊察，927 房间
　　　　周四晚上
　　　　请你一定前来。有危险！

字条上的内容让你疑惑不解，今天就是周四，这是留给你的字条吗？你该怎么做？这时，从毗邻的房间里飞快地闪出一个身影。那个人是尾随你而来，并给你留下了字条吗？

▶▶　如果你选择赶往玛雅宾馆，请翻到**第 77 页**
▶▶　如果你选择不理会字条，决定继续去搜索其他房间，请翻到**第 79 页**

当你正心神不宁地思考着不想杀人的时候，祭司们已经等得不耐烦了。他们眼神闪烁，身体像发烧一样颤抖着。

"你必须执行献祭，"他们中的一人向你喊道，"你必须这么做！"

"可这么做是不对的，我不能杀人，我也不会去杀人的。"

其中一位祭司向你扑了过去，但是你侧身闪到了一边。他从神庙的台阶上滚了下去，站在下面的人群都惊恐万分地抬头向上看，你趁乱溜到了金字塔的另一侧。虽然台阶极其陡峭，但你还是成功地跑了下去，设法混入了人群之中。你向一个人打听哪里能找到武士，他指向了广场，你决定加入他们。没有什么比与祭司们在一起更像身处战场了。也许武士们会更文明一些。

▶▶ 请翻到第 **42** 页

你沿着小路走去，希望方向正确。由于跑得太用力，你感觉肺要炸开了。之后，你觉得腿部肌肉开始紧绷，自己一步也爬不上去了。你的脚被树根绊了下，你向前一头栽了下去。你记忆的最后一个画面是迎面而来的地面，然后你便昏了过去。

你醒来时，仔细地检查了头部和四肢。除了额头上有一个肿块以外，一切正常。你感到口干舌燥。

你呼喊着："有人吗？"也许这并不是明智之举。敌人很可能就在附近，能听到你的喊声。

▶▶ 如果你选择继续呼喊着求救，请翻到**第 91 页**

▶▶ 如果你选择安静地躺下来，休息一会儿待体力恢复，请翻到**第 92 页**

"哼，你以为自己能逃得了吗？你就是我们为雨神选的最佳祭品。"敌人的首领说道。你被捕了。

一位脸上有着很深的皱纹的老祭司朝你跑过来说道："不，我们不需要祭品。我们需要在神庙给我们工作的奴隶，这个犯人就可以。"她叫穆斯科拉，看来她有很大的权力，因为首领听从了她的话。

"把这家伙带走，任你处置！我们会抓到别的人。"

晚些时候，你被关进一座小神庙后面的一间小黑屋里，屋内闻起来有股烟熏的味道。当你进到屋子里时，你注意到了一只掌印——一只血红色的掌印——在墙上。你曾经读过血掌印的象征含义，但是是什么呢？

随后，奇怪的事情开始发生。你的视线变得模糊，空中浮动着音符。你伸手去扶着墙壁时，感到头晕目眩，双腿开始发软。原来是这样！药剂失效了。你正在返回现代。

▸▸ **本故事完**

▸▸ 如果你选择继续探索奇琴伊察，请翻到第 **40** 页追踪美洲虎并非易事，那家伙狡猾得很，在丛林中不声不响地行动。在你跟踪它后，你才明白为什么玛雅人崇拜美洲虎，那是他们最重要的神之一。因为这种动物有超能力。你试着猜测它下一步的行动会是什么。可每当你觉得它在你前方时，它往往会突然出现在你身后或者跑到你旁边。

也许是那只美洲虎在追踪你？你对此过于全神贯注以至

于完全不知道自己处于何时何地。你呼唤着扎哈，可并不见他的踪影。

你不知道何去何从，你迷路了！

然后你听到了有人在说话，扎哈并不在他们之中。他们或许是朋友，或许是敌人。你藏在树丛后观望等待着。

▶▶ **请翻到第 95 页**

你渴得不行了。你和扎哈顺着一条蜿蜒在小丘和丛林间的一条小路行进，小路年代久远、人迹罕至。突然，小路的尽头出现了一口深井。

你想要游泳的念头势不可挡。"来呀，扎哈！"你一边跳入凉爽清澈的水中，一边喊着。

在水面下，你望见一个圆形的洞口，于是你朝着它游了过去。那也许是个人工通道，也可能是一个天然的洞穴。

你游到尽头发现是一个地下洞穴，在洞穴的角落里堆满了宝藏：闪闪发光的金子，墨绿色的翡翠戒指，还有银质、金质和翡翠的盘子，美得简直超乎你所有天马行空的想象。

你返回到水面，把你所看到的一切告诉扎哈，接着你们俩一同潜下水，游进了洞穴。

"哇，这是羽蛇神丢失的宝藏！"扎哈说道。

你惊叹地盯着这堆宝藏，想要占为己有。

▶▶ 你想现在就尝试把金子拿走吗？如果是，请翻到**第 98 页**
▶▶ 如果你选择回到现代后再来取走这些华丽的珠宝，请翻到**第 99 页**

你曾听人们提起过南方的小山村。他们讲述了关于广袤的热带雨林、巨型的神庙、一座座金字塔，以及富饶的土地的故事。他们也谈到过战争，从西边来的人为了获取奴隶和宝藏，长期侵略南方的富裕城镇。

你跟随一名向导启程前往传说中的南部山村，你们连续数天都在炎炎烈日下跋涉。沿途水源稀少，你们的食物也吃完了。过了一段时间，你开始怀疑这个向导根本不认识路。你心想自己要是多掌握些天文知识就好了，这样你就能利用星星指引方向。由于没有水和食物，你变得越来越虚弱。八天后，你几乎无法前行，你必须喝水，但是根本没有水的影子。

你失去了视觉和听觉，你的脑海中最后想的是，也许汤姆也遭遇了同样的事。

▶▶ **本故事完**

站在金字塔上的那伙人一个接着一个通过传输光线进入飞船。你发现在进入飞船的途中，他们的身体开始发光，似乎没有人面露惧色。

你放心地踏进传输光线，被带上了飞船。飞船发射时你什么都没听到，然后便到达了宇宙的远方，抵达了梅加纳提星球参加星际生物大会。

你很好奇为什么玛雅的遗址会被选为联络点，他们野蛮又复杂的社会对其他星球来说似乎并非正常的选择。谁知道会发生什么呢。

▸▸ **本故事完**

你哈哈大笑，指着宇宙飞船和登船的人。

"表演太精彩了，曼纽尔！告诉我，你是怎么做到的？这是怎么回事，电影中的场景吗？"

曼纽尔严肃地沉默着。他摇了摇头，走上前去，加入到了那群站在传输光线下准备进入飞船的人当中。

▸▸ 请翻到第 **24** 页

"好的，我会执行献祭的。"你低声咕哝着。

"大声些！我们听不见你说什么。"那位手握利刃的祭司冲你嚷道。

"好的，我会执行献祭的，但是要向谁献祭呢？"你试图掩饰内心的恐惧，但是做不到。

大祭司走上前来对你说："水源很稀缺，所以我们要向雨神恰克献祭。地里的庄稼都枯死了，病魔夺走了族人的生命，战争摧毁了我们的生活。每次我们献祭的时候，都祈求神明能够多赐福于我们，保护我们免受伤害。"

"可是，"你说道，"夺走一个人或一只动物的生命又有什么帮助呢？我觉得这太荒唐了。"

▶▶ 请翻到下一页

"别废话，动手，拿起这把刀，把恰克的祭品呈上来。"女祭司指向祭坛。

一个奴隶拎着一只鸡爬上了神庙的台阶。在他身后，两名士兵押着一个挣扎狂叫的囚犯。你凝望着犯人的双眼，那里充满了对死亡的恐惧与对生的渴望。

你能做什么呢？

▶▶　如果你选择接过尖刀，请翻到**第 82 页**

▶▶　如果你选择拖延时间，请翻到**第 56 页**

　　你们一路步行穿过丛林来到了小城伊塔尔。你们的攻击大获全胜，你们突袭的战略非常成功，你们的队伍一开始就占了上风，就连村民的家禽牲畜都四处奔逃避难。你们所到之处烟尘四起。有一大群人在一位女人的带领下逃进了周边的丛林，但是你和你们的队伍放过了他们。

　　你们凯旋，而且让人欣喜的是没人牺牲或受伤。回到奇琴伊察后，曼纽尔迎接你，说着："果然不出我所料，你看来很喜欢玛雅人的生活。你的朋友汤姆并不喜欢，他为此付出了惨重的代价。"

▸▸ **本故事完**

你躲在一棵灌木后观察战况。向右看去，三名敌军正在拉着一根粗壮的麻绳，一棵被拉弯的树反弹起来，树上拴着的一个装满了石块的水桶，瞬间向你们砸了过来。

"小心！"你大喊着，"快躲避！"

你们中的两名武士被石块击倒。空中一阵矛光箭雨，又有三名武士受伤了，叫喊声划破了天空。

"快逃！"你们的统帅大叫着。

袭击一败涂地。敌军比你们想象中更强大更有气势。

当你试图撤退时，你感到很迷茫。你能去哪儿呢？你和其他的武士断了联系。

▶▶ 如果你选择沿着一条林中空地延伸出来的小路离开，请翻到**第58页**

▶▶ 如果你选择原地不动，请翻到**第59页**

"我不会参加那样的比赛。"你说,"去找另一个傻瓜吧,这是我听过最荒谬的规则了。没门儿,输了就要去死吗?"

有几位武士点头表示赞同,但是大多数人还是很想取得胜利或成为英雄,他们并不像你那样畏惧死亡。有人说将自己献祭于神明是一种荣耀,可你并不这么想。

有一位名叫扎哈的年轻武士提议或许你们可以去捕猎一头出现在附近玉米地里的美洲虎。你同意一同前往。

天气非常炎热,美洲虎的足迹很难追踪。傍晚时分,你们已经远离了玉米地和南瓜田。要是没有朋友在,你会迷路的。你们的水已经喝完,而且夜幕正在降临。

▶▶ **如果你选择和扎哈去寻找水源,请翻到第 62 页**
▶▶ **如果你选择和扎哈跟踪美洲虎,请翻到第 60 页**

你一直以来都是个冒险主义者，所以你当然会跟随那位长者去神秘的深井。通往深井的路是开辟于盘根错节的灌木丛中的一条模糊不清的小径，一刻钟之后你就已经彻底迷失方向了。

"喂，老先生，你所说的深井到底在哪里呀？"

他转身冲你一笑。

"就是这里。"

你并没有见到深井，却意识到自己被三个男人团团包围。其中一人端着一把枪，另外两人则手持利刃，脸上没有一丝笑容。

"把钱掏出来。"

你慌乱地翻着钱包，里面有两张十美金的钞票和三百墨西哥比索。你把钱递给了那个人。他们用一条粗糙的麻绳将你五花大绑，用一头毛驴驮着你，动身走向丛林。

"我们要用你交换赎金。你们的人得付这笔钱，而且价格很高。如果他们不交钱，你就没命了。我们还有另一个人质，你们俩有伴儿了。"

你希望你的家人能筹集到赎金，你也希望另一位人质就是汤姆。

▶▶ **本故事完**

你不知不觉就来到了球场。两队练习时，场内充满了叫喊声。一大群人聚在一起观看。

六位祭司，三位长者，以及一伙身披金袍的人进场入座，示意比赛开始。

你要是输了怎么办？你的目光迅速移到卡斯蒂略金字塔的台阶上。你曾听说人祭们被挖出了心脏，然后顺着台阶扔到了下面的广场里。

比赛打了很长时间，而且异常艰难，两队比分胶着，你的心狂跳着。随着一阵惊呼声和喊叫声，一支突袭队冲进球场，是托尔特克人——一支来自西北方的凶残的武装部落。

你逃离球场，躲到了大深井旁边的树丛里。其他人却没有那么幸运，极其痛苦地死去了。

那群托尔特克人分散开去找幸存者。正当你试图逃跑时，他们发现了你，开始追逐。你的心脏狂跳着，感觉马上就要没命了。汤姆凭空而降。

"跟我来！快！"他喊着。你和他一起跑过一个拱门。忽然，你回到了现代。

"快告诉我，汤姆，我们所做的一切都是真实的吗？"你气喘吁吁地问道。

"就是那么真实。"他答道。

▶▶ **本故事完**

是谁把字条放置在这个黑洞洞的房间里的呢？谁能预料你会到那儿去，并且发现它呢？很可能是玛雅的神秘力量在影响着你——这种力量过于深奥以至于大多数的人都无法领会。你感到奇妙无比。

你入住了玛雅宾馆。晚上九点，你走下楼梯，走向 327号房间。就在这时，从 328 号和 329 号房里蹿出很多士兵，逮捕了你。他们都全副武装，你可以闻到武器上的油味。他们的统领用西班牙语向你讲话，见你没有回答，便换成了英语。

"这么说，你就是我们等候的间谍。我们知道肯定会逮到你。如果你想知道你那位住在 327 号房间的朋友怎么样了，我可以告诉你。他在两天前就被捕了，现在被关押在监狱里。你们这些革命者都是一样的。"

那位统领命令一位士兵将你逮捕归案。

▶▶　如果你选择为自己辩白，请翻到**第 85 页**

▶▶　如果你选择告诉他们实情，请翻到**第 86 页**

你没有理会那位老人，谁知道他有何居心！

当你远离他的时候，一个石块掉落在你脚边，外面裹着一张纸。你吃了一惊，连忙抬头向上方看，但没发现谁能够扔出那个石块。

那张纸上写着一条很短的信息，内容如下：

回到修女院
与我们会合
在第七个房间

信息上印着红色的手掌印。

你该怎么做？曼纽尔正回头朝你走来。你跑过去，给他看了字条。

曼纽尔看了看，摇了摇头说："别理它，它可能会带来危险。"

▶▶ 如果你选择不采纳曼纽尔的建议，执意前往修女院，请翻到**第83页**

▶▶ 如果你选择不理会字条的内容，而是去联络墨西哥警方，请翻到**第80页**

　　看来你不喜欢冒险？好的，那就继续往前走吧。下一间屋子很狭小，并且和其他的房间一样黑暗。你小心翼翼地迈进屋子。突然间，你脚下的地板不见了，你掉进了一个浅蓝色的空间，以每秒三十二英尺（一英尺约三十厘米）的速度下落。气流压扁了你的鼻子，冲击着你的脸，将你的头发扯到后面，挤压着你的嘴唇。

　　那扇活板门下面是一条倾斜的坡道，通往修女院的核心位置。在地下三层处，有一间举行祭祀的密室。你现在是一位伟大的玛雅仪式的参与者。

你在旅游大巴旁看见了两位警官。

"非常抱歉，但是我们公务缠身，帮不了你们。我们正在寻找一名几周前失踪的来自贵国的游客。"

你给他们看了字条。当看见红色的掌印时，他们的情绪变得十分激动。

"请稍等一分钟！请待在原地不要走开。"

他们小声嘀咕了几句，随即向总部发送无线电信号。

"我们的长官马上就到。"

不一会儿，你就听到直升机螺旋桨的轰鸣声。它降落在了广场上，从机舱里走出来三个人。

"请让我看看那张字条。"一名长官对你说。他身材高大，蓄着黑色的胡须。

"啊！我明白了。红色的掌印，这是革命者的标志。你是怎么得到这张字条的？你认识一个名叫汤姆的美国人吗？"

▶▶ 如果你选择和警方合作，请翻到第 100 页

▶▶ 如果你选择摆脱"红色掌印"这档子事，请翻到第 101 页

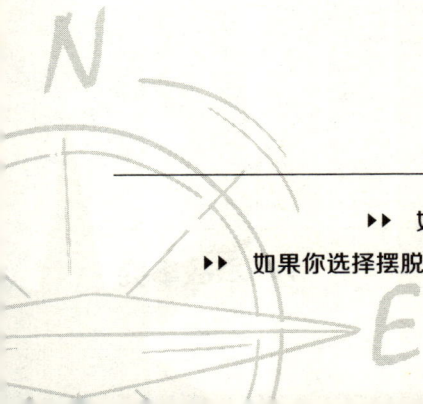

人祭！纵观历史，人类曾被作为祭品安抚神明。万幸的是，这次用于献祭的是一只鸡。即使这样，一想到要用石刀划开鸡的咽喉，看着它的鲜血在祭坛之上流淌殆尽，你就感到毛骨悚然。

你决定结束这场没有任何意义的祭祀。也许，如果你工作时能够接触充当祭品的囚犯，你就可以策划出帮助他们逃跑的方案。时间正在不断流逝，距离献祭仪式只剩下三周了。也许，汤姆就被关在这里。

▶▶ 如果你计划逃跑，请翻到第 **89** 页

▶▶ 如果你选择请曼纽尔前来并求助于他，请翻到第 **90** 页

红色的掌印是不祥之兆，它有什么含义呢？

你走进修女院的第七个房间，虽然里面一片漆黑，你却看到一张脸，它发出微弱的黄光。一位身着银色衣服、佩戴金色臂章的人站在屋子中央。

"你和另外三人已被选中到外太空遨游。乌斯马尔是我们设在地球上的大本营。你如果有勇气，就请加入我们。据我们所知，地球将不再是安全之地。"

你对他所说的话大为震惊，听起来就像玛雅预言家数百年前预言的一样。这非常恐怖，因为或许他们说的是正确的。

汤姆突然现身，很明显他已经去过太空又返回了。他对你说："和我们一起走吧，是时候了。"

▶▶ 本故事完

"长官，这完全是个误会。我刚才正打算回自己的房间，我是误入这间房的，我不是革命者的间谍。你们一定要相信我！"

那位长官大笑着："他们都这么说，你也是一样。间谍、激进分子、小偷，我们有一个方法来对付你们！"

你被戴上了手铐，押上吉普车，被送往梅里达。到达以后，你被关进当地监狱的一间低矮潮湿、臭气熏天的牢房。第二天，那位长官前来见你，宣布你已因颠覆政权罪被判处三十年刑期。

"但是，我还没有接受过庭审。"你抗议道。

"你被我们当场逮到，况且我们也不会相信审判。现在是危险时期。你可以将其视为玛雅人的复仇。你已经惹怒了他们的神明！"他捧腹大笑。

他在泥地上将香烟踩灭，将棕色的粗短的双手插入口袋，从你的牢房前离开了。你抓住牢房的栏杆，大声呼救。走廊尽头的三个狱卒发出响亮的嘲笑声。你将面临很久的牢狱之灾。

▸▸ **本故事完**

"但是长官，这完全是个误会，我来这里是为了找一位失踪的朋友。我不是间谍。"

那位长官将你领进一间屋子，有三位男士坐在房间内的一张桌子前。当你进屋时，他们抬起头看你。其中一个纤瘦的人说："抓错人了！他是谁？这不是我们要找的人。"

那个人说道："放了这个犯人，我们这是在浪费宝贵的时间。间谍已经收到了警告并伺机逃跑。"

汤姆是他们口中所说的"间谍"吗？

"至于你，我们已经决定将你驱逐出境。"长官补充道。

"将我驱逐出境？可我的朋友汤姆怎么办？"

你只得到了冷冰冰的回答："这个汤姆只能自求多福。"

▶▶ **本故事完**

你将手表送给了一艘船的船长得以获得了去女人岛的航程。

在你把手表递给船长之后，他说："上来吧！我们这就出发。"

你们扬帆起航，当天晚些时候，正当你们划过水面时，你看见东边的天空聚集了一大团黑色的风暴云。

"船长，一场风暴似乎正要来临。"

"这里的风暴很猛烈。"突然，海水剧烈地摇晃着小船，并呈现出一种恐怖的墨绿色。

所有的船员都被召集到甲板上。但是风暴发展得很迅猛，剧烈的海浪拍打着船体，呼啸的狂风撕开了船帆。海浪几乎要将你手边的舵柄扭断，汹涌的潮水使你的双眼感到刺痛，全身湿透。

船长问你想怎么做。

▸▸ 如果你选择无视风暴继续航行，请翻到**第 38 页**

▸▸ 如果你选择返回陆地，请翻到**第 104 页**

你不相信汤姆已经离开去了科苏梅尔——这是你的直觉。事实上，你开始感到你永远都找不到汤姆了。

不过……或许你应该在完全放弃之前到图卢姆的海岸去调查一下……

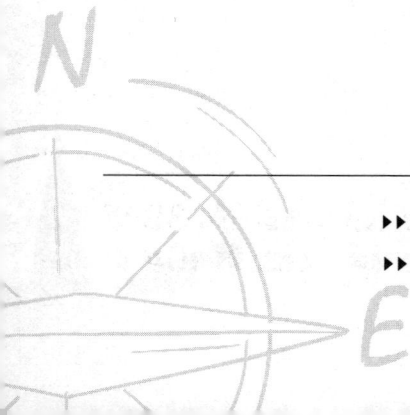

▶▶ 如果你选择去图卢姆，请翻到第 **102** 页

▶▶ 如果你选择回到船上，请翻到第 **106** 页

如何从神庙逃跑是一个难题，那些守卫对任何声响和动作都很警觉。但是，那些被关押的囚犯很清楚这是他们唯一的机会。他们不想被献祭给地狱的死神。

你们一起等待到夜幕降临。此时，你的耳中只能听到虫子的鸣叫声。你们蹑手蹑脚地前行，制伏了两个守卫，然后在神庙黑暗的广场上散开。

逃跑成功了！守卫们很容易就被制伏了。也许他们也并不相信祭祀？难道只有祭司们想通过祭祀用恐怖统治人民？并非所有人都能接受散发着恐怖感的玛雅信仰。

▶▶ 如果你选择起义反对祭司，请翻到第 **108** 页

▶▶ 如果你认为是时候彻底地逃离此地，回到现代，请翻到第 **109** 页

"曼纽尔，救命！这和当初商议的不一样！"

你神秘的朋友再次出现了。

他向你伸出两只握紧的拳头，让你做出选择："你选择左手还是右手？"

"这是选择什么呢，曼纽尔？这简直和掷骰子一样。"

曼纽尔死死地盯着你。黑色双眸中射出的目光像要洞穿你一样。

"真正的决定就潜藏在你的内心深处。别犹豫，现在就做出选择吧。"

▶▶ 如果你选择右手，请翻到**第 110 页**

▶▶ 如果选择你左手，请翻到**第 111 页**

你的呼救声被两位武士听到，他们在你身边，扶着你站了起来。你虚弱无力，但还好他们扶着你跌跌撞撞地穿过了丛林，足足走了三个多小时。追杀你们的人的叫喊声逐渐变得模糊。

你们终于可以停下来，藏在地面上露出的一小块岩石后面休息一下。其中一个武士帮你清理了头部的划伤，在伤口上挤了一些植物的汁液。

你们仨在此过夜休息，轮班站岗，观察着周围的丛林。

当橘色的晨曦出现在天空，你们继续回到了奇琴伊察。你千恩万谢："我的朋友们，没有你们，我肯定迷路了。滴水之恩，必当涌泉相报。"

▶▶ **本故事完**

你躺在地上感到头晕目眩，胃里一阵恶心。周围的地面仿佛在转动，眼前一片模糊。你右手抓起了一块石头，试图握住，然后晕了过去。

待你醒来时，你感到又饿又冷、浑身僵硬、踽踽一人。猫头鹰的叫声在丛林里回荡。由于害怕，树枝折断的咔嚓声和干树叶摩擦的沙沙声都显得更加清晰。

这时，突然出现两个人，他们以树作为遮挡，蹑手蹑脚地慢慢逼近。你屏住呼吸，一动也不敢动。他们朝你走来，你几乎能感觉到他们其中一人的长矛抵在了你的后背。

▸▸ 请翻到第 **96** 页

你不知道这些人是谁，也不知道他们来自哪里，但还是值得冒险和他们交谈一下。没有水和食物，你在这座荒无人烟的小岛上是无法生存太久的。

你偷偷地穿过丛林去接近他们，生怕弄出一点动静。

说话声渐渐变大了。透过一簇灌木丛，你看见一群人围坐在一团小小的火堆旁，正在吃着什么。食物闻起来很美味，你感到饥饿难耐。

你从树后面走上前来，还没来得及说什么，便有两个人突然站了起来。他们中的几个人手中握着短矛，他们将你围住。

"嘿，我没有恶意，我不是敌人。我只是迷路了。"

▶▶ 请翻到第97页

等他们凑近了，你才看清他们手里所拿的东西——照相机！他们正在四处轻手轻脚地拍着该地区的奇异鸟类。你的时间药剂失效了。你肯定已经在外面冻了一整天了。

你很快就被送往了医院。当你躺在救护车里时，你朝那两位救你的好心人虚弱地笑着。你对时空穿越的故事只字不提，因为你知道他们不会相信你。

▸▸ **本故事完**

"把这个囚犯绑起来。快！"首领大声喝令。

你的四肢被粗壮的麻绳捆住。你被突然推倒在地，绳子勒着你的腰部。

"你从哪儿来？快告诉我，否则就杀死你。"

"我来自奇琴伊察。"你竭力掩饰住自己的颤抖。

那位首领露出了邪恶的微笑。

"我们是托尔特克人，你们玛雅人真是愚蠢至极。我们将会征服你们。现在就带我去你们的城市。"

"我迷路了。"

"你撒谎！快带我们去奇琴伊察，或许我们会把你送到北边的特奥蒂瓦坎，和其他的犯人关在一起。"他指着一群像你一样被绑起来的闷不作声的玛雅人。你在他们当中认出了扎哈。

▸▸ 如果你选择尝试带领他们去奇琴伊察，请翻到第 **113** 页

▸▸ 如果你选择拒绝，请翻到第 **112** 页

黄金的吸引力还是很大的。有史以来，人们便崇拜这种闪闪发光的金属。他们为此发动战争、掠夺城市并且以它的名义来杀戮。有人说金子本身就带着诅咒。

你完全不知自己身处何时何地。你坐在宝藏前，抚摩着这些光滑的金属。时间飞速流逝，突然"轰隆"一声巨响将你从金钱的美梦中惊醒。一块块石块从洞穴的顶部掉落下来，巨大的石砾滑落下来将洞口封死。空气变得燥热，氧气很快就会被消耗光。

你完蛋了，你被地震封死在了山洞里。难道这是古玛雅人的复仇吗？

你丢下扎哈，竭尽全力跑出了洞穴，沿着小路回到了奇琴伊察。在那儿，你找到了曼纽尔。

"曼纽尔，曼纽尔，我想回到现代，请把我送回去。"

曼纽尔仔细地观察着你的面部表情，他的表情很严肃。

"如果你真希望如此，我可以做到。但是请不要太草率地决定。"

"我真的想回去，现在就回去！"

突然，你回到了现代，正开车行驶在一条修建在原来的古路上的现代公路上。你想试试看能否找到那个在古代藏着金子的深井。你抵达了地点之后，把车停放好，欣喜若狂地穿上潜水服戴上水肺，潜入到深井的下方。

让你感到恐惧的是洞穴的入口已经被堵住了，看起来你没办法挤进去。但是，如果你想求助的话，别人就会知道你发现了什么。

▶▶ 如果你选择从塌方留下的小洞挤进去，请翻到第 114 页

▶▶ 如果你选择返回水面求助，请翻到第 115 页

你在警署总部将故事复述了一遍。警察们向你发起了连珠炮似的询问。

"你是怎么到这儿的？"

"你为什么来这儿？"

"老实交代。"

他们终于停止了询问，每个人都累得筋疲力尽。警长向你转过身来，在装得满满的烟灰缸里将他那臭不可闻的香烟捻灭，死死盯着你的双眼。

"好吧，"他停顿了一下，"你是一个勇敢的人吗？你愿意成为一名双面间谍吗？你得打入革命者的组织内部，假装是其中一员。我们需要情报，你可以帮助我们阻止这场叛乱。"

"可是，我怎么能做到呢？他们会发现我在为你们工作并且杀掉我。"

"这就是你所要承担的风险，但怎么说呢？那个名叫汤姆的人就同意帮助我们。"

"如果我同意成为双面间谍的话，我该先去哪里呢？"

警长指向墙上的地图。"你来看，这里是坎昆岛，是革命者的根据地，你可以去那里；你也可以去梅里达，那里有这伙人的总部。我们猜测你的朋友汤姆是去了那里，但是没有人知道确切的消息。"

▶▶ **如果你选择前往梅里达，请翻到第 116 页**

▶▶ **如果你选择前往坎昆岛，请翻到第 117 页**

你开始逃跑，但是很快就被一群愤怒的警察包围了。曼纽尔来到你身旁，低声在你耳边说："如果你现在喝了这副药剂，你就会马上摆脱麻烦的，给。"

他递给你一支小瓶子，你喝了它。警察们都惊讶不已，因为前一秒你还在这里，下一秒就凭空消失了。

"怎么回事？那……那个囚犯去哪儿了？"

一切都太迟了。你穿越到了过去。他们永远都找不到你了。

但是，你要怎么回到现代呢？

▸▸ **本故事完**

图卢姆坐落在一个巨浪滔天的悬崖上，充满了狂野之美。你异常轻松地抵达了这里的祭祀中心。但是一到那里，你便

被恐怖感笼罩着。瘟疫暴发了。

▶▶ 如果你选择组织一支医疗队，请翻到**第120页**

▶▶ 如果你选择离开图卢姆，请翻到**第121页**

船长决定返航回码头。你们掉转航向，顺着风向科苏梅尔驶去。可是，就在这时，一阵狂风袭来，折断了船桅。船舱内进了水，船舵失灵。

你无助地看着一波又一波的海浪拍击着小船。终于，这只脆弱的小船被卷入一波比其他浪花大四倍的巨浪中。这次猛烈的撞击将小船撞得粉碎。

你抱住一根桅杆在水中漂浮着，四个小时之后被冲上了岸。你是唯一的生还者。你真是受够了当水手。

你气喘吁吁地叫来曼纽尔，请他把你送回到现代。

"怎么了，我的朋友？"

"我想离开这里。我受够了。"

"如你所愿。"

刹那间，你回到了梅里达。难道这一切都只是一场梦吗？可当你翻看棕色的笔记本，发现里面写满了字。

虽然你还没找到汤姆，但是你这些惊险的故事足够写一本小说了。

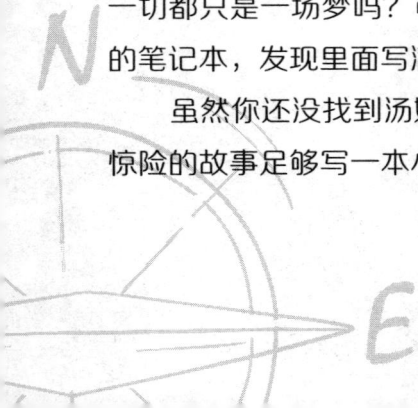

▶▶ **本故事完**

随船出海的工作很辛苦，但是随着你驶过一座座城镇，你逐渐地对玛雅人有所了解。

他们既能烧制技术精湛的陶器，也能编织出精美绝伦的橘色、金色、棕色布料，又能将神像雕刻得栩栩如生。他们的文化丰富多彩。

▶▶ **请翻到下一页**

　　有一天，奇怪的事情发生了。你正准备出海时，一位瞭望员喊道："山，一座白色的山，一座火山正飘过来。"他挥舞着手臂，拼命地呼喊着。海平面上出现了一艘巨大的白色客轮，烟囱里冒着烟，船上飘舞着瑞典国旗。当它驶近时，你看到人们围着甲板站着，挥手、照相。

　　原来，你和你们的船、你们的朋友进入了时间隧道中，那是宇宙中平行交错的线，时间前后翻转。现在，你们处于现代，但是却在古代的船上！另一艘则是满载着游客的大型游轮。他们惊讶地看着你们，以为你们只是一些当地的渔民开着一艘可笑的小船。

　　当你试着和他们交谈时，你的声音分解在真空中。原来时间隧道只是视觉的扭曲，没办法离开，你们陷入了固定的时空里，将永远驾着玛雅人的船在海上航行。

▸▸ **本故事完**

你该如何开始呢？你怎样发动一场起义呢？这听起来很伟大，但是祭司的势力也很强大。到处都有他们的间谍，他们对任何人、任何事都抱有怀疑的态度。他们的多疑源自内心的贪婪与残忍。任何疑似革命者的人都会被迅速地拖向祭坛，被利剑施以斩首之刑。这群祭司把人民恐吓得惶恐不安。

也许，时间会战胜祭司。他们会变得怠惰懒散和精神麻痹，人们对于投身革命的准备也会比现在更充分。到那时，起义自然水到渠成，正义终将获得胜利。

与此同时，你还是没能找到汤姆。所以，你决定回到现代再去努力寻找。

▸▸ **本故事完**

你非常害怕，你必须立即离开这个地方！你感觉到自己全身心都集中在这个念头上……

突然间，你回到了梅里达，正在你的宾馆房间里看电视。你当晚决定出去找个地方大吃一顿。尽管还没有找到汤姆，但是至少你现在是安全的。

▶▶ 本故事完

曼纽尔缓缓地展开了他的右拳，里面有一支梅里达机场保险箱的钥匙。他笑着说道："你可以回去了，我的朋友。旅程结束了，你将回到现代。在这个保险箱里有一个给你的礼物。"

"曼纽尔，你是什么意思？我还没开始调查呢，我需要查出更多信息。"你仔细地观察着他的面部表情，但是什么也没有解读出来：没有愤怒，没有恐惧，也没有忧虑。

"你该走了。再会了。"

你到达机场后，用钥匙打开了保险箱。里面放着一张字条，写着：

> 羽蛇神，
> 玛雅至高无上的神明，
> 保佑你。
> 请回到你的国家，
> 去研究你的故土。
> 也许有朝一日，
> 你会拯救你的人民。
> 他们处于危险之中。

盒子里有一尊金色的神像，是一条头部生有双翅的蛇。神像很小巧，雕刻得十分精细。蛇身上雕刻出的金色鳞片闪闪发光。你转过身，看见汤姆正微笑着向你走来。

▶▶ **本故事完**

他的左手缓缓地展开，露出一小尊泥塑。那是曼纽尔送给你的幸运符。

你和曼纽尔互相微笑了一下。一阵紫色的烟雾升起，曼纽尔随即消失不见。你呆呆地盯着他上一秒站着的地方，地板上有一根翠绿色的羽毛，又小又硬。可是，你在哪里呢？

你的旅行到此结束了。可还是不见汤姆的踪影！

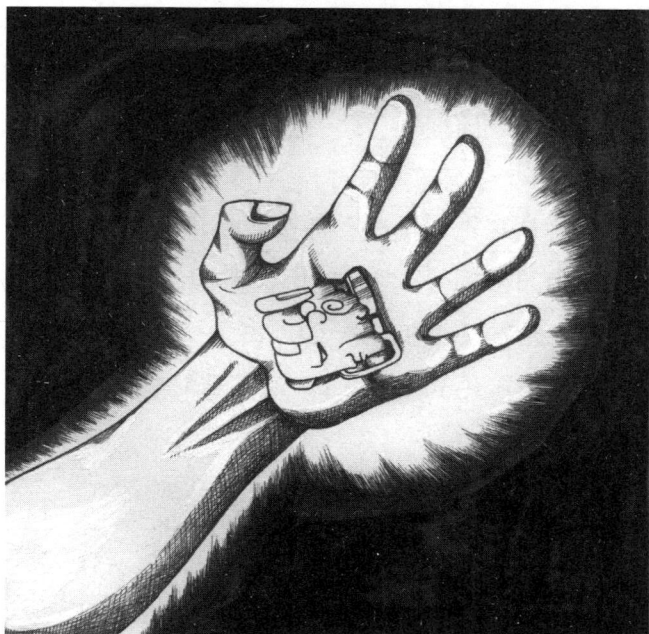

▸▸ **本故事完**

你向托尔特克人屈服。毕竟，就算你尝试了，也找不到回奇琴伊察的路。返回特奥蒂瓦坎路途遥远且天气炎热。你和扎哈还有其他十二名囚犯被三个托尔特克人看守着。食物少得可怜，你们都很饿。只有夜晚才让你们得以解脱，你们很快就会入睡。

一路上都没有安营扎寨，几乎没有逃跑的希望。你们终于抵达了那座宏伟的城市——特奥蒂瓦坎，看到了太阳神庙和月亮神庙。这是座四面环山的壮美之城，一座座硕大的神庙金字塔之间通过黄泉大道连接着，让你想到了高层公寓大楼。

你们和一群囚犯被关在一起，接受三名托尔特克人的审问。

"你从哪儿来？你是谁？你有什么企图？"

你竭尽全力去问答，但是他们极不相信也听不懂你的话。他们让你从一把稻草中抽出一根。每个稻草的根部被染上了红色、蓝色或者黄色的染料。你闭上眼睛，选了一根。

▶▶ 如果你选择抓起红色的稻草，请翻到**第 133 页**

▶▶ 如果你选择抓起蓝色的稻草，请翻到**第 124 页**

▶▶ 如果你选择抓起黄色的稻草，请翻到**第 41 页**

你真是不知该如何是好！

带领一支托尔特克的突袭军去奇琴伊察是件很危险的事。如果你被玛雅人逮捕，那么你就会因叛国罪而被逮捕。但是，如果你找到了奇琴伊察，会有更大的机会从托尔特克人的手中逃脱。只要有人能帮你一把！

迈过一根树干时，你高高抬起腿。你没有听到响尾蛇哗啦啦的警告声，就被一条巨蛇袭击了。尖利的牙深深地刺进你的腿里，那只野兽的双眼怒视着你。你开始昏迷，可突然间那条巨蛇变成了一只浑身长满羽毛的鸟！是羽蛇神——玛雅神秘的神明。那条蛇用低沉的声音宣布你已被他选中为人民的新领袖。

你勇敢骄傲地走上前去，看起来比以前高了一英尺，你的眼中闪烁着力量的光芒。那些托尔特克人都吓得瘫软在地。

▶▶ 如果你选择接受这一皇家特权，请翻到**第 23 页**
▶▶ 如果你选择把这看作一个从托尔特克人手中逃脱的机会，请翻到
第 15 页

你决定独自一人去那里。洞口相当狭窄，如果没有潜水服保护，你会在挤入狭小的入口时，被尖锐的石头擦伤或划破皮肤。你一度还以为自己肯定进不去了。

你终于挤进了洞穴，掀开水肺，直奔宝藏。

宝藏竟不翼而飞！有人在你之前来过这里。你两手空空地站在那里，感觉自己很愚蠢，内心充满了失望。

时间不等人。

你在梅里达发现一批专业潜水员，于是领着他们一起游向那个洞。

他们在洞口放置了一个小小的炸药包。随着一声低沉的轰鸣，水中翻腾起许多泡沫，掀起的泥沙模糊了视线，洞口打开了。宝藏和你记忆中的一样，一点都没变。你们开始将金子运出水面。

就在这时，驶来一辆吉普车，四名穿着军装的墨西哥军官走下车来。

"恭喜你！你已经找到了玛雅丢失的宝藏。我们的政府很高兴与你合作。"一位男士笑着说道。其他三个人开始将金子和宝石装入他们的吉普车。

你意识到你对此毫不介意。玛雅的宝藏理应属于墨西哥人民，因为他们是玛雅人的后代，你很高兴能将宝物归还给真正拥有它们的人。而且，你也很喜欢受人瞩目的感觉。政府邀请你到墨西哥城，并在墨西哥自然历史博物馆为你设宴，所有的珠宝都将在此展出。

▶▶ **本故事完**

通往梅里达的道路狭窄崎岖、尘土飞扬、颠簸不平。车上的每一位乘客似乎都在盯着你看。你很想知道他们是否已经知道你是警方派出的间谍，不由得感到毛骨悚然、脊背发凉。

你一到达梅里达便给一名经营珠宝店的老板打电话。据警方提供的信息，这个名叫胡利奥的家伙是红掌印帮派的联络人。出乎你意料的是，革命军竟是一群非常友善的人。他们相信自己必须与当局斗争，这样穷人才可能拥有可以耕种的土地，才有机会过上更好的生活。他们的政府一贯袒护富人、欺压穷人。革命军对你的加入表示欢迎。

一天深夜，你坐在一个旧宾馆的内堂里的一张圆桌旁，你认为是时候做出抉择了：你是应该加入他们，告诉他们你的身份，并且成为一个三重间谍，给警方提供错误的情报？还是应该继续作为一名间谍潜伏在他们中间？到目前为止，你只是听到了他们口头讲述的很多构想，却没有目睹过他们所说的对于穷人的救济。汤姆依旧去向不明。

▶▶　如果你选择相信他们，并且愿意为了他们所追求的事业而奋斗，请翻到**第 122 页**

▶▶　如果你选择不相信他们的话，决心暗中监视他们，请翻到**第 123 页**

坎昆如同一座大型的游乐场——熙熙攘攘、人声鼎沸，到处挤满了游客。你不知道要从哪里开始寻找汤姆，或者红掌印的帮派。你唯一掌握的线索就是在主街上最奢华的宾馆工作的大堂领班。

当晚，你联络了他。这是个性命攸关的错误！你消失在了无边的怒火中！

▸▸ **本故事完**

邀请你留下来是个不错的主意。你非常疲惫，完全没有预料到海上的风暴、和祭司对抗，以及来自其他城镇的突袭。你一想起所到之处与所做的事情，就感到头晕目眩。在经历过一切后，你可以休息一下。印第安人是一个爱好和平的民族，他们靠采集丛林中的果实和捕鱼为生，这听起来很适合你。

一个月过去了，你的肤色被晒得黝黑，但是现在该重新回到寻找汤姆的旅程了。女人岛的确是一条很好的线索，但是现在你听到一位船员说汤姆或者疑似汤姆的人已经在奇琴伊察被捕入狱，而女人岛的传闻将你引入了假线索中。

▶▶ 如果你选择回到奇琴伊察，请翻到**第 125 页**
▶▶ 如果你选择去女人岛，请翻到**第 128 页**

你在岛上休息了几日。再次接到出海的命令后，你们的小船朝着尤卡坦的海岸驶去。海面波涛依旧很汹涌，但是最坏的情况已经过去了。夜空很晴朗，你们可以根据星星的位置进行导航。船长和船员都知道很多关于星星的知识。玛雅人已经研究了星座和各个行星，尤其是金星，它既是启明星又是长庚星。

你们在一个小渔村靠岸去寻找新的补给，然后继续向海岸行驶。路过定居点便停下来交易一些食物和装饰的项链。这样惬意地生活了几周后，你决定不再回到现代。你将城市的喧嚣、赶不完的工作、一直持续的通货膨胀，以及受到污染的环境统统抛在脑后。这才是你想要的生活。你希望汤姆也能找到类似的生活。

但是，当药剂失效后会怎么样呢？

▶▶ 如果你选择采取措施阻止药剂失效，请翻到第 **129** 页

▶▶ 如果你选择让一切顺其自然，请翻到第 **130** 页

你想组织一支医疗队，可是，无论你说什么，也没有人愿意到疫区。你想说服他们去掩埋死尸，烧毁房屋，以及填埋垃圾。大家都觉得你疯了。

"众神在生我们的气。"他们对你说道，"我们无能为力。据说我们都会死的，也许这就是我们的死期。"这些话你听了一遍又一遍。

"但是我们得采取些措施，我们不能眼睁睁地看着这些人死去。"你向两位祭司恳求道。

"走开，让这些人死去是众神的意愿，别管闲事。疾病还没蔓延到这里，或许是我们取悦了神灵。"

紧接着，两天之后，瘟疫暴发了。一个女人在一天内患病而死，然后又有两个男人患病，儿童很容易就被感染。瘟疫的暴发终结了曾经一度繁华的都市生活，人口数量正在急剧下降。

幸好，你穿越时空的药剂能保护你不受瘟疫的感染。但是，是时候离开了。你请求曼纽尔带你返回现代。

▶▶ **本故事完**

你们从图卢姆启程。你们终日在海岸线上航行，绕开了小城镇。船长避免一切有可能登陆到疫区的机会。

你们最终到达了紧挨着奇琴伊察的一个港口。你们穿过丛林，来到城里。一到那里，你便祈求祭司采取消毒措施来防止瘟疫的传播。他们都很厌恶你，对你感到恐惧。他们没有听从你提出的建议：灭鼠、填埋垃圾、拆毁旧茅草屋，以及喝开水。他们对你发出警告让你赶快离开，否则就会将你处决，因为你冒犯了他们的信仰。

"你是邪恶之人，你不可以干预世界的正常运转。"大祭司说道，"西比拉之王不喜欢你这种人！"

▶▶ 如果你选择听从祭司的话，安静地离开，请翻到**第 131 页**

▶▶ 如果你选择无视他们的威胁，请翻到**第 132 页**

　　这次冒险开始之时你的目标是寻找汤姆，但是现在你却成了革命党红掌印帮派的一员。你和你的组织不采取暴力手段来达成目的，你们不会绑架平民、劫持飞机，或者炸毁建筑。恰恰相反，你们和民众沟通，鼓励他们争取选举权和进行土地改革。你们给他们讲解了墨西哥的律法，并且教会他们如何使用它，你们给予他们希望和信念。但是，这项事业充满了危险，有人不惜一切代价地试图阻止红掌印的行动。

　　你的生活一直处于危险之中，但是你下定决心投身于革命党的事业。

▶▶ **本故事完**

你以前曾对革命党有所耳闻，因此你不相信这帮人真的是为了人民的福祉行事。你怀疑他们在集会时将收集来的钱财据为己有。

当你拒绝参与一项被指派的任务时，他们突然对你实施了行动。

"你是间谍！你是我们的敌人。"

他们将你五花大绑，绳子狠狠地勒进了你的手腕，鲜血染红了麻绳。两天后，当你感到骨骼疼痛难忍、浑身上下都在喊叫求救时，他们来到你面前。"你太危险了，所以不能放你走。我们开会商讨过。很遗憾，我们不能让你活着。"

让你惊讶的是，汤姆出现在了首领的身旁。

"这个人对我们没有威胁，我可以为他担保。"

你重获自由。汤姆对你说："快走吧，别再回来了。"

▶▶ **本故事完**

蓝色是一种有魔力的颜色，只有一根稻草是蓝色的！你被选为托尔特克烟镜神的信使。

身披红蓝色的皇袍，你被领到太阳金字塔的顶部，绑到了一张小石头桌子上，留在那里去见烟镜神。

这就是你的结局。你被献祭了。

▸▸ **本故事完**

你很不情愿地离开天堂般的小岛。过了难熬的三周后，你抵达了奇琴伊察。

集市里挤满了身穿鲜艳的红色、金色和蓝色衣服的人。那里正在庆祝盛大的节日，有很多鸡肉、绿鬣蜥和整碗的玉米、西红柿、辣椒。来自四面八方的玛雅人都来到这里参加仪式和庆典。巨大的广场上全是吟唱的人群。

祭司们列队走出，身后跟着随从。武士们集合起来，严肃地站着，神情肃穆严厉。

人们都为当晚计划的大型献祭感到兴奋。

▸▸ 请翻到**下一页**

一面巨大的锣被敲响之后，人群安静下来。祭司们穿过人群，庄严地走向了卡斯蒂略金字塔，登上台阶。当他们到达顶部时，大祭司向太阳抬起双臂。月亮刚好遮挡住了太阳，整个天空突然暗了下来。人们都感到非常恐惧。祭司放下手臂。月亮继续沿轨道行驶，当阳光再次照耀时，人们都欢呼起来。仪式成功了，没有必要献祭。

你看着这一切，惊叹于祭司们利用日食的知识来震慑人民的这种统治方式。知识就是权力。

由于是好的征兆，那些准备用来献祭的人祭被释放了。他们中的一个就是汤姆！

▸▸ **本故事完**

你等待着去女人岛的船。

一天深夜，你坐在一座小石山附近的火堆旁，身边围满了厚厚的灌木。一队武士冷不防地冲向了你。空中乱箭四射，你的向导被射死了。

你竭尽全力进行反击，用石块砸倒两名袭击者，随即逃跑了。但是，一支箭从侧面射中了你，那是一支毒箭。你周围的一切都开始变得模糊不清、越来越远，仿佛世界在你脑海中旋转一样。你感到舌尖发麻、口干舌燥。眼前一片漆黑。你完蛋了。

一定有什么方法可以留在过去！你就是不想回到现代！

药剂在一点点失效。有一天，你环顾四周，发现新朋友开始渐渐消失。他们每天都在变得越来越模糊，终于有一天你周围一个人也没有了，只剩下你独自一人。你坐在沙滩上，听着海浪拍打着沙滩的声音。

"救命，救救我！我不想待在这儿。"

可是，没有人听得到你的话。

▸▸ **本故事完**

你曾期待的是什么？你不能一直留在过去，时间一直在流逝。你只是有机会短暂地感受了一下过去——可只是短暂的。你是属于现在和未来的。

对你来说，过去之旅已经结束。现在和未来在等着你。

祭司的权力太过强大以至于无法撼动。他们大权在握，就连贵族和久负盛名的艺术家们都畏惧他们。情况并非一向如此，祭司们是近来才被崇敬的，酋长和他的顾问才是统治者。但现在，当人们对某件事情产生了恐惧，比如瘟疫，祭司们和他们关于未来的预言就变得至关重要。

人们现在万分惊恐。他们带着很少的财产成群结队地搬离了奇琴伊察。有些奔向南方的丛林和地势较低的山区，有些人去了海边，也有人去了西边。

参加在金字塔下举行的庆典仪式和观看球赛的人越来越少，恐惧比瘟疫的影响还要大。由于人们都离开去寻找更好的未来，曾经充满活力的奇琴伊察正在逐渐衰败。

▶▶ **本故事完**

统治该地区的贵族住在大型宫殿里，宫殿里围满了侍奉的仆人，六个侍卫试图阻止你，但是酋长碰巧听到了你们的争执。

"让这个人进来，"他说，"那么，你有什么想说的呢？"

"我想要向您求助。我知道怎样能阻止这场瘟疫。"

你解释了如果杀死老鼠、不喝生水、填埋垃圾就可以阻止疫情。他认真地听了你的话，并且同意仔细考虑。这些想法史无前例，他不知道是否能奏效。

可是一切都太迟了。瘟疫已经蔓延开来，奇琴伊察布满了患病的人。

你亲眼见证了促使玛雅文明消亡的其中一个原因。你很安全，因为你只是一位时间旅行者。你很快就回到了现代。

洛佩斯博士在梅里达向你说道："玛雅是一个伟大的民族，但是所有的文明一夜之间土崩瓦解。"

▸▸ **本故事完**

红色代表着你要和工人们一起去完成月亮金字塔的工程，他们给你演示如何在石头上敲打雕刻出精致的花纹，以装饰这座宏伟金字塔内部的走廊和密室。石头上刻着蛇头、瞪着双目的凶恶的脸和浑身长满了羽毛的鸟。

你整日沿着祭司艺术家在石头上画的线条上敲凿着。四周扬起的细小灰尘微粒阻塞了你的嘴巴和鼻孔，你被呛得一直流眼泪。

一天，你惊奇地看到六位身穿现代速干衣的人朝你走来。其中一位向你招手，随后他们都在招手。你朝着他们跑过去，却被一堵无形的时间之墙拦着。

你无法回到现代。从今往后，你必须一直敲凿着伟大的月亮金字塔中的石砖。

▸▸ **本故事完**

古城宝藏

献给莉迪娅的爱。

——吉姆·贝克特

　　你和朋友萨莉发现了可能是"古城宝藏"的所在位置。

　　公元一五〇〇年，印加人被西班牙人征服后，印加人将财宝藏在那里。你们一起前往秘鲁去探宝。但从到达库斯科的那一刻起，你们就被一群奇怪的人跟踪上了。你知道很多人也在寻找"古城宝藏"。

　　无论是选择乘降落伞进入丛林，还是选择乘车翻越蜿蜒崎岖的山路，你都将遇到各种危险和神秘的事件。你可能会在热带雨林的深处遭遇游击队员，或者土著部落。即使是这样，你能确保找到"古城宝藏"吗？

已过午夜，你坐在电脑屏幕前，努力挣扎着，保持头脑清醒。从记事以来，你就对古代文明十分着迷。

几年前，你用一台家用电脑破译了古埃及碑文"Rondus x"，以此赢得了举世闻名的青年考古学家研究基金。你的朋友萨莉的父亲是美国宇航局的工程师。你和萨莉花了好几个月的时间研究一个特殊的计算机程序。你们的项目目标是通过分析美国宇航局提供的卫星照片，发掘埋藏在沙漠或丛林下的古代遗迹。

对所有的古代文明你都广泛涉猎，而萨莉却对秘鲁的印加文明情有独钟。她曾在秘鲁上过小学，父亲在当地的卫星跟踪站工作。在那里，崇拜太阳的印加人深深地吸引了萨莉。印加人认为黄金是"太阳的汗水"，白银是"月亮的眼泪"。他们曾经统治过南美洲的大片领土，面积比现在的得克萨斯州还大。

你用目前已知的印加建筑风格和定居模式为计算机编程。现在，计算机扫描着秘鲁偏远丛林的照片，古老的印加帝国隐匿其中。

▸▸ 请翻到**下一页**

计算机突然发出"哔哔"声，一条直线出现在屏幕上。你的程序是基于找寻直线来运行的，直线表明人们对自然环境的改变。

"嘿，太好了！"你喊道，萨莉急忙从文件中拿出相对应的宇航局的照片。

你看不出照片上有任何线条，也看不出有任何印加风格的建筑。萨莉拿着放大镜仔细查看。"确实有东西，看这里。"

你又看了一眼照片，然后瞥了一眼计算机。屏幕上的这条由许多圆点组成的直线真的是通往传说中的印加"古城宝藏"的道路吗？

十六世纪，被西班牙征服者击败后，印加人将价值连城的皇家宝藏埋藏在那里。

"这可能是一个农民的牛圈的遗迹，或者是一片罕见的岩层。"萨莉一边说，一边研究着一幅大地图，指着孤立山谷中两河汇合处附近的一个位置。

"不对！你看它多宽广啊！这肯定是一座城市的废墟，甚至可能是'古城宝藏'。"你惊叹道。

"恐怕那些黄金之城的故事只是古老的传说。"萨莉说道。

"找到答案的唯一方法就是到实地去。"你说道。

"你在开玩笑吧？"萨莉回复道。

"当然不是。我们有基金，难道还有其他更好的使用方式吗？"

"不，不，不，我的意思是，那里可是索莱达，被称为'绿色地狱'不是没有原因的。数百名探险家丧生于此，幸存下来的几个人，出来后也都发了疯。"想到这里，萨莉不寒而栗。

▸▸ 请翻到下一页

"但至少我们知道去哪里，这可能是二十一世纪最伟大的考古发现。"你兴奋地说道。

"这有什么难的，我们进入新世纪不过短短几年时间。"萨莉打趣道。萨莉生性谨慎认真，但有时会有点不讨喜，特别是你希望她和你一样兴奋的时候。

"哦，萨莉！你明白我的意思。这可是千载难逢的寻宝之旅！"你欣喜若狂的情绪被一个一闪而过的影子打断了。

有人在计算机房的玻璃门外面！

"嘿！"你对着门口喊道。

影子离开了。

你跑出去的时候，正好看到一个男人奔跑着穿过大厅。

萨莉来到你身边，说："我敢打赌，一定是上周闯进我们档案馆的那个人！"

你们的程序一直令其他寻宝者垂涎，特别是那些把它视为快速致富途径的人。

"如果他在偷听，肯定知道我们在秘鲁发现了一条线索。"你说，"但是，他不知道宝藏的具体位置。我已经受够隔着屏幕看它。让我们来证明程序是行之有效的。我们去秘鲁吧，但愿没有人跟踪！"

▸▸ 请翻到第 **142** 页

飞机即将抵达秘鲁库斯科机场，你和萨莉望着舷窗外：阳光照在屋脊上，闪着亮光。眼前的城市曾经是印加帝国的首都。一直向东，安第斯山脉覆盖着厚厚的积雪，山峰耸立，高达两万多英尺。

萨莉正在翻阅一本关于西班牙征服者弗朗西斯科·皮萨罗的书。"真令人难以置信，皮萨罗为了得到黄金，杀了那么多人。"她指着书中的一段说道，"1532 年，皮萨罗来到秘鲁，他邀请了印加国王阿塔瓦尔帕参加宴会。当印加人手无寸铁地出现时，皮萨罗让他的士兵屠杀了国王的部下，并俘虏了阿塔瓦尔帕。"

你早已在其他书里读过这段历史，但还是听萨莉把它讲完了。你不断提醒自己，你的动机不是出于贪婪。毕竟，你不会将黄金占为己有。如果你找到宝藏，一定会将它们全部送进博物馆。

▶▶ 请翻到下一页

萨莉继续读：

"阿塔瓦尔帕答应用黄金填满他被关押的房间，以此来换取自由。但是，在黄金到达之前，皮萨罗勒死了阿塔瓦尔帕——"

你打断说："那些负责把无价的皇家珍宝送往西班牙的搬运工把黄金藏了起来。"

"从此，人们再也没找到过这笔黄金。"萨莉期待地看着你。

"直到我们出现，"你乐观地说，"如果我们的计算机程序找对了目标，我们就能找到'古城宝藏'。"

▶▶ 请翻到**下一页**

飞机向航站楼滑行时，你看到一架全黑的喷气式飞机。喷气式飞机的头部印着一头长着祖母绿色眼睛的金色美洲狮。你认出了这个符号——古印加的标志。

"那是谁的飞机？"你问旁边的空乘人员。

"保罗·勒迪克。"她匆匆走过，回答道。

你听说过这位古怪的亿万富翁兼隐士。他痴迷于收集世界上最伟大的艺术宝藏——不允许任何人看到的宝藏。就在你盯着勒迪克的飞机时，你看到一个熟悉的面孔从飞机的梯子上走下来。

"那不是马洛德教授吗？"你指着给萨莉看。

"可能是——看起来像他。"萨莉点头道，"但是，我以为他因从埃及走私艺术品被关进了监狱里。"

突然，萨莉的表情变了。"你觉得会不会是马洛德闯入了我们的档案馆？"她说道，"也许这就是他和勒迪克一起出现的原因：他们是来偷黄金的！"

▸▸ 请翻到第 **146** 页

　　萨莉去库斯科医院看望你。你的腿严重骨折，正在做牵引。她很感激你救了她的命，但你们都没有想要庆祝的心情。火车上的人无一幸免。

　　萨莉给你看了一张库斯科火车站的报纸图片，火车以九十英里（一英里约一点六千米）的时速撞到水泥墙上。幸运的是，在火车撞上车站前几秒钟，车站里的人就被疏散了。

　　"好吧，"你告诉萨莉，"即使我以后还能走路，也不再有任何寻宝的欲望了。"

　　"等你能开始拄拐，"萨莉勉强笑了笑，"我们就直接坐飞机回家。"

▶▶ **本故事完**

"等一下，萨莉，"你淡定地说，"我们不要过早下结论。"与以往不同，以前你总是那个会急于下结论的人。必须承认，也许他们同一天来到这里只是一个巧合。

你看到两个形迹可疑的人——一个高个子，另一个光头——跟着马洛德下了飞机。他们似乎在盯着你们的飞机看！

当你们乘坐出租车驶离机场时，你注意到马洛德的手下正坐在你们后面的一辆深蓝色的车里。难道这又是一个巧合？

入住酒店后，你和萨莉讨论下一步该做什么。你们可以马上出发去索莱达，寻找计算机屏幕上显示的地方。但如果马洛德跟踪你们呢？或许这几天假扮一下"观光客"也不错。

▶▶ 如果你选择立刻前往索莱达，请翻到**第 148 页**
▶▶ 如果你选择以游客的身份去马丘比丘，请翻到**第 153 页**

出发去索莱达之前，萨莉给老同学玛丽亚打了个电话。玛丽亚应该知道去旅行时不被跟踪的最好方法。她邀请你们直接去她家里。

从酒店大厅的一个窗户向外看，小广场对面路边是一家咖啡馆。从机场就跟踪你们的那两个人正坐在一张桌子旁！

"萨莉，我有一个主意！"你小声说道，"我坐出租车去与玛丽亚家相反的方向。这样他们就不会跟着你，你可以安全到达。之后我们再回这里会合。"

"好吧，"萨莉同意了，"但是要小心。我们的地图和卫星照片怎么办？"

你匆忙回到自己的房间，考虑了许多隐藏之处。最后把地图和照片藏在了浴室的镜子后面。

你叫了一辆出租车。

当车驶离酒店时，你回头看向咖啡馆，马洛德的人已经不在那里了。车经过阿马斯广场的大教堂时，你看到后面又出现了那辆深蓝色的车。

▶▶ 请翻到**下一页**

"司机，在这里转弯！"你指着一条一路蜿蜒至陡峭山丘的狭窄的小巷，命令道。那辆深蓝色的车跟在后面，飞快地从后面开过来，撞向出租车！司机愤怒地咒骂着，加速行驶，试图在拥挤狭窄的小巷里甩开追来的蓝色轿车。

靠近山顶时，司机停下出租车，打开车门，粗暴地把你推出去。"Es su problema（都是你的问题）！"他用西班牙语吼道，然后开车走了。只留下你一个人在脏乱的小路上。就在这时，那辆深蓝色的轿车在拐弯处发出刺耳的声音，朝你开过来！

▶▶ 请翻到下一页

你沿着山坡上的台阶向上跑，台阶尽头是一座座迷宫般的棚屋。轿车无法在这里继续跟踪你。通向山顶的唯一道路狭窄蜿蜒，一眼望不到头。你的心怦怦直跳。库斯科位于高海拔地区，空气稀薄，你大口喘着粗气。这时，你看到了那个男人！

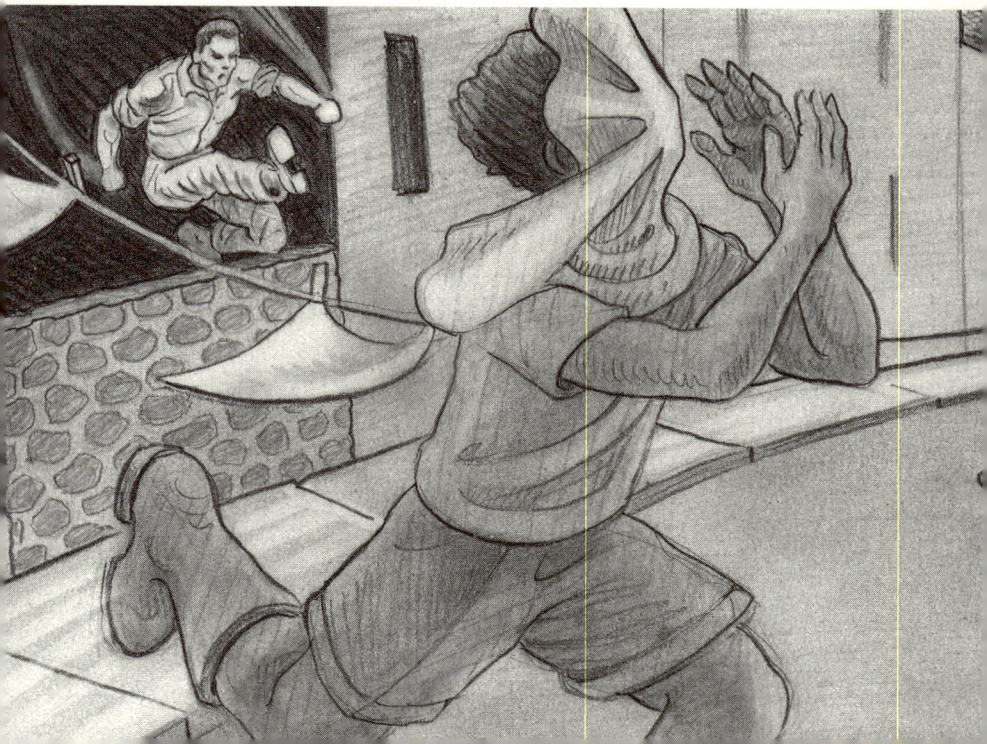

马洛德手下的高个子男人正朝你奔来。你翻过栅栏，跳进一个院子里，不小心扯倒了晾衣服的绳子。你一边连忙向冲你大喊的女人道歉，一边飞奔着离开。女人重新将晾衣绳挂好，却被跑来的高个子男人撞倒在地。两个人同时摔倒，被床单缠住。

▸▸ 请翻到**下一页**

你跑到了一片平地，惊起一群四处乱叫的母鸡。库斯科城在你脚下一千英尺处铺展开来。你站在看似是悬崖的边上，这其实是一个异常陡峭的斜坡，有很多岩石和碎石。想要从这里走下去简直是自寻死路。如果能像滑雪者那样站着，在往下滑的时候刹住，或许还能活下来；但如果掉下去，就会滚得越来越快，最后撞在棚屋外的尖锐岩石上。

在一个棚屋外，你看到一辆破旧的汽车。车上没有门，但四个轮胎看起来还不错，或许还能开，你也许有机会从那条狭窄的路上逃走。

高个子男人跑进你的视线里。当他发现你时，脸上露出狰狞的笑容。他知道你逃不掉了。

▸▸ 如果你选择冒险走下悬崖，请翻到第 **157** 页
▸▸ 如果你选择跑向汽车，请翻到第 **178** 页

第二天早上，你和萨莉戴着太阳镜，拿着相机，走出酒店，看上去是十足的观光客。卫星照片和地图都在你的背包里。马路对面，马洛德的一个手下在一张咖啡桌旁喝咖啡。

直到你们的出租车开动，他才离开。

库斯科的旧火车站熙攘嘈杂，挤满了游客和兜售纪念品的当地人。你和萨莉好不容易在开往马丘比丘的火车上找到了座位。马丘比丘是一个著名的旅游景点，也是一座建在峭壁上的印加要塞。欧洲探险家未曾发现它，直到一九一一年，一名叫海勒姆·宾厄姆的美国人才发现它的存在。

火车穿过蜿蜒壮观的乌鲁班巴峡谷。铁轨沿着河的一边延伸；河的另一边，群山高耸，直插云霄。

"等我们发现'古城宝藏'，他们就会为游客修建一条这样的铁路。"你对萨莉说。

"太好了，我们没有被跟踪，可以尽情享受旅行！"萨莉舒服地靠在椅背上说道。

▸▸ 请翻到第 **155** 页

两个小时后，你们坐在一辆大巴车上，沿着土路爬上一座陡峭的山丘。在你们的下面是火车站，上面就是马丘比丘。

很快，你们站在马丘比丘的石头废墟中间，就像站在世界屋脊一样。你惊叹于印加砖瓦匠的杰作：巨大的雕刻岩石完美地契合在一起。梯田倾泻而下，居住在印加最后堡垒的居民曾在此种植粮食。

萨莉指着天空说："看！悬挂式滑翔机。"

果然，一个悬挂在红色三角翼下的身影从废墟的一座山峰上纵身跃下，向着山谷俯冲。

"一些日本人正在拍电视广告。"一位经过的导游说。

"来吧，我们沿着小路走，去滑翔机跳下的地方。"你提议说。

"又来了一批刚下火车的游客。"你推开人群，踏上旅程。

你找了一个安静的地方，坐下歇口气。

这里的景色很壮观。你顺着小路往下看，在不到一百码（一码约九十一厘米）处，看到了马洛德教授和他的两个手下。

"萨莉！快来！快点！"你小声说道。

你们顺着小径从废墟向上跑。你们跑得越快，那三个人就跟得越快。毫无疑问，他们在跟踪你们！

▶▶ 请翻到**下一页**

小径绕过山顶时开始变得陡峭。拐弯时，已看不见追赶你们的人了。在你前面的悬崖上有三架悬挂式滑翔机，斜靠在岩壁上。你和萨莉是否要乘滑翔机从山的一侧离开，避开马洛德和他的手下？

你听到有节奏的说话声。你望向另一座山，看到一群奇怪的人围成一圈坐着。在这条小路的某一处望过去，两座山离得很近，似乎可以一下子跳过去。事实上，如果你们能过去，就可以隐藏在那群人里。但是，如果起跳不好，就会从两千英尺高的悬崖上掉下去。

你可以听到跟踪者逼近的声音。如果继续沿着这条小路走下去，你们会被困在山顶上。你必须采取行动，而且要快。

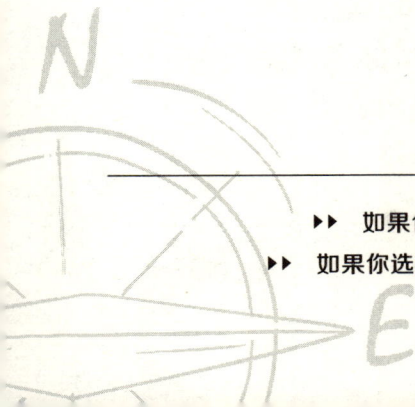

▶▶ 如果你选择冒险驾驶滑翔机，请翻到**第 159 页**

▶▶ 如果你选择冒险跳到对面的山上，请翻到**第 173 页**

你在悬崖边犹豫不决，试图鼓起勇气。跟踪者的脚步声越来越近。

你向前迈了一步，双膝弯曲，身体前倾，脚踩在沙砾上。你用脚作为刹车，移动身体的重心，像滑雪一样"之"字形下降，起身跳跃，身后扬起一片碎石沙砾。

某一瞬间，你失去了平衡，身子向后倾斜，但很快，你调整过来，才没有葬身在岩石堆里。

斜坡开始变平，你刹住步伐，在平坦的地面上快速奔跑，身后尘土飞扬。你做到了！你感觉脚底在燃烧，但你还活着。你向上看，那个高个子男人站在悬崖边上，脸上的笑意消失了，取而代之的是愤怒和焦虑。你知道他是不会冒险跟着你下来的。

你快步穿过一个院子，来到城市的街道上。前往公交车站时，你听到山上传来疾驰的汽车急转弯时发出的刺耳声音。你抬头一看，正好看见那辆深蓝色的轿车在拐弯处打滑，从悬崖上摔了下来。即使离得很远，也能听到轿车翻滚、碰撞时发出的恐怖声音。

一辆老旧的公交车缓缓停到车站。你跳上车，至少现在不会有人跟踪你了。经历刚刚的事情后，你开始担心萨莉。你希望这辆老旧的公交车开得快一些，你迫切地想要赶回酒店。

▶▶ 请翻到**下一页**

萨莉在酒店大厅里，兴奋地迎接你。还不等你向她讲述这次死里逃生的经历，她就急着对你说：

"你可能不相信，我的朋友玛丽亚现在是一名飞行员，她还拥有私人飞机呢！我们可以直接空降到索莱达，不用花费好几周徒步过去。"

"我知道你曾经在沙漠里跳过伞，"你说，"但是，直接跳伞到丛林，不是很危险吗？"

"地图显示离我们的目标大约十英里处有一块空地。"萨莉一边回答，一边跟着你上楼回到房间。

"但有两条河离我们几乎一样近。"你解释道。你认为"在地面上"旅行可能更安全。

"我请教过这个问题，"萨莉说，"我们也可以开车翻过安第斯山脉，然后选择一条河开过去。可现在是雨季，走水路也很危险。"

▸▸ 请翻到第 **170** 页

"我可以试一次。"你喊道,抓起一架悬挂式滑翔机。

"跟着我做!"萨莉一边喊着,一边抓起另一架,举过头顶,来到悬崖边。

你将亮黄色的滑翔机也举过头顶。它比你想象中轻得多。你站在悬崖上往下看,感到头晕目眩。从上面看下去,车站和火车看起来像玩具模型。你感到恐惧不安,但同时,内心又有一种奇怪的冲动让你想跳下去。

萨莉系好安全带,抓紧系在机翼上的操纵杆。你用颤抖的双手摸索着搭扣,"咔嗒"一声,终于扣好了安全带。

就在头顶上方两个日本人大喊"站住!站住!小偷!"的时候,马洛德闯进了你的视野。

萨莉跳了下去,悬挂式滑翔机的机尾刚好掠过悬崖。

你的身体像瘫痪似的动弹不得。马洛德正飞快地朝你追来。

▶▶ 请翻到下一页

当马洛德向你扑来时，你从悬崖上纵身一跃，跳入一片虚无。

你飞起来了！悬崖边传来愤怒的咒骂声，有些是英语，有些是日语，但很快就被耳边呼啸的风声淹没了。

萨莉在哪里？她撞到岩石上了吗？你有些担心。不可能！在那里！她在你的上方。她巧妙地借助了一股上升气流，和你一起向下俯冲。

"你已经掌握窍门了！"她大声喊道，冲你竖起大拇指。她指了指火车，又指了指悬崖上的人。

今天的最后一班火车是你们唯一的出路，马洛德和他的同伙想赶在你们之前到达那里。

▸▸ 请翻到第**162**页

萨莉猛地向下俯冲。你用力推着操纵杆，悬挂式滑翔机随即产生了反应。你慢慢找到了感觉。如果现在不是为了逃命，你的飞行将会充满乐趣。

你向身体左侧看去，正好看到一只大鸟的眼睛。它的翼展和你的悬挂式滑翔机一样宽。一只巨大的秃鹫！这是一幅罕见的景象。你开始转弯，秃鹫和你一起转弯。尽管这只鸟有着钩状的喙和光秃秃的脖子，看起来凶猛无比，但你能肯定的是它正在玩耍。

快到谷底时，秃鹫振翅向山顶飞去，回到它的老巢。

一群游客看着萨莉优雅地降落在车站旁。

地面向你飞速扑过来。你尽最大努力向前推杆，用机翼的尾部使速度降下来。地面来了！咔嚓！你听到东西折断的声音，然后你重重地倒下。

"你没事吧？"萨莉冲到你身边。当你意识到断裂的是滑翔机的支柱，而不是你的腿时，松了一口气。

萨莉帮你从设备里解脱出来。

"火车要开了，快点！"

你在飞驰的火车上坐下。这时，一辆吉普车正卷起阵阵尘土，向火车站疾驰而来。它永远赶不上你们的火车。马洛德太迟了。

▶▶ 请翻到**下一页**

　　萨莉和你坐在最后一节车厢里，旁边还有十几个游客。你已经兴奋了一整天，很快就伴着火车的"咔嗒咔嗒"声睡着了。

　　火车突然停下来时，你骤然惊醒，撞到前面的座位上。

　　过了一会儿，门突然打开，一个身穿迷彩服、挥舞着冲锋枪的彪形大汉大步从过道走来。

　　"出去！到外面！"他尖叫道。

▸▸ 请翻到**下一页**

你、萨莉、列车员和大约二十五名游客沿着铁轨排成一队。六名游击队员推搡着游客，检查他们的护照。

搜查你的游击队员很年轻，有着印加人的典型特征。他检查了你的背包，看到了卫星照片，却只拿出了你的护照。

一架直升机在头顶上轰鸣。魁梧壮硕的首领似乎在命令每个人回到最后一节车厢上。

你跌跌撞撞地走过过道，年轻的游击队员把你推倒，扔给你护照，并狠狠地踢了你一脚。

躺在你旁边的列车员低声说："游击队想用我们来交换他们在监狱里的队友。首领说除非政府解放他们的人，不然就杀了我们。"

▸▸ 请翻到 **下一页**

"他们是谁？"你轻声问道。

"他们梦想着恢复古老的印加帝国，重新主宰自己的命运，他们憎恨外来者。"

你躺在地板上等待，似乎等了一个世纪。你知道游击队正在外面商量。你们所有人的性命都取决于他们的讨论结果。

首领走进车厢，喊道："站起来！我们达成了协议，不会伤害你们。但我们需要一名志愿者。我们会乘坐军用直升机离开，我们需要一名人质，以确保军队不会朝我们开枪。如果你们中的一个人向前迈一步，你们都会活下去。"

他冷酷地看着眼前的人质，一秒一秒地看过去。你看得出，他越来越生气。他盯着两个紧紧抓着妈妈的腿的日本小女孩。他会选择孩子们，还是萨莉？你是否应该自愿冒险？这样其他人就安全了。或者，你是否应该等待时机来帮助军队捕获这些危险的叛军？

▶▶ 如果你选择等待时机，请翻到**下一页**

▶▶ 如果你选择甘愿做人质，请翻到**第179页**

你躺在地板上，几乎不敢呼吸。没有人站出来，大多数人质都盯着地板，首领还在等待答案。

"懦夫！"他喊道。

他直视着你说："那我们就选一个人。"

"先把人质送出来！"外面的一个扩音器轰鸣作响。

首领冲到窗口喊道："不，我们先去直升机那里！"

他转身面对人质，汗水从人质黝黑的脸上流下。

他抓住萨莉的胳膊说："这个人跟我们一起走！"

"不要！我去。"你从地板上"嗵"的一下站起来。

一把不知从哪儿冒出来的步枪把你打倒在座位下面的金属底座上。你失去了意识。

▶▶ 请翻到**下一页**

外面的枪声把你吵醒，车厢里空荡荡的。你挣扎着站起来，看到外面的人四散逃开，都在躲避子弹。一些人质被释放了！

其他人跌跌撞撞地回到车厢上——两个日本小女孩和她们的母亲，一对英国夫妇，还有萨莉。在他们的身后是年轻的印加游击队员和首领。

首领向年轻的印加游击队员喊了一声命令，就冲进了下一节车厢。萨莉看到了你，你们俩赶紧蹲下身子，来到车厢后面。年轻的游击队员已经把注意力放在了其他人身上。外面的枪声停止了。

萨莉和你一起穿过车门，来到后面的平台上。

"你还好吗？"你急切地问。

萨莉点了点头，但你看到她吓得浑身发抖。

火车颠簸了一下，把你们俩都摔在地板上。火车迅速加速，留下游击队员和那些幸运逃脱的人质在原地。

你站起来往外看，在这样的速度下，跳下去太危险了。身后的玻璃门碎掉了。年轻的印加游击队员手里有枪！

你和萨莉蹲下，向平台边爬了几英尺。一颗子弹打中了门。那个年轻的印加游击队员正在追杀你们。

▶▶ 请翻到**下一页**

除了爬上车顶，你别无他法。你帮助萨莉爬上固定在车厢后面的小梯子，然后迅速爬上车顶。

你以极快的速度爬过车顶。火车向前飞速行驶着，弯道转弯时，你看到首领正在操纵火车头。

一架军用直升机正努力追赶飞驰的火车。但是，在狭窄的山谷中穿行比在视频游戏中做出正确的动作要困难得多。

火车驶抵库斯科郊外时，一幢幢房屋在一片模糊中飞快闪过。按照这个速度，到达火车站只有几分钟的路程。车站的尽头是混凝土墙！那个游击队首领是如此绝望和愤怒，竟要以每小时八十英里的速度进站？

你看到前面的桥，铁轨穿过乌鲁班巴河进入城市。河流在这里变得又窄又深。

▸▸ 请翻到**第 187 页**

你从口袋里掏出房间钥匙，发现门微微开着。

"服务员一定在打扫卫生。"

但是，当你打开门的时候，无法相信眼前的景象：衣服和文件被扔得到处都是，家具被掀翻在地。

"进来的人一定不是服务员。"萨莉有气无力地开玩笑说。

你冲进浴室，把手伸到镜子后面。手指触摸到卫星照片光滑的表面。不管是谁搜了你的房间，都没有找到照片和地图。房间里看起来好像什么东西都没有丢，由此你推断那个神秘的入侵者肯定是冲着照片和地图来的。

是时候出发去索莱达了。你是选择在玛丽亚的帮助下乘降落伞，还是选择走陆路和水路？

▶▶ 如果你选择乘降落伞前往，请翻到第 **182** 页

▶▶ 如果你选择走陆路和水路，请翻到第 **191** 页

你沿着小路向后退，为跳跃争取一个有利的助跑。

"我们开始吧！"你对着萨莉大声喊道，但更多的是鼓励自己。

她能跳得比你远，所以如果你能做到，她也能做到。

你跳起来了！眼睛盯着悬崖，膝盖抬得高高的，双脚在扬起的泥土和沙石上腾空而起。双脚从地面弹起来，然后你跳进空中。

你降落在悬崖的另一边，身子摇晃了片刻，接着向前翻滚。你鼓起勇气鼓励萨莉的时候，她已经在半空中了。她落在你的脚边，将你扑倒。你们笑着击掌，就像获胜的运动员。

你看了看这里，意识到刚刚所做的是那么不可思议，几乎不可能完成。

大约有五十个人围坐成一圈。他们一定是你见过的最奇怪的一群人。怪异的服装、棕色的皮肤，还有夸张的发型。所有人都在唱："欧姆善提，欧姆善提，欧姆善提……"一个留着胡子、身穿白色衣服的人看上去是他们的领袖。

你走到他们身边，但没有人注意你。当追赶你的人出现在另一座山上时，你赶紧借来那群人的斗篷将自己遮起来。马洛德和他的两个手下四处张望，看了看你们这群人。然后，他带着手下沿小路前进，确信已经把你们困在了山顶上。

▶▶ 请翻到**下一页**

留着胡子的领袖开始敲锣。诵经有节奏地结束了。

一位染着红头发、戴着大耳饰的老妇人对你热情地笑着说："欢迎！我叫马里波萨。我们的首领叫巴巴·布布。"

听到她说英语，你松了口气，问："你们来自哪个地方？"

"加州，"马里波萨低声说，"我们来这里是为了和平。马丘比丘是一个非常特别的地方，明天，太阳系的所有行星都将排成一列。"

▶▶ 请翻到**下一页**

你用眼角的余光看到马洛德已经到达了另一座山的顶峰。因为没有找到你，他和手下们沮丧又愤怒地挥舞着手臂。

巴巴·布布开始讲话，声音低沉悦耳。每个人都专注地看着他。

"宇宙的法则是因果关系。如果我们在生活中做好事，我们就会在生活中有好的结果；如果我们引发暴力，也将得到暴力的结果。暴力会卷土重来。"

你希望马洛德和他的手下能听到这番话。

但是你纳闷：难道是你做了坏事？是你想找到黄金的欲望给你带来了影响吗？可是，把你带到秘鲁的并不是贪婪，而是冒险、发现和想要证明你的计算机程序有效的想法。

马洛德和他的手下从山顶下来，来到你和萨莉跳下去的地方。他们停下来，隔着峡谷望着这群人。你弓下身子，躲进借来的斗篷里。

▶▶ **请翻到下一页**

"欧姆善提，欧姆善提，欧姆善提……"诵经持续了一整个下午。太阳落山了，今天的最后一班火车即将出发。

你用从马里波萨那里借来的双筒望远镜观察山下的火车站。调整焦距后，马洛德闯入你的视线里。剃光头的手下走下火车，耸了耸肩膀。

马洛德回头望向山峰。他一定在想，这两个人怎么消失得无影无踪？

火车发动，驶出了车站，将马洛德和他的手下留了下来。这就意味着他们要在马丘比丘待至少一晚上。

▸▸ **请翻到第 199 页**

你跑向汽车。车子前端由千斤顶支撑着！你用尽全力去推，它终于从千斤顶上掉下来，开始向公路滑行。你及时跳上车。高个子男人在车窗外疾驰，伸出手臂想要抓住你。

汽车在加速，速度快得令他再也无法碰到你。

你将车轮转向。破旧的汽车在狭窄、蜿蜒的道路上急转弯时，轮胎发出刺耳的声音。当你驶入下一个死角时，发现了那辆深蓝色的车。你急忙转向，避开它，刚好与它擦身而过。那个光头的男人看着窗外，不敢相信竟然是你！

你现在正以六十多英里的时速高速行驶，冲下陡峭的山路，向急转弯驶去。

你的脚在寻找刹车。刹车在哪里？！

你慌忙看了一眼，没有刹车！没有离合器！什么都没有！你没办法控制这辆车。

现在再跳下车已经来不及了！前方突然出现一个拐角！你用尽全力转动方向盘。汽车翻了个身，飞下悬崖。下面一千英尺的地方是库斯科的市中心，是你的下一站，也是最后一站。

▸▸ **本故事完**

"我去！"你大声说道，同时起身并向前迈了一步。

首领抓住了你的手臂。你想起背包里的卫星照片和地图，想伸手把它们递给萨莉，但首领把你推出了车厢门。

你被两排全副武装的士兵带着，走向等待着的直升机。首领把冰冷的金属压在你的脖子后面。你热得汗流浃背，知道每一步都可能是你的最后一步。

你和游击队一起走到直升机前，他们把你推进去，把飞行员赶了出来。首领操控直升机在火车和河流上空迅速上升。你感觉到大腿上有一股暖流，往下一看，年轻的印加游击队员正在你的腿上擦药膏。你的眼前突然一片黑暗。

▸▸ 请翻到第 **181** 页

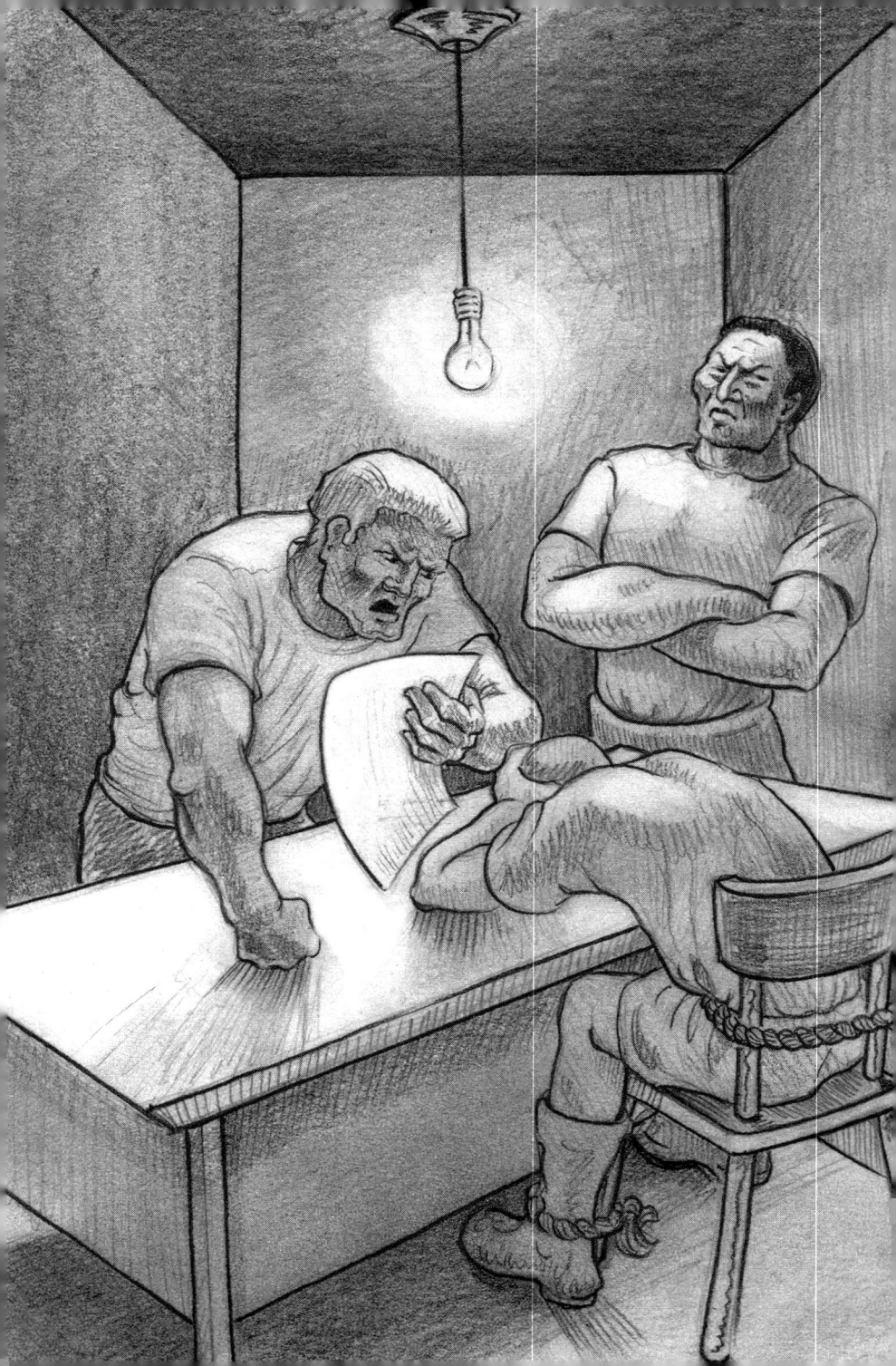

当你醒来时，才意识到那个药膏是镇静剂。你环顾四周，发现自己被紧紧地绑在椅子上。两个面目狰狞的人坐在桌边盯着你看。你不知道自己身在何处，这里很闷热，房间里空荡荡的，水泥墙上渗出水滴。

"你的审判现在可以开始了。"一个男人说。

你在椅子上坐直，绳子被扯得紧紧的。"什么审判？我被指控有什么罪？"

另一个长得像鹰一样的人开始讲话："你是个间谍。"

他举起卫星照片，说："又有一个外国人入侵我们的土地，欺骗我们，必须杀一儆百！"

一个白发男人用柔和的声音低声说道："我们的司法是公平的。你可以认罪，也可以不认罪。不过，如果你现在就坦白自己的罪行，我向你保证，我们会放你走的。"

另一个男人出现了，用摄像机对着你。"我们不在乎你。我们想要的只是你的忏悔录像，这对我们很有用。所以，如果你承认自己是间谍，我们就放你走。"

"如果我请求审判，无罪辩护呢？"

"当然，你会得到公正的审判，但如果你被发现犯有间谍罪，将会面临死刑。快点，你要怎么做？"

▶▶ 如果你选择"坦白罪行"，请翻到**第 211 页**

▶▶ 如果你选择无罪辩护，请翻到**第 212 页**

▶▶ 如果你选择什么都不做，告诉他们关于"古城宝藏"的事情，请翻到**第 217 页**

你和萨莉乘出租车前往库斯科机场。很快，在一个私人飞机的机库外面，兴高采烈的玛丽亚将一个降落伞放在你的背上。萨莉给你看胸前的拉环，如果降落伞不能自动打开，你就可以拉它。

"你就要上专家的跳伞速成班了，"她指着玛丽亚说，"她一直是我们班最勇敢的女孩，也是最棒的运动员。"

"速成班！"你惊叫道，然后把所有的装备——食物、无线电和救生装备——都装进玛丽亚的单引擎飞机的后面。

当飞机在跑道上加速时，你注意到保罗·勒迪克的黑色飞机不见了。

两个小时后，你们来到了目标区域上空。乌云密布，覆盖了这片崎岖的地带。这里就是你认为的"古城宝藏"的所在地。你们选择好降落区，空地上依然阳光普照。

萨莉把你推到门口，说："你先跳，我就在你后面。"

你站在敞开的门口，无法相信自己能跳下去。

玛丽亚看着她的设备，让飞机慢下来，开始倒数："七，六，五，四，三，二，一，跳！"

▶▶ 请翻到**下一页**

你飞向空中，迎面吹来一阵狂风。你不知道你是跳下来的，还是被推下来的。你的降落伞没有打开。你要拉的拉环呢？在哪里？

你摸索着寻找拉环，内心愈发恐惧。你被猛地拽了一下，白色降落伞在你上方散开。它自动打开了，另外两个降落伞也打开了——一个是萨莉的，另一个是携带设备的。

从飞机上看，丛林就像一条平滑的绿毯子。现在，它看起来越来越像一只愤怒的豪猪的背——上面长满了尖利的刺。高度越来越低，你看不见目标空地。萨莉被暴风吹得离你越来越远。这不是应该去的方向。

丛林向你快速逼近。太快了，让你无能为力。

"咣当!!!"

▸▸ 请翻到**下一页**

你松开安全带，摔倒在地。

一切很安静。

你的背包里有食物、水和指南针。然而，卫星照片、地图和无线电都在设备包里。它和萨莉一定离你很远。你们该怎么取得联系？你应该想到带上小型对讲机。

在茂密的丛林下，你几乎看不见太阳。

你决定，最好的计划是去你们计划的降落空地。但首先，你需要知道自己现在身处何处。

可是，你毫无头绪。

▸▸ 请翻到第 **186** 页

整整两天，你在潮湿闷热的丛林中挣扎，一直没有找到萨莉和设备。

你已经懒得再去拍打在身上吸血的蚊子了。

你从未感到如此孤独。

疲惫不堪的时候，在丛林的嘈杂声中，你听到了一种不同的声音。

低沉的轰鸣像引擎的声音。

不可能是引擎，一定是瀑布，你心想。

一想到可以解渴，还可以找到一条逃离"绿色地狱"的河流，你顿时充满了活力。

你跌跌撞撞地朝噪声走去。

脚下的大地在震颤，头顶上的树梢也颤抖着。是地震吗？

你跑到一块空地上。两架巨大的推土机正在铲平丛林。两个人站在空地上正在研究地图。

▸▸ 请翻到第**194**页

你应该从车顶跳到水里吗？太危险了！但也比以八十英里的时速撞到混凝土墙上的风险小得多。火车上至少还有五名人质。也许你可以想办法，在仅剩的几分钟内让火车停下来。

你向萨莉示意，准备跳车。

火车头隆隆地开上了桥。几秒钟后，萨莉跳进了桥下面湍急的河里。你只有一秒钟的时间来决定到底怎么做。

▶▶ 如果你选择跳下去，请翻到**下一页**

▶▶ 如果你选择留下来，让火车停止，请翻到**第 235 页**

当你冲向下面的河流时，你尽量让身体保持笔直。你的脚以巨大的力量拍击水面，你的身体像火箭似的冲向河底。撞向河底时，你的腿传来一阵疼痛。

你游到水面上，大口呼吸着空气。萨莉正在你附近游着。

你想划水游过去，但腿上的疼痛阻止了你。

陆军直升机在上空盘旋，飞行员看到你了。绳梯从飞机上抛下来，拍打着水面。

风从直升机桨叶下吹来，在冰冷的河水里搅起阵阵波浪。你好不容易抓住了绳梯。

▸▸ 请翻到第**145**页

第二天早上四点，你和萨莉离开库斯科的酒店，挤进一辆旧大巴车里，里面挤满了人、鸡、小猪、一袋袋的土豆和各种各样的草药。你们的探险装备放在车顶上，车顶上还有一些买不起豪华座位的乘客。

你坐在颠簸的大巴车上前往索莱达，愉快地看着清晨的阳光融化掉覆盖在安第斯山脉上的积雪。

你感到脸上暖洋洋的，更加理解了为什么印加人在这个寒冷、高海拔的世界里如此崇拜太阳。

你很确信没有被跟踪。马洛德和他的手下绝不会想到你们会乘坐一辆老旧、摇摇晃晃的大巴车翻越雄伟的安第斯山脉。你们的目的地是丛林河镇——特雷斯克鲁塞斯。不过，你们还要走好长一段路才能走下安第斯山脉东坡，最后进入亚马孙盆地。

▸▸ 请翻到**下一页**

大巴车辛辛苦苦地爬了一整天，爬过了一望无际的蜿蜒曲折的道路。从这个海拔高度看，这里的景色荒凉而辽阔。

你们会时不时地穿过赶着一大群羊驼的安第斯人。

日落时分，你们来到一个坐落在枢纽口的小镇，这里是旅程的中转站，之后就会通往亚马孙盆地的丛林。

大巴车摇摇晃晃地驶进了大广场。

节庆活动正如火如荼地进行着。铜管乐队演奏着令人难忘的传统进行曲。几乎每个人都穿着艳丽的服装，戴着吓人的面具。庆祝了好几天，每个人似乎都累得东倒西歪。

你问司机要在这里停多久，他只是耸了耸肩。

"Una hora（一个小时）？"你用西班牙语问道。

他似乎暗示了更长的时间，但他和其他所有人都蜂拥着挤下车。

大巴车可以整夜停在小镇上，也可以在一小时后重新发动。离开车有一定的危险，但观看古代祭典活动可以让你对古印加文明有新的认识。

▶▶ 如果你选择观看祭典活动，请翻到**第 197 页**

▶▶ 如果你选择留在车上，请翻到**第 205 页**

你必须继续寻找"古城宝藏"。

于是第二天早上，你依依不舍地告别了卡洛塔西迪。他救了你和萨莉的性命，但拒绝接受任何礼物，即使是你的小刀。

经过一早上的艰难徒步，你停下来吃点食物。萨莉安装好设备，从头顶上的导航卫星上确定你们的位置。

在丛林中找路就像在大雾笼罩的海上航行一样。浓密的热带雨林遮天蔽日，就像在公海上，没有可以确认位置的路标。

"距离目标只有五英里多一点了。"萨莉汇报说。

这令你兴奋不已。

那天晚上，你们在距离目标不到半英里的地方搭起帐篷。目标就是计算机屏幕上的直线和卫星照片上的空地。

即使你已精疲力竭，也难以入睡。

那里会有什么呢？你能找到印加的"古城宝藏"吗？明天早上你就知道答案了。你会做出二十一世纪最伟大的考古发现吗？还是一无所获？

▶▶ 请翻到第 **244** 页

突然，有什么东西吸引着你回头看。

隐隐约约看去，好像一个人站在那里。

他的脸上涂着油彩，黑色的直发上插着羽毛。他带着弓箭，招呼你回到丛林里去。你不理睬他，继续走向工人和机器，他们可以带你回到文明世界。

可那人举起一块红手帕。这是萨莉的！你犹豫了。他似乎指着推土机，把手放在自己的喉咙上，做出切割的动作。他是说萨莉被杀了吗？还是说如果你去铲平丛林的工人那里，他们会杀了你？你应该怎么做？

▶▶ 如果你选择跟着这个男人进入丛林，请翻到**第 200 页**

▶▶ 如果你选择靠近铲平丛林的工人，请翻到**第 213 页**

你和萨莉从大巴车上走下来，很快被拥挤的人群冲散了。

有一半的狂欢者在跳舞。女人们五彩缤纷的裙子旋转着，像彩色的圆圈。你用照相机拍了一些照片，尽管人们似乎不喜欢被拍到。

在傍晚的微光里，你发现自己与萨莉被人群分开了。

你闻到熏香和燃烧的蜡烛的味道，看到一只羊驼戴着飘带，躺在地上，四十多个人围着它轻轻地唱着歌。

你拍了一些照片，才意识到这只羊驼是用来献祭的。在这个古老的印加仪式中，两名祭司将把羊驼的血洒在大地之母帕查的身上，这样来年的收成会很好。

一个小孩看到你的相机，指着你，叫喊起来。突然，整个人群都盯着你看，他们开始愤怒地叫喊。你赶紧逃跑，但他们抓住了你。那个小孩第一个朝你扔石头。

▶▶ 请翻到下一页

库斯科医院的医生及时处理了你的伤口。

一位好心的女医生告诉你，你的所作所为既愚蠢又失礼。

"地球上有很多人相信，当你拍照时，你正在捕捉他们的灵魂。你这是在偷他们的东西，所以，你至少应该先征得他们的同意。"

一天，萨莉来看你，告诉你一个好消息：几天后你就可以乘飞机回家了；一个坏消息是：你还需要很长的康复期。

▸▸ **本故事完**

巴巴·布布又敲起了锣。

"我们将分成两组，为地球母亲在这个关键时刻会出现的奇迹做好准备。想要回归前世的人跟着马里波萨；想要飘浮的人留在这里。"

回归前世？飘浮？马里波萨感觉到你的迟疑。

"回归前世时，我会将你催眠，带你回到过去。"

"前世？"萨莉问道。

"是的。我们相信灵魂是永恒的，他们会经历许多世之后回来。我们可以从中学到很多东西。我的前世是在埃及，过着令人陶醉的生活。"她用锐利而亲切的目光看着你，"或许你的前世是印加人，坐在黄金宝座上。"

听起来确实很有趣。也许你在今生发现"古城宝藏"，从而完成了自己的使命。也许你可以通过进入前世找到这种记忆。但是，被催眠可能会有危险，万一马洛德在这时候出现呢！

"那么，飘浮呢？"你问道。

"如果你集中注意力，不停地诵经，就能离开地面，飘浮起来。"马里波萨解释说，"我在印度见到过，也许在这个特殊的时刻，你可以尝试。"

▶▶ 如果你选择回到前世，请翻到第 **230** 页
▶▶ 如果你选择尝试飘浮，请翻到第 **239** 页

你朝那个脸上涂满油彩的人走去时，他转过身去。他毫不费力地穿过茂密的植被。你努力跟上。你试图用手语和他交流，他却快速地摆摆手，示意你快点走。

晚上，你在黑暗的丛林中闻到了不寻常的味道。

是烟味，有人在烧火，这意味着你们正靠近一个村庄。

你的精神振作起来。

男人带你来到小溪边的一块空地。一个人在柴火边弯着身子，把鱼插在木棍上，放在火上烤。是萨莉。

你们高兴地拥抱在一起。

"我们真的从大学的计算机房里走出很长的一段路了。"你对萨莉说，"你找到另一个降落伞了吗？"

"找到了，它掉在我附近。无线电可以用，其他也都没问题。"

"我们离目的地近吗？"你问道，再次对"古城宝藏"泛起兴趣。

"是的，但卡洛塔西迪想让我们去他迁居的村庄。他说要给我们看比黄金更好的东西。"

"你怎么知道的？又是怎么知道他的名字的？"你问道。那个人从来没有跟你说过话。

▶▶ 请翻到下一页

卡洛塔西迪开口说话时，你吓了一跳。

"陌生人的话不可信，我们在丛林里见到时还是陌生人。现在，我们是朋友了。"卡洛塔西迪用英语回答说，"跟我来，我的朋友们，你们会看到一个无法用语言形容的世界。"

▶▶ 如果你选择寻找"古城宝藏"，请翻到**第 193 页**

▶▶ 如果你选择和卡洛塔西迪走，请翻到**第 240 页**

你和萨莉朝着河的方向出发了，好像你们生命的意义只在于此。几天之后，你生命中唯一的目标就是到达目的地。决策变得出自本能。

你应该脱掉鞋子来赶走那些咬你的蚂蚁吗？或者，你应该置之不理，但是你知道如果光着脚，蚊子会攻击你的脚，使你的脚变得肿胀麻木。

最后，你们到达河边，用剩下的最后一丝力气做了一只简陋的木筏。你的地图显示，这条河流入亚马孙河，大约四千英里后流入大西洋。

木筏上的日子一天天过去。你因为炎热而中暑，萨莉得了疟疾。食物补给已经告罄。

好笑的是，小型短波收音机还能用，电量却不足以用来发射双向无线电信号。你可以听到伦敦、东京、纽约的收音机频道，了解外界所有的新闻，但外界对你们一无所知。

白天过后，黑夜接踵而来。当你迷迷糊糊睡着时，最后听到的好像是带有英国口音的来自BBC（英国广播公司）的新闻。

▸▸ 请翻到**下一页**

你隐隐地感到有人在叫你。你睁开眼睛，模模糊糊地看到了两张面带关切的脸。

也许声音不是来自收音机的。你眨眨眼睛。薄雾如同一顶蚊帐，将视线覆盖了。这些脸看起来像是你隔壁的邻居的脸。难道你回家了？

"你现在能听到我说话吗？"一个留着金色胡子的男人轻声问道。

"萨莉在哪里？"

"她很好。"

"我们在哪儿？"

"你在圣罗莎的传教士诊所。你们是在木筏上被救后送到这里的。"他回答道。

萨莉也凑近这两张脸。她看起来很瘦，皮肤晒得黝黑，面带微笑。

几天后，你将从丛林着陆场飞到库斯科，再从那里回家。你知道的一件事就是，如果再去冒险，要去一个有雪的地方，永远不要再回到"绿色地狱"的熔炉里。

▶▶ **本故事完**

你和萨莉继续寻找"古城宝藏"，向海拔更高的地方进发。

你们上方的天空被云层覆盖，你注意到卫星照片上那个区域也有一片云层。

你沿着一条小径开始攀登，但很快遇到了悬崖，陷入绝境。

悬崖上有藤蔓，你迟疑着是否可以爬上去。

你抓住一根藤蔓，开始往上爬。

"哎哟！"藤蔓被扯断了，你摔在地上。

"看这里！"萨莉大声喊道。

她指的是藤蔓覆盖着的悬崖表层。

表层岩石上有凿出的台阶，弯弯曲曲地通向崖顶。

你和萨莉赶紧爬上去。

在山顶，你看到一条长满青苔的小路，青苔下是平坦的印加风格的石头。

你正站在一条古老的印加公路上，这条公路连接着遥远的帝国。信使们用这条路来传递信息，这些信息是由彩色字符串组成的，被称为基普。

沿着这条路走很容易，你越来越兴奋，你知道这条公路一定会通向某处。

一座陡峭的山出现在眼前。

▸▸ 请翻到第 **250** 页

你和萨莉在大巴车上等待，其他乘客下车前往广场。

幸运的是，大约四十五分钟后，司机回来了，重新发动车辆。

你们走了一整夜。到第二天上午，大巴车已经到了路的尽头。

你们来到了特雷斯克鲁塞斯小镇。

你和萨莉跌跌撞撞地走下车。

你在坑坑洼洼的土路上颠簸太久了，感到浑身僵硬酸痛。

整夜没有睡觉，你现在最渴望有一个舒适的床。

你的包被人从大巴车上扔到马路中间。

在库斯科时，许多孩子会冲过来帮你拿包，但是在这个潮湿、炎热的沿河小镇，人们似乎都睡着了。

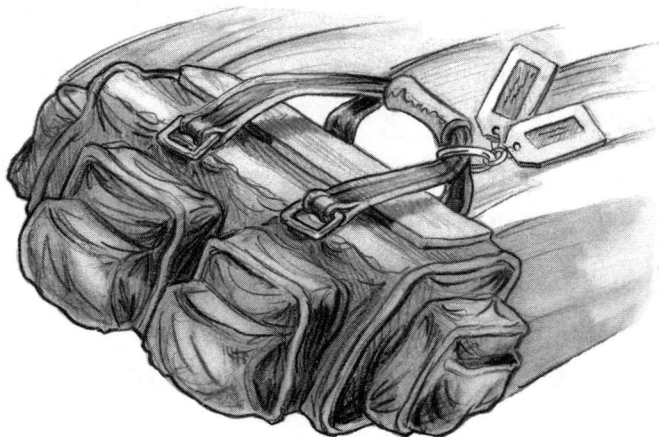

▶▶ 请翻到下一页

你提着包摇摇晃晃地走进旅馆。

一个没刮胡子的男人正趴在桌子上睡觉。你按下他旁边的小铃铛，他睁开了眼睛。

"你们来这儿干什么？"他没好气地问。

"我们想要两个房间。"你回答说。

男人费劲地站起来，露出一个大肚子。他光着膀子，汗流浃背。

"你们不是游客。"他说。

你看着他，等他做解释。

"游客从不来这里。只有追逐财富的人和逃亡者才会这么做，但是，你们看起来也不像逃犯。"

你没说什么，拿起钥匙，把萨莉的钥匙递给她。

"如果你们是黄金猎人，就需要一艘船。如果要找船，就要去见双胞胎。他们不仅无所不知，还掌控着这里的一切。"

"双胞胎？"

"是的，你们很幸运。他们今天都在。"胖男人半闭着眼睛看着你，"小心！他们中的一个总是撒谎，另一个总是说真话。有时他们什么也不说。"

"谁说的是真话？"

胖男人突然大笑起来，两颗门牙金光闪闪，不再说一句话。

▶▶ 请翻到**下一页**

你走进旅馆后面的一个露天房间，里面坐着两个人。

当旅馆老板说"双胞胎"时，你以为他们是一模一样的。但这两个人看起来完全不同。

你和萨莉进去时，他们站在那里，招呼你们过去。其中一个穿着一套一尘不染的白色西装，头戴一顶巴拿马草帽，刚刚刮过胡子。另一个留着胡子，头发乱蓬蓬的。他显然对自己的外表毫不在意。

坐下来后，他们打量着你们，你也打量着他们，这时，你才发现他们虽是同卵双胞胎，却有着截然不同的外表。

你决定开门见山。

"你总是说真话吗？"你问穿白色西装的双胞胎兄弟。

"是的。"他回答的语气显示出自己仿佛受到了侮辱和冒犯。

你转向那个不修边幅的人。

"你总是说真话吗？"

"是的，"他回答道，"你呢？"

"我也是。"你有些犹豫地说。

"好吧，那就回答我一个问题：你到特雷斯克鲁塞斯是寻找'古城宝藏'吗？如果是，为什么在这里？你一定有别人不知道的信息。或许是一张地图？"

▶▶ 请翻到**下一页**

他是知道那张卫星照片的事，还是只是猜测？你心里纳闷。也许他也知道马洛德。

为了尽可能隐藏自己，你说："我想是我在提问。"

然后，你转向穿白色西装的那位。

"你的兄弟总是撒谎吗？"

"是的。"穿戴整洁的男人回答说。

"你叫什么名字？"你问穿着邋遢的那个。

"埃尔南多·德·索托。"他回答道。

"那么你叫什么名字？"你问穿白色西装的。

"埃尔南多·德·索托。"这位老兄也回答道。

▸▸ 请翻到第 **210** 页

萨莉决定对他们进行测试。

"二加二等于五吗？"她问没刮胡子的。

他沉默不语。

你意识到旅馆老板说的没错——他们只会选择性地回答问题。

你可以问任何问题，但就是不知道哪一个说的是真话。

他们认为这一切很有趣。

突然，那个穿白色西装的人停止了笑声。

"如果你们是来找黄金的，我可以帮你们。"他说，"根本没有'古城宝藏'。那只是一个传说。印加人把黄金倒进湖里，我可以告诉你们黄金在哪儿。但你们必须答应给我从湖里捞回的黄金的一半。"

"别相信他，"他的兄弟厉声说道，"确实有'古城宝藏'，我带你们过去，但有一个条件。"

"什么条件？"你有点怀疑地问。

"首先，你们必须决定是相信我，还是相信我的兄弟。如果选择我，我会告诉你们条件。不然，我就不告诉你们，也不带你们去看'古城宝藏'。"

▶▶ 如果你选择相信留胡子的，尽管还不知道条件是什么，请翻到**第 219 页**

▶▶ 如果你选择跟穿着整洁的去湖边，请翻到**第 220 页**

"我会坦白的。"你说。

一个游击队员很快给你松绑。

拿着摄像机的男人走近说："再说一遍！"

"我坦白，我有罪。"你重复道。

"什么？大声点，我们听不见。"

"我有罪。"你说了第三遍，不带任何说服力。你希望看录像的人知道你的"认罪"是假的。

你起身离开。

两个游击队员从房间的黑暗角落里出现，他们绑住你的手。

"这是干什么？"你抗议道，"你们答应过我，只想要一份声明，你们答应会放我自由。"

"可是你有罪呀！你自己也这么说过。把这个罪犯带走！"

当你面对行刑队时，脑子里冒出最后一个想法：如果选择无罪辩护该多好，也许还能活下去，还能去寻找"古城宝藏"，还会名利双收……

"我是无辜的！"你说。

你不相信他们，因此，实话实说。

"你在撒谎！我们有证据！"白发男人喊道。

"你是有罪的！我们来投票。所有赞成他有罪的人请举手！"

"但是，"你抗议道，"我有权请一个律师，为我的案子辩护。"

两个人举起手来，惊讶地看着第三个"法官"。

"你睡着了吗？我们在投票。"白发男人恼怒地命令道。

"没有，我讨厌全票通过，这样太无聊了。"

"有罪，二比一，把犯人带走！"

你被带到外面的一堵墙前，这是一堵古老的印加石墙，上面嵌满巨大的岩石。你抬头看向八名举起步枪的游击队员。

"你想被蒙上眼睛吗？"首领问道。

"不！"

"准备……瞄准……"

直到最后，你还在想：自己真是太愚蠢了，要是"坦白罪行"多好，那样就可以被释放了。

▸▸ **本故事完**

你冲向那两个俯身看地图的人。

"你们好！你们好！"你呼喊道。

推土机的声音太大了，除非你站在他们身边，否则他们根本听不见。

"我很高兴找到了你们，"你喊道，"我需要帮助，我的朋友迷路了。"

他们看到你时，惊讶变成了怀疑。

"你在这儿干什么？"

"我是考古学家。"你回答道。

"我们有条路要修，"头发蓬乱、身穿狩猎装的工人说，"赫尔曼会通过无线电通知我们。"

几个小时后，一架直升机从天而降。你走上前，看到机身上有一只金色的美洲狮，眼睛是祖母绿色。那是保罗·勒迪克的标志！

你看到推土机上也印着相同的标记，内心愈发恐惧。飞行员为你把门打开。你知道，如果跑回丛林你就没命了。尽管保罗·勒迪克很危险，但乘直升机离开这里是你唯一的出路。于是，你登上了飞机。

▶▶ 请翻到下一页

半小时后，飞行员降落在丛林中的一块空地上。

你可以看到几栋建筑：几间长长的棚屋和小木屋、一座壮观的主屋、一个飞机库和一条飞机跑道。

看到勒迪克的黑色飞机停在机库里，你的心沉了下去。

到现在为止，你一直被当作客人对待。你希望保罗·勒迪克能帮你把萨莉从丛林里救出来。

一位彬彬有礼的服务员带你来到一间整洁的客房。你看到床上放着正式的晚礼服。你穿上衣服，决定让主人立刻去找萨莉。

你被护送到主屋，走进一个大餐厅，里面坐着十三个人，八个男人和五个女人，穿着优雅。

坐在桌子尽头的人站了起来。他就是保罗·勒迪克。

"很荣幸你能加入我们，"他说，"我知道你干得很出色。"

一只巨大的杜宾犬站在他旁边。

客人们奇怪地打量着你，开始评头论足。

"很好，体格健壮。"

"我打赌，他是个灵活的信使。"

"也很聪明。"

"这是我的狩猎小屋，他们都是我的生意伙伴。"勒迪克解释道，"我们是来接受终极狩猎挑战的。"

▸▸ 请翻到第 **216** 页

"你们捕猎什么？"你好奇地问。

宾客们互相看看，得意地笑起来。

"最危险的猎物。"其中一个人回答说，"一个熟悉这里地形的动物，速度极快，聪明、凶猛。"

你好奇究竟是什么样的凶猛野兽。

▸▸ 请翻到第 260 页

"我是考古学家，不是间谍。"你平静地说，"这张地图显示了印加'古城宝藏'的位置，以及西班牙人藏匿金银财宝的地方。"

"这都是传说！"长得像鹰的人喊道。

你继续说："宝藏里有末代印加人的黄金宝座。"

白发男人低头看着卫星照片。

"如果这是真的呢？你能想象我坐在末代印加人的黄金宝座上吗？我们山上的每个人都会起来反抗外来者。印加人回归的预言将会实现。"

其他人开始兴奋起来，他们要你来解释照片。

"如果我领你们到那里，"你说，"有什么奖赏给我吗？"

"我们可以饶了你的性命。我们向你保证。就像印加人一样。"

▶▶ 请翻到 **下一页**

进入索莱达丛林的第二天，游击队在黄金和印加权力欲望的强烈驱动下，很少关注你了。

虽然发现"古城宝藏"会令你兴奋不已，但你不想帮助他们。如果计算机分析显示的直线位置什么都没有呢？那么游击队就不会对你太仁慈。

那天晚上你消失在丛林里。

一周后，你回到家中。你每天浏览报纸，寻找关于印加或游击队的消息，但什么也没有。

几个月后，你正查看一批新的美国宇航局在索莱达地区拍的卫星照片。就在那里，在那条直线上，你看到很多地方被清理了，露出了建筑物的废墟。

城市就在那里！游击队发现废墟了吗？还是其他人发现了这座城市？它是"古城宝藏"吗？也许有一天你会再次踏上探险之旅去寻找答案。

▸▸ 本故事完

"那么，你接受了我还没有说的条件。"没刮胡子的兄弟说道，你选择信任他。

穿着白色西装的人耸了耸肩，起身离开。

"我为你们感到难过，我的年轻朋友们。你们选择了一个骗子。"

他走了出去，只留下你和他的兄弟在一起。

"所以，我要带你们去看印加人的宝藏。我的条件是，你们答应让它留在原地。我说这些主要是为了你们好。所有那些试图搬走宝藏的人都没有好下场。印加人的宝藏被诅咒了。"

你绝对想不到这就是他的条件。他的目的是什么？他说的诅咒是真的吗？

他看到你一副怀疑的样子。

"我能感觉到你们来这里不是出于贪婪，只是来满足对宝藏的好奇心。仅仅看到它还不够吗？"

▶▶ 请翻到第224页

当你说选择穿白色西装的人时，这个人咧嘴笑了。

你和萨莉跟着他来到码头，登上他的豪华轮船。索要一半的黄金听起来像是一个严肃的商业提议，但至少你知道这个双胞胎的立场是什么。

河上之旅持续了三天。你和萨莉用大部分时间读书并和船员们聊天。

第三天，船靠岸后，双胞胎兄弟带着你和萨莉，还有一半的船员再从陆地上跋涉两天。

你们爬上一座小火山的顶部，在那里有三百英尺深的清澈的圆形湖泊。即使隔得老远，你也能看到水下闪烁的金光。你兴奋极了，恨不得直接跳进火山口。

"这里真的有黄金，埃尔南多，你说的是真话！"你惊呼道。

"我向来说真话。"他笑起来，"你自己去看吧。"

他敦促道。

"把你的背包留在这里。"

"卡洛斯先生，我来帮他。"一名船员说着走上前帮你拿背包。

你和萨莉冲下陡峭的山坡。但你放慢了脚步，因为你的脚深深地陷入了柔软的火山土壤里，你越接近湖泊，水下闪烁的黄金似乎就越多。

▸▸ 请翻到第 222 页

你和萨莉一头扎进清澈的水里，朝着金光闪闪的地方游下去。就在你感觉肺要胀裂的时候，你看到一块闪闪发光的岩石，你抓住它，然后游回水面。

你大口喘着气，急切地研究着岩石。

你立马知道了——这是云母，才不是黄金！

一片阴影笼罩过来，你抬头看到乌云，感觉到雨滴打在脸上。

突然，天空裂开了，你被大雨淋得湿透。

阵阵笑声在火山口周围回响，你看到埃尔南多。不，等等！那个船员叫他卡洛斯！他在撒谎，至于他的名字和黄金的位置，那都是骗你们的。而且，他现在有了卫星照片，还有你留在背包里的地图。

你认错的这个双胞胎兄弟一定认识马洛德！

▸▸ 请翻到**下一页**

你和萨莉试图从火山口陡峭的一面爬上去，但你不小心滑了下去。

倾盆大雨使地面变得越来越滑。你筋疲力尽地跌倒在湖边，发现这里有骨头，人的骨头！

萨莉拿着她自己的背包，除了一根棒棒糖外，其他所有的食物都在你的包里。

你坚持了几天，雨也一直下。每次你快要爬到山顶时，就又跌了下来。

没有食物，你变得越来越虚弱。萨莉的微型短波收音机给你带来小小的慰藉。当你终于虚弱到走不动时，你听到收音机里的微弱的广播。播音员报道称，二十一世纪最伟大的考古发现是由保罗·勒迪克在秘鲁发现的。

你只希望萨莉能活下来，不要像你一样。

▶▶ **本故事完**

"是的。"你毫无热情地说道。如果他要带你们去，你当然知道怎么回去。你必须回去记录你的发现。像这样重要的考古发现不能对外界保密。也许他是一个值得信赖的人，一个讲真话的兄弟。

到目前为止，你还没有发现他在以任何方式不公平地利用你们。

"这是一段很长的路。你们需要睡个好觉，明天早上就出发。"他离开的时候，转过身来说，"顺便说一句，你们在旅途中会被蒙上眼睛。希望你们一定要理解。"

▶▶ 请翻到**下一页**

那天晚上，你和萨莉在这个衰败的小镇上散步。

在小商店里，你买了一条项链，上面穿了几百颗闪亮的小黑珠子。

"我不知道你还对珠宝感兴趣。"萨莉开玩笑般惊讶地说。

你满脑子都在想事情，没有回答她。

"萨莉，如果这个人是双胞胎中说谎的那个，后面可能会有可怕的结果。我最好一个人去。如果我没有回来，你可以找人来救我。"

萨莉同意了。

你的计划很有道理。

黎明时分，双胞胎兄弟中留胡子的那位来到旅馆，幸运的是他没有问为什么萨莉没有来。来到村子边上时，他给你戴上眼罩。

旅途很长。前半段你骑在骡子背上，然后是步行。到了晚上，你们在野外宿营。你早已疲惫不堪，懒得再去想如何在不被他抓住的情况下摘下眼罩。

▶▶ 请翻到下一页

第二天，你被带到一个更凉爽的地方，可能是一栋建筑，或者一个洞穴。

在这里，双胞胎中留胡子的那人摘下了你的眼罩。

周围漆黑一片。火炬点燃了，令人难以置信的黄金宝藏出现在你的眼前！

看来，这个人就是说真话的埃尔南多。

"没错，我的朋友，这就是'古城宝藏'。印加人把它带到这里，这里必须是它留存的地方。"埃尔南多说道。

"我可以拍照吗？"你掏出你的数码相机问道。

他点了点头。你拍了一张照片，迅速把相机放回口袋里。

你重新被蒙上眼罩，准备返程。

你把手伸进另一个口袋里，里面有你的项链。

然后每隔几百英尺，你就偷偷地往小路上丢一颗珠子。

▸▸ 请翻到第 228 页

第二天早晨，埃尔南多把你送回旅馆。

你兴奋地告诉萨莉你所看到的。

"哦，我真嫉妒你，真想亲眼看看宝藏。"

"没问题。"你自信地回答道。

"但是要怎么做呢？你的眼睛被蒙上了。"萨莉说道。

"我用之前买的项链上的珠子做了记号。"

"可是，我不确定这么做是对的。"萨莉说道，"埃尔南多是诚实的兄弟，你答应了他的条件。"

"没错，条件是将宝藏留在那里。我们只是回去多拍些照片。"你回答说。

"好吧，"萨莉说，"但我不确定这么做好不好，尤其是如果我们把照片给别人看的话。"

▶▶ 请翻到**下一页**

第二天你们就出发了，去寻找那条路。

你花了一整天的时间寻找出仅有可能的两条路，却找不到任何一颗黑色的珠子。

你想起你拍的照片，赶忙回到旅馆，拿起数码相机，把它打开。出现在屏幕上的照片黑乎乎的一片。

这一切难道是场梦吗？不，你的脑海里记得宝藏的样子，你只需要努力寻找那些珠子。

在楼下的旅馆大厅里，埃尔南多向你问好，他递给你一个信封。

"你好，我的朋友，我想你一定是把这些弄丢了！"

你迷惑不解地打开了信封。里面全是亮晶晶的黑色珠子！

▶▶ **本故事完**

你和萨莉跟着前世回归小组爬上了山顶。

马里波萨带你们来到一处隐蔽的地方，在岩石间坐下。

"放松，做几次深呼吸。"她从脖子上取下一个金色的小盒吊坠。

她用手指捏住链子，像钟摆一样来回摆动着吊坠。

"看着吊坠，来来回回，就是这样。"

你把注意力集中在闪闪发光的金色物体上，看着它来来回回摆动。睡意向你袭来，一次又一次。

马里波萨的声音非常舒缓。

"你是一朵云，一朵软绵绵的白云，飘浮在一望无际的蓝天里。"

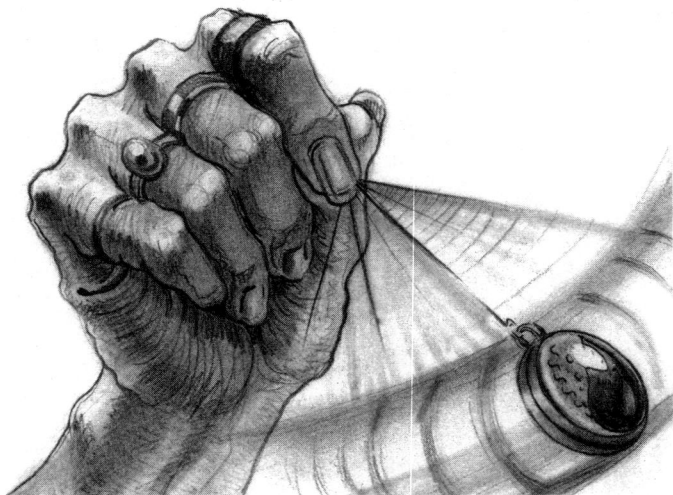

▶▶ **请翻到下一页**

树枝唰唰地拍打着你的脸。

你走在丛林里，低头看着自己的身体：你穿着用从未见过的闪亮面料做成的衣服。穿着这些衣服，你感觉很凉快，尽管暴露的脸上还能感受到丛林的酷热。

在你身后的是你的同伴，两个男人穿着同样闪亮的奇特衣服。

"乌拉。"矮个子男人说。他说的语言听起来像英语，却又不一样。

他拿出一张像地图的东西，但它是三维的。上面的一个红色光点似乎表示你们的位置。

衣服、语言、地图，这些该如何解释？

你从来没有在历史书上读过这样的东西。

▶▶ 请翻到**下一页**

你和同伴们爬了一段漫长的弯弯曲曲的山路，来到了山坡上一处狭窄的山口。

往下，你看到一条印加式样的道路，上面布满平坦的大石头。

通过山口后，你们面对的是一堵厚厚的植物墙。

其中一名男子掏出一把像枪的东西，指着墙。植物撤退了，如同反向生长，它们不断收缩，最后消失在地下。

你们面前出现了一堵雄伟的墙，上面有一扇门，里面是一个通道。

走在通道里，天花板上的缝隙透进来亮光。

你们进入了一个巨大的房间。

漫长的岁月令这个房间长满了青苔和藤蔓。

神奇的枪再次发挥了作用：植物后退，露出瑰丽的宝藏。

远处的尽头是末代印加的黄金宝座，上面镶着绿宝石。忠实的仆人的黄金雕像沿着墙壁排列开来。宝座的旁边是一只长着锐利的绿色眼睛的金色美洲狮。

你找到了"古城宝藏"！

只有一种解释：你的衣服、不可思议的枪——你一定来自另一个星球。

但这是你的前世还是你的来世？

你听到头顶上的咆哮声，抬头看到一只美洲虎。

它腾空跃起，牙齿和爪子瞄准了你的喉咙。

你尖叫起来。

▸▸ 请翻到第 **261** 页

你朝主屋跑去，蹚过溪水，让猎狗闻不到你的气味。你到达了定居点的另一端。

就在这时，一声枪响和狗的大声吠叫标志着狩猎的开始。

犬吠声逐渐退去，猎狗循着你的踪迹狂奔向丛林。

看到周围没有人，你穿过一片空地，冲向一座茅草大屋前。

门开着，你躲了进去。

突然你听到有说话声传来。你能躲到哪里去？

屋子里有几个巨大的钢桶。你迅速沿着一只桶的侧面跌跌撞撞地爬进去。

你听到有几个人进了小屋，然后迅速离开。

当你爬出大桶时，一股可怕的气味扑鼻而来。烟雾令你头晕目眩，接着你又掉进了大桶里——它很快就会变成你的坟墓。

▸▸ **本故事完**

你平躺在火车顶上，看见萨莉毫不犹豫地一头扎进河里。

火车从天桥下飞驰而过，挡住了你的视线，你看不到河水。你不知道她是否浮出了水面。

你弯着腰，面对火车高速行驶时吹来的狂风，向车头走去。

你跳到下一节车厢的平台上。从那里，你看到年轻的印加游击队员把最后一辆车厢里受惊的乘客扣押为人质。

你跪下来，看到一个巨大的车钩将两节车厢连在一起。

城市的建筑在眼前飞速掠过。到库斯科了！

你弯下腰，撑住腿，用尽所有的力气去拉车钩。

出来了！

最后一节车厢脱离了火车的其余部分，开始与你渐行渐远。

年轻的游击队员感觉到不对劲，跑向门口。

那节脱离的车厢慢慢地停了下来。

显然，这个年轻的游击队员是一个思维敏捷的人，因为就在你转身离开之前，你看到他从火车上爬了下来。

人质们安全了，但你并不安全。

你打开火车车厢的门，这节车是空的。在某个地方一定有紧急刹车。

你只有几秒钟的时间了！

▸▸ 请翻到第 237 页

你向前奔跑。

火车在高速行驶下猛烈地晃动，几乎不可能保持平衡。

你来到火车头的门口。游击队首领独自一人在里面，右手紧握着加速器。你使劲拉门，但打不开。你使劲地敲门，首领转过身来，他的眼神和表情看上去愈发狂野，像着魔似的。什么也阻挡不了他。

你环顾四周。

找到了！一个红色的把手。在墙上的一块玻璃后面。

你打碎玻璃，握住把手，用尽全力去拉。如爆米花从热锅里蹦出来似的，你一下子被弹射出去。幸运的是，你撞在了一个软垫座椅上。

火车轮子已经锁上了。

火车冲进车站时，轨道上的钢轮冒出一阵火花。

等候的乘客和摊贩们惊慌地四散逃开。

当火车头穿过轨道末端的金属护板，靠在车站远处的墙上时，你又一次被甩到座位上。片刻反常的安静后，是尖叫声和人们奔向损坏的火车的声音。

▶▶ 请翻到下一页

你是一个英雄。你仍然不知道是什么驱使你做了这些，但是你救了很多人的命。

萨莉和你飞往秘鲁首都利马。共和国总统授予你一枚特殊的奖章。

你的照片出现在世界各地的报纸上。

这还不是全部。

军方直升机上的一个电视台摄像师不仅拍下了萨莉跳进河里的画面，还拍下了你沿着火车车顶疯狂冲刺的瞬间。全世界都看到了你的英勇身影。

荣誉勋章

▸▸ **本故事完**

　　萨莉跟着马里波萨离开了，而你留下来和其他人一起尝试飘浮。

　　几个小时里，你紧闭双眼，全神贯注于自己的内心深处。你感到生命的力量在你体内涌动，推动着压在你身上的重力。你把所有的能量都集中在想象自己的身体飘浮在空中。

　　突然间，你觉得自己飘起来了——你不再觉得脚下是地面了！

　　就好像有许多强壮的手把你举起来。这真是一个奇迹！

　　你对自己微笑，你不相信这是真的。虽然你意识到这样做可能会破坏奇迹，但你必须睁开眼睛。

　　在你面前的是另一张微笑的脸——马洛德的脸。

　　他的两个手下把你举起来，将你从其他专注于飘浮的人身边带走，带到悬崖边上。

　　马洛德拿起你的背包，兴高采烈地拿出卫星照片和地图。

　　"你不能这么做！这是违法的！这是谋杀！"你叫喊道。

　　"我知道的只有重力定律，上升的必然会下降。"马洛德平静地回答道。

　　他们把你扔下山。下面是两千英尺深的山谷。

▶▶ **本故事完**

你、萨莉和卡洛塔西迪花了好几天的时间前往迁居的村庄。

随着日子一天天过去，你感到更加自在起来。不知怎的，炎热和虫子的噩梦消失了，丛林变得越来越神奇。

最后，你们来到一条宽阔的河的河边。卡洛塔西迪找回了他的独木舟，这是一艘用大树干雕刻而成的船。你们都爬上船，水流带着你们缓缓前行。卡洛塔西迪会时不时地消失去打猎，回来时带着鸟、一只猴子和一头野猪。他告诉你，这些是为一到村庄就举行的宴会准备的。

接近河湾时，你听到了鼓声。你们已经到了村庄。

卡洛塔西迪在河边受到兴奋的村民的欢迎，他们用鲜艳的颜料和绚丽的羽毛为盛宴做装饰。每一只猎物从独木舟上被拿下来时，村民们都会发出赞赏的声音。但是最令他们惊奇的是你和萨莉。

你们被带到村子中央的一间小木屋。

卡洛塔西迪邀请你们加入围坐在篝火旁木屋地板上的人群。你犹豫了，但他的眼神和手势暗示你们将经历一些神奇的事情，一些从未经历过的事情。

▸▸ 请翻到第252页

日出时分，你被带到丛林边缘。一群猎狗使劲拉着皮带。

"我给你一个小时的领先时间，这应该足够让我们吃一顿轻松的早餐。"勒迪克从枪套里掏出一把手枪，朝空中开了一枪。

"出发！"

你冲进丛林。不要惊慌，你告诉自己，仔细想想。你是应该尽量跑到丛林里去呢，还是应该折回来躲到一座建筑物里去？

▶▶　如果你选择折回来，请翻到**第 234 页**

▶▶　如果你选择跑到丛林里，请翻到**第 247 页**

你和萨莉黎明时就起床出发了。

穿过茂密的灌木丛，你们冲进一片空地。前面有一些石头，还有一堵摇摇欲坠的墙，但墙是人造的！你扔下背包就跑。

"哦，不！"你惊叫道，被失望压得喘不过气来。

这座建筑不过是一堵低矮的石墙，没有任何出路。

"也许这是一个养活城里人的农场。"你失望地说。

"你确定是这里吗？"你紧跟着又问了一句。

"这毫无疑问。"萨莉说着一屁股跌坐在地上。

就在这时,你们俩都听到了飞机的声音。

是玛丽亚!

萨莉拼命寻找无线电。你挥动衬衫。

"哦,不!电池已经没电了!一定是我忘记关掉了。"
她绝望地说道。飞机也消失了,只剩下一片寂静。

▸▸ 请翻到下一页

萨莉把食物摊在地上，开始研究地图。

"如果我们现在离开，将有足够的食物到达这条河。在那之后，只有两到三天的补给。"

"但也许'古城宝藏'就在附近。我们已经一路走过来了，可以继续寻找。玛丽亚可能会再飞过来，她可以给我们空投食物。如果没有，我们可以靠土地生存。"

你的声音里透露出对事情的不确定，但你必须做出选择。

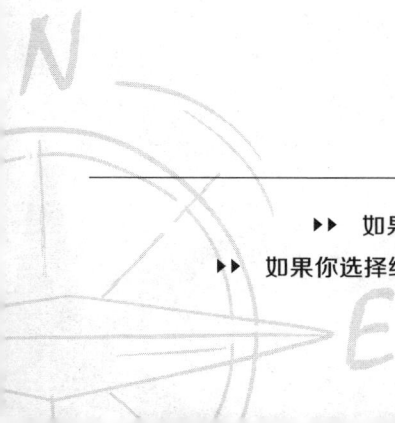

▶▶ 如果你选择前往安全地带，请翻到**第 202 页**

▶▶ 如果你选择继续寻找"古城宝藏"，请翻到**第 204 页**

你在丛林中逃命。

炎热令人窒息，丛林也变得越来越茂密。你听见远处的犬吠声，每一声犬吠都激励你不断向前。

你的感官超级灵敏，就跟任何被猎杀的动物一样。树枝在你身后移动，它是一条蛇吗？一只狗能这么快就赶上来吗？你慢慢转过身。是一个人，他几乎完美地与丛林树叶融合在一起。是你刚刚在推土机铲平的空地附近看到的那个脸上涂着油彩的人！

他再一次示意你跟着他。这一次，你丝毫没有犹豫。他迅速地把你带到了丛林中的一个偏远的地方。如果没有他，你肯定会被抓住。

几天来，你跟随这位神秘的向导，通过手语与他交流。你惊奇地发现他在这种环境中是多么自在，而对你来说却是一种折磨。

第七天，你实在太累了，只能大声讲话，不再用手语。

令你吃惊的是，他用带有美国南方口音的英语回答你。

"我跟着那些来教我们部落《圣经》的传教士学会了英语。"他解释说，"我的部落几乎都死于传教士带来的疾病。"

"既然外来者给你们带来了痛苦，为什么还要帮助我呢？"你问道。

"世界上每个部落都有好人和坏人，我看得出你是个好人。哦，对了，我的名字叫卡洛塔西迪。"

▶▶ 请翻到下一页

你们连续爬了两天。愈加凉爽的空气算是对紧张攀爬的一种补偿。

卡洛塔西迪沿着一条明确的路线走，直到来到一座由藤蔓构成的悬索桥上。这座桥横跨一条险峻的深谷。

你们安全通过后，卡洛塔西迪大声叫喊起来。

孩子们跑过来，后面跟着成年人。他们穿得像古代印加人。和他们一起来的还有萨莉！

你和萨莉欣慰地拥抱在一起。

"这是'古城宝藏'吗？"你疑惑地问。

"不，根本不是。"萨莉回答道，抱起一个被绊倒的印加小孩。

"这些是真正的印加人，除了卡洛塔西迪，他们从不与西班牙人或其他外界的人联系。对西班牙人来说，他们是一个传奇。他们过着十分平静的生活。"

萨莉带你来到村庄。石雕和建筑看起来像马丘比丘和其他的印加遗址，但这是一个存活至今的村庄，石头建筑上覆盖着茅草屋顶。萨莉带你来到定居点中心的一座小神庙。屋子里是用黄金装饰的！

她带你来到隔壁，里面的男人们正忙着制作黄金高脚杯。两个印加男孩卖力地拉着熔金炉的风箱。

"古代的宝藏并不是凭空来的，而是过去的几个世纪里他们在这里制造的。"

▸▸ 请翻到第 257 页

这条古道笔直地穿过山里的一个狭窄入口。穿过入口，路又开阔起来，通到一个小山谷。可以看得出，封锁这条狭窄的入口就能够轻而易举地守卫山谷。

在你们前面的是印加的石砌建筑，它们被藤蔓和其他植物所覆盖。

但毫无疑问，眼前的这片区域曾经是一座城市。曾经傲然立在山坡上的梯田如今已经坍塌。曾经种植在那里的农作物肯定养活了成千上万的人。

你觉得就是这里，这就是你一直在寻找的地方。

"也许还有人住在这里。"萨莉说。

你们穿过各个房间，用火把照亮道路。

这里就像一个迷宫，但最终你发现自己站在一座大殿的门槛上。如果有宝藏室，你一定会在这里找到的。但是不是宝藏已经被盗贼偷走了？

你读过的所有的书、做过的所有的白日梦都没能让你为精彩的现实做好准备。宝藏室里摆满了非同寻常的古代金银器皿、镶有绿宝石的宝座，男人、女人和孩子的黄金塑像、优雅的花瓶、各式珠宝、装有银质供水管的金盆浴池……这里的珍宝无穷无尽。

你找到了"古城宝藏"！

▶▶ 请翻到第 255 页

圆圈里的人随着鼓的节奏和孩子清脆的歌声前后摇摆。你也开始前后摇摆，尽管不知道歌词，你发现自己也不由自主地跟着唱起来。

面前这些人的脸看起来像是被扰动过的水中的倒影。面孔流动成不同的形状，然后消失不见。

你从上往下看着村庄，看到主屋的茅草屋顶冒着烟。

你正在往下掉，朝着小屋的方向！不，你停了下来，越过了小屋，你在上升、上升。你飞起来了！

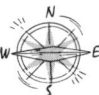

飞起来了！简直美妙极了！

你感到自由自在，没有什么能够让你落下来。你意识到自己变成了一只鸟，可以看到展开的翅膀。

你尽最大努力快速地飞，俯冲、爬升，你很喜欢这种感觉。在你的下面是峡谷丛林里的一片空地。你俯冲下去仔细查看，除了一些按几何图案摆放的巨石外，什么也没有。你对石头不感兴趣，即使是金光闪闪的金属也不会引起你的兴趣。

▸▸ 请翻到下一页

你在河边的村庄上空翱翔，然后笔直地向河边俯冲下去。

你看到水里一张张扭曲的面孔。当水静止不动时，你认出他们是和你一起在小屋里的人。你意识到自己回到了小屋里。你摸着胳膊，还有点期待那是羽毛。

萨莉坐在你对面，她的脸上涂着鲜艳的红色条纹。你微笑起来，屋子里每个人都和你一起微笑。

"怎么样？"萨莉问道。

"简直难以置信，我真的飞起来了，真的。但与此同时，我感觉自己也成了周围的一部分：水、树林、天空。"

"我也有同感。我变成了一只鹿。"萨莉朝你咧嘴一笑，你也冲她笑起来。

"我们进行了一次内心的旅行。真正的冒险就在我们心里，不是吗？"

"没错，"你说道，"我想能否找到'古城宝藏'已经不重要了，对吗？我们在想象中去了一个更富饶的王国，也许不是想象，我觉得自己真的在飞翔。"

卡洛塔西迪笑了。他知道，至少你们在寻找的过程中找到了快乐，一种发自内心的快乐。

▶▶ **本故事完**

几个小时后，你和萨莉出来呼吸新鲜空气。你走进这个空地——曾经的印加要塞。

你意识到找到宝藏只是战斗的一半——现在你必须活着出去告诉大家。

那天下午，你听到了飞机引擎的声音。无线电的电池由于在丛林里受潮严重，电量已经所剩无几。但在这个比较凉爽的地方，微弱的电量刚好够用。

正如你所希望的，玛丽亚收到了你的无线电信号。她锁定了你的信号位置，很快就穿过厚重的云层（古城的废墟在云层的遮蔽下很难从空中被人发现）找到了你们。

玛丽亚向你们空投了补给品，然后飞走了。

第二天，一架直升机来到这里将你们运送出去。你带着一些小的金制物品展示给外面的世界。

▸▸ 请翻到下一页

来到首都利马。你在秘鲁国家考古协会召开了新闻发布会，宣布你的重大发现。

秘鲁政府决定将这些宝藏留在初始的地方，并将那里建成博物馆。博物馆内将会有一个特别的展览，展示你和萨莉做出这一发现的全部历程。

回到家后，电视台的采访节目源源不断地涌来，人们对你和萨莉的发现之旅百听不厌。

获得这一巨大的成功之后，你迫不及待地把注意力转向世界的其他地方——其他失落的文明和宝藏。

▸▸ **本故事完**

"他们在这儿似乎很快乐。"你说。

"是的。"萨莉同意地说，"如果我们告诉全世界，他们就会被摧毁。淘金者会来，然后是考古学家，最后是游客和纪念品摊位。"

最后，你和萨莉该走了。你向卡洛塔西迪和印加长老们保证，他们的秘密在你们这里是安全的。虽然你们心里还是有些失望，因为不能把这些印加人的消息带给外面的世界。

卡洛塔西迪承诺带你们去一条河，将你们带回外面的世界。你们向印加朋友挥手告别。

当你们沿着小路出发时，两个拿着步枪的人隐约出现。他们脏兮兮的，衣服撕破了，他们在丛林里待得太久了，看起来很野蛮。是勒迪克和马洛德！

勒迪克盯着你。

"恭喜你，"他说，"你是最难抓的。但没有一个猎物能逃过保罗·勒迪克的手掌。看看你把我们带到什么地方去了！"

勒迪克把你、萨莉和卡洛塔西迪推到他前面的村子里。这里的人都消失了。

勒迪克来到神庙。当他看到宝藏的时候，欣喜若狂，他抚摸着这些金器，拥抱着它们。

"这是比任何'古城宝藏'更伟大的发现！我应该饶了你的命，你是我的福星，但是这个发现宝藏的功劳是不能分享的！"

▸▸ 请翻到**第259页**

正当勒迪克用他的枪瞄准时，一个藤蔓织成的网从神庙的天花板上掉了下来，把他和马洛德砸倒在地。

印加人从黑暗的角落冲出来，制伏了这两个人。

那天晚上，勒迪克和马洛德被绑在神庙中间，周围都是金制的东西。

熔炉被烧到最高温度。

你惊恐地意识到将要发生的事情。你已经读过一七八六年在库斯科发生的印加起义，以及他们对西班牙总督做的事情。

两个印加人把一锅滚烫的熔化了的金子带到囚犯面前，并对他们吼叫。

你知道他们在说什么："你想要金子吗？你渴望金子吗？你愿意为金子而死吗？"

马洛德张开他的嘴，他意识到自己的下场会是什么样的。勒迪克吓得脸色苍白，他知道自己会是下一个受害者。

你和萨莉跑出房间。虽然这两个人罪有应得，但这也太可怕了。

这位亿万富翁和这位教授在丛林里狩猎探险时失踪的事情，永远是一个不解之谜。

▸▸ **本故事完**

"人类！"勒迪克在你开口之前回答，"是丛林中的安第斯人！不幸的是，这个曾经最棒的部落现在已经灭绝了。我们一直在讨论我们的文明人，特别是那些年轻、健康、聪明的人，如何成为安第斯人的最终主宰。"

所有的眼睛都盯着你，你倒抽了一口冷气。

"来一场真正的挑战吧！比如最新的汽车盗窃视频游戏？"你提议道。

勒迪克没有理睬你的建议。

"我和我的客人都很无聊。作为一个好主人，我有责任让他们开心。"

"我一点也不觉得无聊。"你说。

"相信我，你不会感到无聊的，因为你将是周末的主要活动的中心。"他微笑着说。

你的表情告诉勒迪克：你认为他是个野蛮人。

"啊，我会给你一个公平的机会。"勒迪克继续说，"如果你能躲避我们十二个小时，你就自由了。"

"我有选择的余地吗？"你怯怯地问道。

"没有，这是我的冒险。你别无选择。"

▸▸ 请翻到第 **243** 页

你睁开眼睛，尖叫着。马里波萨紧紧地握着你颤抖的双手。你又回到了马丘比丘。

你告诉周围的人发生了什么。

"你看到宇宙飞船了吗？"马里波萨问道。

"没有，但我确信我来自外太空。"

"语言就像英语，你听懂了吗？"

你点头表示同意。

"你经历的是未来，而不是过去。过去、现在和未来在宇宙中是一体的。你可以瞥见未来，虽然着装、使用的语言和机器不同，但仍然是来自这个星球的人类。"她用坚定而睿智的目光凝视着你。

"所以这就意味着我这辈子都找不到宝藏了。"你失望地低下头。

"如果那就是你要找的宝藏，就不可能了。"

"但我不知道自己能否从美洲虎的攻击中幸存下来！如果我幸存下来，我是带着宝藏的消息逃出来的吗？"

马里波萨耸耸肩，微笑着。

"我可以再给你催眠。"

"不！不，非常感谢。"

你已经知道你这辈子的寻找是徒劳的。也许知道这一点，才救了你的命。如果你继续寻找，可能早已在丛林里迷了路。而现在你非常乐意回到你的电脑前，去寻找另一个古代遗迹。

▸▸ 本故事完

©中南博集天卷文化传媒有限公司。本书版权受法律保护。未经权利人许可，任何人不得以任何方式使用本书包括正文、插图、封面、版式等任何部分内容，违者将受到法律制裁。
著作权合同登记号：图字18-2020-147

图书在版编目（CIP）数据

神秘玛雅·古城宝藏/（美）R.A.蒙哥马利，（美）
吉姆·贝克特著；申晨，张悠然译. -- 长沙：湖南文
艺出版社，2022.3
（选择你自己的冒险. 第二辑）
ISBN 978-7-5726-0294-8

Ⅰ.①神… Ⅱ.①R… ②吉… ③申… ④张… Ⅲ.①
儿童小说—长篇小说—美国—现代 Ⅳ.① I712.84

中国版本图书馆 CIP 数据核字（2021）第 167495 号

上架建议：儿童文学

XUANZE NI ZIJI DE MAOXIAN. DI-ER JI   SHENMI MAYA·GUCHENG BAOZANG
选择你自己的冒险. 第二辑   神秘玛雅·古城宝藏

作　　者：[美]R.A.蒙哥马利　　[美]吉姆·贝克特	
译　　者：申　晨　张悠然	
出 版 人：曾赛丰	责任编辑：刘雪琳
策划编辑：蔡文婷	特约编辑：丁　玥
营销支持：付　佳　付聪颖　周　然	版权支持：刘子一　姚珊珊
封面设计：潘雪琴	版式设计：霍雨佳
出　　版：湖南文艺出版社	
（长沙市雨花区东二环一段508号　邮编：410014）	
网　　址：www.hnwy.net	印　　刷：三河市兴博印务有限公司
经　　销：新华书店	开　　本：855mm×1180mm　1/32
字　　数：145千字	印　　张：8.375
版　　次：2022年3月第1版	印　　次：2022年3月第1次印刷
书　　号：ISBN 978-7-5726-0294-8	定　　价：130.00元（全5册）

若有质量问题，请致电质量监督电话：010-59096394
团购电话：010-59320018

第二辑

选择你自己的冒险

掌控泰坦尼克号
那不提珠宝的秘密

[美] 吉姆·华莱士　[美] R. A. 蒙哥马利◎著
张悠然　申晨◎译

CNS PUBLISHING & MEDIA 中南出版传媒
湖南文艺出版社 HUNAN LITERATURE AND ART PUBLISHING HOUSE
小博集 BOOKY KIDS

©中南博集天卷文化传媒有限公司。本书版权受法律保护。未经权利人许可，任何人不得以任何方式使用本书包括正文、插图、封面、版式等任何部分内容，违者将受到法律制裁。
著作权合同登记号：图字18-2020-147

图书在版编目（CIP）数据

掌控泰坦尼克号·那不提珠宝的秘密/（美）吉姆·华莱士，（美）R.A.蒙哥马利著；张悠然，申晨译. --
长沙：湖南文艺出版社，2022.3
（选择你自己的冒险.第二辑）
ISBN 978-7-5726-0294-8

Ⅰ.①掌… Ⅱ.①吉… ②R… ③张… ④申… Ⅲ.①
儿童小说—长篇小说—美国—现代 Ⅳ.① I712.84

中国版本图书馆 CIP 数据核字（2021）第 167452 号

上架建议：儿童文学

XUANZE NI ZIJI DE MAOXIAN. DI-ER JI ZHANGKONG TAITANNIKE HAO·NABUTI ZHUBAO DE MIMI

选择你自己的冒险. 第二辑　掌控泰坦尼克号·那不提珠宝的秘密

作　　者：［美］吉姆·华莱士　［美］R. A. 蒙哥马利
译　　者：张悠然　申　晨
出 版 人：曾赛丰　　　　　　　　责任编辑：刘雪琳
策划编辑：蔡文婷　　　　　　　　特约编辑：丁　玥
营销支持：付　佳　付聪颖　周　然　版权支持：刘子一　姚珊珊
封面设计：潘雪琴　　　　　　　　版式设计：霍雨佳
出　　版：湖南文艺出版社
　　　　　（长沙市雨花区东二环一段508号　邮编：410014）
网　　址：www.hnwy.net　　　　　印　　刷：三河市兴博印务有限公司
经　　销：新华书店　　　　　　　开　　本：855mm×1180mm　1/32
字　　数：140千字　　　　　　　印　　张：8.25
版　　次：2022年3月第1版　　　印　　次：2022年3月第1次印刷
书　　号：ISBN 978-7-5726-0294-8　定　　价：130.00元（全5册）

若有质量问题，请致电质量监督电话：010-59096394
团购电话：010-59320018

注意！

这是一本与众不同的书，
决定故事内容的人完完全全是你自己。
书中有危险，有抉择，有冒险……当然，也有后果。
你必须用尽自己丰富的才能与大量的情报，
错误的决定可能导致最终的灾难，甚至死亡。

但是，不要气馁。
你在任何时候都可以返回，做出另一个选择，
改变你的故事走向，从而改写结局。

加油吧，选择你自己的冒险！

掌控泰坦尼克号

献给凯特。

——吉姆·华莱士

1912 年 4 月 10 日，你从伦敦出发，继续学习古典钢琴。你已经获得了不错的声望，人生未来可期。

你和父亲的生意伙伴安德鲁·坦普金一起乘坐"泰坦尼克号"。然而，你对这艘大船永不沉没的信心很快丧失了。船员们玩忽职守，根本没有注意到冰山的迫近！你必须时时刻刻保持警觉，否则，这次航行的结局会毁灭你的所有计划——葬身在大西洋冰冷的海水中！

你站在"泰坦尼克号"的甲板上。

这是一艘崭新的白星航运公司的远洋轮船，是世界上最大、最豪华的船。这是她的第一次跨洋航行，从英国的南安普顿出发，驶向纽约。这一天是 1912 年 4 月 10 日。

这艘船刚刚驶离南安普顿的码头，正驶进泰斯特河。一大群人沿着码头散步，跟随着巨轮沿着狭窄的河道前进。

"泰坦尼克号"从"纽约号"旁边驶过，这是一艘停泊在河边的小型远洋轮。你看着较小的船被吸向"泰坦尼克号"。"砰！砰！砰！"你听到几下巨大的声响，如同枪声。往下看，系着船的绳索高高挂在空中。它们一定相撞了！"纽约号"从停泊处开始移动，直接转向"泰坦尼克号"！

你倒吸了一口冷气，抓住护栏，以为接下来会有剧烈的碰撞。

"泰坦尼克号"慢了下来，停下来，在一处漂移着。"纽约号"的船头从她的左舷附近摇晃着擦过。两艘船差一点就撞上了。

"真险哪。"站在你旁边的一个又高又瘦的男人说。

他的脸色苍白，脸上布满皱纹，薄薄的嘴唇看上去严肃冷峻。他说话带点苏格兰口音。

"这真是糟糕的处女航的开始，一个不好的征兆。"

▸▸ 请翻到下一页

4

　　"坏兆头！哎！"一个站在旁边的中年英国人说。一根表链挂在织锦背心上，紧紧地扣在他结实的腰间。他留着浓密的灰色络腮胡子。

　　"没什么好怕的！我读过的技术杂志说她是不会沉没的。她是奇迹之船！"

"是啊。"高个子男人会意地叹了口气。

"她确实是一艘神奇的船，一艘强大的船。但海洋更加强大。许多强大的船都沉入了海底。"说完，那人转身慢慢走开了。

"别听他的，"英国人说，"这艘船设计得很棒，相信我，她不会沉的。"

▶▶ 请翻到**下一页**

"她又大又漂亮。"你抬头凝视，赞叹着。

"泰坦尼克号"有九百英尺（1英尺=30.48厘米）长，有四个巨大的烟囱。她的船体被漆成乌亮的黑色，甲板的上层结构被漆成白色；黄色漏斗形烟囱高出甲板六十英尺，顶端是黑色的。

如此雄伟的一艘船会沉入海底，真是令人难以置信。尽管如此，苏格兰人的话还是让你不寒而栗。

"噢，原来你是美国人！"英国人说着伸出手，"我叫斯蒂特斯。你是在英国度假吗？"

"不，"你握着他的手说，"过去一个月我一直在伦敦，学习古典钢琴。"

"你是古典钢琴家？"斯蒂特斯先生说道，"这么说，你是一个人到英国来的？"

"不是，我和父亲在一起。他有一家进出口公司，要在伦敦会见一位客人。我和他的合伙人一起回纽约。"

"你说的是进出口业务。难不成你父亲的合伙人叫安德鲁·坦普金？"斯蒂特斯先生问道。

你点点头。"就在我们上船之前，我遇到了那家伙。他告诉我他给自己买了一辆黑色的劳斯莱斯汽车。"

"没错，车在船上。他要把它带回纽约。"你说道。

▶▶ 请翻到**下一页**

"或许你应该见见我的女儿，杰西卡，"斯蒂特斯先生说，"她和你年龄相仿，是个很好相处的姑娘。我相信你们俩会成为好朋友。她曾经拉过小提琴，但科学是她的专长。你知道，这是未来发展的方向。她将是你这次航行的好伙伴。"

斯蒂特斯先生提到安德鲁，令你想起他和你父亲从暹罗进口的金佛像。

你的父亲外出时，装着佛像的箱子送到了伦敦的办公室。

安德鲁很兴奋，但似乎不愿当着你的面打开它。他让你去办一件差事。等你回来时，你的父亲已经回来了，他和安德鲁正细细地察看两座佛像，每座大约一英尺高。他们看上去很失望，佛像的工艺很差。更糟糕的是，它们不是纯金的，而是用铅做成，只是在上面镀了一层金箔而已。

你父亲很是恼怒，发誓要报复那个欺骗他的暹罗商人。

安德鲁支持你的父亲，认为那个商人是个恶棍。他的举止让你起了疑心。与你父亲的愤怒相比，安德鲁的反应显得过于平和。你不相信他，也不愿意和他一起完成这段横跨大西洋的旅程。

▶▶ 请翻到第 9 页

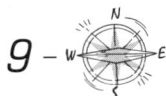

在接下来的几天里，你和杰西卡·斯蒂特斯一起探索这艘轮船。

她就像一个巨大的、别致的水上酒店。有土耳其浴、游泳池、壁球场、健身房、理发店、医院、邮局，还有几家餐厅和咖啡馆。

周日晚上十一点半左右，你和杰西卡待在甲板上的头等舱休息室里。你们已经玩了几个小时的牌了。杰西卡突然放下手中的牌。

"我玩金拉美纸牌游戏都玩腻了。"她叉着手，噘起嘴。杰西卡很聪明，也很随和，但你知道她有点被宠坏了。

"这个游戏越来越无聊，尤其是因为你一直在赢。不如我们到甲板上，去看看前面发生了什么事。"你建议道。

"都是一样的海水罢了。"她回答道，仍然噘着嘴。

"那么，无线电室怎么样？"你问道，"我认识一个电报员。一会儿让你看看——无线电机器特别大！"

这确实激起了她的兴趣。

"我熟悉莫尔斯电码，你知道吗？我父亲打赌我学不会，可我就是学会了！"

▶▶ 请翻到下一页

无线电室在船的左舷。要去那里，你们需要沿着甲板走到船的另一端。你和杰西卡在北极寒冷的空气中瑟瑟发抖。头顶上的夜空闪耀着星星，下面的海水如玻璃般光滑。你惊讶于水面是如此平静，不见一丝波澜。

昨天下午，两名无线电报员之一的哈罗德离开小屋时遇到你，他邀请你随时过来参观。

你没有敲门，径直走进去，杰西卡跟在你后面。

空气中弥漫着电气绝缘体的气味。

有一个人值班，但不是哈罗德。

"介意给我们看一会儿吗？"你问道。

电报员没有听到你说话，也许他听到了，但是太忙，没空回答你。

他戴着耳机，专注地盯着一堆文件。他正在用食指轻敲键盘，蓝色的灯光在无线电报键的触点间闪烁。你被有节奏的莫尔斯电码和闪烁的灯光迷住了。此刻的信息似乎很重要，可是你看不懂。

但是杰西卡可以看懂。你看着她正专注于电报机发出的"哔哔"声。你们俩紧张地站在门口。

▶▶ 请翻到第 12 页

耳机里的声音太大了，整个房间都能听到。

电报员把耳机从头上扯下来，扔在那叠文件上。他一脸怒气地迅速回了一条信息。他注意到了你们，说："现在不行，太忙了，以后再说。请你们出去。"

你们点点头，低头离开。杰西卡抓住你的手臂。

"真奇怪，这些都是他发送的私人信息，可能是发送到一个地面站进行转播。比如'周三中午在华尔道夫酒店见'，然后有另一个信号传来。他气急败坏地叫那家伙闭嘴。附近一定有另一艘船。"

"'另一艘船'是说什么？"你问道。

"我没看见第一部分，好像是'停下来，周围全是冰'。"杰西卡说。

"冰！冰山！"你说，"也许我们正在进入一片冰原。我们到甲板上去吧，或许能发现点什么。"

"冰山！我已经够冷了。我宁愿去拜访我的面包师朋友。"杰西卡说，"他现在正在烤面包。想想看，又热又新鲜的面包……"

"嘿，来吧，做个勇敢的人！让我们看看是否真的有冰山，然后再去面包房里暖和一下。"你说道。

杰西卡不情愿地同意了。

"我去拿双筒望远镜，在散步甲板上见。"你补充道。

▸▸ 请翻到第 **18** 页

"啊嘿，桅杆瞭望台！"你学着水手的样子大叫一声。

你不知道"啊嘿"这个词用得是否正确，一连喊了好几次。但是，急速流动的空气盖住了你的声音，他们根本听不到你在甲板上的叫喊声。

你急忙跑下两层甲板去到前井甲板，然后向前跑，一直来到桅杆瞭望台的下面。

冰山在远处若隐若现。

"冰山，冰山！"你冲着他们尖叫。在你的呼喊下，一名瞭望员专注地望向远处，接着按响了三次警铃，对着电话里急切地说着什么。

大概一个小时过去了，什么也没有发生。你感觉不到"泰坦尼克号"引擎节奏的细微变化，也感觉不到轮船偏转航向时甲板在你脚下的移动。你正在前井甲板区域，船头楼挡住了你的视线，你看不到冰山。

就在你感觉到船头在脚下转动的时候，一股冰雹倾泻在甲板的护栏上。其中一块巨大的碎片擦过你的身体，"砰"的一声砸在你刚刚走下来的楼梯上。

▶▶ 请翻到第 21 页

你暂时不去考虑安德鲁汽车里的秘密。

抵达纽约之前没有人能离开这艘船，所以可以等待时机。

杰西卡正蹲在长廊甲板 U 型护栏后面，护栏环绕着船的右舷前部。

你站在桥下，可以清楚地看到桅杆瞭望台，在它的后面是船头。你把望远镜递给杰西卡。

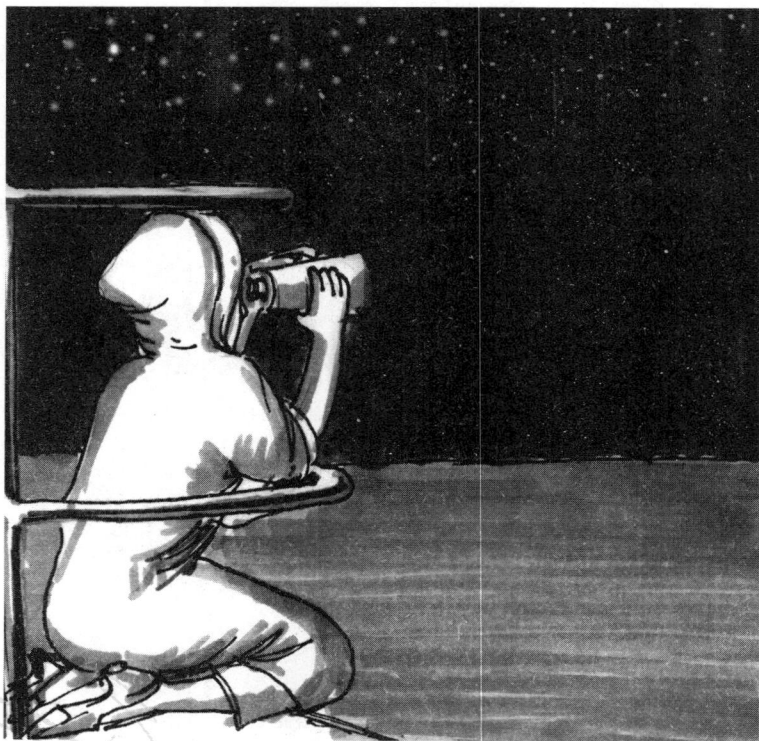

▶▶ **请翻到下一页**

　　"真是太冷了，"几分钟后她喋喋不休地说，"有没有望远镜都一样，我什么也看不见，只是平静的黑漆漆的大海，我要睡觉了。"

　　她把望远镜递给你，然后离开了。

　　你用望远镜扫过"泰坦尼克号"前面的地平线。就像杰西卡说的，除了漆黑一片什么都没有。但是透过望远镜，星星看起来更亮了。靠近船头的巨大青铜绞盘在星光下闪闪发光。你将视线移动至上方三十多英尺的瞭望台。有趣的是，上面没有望远镜。

　　你又一次扫过地平线，捕捉到一个微弱的光点，比星光暗淡些。也许那只是反光？

▶▶ 请翻到第 **17** 页

你定睛细看。它体积庞大，可以充满整个望远镜，而且是固定不动的，所以不可能是另一艘船。它在黑暗的大海上发出诡异的光芒，星光从它的边缘反射回来，看上去像一个小城市在远处被照亮。这是一座冰山！

"啊！"你倒吸一口气。瞭望台正冲着它的方向，但没有望远镜是看不到的。

你继续观察，冰山不断变大。

你敢跑到船桥上去通知值班的警官吗？但船桥不允许乘客入内。或者你应该通知瞭望台的人，让他们去处理。也许你应该等一会儿，等看得更清楚些。

▶▶ 如果你选择直接跑到船桥上，请翻到第 **26** 页

▶▶ 如果你选择通知瞭望台，请翻到第 **13** 页

▶▶ 如果你选择继续等待，确定是冰山后再采取行动，请翻到第 **23** 页

你冲下楼梯,来到和安德鲁共用的包间。包间位于 B 层,在左舷下方几层甲板之下。

来到门口,你听到里面响亮的说话声:"……那里最安全,我跟你说过!没人会想到汽车的边框。"你敲了几下门走进去,声音立马停止。

安德鲁正在和一个黑头发的男人说话,他们用尖锐的眼神看着你。

"不好意思,我只是想拿这个。"你说着从桌子上抓起望远镜离开了。

你一出门就做了个鬼脸。那个人是奥斯卡·基尔帕翠克,安德鲁的朋友。周四下午,他在爱尔兰皇后镇登上了"泰坦尼克号"。你不喜欢这个人。

登船后,他向安德鲁问好,但拒绝了你礼貌的握手。

▸▸ 请翻到第 20 页

你还在为拒绝握手生气，当然还有那个男人傲慢自大的态度。你觉得他和安德鲁一样不可信，真不明白父亲为什么选择安德鲁做合伙人。当然，他做生意很精明，是一个非常圆滑的人。但这就是问题所在，他有点太精明了。

你停下来想，安德鲁的车里装的是什么？安德鲁的劳斯莱斯在二号货舱，位于船头附近的 G 层甲板。你朝那边走去。

▶▶ 如果你选择推迟和杰西卡见面，去查看安德鲁的汽车，请翻到**第 44 页**

▶▶ 如果你选择带着望远镜去见杰西卡，请翻到**第 14 页**

　　"泰坦尼克号"以原先一半的速度缓慢艰难地驶进纽约，比计划晚了两天。右舷水线以下的损坏迫使所有的抽水泵不间断地运转。前面三个防水舱的船壳板被冰山撞得粉碎。

　　你的管家在船上的冷藏库为你储存了一大块冰。"泰坦尼克号"停靠码头后，你把冰块拿给《纽约时报》的记者看，你和冰块一起登上了报纸头版。

你需要更多的时间。这可能是海市蜃楼，也可能是一片云彩。

为了看得更清楚，你跑上从散步甲板前往船甲板的陡峭楼梯。在你到达那里之前，瞭望台的警铃响了三下，说明他们发现了情况。

你看到前面黑暗中隐现着一座巨大的冰山，而且越来越近。

"泰坦尼克号"擦过冰山时发出了轻微的摩擦声，然后结束了。冰山迅速地在消失在船尾的黑暗中。你听到下面甲板上有东西撞击的声音。

你移走井甲板上的冰块，推开船头楼的门，想知道冰山撞击的船头附近是否有海水渗进来。

一切都很安静，船上的木头部件和玻璃固定装置不断发出的嗡嗡声和叮当声已经停止了，真奇怪。你凝视着船头楼的螺旋楼梯。

在下面三、四层甲板上，一个高大的金发男人和几个同伴开始爬楼梯。他的脚和腿湿淋淋的，还带着随身物品。

"船进水了吗？"你喊道。

"没错！"他大声喊道，带着瑞典口音。

▶▶ 请翻到下一页

听了他的话，你浑身一阵战栗。你看到他身下几层楼高的螺旋形楼梯上翻腾着一圈碧绿色的海水泡沫时，惊恐得心脏都要跳出来了。"泰坦尼克号"有麻烦了！

"快！我们去船尾，那边没有水。"他大声喊道，示意你跟他走。你从未见过这个人，但你立刻相信了他。

从 E 甲板的通道到船尾要走很长一段路。那人把你领进三等舱的吸烟室。松木镶板覆盖着墙壁。你的朋友发现酒吧关门了，于是说服乐师在钢琴上弹奏舞曲。

一群男人、女人和孩子抱着浸过水的行李拥进来，其中一些人在哭泣。你的朋友和其他人嘲笑刚来的这群人，围着他们跳舞，试图让他们高兴起来。

奇怪，你心想。船撞上了冰山，却没有人采取行动！

你离开房间，朝救生船走去。一群人聚在头等舱的休息室里，有说有笑。乐队甚至在演奏一些欢快的拉格泰姆音乐。他们不知道发生了什么吗？你感到困惑不解。

▶▶ 请翻到**下一页**

在右舷甲板上的三号救生船附近，默多克警长正在和史密斯船长谈话。一些人正在解开救生船。一群带着救生圈的乘客站在周围。

"女士和儿童优先。"默多克警长说道。

这时，船长走到船桥上，默多克站在一艘船附近，示意女乘客上去。与此同时，越来越多的人从船舱下面慢慢地走上甲板。空气中弥漫着兴奋的气息——至少事情有了转机。现在船上有一半的女人和儿童，还有几个男人也上去了！

"拿着望远镜的——熟悉敞船舱吗？七号的船员不够了，我想把她送下去。"默多克看着你说。

▶▶ 如果你选择向前一步说"没问题"，请翻到第**92**页

▶▶ 如果你选择说"我觉得帮大家上船更好"，请翻到第**83**页

你不顾自己的恐惧，跑上最高甲板上船桥的台阶。救生船就在这层甲板上，你很幸运，前几天晚上带你看船桥的默多克警长正在值班。

"先生，"你推开门，喘着气说，"冰山！"你指向前方。

默多克迅速举起望远镜，专注地盯着看了一秒钟，然后冲向驾驶室。

"右转右转！"他命令舵手。

你的心怦怦直跳。从船桥的内部，你透过望远镜清楚地看到黑压压的一片。三角形的山峰映射着星光，冰山越来越大。半分钟过去了，"泰坦尼克号"还没有开始转动。这时发生了两件事！

叮当！叮当！叮当！桅杆瞭望台的铜钟响了三次。他们发现了危险。

接着，船头开始慢慢地向左舷移动。你看着它在地平线附近的几颗低垂的星星上划出一条平滑的弧线，你张大了嘴巴。冰山的顶端看起来和船桥一样高。这艘船彷佛注定要撞向若隐若现、闪闪发光的冰山。

▶▶ 请翻到**下一页**

几秒钟后，船头移开了冰山，"泰坦尼克号"从它身边驶过。

"我的上帝！好险啊。"船桥上的下级警官用颤抖的声音嘟囔着。

默多克走到你面前说："我要向船长表扬你的做法。"

你不确定这是什么意思。

"我是运气好罢了，"你说道，试图掩盖因为兴奋和恐惧而呼吸急促，"今晚船会慢点开吗？万一还有更多的冰山——"

"谢谢。今晚的能见度很好。你现在该走了，我们有工作要做。"他微笑着说。

临走时，你无意中听到他对一个刚到船桥上的人说："奥利弗先生，把这个双筒望远镜拿给在瞭望台的弗利特和李。"

▶▶ 请翻到下一页

第二天晚上，你和安德鲁以及你的朋友杰西卡一起作为贵宾坐在船长的餐桌旁。

餐桌位于巨大的头等舱餐厅的嵌壁式隔间里。这个房间很漂亮，有洁白的墙壁和模压的天花板。

船长是一位白发苍苍、胡子浓密的老人。他的声音柔和、低沉，令人安心。同席的还有一位安静的客人——白星航运公司的负责人伊斯梅先生。他和船长已经答应带你做一次特殊的参观，从船头到船尾，包括所有的甲板，并带一名工程师回答你有关超级蒸汽引擎的问题。

整个晚上似乎都很不真实。但是很快，你和杰西卡就厌倦了这种客套的交谈。你脑子里又多了一件事情：安德鲁车里的那些东西。

自从你偷听到安德鲁和奥斯卡的对话，这件事一直困扰着你。不管那是什么，你都怀疑它们是非法的。安德鲁看起来有些紧张不安，他正大声地和伊斯梅先生讲话，谈论着他和你父亲的货物。

▶▶ 请翻到下一页

在另一张桌子上，你看到了奥斯卡·基尔帕翠克。他看起来也很紧张。

晚餐结束了。你在思索如何查看那辆车，一定要找到最佳方式。但你必须先找到一些东西。

"船长先生，你觉得我们什么时候能在纽约靠岸？"你问道。

"周二晚上，"他回答道，"我们相处得很愉快，再次感谢你。"

周二晚上！那就是明天晚上——比预计的要早。你没有多少时间去查看那辆车了。在谈话的间隙，你和杰西卡礼貌地离开了。

▶▶ 请翻到**下一页**

"杰西卡，今晚是查看安德鲁的汽车的时候了，"你在餐厅外面说，"我们可能明天晚上靠岸。"

"我准备好了。"杰西卡说道。她溜回父亲的房间去拿他新装上电池的手电筒。

你在前楼入口处和杰西卡会合，然后顺着螺旋梯下去，前往装载汽车的货舱。货舱位于入口下面第五层甲板。货舱里很安静，只有轮船引擎的持续轰鸣声和甲板震动发出的声响。

你找到了安德鲁的黑色劳斯莱斯。在杰西卡的手电筒和汽车工具箱的帮助下，你们开始查看车架。在驾驶座附近，你发现了两个长方形的东西，用白布包裹着。你设法把其中一个从车架里掏出来，它"砰"的一声落在甲板上。杰西卡打开包裹，露出一根闪闪发光的金属块。

▶▶ 请翻到**下一页**

"是金条！"你惊叫道。

"金条！安德鲁把金条藏在车里干什么？"杰西卡问道。

"我想我知道答案。"你回答说，"这金条应该是我父亲的。我们最好把另一个也拿出来，将它们带走。"

"可是我们拿它们怎么办呢？还有，你这话是什么意思？为什么认为金条是你父亲的？"她问道。

"我过会儿再解释，帮我把另一个拿出来。我想安德鲁没有机会在船靠岸前检查汽车了。"

你肯定金条是从佛像上取下来的。安德鲁可能用铅制的赝品代替了真正的佛像，然后把原件熔化成金条，现在他想把它们走私到美国。奥斯卡一定也参与了这个骗局。

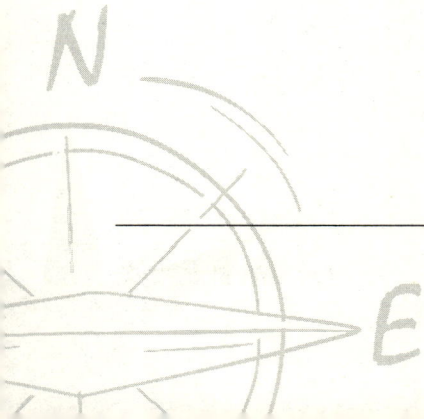

▶▶ **请翻到下一页**

"可是金条太沉了，拿不动。"杰西卡抱怨道，"而且，万一奥斯卡和安德鲁决定检查汽车怎么办？我们会有大麻烦。"

她说得没错，金条确实很重，你也不知道该把它们藏在哪里。另外，几乎没人会在这么晚的时候四处闲逛，没人会看到你们。你只需要最多十分钟将金条带出货舱，藏到甲板上安全的地方。

▶▶ 如果你选择将金条从车架里取出，请翻到第 **38** 页

▶▶ 如果你选择将金条留在汽车上，请翻到第 **34** 页

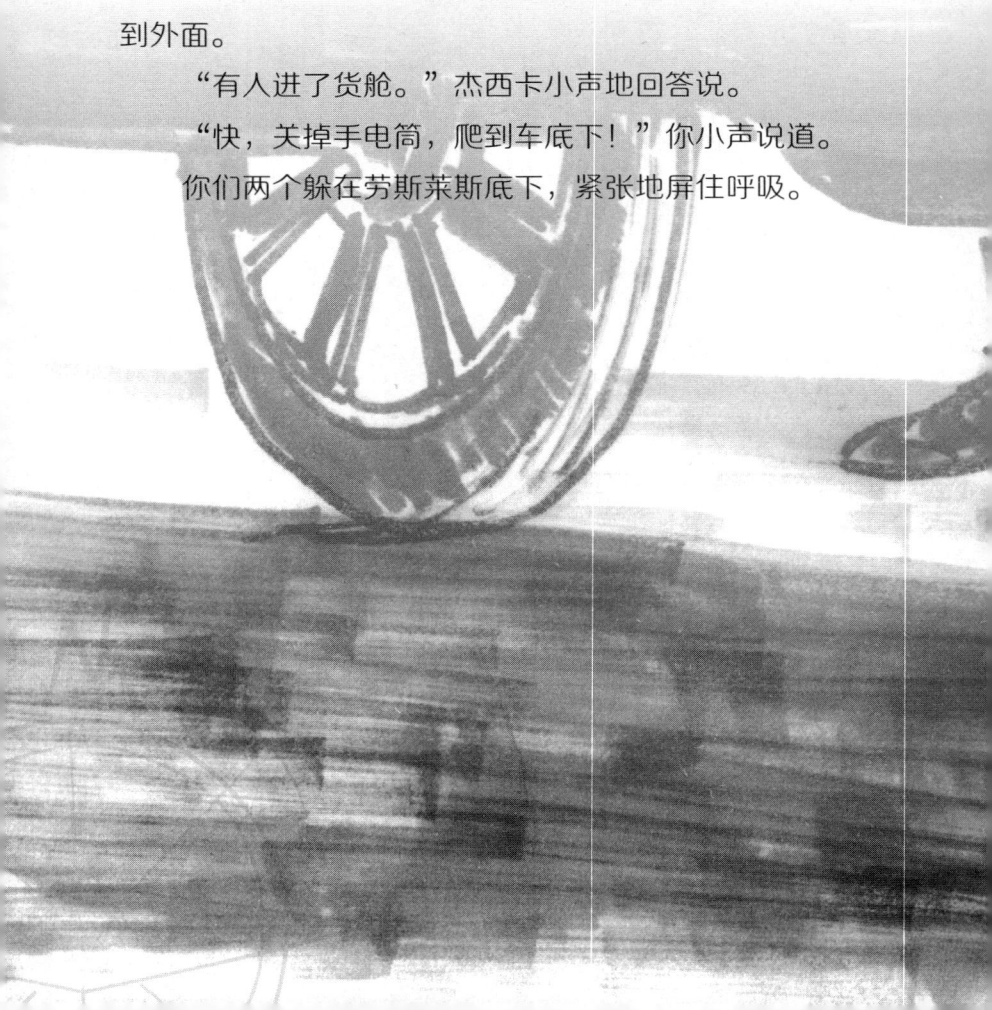

你决定把金条留在车上更安全。但是，把金条放回车架里并不像把它们取出来那么容易。杰西卡举着手电筒，你使劲地将金条推进去。这是一个尴尬的姿势，你的手臂累得没有力气了。

这时，你感觉自己听到了脚步声。

"什么声音？"你轻声问杰西卡。你在汽车底下，看不到外面。

"有人进了货舱。"杰西卡小声地回答说。

"快，关掉手电筒，爬到车底下！"你小声说道。

你们两个躲在劳斯莱斯底下，紧张地屏住呼吸。

脚步声越来越响，一双男子皮鞋停在汽车旁。你认出那是安德鲁棕白相间的皮鞋！

你听到他轻声地自言自语。

"多漂亮的车啊。"他喃喃地说。

他若无其事地靠在车身上。

"还会让我变成大富翁！"他又说道。

到底还有完没完了？你心想。终于，他说完了。

你正要松一口气的时候，杰西卡发出了一声动静，她想捂住喷嚏。

▸▸ 请翻到第 37 页

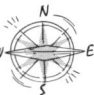

安德鲁立刻跪在地上，盯着车底下。

"什么人？谁在那里？在我车下面干什么？"

你手里还拿着金条，你不得不告诉他真相。

你告诉他偷听到的谈话内容，听到了他和奥斯卡之间的对话，但是没有提及你对金佛像的怀疑。

"我只是好奇，想知道你车里装的是什么，"你说道，"你进来的时候，我正想把金条放回去呢。"

安德鲁冷静地看了你一会儿。

"好吧。"他最后说，"我相信你，但最好别让我再看到你在这里鬼鬼祟祟的，也不要把这件事告诉任何人，否则有你好受的。明白我的意思吗？"

你用力地点了点头。

你和杰西卡正要离开货舱时，"我会盯着你的。"他补充道。

你仍然希望抵达纽约后把这个消息告诉父亲，但是有安德鲁和奥斯卡盯着你的一举一动，这会很困难。

▶▶ **本故事完**

"即使安德鲁和奥斯卡检查了那辆车，发现金条不见了，他们也没有理由怀疑我们。"你对杰西卡说，"另外，一旦船靠岸，我们可能就再也没有机会拿到金条了。"

你和杰西卡各拿了一根金条，塞到夹克衫里。

"我们不能冒险将它们藏在房间里，不如藏在救生船里吧。"你说。

夹克里揣着沉重的金条，你们艰难地爬上螺旋梯。又爬了三层，你们来到救生船所在的甲板，救生船和船桥在同一水平线上。甲板下的不远处，你看到一个人影从门口出现。

"快！"你小声对杰西卡说，"我们得把这些金条取出来。"

你将金条塞进离你最近的救生船的帆布盖下。

"嘿，那边！"那人说。

你认出了那个声音——是奥斯卡！

"你们俩在这儿干什么呢？我以为你们已经睡觉了。"

"我们决定先在船上转转。"你试图让自己听起来若无其事。

"你们为什么在救生船周围转悠？"奥斯卡问道。

"我们只是在查看吊船架，看看它们是如何工作的。"你说道，"我们这就回去睡觉了。回头见。"

你和杰西卡匆匆离开。

▶▶ 请翻到**下一页**

"吁，刚刚真险哪！"躲开了奥斯卡的视线后你对杰西卡说。

"你觉得他看到金条了吗？"杰西卡问道。

"不会的，这里太黑了，他看不到。"你试图让自己充满信心。

"明天船靠岸后，我们怎么拿金条？"杰西卡问道。

"等头等舱的乘客下船时，你带着一个手提箱在救生船那里见我。"你说道，"我们一人带一根金条，作为行李的一部分。不要让任何人碰你的箱子。"

船停靠码头，一切都进行得很顺利。只是有一次，奥斯卡主动提出帮你拿行李，令你紧张起来。但你坚持要自己拿，希望不要因为太固执而引起他的猜疑。

▶▶ 请翻到第 **41** 页

你、安德鲁、杰西卡和她的父亲住在华尔道夫酒店。你安排与杰西卡和她的父亲住在一起，这对你和金条来说是更安全的地方。

在酒店的第一晚，斯蒂特斯离开酒店去拜访一位朋友。你和杰西卡留在酒店房间里商量如何处理金条。

"我认为应该给我父亲发个电报，告诉他发生了什么。"你说道。

有人在敲门，你们交换了一个眼神，谁都没有预料到会有人来。敲门声再次响起，你小心翼翼地打开门。

首先映入眼帘的是一把手枪暗淡的闪光，接着是奥斯卡那张怪模怪样的脸。他愤怒地冷笑，一副势在必得的表情。

"你最好让我进去。"他说道。

▶▶ 请翻到**下一页**

"好了，孩子们，金条在哪儿？"奥斯卡咆哮道，"别装傻，我知道在你们这里。"

你冲杰西卡点点头，她打开箱子，露出金条。奥斯卡立即大步走过去查看，他背对着你站着，不再理睬你。你悄悄来到他身后，拿着你的箱子，里面装着另一块金条。你用尽全力用箱子猛击他的后脑勺。

他立刻瘫倒在地。

"快去叫警察，"你对杰西卡说，"把一切都解释清楚。"

安德鲁和奥斯卡因为重大盗窃罪被捕。

你因为在拯救"泰坦尼克号"的过程中立了大功，且勇敢地逮捕罪犯而受到嘉奖。最重要的是，你父亲同意和你分享出售金条的利润，你终于可以买那架梦寐以求的大钢琴了！

▶▶ **本故事完**

　　你必须带走金条！这可能是你唯一的机会。你推开货舱的门。

　　你跪在劳斯莱斯旁边，花了几分钟的时间打开金属板，从车底抽出一根金条。你把它放在前面的座位上。这些金条实在太重，你只能带走一根。

　　"砰！"有什么东西在你的后脑勺上重重一击。

　　你趴在汽车的前座上，清醒过来，感到头一抽一跳地痛。金条不见了。冒着泡的冰冷海水拍打着你的膝盖。

　　你抱着头，慢慢地站起来，蹚过冰冷刺骨的海水来到门口。门是锁着的。你不停地敲打，喊救命，直到声音嘶哑也没有人过来。

　　水已经没过了你的腰部，还在不断上涨，你爬上车顶。门被锁上是为了防止轮船被淹，还是为了把你困在里面？你想不明白，只能继续等待，而海水还在继续上涨。

▸▸ 本故事完

你迅速来到船头的井甲板，躲避了冰冷的空气，然后穿过甲板，前往船头楼入口。你沿着陡峭的螺旋梯往下走，到达船头楼入口下面第五层的货舱。

货舱里很安静，有一股机油的气味。黑色的劳斯莱斯闪着光。粗绳绕着每个车轴，将汽车牢牢地固定在货舱甲板上。你看看周围，似乎只有你一个人。

你查看车架，它是由很多大管道组成。在驾驶座的一侧有一个金属板，将一根空心管密封起来。你在汽车的工具箱里找到一个扳手，把螺栓拆下来，然后将金属端板拉下来。你使劲往里看，太黑了。于是你点燃一根火柴，透过火光，看到有异物卡在里面。

你只能勉强辨认出两个用白布包裹着的长方形物体。火柴灭了，只剩下两根了。你找到一根电线，设法钩起一个包裹，轻轻地把它拉上车架管道。它"砰"的一声落在甲板上。有些布撕掉了。

再次点燃火柴，你看到一根几乎一英尺长的闪闪发光的金属条。

"黄金！"你喃喃自语道，"是金条！"

▶▶ 请翻到第 **46** 页

安德鲁把金条放在车里干什么？你突然明白了。没错！金佛像是假的！这些一定是真的佛像。安德鲁就是那个用赝品替换金佛像的人，然后他把原来的佛像熔化成金条。现在他想把金条走私到美国。这些金条又大又沉，你一个人无法搬动。你决定把金条放回去，回到上面的甲板。

你停下片刻：刚刚听到的是脚步声吗？你的心跳得很厉害。没有人来，你重新把金条包起来，跪在车底下，把它塞回车架，然后把金属板重新钉上。

"砰！"震耳欲聋的声音和一股强烈的冲击在货舱里回荡。那声音就像一扇巨大的钢门"砰"的一声关上，但它持续的时间更长。声音逐渐减弱，变成一系列的撕裂、拉扯的声音。一阵颤抖的震动把车身抬高到你的上方。

▶▶ 请翻到第**52**页

你和杰西卡爬上船头楼的螺旋梯，一只老鼠飞快地跑到甲板上，消失在绞盘后面。

"汽车在哪里？"杰西卡问道。

"可能在G层。快看！太迟了——已经快没到水下了。"你们沿着甲板上的过道走到汽车货舱，冰冷的海水在你的膝盖周围拍打，货舱门纹丝不动。

"嘿，拿着邮件！"一群邮局职员向你招手。

"我们把所有的麻袋从下面的甲板上拖到这个分拣室，"其中一个人说，"现在甲板进水了。希望他们能把水泵修好。"

"来，帮帮我们。"另一个职员对你和杰西卡说。

▸▸ 请翻到第 57 页

你犹豫了，手放在门上。没有感觉到震动，也听不到轮船发出的嗡嗡声。引擎一定停止了，你心想。

"停下来了，周围都是冰。"这是另一艘船通过无线电发出的信息。

"泰坦尼克号"撞上冰山了吗？

你跳上船头楼的楼梯去找杰西卡。两名船员匆匆地走下楼梯。

"冰山和船一样高。"

"索性我们只是被划了一下。"

"检查船头的隔间，然后回锅炉房。船可能进水了。"

"不太可能，冰山只是轻轻擦过她。"

你也是这么想的！船里进了很多水。

你在井甲板上看到杰西卡，她和其他人正在用一大块冰踢足球。井甲板上一定堆积着成吨的冰。

杰西卡踢给你一大块。

"你去哪里了？拿到望远镜了吗？你真该看看船撞上的冰山！特别大！"

"我把望远镜落在下面了。"你说道。

你把她拉到一边，告诉她关于劳斯莱斯车架里的金条的事。蒸汽正从安装在三个前烟囱上的逸出管中喷出来。你猜锅炉房正在释放压力，因为引擎已经停止了。

"真的吗？"杰西卡惊呼道，"你打算怎么办？"

▸▸ 请翻到第 **50** 页

"我想把它们还给我父亲，"你说道，"或者至少让他知道安德鲁在欺骗他。"

"好吧，"杰西卡说道，"我们可以回到车上把金条拿出来，我真想看看那些金条！"

"没问题，但我不想引起别人的注意，"你说道，"我不希望安德鲁或奥斯卡起疑心。不管怎样，这次冰山撞击似乎有些严重。我们为什么停下了？"

"泰坦尼克号"静止不动。漫步在甲板上的乘客们手挽着手，指着你们所在的井甲板上的冰块谈笑风生。两个女孩正在用冰块打雪仗。蒸汽从静止的轮船上方高高升起。

蒸汽释放的轰鸣声听起来让人心生不安，好像轮船正在遭受痛苦。你应该怎么做？

▶▶ 如果你选择和杰西卡返回汽车所在地点，请翻到第 47 页
▶▶ 如果你选择让杰西卡和你一起探索旅客甲板，请翻到第 54 页

你永远不会忘记"泰坦尼克号"沉没的那个可怕夜晚，忘不了无助的人们在海水中挣扎求救的声音。

那天晚上，十八艘救生船里只有你乘坐的那艘获得了援救。其他人则都沉入了海底。

你大声尖叫，用手捂住头。车身向后仰，还好没有碰到你。你觉得自己很傻，从车底下滚出来，跑到船头楼的楼梯上。

"泰坦尼克号"撞到什么东西了吗？

声音是从下面传来的。你冲下楼梯去查看。

下面是另一层货物甲板。你打开门，眼前是堆放整齐的大箱子。你不知道自己要寻找什么，只感到一种莫名的恐惧。你下到楼梯的最下面，来到船的底层。门上的标牌写着"消防员通道，游客止步"。

你打开门，听到一阵嘶嘶声和汩汩的声响。是水！从锅炉房出来的过道上，一个人匆匆向你跑来。绿色的海水正漫上过道。

那个男人蹚过翻滚的海水，喊道："五号锅炉房进水啦！船出事了，伙计，快离开这儿！"

你跟在他后面跑上楼梯，在货舱门口，你停下脚步。黄金！你应该把金条带走吗？还是直接回到甲板上？

▶▶ 如果你选择打开货舱门，取出金条，请翻到**第 43 页**

▶▶ 如果你选择继续上楼回到井甲板，找到杰西卡，查看发生了什么，请**翻到第 48 页**

"杰西卡，"你说道，"货舱已经被淹了，太危险了，我们去找警官，看看是怎么一回事。也许情况很严重，不然他们为什么要停下船？"

你们爬到右舷甲板上，从吸烟室的窗口看到一群人正谈笑风生，甚至没有人往外看。你们到处都找不到警官，于是杰西卡去找她的家人。你路过自己的包房，看到安德鲁正躺在床上。

"安德鲁，快起来！"你说道，把他推醒，"我们撞上了冰山，看起来很严重，海水渗进来了。"

"嗯？冰山？我怎么没感觉，而且我睡得很浅，"他说着在床边坐了起来，"别担心，这艘船不会沉的。"

"最好准备一下，以防万一。"你说道，"如果你能找到乘务员，应该和他确认一下。我会尽我所能把事情搞清楚。"

也许你应该去船桥上，尽管那是不允许的。直觉告诉你，那个从锅炉房来的人说"泰坦尼克号"会沉没是对的。但似乎其他人还不知道，也对此毫不关心。

船桥位于最高的甲板上，也就是船甲板。这里是"泰坦尼克号"的操控室，也是救生船所在的地方。你从一扇半开着的窗户往里看，史密斯船长和一个人正默默地查看一张设计图。

▶▶ 请翻到**下一页**

"先生，我给她一个小时的时间，最多一个半小时。"那个人说，他看上去很面熟。

"我会将救生船准备好。"史密斯船长说。

"救生船的容量大约是一千人，而轮船上有两千多人。"那个人说道。

"女士和儿童优先。"船长说。

一个男人走近船桥，你从另一个方向溜走，对刚刚听到的消息感到震惊。

你的直觉是对的。"泰坦尼克号"在劫难逃，没有足够的救生船给每个人。你的表显示现在是午夜过十五分。自"泰坦尼克号"撞上冰山已经过去了半个小时。

▶▶ 请翻到**下一页**

你感到头皮一阵发麻，不敢相信这艘奇迹之船就要沉没。轮船就像脚下的石头，如此巨大，海面又是如此平静。

你从船尾走下几层甲板，前往杰西卡的船舱。你知道这是真的："泰坦尼克号"正在下沉。如果没有足够的救生船，你们该怎么办？你突然想起那个和史密斯船长在一起的人是谁。他是船上的工程师，带你参观过船上的车间。你看到了木工用具——木板、绳子和木桶。只要有人帮忙，就可以在一个小时内造一个像样的木筏。

在杰西卡的房间外，你感到一阵恐慌。她不在里面。也许没时间造木筏了，你应该集中精力找你的朋友。

▶▶ 如果你选择要去船甲板的操控室寻找杰西卡，请翻到**第 61 页**
▶▶ 如果你选择前往车间，开始建造木筏，请翻到**第 59 页**

你提着沉重的邮袋跑到 F 甲板，然后匆忙回到 G 甲板。你跑进邮件分拣室，朝着桌子上最后一份干的邮件走去。头顶上的灯光稳定而明亮。重要的信件和包裹四处漂浮在水上的景象真是太奇怪了！

一阵破碎的声音响彻房间，船头突然向下倾斜。

"小心！"杰西卡在你身后喊道。

一堵由水和沉重的湿邮袋组成的墙猛地砸向你，门被迫关上，你被困在地板上。你在黑暗的水中摸索着，拼命地寻找杰西卡和邮局职员。而眼前，除了冰冷的大海，没有任何东西可以依靠。

在去车间的路上，你决定在面包房停一下，也许可以为你的木筏准备一些食物。

你走上头等舱的楼梯，穿过一扇门，走下更多的楼梯，来到船中部甲板上的宽敞厨房。新鲜面包的味道令你忍不住口水直流。

"因为没有足够的救生船，所以我要做一个木筏。能给我一些面包吗？"你问眼前这个壮硕的男人，他正从烤箱里拿出一批面包。

"木筏？这听起来有点牵强，"面包师说道，"我们要把这些面包送到船上，但我可以给你一块。祝你好运。"

你把面包夹在胳膊下，正准备离开时，一个声音从背后传来："嘿，伙计，木筏听起来是个好主意。"你转身看到另一个面包师朝你走过来。

"介意我加入你吗？对我们这样的人来说，这可能是唯一的出路。我叫麦克拉肯。"他说。你握着他伸出的沾满面粉的手。

▶▶ 请翻到**下一页**

"没问题，我需要你的帮助，麦克拉肯先生，"你说道，"走吧。"前往包房的路上，你听到震耳的声音："女士和儿童，请先上船。"听起来像是通过扩音器传过来的。

"嘿，你去哪儿了？在这种时候还找面包吃？不介意分我一块吧？"杰西卡问道。她和安德鲁站在包房门口。你向他们介绍了麦克拉肯，并说明了你的计划。

杰西卡表示会帮你造木筏。她的父亲上救生船去了。

安德鲁站起来，穿好衣服，说："我已经问过船上的一个警官了。你说得对，女士和儿童优先，而且没有足够的救生船，我支持造木筏。我不认为'泰坦尼克号'会沉没，但以防万一。没有人能在北大西洋存活下来，那冰冷的水能要了人的命。"

▶▶ 请翻到第 71 页

杰西卡不在甲板上。你看了看表，现在是午夜过后二十分钟。

你敲了敲无线电室的门，把它推开。

"你好，"你对电报员说，"我的朋友来过吗？"

他摇了摇头。

"我们撞上了冰山，我想情况很严重，船头灌进了很多水。"你说道。

"哈罗德，听到了吗？"电报员喊道，"那个怪物是冰山！"

一个帘子拉开，哈罗德出现了，他扣上衬衫。

"嚯，我们今晚有活干了。"他说，"可能得回贝尔法斯特修理了。"

船长走到门口。你迅速移到一边。

"发送求救信号，这是我们的位置。"他说着，递过一张字条。

"船长！"当他离开时，你冲上去，"这很严重吗？船头货舱看上去很糟糕。"

"你可真是无处不在啊，"他说道，"是的，很严重。如果你想帮忙，可以帮我们把救生船放下水。女士和儿童优先。无论如何这艘船都不会下沉。不要恐慌，明白吗？"

▸▸ 请翻到下一页

"是的，先生！"你回答道。

一名警官提着一个大金属箱，艰难地爬上陡峭的楼梯来到船桥上，冲你大喊。

"帮我们抬上去，这个楼梯简直要了我的命。"他说道。

你犹豫了，船长给了你一项重要的任务，如果你要推迟他的命令，这警官最好有更紧急的事情要做。

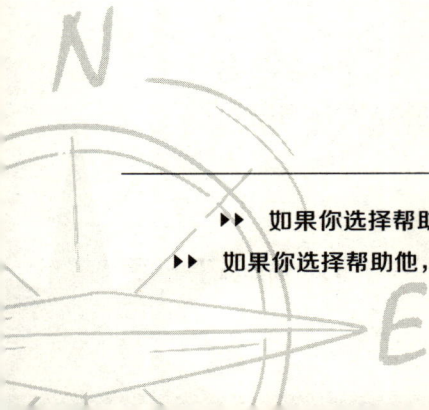

▸▸ 如果你选择帮助他，再继续前往救生船，请翻到**第 63 页**

▸▸ 如果你选择帮助他，询问金属箱子里是什么，请翻到**第 66 页**

"好的。"你说道，然后抓住一个把手。你们一起把箱子拖上楼梯，搬到船桥上的一块空地。这个沉重的箱子使你想起了隐藏的金条。你离开船桥，用小刀在通往楼梯的门的软铜金属匾上刻下一条信息。在"只供船员使用"的标记下面，你刻下"货舱里的劳斯莱斯里面有金条。1912 年 4 月 15 日"。

你冲到船甲板的另一边，希望没有人看到你。如果"泰坦尼克号"没有沉没，而有人发现了这条信息怎么办？

你淹没在一群惊恐的乘客、大喊大叫的警察和汗流浃背的船员中间。你从人群中挤过去，来到十三号救生船。你想知道杰西卡是否在附近，继续朝着船往前挤。

"放开我！我不坐那艘船。放开！"一个女人说。

"女士，"一名乘务员试着劝她，"我们都得走。你还是安静地走吧。"

那个女人一把推开乘务员，回到头等舱的楼梯上，然后消失了。

在你旁边，一个女孩看着一艘救生船下降进入水中，开始哭泣。

▶▶ 请翻到下一页

"我妈妈在那艘船上，我来不及进去了。"她转身对你说。

你抓住她的手，穿过人群，来到十三号救生船的警官面前，向他解释。

"现在进来。"他对你们俩喊道。

你一爬上船，它就开始往水面下降。

在救生船的航道上，大约在轮船护栏下面二十英尺处，一个直径三英尺的喷水口在"泰坦尼克号"的侧面冒着泡沫！

▸▸ 请翻到第**74**页

你爬上警官所在的舱顶，帮忙把笨重的可折叠帆布救生船吊到甲板上。有人把船桨靠在舱壁上，以便滑到甲板上。

你把桨放在适当的位置。舱顶上的人放手过早，船的边缘划伤了你的肩膀，你受伤了。船"扑通"一声掉在甲板上，船身朝上。

每个人都慌慌张张，互相碍手碍脚。有人正在把缆绳系在起重索上。

"当心！"舱顶上的一个船员喊道。

一个大浪把你和船上的人都卷走了。"泰坦尼克号"的船桥刚刚被水淹没，波浪把你和另一个人卷入水下。你使劲蹬腿，奋力游到水面。你的救生圈被扯了下来，冰冷的海水如针尖刺痛你的身体。

你瞥见水面上一块平坦的东西。船上的灯光照亮了它，是可折叠救生船。你虚弱无力地向它靠近，抓住它的木栏杆。船里已经灌进一半的水。

你用最后一丝力气将冻僵的身体抬起来，爬上救生船，然后躺在船的底板上。也许很快就会有救援船过来，你在心里祈祷。

▸▸ **本故事完**

"箱子里装的是什么？"你大口喘着气问，"扑通"一声一屁股坐在甲板上。

"火箭。"他回答道，"比你们独立日用的那些还大。用来向附近区域的船只发出求救信号。看到那些灯了吗？他们是远处轮船上的桅顶灯。"

你帮忙在发射台设置好火箭。警官在上面安装了一个雷管。

"站远点，堵住你的耳朵。"他说着拉动点火绳。

火箭发射雷管的轰鸣声震耳欲聋。"轰隆！"爆炸发出了耀眼的蓝白光，照亮了远处救生船上人们惊恐的面容。一道白色火花在"泰坦尼克号"的上空沿火箭飞行的轨迹划出一道弧线。火花爆炸时发出一声巨响和一道白光，一小簇耀眼的白光飘向大海。

"哇，这比独立日的烟花更棒！"你说道。

"有彩色的吗？"一个声音从楼梯上传来。

"杰西卡，快过来，"你喊道，"看看船上的灯光。我们正要发射信号。"

▸▸ 请翻到第 68 页

"准备点燃下一枚火箭，"警官对你说，"雷管在那边，小心点。我要用莫尔斯电码给那艘船发信号。"

杰西卡过来帮你，并大声解码了警官发送的莫尔斯电码信息。电报机看起来像一个闪烁的探照灯。

"遭遇冰山，救生船准备就绪！"杰西卡看着闪烁的火花说道。

一群好奇的旁观者聚集在附近，观看火箭表演。

船长走过来，下了一道命令，然后转向你和杰西卡。

"我要乘坐救生船，带上火箭，每五分钟发射一支。"他拍拍你的背说，然后离开了。

真有意思，你心想。"泰坦尼克号"上的所有负责人似乎都没有拯救乘客的计划。这家伙让你继续干他的工作。你知道，火箭信号很重要，但你的性命同样重要。

▶▶ 如果你选择和杰西卡离开，让别人负责发射火箭，请翻到**第 76 页**

▶▶ 如果你选择继续发射火箭，请翻到**第 99 页**

你开始大声叫喊。很快，更多的声音一起喊："停止下降！"

有的声音在喊下降船只的编号，不同的声音呼喊着不同的命令。

一名船员试图割断起重索，另一名船员则努力用桨把船推开，远离轮船。

两只船眼看就要撞在一起了，人们大声尖叫。

你的救生船被撞毁，沉入了水底。

▶▶ **本故事完**

你、安德鲁、杰西卡和麦克拉肯花了半个小时把一堆木板、锤子、钉子和木桶拖到船尾的甲板上。

这是建造木筏的最佳地点——"泰坦尼克号"正在下沉，船尾井甲板是敞开的，离工具很近，是木筏下水的好地方。"泰坦尼克号"的船头位置明显变低了，井甲板慢慢地向一边倾斜。

"船正在向左舷倾斜。"杰西卡说道。

她将四根横木钉成一个大平板。

"甲板下面的人都来这里了，"你说，"这真奇怪。"

"下面发生了什么事？"船尾甲板上传来一个响亮的声音。是罗威，船上的一名舵手。

▶▶ 请翻到下一页

"我们要造一个木筏，救生船不够用。"麦克拉肯说。

"救生船？怎么回事？没人告诉我发生了什么。不管怎么说，你们用的是船上物品。你们无权这么做。"他说道，看上去很生气的样子。

"联系船桥，先生，"你朝他喊道，"一个小时前我们撞上了冰山。看，那边有一个救生船。"

你指着井甲板的右舷，一艘救生船在船尾处缓缓地行驶，被"泰坦尼克号"上层甲板耀眼的灯光照得通明透亮。

"我的天哪！"舵手说着，拿起船尾桥楼的电话。

过了一会儿，他从桥上冲下来，跑下楼梯，带着一只金属箱子朝前走，然后不见了人影。

"在这艘船上，沟通可能会更方便。"麦克拉肯说。

"好吧，我们现在必须弄清楚的是，如何把这只木筏移到船舷，而不把它砸扁，也不让它倒扣着掉进水里。"你说道。

麦克拉肯、安德鲁和你把空木桶放在平台下面，用绳子穿过安德鲁在车间里找到的金属环，将木桶捆绑起来。

"没人说我们不能用那台起重机，"麦克拉肯说，"这是最先进的东西，电力驱动。"

他指着木筏附近的一只起重机。起重机的钩子高高地挂在你头顶上方。

▶▶ 请翻到**下一页**

"你会操作吗？"你问道。

"和我睡上下铺的伙计负责运行它，我亲眼看过。"麦克拉肯说道。

你考虑着用起重机将木筏放下水的做法很冒险，运行起重机会引来人们的注意，也许会有人过来阻止。

你可以等着"泰坦尼克号"沉没，木筏就能在水上浮起来。可是，轮船沉没时会发生剧烈偏转，强大的力量可能会将木筏撞毁。

▶▶　如果你选择让麦克拉肯运行起重机，请翻到**第 95 页**

▶▶　如果你选择等待，让木筏脱离轮船浮在水上，请翻到**第 78 页**

你指着喷水口大喊："小心！"

你试图用桨把救生船从"泰坦尼克号"的一侧推出去。

水流太猛，会把你的船打翻！

"把船推出去！"你大声喊道。

几个人拿起桨，你们一起把船推开，远离了喷水口。

你们的救生船安全落下，沿着船的一侧漂流回来。

"小心上面！"船上的一名船员喊道。

这时，另一艘救生船正准备下降，你们的船漂到了它的航道。起重索仍然连接着你们的船，保持它的位置。

▶▶ 如果你选择大声喊"停止下降"，请翻到第 **69** 页

▶▶ 如果你选择拿出小刀，割断起重索，请翻到第 **80** 页

"我们回去吧，杰西卡。"你说。

你让船长找其他人发射火箭，然后和杰西卡前往船甲板。

甲板的角度很陡，挤在上面的人都带着救生圈。他们看起来非常焦虑——孩子们抱着他们的妈妈，一些人上了船，一些人则抱在一起。

"我必须找到我的父亲！"杰西卡说。

她发现乘务员在甲板上，于是向他询问情况。乘务员催促你们俩赶紧上救生船，没有回答你们的问题。

"我们现在怎么办？"杰西卡问道。

你站在右舷的护栏旁，看着最后一艘救生船离开。

"泰坦尼克号"在劫难逃。海水离护栏大约十英尺。船头不远处，最后一个船头楼沉没了，它的灯光在水中发出绿光。

"我们跳下去，游向那些救生船。"你指着平静水面上的几艘船说。星星在水面闪烁着亮光。

"不，我不太擅长游泳，"杰西卡说，"我们在这里等着吧。"

你没有回答。海水开始通过观察窗涌向下面的甲板。

"好吧，那试试吧。"杰西卡说道。

"等一下！"你大喊一声，抓住她。

她随着轮船掉进水里。

海水冲破窗户，形成漩涡，涌动着，翻滚着。

▶▶ 请翻到**下一页**

你立刻跳进水里，抓住杰西卡的救生圈。你拼命抓住她不让她被吸到沉船的窗户里。

但最终不得不放弃，你也一起被吸了进去。

▶▶ **本故事完**

"我觉得把木筏吊起来太危险了，"你说道，"让我们等船沉到足以让它浮起来的程度吧。"

安德鲁不见了人影。杰西卡跑到甲板上，看看是否能找到她的父亲。

"砰！"一支白色的求救火箭发射到空中，在前后桅杆之间的无线电天线上方留下一道银色的痕迹。火箭爆炸了，柔和的白色星光射入黑色的天空。这应该是第六枚火箭。

"船倾斜得太高了，我们现在不能用起重机。"你说道。

船尾越来越高，井甲板前舱壁几乎是水平的，甲板上的木筏上升到垂直的角度。

你和麦克拉肯将脚移到前舱壁，试图撑住木筏，防止它翻倒，直到海水流到甲板上让它漂浮起来。

"把木筏拴在甲板上，可以防止它翻转过来，"麦克拉肯说道，"等它漂浮起来，我们再把它割断。"

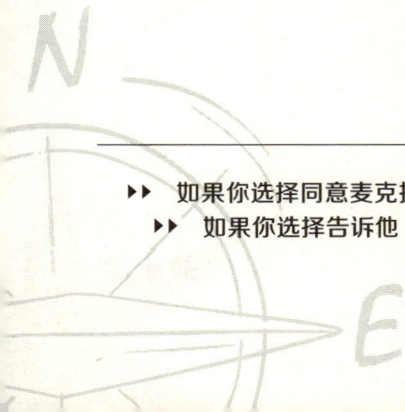

▶▶ 如果你选择同意麦克拉肯将木筏拴在甲板上，请翻到**第 100 页**

▶▶ 如果你选择告诉他"我们再等一会儿，等海水没过来"，请翻到**第 108 页**

"别紧张，别紧张。"你说，慢慢向小船走去。

"不要射杀那些可怜的人！"救生船里的一个女孩说着哭了起来，周围的人也开始低声赞同。

你朝那两个人迈了一步，尽量保持礼貌的语气。

"看，警官的舱顶上还有另一艘可折叠救生船。"你指着说道。

不用担心救生船拿不下来，也不用担心在甲板沉入海水之前，它不能顺利地下水。

男人们二话不说，开始行动。默多克把左轮手枪放进了口袋。几个人冲到船上，抓住两个偷渡者，把他们拖了出来。

默多克向你示意，说："谢谢，你在这里做什么？我还以为半小时前你坐船走了呢。"

"时间还多着呢，先生。"你说道。

"介意检查下三等舱吗？"他问道，"把剩下的女士和儿童都带上来。我们会努力把那个折叠船准备妥当，等你回来就出发。最好快点。"

来到船尾楼的甲板下，你看到一群年轻人聚集在三等舱主楼梯的前面。当你说服一些人加入你的时候，"泰坦尼克号"开始剧烈倾倒，船加速下沉，冲向海底，一小团气泡在楼梯间里停留了几分钟。

▶▶ **本故事完**

"划，划，推，我们得离开这里。"你大声喊道，跌跌撞撞地穿过人前往起重索。

你把绳索分开，你的船很顺利地滑下去，溅着水花下降到黑暗的海水中。

几个小时后，你在"卡帕西亚号"温暖的船舱里睡着了，这艘远洋轮对"泰坦尼克号"的救生船实施了救援。

那个女孩找到了她的妈妈，安德鲁找到了你。

后来，你震惊地得知有一千五百多人死亡，大多数是在海里冻死的。你是七百零五个幸存者之一。

四天后在纽约，多亏了安德鲁的关系，你可以提早下船。一辆出租车载你前往华尔道夫酒店。现在是深夜。你为"泰坦尼克号"的灾难悲痛不已。

你住的酒店房间外，一场疯狂的骚动向你袭来：电话铃不断，媒体都在找你，使劲敲你的门。

"求你了，我必须采访你。"

"五分钟五百美元！"

"快开门！我们知道你在里面。"

"你是第一个接受采访的人！"

▶▶ 请翻到 **下一页**

你疲倦地打开门，解释说你很累，不想要钱，几天后你有一场音乐会，现在只想要平静和安宁。

你关上门，想知道在这场可怕的灾难之后，你在音乐会上的表现会如何。

也许，它会激发你创作一首悲怆的曲子。你坐在一张空白的乐谱前开始创作。

▸▸ **本故事完**

"我想帮人们登救生船。"你告诉默多克警官。

"到船中部的 B 甲板和 C 甲板去，告诉乘客们带上救生圈，然后到船甲板上来报告。要镇静，不要让大家惊慌。你自己也带上救生圈。"默多克建议。

你快速走过在 B 甲板的走廊，敲开一扇又一扇包房门。有些人醒着，但许多人已经上床睡觉了。此时已过午夜。你脚下不稳，摇摇晃晃地向左滑。船开始倾斜了。

"请注意！请注意！"你在走廊里一边大步走，一边大声喊道，"默多克警官要求所有人去甲板，请带上救生圈。发生了一起事故，这只是预防措施。"

一个男人听见了你的呼喊，在门外等候着。

"我就知道一定发生了什么事，"他说，"这隆隆声把我吵醒了，后来还有冰块从我开着的左舷窗里滚了进来，你瞧。"他说着将冰块拿给你看。

"先生，你最好带上救生圈，到甲板上去。"你说道，"记得通知你的朋友。"

来到 C 甲板上，你照例去敲每一扇门。"咔嗒！"你听到门锁上的声音。

"走开！"一个女人的声音从门后传来。

▸▸ 请翻到下一页

"夫人，我们有危险了，轮船严重损坏。你应该上甲板，这是船长的命令——为了你的安全。"你说道。

"你是谁？别管我们，否则我喊乘务员过来。"一个男人用低沉的声音喊道。

"等海水开始涌入你的房间时，不要让他帮你把海水吸干。"你愤愤地说道。

你回到船甲板。经过头等舱甲板的休息室，里面有人正在弹奏欢快的音乐，一曲拉格泰姆舞曲的旋律沿着长廊倾泻而出。这疯狂的轮船到底怎么回事？你探头往里看。

男人、女人和孩子们都在不安地走来走去，就像一群人在看完学校足球赛一样。没有人注意乐队或他们的音乐。

乐队停下来休息。你告诉钢琴师"泰坦尼克号"已经严重损坏。

他耸耸肩说："不管发生了什么，最好继续演奏，这样我们就不会去想它。"

当你再次回到船甲板时，发现这里聚集了更多的人，他们看起来比先前登上救生船的人更严肃、更紧张。几乎所有人都带着救生圈。

▶▶ 请翻到第 **86** 页

你开始帮助女士们登上救生船。有些人拒绝离开她们的丈夫，执意留在甲板上。

"走吧，亲爱的。我听说有几艘船很快就要来接我们了，你必须登船。"一个男人对他的妻子说。

你站在救生船上，帮助人们迈过轮船和救生船之间的空隙。

一个男人从人群里挤过来，塞给你一张折起的字条。接着他又被人群猛地拽回去了。

▸▸ 请翻到**下一页**

你打开字条，看了一眼：

告诉我纽约的妹妹玛贝尔·纳皮。

去世的 J. H. 威廉姆斯

你负责装载的救生船放下后，你找到那个独自站着的人，他正因一个空吊艇柱垂头丧气。

"最好把这个交给别人。"你说道，"我和你一样，要在这里待一段时间。"

他看上去像你周六晚上在吸烟室看到的那个赢球的打牌高手。你把那张字条递回去。

现在是凌晨一点半，大多数救生船已经离开了船的右舷。乐队已经移到了连接甲板的主楼梯间。你注意到有几个乐师带上了救生圈，他们演奏的声音更大了。你能听出曲子的旋律。音乐一直是你的生命，但现在它已经不重要了。

你到左舷去看看那里的情况，也许越来越多的人开始登上救生船。

▸▸ 请翻到下一页

你穿过楼梯间的人群，来到左舷甲板。这里看起来空荡荡的。

然后，你听到护栏那边有声音，你俯下身去看。他们正在下面的甲板上装载四号救生船。你下去查看。到目前为止，"泰坦尼克号"已经向左舷倾斜了好几英尺，救生船也已经从舷侧翻出了几英尺。很快，你帮着把甲板上的躺椅堆起来，搭成一座通往救生船的桥梁。你扶着一个男人走过去，把他扶起来，然后当他摇摇晃晃地走到一边时，再把他的腿扶稳。

"砰！"你听到从右舷传来一声枪响。

▶▶ 请翻到**下一页**

右舷前甲板上，最后一艘救生船正在登船。它比普通的船小，木头船底，帆布船边。

船员们把它的侧面抬高，放在离船桥最近的吊杆上。

默多克警官用左轮手枪指着蹲在船上的两名男子。

"滚出去，赶紧离开。"他朝他们大喊。

"发生什么事了？"你低声问旁边的人，整个人群都在紧张不安。

"几个胆小鬼跳进了救生船。"他说，"警官朝空中开了一枪。"

船里的两个人吓得一动不敢动，其中一个开始呜咽。

"快出来，不然我就开枪了！"默多克喊道，他的脸涨得通红。

你必须迅速行动，刚才这一幕可以看出，默多克是认真的。

▶▶ 如果你选择要说服船里的两个人出来，请翻到第 **79** 页

▶▶ 如果你选择屏住呼吸继续旁观，请翻到第 **90** 页

你犹豫了，没有勇气说出来。

默多克走向那两个人。其中一个爬到座位下，船员们在船上几个女人的尖叫声中把他们拖了出来。

你背对着警官房间站着，看着最后一艘救生船滑入水中，船员们正通过吊艇滑轮放下绳索。你的心里充满恐惧。

你走到护栏边。刚刚下水的可折叠救生船正在"泰坦尼克号"附近漂浮。桨手们把桨放入水中。那些留在甲板上的人正朝船尾跑去，以躲避从船头袭来的海水。有几个人已经和默多克一起爬上了警官所在房间的屋顶，正在努力放下另一艘救生船。这可能是你最后一次得救的机会。

你可以跳进救生船附近的水里，希望他们能把你救起来。想到几分钟前从船上被拖下来的那两个人，你为这种想法感到羞愧。但是船里也有一些男乘客，也许没人在意你在做什么。

▸▸　如果你选择跳进海水里，游向救生船，请翻到第 **91** 页

▸▸　如果你选择留在"泰坦尼克号"的甲板上，请翻到第 **65** 页

你的脚先跳进黑色的水里。虽然只有不到十英尺的距离，但这刺骨的冰冷就像一记重击。

声音引起了救生船上人们的注意，他们停下船桨。你游到他们跟前大声喊："救救我！"有人把你拉上去，在你身上盖了条毯子。你在船底浑身发抖。

你是其中一个幸运获救的乘客，但这场悲剧事件和那些遇难者的亡魂一直萦绕在你的心头，充斥在你的音乐中，影响了你一生的音乐创作。

▶▶ **本故事完**

你向前一步说："好的，没问题。"

人们帮你越过护栏，来到七号救生船。"泰坦尼克号"上负责这艘船的船员让你站在船的中间，他正要把排水口的塞子插进船的底部。

你感到一股恐惧迅速涌上心头，你希望回到轮船上，和所有的乘客、音乐和明亮的灯光在一起。你往边上看，距离下面光滑平静的海面好像有几百万英尺远。你觉得第一个离开很可笑。如果是假警报呢？杰西卡和安德鲁呢？

"下去有很长一段路，大约七十英尺。别担心，我们会成功的。"船员对你说。

▸▸ 请翻到第 94 页

命令已经下达。甲板上的船员拉着绳索，救生船吊在缆柱上摇摆着，在一连串令人惊恐的颠簸中驶离了"泰坦尼克号"。船员们努力使船头和船尾的起重索平稳地垂到水里，但很难做到。

救生船的末端太低了，船上的每个人都开始尖叫起来。

"少放帆角索！"你大声喊道，直到他们最终停止放绳。

在水上，你开始划动四支船桨中的一支。这是一项艰难的工作。没有人习惯操作这么大的敞篷船。船上应该能容纳六十五人，但只坐满了一半。

"像这样握住桨叶。"你给坐在对面的年轻女人看。

"谢谢。我只是太紧张了！"她说道，"你认为'泰坦尼克号'真的会沉没吗？"

剧烈的爆炸撕裂了平静的水面。一枚白色的火箭从船桥上升起，划过夜空。紧接着一声轰隆隆巨响，火箭发出一簇白色的火光。

▸▸ 请翻到第 **113** 页

"好吧，让我们用起重机把它吊起来。"你说道。

杰西卡从木筏的每个角落都抽出几条绳子在木筏的中心系牢。

麦克拉肯把起重机移向木筏。你听到齿轮转动的声音，发动机是静音的。他放下起重机的吊杆，悬在木筏上。杰西卡抓住吊钩，用绳子将吊钩缠绕一圈。

"抬起来。"你大喊一声，跳上木筏。你抓住头顶上连接成的三角形绳索来稳定自己。

你害怕稍有不慎就会摔下去。但是，麦克拉肯非常顺利，奇迹般地将木筏升了起来。木筏保持着水平方向，缓缓地下降，远离"泰坦尼克号"的侧面船身。

当你轻轻滑入水面时，明亮的舷窗在你身边闪烁。

"坚持住！太棒了！"你对着麦克拉肯大喊，"顺着绳子往下滑。'泰坦尼克号'正在快速下沉！"

▶▶ 请翻到第97页

海水上升到你面前的一个敞开的舷窗，在里面不断翻滚。

"杰西卡，看看能不能找到你的父亲。我们得赶快把木筏解开！"你大声喊道。她离开了。

麦克拉肯和一群人一起出现在护栏边，一些人还抱着孩子。

"来吧。"你向他们示意。

杰西卡和父亲一起滑了下来，说："安德鲁带了一个朋友来。"

奥斯卡·基尔帕翠克在栏杆边向你示意，他和安德鲁手里拿着一个系着绳子的大皮包，朝着你向下放去。

▶▶ 请翻到下一页

"好的，好的，我看到你了，"你喊道，"往下放，到下面来。"

这个包裹很重，你肯定里面有金子。

奥斯卡头一次向你点头致谢，他吓得浑身发抖。

其他人跳进水里，爬上木筏。

木筏在玻璃般平静的水面上漂得很好。你解开挂在钩子上的绳索。

"我们离开这里吧，"杰西卡说，"轮船一沉就会把我们吸下去。"

你惊恐地意识到没有任何东西能用来划水。每个人都疯狂地尝试用手和脚划水，但木筏仍然纹丝不动地停在轮船的一侧。

有什么东西从木筏上弹起来。你吃了一惊，抬起头来。

"泰坦尼克号"的船尾就在你头顶上一百五十英尺的地方。船尾呈垂直状，笔直地指向天空。

每个人都抬头看。

"她会把我们压扁的！"

"救救我的女儿！"

"快跳！"

有人跳入水中。

▶▶ 如果你选择也跳下去，请翻到**第 111 页**

▶▶ 如果你选择留在木筏上，请翻到**第 114 页**

你决定留下来继续发射火箭，现在很多人的生命都取决于你。

杰西卡在发射器里放了一枚火箭。你把雷管固定在上面，杰西卡默默地计数。

"发射！"她喊道。你拉下引爆雷管的绳索。

那艘远洋轮现在应该已经对火箭有所反应了，还有杰西卡的莫尔斯信号灯在夜空中闪烁。可是到目前为止，没有迹象表明那艘船发现了"泰坦尼克号"。

"我想我们能做的就是继续发射这些火箭，然后等待。"杰西卡说。

火箭的光芒穿过漆黑的海水。至少它们看起来是令人兴奋的，你心想。

▶▶ **本故事完**

你和麦克拉肯把木筏绑在甲板上的货舱环上。

"泰坦尼克号"向前倾斜着沉入水中。可怕的金属撕裂的声音从你下面的货舱传来。甲板在你脚下颤动。沉闷的咔嚓声从船舱里传来。

"她要沉了，"麦克拉肯喊道，"听起来好像要断成两半了！"

▸▸ 请翻到第 **102** 页

令你惊讶的是，"泰坦尼克号"的船尾几乎与水面持平。当船静止不动的时候，你可以听到里面的人们在大声尖叫。

一大群人从三等舱入口冲出来。他们抓住护栏、船尾的支撑杆和船尾甲板上的货物起重机。有些人开始往下爬。

甲板再次开始倾斜，船尾又垂直地伸向天空。灯光一闪一闪，变成暗红色，然后熄灭。

▸▸ **请翻到下一页**

周围一片黑暗。你没想到灯会熄灭！冰冷的海水在你的脚周围打转。

你在寒冷中大喊大叫："麦克拉肯，把木筏割断！我找不到我的小刀了。船要沉了!"

你瞥见了坠落的人们的模糊身影。有几个人从井甲板上滑了下去，撞到了木筏上。

"我不行，"麦克拉肯大喊道，"有人把我手里的刀打落了。往下跳！"

他沿着水平的井甲板舱壁冲你挥手。

你不放手。船尾笔直地指向空中。水没过你的膝盖，已经流到你身上，你感到了些许平静，也许你只是冻麻木了。你想试着解开木筏，尽管这似乎没什么用。你只有几秒钟的时间行动。

▶▶ 如果你选择跳进水里逃命，请翻到**第 107 页**

▶▶ 如果你选择试图解开木筏，请翻到**下一页**

甲板就在你的上方，几乎是垂直的。你抓住木筏上的绳结，"泰坦尼克号"的船尾在你身下旋转，接着又上升到空中，眼看就要沉入水下。

你抬起头，震惊不已。船尾看起来就像一座巨大的黑色城堡，耸立在你的上方，伸向闪烁的星空。船尾楼的桥上有什么东西在你旁边撞碎了，溅了你一身冰冷的水花。木筏自动调整方向，在水面上漂浮了一会儿。你爬了上去。

你拼命地去解绳结，终于解开了一个。你抓住最后一根还绑着的绳子。绳结在你的手指下绷紧，消失在水下。船尾的黑墙正顺着木筏一直往下滑——将你连同木筏拉到水下！

▸▸ 请翻到第 **106** 页

你在水下仍抓着木筏不放，头顶冰冷的海水冲击着你的眼睛，海水外是闪烁的星光。

有东西随着一阵撕裂的震动剥离开来。你紧紧抓住木筏，它突然浮上水面。你离"泰坦尼克号"的船尾有三十英尺，终于远离了轮船。

一个微弱的声音呼唤着你，是麦克拉肯。你把他的身体拖到木筏上，他已经不能说话。过了一会儿，他一动不动地躺在那儿。

其他人挣扎着爬上木筏，你冻得浑身麻木，虚弱无力，实在帮不上什么忙。大多数成功爬上来的人都和麦克拉肯一样，一动不动地躺着。

破晓时分，你注意到远处有一艘船正把人们从"泰坦尼克号"的救生船上救出来。几个小时后，另一艘蒸汽船在"泰坦尼克号"的残骸碎片中间缓缓地来回行驶。

这艘船离得那么近，你几乎能从它的侧面辨认出它的名字。你试着大声叫喊，但你的声音太弱了。你试着站起来挥动手臂，却绊了一跤，掉进了水里。你耗费了宝贵的几分钟和你所有的力气才重新爬上木筏。这时，蒸汽船驶远了。你仍然抱着希望，很快会有另一艘船出现。

▸▸ **本故事完**

你试图涉水走过井甲板舱壁，但水是如此深，你的脚触不到底。你只能向它游去，远离不断下沉的船尾。你的呼吸变得急促，寒冷的空气刺痛你的肺，冰冷的海水令你的身体抽搐。你害怕极了，不敢回头看那正在下沉的庞然大物，也就是"泰坦尼克号"。

在暗淡的星光下，有东西从平静的海水里隐约出现。你伸出早已麻木的手指去抓它，你冻得喘不过气来。这是一堆折叠的躺椅。你爬上去，小心翼翼地保持平衡，让大部分的身体远离冰冷的海水。你得躺着不动才能保持平衡。大海依然平静，没有波澜。

过了一段时间，你再也听不到周围救生圈里人们的呼喊声了。你不确定他们是沉默了，还是你渐渐失去了知觉。这对你来说没有差别。

一艘救生船出现了，有声音在叫喊。你挣扎着抬起头，强有力的手把你拉到船上。人们摇摇你的腿，晃晃你的胳膊，几分钟后，你奇迹般地苏醒过来。你觉得已经没问题了，可以继续划桨。

▶▶ 本故事完

"我们等着吧,海水快要没过来了。"你说道。

麦克拉肯耸耸肩,但点头表示同意。

"泰坦尼克号"的船头现在在水下。船身正沿着船头往下沉,船尾慢慢地向上升起。

木筏斜靠在井甲板的边上。船尾两侧的救生船缓慢地驶离"泰坦尼克号"。在明亮的灯光下,救生船白色的光映在平静的黑色水面上。救生船上的人似乎遇到了麻烦,船桨没有划动。

"'泰坦尼克号'上的船员不知道怎么划船吗?"你问麦克拉肯。

"我估计有几个船员,但他们肯定没上那艘船。"他咧嘴一笑。

冰冷的水流在你的脚上打转,把你们带回了现实。

"啊,好冷!"你大喊一声,"麦克拉肯,我们得马上把木筏弄过去!你能找人来帮忙吗?可能还有一些人在三等舱,告诉他们所有的救生船都出发了。"

麦克拉肯爬上甲板,消失在三等舱的入口。

不一会儿,人群从入口拥了出来,有些胆子大的直接滑到木筏上。

"没人告诉我们!我们不知道船在下沉。"

▸▸ 请翻到**下一页**

一个和你差不多大的男孩和一群人过来，其中一些人说着你从未听过的语言。他们帮你提起木筏，让它在陡峭倾斜的甲板上滑行。巨大的磨擦声和撞击声震动着你脚下的甲板。

令你吃惊的是，甲板突然变平了，与此同时，"泰坦尼克号"的船尾又回到了水面上，海水从甲板上流走，又回到了甲板护栏下十英尺的地方。

"看，轮船又浮起来了！"一个有意大利口音的男人咧着嘴笑着说。

"她断成两截了！"麦克拉肯大叫道，"再过几分钟，船尾就会像石头一样沉下去。"

▸▸ 请翻到下一页

你和麦克拉肯示意大家把木筏抬过护栏。你们俩把系着木筏的绳子缠绕在护栏上，试着将木筏轻轻地放到水里。

木筏离你越来越远，你的左手紧紧地挤压在护栏和绳子中间。木筏完好无损地降落在水中，你跳上船。一些人跟随着你，另一些人则害怕地待在即将沉没的轮船上。

第二天早上晚些时候，搭载着你和其他"泰坦尼克号"幸存者的"卡帕西亚"号上的外科医生告诉你，你的手会痊愈，但你再也不能弹钢琴了。你辉煌的音乐生涯就此结束，但至少你还活着。

▸▸ **本故事完**

随着一声叫喊，木筏被打翻，你潜到远离它的地方。冰冷的水像刀片似的划破你的皮肤。

你在水下尽可能游远，然后准备浮出水面。但强大的水流把你吸回去，将你固定在感觉像是金属网的东西上。甲板上的通风屏在你惊慌失措的脑海中闪过，你用尽全力推开。过了一会儿，从通风屏涌进船里的海水又把你钉在了上面。

就在你感觉肺要爆炸的时候，一股暖空气从通风屏上吹来，让你得到了释放，但为时已晚。船把你拖到水下更深的地方。

下一次人们看到你将是几十年后的未来，当一个水下机器人记录你的骨骼图像时，一根手指指向安德鲁的沉没的皮包。

▶▶ **本故事完**

这让你想起了七月四日。你看看手表，现在是半夜十二点半。

"她正在发出求救信号。"船员说道。

"你认为他们看到什么了吗？"你问道。你站起来，用双筒望远镜扫视地平线。

向北，你看到一些灯光。

"看，船灯！"你喊道。

船员确认了你的发现。

"看上去像蒸汽轮船——有两盏灯，一盏在前桅上，另一盏在主桅上。看起来她是朝这边来的。"

▶▶　如果你选择朝蒸汽船行驶，请翻到第 **122** 页

▶▶　如果你选择留在灯火通明的"泰坦尼克号"附近等待蒸汽船靠近，请翻到第 **116** 页

你保持冷静，被这艘大船的尾部高高耸立的景象震惊了。

"我们一起划吧。开始！"你说道。

木筏离开"泰坦尼克号"垂直的船身，驶出了几英尺的距离。轮船正在缓慢匀速地下沉，唯一的移动痕迹就是船身周围一圈白色的泡沫。一群群的人抓住船，然后尖叫着掉进海里。只有少数人成功爬上木筏。

▸▸ **请翻到下一页**

"看那个家伙。"杰西卡说。

当船尾板升起时，一个男人平静地爬上了去。他笔直地站在船尾护栏上，使自己保持着完美的平衡。随着一阵汩汩声，船尾消失了，那人平静地走进了水里，就像从电梯里出来一样。

"是面包厨师长。"你说着扔给他一根绳子，把他拉到木筏上。

他认出了你。

"对不起，我没带面包。但我有这个。"他把手伸进裤子后面的兜里，掏出一盒巧克力糖果分给大家。

黎明时分，一艘轮船将你们救上来。安德鲁和他的朋友给了你一张五千美元的支票。你用这笔钱买了梦寐以求的大钢琴。

▶▶ **本故事完**

　　你觉得待在轮船附近比较安全。另一枚火箭从"泰坦尼克号"的船桥上发射。那艘船一定能看到这些求救信号。

　　一个小时过去了。蒸汽轮船的灯光熄灭了，更多的救生船加入你们，来到黑暗的海水里。有些船里坐满了人，有的只有一半。救生船漂浮在"泰坦尼克号"的不远处，就像孩子们不敢离开父母。"泰坦尼克号"的船头不断下沉到水下。甲板和舷窗仍然灯火通明。这艘船看起来像一座倾斜的巨大宫殿。

　　所有的救生船现在都已经离开了"泰坦尼克号"，大量的人拥向船尾，逃离涌入下沉甲板的海水。

　　你们震惊地看着眼前的轮船逐渐消失，整个前甲板都沉入水下。船头那边，左舷窗的灯还在闪闪发光。"泰坦尼克号"有一种阴森恐怖的美，像一个超自然的海洋生物在水下闪烁着光芒。

▸▸ 请翻到**第 119 页**

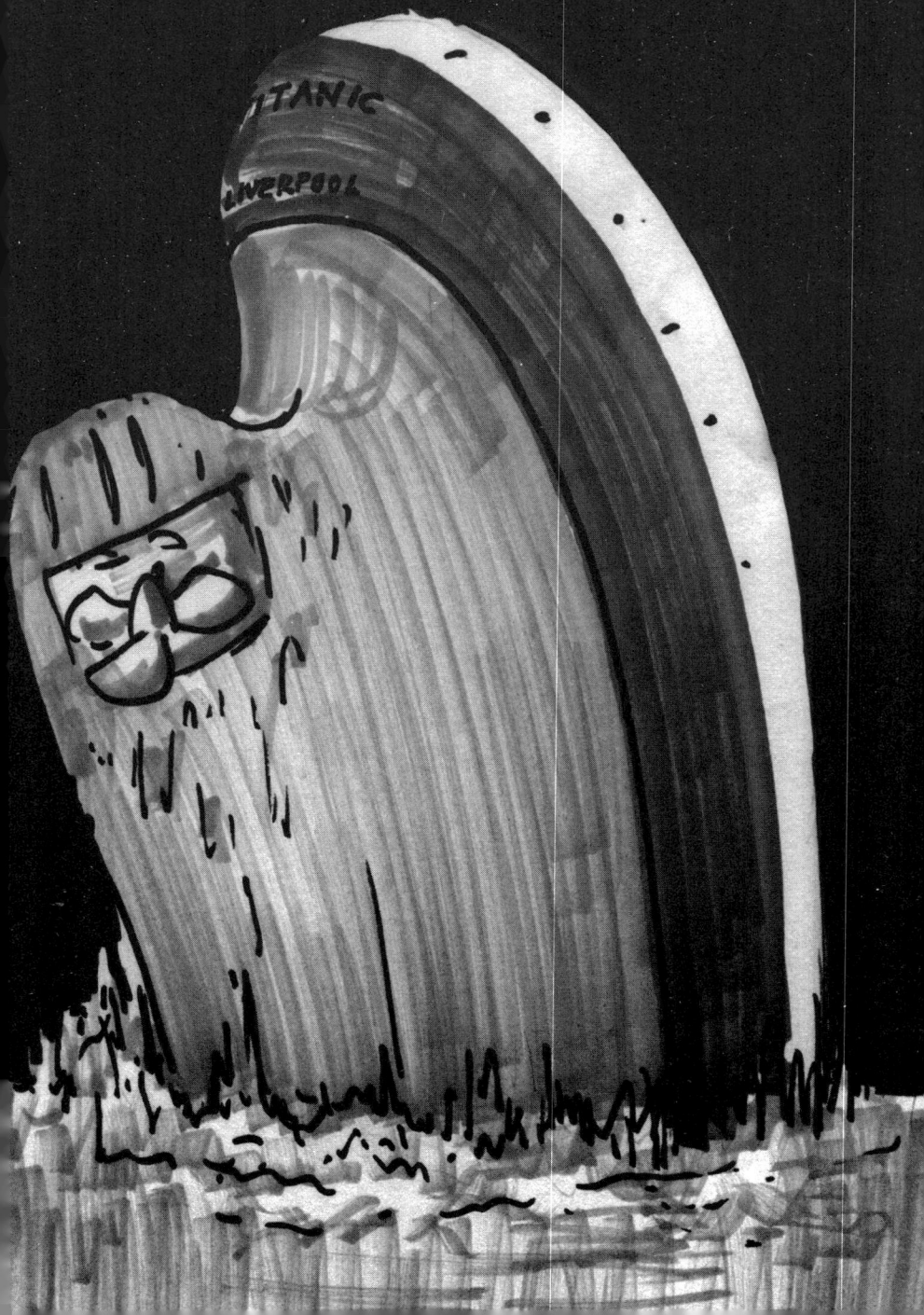

　　船越来越陡，向下倾斜沉入大海。里面发出了轰鸣声，就像成吨的碎石和岩石从钢质降落伞上滑下，掠过水面。引擎和所有可移动的部件——锅炉、煤、货物、钢琴和家具——正朝船头撞去。船上的第一个烟囱冲向海面，紧接着是第二个，冒着红色的火花和蒸汽砸入水中。

　　船的一半以上都在水下。船尾越升越陡，所有的灯都亮着。然后灯光熄灭，将你留在黑暗中。噼啪声就像炮声一样尖锐，在水面上清晰地回响着。"泰坦尼克号"的第三个和第四个烟囱断裂了，破碎的金属飞溅出火花。整个船的前三分之二沉入水中。

　　过了几分钟，"泰坦尼克号"的后三分之一似乎停止了下沉。不一会儿，断裂的一端也沉入水中，船尾越来越高，直到垂直立起，"泰坦尼克"这几个字面朝天空，指向星星。成百上干的人紧紧抓住护栏、支柱和通风机，船的其余部分就像一部滑动的电梯向下坠落，不见了踪影！

▶▶ 请翻到下一页

沉船周围的水域里似乎发出一声叹息，与之呼应的是站在旁边的救生船上的人发出的喘息声。

随着船的消失，四周归于黑暗，人们大喊大叫的声音越来越大。

"哦，天哪！是水里的人。"一个声音在你身后说。

"他们看起来像漂浮的海胆。"另一个人说。

"这是他们的白色救生圈，"你说，"让我们看看能否救出其中一些人。我们的船只坐满了一半。"

"用不了半小时，他们就会冻死在水里，"一名船员说，"但是没有足够的救生船搭载所有人。"

"他们会把我们的船弄翻的，"一名乘客喊道，"然后我们都会死，在水里冻死！"

▶▶ 请翻到**下一页**

"我们不能让他们淹死或冻死。"你旁边划桨的女人说。

"我们划过去吧。"你说。

你们俩开始划桨，掌舵的船员把船转向水里大喊救命的人群。坐在桨边的两个人一开始拒绝划船，然后勉强地做了个划船的动作。即使划得不太用力，也很容易行驶六百码（1 码 =91.44 厘米）回到漂浮的幸存者身边。

这是一个残酷的景象。水里有很多人，你认为一定有成百上千个。当你靠近那些挣扎的人时，你担心船会被那些试图爬上来的人淹没。但人们在水里待了几分钟后就冻僵了，连抓住船的力气都没有，更不用说将船打翻。事实上，让这些游在水里的人爬上三英尺高的救生船是一件艰难的工作。湿透的衣服和笨重的救生圈使他们行动缓慢。

大部分获救的人躺在救生船的底部，呻吟着；有些则非常安静，看起来像是被冻僵了。

最后，船上的一些人开始向其他救生船划去。你和船员们都累坏了。天刚刚破晓，海上起风了。

远处的船上传来一声叫喊。透过双筒望远镜，你看到一艘蒸汽轮船正朝着你的方向驶来。船上发射火箭表明看到了你们。是救援！

▶▶ 请翻到第 **51** 页

"让我们划向船吧。瞧，'泰坦尼克号'又在发信号了。"你说道。另一枚火箭在船桥外爆炸。

"那艘船一定会注意到的。"

"好的。让我们把船拉过来。"船员说道。

"泰坦尼克号"上的另一个船员点了点头。"除了我们自己，没人能帮助我们。"

划船是一项辛苦的工作，但它会使你避免在寒冷的空气中冻僵。事实上，你都热得出汗了，于是把大衣给了一个冻得发抖的人。

"我们并没有更靠近那艘船。"你一边说，一边用双筒望远镜望着那艘船。

几分钟过去，"我想那艘船就要开走了，"船员说，"我只能看见船尾的灯光，越来越微弱。"

救生船距离"泰坦尼克号"几英里（1英里≈1.61千米）远。大约半个小时前，"泰坦尼克号"停止发射求救火箭。船看起来在移动，但你知道它在下沉。想到你们将单独留在这艘小救生船里，你感到很恐慌。救生船上的其他人也充满了疑虑。

"我们回去吧。"

我们应该和其他的救生船待在一起。

"我们迷路了！"

现在每个人都在叫喊。

"泰坦尼克号"上所有的灯都熄灭了。那艘蒸汽轮船的灯光也渐渐暗了下来。似乎你们做什么都无关紧要了。

▶▶ 请翻到第**124**页

白星航运公司雇了几艘船在海上寻找尸体。

三周后，人们找到了仍在海上漂浮的七号救生船，但上面没有一个幸存者。

那不提珠宝的秘密

这本书献给拉姆齐·安森和香农。

——R.A. 蒙马利哥

你和你的表兄彼得、表妹露西要执行一项搜索任务。

有一批在巴黎的博物馆里展出的珠宝失踪了，它们具有的魔力超乎人类的想象。或者这些珠宝压根就从未离开过非洲！而且，你的叔叔与之有何关联呢？是时候全力以赴地去做一些行之有效的侦探工作了。

不过，要当心！

在暑假已过半时，你突然收到了一封你的表兄妹彼得和露西发来的加急电报：

急需你帮助寻找那不提珠宝。请立即飞往波士顿。带上护照。情况危险，请多加小心。

彼得和露西

你将电报内容反复地读了几遍，还是一头雾水。你还记得那些珠宝，谁又能忘记呢？两颗钻石，灿如冰川上反射的夺目阳光；两颗红宝石，亮若丛林猛兽在黑夜里的双眼。它们是彼得的父亲很多年前在摩洛哥从一位商人的手中买来的。

（本示意图为外版原图，不作为划界依据）

▶▶ 请翻到**下一页**

那位商人在交易的时候一直表现得惶恐不安，同时又很渴望摆脱掉这些珠宝。两天后，彼得的父亲回到卡斯巴，想要询问关于珠宝的更多信息，却发现那个摊位已不再营业。据一位名叫阿卜杜尔的先生称，有一些蛛丝马迹表明摊主已经惨遭不幸。就在同一天，他在下榻的酒店收到了一封信，被要求返还珠宝。信中说如果他不归还珠宝，将会有性命之忧。他虽然对那封信的威胁不屑一顾，但是曾暗示那些石头蕴含着某种奇怪又神秘的力量。

彼得和露西告诉你那些珠宝在巴黎的博物馆展览时被盗。为了帮助你的表兄妹找到那些珠宝，你会做些什么呢？你收拾好行李，离开了在新奥尔良的家，飞往波士顿。你回头一瞥，紧张地搜索周围是否有人跟踪。

彼得和露西来到了机场迎接你。

"我们时间紧迫！"彼得说，"如果你愿意帮助我们的话，明天下午就搭机飞去巴黎。然后从那里飞往摩洛哥。你得赶快决定。"

▸▸ 请翻到第**132**页

你抱怨道："可是，彼得，我还没弄清楚事情的来龙去脉呀。"

"你读了这封信就明白了，拿着。"

信上写道：

这四件那不提珠宝是用来开启隐藏于非洲的一个神秘的部落的智慧和财富的钥匙。那些拥有这些珠宝的人可能会享受荣华富贵，也可能会过得生不如死。珠宝的现任主人必须守护它们，防止其丢失或者被盗，直到将它们转交到那不提委派的信使手中。失去珠宝就意味着失去生命。

你对这封信感到大惑不解。彼得和露西竭力打消你的疑虑。可事实上，他们曾被威胁称如果继续寻找珠宝便会性命不保。他们之所以请你帮忙寻找珠宝，是因为那些盗贼并不认识你，你会相对安全一些。不过，任何追踪那不提珠宝的人都将身陷险境。

▶▶ 如果你选择同意第二天飞往巴黎，请翻到 **下一页**

▶▶ 如果你选择提出需要更多的时间去获取信息和额外的帮助，请翻到

第137页

"请系好安全带，调直座椅靠背，关闭全部电子设备。飞往巴黎的 231 次航班马上就要起飞了。"空乘人员正在做安全演示，你却听得心不在焉。一阵发动机的轰鸣声传来，飞机在跑道上飞快地滑行，接着直冲云霄。

你的目光离开飞机的舷窗，发现坐在你身旁的人正在便签本上写写画画。细长的手指紧紧地握着一支金色的钢笔，它们惨白得没有一丝血色。更令人毛骨悚然的是，那些手指上面竟没有指甲！你不动声色地仔细观察了他的脸：他目光呆滞，瘪嘴薄唇，下巴剃得光溜溜的。蓄在上唇的一撇小胡子下掩藏着一道疤痕，从鼻孔一直延伸到嘴角。你低头瞥了一眼，发现便签本上的涂鸦呈钻石的形状，而且它们似乎拼成了"那不提"的字样。你顿时感到不寒而栗。怎么会有如此巧合的事！坐在你旁边的人肯定知道你是谁，他一定也在寻找那批失踪的珠宝。

▸▸ 请翻到第 **135** 页

你虽然感到十分害怕，但是疲惫战胜了恐惧，于是你昏昏睡去。当你醒来时，飞机已经飞过了英吉利海峡，即将在巴黎着陆。

出机场后。"你愿意一起拼车去巴黎市区吗，我的朋友？"之前坐在你旁边的那个人问道。你被他的话吓了一大跳，好像有人用刀尖抵在你的脖子后面一样。

"啊，我，我……我不知道。你要去哪里？"用这话来拖延时间真是太蹩脚了，但是你总得立刻说点什么。

那位陌生人用阴森恐怖的眼神死死盯着你，说道："我们都在找同样的东西。我们需要彼此的帮助。"

这时，你突然看到一个奇怪的男人正招呼你坐上他的出租车。

▶▶ 如果你选择接受陌生人的拼车邀请，请翻到第 **136** 页

▶▶ 如果你选择找个借口婉拒陌生人的帮助，请翻到第 **140** 页

你在机场门外看到了一大排出租车。你和那位陌生的同伴钻进其中一辆，向巴黎的市区疾驶而去。

车子一路上横冲直撞，险象环生。你们的司机似乎无视任何交通规则。

很快，你们已经站在一家小咖啡馆门前的人行道上。你的同伴朝店里的一位服务员示意了一下，然后对你说："请稍候，一切都已经安排妥当。"

那位服务员匆忙地离开，一分钟后就回来了，手里拿着两只杯子和一张字条，上面写着让你们去见一个名叫莫罗塔瓦的人，他坐在餐厅后排的一张桌子前。

"他是我们在巴黎的联络人，听听他的信息。但是要当心，小心门窗，因为我们的敌人就在附近。"

▶▶ 如果你选择在左边靠门的位置坐下，请翻到**第 144 页**

▶▶ 如果你选择背靠着墙坐下，请翻到**第 146 页**

"嘿，我不能就这样随意地登上另一架飞机。我对目前的情况还不够了解。"

彼得看着你，耸了耸肩。

"我不会怪你，咱们回我家去吧。"

你们为了甩开跟踪的人，故意饶了好大一圈才回到彼得家。

晚餐时，你终于知道了关于珠宝的完整的故事。彼得说："最近几年，信使曾来过三次。他们要求将珠宝返还给那不提部落。我们的父亲没有因为受到恐吓就归还珠宝。"

露西立刻补充道："不只是因为它们价值不菲，还因为父亲相信有关珠宝的传说，他知道珠宝蕴藏着奇怪而神秘的魔力。"

"当然，随后他就在那场可怕的意外中去世了。"彼得提醒你道。

你还对那场悲惨事故记忆犹新。那是风平浪静的一天，你的叔叔在一个码头上正准备踏上一艘帆船。就在这时，船身突然移动了。你的叔叔掉到了船和码头中间，随即被压死了。他对彼得和露西说的最后一句话就是："一定要不惜一切代价保护那些珠宝。"

▶▶ 请翻到下一页

彼得被他父亲的话吓坏了。不久以后，他收到了一张字条，命令他将珠宝带到摩洛哥的一座名叫丹吉尔的城市，交给当地的一位地毯商。

"我还没来得及动身，就有三个人闯入了房子，捆住我的手脚，偷走了宝石。"彼得讲完了。

哗啦！正当你和你的表亲说话时，窗户被子弹打碎了。虽然没人受伤，但是你们都惊恐万分。

这时，音乐铃声响起，彼得颤抖着起身说："太奇怪了，除了我的家人，没有人知道这个号码。"

当他拿起听筒时，里面传来一个低沉的声音："趁现在赶快放弃，刚刚只是给你们一个警告。"咔嗒，电话被挂断了。

从破窗外的树丛中刮来一阵风。你们三个人面面相觑。

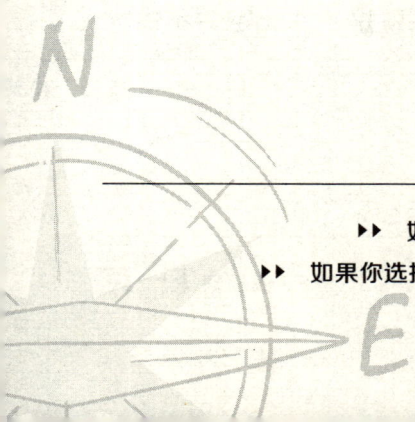

▶▶ 如果你选择现在就放弃，请翻到第 **142** 页
▶▶ 如果你选择开始寻找那不提珠宝，请翻到第 **143** 页

一大群人刚好让你获得了绝佳的逃跑时机。你决定摆脱掉你的同伴，于是弯腰躲进了一间电话亭。汹涌的人流将你包围，他已经不见了踪影。你慢慢地打开门，小心翼翼地查看四周，然后走出来，进入机场的等候大厅。

有人拍了一下你的肩膀。

你转过身去，发现身后站着一位身材高挑、目光深邃的女子和一个身着运动服的健壮侏儒。后者带着一台小巧的笔记本电脑。

"请跟我们走，我们会帮助你找到那不提珠宝。"那位女士说。

你真是受够了！无论你走到哪里，都无法甩掉他们。难道就没有办法逃脱了吗？

"好吧，好吧，这是怎么回事？你们都知道什么呢？"

她看了看你，接着说道："私人飞机航站楼停着一架飞机，它会送你到摩洛哥。这是你的身份证明。"她递给你一小根刻有花纹的银制象牙。"无论是谁，只要看到它就会帮助你。祝你好运。"

那个侏儒咧着嘴邪恶地笑着。他打开了笔记本电脑，你这才看到里面是什么。那根本就不是电脑，那里面藏着的是一把锋利的匕首。那把匕首传递给你的信息和因特网是不一样的。

这是一种截然不同的信息。

▶▶ 如果你选择乘坐飞机，请翻到**第 147 页**

▶▶ 如果你选择告诉他们一定是误会了，然后随着人群离开，请翻到**第 148 页**

　　你盯着彼得和露西看了好久。然后，好像在有另一个人在替你说话一样，你对他们说道："我做不到。我们都会被杀的。放弃吧，去通知警方，让他们来处理。"

　　接着是一阵沉默，彼得和露西移开了视线。彼得终于开口道："可是，请你务必帮助我们，你是我们唯一的希望。"

　　"好吧。但是，形势对我们来说太不利了。"你不想拒绝垂头丧气的表兄妹，"等一下。或许我可以请比奇·玛兹威尔来助咱们一臂之力。比奇喜欢冒险，是一名私家侦探，而且是在危急时刻值得信赖的人。"

▶▶　**如果你联系到了玛兹威尔，并且他也同意和你一同前往，请翻到**

第 152 页

▶▶　**如果无法找到玛兹威尔，请翻到第 156 页**

你在安全的位置爬起来，向门口移动。光滑的地板上散落着子弹壳，你踩在上面摔倒了。你总算来到了门口，却发现门外的人无影无踪了。你的身影在门口清晰可见——这里显然不安全，但是什么事也没发生。

"彼得，他们是认真的。如果不把珠宝找回来的话，他们会杀掉你和露西的。我会帮助你们，明天就出发去巴黎。"

彼得和露西跑到你身边，拍着你的后背、握住你的双手。你似乎已经把枪击和那通电话抛在了脑后，可是突如其来的电话铃声打破了这愉快的气氛。

你抄起听筒，听见一个声音说道："我们没有开玩笑，下次你绝对不会这么幸运了。"咔嗒！电话又被挂断了。

▸▸ 如果你选择不向警方寻求帮助就出发的话，请翻到第 **150** 页
▸▸ 如果你选择联络警方，请翻到第 **149** 页

一位身材高挑、皮肤黝黑、身着纽扣领衬衫的男子走进店里，看上去很像一名运动员。他很快在一张圆桌旁坐下。他就是莫罗塔瓦。他开始用一把尖利的长刃刀剔指甲。当你悄悄坐进他旁边的座位时，他都没抬眼看你。

你观察着屋子内部，这里面的任何一位顾客都有可能找你的麻烦，你必须立刻逃跑。而你在飞机上遇到的那位朋友已经消失不见了。他去了哪里？

莫罗塔瓦说道："我来自那不提部落。我们信仰世界和平、知识和智慧，并且反对战争。我们是一支古老的部落，长久以来一直在为和平努力奋斗。那些珠宝一旦就位，就会给予我们特殊的力量去阻止那些反对和平的人。你明白了吗？"

你反复忖度他说的话。可你刚要开口，有人从你附近的桌子旁一跃而起，猛扑了过来，手中握着一把尖刀。

▶▶ 如果你选择从最近的出口逃命，请翻到**第 155 页**
▶▶ 如果你选择抓起一把椅子防卫，请翻到**第 157 页**

你记得曾在某处读到过：背对着墙坐是最安全的，因为这样就没有人能从身后偷袭你。

服务员在你的桌子旁驻足了一分钟，等待你点餐。随后，莫罗塔瓦出现了——至少你以为那是莫罗塔瓦，他在你身旁坐下。他的长相十分英俊，看上去大约二十五岁。他的双颊上各涂有部落特有的三条横线组成的两排花纹，身上穿着色彩斑斓的非洲衬衫，显得很伏贴。

"感谢你同意和我见面，你能过来真是太好了。也许，我们能互相帮助，一起找回珠宝。"

你将信将疑地点点头。"不过，请问你是谁？"

莫罗塔瓦看了你一会儿，然后说道："我是古代那不提部落的王子。在欧洲的殖民者入侵之前，我们曾统治了非洲大部分的领土很多很多年。我们崇尚公平和正义。那些珠宝象征着我们强大的统治。它们有着魔力，可以迷惑坏人并且阻止他们作恶。我们必须把它们找回来继续完成我们的使命。"

你被他真挚的话语和高贵的气质所感染。

"如果你愿意，可以会见一下我的父亲，也就是我们的国王，他就在巴黎。或者，你可以现在就去塞内加尔，我的人民住在那里。"

▶▶ 如果你选择去见莫罗塔瓦的父亲，请翻到**第162页**

▶▶ 如果你选择去塞内加尔，请翻到**第158页**

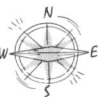

一架造型美观又独特的飞机在私人航站楼外待命。它的两只机翼呈银色和黄色，机身为鲜红色。两名身穿西服的彪形大汉在那里等着你。"跟我们走，别出声。"

你没有犹豫或者争论的机会，他们催促着你登上了飞机。

飞机的客舱狭小又拥挤。那两个人并肩坐在了你对面。

"阿尔法、欧米伽，第 234 号跑道，允许起飞。"机场控制塔的指令传来。随后你们便直冲云霄。从空中俯瞰巴黎，它更像是一座小镇，或是放置在沙盘里面的玩具城市。

飞机很快就达到了巡航高度，你飞过了比利牛斯山脉，跨越了西班牙，非洲大陆已经在飞机的下方若隐若现。

飞机以每小时 250 千米的速度在跑道上滑行，轮子下面冒出滚滚烟尘——你已经抵达了摩洛哥。所有人都一语不发。除了知道有几个人在跟踪你之外，直到现在，你和从波士顿出发时一样迷茫。

没有一个人对你表示友好，你也没有办法脱身。

▶▶ 请翻到第 **160** 页

"很抱歉，这肯定是场误会，你们找错人了。我不知道你们说的那个……什么珠宝，你刚刚说那个名字是什么来着……那图斯还是玛古斯？"

那位女士有些疑惑地看着你。她掏出一只小哨子吹了起来。那个哨子没有声响，是训狗哨。几秒钟后，你就被一群法国警察包围，押送到一间小屋里，在那里被审问了足足两个小时。他们要以走私罪逮捕你。

"但是，我有生以来从未走私过任何东西。你们可以对我进行搜身。"站在你两侧的警官迅速地对你进行了全面搜查。太奇怪了——他们在一只夹克的口袋里发现了一个小包裹。打开后，你惊讶地发现里面是一颗未经雕琢的硕大的钻石！

"哼，你还说自己不是走私犯。好吧，那么，我们看看这是什么？这什么也不是，嗯？你知道吗，从非洲国家走私这样的钻石是国际犯罪。现在你还有什么可说的吗？"

▶▶ 如果你选择将那不提珠宝的事情告诉他们，请翻到第 **165** 页
▶▶ 如果你选择给美国大使馆打电话请求法律援助，请翻到第 **168** 页

你赶到警察局，看到一位警长坐在桌子前。他抬起头问道："说，你想干吗？"

这一反应让你有些沮丧。你匆忙地将来龙去脉讲述了一番。他不耐烦地说道："你是什么人，是不是精神不正常？编出什么珠宝和非洲的鬼话来糊弄我？"

你叹了口气。好吧，你还是靠自己吧。不过，你可以寻求别人的帮助。也许，曾经帮过你的安森和拉姆齐能再次伸出援手。在这种情况下，你需要值得信任的挚友在身边。

▸▸ 请翻到**第170页**，给他们打电话

"我觉得在这种情况下我们不需要警察，他们只会带来更多的麻烦。我们还是靠自己吧。"露西说道。

你很同意她的看法。当晚剩下的时间直到第二天清晨，你们三个人一直围在一起交谈。你时不时紧张地瞄几眼门窗，很担心再次遭到袭击。

"该出发了，快。我们会将你送到机场，等你需要我们时，会再见面的。"

在早高峰的路况下开车，你们很难判断出是否被人跟踪。你认为自己看到了一辆浅色的小汽车在车流中左冲右突，试图跟踪你们。不过，你并不确定。

当你抵达机场的登机柜台准备办理飞往巴黎的国际航班的登机手续时，发现三名梳着平头、身材挺拔的男子站在柜台旁盯着门口。你避开了他们，走向了另一家航空公司的柜台。

你现在该怎么办呢？

▶▶ 如果你选择继续乘预订航班飞往巴黎，请翻到**第 167 页**
▶▶ 如果你选择将航班目的地从法国改成西班牙来摆脱这三个人，请翻到
第 169 页

为了请比奇·玛兹威尔来波士顿，你推迟了出发时间，彼得和露西因此闷闷不乐。尽管如此，你还是坚信玛兹威尔是成功的关键。

午餐时分，你们一边吃墨西哥玉米饼配豆泥，一边讨论跨国寻找丢失珠宝会遇到的困难。这时，电话铃声打破了平静的气氛。

"您好！这里是联邦调查局。我们很遗憾地通知您，有一位名叫比奇·玛兹威尔的先生在纽约东区航站楼遭到了一伙珠宝盗窃团伙的绑架。有人委托一位公交车司机带了口信说，如果你再继续寻找那不提珠宝的话，他就会没命。我认为我们最好一起商讨一下这件事。我立刻派车去接你。"

"够了，这样太危险了。趁我们还活着立刻停止行动吧。"

彼得和露西看着你，点了点头表示同意。

▸▸ 本故事完

你刚跑到出口就有人喊道："快拦住那个人！他是小偷！"许多人都伸出手臂来抓你。有一位服务员刚好挡住了你的去路。你成功地从他身边闪过，跑到了街道上。

你要往哪里逃跑呢？你还没来得及思考，就已经有了答案。飞机上遇到的那个人正从一扇敞开的车门里朝你招手。

"快上车，我们没时间了。"

人们从饭店追出来呼叫警察。可是，这究竟是怎么回事？也许你最好孤身逃跑。

▶▶ 如果你选择上车，请翻到**第 172 页**

▶▶ 如果你选择继续逃跑，无视坐在车里的那个人，请翻到**第 192 页**

据报道，比奇·玛兹威尔正随一支由登山家组成的国际登山队攀登兴都库什山脉。

你根本联系不上他，时间不等人，你该启程前往巴黎了。彼得和露西催促你赶往机场。

▸▸ 请翻到**第 133 页**

原来那个人被一块肉卡住喉咙了，他面朝桌子一头栽了下去。手中的刀有惊无险地滑落到地板上。他挣扎着想要吸气，脸顷刻间就变成了紫红色。

两名服务生赶了过来。其中一名从身后将双臂环抱在他的胸口，用力挤压，随后卡在他气管里的牛排被清理出来。他终于可以正常呼吸了。总算平静了下来——至少暂时是这样的。你目前是安全的。但是，你感到尴尬，因为自己正像训狮员一样手里抓了把椅子站在那里。还好没有人看你。

你又坐了下来，惊讶地发现有一位陌生人坐在莫罗塔瓦身旁，他正要对你说话。

▶▶ 请翻到**第 254 页**

塞内加尔是坐落在非洲大西洋海岸的一个美丽的国家。大约六十年前，那里曾经是法国的殖民地。塞内加尔经济繁荣，人民安居乐业。

很快，你发现自己来到了这个西非国家繁华、热闹的首都——达喀尔。

"我的朋友，请跟我来。在达喀尔你会很安全，这里所有的人都知道那不提珠宝的故事。只要我们问起关于它的事，总会得到帮助。"

正当你们走进格兰德酒店时，一阵刺耳的汽车喇叭声传来。你们两个扭过身看到一辆车呼啸着转过弯，直奔酒店而来。奇怪的是，车内并没有人。它一头撞入了酒店的大堂，你和莫罗塔瓦刚好与它擦肩而过。

▶▶ 这是场意外吗？如果你觉得是意外，请翻到**第 178 页**
▶▶ 如果你觉得这并非一场意外，请翻到**第 176 页**

飞机旁停着一辆黑色的奔驰加长豪华轿车。一名身穿深色衣服、身材魁梧的男子手扶车门而站。你一路都被架着走，没有机会逃跑，甚至都没办法问到底发生了什么。

没有一个人理你，这简直是太奇怪了。或许他们计划的一部分就是让你紧张。如果真的是这样，那么他们达到目的了。你感觉自己就像是在牙医诊所候诊一样，每分每秒都是那么不真实，漫长得令人痛苦难挨。当你开口想要说些什么时，却发现自己连一个字都说不出。

在车子转弯时，轮胎发出了刺耳的摩擦声。那辆车风驰电掣地驶向城镇，经过了一座座开满鲜艳的红黄蓝三色花朵的小山丘。越过其中一座山的顶端时，你瞥见了天蓝色的大海。你很快就来到了丹吉尔的市中心。在川流不息的汽车、鳞次栉比的高楼大厦和身着西装的人群中，穿插着缓缓而行的毛驴和手推车，来往着身着古代长袍和绚丽的北非服饰的行人。

什么时候才会有人和你说话呢？这简直让人抓狂。加长豪华轿车在狭窄的街道上穿行，然后在麦地那城墙投下的阴影中停了下来。麦地那是丹吉尔城内城墙环绕的市中心区域，里面布满了曲折的街道、隧道一般黑暗的小路，充满了来自异域的声音和味道。你和其中一人下车开始步行。

▶▶ 请翻到第**163**页

你不会再见到莫罗塔瓦的父亲了。

当你在地铁站准备从巴黎乘车去见国王时，两个伪装成街头乐手的人将你推下站台。你掉落到了第三条轨道上，触电身亡。这就是你的结局。简直是糟透了！

　　司机指向麦地那城墙的一个小门洞。一位双目失明的老妇人坐在洞口乞讨。当你路过她时，她朝你的脚上啐了一口。你恶心得跳了起来，但是那位司机继续推着你向前走去。

　　你的兜里揣有那片在巴黎时得到的小巧的象牙身份证明，你可以用它来求助。你停下来假装在系鞋带。你向那位失明的老妇人看去，你确定她向你眨了眨眼睛。难道那只是肌肉抽搐吗？或许，她并非盲人，而是在向你使眼色？

▶▶ **请翻到下一页**

那片象牙会为你带来帮助。你现在到底有多么迫切地需要帮助呢？你应该将它出示给那位失明的老妇人，还是应该留到迟一些时候再使用呢？

▶▶　如果你选择将那片象牙递给那位失明的老妇人，请翻到**第 177 页**

▶▶　如果你选择先将它保留，迟一些时候再使用，请翻到**第 180 页**

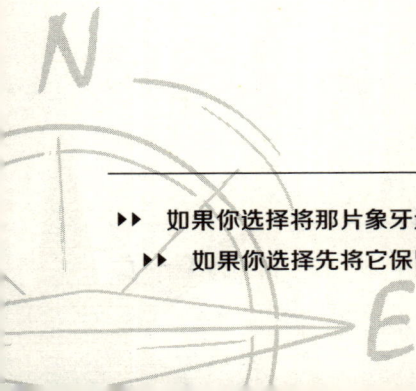

"警长，请容我解释，给我一个机会。这完全是一场可怕的误会。我需要您的帮助。"

那位警长看着你，露出了一副早已洞悉一切的笑容。

"我们历来有求必应。你需要什么帮助呢？"你不喜欢他说话的语气。

"事关那不提珠宝。"

那位警长手中正在把玩的笔闻声落地，好像它很烫手似的。

"那不提珠宝？"他朝屋里的另外一位警官看过去，"那不提珠宝！任何和它有牵扯的人都会受到诅咒。你都知道哪些信息？"

你非常紧张，却竭力保持冷静。你告诉警方你怀疑那块钻石是那些想要陷害你的人偷偷放入你口袋的。

▶▶ 请翻到下一页

虽然这故事听起来难以置信，但是那位警长似乎相信了你的话。为了确认，他致电国际刑警。他叽里咕噜地说着法语，不断地点头。你能听懂他的话，但并未表露出来。

随后，他转向你说道："国际刑警告诉我你所说一切属实。我们很乐意帮助你。那不提珠宝有着强大的魔力，那些追踪它的人可能会很危险。如果你愿意，我们可以安排一名便衣侦探协助你。或者，如果你坚持独自前往摩洛哥，我们可以为你提供一串特殊的电话号码，以备你遇到危险时求助。"

▶▶　如果你选择接受警方的帮助，请翻到**第 181 页**

▶▶　如果你选择独自一人前往摩洛哥，但是接受警方提供的特殊电话号码，

请翻到第 182 页

冒险飞往巴黎的计划并没有奏效。那三个人将你包围，其中一人用一支针管在你的胳臂上注射了让你昏迷的药物。

当你醒来时，发现自己躺在丛林深处的一间小木屋里，四周小丘环绕。你的四肢被捆住，一动也不能动。你感觉浑身发冷、四肢僵硬并且饥肠辘辘。一条有毒的巨蟒从一堆树叶里缓缓探出身，向你爬过来。你无能为力，一切都结束了。

▸▸ **本故事完**

美国大使馆派过来一名法务人员。你向她讲述了这个漫长又复杂的故事。她建议你尽快回到美国，并承诺会竭尽全力与法国警方取得联络，让他们释放你。

"独自一人去找回那不提珠宝对你来说太危险了。随它们去吧。"

你感到很沮丧，但是你被她劝服了，因为你要应对太多牵涉到其中的人。你接受了她的建议，放弃了追踪珠宝，返回美国。

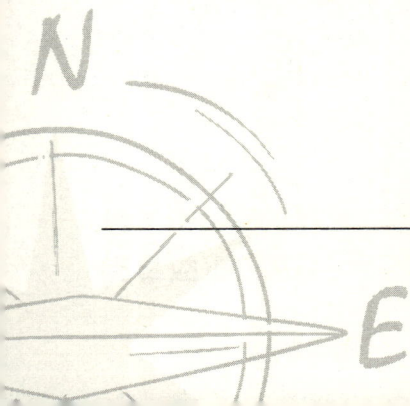

▸▸ **本故事完**

扩音器里传来了刺耳的广播："这是伊比利亚航空公司最后一次登机广播，请所有尚未登机的旅客前往 14 号登机口登机。"

你下定决心出发。你用彼得和露西给的钱买了张机票，前往了 14 号登机口。现在，你再次回头望了望站在法航柜台旁的那几个人。他们显然不认识你，或者本想要跟踪你。

去西班牙吧。

等到了那里，你可以继续飞往巴黎开始寻找珠宝的下落，也可以飞到摩洛哥去找彼得和露西向你提起的那位地毯商人。

▶▶　如果你选择按照彼得和露西的建议飞往巴黎，请翻到**第 185 页**

▶▶　如果你选择越过巴黎，直接飞往摩洛哥，请翻到**第 186 页**

"喂，您好！我是安森。不好意思，拉姆齐不在。啊，你好呀！我听出你的声音了。我们一整个夏天都没联系过了。"

你大概介绍了你当下的工作，然后详细地讲述了关于那不提珠宝的事情和你的搜索行动。

"你们会来助我一臂之力吗？我真的很需要你们的帮助。"

安森毫不迟疑地答应来找你，加入搜索行动。拉姆齐在喜马拉雅地区执行秘密任务，没法一起来。

安森想和你在摩洛哥碰面。不过，你更希望和他在巴黎会合，因为你想按照彼得和露西的计划来行动。

▶▶ 如果你选择和他在摩洛哥碰面，请翻到第 **183** 页
▶▶ 如果你选择竭力说服他在巴黎和你碰面，请翻到第 **188** 页

他们中最矮的那个人额头上横向贯穿着一道伤疤，脸上蓄着浓密的胡子，他说道：

"我从现在开始用电子表计时，你们一共有三十六秒的时间来决定要不要加入我们。如果你们胆敢拒绝，将会付出惨重的代价——我们会处理掉你们；如果你们接受我们的邀请，谁知道会怎么样呢？"

那位司机偷偷地塞给你一把手枪。现在轮到你做出决定了。

▶▶ 如果你选择和他们一决高下，请翻到**第 189 页**
▶▶ 如果你选择相安无事地加入他们，请翻到**第 190 页**

你犹豫得太久了。车里的人伸出手抓住了你的胳膊，另一只手握着一把枪。在你还没回过神来的时候，汽车就已经混入巴黎的车流之中。

"快俯下身，别让人看见你。我会在你头上盖一块毯子。"你别无选择，只好听从他的话。汽车在加速，你凭直觉判断你们肯定开上了高速公路，正在远离巴黎市区。可是你们要开向哪里呢？

将近十五分钟后，飞机上遇到的那个人告诉你可以坐直身体。你们暂时没有危险了。

你的判断很正确，车子的确在飞速地驶离巴黎，向东奔驰。

这时，你听到了直升机螺旋桨的轰鸣声，它离你越来越近了。你看到天上飞来一架四座的贝尔执法直升机。包括飞行员在内的三个人透过树脂玻璃的窗户搜寻着你们的汽车。那架直升机盘旋了一圈，最终悬停在你乘坐的汽车前方。

你看见机关枪的枪口从直升机侧面打开的小窗户里探了出来。螺旋桨的轰鸣声掩盖了机关枪的枪声，但是掩盖不了射出的子弹。它们击穿了薄薄的一层金属车身，却奇迹般地没有射中你、司机和飞机上遇到的人。车子彻底报废了，颠簸着停在了左侧的路堤旁。

直升机降落下来，三个持枪的人一跃而出。

你束手无策——就目前的情况来看。

▶▶ 请翻到第 **171** 页

最好谨慎行事，不是吗？往回跑，去找拉乌尔。可到最后，你还是放弃了追踪那些传说中的珠宝。你永远不会找到它们了。真是太糟糕了！

▶▶ **本故事完**

你离开了那栋房子，出门来到一条狭窄的街道上。一个蓄着胡须的长发男子将你拦住。

"您需要一位导游吗？我对摩洛哥了如指掌，价格很便宜。"

真是太幸运了！他能帮你找到那位地毯商人。你把地毯商人的地址告诉了他。你并没有写在纸上，彼得和露西让你将它背了下来。

你正在跟他交代地址，有三个人从一个门口走了出来。他们就是之前绑架你的那些人。他们骗了你，你根本就没能愚弄他们。其中一个人朝你举起了手枪然后扣下了扳机。

砰！你输了。

▸▸ **本故事完**

一看就知道这是一起看似意外的蓄意谋杀。两名警察赶来，解释说这是他们犯下的一个严重错误。警车司机下车时忘记了放下紧急刹车。他们感到很尴尬，并且为整个事件表示歉意。

你对这番敷衍的解释和致歉并不满意。事情有些不对劲，你决定检查一下那辆报废的车。

▶▶ 请翻到第**178**页

你凭直觉感到应该把象牙片给那位乞讨者。你将它扔到她伸出的双手中。

她一拿到象牙片就大喊道："啊呀！"两个穿着连帽长袍、五短三粗的男人从墙里的小门走了出来。

其中一个人用英语喊道："我们是你的朋友，跟着我们。"另外一个人和驾驶豪华轿车的那位彪形大汉扭打在一起。

你片刻间犹豫着要不要就此逃跑，不过随后还是跟随他们穿过一条条黑暗的通道和街区深入了麦地那城。你一点都不清楚自己身在何方或者会发生什么。那块象牙片似乎对这些人产生了一种神奇又强大的效力。

"在那里。"你的新导游说道。

一张小桌子前端坐着一位头发和胡子都花白的老人，他正抽着水烟。到处都是地毯——有些挂在墙上，有些被卷了起来堆放在一起。难道他就是彼得和露西说起的那位地毯商人？

"请坐，别害怕。"你的新导游对你说。你坐下来。

"我们从波士顿就一直跟着你。我们知道你是谁，我们想要那些珠宝。现在，请把它们交给我们。"

"可珠宝不在我这里。"你反驳道。

那位老人抬起头，用锐利的目光盯着你。

"请查看一下你的大衣口袋。"

▶▶ 如果你选择听从他的话，请翻到第 **202** 页

▶▶ 如果你选择赶快朝门口跑去，请翻到第 **204** 页

你穿过大堂走到了那辆车前，打开了车门。在方向盘上钉着一张字条，上面竟然写着你的名字！字条上写道：

我们不会放弃。回到你的地盘去。

字条下方画着两个十字架的标志。

你不太清楚这意味着什么，但是这绝不是件好事，这一点你非常肯定。显然，这并非一场意外。

你一离开酒店就被一些警官围住，他们声称那辆警车在几分钟前被盗了。其中一位说道："由于字条是写给你的，所以你必须跟我们去一趟警察局。盗窃官方车辆是件很严重的事。"

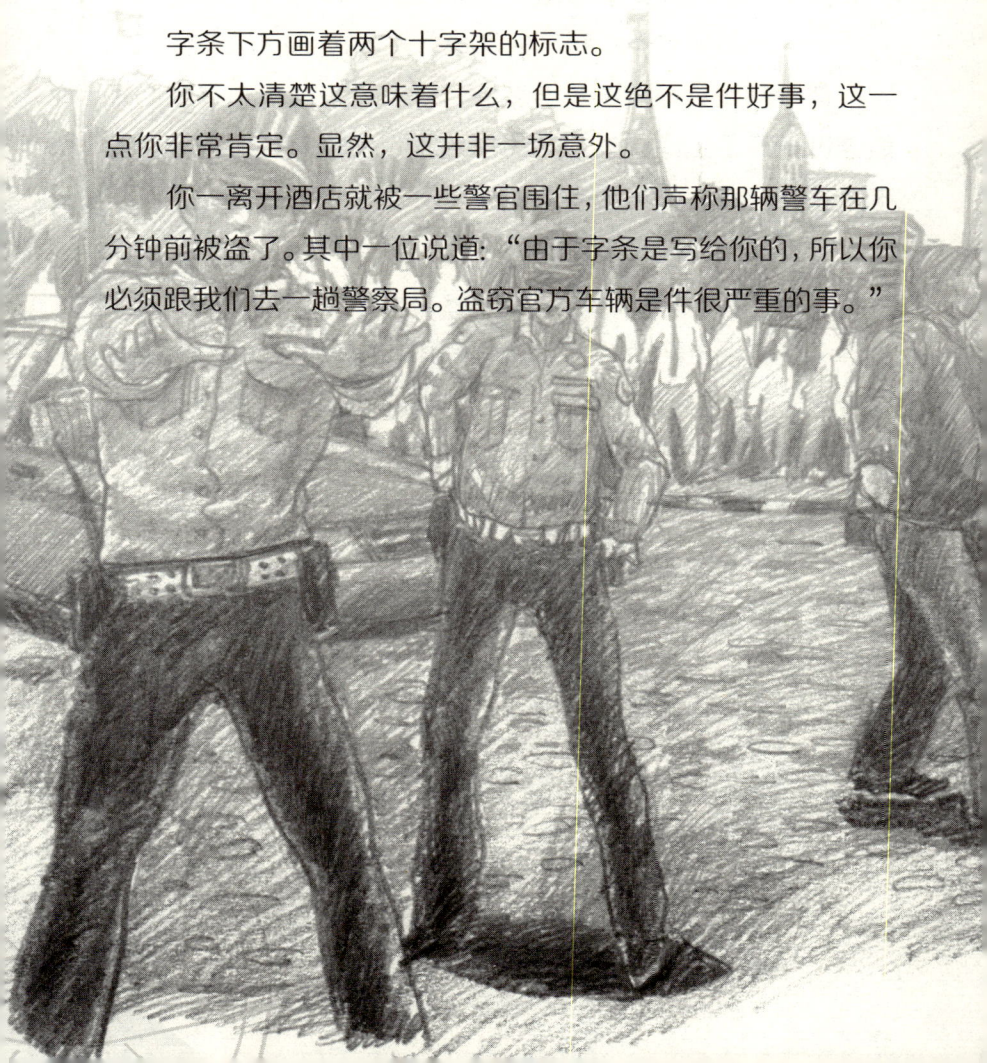

你表示抗议，但是他们拒绝听你解释。于是，你出发去见警察局长。你是否应该将丢失的珠宝的事情告诉他们，还是应该假装一无所知呢？你决定坦白一切，交代整个故事。

警察局长礼貌地听你讲述整个故事。他告诉你他也相信那不提珠宝的传说，并且愿意帮助你找出它们的下落。"请让我向您介绍我的助理，奥比萨·苏尔温，他是一名来自塞内加尔河北部的塞内加尔人。"

你和奥比萨握了握手。他为你的搜寻工作提供了三个方案。

▶▶ 你可以选择向一名萨满法师咨询，请翻到第 **196** 页
▶▶ 你可以选择直接与那不提部落取得联络，请翻到第 **198** 页
▶▶ 你可以选择在达喀尔进行搜索，请翻到第 **200** 页

现在做什么都来不及了。那位身材魁梧的男人催促着你在麦地那蜿蜒曲折的小路上疾走着。你进入一个小广场，来到一家贩卖橄榄和香料的露天摊位前停下。你的向导和摊主低声地说了几句话，接着把你推进了摊位后面的一扇门里。那扇门又连接着一条通道，通往港湾内停泊快艇的内港。

"别动，一切都由我们负责。"一人说道。听口音是法国人，嗓音很粗犷。

汽艇停靠在码头上。起伏的海浪使得尖尖的船头看起来像鲨鱼一样。他们猛地把你推上船。两名船员发动引擎，解开缆绳，随后伴随着马达的轰鸣声，小船推开浪花驶离了海港。

马力被推到最大。小船在浪尖上向斯帕特尔角和海克力斯之柱全速前进。

▶▶ **请翻到第 256 页**

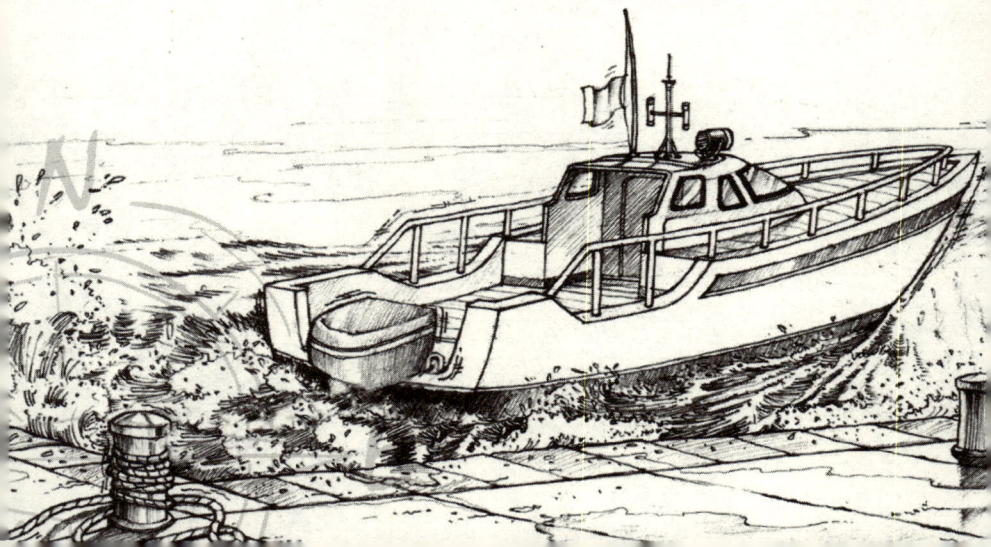

一位身材矮小、瘦弱，神色有些慌张的人被叫了进来。经他们介绍你得知他叫拉乌尔·蒂里，是法国安全局走私和国际犯罪科的一名特别侦查员，他与国际警察合作。

拉乌尔沉默寡言，但是你很高兴他和你一起行动。

你们俩单独研究出了一套行动方案。他说："这可能是我所遇到过的最有趣也最危险的案件。你想佩带手枪吗？也许你会用到。"

▶▶ 如果你选择同意佩带武器，请翻到第 **203** 页

▶▶ 如果你认为自己不会遭到枪击或没有生命危险，因此拒绝佩带武器，

请翻到第 **206** 页

等你真的遇到危险的时候，就算知道一串电话号码又有什么用呢？可是，你很想行动自由。你更想依靠你的朋友安森、拉姆齐或者比奇·玛兹威尔，而不是摩洛哥警方。当然，得知电话的另一端会有人帮助你也会让你感到些许安慰。

从巴黎飞往摩洛哥的旅程相当顺利。现在，你漫步在这座欧洲与非洲相结合的城市中，思考着下一步的行动。当然，你有集市的联络人地址。你决定不再迟疑。

你按照地址找到了一栋墙面粉刷得雪白的房子。你来到门口，发现一楼和二楼都没有窗户。在更高的地方有铁丝网编成的窗户，里面的人可以看到外面，外面的人却无法看到里面是什么样子。你感到有一双眼睛在盯着你看。但是，你并不确定。天气很热，你有些不耐烦地按着门铃，等着人来开门。

随后，门开了，可是一个人也没有。你望见一条长长的走廊，白色的墙壁上挂满了红色和蓝色的织毯，花纹精致华美。走廊尽头是一间中厅，天花板上吊着一架不停地转动的电风扇。空气中充满了熏香的味道。

▶▶ 如果你选择走进房子，请翻到**第 208 页**

▶▶ 如果你选择再按一次门铃，等待有人过来，请翻到**第 207 页**

你同意与安森在摩洛哥碰面。他被堵在了从机场去往丹吉尔市中心和被称为麦地那的城墙环绕的内城的路上，因为途中遇到了一起车祸：一驾驴车和一辆汽车相撞了。

安森等在车里，感到越来越焦虑。他一点也不知道就在他坐在出租车里晒着北非温暖的阳光时，你恰好走进了麦地那城内的那栋白色房子。你本可以得到他的协助，可时间紧迫。你决定独自一人进入那栋房子。

▸▸ 请翻到第**208**页

飞往巴黎的航班在起飞后仅十一分钟就遭遇劫机。五名头戴面具的持枪分子声称他们要让飞机飞往泰国！

机长为了安抚乘客，说服大家只要按照劫机者的要求去做就不会有危险。可这样似乎只能让乘客更加恐慌。

飞机的燃料无法支撑这么长距离的飞行。因此，飞行员不得不在希腊的雅典机场降落。

降落后，飞机便被警察和军车包围了起来。劫机者向大家喊道："我们需要一名人质。如果有人自愿跟我们走，那么我们会放了其他人。我们保证不会伤害人质，我们一抵达泰国就会将人质释放。有人自愿充当人质吗？"

▸▸ 如果你选择自愿充当人质，请翻到第 **210** 页

▸▸ 如果你选择保持沉默，请翻到第 **211** 页

你决定租车前往海边，然后从直布罗陀乘船到丹吉尔。到海边的路途相当顺利，但是你刚登上水翼船，从座舱扬声器里传来的广播声又让你焦虑起来，广播中有人在询问是否有一位名叫那不提的乘客登船，你的平静感瞬间消失。

一阵熟悉的恐怖感袭来，你瑟瑟发抖。你沉默地盯着甲板，木板上残留着喷漆时掉落的点点油漆。看来，一个对你有威胁的人登船了。

水翼船结束了到丹吉尔的航行。你并没有下船，而是买了一张回西班牙的返程票。无论这个人到底是谁，你希望他都能意识到你已经放弃了搜寻行动。毕竟这是一场徒劳的行动，你对自己说。就让彼得和露西来承担这一切好了。

▸▸ **本故事完**

　　将见面地点定在巴黎是一个重大失误。安森下了飞机便按照一位自称为那不提特工的人所给的地址去了一家咖啡馆。

　　他失踪了。噗的一下，消失不见了！你又一次独自一人。这太过分了。你的朋友安森比任何珠宝都重要，你决定放弃寻找珠宝，而去寻找安森。

▸▸ **本故事完**

你犹豫了一下。那个首领没有等你回答就在你面前点燃了一支燃气笔。你被气体燃烧产生的浓烟呛得咳嗽不止，逐渐失去知觉，晕倒在地。

三个男人粗暴地将你抬上了直升机，然后风驰电掣地离去。

当你恢复了知觉，你感到头重脚轻，双目刺痛，天旋地转。

▶▶ 如果你选择假装还没有恢复意识，希望借此想出对付这帮人的计划，请翻到**第 214 页**

▶▶ 如果你选择马上解决困境，试图和这些人谈条件，请翻到**第 215 页**

发生冲突对双方毫无意义。你将手枪扔在地上，双手举过头顶，说道："好吧，一切听你们吩咐。别开枪。请带路吧。"

很快你们就登上了直升机，疾速飞过法国乡村的上空。其中一个人转身说道："加入我们吧。我们想让你为我们效力。我们会给你想要的一切作为报答，不过关键是你要帮助我们。"

这到底是怎么回事？大家似乎都需要你的帮助。一开始是彼得和露西，然后是飞机上的那个人，接着是莫罗塔瓦。不过在你看来，你需要帮助的人是自己。"帮什么忙？为什么选择我？"

绑架你的人说："那不提珠宝也许是现代世界中最重要的力量了。无论对于正义的一方还是邪恶的一方，它都是具有强大威力的工具。和你打交道的那些人装作支持正义的一方，但他们其实是骗子。我们才是正义的一方，而他们是邪恶势力。任何持有珠宝的人既可以造福于世界，也有能力给世界带来巨大的危害。请加入我们吧。"

但是，这些人到底是谁呢？你一头雾水。现在你真的非常焦虑。到底该相信谁呢？但实际上你只是一群亡命徒手中的囚犯而已。

▶▶ 如果你选择拖延时间，请翻到**第 212 页**

▶▶ 如果你选择加入他们，请翻到**第 213 页**

你飞快地跑过那辆车，没有理会那个人，让自己混入了在狭窄的人行道上来来往往的人潮中。

有时候，停下来思考一下是明智之举，有时则最好采取行动，而现在就应该思考。目前出现了太多的突发事件，你无法控制局面。现在你必须让事情在你的掌握之中。

你在一个十字路口停下来，决定到路对面的公园去，在那里坐下来，做一些规划。

▸▸ 请翻到第 **194** 页

你找到一处能晒得到太阳的安静角落，坐在了一张空长椅上。你感到很饿，不过现在没有时间考虑吃饭的问题。你伸展了一下四肢，望着天空，思考目前所有发生的一切。你在笔记本上将这些事实简略地写了下来：

1. 那不提珠宝在波士顿被盗。

2. 地毯商在来信中索要那些珠宝。

3. 飞往巴黎的飞机上遇到了神秘男子。

4. 在咖啡馆遇到的莫罗塔瓦讲述了关于世界和平的故事。

5. 有一份在摩洛哥的地址可以找到追踪丢失珠宝的信息。

6. 很明显，有很多人都在追踪这些珠宝并且也在跟踪你。

结论：

危险　　麻烦　　困扰

接下来该做什么呢？是回到咖啡馆找莫罗塔瓦还是继续前往摩洛哥？

▶▶ 如果你选择回去继续和莫罗塔瓦交谈，请翻到**第 216 页**

▶▶ 如果你选择出发去摩洛哥，请翻到**第 217 页**

你得弯腰才能进屋。黑漆漆的屋里坐着一位老人。他穿着朴素、破旧的卡其布衬衫和短裤，光着双脚。

"进来，请坐。"那位老人甚至没有抬头看你。他闭着双眼。

"我一直在等你。"他递给你一只黑色的茶杯，里面放着六块鸡骨头、两片鹦鹉的羽毛和一颗鬣狗的牙齿。

"请将这些扔在地上。"你按照他的要求去做，这些骨头、羽毛和牙齿在地上形成了某种图案，不过在昏暗的灯光下几乎无法辨别出来。

他睁开双眼，研究着这些物品所形成的图案，然后说道："月亮山蕴藏着你本次搜索的秘密，而伟大的扎伊尔河上游也如此。请寻找蛇的标志和鳄鱼面具。"然后他闭上了眼睛，向后靠着睡着了。

▶▶ 如果你选择去月亮山，请翻到第 218 页

▶▶ 如果你选择到扎伊尔河上游的源头，请翻到第 220 页

毫无疑问，你是一名冒险家。萨满法师就是巫医的另一种说法而已。

你和奥比萨租了一辆旧路虎车，朝城外开去。在达喀尔行驶了大概二十公里后，道路呈现深红色的黏土状，是非常典型的赤道非洲的道路。道路的两旁生长着三十米多高的参天大树，形成了一片林荫。

"路不太好走，不过我们还是能在天黑之前赶到。你想喝点木瓜汁吗？"奥比萨对你说道。你摇了摇头，随后又改变了主意，享受了一杯口感香甜味道奇特的果汁。

路虎车一路颠簸，终于开到了一座小村庄。村里有二十三栋几乎一样大小的小棚屋，它们呈圆形环绕着一栋相对较大的屋子。你和奥比萨要去的就是较大的那一栋。

▸▸ 请翻到第195页

那不提部落究竟在哪里呢？在手机里没有任何相关的词条、传真号、邮箱地址，甚至也没有相关的网站。他们是从塞内加尔的北部迁徙到乍得和撒哈拉边界的游牧的部落。

当地报纸的一篇报道吸引了你的注意。据报道，那不提部落正朝乍得湖迁移。

你租了一架双引擎的小型飞机，飞向撒哈拉南面的一条宽阔的浅水湖。飞行员俯冲至湖面上较低的位置，惊起了一大群火烈鸟，它们腾空而起，景物瞬间被染成了粉色。

你读着随身携带的导游手册，上面提醒游客：千万别在这个湖里游泳！湖里长满了致命的寄生虫！

▶▶ **请翻到下一页**

你的飞机飞过革命游击队占领区的领空。你们被迫降落在一条弃用的飞机跑道上，在这附近是一座古老的法国小镇，叫拉密堡，那里是外籍军团的故乡。

飞机降落后，一群手持来复枪的人将你们包围，他们正用枪瞄准你们。

▶▶ 如果你选择再次起飞，请翻到**第 222 页**

▶▶ 如果你选择举起手做出和平的姿势走出飞机，请翻到**第 223 页**

达喀尔是一座美丽又让人难以捉摸的城市。旧时代的老建筑与摩登酒店和现代化的办公室矗立在一起。站在这样的高度，可以将大西洋和戈雷岛的景色尽收眼底，那里曾经是臭名昭著的奴隶交易点。身穿西装和阿拉伯服饰的高大帅气的人来来往往。街道两侧繁花盛开、椰林树影。

你从大学图书馆着手搜索行动，查阅了那里的档案分类的索引卡片。"那不提"这个词条分别列在部落、宗教、人群、地区和地点几个类别中。你可以用一辈子时间在图书馆翻阅这些资料。但是，你想要行动起来。

在游客指南那里有一些去往美丽海滨和那不提俱乐部的旅行团。

▶▶ 如果你选择报名参加旅行，请翻到**第 224 页**

▶▶ 如果你选择租车自驾开往那不提俱乐部，请翻到**第 226 页**

简直是难以置信！那不提珠宝竟然就在大衣的口袋里！它们是怎么跑到里面的？又是谁放进去的呢？

但是，那并不重要。它们就在那里，是那样的晶莹剔透、不可思议、充满魔力又神秘莫测。

那位老人微笑着，在你还不知所措的时候从你的手中将它们拿走，他说道："你将那不提珠宝归还给本该拥有它们的人真是善举。你会得到祝福。你一生都将会交到许多朋友，享有精彩的冒险。不要去追问它们是怎么跑到你那里的，这一切完全是珠宝的魔力所致，你本来就是它们的信使和助手。我们非常感谢你。"

就在那位老人说话间，你看到他的样貌发生了改变。他变得更年轻，身材更高大，而且周身闪烁着柔和的金色光芒。你的所作所为是正确的。他就是国王，是那位领导者，是一切善举的来源。

▸▸ **本故事完**

持枪会招惹麻烦。当然，如果你遭遇袭击，有一把枪会派上大用场，但是也会引起暴力事件。既然你选择了随身携带武器，就要倍加小心，因为这样相当危险！

拉乌尔递给你一把黑色的小型自动手枪。他向你演示了如何将子弹上膛，指出了保险栓的位置，告诉你弹夹里一共有八颗子弹，并且警告你只有在万不得已时才可使用。你将手枪握在手中，瞄准了挂在对面墙上的一幅画，然后便将它装进口袋。

拉乌尔建议你们和秘密的非洲人民联合会取得联系。这是一个由政治家、作者、哲学家和来自撒哈拉南部的非洲国家的流放者组建的一个机构。你很想和他们见一面，但是你又很想立刻启程。推迟行动就是在浪费时间。

▶▶ 如果你选择去会见非洲人民联合会的成员，请翻到**第 225 页**
▶▶ 如果你选择暂不参与会面，继续赶往摩洛哥，请翻到**第 228 页**

你一边假装在衣服兜里摸索着，一边寻找逃生的路线。那位老人看穿了你的诡计，他奋力地跺脚并恼怒地踢着腿。你飞快地奔向一扇后门，猛地推开。

那扇门通往一座美丽的庭院花园，里面有一片宁静幽暗的池塘，水面上盛开着朵朵莲花。池塘的对面有一个胖得流油的男人正在一块旧石轮上磨一把短弯刀。他不苟言笑地看了你一眼，抄起一把刀，朝你走过来。

管他呢，你心想。那片池塘看起来太美了！你助跑起跳，潜入了水中，那位肥胖的男人大惊失色，他竭力地示意你不要动。

你没有理会，开始游泳。这时，你才注意到水面正上方有一双眼睛正向你游过来——鳄鱼！就在你在水面胡乱拍打着想要逃离逼近你的血盆大口时，越来越多双眼睛汇集到了你这里。一切都太迟了。

▶▶ **本故事完**

你不喜欢枪，所以你一把枪也不会带。虽然拉乌尔对此感到有些沮丧，不过一切随你。现在该做什么呢？

他提议在左岸的一家小餐馆吃午饭，因为对他来说，"在完成一项艰巨的任务之前最好让自己吃饱喝足"。

餐馆名叫阿尔伯特家。店内的环境令人愉悦，食物美味可口，店主也很热情友善。

用餐完毕，你拿起结账单。发现在票据的下方写着：

从后门离开。在贝利坎路向左转，接着在弗格尔路向右转。在那里等待联络。

——RG

拉乌尔已经离开座位去洗手，他还没有回来。你目前独自一人。

▶▶ 你会按照留言的指示去做吗？如果是的话，请翻到**第 229 页**

▶▶ 如果你选择等拉乌尔回来，请翻到**第 231 页**

你又按动了门铃。天气闷热潮湿，你在石铺小路的石子上蹭着鞋。你听到屋内传来了脚步声，门被打开了。一位身穿彩色吉拉巴长袍的年轻男子站在你面前。他腰间佩带着一把弯刀，脸上绽放着友善的笑容。

"请进，快请进。很抱歉让你等了这么久。"

他看上去有些奇怪。也许是他的口音，也许是他脸上的表情。你不太确定，但是似乎有些可疑。你慢慢地、小心翼翼地走进屋子。

然后你突然明白了！

站在你面前的是彼得！他穿着这件夸张的吉拉巴在摩洛哥干什么呢？

▸▸ 请翻到第 **232** 页

你小心翼翼地往走廊里挪了一步，屋内明显凉爽了下来。你又迈了一步，接着两步。你只能听见鞋子踏在红色地砖上发出的声响和电风扇旋转的嗡嗡声。你身后的门绕着上过油的铰链徐徐关闭。你停下来，四下张望着，然后向侧面的一间屋子看过去。

随后的一切发生得太突然！你脚下的地面突然塌陷，你不断旋转着下坠，顿时头晕眼花。最后狠狠地摔在了一片潮湿、泥泞的土地上，四周一片漆黑。没有出口，也没有水和食物，你完蛋了。

▶▶ 本故事完

当你走下飞机的舷梯时，感到双腿软弱无力。阳光在跑道上反射出的光芒刺痛你的双眼。你难道是疯了吗？你为什么要自愿当人质呢？不过，寻找那不提的珠宝也很危险。无论怎样，你的生命中总是充满冒险。

最后，你坐到一辆疾驰的引导车里，被带到了跑道另一端。劫持你的人都一声不吭。两个女人神色严肃，看起来一副公事公办的样子。那个男人身上有一股大蒜的臭味。他们领你到另一架飞机前。

就在你马上要踏上飞机时，一位希腊的陆军上尉向你喊道："快跑。我们已经将你们包围了。"

▶▶ 如果你选择逃跑，请翻到**第 236 页**

▶▶ 如果你选择继续踏上舷梯登机，请翻到**第 235 页**

大家在飞机里沉默了好一会儿，没有一个人举手。劫机者们向乘客们一一看去，然后那位头目又说道：

"好吧。我只给你们五分钟的时间选出一名人质，超过时间就由我们来挑选。"他看了一眼手表。

你考虑着要不要自愿去做人质，但还是没有举手的勇气。时间在一分一秒地流逝。劫机的头目说："真是浪费宝贵的时间，我们将带走所有人！飞机要补充燃料。你们本来有机会的。"

正如他所说。飞机加满了油，启程飞向泰国，两架护航机紧随其后。真是太糟糕了！你永远都到不了摩洛哥了。不仅如此，你有可能活着走下这架飞机吗？老老实实地坐在那里自求多福吧。

▶▶ **本故事完**

你的手在直升机有机玻璃的一条橡胶边框抠了一会儿。大家都一言不发，直升机在空中轰隆隆地盘旋着。

这时，你从座位上慢慢地转过身，面向对你说话的那个人，回答道："我需要证明你所说的一切是否属实。否则我怎么会知道该相信哪一方呢？就我目前所知，你们都是强盗。"

那位头领又说道："你必须抱有信念。相信我们，你会明白的。"

但是，你还对机关枪子弹射穿汽车的场景记忆犹新。没有办法和他们一直对抗下去——那样会有人丧命的。

你回答说："听着，我不想蹚这浑水，我不想要任何的珠宝，也不想去任何地方了，只要让我回到美国就好。我不想给你们任何一方带来麻烦。"

他们真的同意了，并且将你释放！

当你抵达波士顿洛根机场时，再次见到了彼得和露西。他们恳求你再回到欧洲继续寻找珠宝的下落。

▶▶ 请翻到第 137 页

你俯视着下方绿意盎然的村庄，忽然看到一道橘色的光一闪而过。那看起来像是在 7 月 4 日（美国国庆日）燃放的烟花。但是它正朝着你这边飞来！

嗖！嘭！

一切都结束了。"烟花"击中了直升机，你完蛋了。

▶▶ **本故事完**

你闭上眼睛，假装睡着了。那三个人正在讨论接下来的计划。你听见他们提到了里戈拉德先生，他是一位著名的法国政客。让你大吃一惊的是他竟然也参与到了这次行动中。他联络那不提部落的动机到底是什么呢？

其中一个人说道："我们把这个累赘扔出去吧，他对我们毫无用途，什么都不知道。"

你吃了一惊，意识到他们指的是你。

你坐起身。

"嘿，等一下！别着急！我知道很多事情，我能帮助你们。"

那三个人转过身冲你咧嘴一笑。他们的诡计得手了，你刚刚承认了自己知道关于那不提珠宝的事情。

"好啊，接着交代。只要你帮助我们，我们就不会伤害你。"

"你们想知道什么？"你问。

"你得给你的表亲们发电报，让他们立刻赶到这儿来。然后我们再进行下一步的行动。"

▶▶ 如果你选择同意给彼得和露西发电报，请翻到第 **243** 页

▶▶ 如果你选择和他们争论，请翻到第 **244** 页

"嘿，你们想要什么我都会给的，别冲动。"你很害怕，但还是强作镇定。

"我们想要珠宝！只要珠宝！目的简单、明确。现在就交出珠宝！"

你飞快地思考了一下，你进行了如下回答：

"好的，没问题。不过，只有我知道它们的下落。那些钻石在摩洛哥，而红宝石在波士顿。没有我，你们什么也拿不到。"

你只是在骗他们，也许这会有用。他们说让你来选择先去哪里。

▶▶ 如果你选择去摩洛哥，请翻到第 **245** 页

▶▶ 如果你选择去波士顿，请翻到第 **246** 页

莫罗塔瓦似乎是找到那不提珠宝的关键。你绕回到咖啡馆，找到了服务生，请他联络莫罗塔瓦先生，然后在厨房旁边的一间小内室等待着。

莫罗塔瓦到了，你同意和他一起前往塞内加尔，会见传说中的那不提部落。

但是，正当你准备起身离开时，有一个人突然跳起来，手里拿着刀向你冲了过来。几个小时前的噩梦再次上演。

你躲到一边，伸出脚，那位想要袭击你的人被绊倒了。刀子掉在了地上。

莫罗塔瓦表情很严肃，他说：

"你带来了厄运。我很害怕你。我们现在必须分开了。"

▶▶ 如果你选择坚持说服他带你一起去那不提部落，请翻到**第 237 页**

▶▶ 如果你选择向他道歉，然后独自离开，请翻到**第 238 页**

正当你坐在温暖的阳光下，决定出发去摩洛哥时，你看到一位身材矮小臃肿的女孩牵着一条怪模怪样的狗。她快乐地大笑着向你跑来，将狗绳递给你，然后跑开了。

你向下一看，发现那其实是一条电子狗，并非真的狗。那条狗毫无预兆地爆炸成几千块闪亮的金属碎片，而你也在爆炸中丧生了。

唉！真是太惨了。

▸▸ **本故事完**

月亮山属于鲁文佐里山脉。几年前，这些高峰曾覆盖着皑皑白雪，这一景象在位于热带的非洲真是罕见。可是，随着气候变暖，原本覆盖在非洲撒哈拉沙漠以南地区最高峰的积雪已经消失殆尽。

你和奥比萨一路辗转搭乘飞机、卡车，最后徒步行进，终于抵达了鲁文佐里最高峰的大本营。热带森林呈现出壮美、翠绿的颜色，繁花盛开的植物则摇曳出明亮的黄色和红色。你和奥比萨被巨大的蕨类植物和高大的其他植物环绕着。

你曾听说攀登月亮山的峰顶有向导服务。可当你们来到

屋顶已生锈的小木屋时，发现里面空无一人。屋内的一张木桌子上放着一张画有几座主峰的地图，上面标示出登山的路线和几座可以过夜的小屋。其中一间小屋有红色的标记，下面用粗糙的线条画出了四颗珠宝的形状。

你们向对方看去。一只老鼠急匆匆地穿过小屋的土质地面。远处传来了鼓声，鼓点听上去节奏平稳、厚重，还有些催眠的感觉。

你们决定等待向导回来。

▶▶ 请翻到第 239 页

扎伊尔河是一条浩瀚宽广的大河，起源于中非高原，最终流入大海。有很多支流汇入到扎伊尔河中。沿途大大小小的瀑布使得去往扎伊尔河的一部分路途尤其艰险，而水中漂浮的朵朵荷花又为此增添了一份怪诞的美。水中半潜伏着许多鳄鱼，随时准备对那些不小心入水的游客张开血盆大口。河上许多渔夫撑着手工凿制的独木舟捕鱼，一艘艘载着游客和货物的江轮在适合航行的河段上下穿行。

你和奥比萨乘飞机抵达金沙萨，接着便预订了"河上之王"的船票。你们刚好在起航前登船。巨大的螺旋桨在棕色的水中搅动，你看着它们，几乎要被眼前的景象催眠。

▶▶ 请翻到**下一页**

四天后，你和奥比萨在本次航线的终点立林加利港口登陆上岸。现在你们必须乘坐由村民划桨驱动的小船前行。

又经过了四天冗长的航行，你们来到了丛林深处，听说了一些关于一个名叫库尔茨的人的故事。有传言说那不提的珠宝在他手里。

▶▶ 请翻到第 253 页

松开制动!

将方向舵踏板用力向左蹬!

全速前进!

飞机在跑道上颠簸。子弹射透了飞机薄薄的金属外壳。

你让飞机再次升空,迅速地飞向边境,想要离开乍得。但是,你们飞机的燃油已耗尽,你们只好被迫降落到一片荒无人烟近乎是沙漠的地带。

你只有一点水,没有食物,也没有小王子来营救你。

▸▸ **本故事完**

你和这伙人的首领达成了协议。

他们领着你来到了在乍得湖岸边安静扎营的那不提部落。

珠宝已经物归原主。和平的力量正在流向整个世界。

恭喜你，表现出色！

▶▶ **本故事完**

那不提俱乐部里人满为患。无论是宽敞的游泳池、室外饭店的桌子旁，还是沙滩上的网球场，到处都挤满了来自巴西、德国、日本、加拿大和其他大小国家的人。一张张飞闪的信用卡和赌桌上叮当作响的零钱都在炫耀着这个地方是那些富豪的领地。

一位男士邀请你去他的办公室。当你提到那不提珠宝的时候，他大笑着拍了拍你的后背，说道："当然，我们曾经拥有它们，但是我们用它们换钱为俱乐部增添新设施了。"

你不觉得这很好笑。

▶▶ **本故事完**

见面地点在位于巴黎市中心的一座新建摩天大楼第十七层的一个房间。从那里能眺望到巴黎圣母院。

只有一位名叫帕特里斯的非洲人坐在一张大桌子前。他面无笑意，指着椅子示意你和拉乌尔坐下，然后用缓慢和精确的语调说道：

"那些珠宝很安全。也许，你该放弃搜寻工作。这是证据。"他递给你一封彼得和露西发来的电报，上面写着：

请回波士顿。一切顺利，搜索结束。

——P 和 L

▸▸ **本故事完**

那不提俱乐部实则是那不提和平组织的掩护所。来自全球各地的游客在此度假，因此要在世界范围内宣传和平的思想并非难事。那些假扮成度假游客的人其实是在此接受训练并在世界各地完成各项任务的特工。这片豪华的度假胜地真的是世界最强大的和平组织的总部和训练基地。

你在这里很受欢迎，并且被邀请加入搜寻队，还获得了供所有那不提组织成员使用的安全密码，你可以用它们抵御危险。

你所付出的努力让你得到了一个和平组织的尊重并被其接纳。这真的是一种无上的荣耀。

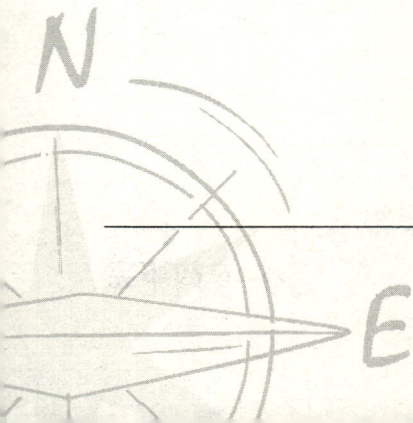

▶▶ **本故事完**

彼得和露西曾告诉你摩洛哥是关键。当你在摩洛哥的酒店登记入住时大吃了一惊——你在酒店的前台收到留言称彼得和露西住在第 12 号房间！他们已经直接从波士顿飞了过来。拉乌尔并不感到意外。不过，作为一名出色的警察，他从来不为人们任何的所作所为感到惊讶。

彼得和露西向你解释说他们收到一条信息，内容是让他们立即前往摩洛哥，否则你就会被杀。彼得说道："可是，既然我们来到这里了，我们还可以追踪另外几条线索。前两天的夜里从露西房间的门下塞进来一个信封。其背面写着两个地址。都在摩洛哥！"

▶▶ 如果你选择和露西还有拉乌尔前往第一个地址，请翻到**第 257 页**
▶▶ 如果你选择和彼得还有拉乌尔前往第二个地址，请翻到**第 259 页**

　　你去寻找拉乌尔。一位服务员正在忙着擦掉桌布上的面包屑，他说拉乌尔已经从后门急匆匆地离开了。

　　你在费格尔路上来来回回地走了半个多小时。突然，一辆汽车停下来。车窗被摇下，从里面伸出来一只手。一张字条飘落到地上。

▶▶ 请翻到**下一页**

去埃菲尔铁塔。乘电梯到顶层。

——RG

你应该按照上面写的话去做吗？你并不知道这些人是谁。这仿佛是一场寻宝行动，但是结局很可能早就写下了"死亡"二字。

▸▸ 如果你选择去埃菲尔铁塔，请翻到**第 258 页**

▸▸ 如果你选择原路返回到饭店，请翻到**第 174 页**

拉乌尔出现在你身后，他向你扔了一件小包裹。

你们惊讶地互相望着。

包裹里的东西就是那不提珠宝。不过，它们已经被碾成了小碎片，现在它们既不是一堆价值不菲的宝石，也不是具有神秘力量的宝藏了。

▸▸ **本故事完**

"彼得，你来这里到底要做什么呢？我以为你和露西会待在波士顿呢，那里会更安全一些。真是太出乎意料了！"

彼得将一根手指放在嘴唇上，示意你不要说话。然后他领着你进入了房子。你穿过宽敞、舒适的起居室，来到书房。房间地板上堆满了宽大的垫子，四周摆放着书架和一张雕饰华丽的木质书桌。彼得抵住墙面上的一块木镶板，微微向前推动。墙面无声无息地向里滑动，露出了一座被三盏小灯照亮的楼梯。他示意你跟上，然后再次将手指放在嘴唇上，做出国际通用的静音手势。

台阶上铺着地毯，你们悄无声息地走下楼梯，进入一片黑暗之中。这简直是太奇怪了！

接着，你身处于一个房间，里面已经聚集了十七个人。他们有老有少，肤色也各有不同，有黑皮肤、黄皮肤、棕色皮肤和白皮肤。

▸▸ 请翻到第 234 页

两个身披带兜帽的白色长袍的人站在屋子中央，面前摆着一只箱子。箱子里面装的正是那不提珠宝！

其中一人是露西，另外一人就是名叫莫罗塔瓦的非洲人。

"欢迎你的到来，你已经通过了考验，你勇猛果敢又甘于奉献。我们邀请你加入国际那不提部落。这是一份鲜为人知的殊荣，能获得它的人更是寥寥无几。请上前一步。"

就在你向前迈出这一步时，你意识到你的生活已经彻底地改变了。你已然是为了世界和平而奋斗的全球组织的一员。

祝你好运。

▶▶ 本故事完

试图逃走太危险了。你跟着其他的乘客登上了飞机，不住地祈祷能够平安回家。

远赴泰国的飞机起飞了。劫机团伙的头目就坐在你旁边。她是一位深褐色头发的美艳白人女士，长着一双深邃的绿眼睛。她朝你靠过来低声说道："我会读心术，这是我的天赋。我知道你在寻找那不提珠宝。你必须放弃寻找行动，那些珠宝会毁灭寻找它们的人。"

你盯着那位女士，很想知道她是不是精神失常了。她究竟是想要帮忙的朋友，还是你的敌人呢？你感到很恐怖，缩在座位里，闭上了眼睛。你做了个可怕的噩梦：你梦见那位头目的眼睛变成了一条绚丽却致命的绿蟒，紧紧缠绕着你的喉咙，让你感到无法呼吸。你在飞往泰国的颠簸的飞机上不停喘息。

▶▶ 本故事完

低头！冲刺！蹲下！一颗颗子弹从你的头顶呼啸而过。你毫发无伤地躲到了一辆希腊军用吉普车后面。劫机者们在飞机上，但是那些军队士兵早已将轮胎打爆。他们完蛋了。

那你该怎么办呢？这段时间你的冒险已经够多了。

▶▶　你是否应该待在希腊歇一阵呢？如果是，请翻到第 **241** 页

　　▶▶　你是否应该回家呢？如果是，请翻到第 **242** 页

"我必须和你一起去，我没有带来厄运，请再给我一次机会。"你站在那里等待着他的回答。

"我很害怕那些和我们作对的人。你必须证明你不是间谍、告密者或者敌人。"

想证明任何一点都不容易，尤其要证明你是他的朋友而不是敌人。

"你想让我怎么证明呢，莫罗塔瓦？"

他思考了一会儿说道："我会交给你两项任务，你从中选出你想完成的那一项。你的选择会暴露出你的真实身份。"

然后莫罗塔瓦从他的口袋里掏出一张折叠得仔细整齐的纸。他将其展开，然后指它着说道："第一项任务是从银行的保险柜里取走某些特定物品。任务很简单，但是很危险。"

你看了看那张纸，原来是一张通往一栋高大建筑的地下秘密通道的地图。地下金库的位置用一排 X 做了标记。

你没有说话。

"第二项任务是帮助我们的一位同志潜逃。他叫拉莫尔特，是全欧洲的通缉犯。我们将他藏在了一个秘密地点。如果你选择这项任务，你要带着他一起经历危难重重的逃生之路。你可能会有生命危险，可如果成功了，你会得到超乎想象的奖励。"

▶▶ 如果你选择完成第一项任务，请翻到第 **247** 页

▶▶ 如果你选择完成第二项任务，请翻到第 **250** 页

那就谈谈什么是厄运吧！首先是那不提珠宝，现在又是莫罗塔瓦，他们才是麻烦的使者。你不想和他们有任何瓜葛。你和他握了握手，对最近发生的事件表示歉意，然后离开饭店。

街上人头攒动，你平安无事地离开了。

你放慢脚步，开始放松下来。忽然，你感觉有人在拽你的胳膊。这次又是什么？不过，那只是一只戴着铁链的猴子，手里拿着一个小锡罐。铁链的另一端是一位街头手风琴师。那位琴师微笑着点点头，说："能施舍点零钱吗？"

你在兜里摸索着，拿出一把硬币，扔进锡罐里。

硬币落入锡罐发出的叮当声还未结束，就听见那位琴师说："快逃命！"

▶▶ 请翻到第 248 页

午后的树影很快将林中的这块小空地遮盖起来，在高大的蕨类植物和树木的遮挡下一片漆黑。鼓声没有停止，你偶尔会听到小鸟和其他动物的叫声。

"奥比萨，我不喜欢这种感觉。我的意思是，我们到底在做什么？我甚至不知道我们要找的是什么。"

奥比萨转过身，盯着昏暗的丛林说道："现在告诉你还为时尚早。"

你指着桌上的地图及上面画出的宝藏说："好吧，就算我们朝那里出发，然后怎么办呢？我的意思是，我们要去山上那么高的地方。你看，那个地方标注有海拔14000英尺呢。"

他表示赞同，于是你们两个人从堆放在房间角落里的供给物资中挑选出破冰斧、绳子、背包和冰爪。明明是在非洲，却要为爬雪山做准备，这感觉还真奇怪！

你们沿着长满了蕨类植物的小路跋涉而去。冰爪在背包里叮当作响。包里装的绳子压着肩膀感觉分外沉重。

一个小时之后，你注意到蕨类植物已经不见了，星星点点的灌木点缀着眼前的景色。你面前是高耸入云的岩石和悬崖。脚下的路变成了一块块岩石，你必须攀爬前行。然后，你们便来到了一块悬崖上。你和奥比萨用绳子将彼此栓在一起，在悬崖的表面缓慢地向上移动着。行动非常艰难。

啊！你脚下一滑。指节撞在了岩石上，鲜血顿时流了出来。奥比萨那一头的绳子变紧，伸缩了一下，然后稳住了。你没有危险了。你们蜷缩在岩石表面缓一口气。

▶▶ 请翻到下一页

你们爬到了悬崖的顶端，离开岩石的路段，开始在雪地上行进，攀岩的路段非常险峻。火辣辣的阳光直射向你，雪面上反射的阳光晃瞎你的双眼，而你没有太阳镜。这时，你看到了它——一间用来作为紧急避难所的铝制山中小屋。

门口放着三块鸡骨头和两只死老鼠。奥比萨喊道："站住，不要碰它们。这是巫术，是一条诅咒和警告，它的含义是只要进去就会没命。"

▶▶ 如果你选择无视这条警告，走进小屋中，请翻到**第 251 页**

▶▶ 如果你选择听从奥比萨的劝告，拒绝进入小屋，请翻到**第 252 页**

希腊真是景色宜人。白云在雅典卫城的上空飘过，午后阳光洒在金色的海面上。

你放弃了这次追踪传奇珠宝的疯狂行动，你甚至决定在雅典的一家英文报社找一份工作，出版的英文报纸名叫《爱芙兰报》。

▶▶ **本故事完**

回家就意味着放弃。你明知如此，但又能做什么呢？独自一人是无法找到那不提珠宝的。

你满怀遗憾地飞回了波士顿，乘坐出租车前往上次与彼得、露西见面商讨对策的地方。但是，当你抵达他们家时，发现他们并不在那里。在厨房的桌子上有一张留给你的字条，让你按地址前往波士顿市中心的一个地方。

▸▸ 请翻到第 255 页

你给彼得和露西发电报让他们立即赶来巴黎。但是，他们不在家，你没有得到回复。那些人将你的眼睛蒙起来，塞住你的嘴巴，把你扔进了一家名叫 L'Express 的法国快餐店后面的垃圾箱里。

呃！薯条和肉类等油炸食品的油腻味道和腐烂的面包味让你简直无法忍受。

不过幸运的是，一直四处寻觅残羹冷炙的癞皮狗发现了你，大叫了起来。你在垃圾捣碎机将箱子提起之前逃了出来。

你掸掉了身上的薯条，擦掉了芥末酱。你重获自由、死里逃生，万幸的是居然毫发无损，但是你已经受够了。你放弃了搜索，返回了家乡。

▶▶ **本故事完**

这次你真的不该和他们争辩。他们打开机舱门，将你推了出去！

扑通！

你刚好掉进了一个池塘里。虽然浑身湿透了，但是总算脱离了险境。

N

E

▸▸ **本故事完**

你按照地址抵达了在摩洛哥的店铺，冲进店里，大声求救，然后扑倒在地板上。你的头部遭到了重击，昏倒在地。

当你醒来时，四周空无一人。你虽然感到虚弱无力，但是没有受伤。你在兜里摸索着，发现有一样东西不见了：那张写着彼得和露西在波士顿的电话号码的字条！现在你的胸口别着另一张字条。上面写着：Merci（谢谢）！

"那些傻瓜。"你像白痴一样咧着嘴傻笑着，"他们也许已经在去美国的路上了！我很庆幸自己已经将地毯商的地址背了下来。"

现在去找那位地毯商。

▶▶ 请翻到第 175 页

由于一家国际航空公司的员工正在罢工，导致所有飞机都不能起飞。你正在机场候机的时候，接到通知要你联系警方。你满怀欣喜地走向站在紧邻报摊的柜台边的一位警官。你刚说明身份，那位警官便立即警惕起来。

警官将你带到了一间办公室，有一位很胖的警官正坐在桌前大口地吃着薯条。他用油腻的手捏着你的护照，将护照上的照片与另一只手拿着的传真文件上的照片对比起来。你偷看到了上面写的文字：

此人为危险的逃犯，立即逮捕！

你正要为自己辩护说肯定是身份弄错了，可是你还没来得及开口就被戴上了手铐。

你因密谋颠覆法国政府罪被捕入狱。

要想救你出来需要经历很漫长的法律诉讼。

▸▸ **本故事完**

莫罗塔瓦所谓的"取走某个物品"就是抢劫银行。那张折叠的纸上画的是如何利用下水道潜入法兰西银行的金库。

莫罗塔瓦咧嘴笑着，猛地拍了下你的后背，说道："正如我所料，你本质上就是个坏蛋。我们在一起合作会很顺利的。"现在，你真的陷入了困境。

▸▸ **本故事完**

你转过身，疯狂地盯着人群中的一张张面孔。危险从何而来呢？

"快逃命！"那位琴师又喊道，他挥了挥手臂，那只猴子尖叫了起来。一辆大型的黑色厢式货车缓缓地驶来停在那位琴师和他的猴子附近。你透过贴着膜的玻璃无法看清里面的人。你怕得一动也不敢动。

"快逃命！"尖锐又响亮的喊声再次传了过来。人们都停下脚步，他们看看你，又看看那位琴师，然后又看看那辆黑色的货车。

你甚至能听见自己的呼吸声。厢货的侧门被缓缓拉开。从里面走出来六位黑衣人，手里都拿着很长且闪闪发亮的东西。

▶▶ 请翻到下一页

你感到自己心跳加速、血流加快。你试图挪动脚步，但是人群似乎要将你拦住，好像一排活的栅栏。

"让我走，让我走！"你用英语喊着，然后又用法语喊道。但是没有人理会你。

那六个人围成了一个小圈儿。三个人手持吉他，一个人背着萨克斯，一个人拿着笛子，剩下的那个人抱着非洲鼓。

原来，"快逃命"是一个乐队的名字。他们通过举行街边音乐会来宣传。

你可以松一口气了。享受音乐吧！

▸▸ **本故事完**

拉莫尔特是那不提和平组织首脑的化名。他一直在躲避当局的领导人，他们都很畏惧拉莫尔特，因为他具有领导革命的能力。人民追随、信任他。你受嘱托要和他一起坐火车潜逃，回到非洲。

拉莫尔特便是那不提珠宝之一。珠宝其实是四位为世界和平而奋斗的领导人。真正的珠宝非常宝贵却又很平凡。

你做出了一个勇敢的选择。祝你好运！

▸▸ **本故事完**

你迈过门槛，什么也没有发生。你的双眼适应了昏暗的光线。这是一间小棚屋，可供六个人在睡袋中过夜——典型的高海拔登山用的小屋。

屋子中间有一张小矮桌。你和奥比萨慢慢走近它。

它们在那里——传说中的那不提珠宝：两颗鲜红得如眼镜蛇的红芯子一般的红宝石，两颗闪亮得像镜子中反射的阳光一样的钻石。

你和奥比萨难以置信地互相看着。你朝它们伸出手去。

嗍！你被一道闪电击中，闪电所带的电量暂时麻痹了你。那不提珠宝消失了。屋外晴空万里，偶尔飘过几片云彩。

你永远都不会得到那不提珠宝了。

▸▸ **本故事完**

奥比萨说："这不是个好兆头。像这样的诅咒意味着我们一直都在被人跟踪。我们其中一人得去求助，另外一个人得留在这里。"

你犹豫了一下，但是最终同意了他的提议。你们通过掷硬币来决定谁留下来观察情况、谁下山去寻求更多的帮助。

你赢了，于是下山，却在冰面上滑倒，摔进一道很深的岩石缝隙中，没有出去的可能了。奥比萨独自一人坐在山上等着你。

▸▸ **本故事完**

"库尔茨先生吗？他去世了，这对老人来说并不稀奇。"一位非洲人说道。你盯着那栋被丛林包围的摇摇欲坠的建筑。

"不过，他说过有朝一日会有人来这里，为此他留下了一个包裹，它在那里，也许你就是他说的那些人。"

包裹里放着的正是那不提珠宝，旧报纸中一共包着四块宝石。它们从内部发出温暖的光芒，这让你的内心无比愉悦。这些宝石里蕴藏着美丽和魔力，它们象征着力量与和平。

▸▸ **本故事完**

这位陌生人是一位目光和善的老人，他微笑着说道：

"过去这几周我们一直试图联络你。请允许我介绍自己，我叫吉恩·皮埃尔·波莱尔，来自摩洛哥。我相信这些就是你要找的东西。"

波莱尔先生握住你的手，在你的掌心放了四个纸包的小包裹。你盯着它们，一时间不知如何是好。接着，你打开了其中一只。哇哦！原来如此。一颗硕大的钻石，一颗红宝石，又一颗红宝石，第四个，是另一颗钻石。波莱尔静静地坐着，笑看着你。

你说道："不过，我想说的是，它们之前在哪里？您是怎样得到它们的？又为什么会把它们交给我呢？"波莱尔先生举起一只手，将你的问题打断，随后回答说：

"我的朋友，有时没有必要问这么多。请你接受这份礼物，完成你的使命吧。"

你不知该说些什么。珠宝就在你的手里。此次搜索或许结束了……抑或才刚刚开始。

▸▸ **本故事完**

　　你按照地址前往那里，发现自己来到了高雅艺术博物馆。博物馆门前有巨大的指示牌写着馆内正在展出传说中的那不提珠宝，是某个匿名组织近期提供给博物馆的。

　　你注意到博物馆外有四五个小孩身着那不提主题的 T 恤衫。他们跟随 CD 机播放的音乐，跳着奇怪的舞蹈。高声播放的是一首最新的流行舞曲，名叫《成为那不提》。

▶▶ **本故事完**

海浪咆哮着涌向位于名为海克力斯之柱的海岬峭壁正下方的沙滩。海浪不仅拍向沙滩！船员大喊道："注意，小心那波海浪！"但是，他们已经忘记了冲击着非洲海岸的狡猾多变的大西洋卷浪。小船激烈地起伏，然后被一阵巨浪抛向空中。你大喊："救命啊！救命啊！"

小船在乳白色的浪花中摔成了碎片。无人生还。

▸▸ **本故事完**

你、露西和拉乌尔按照地址找到了目的地，三个人既恐惧又兴奋地互相看着。

一位身着灰棕色拖地长袍的巨人接待了你们。他瞪着你们，将你们推进了店里。你们还没来得及做出反应就被铐上了手铐，塞住了嘴。

"你们将留在这里作为交换那不提珠宝的人质。期限为六天，之后你们就会被杀掉。"

五天过去了，始终杳无音讯。

现在是第六天的中午。

▸▸ **本故事完**

你抵达埃菲尔铁塔的顶部，眺望外面绚丽的巴黎城。在傍晚斜晖的映照下，它正如上千颗珠宝一样闪耀着。玻璃板反射着阳光，好似一颗颗光芒夺目的宝石。一分钟后，太阳渐渐沉了下去。

原来，那不提珠宝就是美丽与和平。美丽就在我们周围——如果我们用心就真的能看到。

▸▸ **本故事完**

"彼得，你觉得这一切是怎么回事？"

彼得一言不发，只是咧嘴笑着，还耸了耸肩。

拉乌尔迫不及待地想出发。当你们按照地址找到目的地时，很惊讶地发现那里是坐落在丹吉尔郊区的一座小宫殿。侍卫们牵着狗守护在宫殿四周。你们很快就被传唤进去。

你们沿着一条长长的大理石走廊缓缓而行，走廊的两边排列着喷泉。随着你们逐渐深入，宫殿里回荡着你们的脚步声。

你们走入一间很宽敞的房间。有十一个人站着围在一张小桌子前，桌上放着一把三英尺长的弯刀，刀柄上镶嵌着四颗珠宝，它们就是那不提珠宝。弯刀闪烁着神秘的光芒，它从桌面上升起，从空中滑过，落入你的手中。

你是那不提珠宝新的守护者。你是命中注定的和平和正义的领导者。

▶▶ **本故事完**

第二辑

选择
你自己的
冒险

空中之王
联合国行动

［美］R. A. 蒙哥马利　　［美］拉姆齐·蒙哥马利◎著

张悠然◎译

湖南文艺出版社
HUNAN LITERATURE AND ART PUBLISHING HOUSE

小博集
BOOKY KIDS

©中南博集天卷文化传媒有限公司。本书版权受法律保护。未经权利人许可，任何人不得以任何方式使用本书包括正文、插图、封面、版式等任何部分内容，违者将受到法律制裁。

著作权合同登记号：图字18-2020-147

图书在版编目（CIP）数据

空中之王·联合国行动/（美）R.A.蒙哥马利，
（美）拉姆齐·蒙哥马利著；张悠然译. -- 长沙：湖南
文艺出版社，2022.3
（选择你自己的冒险. 第二辑）
ISBN 978-7-5726-0294-8

I.①空… Ⅱ.①R… ②拉… ③张… Ⅲ.① 儿童小
说－长篇小说－美国－现代 Ⅳ.①I712.84

中国版本图书馆CIP数据核字（2021）第162352号

上架建议：儿童文学

XUANZE NI ZIJI DE MAOXIAN. DI-ER JI　KONGZHONG ZHI WANG·LIANHEGUO XINGDONG
选择你自己的冒险. 第二辑　空中之王·联合国行动

作　　者：	[美] R. A. 蒙哥马利　　[美] 拉姆齐·蒙哥马利			
译　　者：	张悠然			
出 版 人：	曾赛丰		责任编辑：	刘雪琳
策划编辑：	蔡文婷		特约编辑：	丁 玥
营销支持：	付 佳 付聪颖 周 然		版权支持：	刘子一 姚珊珊
封面设计：	潘雪琴		版式设计：	霍雨佳
出　　版：	湖南文艺出版社			
	（长沙市雨花区东二环一段508号　邮编：410014）			
网　　址：	www.hnwy.net		印　　刷：	三河市兴博印务有限公司
经　　销：	新华书店		开　　本：	855mm×1180mm　1/32
字　　数：	138千字		印　　张：	7.75
版　　次：	2022年3月第1版		印　　次：	2022年3月第1次印刷
书　　号：	ISBN 978-7-5726-0294-8		定　　价：	130.00元（全5册）

若有质量问题，请致电质量监督电话：010-59096394
团购电话：010-59320018

注意！

这是这是一本与众不同的书，
决定故事内容的人完完全全是你自己。
书中有危险，有抉择，有冒险……当然，也有后果。
你必须用尽自己丰富的才能与大量的情报，
错误的决定可能导致最终的灾难，甚至死亡。

但是，不要气馁。
你在任何时候都可以返回，做出另一个选择，
改变你的故事走向，从而改写结局。

**加油吧，
选择你自己的冒险！**

空中之王

感谢所有保护我们森林的勇敢的人。

——R.A. 蒙哥马利

2

　　你接受培训，练习了好几个月，终于为自己的第一次飞机跳伞做好了准备。这是你成为一名优秀的跳伞灭火员的必经之路。

　　十几年来最干旱的春夏季节意味着将会发生许多严重的火灾。你的第一次跳伞很快变成了第一次救火任务。时间飞速流逝，你必须快速思考，快速行动。稍有差错，地狱之火将会追赶上你。

你醒着躺了将近一个小时，清晨的阳光照在帐篷上，洒下金色的光芒。你伸手把门帘拉到一边，让凉爽的清晨空气进来。你深吸一口气，吸进满满的松木气味，然后拉上睡袋拉链的一半。

早晨的这个时候，你总是充满能量和激情来迎接新的一天。"快起床，喜洋洋。"你说，"快起床，喜——"

一个声音从你旁边的帐篷里传来，打断了你。"我已经有闹钟了，谢谢。"这是芬恩的声音。

旧帐篷是圆顶的，人在里面几乎不可能站直。你从羽绒睡袋里爬出来，穿上你的衣服——短裤、T恤和羽绒背心，然后步入灿烂的黎明中。太阳正在爬上北面的山坡，山坡的背阴面还有些积雪没有融化。你再一次被眼前的美景震撼。要是能放松一下，好好享受就太棒了。

今天是你们第一次真正的跳伞训练——你们俩报名参加了一个特殊的跳伞训练，任务是在太平洋西北地区的山上扑灭森林大火。

▶▶ 请翻到**下一页**

4

"你觉得我们今天真的要跳伞吗？"芬恩问道。

"我不知道，"你说，"天气看起来不错，我们已经准备好了，帕蒂、艾莉森和迈克尔也准备好了。不得不说，这是一次冒险。"

仅仅是听到自己的话，你都激动得颤抖，同时，内心也感到了真正的恐惧。你们已经在荒野里接受了几周的训练，你已经一次又一次地打开、收起降落伞，练习了接近地面的跳伞，学会了在四十五分钟内搬运四十多磅（1磅=0.4536千克）的重物走三英里（1英里=1.609344千米）。今天可能是你第一次正式跳伞的日子。你做好了准备，但你也很害怕，内心深处很恐惧，你担心自己可能在第一次跳的时候被吓住，朋友们会认为你是个胆小鬼。

如果你通过了跳伞测试，接下来的练习就是灭火。你尽最大努力让自己不要多想，把注意力集中在掌握的技能上。因为训练压力很大，一半以上的训练成员已经退出了。你和芬恩——你的帐篷搭档，都留下了。你们俩很快成了朋友，因为你们都来自城市，也习惯了野外露营。你们都是热心的环保主义者，明白跳伞灭火在严重的森林火灾中是多么重要。

▶▶ 请翻到**下一页**

"但愿今天能跳伞，我真的等不下去了。"芬恩的声音将你的思绪带回到现实中。

你同意地点点头，忙着清理干净帐篷和营地。其他人也从帐篷里出来，都在谈论着同样的事情。

▶▶ 请翻到**下一页**

早餐和往常一样丰盛：煎饼、鸡蛋、培根、吐司、麦片、果汁和茶。厨师多特·琼斯在加利福尼亚州的一个奶牛场长大，她是全美大学生体育比赛的铅球冠军，还得过十次世界女子摔跤冠军。尽管她身材壮硕魁梧，骨子里却是个温柔的人。不过你也注意到，从来没有人敢当面批评她的厨艺。

"多吃点！"她催促道，"你们吃得和小鸟一样少，待会儿就要去吃烟了，所以趁现在还能吃，最好吃点真正的东西。你们到底怎么了？"

你很想告诉她，按体重比例计算，鸟类实际上每天比人类吃得多，但你忍住了。你不想让多特认为你是个自作聪明的人。她是个好人，常常鼓励大家，把危险和困难轻描淡写。

你注意到餐厅里的其他桌子都空了。经验丰富的跳伞灭火员已经赶去了火灾现场——离这里八十英里的黑熊溪的交汇口处。他们已经去了三天了，有报道说他们遇到了麻烦。在过去的几天里，你好几次感觉闻到了空气中有烟味。你询问多特，她闻了闻，表示也闻到了。

"看到那些云了吗？"她问，"那很可能是大火冒的烟，从陡峭的山谷里飘过来的。有人说大火是人为的。"

"什么意思？"你问，但心里知道她的答案。

▶▶ **请翻到下一页**

"有人故意放火，这种事情肮脏又卑鄙。"

"这是为什么？为什么有人会做出这样的事？"

"有些人就是很奇怪。"多特耸了耸肩，摇摇头，"重要的是一旦着火，就要赶紧扑灭。大多数火灾是自然现象引起的，比如闪电会造成大火。像今年夏天这样干燥，就会比较危险。"

你刚吃完早餐，亨利·布鲁亚德开着他那辆越野小货车出现了，身后扬起了一团尘土。亨利负责这个暑期项目，他是土生土长的新奥尔良人，就像亨利喜欢说的："在洪涝和水边长大的人注定被干旱和火灾吸引。"亨利身高六英尺（1英尺=30.48厘米）多，有着古铜色的皮肤和犀利尖锐的双眼。你感觉只要亨利一来，火势都会害怕地转移到其他方向。虽然亨利很严格，但他热爱自己的工作，关心所有的跳伞灭火员。

▸▸ 请翻到**下一页**

亨利从车上跳下来，迈着大步穿过开阔的草地，面带微笑，看上去充满信心。

"大家集合！这就是你们一直在等待的，也是你们一直害怕的。"他笑着说。人群里发出一阵紧张的笑声，但你没有笑。"今天早上九点，你们将进行第一次跳伞测试。正如你们所知，需要跳十次才能成为合格的跳伞灭火员。"

一阵兴奋的欢呼声响起，这些马上就要成为跳伞灭火员的人开心地你拍拍我，我戳戳你。

"安静一下。准备好装备，十分钟后在机场等我。"

三个小时后，你和其他人一起爬上铝梯，进入水獭式舷窗飞机。当你登机的时候，右舷引擎已经在转动了，螺旋桨像风扇一样吹着大家。你的眼睛需要几秒钟的时间来适应飞机内部的黑暗。你们十个人，加上亨利·布鲁亚德和严肃的跳伞教练埃丽卡·赫本。坐好后，埃丽卡和地勤人员核对完毕，关上舱门。没有人说话，他们不是盯着地板看就是反复检查自己的装备。

▸▸ 请翻到第 **10** 页

飞机在泥泞的跑道上滑行，慢慢起飞，爬升到清晨清新的空气中。你努力说服自己，胃里的抽搐是因为兴奋，而不是害怕。

二十分钟后，飞机已经达到了合适的高度，开始沿着弧线缓慢绕圈。你从长方形的小窗口望出去，看到下面的地面。当你离地面近三千英尺时，一切都显得那么渺小——树木、溪流、汽车和建筑物。北面和西面的群山环绕着你。要是能欣赏风景而不用担心跳伞就好了。

突然，一个声音划破了你的幻想。声音来自安装在舱壁上的扬声器，它将机舱与飞行员舱室分隔开来。声音在不断重复："正在接近降落区。"

机舱门上方的一盏红灯不断闪烁，这扇门即将成为你跳伞的出口。红灯下面是未亮的绿灯。你和其他人一样，眼睛紧紧盯着这两盏灯，等待跳伞的信号。

▶▶ 请翻到**下一页**

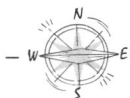

　　布鲁亚德站起来，再次调整自己的装备，在背带和织带上拉来拉去。每个人都照做。

　　"第一次跳伞是固定拉绳跳伞，"他指导大家，"当你走出飞机时，你所要担心的只是身体的位置。连接在飞机上的绳索被拉紧时，降落伞会自动打开。"

▸▸ 请翻到下一页

"你们马上就要加入精英消防队了，"布鲁亚德试图盖过引擎的声音，大声喊道，"下次这么做的时候，你们可能会在失控的大火的上空，人们的性命将寄希望于你们成功的跳伞。"

"好啦！小菜一碟，你们每个人都会出色地完成！"埃丽卡说，她尽力让大家冷静，但似乎不起作用。你紧张极了，感觉胃都不再是身体的一部分，你几乎可以听到自己的心跳。

▸▸ 请翻到**下一页**

内心似乎有一个声音告诉你：不要跳。你觉得会有这种想法冒出来也是正常的。

你又向下看了一眼。你能通过这次考验吗？

▶▶ 如果你选择跳伞，请翻到**第 15 页**

▶▶ 如果你选择放弃跳伞，请翻到**第 33 页**

你把恐惧搁置一边，尽你所能，最终决定完成跳伞。

"还有十秒钟开始。"飞行员宣布说。红灯闪烁了几下，熄灭了，然后绿灯亮了。

"大家都准备好了吗？"埃丽卡问道。每个人都点了点头，检查是否连接好了固定拉绳。你看了看芬恩，他给你竖起大拇指。他看起来很平静，令你有些嫉妒。不过，也许他心里和你一样紧张，甚至比你更糟。

"准备出发！"布鲁亚德喊道。第一个人毫不犹豫地跳下去，接着是第二个，第三个，但第四个人犹豫了，他的手紧紧抓住机身的侧面。布鲁亚德把他从固定拉绳上解下来，让他退到一边。其他人继续往下跳。

▶▶ 请翻到下一页

　　轮到你了，你跳到稀薄的空气中。当开始自由落体时，你的胃剧烈地抽搐。降落伞啪的一声自动打开，很快兜满了空气，紧紧地拉扯住你的肩膀。你悬在空中，缓缓地向下面美丽的世界降落。树梢小得像颗西兰花，你用力蹬腿，感受风的阻力。翼伞支撑着你，它从一堆五颜六色的尼龙布中膨胀出来，呈长方形，就像飞机的机翼。不同于旧式的圆形降落伞，这些装置可以更精确地控制方向，如果操作正确，着陆时可以非常轻柔，你的脚不会受到太大的震动。

　　你情绪高涨——你成功了！往外看去，你看到周围其他人的红色和黄色的翼伞。兴奋和幸福的感觉盈满内心，但是你想起埃丽卡和布鲁亚德反复强调的"保持清醒！集中注意力！你们不是去观光！"你克制住自己的兴奋，把注意力集中在风和迅速临近的地面上。

▸▸ 请翻到第 **18** 页

埃丽卡和布鲁亚德是最后两个跳下飞机的，但他们利用自由下落的时间足够追赶上你们了。你看到他们挂在降落伞上，给你竖起大拇指。

两名跳伞指挥官助理站在地面上，拿着电池供电的扩音器，在给予指导和鼓励。"注意风向。嘿，你，再往右一点！所有人都很好。你做得很好。"

你看着前两名跳伞灭火员落地。第一个的降落是教科书式的，她下降着地的同时，降落伞放空了气体。但第二个就没那么幸运了，他重重地落下，摔倒在地，被拖出去好几码（1码=0.9144米）远后，降落伞才放空气体。一名助理迅速前去帮他。你深吸一口气，希望自己安全着陆。

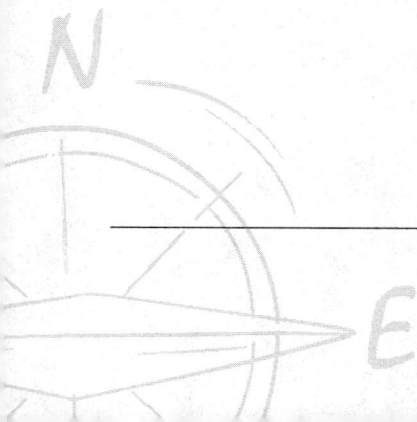

▸▸ 请翻到第 **20** 页

现在轮到你了！地面离你越来越近，你本能地按照平时练习的方式调整立板。你感到轻微的晃动，就像从电梯里出来一样，你站在地面上，其他人跟在后面。几乎有一半人跌倒，一半没跌倒，但没有人受伤。

你看着埃丽卡和布鲁亚德着陆，你对自己的成就感到兴奋，以至于你想要返回飞机上再跳一次。

"干得漂亮！"布鲁亚德说，他依次走到每一个人的身前，与大家握手，并拍拍大家的后背。"恭喜，你们现在成为跳伞灭火员了。"

你们坐下来围成一圈，讨论刚刚成功的跳伞经历。

"你们都做得非常好，"埃丽卡接着布鲁亚德的话说，"但还有很多东西需要学习。你们所处的每一个地区都是不同的，今天没有火灾，没有危险，但我们仍然可以学到很多。"

埃丽卡告诉你们所处的这片山区的情况，以及存在的安全隐患。

▸▸ 请翻到下一页

　　"我的第一次跳伞在离这里不远的地方，"她说，"那是一九九五年的熊爪山大火。旧金山的森林因此被烧得面目全非。"

　　"是不是在那场火灾中，神秘的印第安人不知从哪儿冒出来救火？"一个叫萨莉的实习生举手问道。

　　埃丽卡有些局促不安，她瞥了一眼布鲁亚德，继续说道："许多当地人帮忙救火，并没有什么神秘事件发生。这只是一个典型的消防案例。"

▶▶ 请翻到下一页

你发现很难完全集中精力在埃丽卡和布鲁亚德说的话上。即使你知道应该集中精力，但这一天的兴奋之情掩盖了他们的话。你的思绪飘回了空中。那不可思议的感觉，好像你变成了天空的一部分，慢慢地向地面移动，自如地控制你的路径，就像你在飞行一样。

埃丽卡正在谈论坠入火场的危险。她提到了上升的气流，即所谓的热流，并解释了判断它们有多么困难。

谈话中途，布鲁亚德接到了一个电话，他离开了一会儿，回来时气喘吁吁。"我需要两名志愿者。"他严肃又兴奋地说。所有人的注意力立刻集中在他身上，就连埃丽卡也在等他的下一句话。

"我们遇到麻烦了。西北方向大约六十英里处有几起小火灾，并不严重。当地组织应该很快就能控制住火情，但也不能完全保证。我们需要过去查明情况。大家知道，我们的其他成员都在应对黑熊溪的火灾，所以我需要两名志愿者跟我一起。有人愿意吗？"

▶▶ 请翻到**下一页**

每个人都举起手来。布鲁亚德仔细看了一圈，感到很满意。他继续说："这项任务有一个弊端，不管谁去，都会错过两三天的跳伞训练。我们会尽最大努力，但你们总会失去练习的时间。你们都知道规则，要获得资格，就必须完成所有的跳伞任务。但是这项任务会延迟你的认证时间。我们需要重新安排你的跳伞测试时间。还有人愿意吗？"

这个机会确实令人兴奋，但你不确定是否要推迟认证。毕竟，这是你一直努力的目标。然而，你想得越多，就越意识到，你训练的最终目的是扑灭大火、拯救生命。这是你的机会。对你来说，重新安排跳伞不算太糟糕。因为你从这次任务中将获得的经验是宝贵的，同时它也会成为档案中亮眼的记录。

▶▶ 如果你选择做志愿者，和布鲁亚德一起，请翻到**下一页**

▶▶ 如果你选择留在跳伞训练班，请翻到**第 47 页**

"我想去，教官。"你说道，对自己的坚定信念感到吃惊。

"我也是。"芬恩喊道，站了起来。其他人看到有足够的志愿者，松了一口气。他们保持沉默，把注意力转回到埃

丽卡的讲解中——和燃烧区降落有关的问题。

"好的，跟我来。"布鲁亚德说，"谢谢，我很感激你们所放弃的一切，并会尽力补偿你们的。"

过了一会儿，你们三个人开着一辆越野车在土路上颠簸前行，奔向停着两架阿鲁亚特小型直升机的停机坪。这是你第一次乘坐这种法国喷气式直升机，它以在欧洲阿尔卑斯山的高海拔地区执行任务而闻名。很快，你就把装备放进了远处的那架直升机上。布鲁亚德操控直升机，你们离开发射台，像蜻蜓一样突然旋转、腾空，冲向第一个火灾现场。

你感觉自己像个富有经验的老手，因为你已经成功地完成了第一次跳伞，但你不想对自己太过自信。跳伞很危险，就像骑摩托车或爬山一样。你在拿生命冒险，绝对不可以想当然。在直升机旋翼的噪声中，你提醒自己保持清醒、集中精力。

▶▶ 请翻到下一页

下面的风景很快就看不清了。三十五分钟后，你们在一团浓烟上方盘旋。布鲁亚德指向它，点点头，开始寻找着陆点。他发现了一个——被砍倒的树中间有片空隙，恰好可以用作降落地点，旁边有两个人用黄色的防潮布做信号。直升机迅速下降。

当旋翼停止转动时，你们三个人下了直升机。你闻到新鲜的松树和木头燃烧的烟味。这两种味道让你回想起小时候和爸爸一起露营的情景。从你七岁到十四岁，每年夏天，他总会带你和你妹妹到加拿大北部待两周，划独木舟、钓鱼。去年夏天是最好的，你钓到了一条重量破纪录的三文鱼——至少在你家里是最重的。

这些回忆足以冲淡你父母离婚带来的不快。住在森林和湖泊边真的很好，你玩得很开心。虽然你也喜欢城市里的朋友，但是和家人一起在野外度过的时光却是一年中最美好的。你一直认为，这就是家庭的意义所在：享受彼此的陪伴，团结一致，不争吵。这也是你爸爸定下的规矩之一。他总是说，争论可以，打架绝对不可以，他不能容忍。你意识到自己的思绪在游荡，现在你需要专注于眼前的任务。

▶▶ **请翻到下一页**

"嘿！你没事吧？"布鲁亚德问道，带着疑惑的表情走到你跟前。

"没事，我很好。"你说，"我被烟呛了一下，感觉还没从跳伞的兴奋里平复过来。""好吧，跟我来，我想给你们介绍一些人。"布鲁亚德说。你看到芬恩已经走上前去，介绍了自己。

在你正要和两名护林员握手时，挂在空地上一棵松树的枝干上的步话机的声音打断了你们。

"三号护林员！三号护林员！求救，求救！上游需要一架救伤直升机。收到了吗？"

"清楚明白。时刻准备。"三号护林员回答说。

"有个护林员倒下了，好像是因为烟雾中毒。我们需要布鲁亚德和他的直升机来支援。我们的另一架直升机已经飞出去执行任务了。"

布鲁亚德点头同意。

"他正在路上了，会在落基山脉那边的大本营和你会合。"

"情况糟糕，我们在上游的上方。告诉他要小心，进去会很困难。我们急需帮助。这个护林员的生命体征很微弱。"

▶▶ 请翻到第 29 页

消息还没接收完，布鲁亚德就已经在直升机上了，很快便飞上天空出发了。

你盯着迅速远离的直升机，不知道接下来会发生什么。但不容你多想，护林员结束了广播，转向你和芬恩。

"我叫斯塔莫斯，"他向你们介绍自己，"我们得派一支巡逻队沿着边缘地带巡逻。"他指着远处的地平线说，开始着手干正事。"我们接到报告，说那里可能有露营者。如果火势蔓延，情况可能会很严重。我们还需要救援来扑灭这里的火。虽然一切都在掌控之中，但我们的护林员需要休息。我们可以派一些'新鲜血液'。"

从你的第一次跳伞到消防，再到巡逻，所有的事情都发生在同一天。虽然你一直是那种适应能力强的人，在突发情况下能够随机应变，但是你认为这么做可能会越权。你并不害怕，只是事情发展得实在太快了。你看着芬恩。

▶▶ 如果你选择前去巡逻，请翻到**下一页**

▶▶ 如果你选择帮助护林员救火，请翻到**第 39 页**

你们决定去巡逻，并警告可能还在大火边缘地带的露营者。斯塔莫斯向你们简要介绍了该地区的情况，给了你们一张地形图，在上面圈出大约四英里的范围，那是露营者出没的地方。他还给你们一台无线电收音机，但是提醒说："这是个旧型号的，接收范围有限，而且电池电量不多，不能完全依赖它。千万别惹麻烦。你们有口粮吗？"

"呃，没有。不过今天吃得足够多了——一个三明治，一块糖，几个橘子。"

"带水壶了吗？有皮大衣或斗篷吗？"他问。

你摇摇头。

"喏，拿着。这是我仅有的一件。"斯塔莫斯递给你一件风衣，是森林绿色的，这颜色与周围环境完美融合。如果你们在森林或山上遇到麻烦，可能永远不会被发现。你爸爸总是强调在户外使用亮色的重要性，那样可以更加安全，可你永远不知道什么时候需要它。你犹豫着是否要去拿那件风衣，但考虑到目前的情况，你只能这样做了。

▸▸ 请翻到下一页

"你熟悉这个地区吗？"斯塔莫斯问。

"我来这里已经有一个月了，但只是在营地和其他跳伞灭火员一起训练。"

斯塔莫斯点点头。"我知道了，好吧，你要当心贪吃蛇，"他说，"我相信你知道这是什么，这里有很多要当心的。"他警告说："狼啊，熊啊，还有一些不太友好的人。"

他快速看了你一眼。"只要一完成任务，就马上回来，如果遇到一些人看起来像当地居民，你什么都别做。这里的人都有自己的地盘。

"你可以用这个水壶。记住，太阳在接近八点时落山。现在差不多一点了。尽量在天黑前回来，好吗？我在这里等你。"

▶▶ 请翻到下一页

"没问题。"你回答道,急迫地想要上路。事情发展得太快,让你对时间的概念都模糊了。从你今天早上起床到现在,好像已经过去一周了。你看到芬恩已经和另一个护林员一起去救火了。

"哦,差点忘了。你有手电筒吗?"斯塔莫斯问道。他也正着急出发,你能感觉出来他是个细心的人。

"当然有,虽然很小,但很好用。"你拍了拍身体一侧回答道。无论是在城市还是露营,你总是带着它。

"祝你好运,保持冷静。需要的话给我发个信息。记住,不要冒风险。如果你看到任何着火的迹象,赶紧回来,好吗?"

"没问题。"你回答说。

斯塔莫斯冲你咧嘴一笑,然后前去火场了。

▸▸ 请翻到第34页

你决定听从内心的声音，向恐惧屈服。你带着坚定的信念，解开固定拉绳，走到布鲁亚德跟前。

"我跳不了。"你说，同时感到羞愧和害怕。

"没关系，很多人都有这种经历，没什么好羞愧的。坐这儿吧。"他说着往旁边稍微挪了一下，让你可以坐在他旁边。

没有人说话，引擎的轰鸣声填补了安静。你感到尴尬，但一切都会好起来的，你告诉自己。

"好了，跳伞灭火员们，准备好。"埃丽卡说着站起来，走向打开的机舱门。绿灯亮了，其他人一个接一个地朝门口移动，先停住片刻，然后跳下去。你看着他们降落，五颜六色的降落伞迅速打开。

你听从来自内心深处的命令，站起来，伸手让自己重新挂上固定拉绳。

接着，你来到机舱门口，毫不犹豫地跳了下去，感觉自己像自由落体一般。降落伞打开了，你缓缓优雅地接近地面，尽情享受着跳伞带来的刺激和周围美丽的风景。

▶▶ **本故事完**

你深呼吸，试着深入自己的内心，找到一种平静和幸福的感觉，这是你爸爸教你的办法。你想象在寂静的森林有一个池塘——平静、幽深、美丽。你聚精会神地看着它，几乎看不到一丝涟漪，也听不到任何声音。你心跳的节奏稳定了，速度放慢了。你的头脑变得清晰，精神集中在一起。

下面的云朵回归了它们往常所在的位置。风开始变大，这可能意味着麻烦。风不仅能助长火势，还能把火带到别处。因此你在巡逻时必须记住风向。

地形图上的路线非常清楚。你沿着小溪走了将近一英里，很容易就找到了踪迹。路上看见的这些树木有些年头了，它们间隔距离良好，下面没有太多的灌木丛。一路上远离跳伞学校的熙熙攘攘，你发现这对你是一种解脱。你放松下来，呼吸的节奏变得平稳。

大约一英里后，小溪向左转弯，你开始向山上走去。地势有些险，你打滑了好几次。你担心会偏离路线，于是把地图研究了好多遍，才确保没问题。环顾四周，你有种被跟踪的感觉。你告诉自己不要焦虑，这些恐惧只是脑海里的幻想。

▶▶ **请翻到第 36 页**

　　斯塔莫斯在地图上圈出一个区域，上面布满了崎岖的岩石，俯瞰着一片山谷和一条小溪。你肯定是走错路了——确实有崎岖不平的岩石，但后面看到的是更多的岩石，这里像沙漠一样干旱。

　　你忧心忡忡地望着这片荒芜的土地，在想地图是不是过时了，或者是你走错了路。你坐了一会儿，准备吃点东西。

　　正吃着的时候，你听到了树枝折断的声音。原来你的第六感是对的——这里果然还有别人。

▶▶ 请翻到第 **74** 页

"我不知道该怎么办，"你回答说，"对不起。"

"我感觉你不是来帮助我们的人。"巫师说。他看着纳莎，对她说了些你听不懂的话。"我想你最好离开，"纳莎告诉你，"现在就走！"

▸▸ 请翻到**下一页**

"但是我在执行任务，"你争辩道，"我必须派人接替我的工作才能走。"巫师的表情让你明白争辩没有任何作用。这群人看着你走进森林，远离隐现的大火。

两周后，你终于发现了熟悉的护林员制服。由于流浪了太长时间，你只能吃自己收集的奇怪植物而勉强活了下来。

"你去哪儿了？"斯塔莫斯焦急地问。

你虚弱地看着他，什么都不记得了。

▸▸ **本故事完**

"我们要去救火。"你说。芬恩只是耸了耸肩。你希望没有伤害到他的感情。当遇到你觉得正确的事情时，你会毫不犹豫地去做。

斯塔莫斯用无线电联系救火队。"我是斯塔莫斯，派玛丽亚前去朝圣者所在的山坡巡逻。我带着两个新成员去救火。完毕。"

"没问题，长官，10-4。"

▶▶ 请翻到下一页

"什么是朝圣者？"你问斯塔莫斯。

他笑着说："哦，这只是我们给露营者取的一个绰号。没什么不好的，只是他们太热忱了，很多人是第一次来这里。我们出发吧，别浪费时间了。"

你和芬恩、斯塔莫斯一起挤进了破旧的卡车。前往火场的路途颠簸不平，斯塔莫斯开得飞快。你紧紧抓住车顶的把手，生怕掉下去。

斯塔莫斯回头看到你一脸惊恐的表情，笑了笑，继续加速前进。

"啊哈！"他大声喊道，"开始救火啦！"

▶▶ 请翻到**下一页**

四十分钟后，你们驶进一个临时的集合区，里面还停着别的车辆。这里的烟味非常重，风也越来越大，顺着狭窄的山谷吹向火场。

"好的，"斯塔莫斯说，"你们现在有安全装备、头盔、护目镜、防火风衣。让我看看你们的靴子。"斯塔莫斯检查了一遍，确保靴子具有绝缘作用，可以用于跳伞和救火。"拿着这些，你们会需要的。"他说着将铁锹扔给你和芬恩。你还带上了背包、水壶和少量的食物。你们分到了一台无线电收音机，芬恩拿了过来。"记住，你们两个人不要分开，并要始终与团队保持联系。火灾是很棘手的，千万要当心。"斯塔莫斯叮嘱道。

你们沿着小路出发了。你意识到这并不是一条真正的小路，而是一条围绕着露出水面的岩石蜿蜒而下的等高线，沿着这条等高线，你可以顺着河流走过去，再从另一边往上走。路很陡，你脚下不稳。斯塔莫斯快步走在前面，你和芬恩努力跟上。

▸▸ 请翻到下一页

你们爬上了山坡，停下来休息，同时确定目前的方位。

"嘿，那是什么？"芬恩指着远处的山坡问，上面好像有个人。

"看起来像一个人，他在做什么？"你回答。

"好像在发信号，可能在求救。"

那个人挥动着衬衫，在十英尺的距离内来回移动。你试着大声喊以引起那个人的注意，但是太远了，而且溪水的动静盖住了你的声音。若是徒步走到那里，会花费大约五十分钟左右的时间。

"你觉得呢，芬恩，我们应该过去看看吗？"

"嗯，其实不算太远。但是我们最好让斯塔莫斯决定。"

你环顾四周，却没看到斯塔莫斯的踪影。你可以赶紧追上他，但或许也可以自己掌控局面，察看那个人到底怎么了。

▶▶　如果你选择帮助那个人，请翻到**第 62 页**

▶▶　如果你选择去追赶斯塔莫斯，请翻到**第 73 页**

你决定和这个神秘的女人一起去，她身上有种东西让你相信她。

纳莎点头赞成。

"我想你会和我一起的，"她说，"你会庆幸自己的选择。跟着我，咱们得快点。"

纳莎低下身体，飞快地向前移动。一开始，你很难跟上她的速度。脚下的路崎岖不平，也没有任何标记。很快，你学会了模仿她的动作——像小猫一样弓着身子，这就容易多了。你们俩几乎是沿着山坡小跑，她没回头看你，也不说话。一个小时后，你们停下来喝水。

"你看。"纳莎示意你。你仔细看了看这片山坡，发现这儿的岩石形状奇特、表面光滑，像史前的石头。一只不知名的大鸟从你头顶飞过。感觉像是穿越到了过去。

▸▸ 请翻到**下一页**

"我们马上要进入米沃克地区了，很少有人去过那儿。"纳莎说，"那里发生了森林火灾，正在举行降温仪式。"

"降温仪式？"你问道。

"米沃克人认为所有火灾的发生都是自然原因，是对世界失衡的回应。降温仪式试图恢复这种平衡。"纳沙指着一块露出地面的岩石，离你现在站的地方大约有半英里。"走到那里用不了二十分钟。"

令人惊讶的是，即使你走了这么久，又走得很快，也不会觉得累，而是感到舒服和放松。关于芬恩、斯塔莫斯和布鲁亚德的事似乎已经是很久以前的事了。你跟随纳莎，对你接下来遇到的事情没有任何担心和紧张的情绪。

▶▶ 请翻到第 54 页

芬恩疑惑地看着你。你摇摇头，表示想留下来，毕竟你参加这个培训班的主要原因是想学跳伞。你很喜欢布鲁亚德，不想看到他陷入困境。如果没有其他人愿意去，你就报名。幸好有三个人报名参加，布鲁亚德选了两个。不一会儿，他们乘着越野车上路了。

课程继续进行，埃丽卡站在餐厅的一张桌子上。"跳伞灭火员们，做得好！我看过很多第一次跳伞的人，你们真的很棒，每一个人都是。"

大家欢呼雀跃。埃丽卡等着所有人安静下来，继续说："我们要听取你们每个人的报告。按照名字首字母顺序来。所有人去外面，回到教官那里去！"

▶▶ 请翻到第 **49** 页

外面，早晨阳光明媚，你还能闻到浓浓的松树气味，感觉棒极了。好像你呼吸的每一口空气都充满了生命的气息，怎么都吸不够。完成跳伞后，你感到前所未有的充满活力。报名参加这个夏季项目是你迄今为止最好的主意。

　　多特为了犒劳大家的第一次跳伞，特地准备了美味的大餐。她把挂在餐厅走廊椽子上的铁三角敲得叮当响，喊道："快来吃饭啦！"新鲜的蓝莓馅饼已经切好等候着你们。

▸▸ 请翻到**下一页**

汇报占去了下午的大部分时间。埃丽卡是一个好老师，做事低调，受人尊重。她讲课的时候让人感觉时间过得很快。令你惊讶的是，讨论跳伞和整个过程的感受也能学到不少东西。

"明天我们再跳一次，今天下午和晚上好好休息。"埃丽卡对大家说。

然而，到了晚上，一场暴风雨从西而来，巨大的积雨云聚拢在山上。狂风吹向营地，最初的几滴雨水溅落在干燥的土地上，打在绷紧的尼龙帐篷上。过了一会儿，雨就停了，和来的时候一样突然。但风和闪电还在持续。隆隆的雷声在山谷中久久作响。你知道，风会加剧火势，就更难扑灭了，而闪电还可能引起新的火灾。你现在能做的就是等它们过去，检查你的帐篷，确保钉子牢固，门帘完好无损。

尽管才晚上十点，灯早早地就熄灭了。你怎么也睡不着，仍然处在今天跳伞的兴奋中。悬浮在地面上空时，你感觉自己不再是人类，而是变成了神奇的物种，自由自在地游荡。你实在无法入睡。

突然，你意识到帐篷顶上有刮擦的声音，声音很微弱，但外面一定有什么东西。

▸▸ 请翻到第 **52** 页

"有人吗？"你试探地问。

"小点声，是我，芬恩。"微弱低沉的声音回答说。

"怎么了？跳伞太兴奋？也睡不着了吗？"

"不，不是这么简单。这里发生了奇怪的事情。"

"这里唯一奇怪的就是你了。"你回答说。说完，你拉开帐篷门帘，走进外面的黑夜里。云彩遮住了月亮和星星，很难看清周围，不过你还能辨认出芬恩的轮廓。"到底怎么了？"

"也许你觉得我疯了，但是……"芬恩刚说到一半，拽住你的胳膊，把你推到帐篷后面。两个人急匆匆地经过。

"看到那两个人了吗？"他问道。"多特有时候会留些剩饭。我起来去餐厅里找东西吃的时候，看到了他们。"

"谁啊？"你问道。

"你总是不等我把事情说完。"

"怪你自己说话太啰唆。快说重点，他们是谁？"

"问题就在这儿，我从来没见过他们。但是他们看起来对这里了如指掌。"

▸▸ 请翻到第 118 页

说好的二十分钟之后，纳莎带你来到一块平坦的岩石上，俯瞰着壮观的大峡谷。几个穿着白色兽皮的男人和女人围成一圈摇摆着，一个穿着花纹背心的男人向他们每个人递了一根烟杆。

仪式之外，大火在熊熊燃烧，浓烟很快覆盖了峡谷。你看到动物们都在向山上逃去。两只小鹿和一只长着一对大鹿角的麋鹿站在人群的边上，像是在观看他们。

纳莎加入了人群，并示意你照做。你们俩从鹿皮袋里接过一些黄色的东西。

"是玉米花粉，"纳莎说，"拿着吧。"

你将花粉放在舌头上。主持仪式的巫师把一些花粉按在你的额头上，另一些撒在地上，并对着天空比画。

▸▸ 请翻到第 56 页

你随着巫师的手势，望向天空。当你抬头看时，闪电划过被烟熏黑的天空。你再回头看着巫师，第一次意识到，原来你可以理解他的语言。

"我们正在召唤幻化女神、屠兽神和水神的子孙帮助我们扑灭这场大火。我知道你们也是过来帮忙的。"

围成圈的人们都注视着你，就连麋鹿和小鹿似乎也在盯着你看。

"你愿意主持我们的仪式吗？"

▶▶　如果你不知道该怎么做，选择拒绝主持仪式，请翻到**第 37 页**

▶▶　如果你愿意，请翻到**第 70 页**

你顾不得自己的判断，决定和芬恩一起在降落伞棚里追踪这两个人，不管他们是谁。这一天的兴奋已经慢慢蒸发掉了，你感到四周有危险的气息，害怕接下来可能会发生的事情。

"跟我来。"芬恩绕过降落伞棚，轻声说道。

你尽量弯着身子，跟在芬恩后面小跑。从降落伞棚的一边上来，你们两个蹲在一扇窗户下面，不幸的是，窗户是锁着的。你们听不清里面的声音，也不知道里面有多少人。

突然门开了，走出来两个人。他们在黑暗中环顾四周，然后匆匆离去。你屏住呼吸，僵在原地，浑身的肌肉都绷紧了。芬恩也是一样。你轻轻地拍了拍他的手臂，指着开着的门道："我们进去看看好吗？他们应该都走了。"

"我先去。"芬恩回答道。他顺着墙溜到门廊上，然后从半开着的门口进去。你跟在后面。

"站住！别动！"一个微弱的声音传来。你停下脚步。手电筒一闪一闪的，在黑暗中画出一个光圈。光照向你的脸，又照在芬恩的脸上。

"小朋友，我早该知道。好吧，既然你们想和大人一起玩，那就得遵守游戏规则。往外走。"那个人指着门说。

▶▶ 请翻到下一页

直觉告诉你，如果冲向森林，你可能会成功逃跑。但是如果你成功逃脱了，而芬恩没有，那怎么办呢？

你们离开了林间小道，机会也就随之消失了。你们来到老式直升机旁边的着陆跑道上。直升机在黑暗中若隐若现，像是远古时代的恐龙——头朝上，手臂伸展，尾巴垂在地上。

"进去。"那人命令道。你们一进去，就被人用尼龙降落伞绳捆绑住双手，然后挂在固定拉绳上，只是这一次没有降落伞。巨大的星形发动机开始慢吞吞地运转，然后突然加快速度。慢慢地，飞机沿着跑道起飞。

你希望这是一场噩梦，但你知道这不是。你无法相信眼前发生的事情。

"你们是谁？想干什么？"你问道。

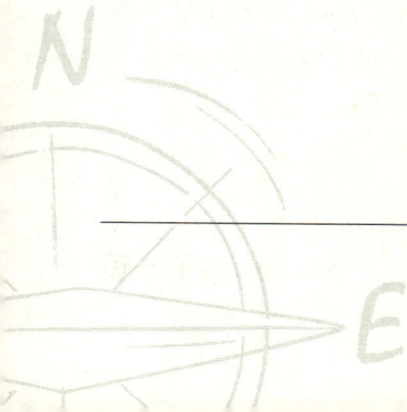

▶▶ 请翻到下一页

那个人犹豫了一下，回答说："这么说吧，我们是正在进行投资的商人。你们俩是人质。我肯定有人关心你们，看看你们值多少钱。"

飞机猛地腾空而起，在营地上空缓慢地绕圈盘旋。云层时断时续地散开，月光照进漆黑的夜色里。

一个小时后，汽油快用完了，这些家伙变得越发暴躁和不安。他们的要求没有得到回应，于是把你和芬恩扔向空荡荡的天空。你记得埃丽卡和布鲁亚德说过，可以把干草堆和沼泽地作为最后的救命稻草。地面越来越靠近，你希望他们说的是真的。

▶▶ **本故事完**

"对不起，我不能和你一起去，"你对纳莎说，"我有一个必须要完成的任务。"

"我理解，"纳莎说，"不过在这森林里要非常小心，跳伞培训可能还不足以让你应对更多的危险。"

"嘿，等一下，我有个主意。"你说。

"什么？"纳莎已经拿起包准备离开。

"我有一台无线电，我可以汇报这场火灾。我们可以马上派护林员过来。"

"不，不！没有必要。我们已经有好几个人在处理大火了。"她说。

"放心吧，没问题。"你回答说，拿出无线电，开始按键。

"我不需要你联系护林员，"纳莎说着从你手里一把夺过无线电，令你大吃一惊，"我告诉过你，会处理好的。"

▶▶ 请翻到**下一页**

"对不起，"她对你说，"我不能让你联系护林员，他们只会干扰我们。埃丽卡和我是好朋友，我们以前一起工作过，但我不相信入侵这片森林的人。这些地方是护林员从来没来过的。"她盯着你，几乎是威胁地看着你。"你不联系消防站我才能相信你。"

"纳莎，"你说，"我接受的是跳伞灭火员的培训，我对此非常认真。只要发生火灾，我就得向消防站报告。"

她想了一会儿。"跟我来，你自己看看，"她说，"如果你仍然不相信我，你可以联系消防站。我保证，你会庆幸跟我过来的。"

▶▶ 如果你选择跟随纳莎，请翻到**第 65 页**
▶▶ 如果你选择立刻联系消防站，请翻到**第 92 页**

"我们去看看那个人，离这儿不太远，他看起来需要帮助。火不是从那边来的，我们会很安全。"你对芬恩说，感觉到他在犹豫。然而，你着急前往那里，因为时间宝贵。

芬恩摇摇头说："我不知道，斯塔莫斯说不要分开。"

"没错，但他指的是你和我别分开。再说了，他走在前面，也离开了我们，况且我们又不是在火场。来吧，我们走。"

"我不去，你去吧。"芬恩说。

你知道他有多固执，甚至是有点傲慢。"好吧，"你说，"我不会太久的。请你告诉斯塔莫斯我在哪里。我晚点跟你们会合。"

有那么一瞬间，你犹豫了，不知道自己做的是对的，还是在犯傻。

没花多长时间，你就来到了河的另一边。尽管因为干旱，水位很低，但水流还是有些湍急，岩石也很滑。你还是成功了，很快就爬上了另一边。

之后又花了四十分钟，你来到刚刚看到那个人所在的地方，却发现一个人也没有。

"哟！嘿！你在哪儿？"你大声喊道，只听到自己的回音。你意识到这里只有你一个人，不管那人是谁，现在已经走了。接下来的二十分钟里，你仔细搜寻了这片区域，却一无所获，不禁为自己的愚蠢感到生气。

▶▶ **请翻到下一页**

你看了看表，决定要回去了。"这就是他们所说的徒劳无益的追逐。"你大声说，愤怒的情绪不断高涨，同时也很自责。"看来芬恩是对的。"

你回来的时间比去的时间长，但最后还是追上了斯塔莫斯和芬恩。斯塔莫斯把你拉到一边。你做好了被他教训的准备。

"嘿，听着，我很欣赏你的做法，"斯塔莫斯说，"你甘愿冒险，换作我也会这么做。但你得小心才行，不然会被'老土狼'杀掉。我真想抓住那个骗子，不管他是谁，只要被我们抓住，他就倒霉了。"

▶▶ 请翻到下一页

　　你点头表示同意。斯塔莫斯提到的"老土狼"让你思索了一会儿。你记得在书上读到过：印第安人相信"老土狼"是一种强大的精灵，它喜欢恶作剧，既是骗子，却又是老师。印第安人把它看作他们自身的映射，从"老土狼"的故事中达到娱乐和教育的目的，代代相传。

　　你想知道斯塔莫斯为什么要提到"老土狼"。也许他是想告诉你，你必须用不同的眼光看待事物，并为意料之外的事做好准备，但同时仍然忠于自己的内心。然而，这些都过去了，你该继续向前，还有一场大火等着你去应对。

▶▶ **本故事完**

"好吧，我和你一起去，"你对纳莎说，"你带路。"

她指了指前面的路。你想起来，好像有一辆破旧的小货车停在路的尽头，那可能是纳莎的车。

纳莎保持沉默，你想知道她是否明白自己在说什么。你觉得山顶可能根本没有火。如果附近没有护林员，还会有谁在这儿工作呢？

这条路走起来很容易，但你对前面将要发生的事情感到紧张。你突然想到一个主意。你放慢脚步，慢慢地在口袋里打开无线电。

"纳莎，"你说，"你能告诉我这是要去哪儿吗？"

你希望斯塔莫斯能听到你们的谈话，来支援你。但是纳莎继续赶路，什么也不说。突然，她转过身来，凶狠地看着你。

▶▶ 请翻到下一页

　　"我知道你想跟朋友汇报这里的大火。"纳莎生气地对你说，"没关系。我要带你去的地方不在你的地图上，你最好跟我来，不然会在可怕的火灾中迷路的。"

　　"你凭什么肯定自己比护林员更清楚这里？我还真的以为你和埃丽卡一起工作过。"

　　"没错，我很清楚。"纳莎说，"我知道某些人对米沃克地区做了什么。每一场火灾都是有原因的，我们要用自己的方式来解决。"

▶▶ 请翻到下一页

　　你对纳莎说的话很感兴趣，即使你知道接下来要做一些危险的事情。你还记得埃丽卡警告过大家这片地区的情况，也说过关于米沃克的事情，但你不记得她到底说了什么。你默默地跟着纳莎，在森林里走了十五分钟，经过一块块凸起的岩石，却不走任何一条像样的路。你开始闻到空气中弥漫的烟味。你反复地打开、关上无线电，但没有任何反应。纳莎冲你微笑。

　　"无线电在这里不能用。"她告诉你。

　　奇怪的是，你和她一起走的时候，不会觉得那么害怕了。她走起路来很自信，甚至有时连一条路都没有，你只要紧跟在她后面，也可以走得很快。就这样走了将近一个小时，直到空气中弥漫着厚厚的烟雾，你还是没看到火。

▸▸ 请翻到第 **69** 页

最后，你们来到一块露出地面的平坦的岩石上，纳莎指着前方。那里有一条陡峭的深谷，对面一座长满常青树的圆顶山峰上，燃烧着熊熊的森林大火。几名米沃克人站在平坦的岩石上，挥舞着绑着布条的木棍。他们瞪着你，然后疑惑地看着纳莎。

"森林火灾象征着世界的失衡，"纳莎告诉你，"我们以自己的方式保护着这片土地，不受外界干扰。毕竟，是外面的世界造成了这么多的破坏。"她示意你加入他们。"既然你已经学会了跳伞，你也要学会米沃克的降温仪式。"

你站在她旁边。

"还有一件事，"纳莎说，"我们到了护林员不知道的地方，恐怕你回不去了，除非你给他们指路。"

▶▶ 本故事完

"我会尽力的。"你说。不知怎的，你知道下一步该做什么。巫师点了点头，面带微笑，但沉默不语。你觉得帮助主持仪式是一个正确的选择。巫师将两根插着羽毛的木棍浸入水中，递给你。

你不知道是被烟熏着了，还是自己疯掉了，毫不犹豫地

接过了木棍。从峡谷里逃出来的那只麋鹿慢慢地走到了圆圈的中央。身边的人都面带微笑。你两只手握着祈祷棒，睁大了双眼。

▸▸ 请翻到**下一页**

烟雾越来越浓，你无法相信这些人没有受到影响。在峡谷深处，大火肆虐，被烧焦的树干冒着浓烟。你想知道为什么没有直升机发现这里的大火。也许过不了多久，斯塔莫斯和布鲁亚德就会来解决掉这场不可思议的火灾。巫师感觉到你很焦虑，让你深呼吸，放松身体。

"要有耐心。"他对你说。

你深吸一口气，闭上眼睛。看不见燃烧的大火令你心里舒服了些。等你睁开眼睛，那只巨大的麋鹿就在你眼前，与你面对面。

▸▸ 请翻到第 **78** 页

　　"我们看看斯塔莫斯怎么说，"你对芬恩说，"你留在这里，看着那家伙。我去小路上找斯塔莫斯，好吗？"

　　"好吧，老板。"芬恩一边说，一边向你行了个礼。

　　"我只是提个建议嘛。"

　　"可是，你所谓的建议听上去像是命令。"

　　"嘿，别这样。我很抱歉，我不是故意要发号施令的。"

　　"嗯，你有时候就是这样。"芬恩说着，把声音降低了一度。你知道这次争吵结束了。你伤害了他的感情，你为此感到很抱歉。但你还是想要反驳芬恩的指责，有时候他的言行举止幼稚又傲慢。但理智战胜了你，你便不再多说什么。这是毫不相干的两件事情。

　　"要不，我们抛硬币吧？"你提议，然后从口袋里拿出一枚硬币。

　　"好啊，我选有头像的一面。"

　　你抛起硬币，看着它在空中旋转，太阳照射它的一瞬间，硬币反射出银色的光芒。它"啪"的一声落在地上。

　　"是头像，你赢了。"你说。

　　"太好了，你去找斯塔莫斯，我留下来。"他说。

　　"嘿，等一下，我想——"

　　"其实我本来就想留下来，我只是不喜欢别人对我颐指气使，让我做什么我就做什么而已。你快去吧。"

▶▶ 请翻到第**88**页

"有人在吗？"你问道，把手放在无线电上，以防万一需要求助。你稍等片刻，又问了一次。令你吃惊的是，一个衣衫褴褛的女人从石墙后面走了出来。

"我很抱歉这样偷偷地接近你。我叫纳莎。"她说，"我一直走在你附近，看守这片山林。"她疑惑地看着你。"你好像有重要的事情要做。"

"我是一名跳伞灭火员，"你告诉她，"不过，我还在训练期内。"你赶紧补充道。她认真地听着。"在过去的五周里，我一直在与亨利·布鲁亚德和埃丽卡·赫本训练。"

"我和埃丽卡合作过，"纳莎说，"我们在黑熊爪山认识的。"你想起埃丽卡在你执行这次任务之前说过的那场大火。

"你也是跳伞灭火员吗？"你问。

"不完全是，"纳莎说，她看了你许久，"这个工作很有趣，但对我来说太危险了。我住在米沃克印第安人的定居地，离这儿不远。"

▶▶ 请翻到**第 76 页**

"你一定是从护林员正在处理的那场小火灾发生地那边过来的。"纳莎说，"真可惜，他们把那么多时间花在这么小的火灾上，而我们却要担心大峡谷。"

"大峡谷？"

"万亿大峡谷，离这儿只有二十分钟的路程。我要去那里。"她满怀信心地看着你，"如果你真的接受过埃丽卡的训练，我们需要你的帮助。"

你觉得纳莎很了解情况，如果她真的是埃丽卡的朋友，你愿意帮助她。然而，你并不想放弃自己的任务。

"我们真的需要你的帮助，"纳莎坚持说，"相信我，没有人能像我和我的族人那样了解这片土地，如果我们不处理好它，这场大火会烧毁整片古老的森林。"

▶▶ 如果你选择和纳莎一起前往万亿大峡谷，请翻到第 **44** 页

▶▶ 如果你选择继续寻找露营者，请翻到第 **60** 页

"来吧，芬恩。我们不要做英雄，"你说，"我们去找埃丽卡。"

"我去追他们，"芬恩说，"你去找埃丽卡。"你还没来得及争辩，他就走了。

"应该是我说了算呀。"你喃喃自语，朝埃丽卡的小屋走去。

埃丽卡、多特、布鲁亚德和其他教官都住在各自的小木屋里，这些小木屋是二十世纪三十年代大萧条时期由民间环保组织的年轻志愿者建造的，这些人被称为"树兵"。其他人都住在帐篷里。

所有的灯都灭了。你觉得叫醒他们有点傻。可能只是一些孩子在胡闹，但你认为确保安全总比愧疚道歉好。这里的每个人都知道这些设备有多重要，没人会乱弄那些东西，除非他们想干坏事。

你轻轻地敲埃丽卡小屋的门。"埃丽卡？埃丽卡，你在吗？"你问道。没有回应。你再试一次，还是没有回应。你鼓起勇气，试试转动门把手，发现没有上锁。门慢慢地打开了。你走进去，向黑暗中望去，看到一束光从小屋后面的卧室门里射出来。

你觉得这里有点奇怪。"嘿，埃丽卡！"你又喊了一声，这次声音更大了些。

▶▶ 请翻到第 **80** 页

"这火是怪物时代的遗迹。"一个低沉的声音说。你环顾四周，似乎没有人在说话。麋鹿正耐心地盯着你，巨大的眼睛在它四英尺长的鹿角间闪着光芒。你觉得这一定和烟雾有关。"当怪物来的时候，"那个声音继续说，"米沃克人被消灭了，他们赖以为生的动物也被消灭了。只有少数庞大的动物还活着。"

"我们举行这种仪式是为了在危险时期恢复地球上的平衡，"声音继续说道，"我们的环境处于失衡状态。这些火灾是世界环境恶化的信号，它们是由人类的行为造成的，但人类又是由自然所造就。

"现在，拿好祈祷棒，我们要集中精力恢复这种平衡。"

▸▸ 请翻到第 91 页

卧室里传来一声压抑的呻吟。

"埃丽卡！"你大声喊道，大步跑到卧室门前。门被堵住了。"是我，埃丽卡，是我！"你边大叫着，边推着门。门被慢慢地推开。你发现埃丽卡的身体挡住了门，她被绑在椅子上，一条红色的圆点手帕牢牢地堵住她的嘴。她睁着眼睛，眼神充满愤怒和恐惧。你赶紧给她松绑。"你看到他们了吗？"手帕拿掉后她大口地喘着气问。

"是的，他们在降落伞棚里。"

"太好了！我们走。"

"发生什么事了？"

"一会儿再说，我们必须阻止他们。"埃丽卡立刻跑出去。她跑得很快，你好不容易才追上。不一会儿，你们来到降落伞棚。里面一片安静。

你阻止埃丽卡走上去。"芬恩就在附近。我去找你的时候，他一直盯着这些人。我们先去找他吧。"

不幸的是，你没有机会去找他。手电筒的光划破了黑暗，照在芬恩身上，他站在降落伞棚的门口。

▸▸ 请翻到**第82页**

"你敢动一下，他就没命了。"一个尖厉的声音说。

你和埃丽卡待在原地不敢动。芬恩僵硬地站着，眼睛直视前方。你明显感觉到他的恐惧。"我想他们不知道这里有我们两个人，"你对埃丽卡小声说道，"你可以躲在暗处，去找多特和其他人。"埃丽卡想了一会儿，点点头，小声说："这很危险，但还是你决定吧。"你知道独自对付这些坏蛋会让你暴露。谁也不知道他们是谁，他们想要什么。

当然，你也不想留下，但如果他们不知道埃丽卡和你在一起，让她逃跑去寻找援助是可行的。不过，也许你应该去寻求救援。埃丽卡比你大，她可以照顾好自己，保护好芬恩。然而，你等待的时间越长，选择就越少。不管你的决定是什么，你都必须迅速做出反应。

▶▶ 如果你选择离开，请翻到第 **84** 页

▶▶ 如果你选择让埃丽卡离开，请翻到第 **87** 页

速度是非常重要的。你跑过开阔的土地，抄近路穿过一片松树林，终于来到停车场。停车场里有三辆车，其中两辆是越野车，另一辆是巨大的美国陆军吉普车，现在被用来运送物资、设备和消防员。

"钥匙！他们把钥匙放在哪里了？"你沮丧地大声喊。冷静下来，动脑子好好想想。如果是你，会把钥匙藏在哪里？你问自己。我会把它放在前座下面。没错，我就是这么做的。没人指望有人从这里偷东西。

你把手伸到第一辆越野车的前座下，除了一些糖纸和快餐饮料吸管之外，什么也没找到。

可恶！你换到下一辆越野车。还是什么都没有找到。

你看着吉普车，想起爸爸教过你，如果脚碰不到油门踏板该怎么开吉普车。虽然已经过去很长一段时间了，但你仍然相信自己可以做到。除此之外你还有什么选择呢？

爬进驾驶室本身就是一项艰难的任务。还好，就在点火的地方，有一把钥匙挂在那里，等候着你。转动钥匙，车厢内灯亮起后，你检查了下仪表盘。果然，这里有一个手动阻风门，你把它拉出一半。然后你踩油门，将它压在地板上，然后一直转动钥匙。

▶▶ 请翻到 **98** 页

　　"我去。埃丽卡，你留在这里，"你低声说，"我去找多特，我们用无线电联系布鲁亚德来帮忙。"

　　"听着，其他人也找来——帕蒂、艾莉森和迈克尔。告诉他们把降落伞棚围起来，再派人去飞机上。快点。"

你尽可能悄悄地溜进树林，径直朝小木屋走去。这次你不再犹豫了。你敲敲多特小屋的门，不等回应就进去了。

她不在里面。你快速检查了房间，她的床没有睡过的痕迹。

也许她今晚请假了，你猜想。一开始你并没有多想，然而，你意识到，到城里去要走很长一段路，而且那里也没什么，不过是两家餐馆，一家杂货店，一个加油站和一个邮局。根本不能称它为城镇。但当你在森林里住了很久后，你会觉得只要不是路上的坑坑洼洼，任何东西都带着城市的气息。

你去了迈克尔的小屋，他也不在。帕蒂和艾莉森也是如此。也许他们一起出去了，你猜想。紧接着，一个可怕的想法出现在你的脑海里，虽然你根本不愿意去想。会不会是他们参与了这件事情？

▸▸ 请翻到**下一页**

　　但他们这么做的原因是什么呢？这对他们有什么好处？你尽力抹去这些想法。他们不可能参与其中。对降落伞做手脚简直是谋杀。

　　突然，你被这个想法狠狠地击中——你可能已经被谋害了！降落伞打不开的画面生动地浮现出来，太可怕了，你不敢再想下去。你吓得不禁打了个寒战。

▸▸ 请翻到第 97 页

你决定冒这个险，埃丽卡同意了，离开去寻找帮助。

"嘿，芬恩，是我。就我自己。"你用微弱的声音喊道。

"好吧，孩子，"一个刺耳而沙哑的声音说，你听不出来是谁，"来这里，把你的手从身边拿开，让我能看得见。这里有步枪对着你。"

你很幸运，他们没有意识到埃丽卡已经溜走了。

恐惧侵入你身体的每一寸肌肉，像钳子一样紧紧夹住你的喉咙，几乎令你窒息。你小心翼翼地走上前，好像脚下的地面会像玻璃一样裂开。你踏入未知的恐惧中。

"退回去！"芬恩冲你大喊，"这些人是杀手。"

你看着芬恩的头被狠狠地重击，他整个人被打倒在地。你本能地扑倒在地。三颗子弹划破长空，"砰"的一声打在你刚才站着的地方。你在降落伞棚附近挪动身体，还没能安全到达树林的时候，一束光照在了你身上。

"抓住你了！你敢再动一下试试。"

▶▶ 请翻到第 117 页

不到十五分钟，你进入了浓烟区。这些烟让你感到眼睛刺痛，鼻孔堵塞，呛得你使劲地咳嗽。你没想到情况会这么糟，有好几次你想转身回去。突然，斯塔莫斯从浓烟中走来。

"嘿！你们去哪儿了？我转了个身，你们就不见了。来吧，我们需要帮助。这场火灾比我们想象中还要可怕。"

"好的，但是——"

"没时间但是了，我们走吧！芬恩在哪里？"

"他还在后面，我们看到了——"

斯塔莫斯又打断了你。"好吧，去找他！"

"斯塔莫斯，你能听我把话说完吗？"你的语气很坚定，终于引起了他的注意。

"好吧，怎么了？"

"我正想说，我们看见一个人在对面的山坡上。他挥舞着一件衬衫什么的，好像需要帮助。"

"你为什么不告诉我？"

"我一直想跟你说，"你开始对他失去了耐心，"我们该怎么办？"

"我乘直升机去叫布鲁亚德，再找一个护林员来。"说着，他像幽灵一样，即刻消失在浓烟里。

▸▸ 请翻到第 **90** 页

你沿着小路往回走，终于找到了芬恩。你们俩穿过烟雾冲到刚刚发现那个人的地方，这里看得更清楚。你看到对面的火已经转了个弯，从两个方向逼近！还看到现在不止一个人站在那里，他们眼看就要被火焰吞噬。你用无线电联系斯塔莫斯，没有回复。

你试着联系布鲁亚德，也没有回应。

"我要去对面的山坡上，"芬恩严肃认真地说，"如果你愿意，可以在这儿等他们。"

你犹豫了，你还没有任何真正的灭火经验。芬恩也不顾及你是否会听他的。但你知道，即使你不能拯救那些被困的人，你也不能让芬恩一个人冒险。

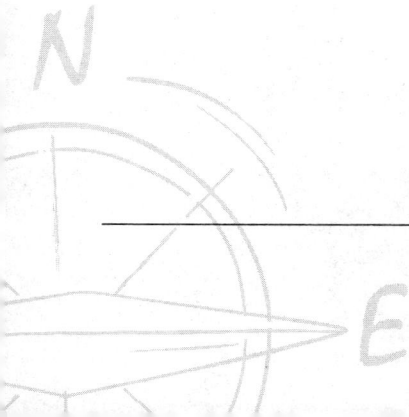

▶▶ 请翻到 **94** 页

再次睁开眼睛的时候，已经是黄昏了。你听到一声巨响，回头一看。直升机终于到了，布鲁亚德下了飞机，斯塔莫斯和埃丽卡跟在他后面。芬恩已经在你身边了。

"不敢相信我们居然在这里找到了你！"芬恩说，"你已经昏迷了好几个小时了。"

你慢慢地眨眨眼睛，咳嗽起来。降温仪式中你吸入了太多浓烟，对你的肺造成了影响。你虚弱地指着峡谷那边。

"当心！"你警告说，"我们需要支援，那儿起了大火。"

芬恩转向布鲁亚德。

"我不知道情况有这么糟糕，"芬恩说，"可能是脑震荡。"

你困惑不解，望着自己指向的地方。阳光透过树叶闪闪发光，那里一片郁郁葱葱。没有烧焦，也没有冒烟，好像从来没有发生过火灾。斯塔莫斯笑起来，在你的腿上踢了一脚。

"你会没事的，"他说，"只要把你送回营地就行了。你在这儿做了一天的梦了。"

你和其他人一起登上直升机。离开的时候，你看到麋鹿缓缓地走过。

▶▶ 本故事完

你试了好几次无线电才正常工作。你和斯塔莫斯连上线。

"斯塔莫斯，"你说，"我要跟你汇报，万亿大峡谷发生了大火。"

"听不清楚，"斯塔莫斯回答说，"请重复。"

"森林大火，"你重复道，"地点是万亿大峡谷。"

"孩子，"斯塔莫斯说，"这附近没有叫万亿大峡谷的地方。能告诉我你的坐标吗？"

你抬头看，发现纳莎不见了，她完全消失了踪影。

"坐标？"你虚弱地重复。

"我会派直升机去接你，"斯塔莫斯说，"保持在无线

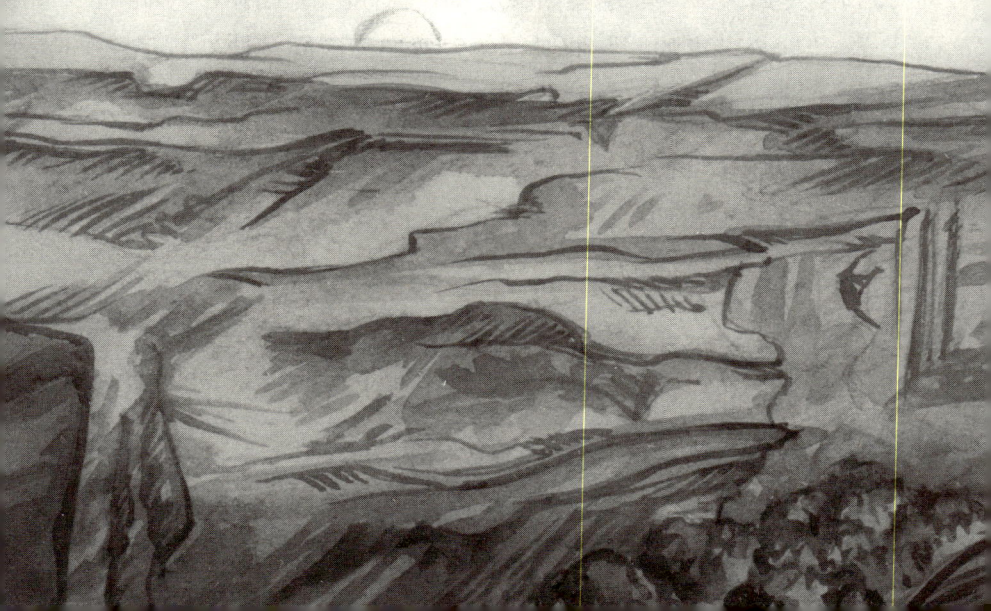

电能收发消息的范围内。我想你是太累了。"

你坐在一块大石头上。也许斯塔莫斯说得对。你望向峡谷，看着太阳落在地平线之外，橙色和黄色在天空蔓延。你打开无线电，闭上眼睛，然后靠在岩石上等待。你在野外度过了如此漫长的一天。难道纳莎只是个幽灵吗？

▸▸ **本故事完**

就在你开始向上爬时，听到头顶上有直升机的声音，你松了一口气。布鲁亚德焦急地看着你们，把直升机开到离你们足够近的地方，这样就可以接走你和芬恩了。

"快进来！"布鲁亚德喊道，他和斯塔莫斯把你们从山坡拉到直升机上。"我们还没有找到你看到的那个人。"布鲁亚德说，"这不是一个好迹象。刚刚从另一个护林员站得到报告说，有一个三口之家最后一次被看到是三天前。他们当时在拍摄一部自然纪录片，带的补给十分有限。火灾发生时他们可能已经迷路了。"

布鲁亚德严肃地看了你和芬恩一眼。

"你们看那些烟。"布鲁亚德说。大约一英亩（1英亩≈40.47公亩）的树林在大火中猛烈地燃烧，浓重的烟雾垂直升起，上面覆盖着一层厚厚的云。"这是一场羽流火，"布鲁亚德严肃地说，"火的热量把空气吸进来，使火势变得更强，这将产生不可预测的后果，非常危险。我需要你们集中精力，全力以赴。"

▸▸ 请翻到第 **96** 页

你和芬恩什么也没说，只是点点头，看着直升机越来越靠近大火。有三个人需要救助，所以你、布鲁亚德和芬恩都需要参与援救。斯塔莫斯将会下去，和护林员一起开展行动，护林员会过来与他会合。跟训练的时候一样，你站在固定拉绳上，准备跳向火场。出发前，你冲芬恩微笑，祝他好运。

护林员通过地面无线电，报告说他们找到了那家人。布鲁亚德在起跳前匆匆做了准备工作，急着要去救他们。你和芬恩都不说话，精神高度集中。

令人惊讶的是，跳伞进行得很顺利，拍摄纪录片的三个人全部获救，但他们失去了很多之前拍摄的资料。回到营地后，这三个人深受启发，决定跟拍你和芬恩一整年，制作一个纪录片，名叫《跳伞灭火员：天空之王》。你和芬恩将变得小有名气，不得不拒绝几个电视脱口秀节目，声称宁愿继续跳伞，也不想做明星。

▸▸ **本故事完**

"警察。没错，我应该报警的，怎么之前没想到呢？"你大声对自己说。办公室里有电话，餐厅的墙上也有电话。餐厅是最容易去的地方。

不一会儿，你来到餐厅，拿起话筒，开始拨号。"接线员，我需要——嘿，这是怎么回事？"线路不通。你把话筒放回去，心怦怦地跳。你冲回办公室，门是锁着的。你毫不犹豫地抓起一块石头，打碎窗户，然后伸手去开门。这里的电话也打不通。

你近乎疯狂地寻找无线电话，终于找到了存放电话的架子，却惊讶地发现电话不见了。你站在原地，不知道下一步该做什么，但是你想到了几个办法。你可以跑回帐篷叫醒其他人，也可以回到埃丽卡那里看看能做什么，或者找辆车开到警察局寻求帮助。每一个听起来都不错，但风险是一样大的。

▶▶ 如果你选择开车去找警察，请翻到第 **83** 页

▶▶ 如果你选择叫醒其他人，请翻到第 **99** 页

▶▶ 如果你选择回到降落伞棚找埃丽卡，请翻到第 **100** 页

引擎发出的声音像呻吟和咳嗽声。你再次转动钥匙，听着它噼里啪啦地发出一阵咆哮，然后慢慢地发出完整的、运转良好的声音。

"好嘞！咱们上路吧！"你大喊一声，让自己振奋起来。变速器在地板上。你需要花点时间来倒挡。启动倒挡时，车辆迅速向后移动，险些撞上另一辆越野车。

过了一会儿，你在土路上行驶，驶出营地，加速前进。你一离开营地，就把灯打开。

"现在我该去哪里？"你看着四周说，"我不知道警察在哪里，什么都不知道。"

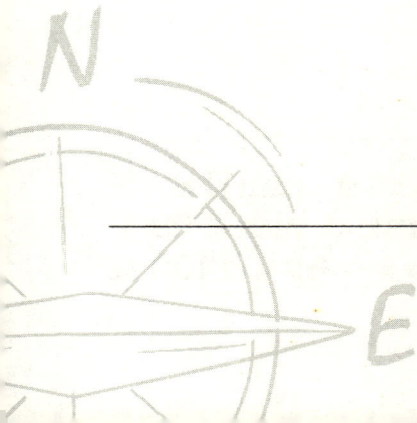

▶▶ 请翻到第 105 页

　　你认为人多会安全些，所以决定让其他人参与进来。帐篷分布在小木屋周围，有的在树林里，有的在小湖边。月亮被厚厚的云层遮住，你发现在黑暗中很难找到它们。

　　"嘿，快醒醒，我们需要帮助。"你压低声音，在每个帐篷外面小声说。有的人很快醒过来，有的人叫好一会儿才醒。随后，你将大家聚集在小树林里。

　　"事情是这样的，坏人进入了我们的营地，破坏我们的装备。埃丽卡正在降落伞棚那儿监视着他们。他们现在把芬恩劫为人质了。"

　　一瞬间，人群里开始七嘴八舌地讨论，有些人很担心，有些人抱着怀疑的态度开玩笑。对他们大多数人来说，最紧急的情况是他们还没睡醒，都想回到自己的帐篷里。

　　时间在流逝，芬恩处于危险之中。为什么大家就不能团结起来呢？你问自己。

　　"好吧，听好了！想帮忙的人到这边来。"你向一边示意，"不想的就回你的帐篷去。但我告诉你们，这不是开玩笑。"

　　你严肃的语气震住了他们，所有人立马闭上嘴。

▶▶ 请翻到第 108 页

你没有时间去叫醒其他人或者叫警察，于是你全速跑回降落伞棚。

"嘿，是我。"你悄悄地说。

"她在这里。孩子，我建议你进来。"

就像做梦一般，你迈过前面的空地，踏上门廊的台阶。常识告诉你要尽可能地快速逃跑，你却留在原地不动。和这相比，从飞机上跳下去都是小菜一碟。

门慢慢地开了，里面站着一个矮个子、大腹便便的男人，他手里拿着把短管左轮手枪。"请进，我的客人。"他说道，并示意你进去。整个场面像极了低级的电视剧——枪、人质。这一切看起来都很疯狂，完全不真实。你感到世界颠覆了。

你努力在内心深处寻找力量，让自己平静下来。可是谈何容易，你更多的是感到恐惧。

你在屋子里看到了埃丽卡和芬恩，他们坐在椅子上，双手被绑在身后。拿着枪的那个人就在他们旁边，脸上带着微笑。他看起来四十多岁，穿着一套迷彩服——可以在军队剩余物资专卖店里买到的那种。他的脸上有一道道的黑色油彩，手上戴着手套，额头上围着一条大手帕。

▸▸ 请翻到第**103**页

"这一切都将非常容易，"他说，"我们要等到天亮。你的朋友们会像往常一样起床，埃丽卡告诉他们跳伞时间到了。你和他们一起，只要一上飞机——"

他还没来得及说完，多特就冲进了机舱，向这家伙发起了猛攻，她把他抱过头顶，像职业摔跤手一样将他重重地摔在地上。她双膝跪下，拿起牛皮皮带，两三下就把他像捆牛仔竞技会上的小母牛一样捆了起来。

"多特，这是怎么回事？"你脱口而出，被事态的突然转变惊呆了。

她说："这些人是被雇来干活的，他们肆意破坏环境，如果社区或政府不出钱，他们要么威胁烧毁森林，要么就往水里下毒。这是赤裸裸的勒索。"

▸▸ 请翻到第 112 页

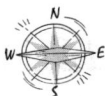

你凭着直觉开上了一条双车道的路，一直开了将近十一英里，终于看到第一所房子。

一个坏脾气的男人打开门，等你跟他解释完事情的经过，他立刻清醒过来，急于提供帮助。他打电话给警察，警察要求你待在原地，这样就不会有更多的人受伤了。你现在能做的就是等待。

二十分钟后，你确定无疑地听到直升机的声音。你再也克制不了自己了。你感谢了男人的好意和帮助，然后迅速回到车上，向营地驶去。

不幸的是，在离营地大约五英里的地方，你的车出故障停下了。你不知道问题出在哪里，也没有时间去弄清楚。唯一能确定的是，你只能靠自己的双脚了。

▶▶ 请翻到**下一页**

走完这五英里路几乎要花一个小时。你尽力快跑，当你终于到达营地时，一切都结束了，警察正在收拾东西。芬恩告诉你事情的经过。

"他们自称是环保协会的人。"他说，"如果不交赎金，他们就威胁毁掉森林。这些家伙简直是疯子。"

"是啊，差点就让他们跑了。"

你脑海中充斥着森林燃烧和劫持人质的画面。这一天对你来说太累了，该去睡觉了。

▶▶ **本故事完**

"我需要两个人去报警，"你对大家说，"电话都打不通。多特和其他人也都不在。我不知道他们在哪里，但我现在已经不在乎他们到底去哪儿了，反正他们就是出去了。"

"你这话是什么意思？"一个叫萨莉的女孩问。

"我找不到他们。他们今天晚上可能休息，谁知道呢。"

"不可能！"萨莉大声喊道，"你不会告诉我你认为他们参与了这件事吧？你如果这么认为那真是太可笑了。"

"也许他们是在庆祝我们的第一次跳伞，你知道的，用一些疯狂的恶作剧。"一个人说。

"也许这是一个测试。"另一个人说。

其他几个人小声嘟囔着表示同意。

"那就无所谓了。你们两个去报警，从车库里找一辆车开。其他人跟我来，大家散开，保持安静，我们把降落伞棚包围起来。"

▶▶ 请翻到下一页

　　两个人前去车库，消失在暮色里，而你和其他人一起朝降落伞棚走去。手电筒熄灭了，四周一片寂静。过了一会儿，你回到了最后一次见到埃丽卡的地方，可是找不到她。

　　四周漆黑一片，一切看似很平静。你多希望如果这时回到芬恩的帐篷里，能看到他安全地在里面熟睡。

　　"怎么回事？我什么也没看到。"一个叫米克的男孩说，带着浓重的布朗克斯口音。

　　"我不知道，咱们过去看看。"你说。你们从树林的隐蔽处探出身子，朝降落伞棚走去。

▶▶ 请翻到**下一页**

突然传来一阵咳嗽声和噼啪声，然后变成了锤击声和嘶哑的吼声，声音撕裂了黑暗。

"是飞机！他们在飞机里！"有人喊道。

引擎转动了一下，断断续续响了几声，然后又恢复了它的节奏。着陆灯亮了，你可以看到和听到这架大飞机在跑道上滑行，迎风而起。

然后一个声音从降落伞棚里的无线电中传来："我们有一大堆人质。再说一遍，我们有一大堆人质。"

你冲进小屋。在那里，你发现放在桌上的收音机大声地发出声音。

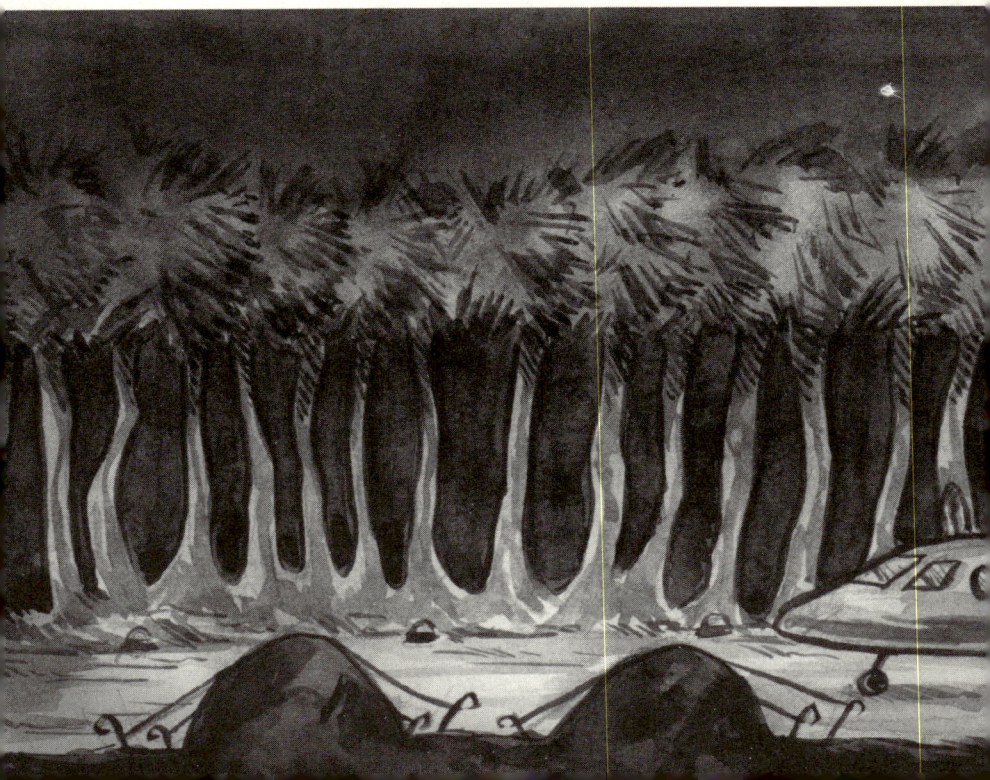

"你的要求是什么？"你按下了传输按钮问。

一阵刺耳的声音传来，然后声音又恢复正常："很简单，我们要你放火烧营地。"

"你一定是在开玩笑。"你对这个巨大而愚蠢的要求不敢相信。

"也许你更愿你和那个叫埃丽卡的谈谈？"

收音机里传来了埃丽卡的声音，声音很微弱，却反映出了巨大的紧张和恐惧。

▸▸ **请翻到第 113 页**

几架直升机的声音打断了多特，你看到两架州警察署的直升机降落在降落伞棚旁边，布鲁亚德走下来。

"我们在飞机里给他们发了无线电。"多特说，笑得合不拢嘴。

布鲁亚德和警察们掌控了局势。天快要亮的时候，每个人都回到自己的帐篷里。

"今天上午不跳伞了，"布鲁亚德宣布说，"不过，准备好明天跳。"

现在，你的大脑完全没精力去想跳伞的事了。唯一想的就是爬上床，好好地睡一觉。

▸▸ **本故事完**

"他不是在开玩笑，"埃丽卡说，"我们在飞机上，我的手被绑在固定拉绳上，但是没有降落伞。和我们一起的有三个人，还有一个飞行员。"

"多特，芬恩，还有其他人呢？"你问。

"他们都听到了。我到这儿的时候，他们已经在飞机上了。"

"绑你们的那些人是谁？"你问道。

"你只能说到这里了。"一个冷酷的声音说，"我们是谁与你无关。我们有工作要做，你得帮我们。放火烧营地，你的朋友们就可以安全返回。不然他们就要一个个地跳到降落区。"

你听到头顶上那架 DC-3 飞机绕了一个大圈，发动机将它拉过云层。情况已经到了刻不容缓的地步了。

"绿灯亮了，他们准备让我们跳下去！"一个惊慌的声音传来。

"好的，好的！我们答应！等一下！"

▶▶ 请翻到**下一页**

你和其他人害怕得要命，纷纷散开。你们把火柴放在纸上、松针上和刷子上。火焰炽烈地燃烧起来。你看着整个营地被大火夷为平地。头顶上方，飞机引擎声越来越弱，它朝着加拿大的方向一路飞向北。

几周后，那架直升机的残骸在加拿大落基山脉被发现，飞机上无人生还。

▸▸ **本故事完**

你听到脚步声向你走来。虽然你想逃跑，但你的身体动弹不得，就好像被某种无形的东西钉在了地上。

手电筒的光照在你的脸上。正要挪开眼睛的时候，你被人粗暴地从地上拉起来，重重地扇了几下耳光，然后和芬恩一起，被人猛地推进了棚屋里。

几分钟后，大火贪婪地吞噬着干枯的树木。训练时教官说过，这时候要将身体低下。你用衬衫捂住嘴巴和鼻子。你知道，还不等火焰过来，你就会因为烟雾窒息而死。旁边的一堵墙在一阵火花和熊熊的火焰中倒塌了，还好没有伤到你。

你把倒塌的墙看作最后的机会，在刺鼻的烟雾中，能见度接近零。你冲到火圈里，避开一块燃烧的横梁，冲向外面的黑夜。你扑倒在凉凉的草地上，剧烈地咳嗽。你知道自己身上被烧伤了，但令你欣喜的是，旁边也有人在咳嗽，是芬恩！现在，你被救伤直升机送到大学附属医院的烧伤病房去。你很开心自己能活下来，这次也很好地了解了跳伞灭火员的任务。直升机降落的时候，尽管你惊魂未定，却想着明年能再回来。

▶▶ **本故事完**

"没什么大不了的，"你说，"不过是两个陌生人，他们可能是布鲁亚德的朋友。""不，他们谁的朋友都不是。他们在摆弄我们的设备。"芬恩说。

"你是什么意思？他们在偷东西吗？"

"比那更严重——蓄意破坏。至少我认为他们是这么做的。我第一次看到他们是在飞机上，他们在里面捣乱。我说不清到底发生了什么，没有灯光，但我听到了他们窃窃私语。"

"然后呢？"

"他们——"芬恩突然环顾帐篷四周，眯起眼睛望着周围的一片漆黑，"嘿，我想他们现在就在降落伞棚里。"

"我们去找埃丽卡！"你说。

"不，我们看看他们要干什么，然后跟踪他们到车里。"

这是一个两难的选择。如果想谨慎，就该去找埃丽卡求助。如果要采取行动，就该在这些人离开之前跟踪他们。

"你和我一起去吗？"芬恩问道。

▶▶ 如果你选择和芬恩过去一探究竟，请翻到第 **57** 页
▶▶ 如果你选择去找埃丽卡，请翻到第 **77** 页

联合国行动

★ ★ ★ ★ ★

你是参加模拟联合国的数百名儿童之一。模拟联合国是一个全国性的学校俱乐部，它将真实的联合国的国际辩论和决策付诸行动。每年，模拟联合国的成员共聚纽约，讨论当前世界面临的挑战。

你和你的朋友艾哈迈德偶然发现了一个改变人生的机会：挑战前往严重威胁人们生命和安全的地方。有几个国家目前正处于危机之中，你对此无能为力。你现在必须做出决定：到底要前往哪里？

你眨眨眼睛，试图避开照在脸上的亮光。一名特勤局特工示意你向右走。你跟着他，在其他三个学生旁边坐下。

欢呼声充满了整个房间。

"就要开始了，希望我千万别晕倒，或者做出什么傻事。"你自言自语道。几分钟后，你将在摄像机前与美国总统握手。

"谢谢，谢谢，"总统对着麦克风喊道，"别忘了，今天我不是主宾。这一荣誉属于这四名优秀的学生，他们被选为我国参加模拟联合国的代表。"

总统转向你们，挥手示意你们走上前来，掌声再次响起。你的腿感觉像灌满了铅，但你还是跌跌撞撞地走上了领奖台，无意识地伸出手去握总统的手。

片刻之后，你和其他代表一起挥舞着闪亮的纪念牌。总统继续他的演讲，但你什么也没听到，只是恍恍惚惚地站着，直到有人轻推你的手臂，护送你离开大楼，进入一辆豪华轿车。你简直不敢相信自己正在去纽约的路上！

▶▶ 请翻到下一页

从华盛顿特区飞往纽约的航班旅程简短而平静。一看到曼哈顿的天际线，你就不禁兴奋起来。在湛蓝的天空衬托下，各式各样的建筑和桥梁令人眼花缭乱。

当你们的豪华轿车驶近纽约市中心时，你仰起头，凝视着联合国大楼。联合国是一个独立的机构，不属于任何国家，但又服务于所有国家。

"请跟我来。"通过大厅的安检时，一个穿着制服的年轻警卫叫住你和你的三个同伴。

"你们都要去联合国大会会议室，和其他代表一起开会。"警卫说。

警卫退到一边，打开一扇橡木大门。你们走进去，里面有来自世界各地大约一百五十个和你年龄相仿的孩子。你惊奇地环顾四周。首先让你印象深刻的是学生们的服装和语言的多样性。

你注意到一个戴着头巾、穿着飘逸的长袍的男孩向你走来。他冲你们微笑。

"你们一定是美国人。"他对你们这一小群人说。

"是的，我们是。"你们回答道。

▸▸ 请翻到第**124**页

"很好，你们可以跟着我，我来自阿拉伯联合酋长国。"他用友好的语气告诉你们，带着一点口音，"顺便说一下，我的名字叫艾哈迈德。"

你点头表示记住了。你们四个人跟着艾哈迈德穿过迷宫般的礼堂，来到一个挂着大牌子的同声传译箱前，上面写着"美国"。你走进去坐下来，看到有一副耳机。你从钩子上取下耳机，戴在头上。一连串的中文进入你的耳朵。你伸手去按一个按钮，想要降低音量，这时你又听到了俄语。你和祖父母说俄语说了很多年了。耳机里的俄语说请注意同声传译箱前面的讲台。

▸▸ 请翻到**下一页**

你抬头一看，正好看到一个男人走上讲台。

你一眼就认出了他。他的名字叫阿方斯·格哈特，是联合国秘书长。你在电视上见过他很多次了。

"欢迎来到模拟联合国。"他的声音在每个人的耳机里回响着，"你们来这里是为了全面了解联合国，并了解它是如何运作的。因为代表人数众多，所以我们已经把你们分成了不同的小组，然后与我和其他人见面。请你们看看桌子上的文件夹，这样就知道自己被分在哪个组里了。很高兴你们能来。作为下一代的代表，你们就是未来。谢谢大家。"他鞠了一躬，离开了会议室。

你摘下耳机，打开文件夹，浏览了一遍。

你在 M 组，里面有大约三十名代表。你们将在五点半开会，也就是大约六个小时后。

"嘿嘿。"你转过头，看到艾哈迈德在对你笑。

"你在哪个组？"他问道。

"M 组。"你低声回答。

"我也是。我们去吃点午饭打发时间吧。"

"好呀，我饿坏了。飞机上的零食糟糕透顶。"

"你想尝尝我们国家的食物吗？"艾哈迈德提议说。

"太棒了，带路吧。"

▸▸ 请翻到第 **127** 页

出租车把你们带到离联合国大楼大约二十个街区远的一家餐馆，门口的牌子上写着阿拉伯语"SALAAM"，意为"你好"。走进店里，甜美的气味迎面扑来。你被带到一张矮桌前，桌旁有一圈坐垫。

"那边那个女孩，"你小心地指着，"今天也在联合国。"

艾哈迈德看过去，冲她挥手。

"那是贝纳蒂，她的父亲代表缅甸。"艾哈迈德示意侍者给他一张纸。

几分钟后，贝纳蒂来到你们的桌子前坐下来。艾哈迈德介绍你们互相认识。

他们开始点餐，这对你来说正好，因为你实在看不懂菜单。

很快，一盘又一盘的米饭和肉被端上来了。你无法相信每道菜的味道都是如此美味可口。突然你意识到快到开会的时间了。你们三个人结了账，乘出租车赶回联合国大楼，只剩下几分钟的时间了。

冲进大楼，穿过大厅，你在最后一刻进入了代表休息室。你悄悄地在一张椭圆形的大桌子前的椅子上坐下。几分钟后，秘书长格哈特急匆匆地进来，一只胳膊下夹着一沓文件。

"很抱歉我迟到了。"他努力地平复气息后说道。

他坐下来，把文件在你们面前的桌子上摆好。

"目前发生了一些事，已经引起了我的注意。现在你们也会被牵扯进来。"

▸▸ 请翻到 **下一页**

格哈特停顿片刻，又接着说："有两个安理会问题需要迅速采取行动。第一个问题，在撒哈拉以南的非洲，饱受干旱之苦的小国莫洛瓦爆发了内战。当地大批居民逃离边境，在附近的科特迪瓦建立起大型难民营。第二个问题关于曾经属于苏联的独立国家阿克斯坦。传言说该国已经控制了导弹。独裁者尼古拉·博拉夫现在控制着局面，他威胁说，如果不听从他的命令，他就会动用核武器。

"还有两个问题也浮出水面，它们由经济及社会理事会处理。联合国南极考察队已经失联三周了，必须尽快组织救援行动。另外，一名在印度尼西亚偏远地区工作的联合国成员发现了一个生活水平还处于石器时代的小部落。"

格哈特秘书长授权你的小组成立委员会，研究解决每个问题的方法。但首先，成员将被分成两个主要部分：安理会和经社理事会。

▶▶ 如果你选择研究经社理事会负责的南极和印度尼西亚问题，请翻到
下一页

▶▶ 如果你选择参与安理会，应对莫洛瓦和阿克斯坦的问题，请翻到
第153页

你很高兴选择为经济及社会理事会工作。这个联合国的分支机构所处理的问题很广泛，从国家教授农业技术到监控环太平洋地区和西方国家之间的贸易活动，都由这个机构负责。

"我们去看看关于南极团队的研讨会吧。"艾哈迈德建议道。你们俩正走在一条长长的走廊上。

"没问题。"你回答。

没有多少人选择听取这个问题。当你坐着思考自己能参与如此重要的项目是多么幸运的时候，一个留着飘逸白发的高个子男人走进了房间。

"大家好，我是奥克塔维尤斯博士，地球极地常驻专家。"他的声音令人心安。很快你就向后靠在椅子上，全神贯注地听着他对危机的简要报告。

南极是联合国关注的一个地区，它不属于任何一个国家。就像太空一样，南极也被规定为每个国家都可以研究的地方，但不能被用来开发矿产资源。

▶▶ 请翻到 **下一页**

许多国家在冰盖上都有小型的科学基地，联合国对它们保持着密切的关注。失踪的联合国考察队负责监管其他组织，并开展冰川学研究。救援行动代价高昂且困难重重，但这是联合国保护其成员安全的责任。

▶▶ 请翻到**下一页**

"我着迷了，艾哈迈德，"你说，"两极是地球的边界。我想去南极。"

"好吧，如果你打算被冻死的话。让我们再看看失落的部落吧。印尼地处热带，气候炎热。"艾哈迈德咯咯地笑着回答。

下一场会议，林教授带来了这样一条信息：

> 有一天，我在印度尼西亚布鲁附近的丛林里爬山，遇到了一个小部落。他们穿着裹腰布，携带着原始的长矛和棍棒。他们把我带到他们的村庄，我才意识到他们是以我们石器时代祖先的生活方式生活。他们没有什么工具，住在洞穴里。如果联合国能派一个学生支持小组来帮助我完成这项研究，我将不胜感激。
>
> 林教授

最后的一场会议出人意料地宣布邀请模拟联合国成员组成团队进行探险，这是一生难得的机会。

"我们报名吧。"你向艾哈迈德建议道。

"必须报名，但是选哪个呢？"艾哈迈德问道。

▶▶ 如果你对南极救援任务感兴趣，请翻到**下一页**

▶▶ 如果你选择协助研究"失落的部落"，请翻到**第136页**

当你的飞机飞向南美洲最南端的火地岛时，蒸汽从你下面近两万英尺的亚马孙丛林中升起。透过窗户，你即将看到艾哈迈德所说的"冰冻荒原"，内心激动不已。

飞机降落在荒凉的机场，你想知道接下来如何从这里到南极。两地之间是世界上最危险的海峡之一：德雷克海峡。

"如果天气对我们有利，我们就可以坐飞机。"你的一个队员高兴地说道，"如果天气不好……我们会被困住的。"

跑道的尽头停着一架老式的双发动机飞机，它没有轮子，只有滑雪板。这是老式 DC-3。

当你们穿越这片广袤的大陆时，极地的严寒穿透了机舱。你们的目的地是阿蒙森－斯科特站，它位于南极中心。透过眼前白茫茫的一片，你辨认出美国基地的建筑物。

飞机降落在结冰的跑道上，雪地摩托冲上去迎接你们。一开始你以为他们只是来欢迎你们，接着你注意到飞行员带着一大袋邮件从飞机上下来。你想起来，有时这个哨岗上会连续几周和外界没有联系。

▸▸ 请翻到第**134**页

尽管你穿着厚厚的羽绒服、羽绒裤、双层衬里的靴子，戴着帽子、手套、护目镜，还是会在刺骨的南极严寒里冻得龇牙咧嘴。

每个人都争先恐后地逃离寒冷，想尽快地进入温暖的基地。

一进小屋，你们就互相介绍。一位名叫埃尔斯的女士递给你一杯热气腾腾的可可。

这是第一批报告与联合国考察队失去联系的人，他们一共有四个人，都是气象学家，在政府资助下工作。

"联合国考察队的基地离这里大约一百英里，"埃尔斯告诉你们，"他们搭建了一个简单的营地，没有任何固定的结构。"

"你试着联系过他们吗？"你问道。

"还没有，上个月这里下了一场猛烈的暴风雪。今天是我们能看清屋外情况的第一天。"埃尔斯的声音中带着一丝遗憾。

吃完丰盛的晚餐后，你们花了很长时间仔细研究该地区的地图，制订早上出发的计划。你们要乘坐三辆雪地摩托和一辆雪地履带车。

入睡时，你享受着小屋的温暖，意识到明天晚上你将在刺骨的寒冷中睡在帐篷里。

▶▶ 请翻到第 **140** 页

在你选择致力于解决阿克斯坦的核武器危机之后，你与其他七名模拟联合国的成员见面。你们小组的讨论持续了数小时，最后准备好在联合国大会上提出你们的建议。

"大家都准备好了吗？"其中一名成员大声说道，"我们出发吧！"

片刻之后，你步入宽敞的联合国会议室。面对来自世界各地的重要代表，你感到非常紧张。

"我们模拟联合国的代表，"你开始说，"已经得出结论，应该立即对阿克斯坦进行检查。世界必须达成一致，不能允许一个暴君把全体人类作为核恐怖的人质。我们认为应立即派遣一小批联合国专员前往阿克斯坦。"

回到座位上，你感到一股紧张的气氛弥漫会议室。

会议室里一片安静，只听到代表们讨论如何投票时的低沉说话声。你盯着面前的大屏幕，等待最后的裁决。

通过了！你们小组的建议被接受了！你顿时激动万分。这些受人尊敬的成年人能认真对待你们年轻人，真是一件令你们深感荣幸的事情。

你来到餐厅想一个人安静思考。你坐在桌边吃午饭，这时，阿方斯·格哈特在你旁边的座位坐下。

▶▶ 请翻到第 **174** 页

你从新加坡的空调候机楼里出来，潮湿的空气像泡过热水的湿毛巾似的将你包裹，令你燥热难耐。

你登上一列小火车，从座位上望着窗外的景色，欣赏着一闪而过的城市风光。

你在飞机上读了新加坡的历史。它曾是英国的殖民地。现在它是一个独立的国家，是太平洋沿岸国家的主要经济中心。

你去布鲁的旅程才刚刚开始。休息一晚后，你飞往西里伯斯。在那里，你在码头等待一艘旧邮船，邮船把人和货物运送到印尼群岛。布鲁是邮船的最后一站。

这趟旅行虽然漫长，却很有趣。

小村庄依偎在丛林中，新月形的海滩上有清澈的蓝绿色海水。人们看起来很友好，欢迎陌生人的到来。终于，你来到了布鲁。

"欢迎，我是林教授。"一个瘦削、满脸皱纹的男人微微鞠了一躬说道，"跟我来。我在山上有一座漂亮的平房。"

平房坐落在悬崖上，俯瞰着水晶般的海滩。平房很整洁，四周都是鲜花，在这么偏远的地方，你根本想不到会有这样的发现。你被带到自己的房间，里面有一张巨大的床，床上撑着蚊帐。两个大吊扇懒洋洋地转着，给房间降温。在去餐厅见林教授之前，你实在无法抗拒在海里快速游上一圈的诱惑。

▶▶ 请翻到**第138页**

你游泳的时候，艾哈迈德来了。当你进入餐厅时，他已经和林教授进行了热烈的交谈。

"我想你应该认识艾哈迈德。"林教授说，并示意你坐下，加入他们的谈话。

"叫我林吧。"林教授对你说。

你已经喜欢他了。他身上散发出热情和神秘的气息。

林谈到了早期的部落生活——一些部落靠狩猎采集为生，而另一些靠种田为生。这个部落似乎介于两者之间。林认为他们的迁徙是季节性的。关于这个部落的第一手观察对人类学家的研究非常有价值。

"明天早上我要去看望他们。我称他们为'隐藏者'。我可以带你们俩过去，但你们可能见不到他们。记住，你们可能会吓到他们。他们不习惯与外人交往。对他们来说，现代世界与其说是现实，不如说是一场噩梦。"

"所以，也许你应该先告诉'隐藏者'我们的情况。"你建议说。

"是的，没错，我会的。但是你们愿意和我一起去吗？这可能是一次有趣的旅行。"林说道。

▸▸ 如果你选择早晨和林一起前往，请翻到**第 142 页**

▸▸ 如果你选择让林提前告知部落关于你和艾哈迈德的情况，请翻到**第 146 页**

你意识到，只有在莫洛瓦才能找到方法解决日益严重的难民问题。

一个叫泰纳格的人提出做你的向导，带你去莫洛瓦。你、泰纳格和贝纳蒂整夜都在谈论政治和希望。

"但是很快就要下雨了，随之而来的还有食物与和平的希望。"泰纳格走进他的帐篷之前补充道。

当非洲的太阳从广阔的沙漠平原升起时，你们动身离开了。

越过边境进入莫洛瓦很容易，道路状况非常不错。你的车是道路上唯一的车。附近有很多篝火在燃烧。难民源源不断地拥向科特迪瓦。

泰纳格开车绕过一丛树林，在一个路障前尖叫着停了下来。

"所有人都出来，举起手来！"一个男人命令道。

你只看一眼他手里的机关枪就知道他有多认真了。所有人都被转移到路边。你大胆地接近那个人。

"我们是联合国的，把我们当人质对你们没有好处。"

那个男人笑着回答说："我们没打算把你们扣为人质，我们只要车和补给。"

说完，他跳上你的吉普车，把它开走了。

你意识到你们被抛弃在远离人烟的荒野，并且没有食物和水。你、贝纳蒂和泰纳格加入疲惫的难民队伍中，希望能活着回到联合国营地。

▶▶ **本故事完**

第二天，你驾驶雪地摩托穿越白茫茫的雪地，雪花在你身后飞溅。你裹在层层的衣服里，但仍然感觉不到温暖。极地冰帽的边缘生活着企鹅、海豹和其他动物。但在这里，只有人类面临着严寒的考验。

你爬上一座陡峭的小山，停下摩托去看雪，视线里只有更多的雪，还有一些冰。

突然间，随着悬浮在低空的云彩的移动，你透过一处冰隙看到了营地，你兴奋地挥动双手。其他人很快聚集过来。

"营地坐落在一处冰隙的边缘。"一名探险队员说道，"我们从这边无法过去。"

就在帐篷搭起的地方，你可以看到雪面上有一条很宽的裂缝。当它移动时，可能会裂开，形成冰隙。

"我们必须尽快找到他们。"有人喊道。

"在那里，"你说道，"我看见一座雪桥。"

穿越雪桥是非常危险和困难的。然而，绕着冰隙走一圈可能需要几个小时。你的队长赫尔穆特建议不要过桥，但还是把决定付诸投票结果。现在投票是平局，就等你的选择了。

▶▶ 如果你选择遵循赫尔穆特的建议，请翻到第 **151** 页
▶▶ 如果你选择尝试过雪桥，请翻到第 **156** 页

你和艾哈迈德决定跟随林教授。即使你们可能见不到"隐藏者"，这也比留下来等着林回来要好。

猴子、鹦鹉和各种动物的声音充满了你的耳朵。所见之

处都是郁郁葱葱一片。透过树叶你几乎看不见天空。

"我三天前刚刚在这里开辟出道路。"林一边说，一边用砍刀砍着茂密的树叶。

环顾四周，你明白了这个小部落是如何能够隐藏这么长时间的。

这个岛人烟稀少，到处都是丛林。

"我们现在非常接近他们了。他们的洞穴就在那山坡上。"林悄悄地说道，把手指放在嘴边，示意你和艾哈迈德尽可能保持安静。

▶▶ 请翻到**下一页**

你踮起脚尖，蹑手蹑脚地走到一小块空地上，那里的泥土已经被许多人踩过了。

你看着林，觉得有些不对劲。林走到火坑前，在灰烬中查看了一番。

"他们走了！"他嘟囔着，把灰烬扔到地上。

"这是什么意思？他们还会回来吗？"你问道。

"不，应该是我们吓着他们了。他们一定是为了躲开我们往丛林深处去了。很明显，他们对与文明交流不感兴趣。我们现在得走了。"

回到平房后，你们决定离开这个部落。他们的世界很简单，也很和平。也许现在与外界接触对他们来说不是一个好的选择。林似乎很沮丧，但无论如何他都不会亵渎或轻视部落人的生活方式。

你在平房里待了一周，直到邮船驶来。在这段时间里，你想了很多关于部落的事，希望文明永远不会伤害他们。

▸▸ **本故事完**

在对难民进行了数小时的采访后，你终于找到了贝纳蒂。

几个难民在她身边转来转去，诉说着他们的不幸与挣扎。他们离开了家园，失去了大部分财产。许多人在来这里的路上失去了亲朋好友。

"我们很幸运，那天晚上我们没有选择进入未知地区。"贝纳蒂说。

你们两个人向总务处的帐篷走去，去会见营地安全负责人奥马尔·瓦尔西。

"没错，据我所知，到处都有武装叛乱分子在寻找食物，他们不怕开枪！"你说。

"我们去莫洛瓦的时候应该找一些武装护卫来保护我们。"贝纳蒂建议道。

你认为这是个好主意，决定和奥马尔·瓦尔西讨论一下。

你走进大帐篷，看到奥马尔穿着迷彩服。

"你们很幸运，马上要运送武装部队了，你们可以和他们一起出发。"奥马尔说道。

"什么时候？"你问道。

"明天早上。"奥马尔回答。

晚上，你和贝纳蒂会见了将陪同你们执行任务的人。四人已经迫不及待地准备出发，但你们也都担心未知的危险。你们不停地聊天，互相讲一些小笑话。

▶▶ 请翻到第 **171** 页

"要是他们知道我们要来，我就放心多了。被外界发现一定令他们困惑不已。"你解释道。

此外，在平房住的这些天犹如在天堂。你和艾哈迈德一起游泳、潜水、吃新鲜的鱼，晚上和当地人交谈。你还花时间研究当地文化，并学习了林的关于部落的笔记。

"这样一个部落能隐藏这么长时间真是太神奇了！"艾哈迈德若有所思地说。

这时你们俩正坐在一起读林的笔记。

"这么多的人在世界旅行，而部落里的人却能避免与外界接触，简直是个奇迹。"你赞叹道。

"研究该部落可以使科学家和人类学家深入了解我们的古代祖先是如何生活的。他们将不再依赖考古发掘中获得的信息。"

"林今晚回来，我们应该准备好装备。"你说道。

"我只希望他还愿意带我们去见部落的人。"艾哈迈德回答。

晚些时候，林带着消息回来了。

"他们很高兴见我们，认为我们是上帝派来帮助他们的人。我们明天早上出发。穿着简单些，只带一个小包。"

第二天一大早，你们三个人步行进入丛林。小径蜿蜒穿过峡谷，瀑布层层叠叠。你们爬上一望无际的绿色陡坡。

"等一下，我先走，让他们知道我们到了。"林说着，朝一条不起眼的狭窄小路走去。你和艾哈迈德待在一小块空地上。

▸▸ 请翻到第 149 页

不到一个小时，林就回来了，告诉你们必须安静地跟着他。你们排成一列前进，树叶逐渐变得稀少，很快你发现你们进入了一片大空地。一个巨大的篝火在空地中心燃烧，周围坐着大约五十个人。其中一个可能是酋长的人起身向你和艾哈迈德挥手。人们激动地喃喃自语。

"我用手势、声音和在泥土上简单地画图来和他们交流。你们不妨也试一试？"林建议道。

你和艾哈迈德走近一个脸上有长长的伤疤的小男孩。你用手势问他伤疤是怎么来的。他在泥土上画了一只凶猛的动物。尽管谈话很困难，你还是保持耐心。你得知他的名字叫凯，他很害怕那些他不明白的东西。凯没能传达这个信息，于是他示意你和艾哈迈德跟着他到山洞那边的山顶。

▶▶ 请翻到下一页

到了山顶，凯爬上了一棵大树。他示意你和艾哈迈德跟紧。

你小心翼翼地把头伸出雨林的"屋顶"，看到远处有大片的烟雾升入天空。引擎的隆隆声传到了你的耳朵里。

"这就是困扰他的问题！"你愤怒地大喊，"我们必须在他们靠近前阻止他们。"

"我们去告诉林，他会知道该怎么做。"艾哈迈德回答道。

回到村子里，你发现林正俯身查看一个看起来病得很重的人。

"我担心我可能用一种细菌或病毒感染了他们，而他们对此没有免疫力。我可能会把他们害死，就像欧洲人把疾病带给没有免疫力的印第安人一样。"

你解释了伐木的事情，意识到部落面临的威胁有多严重。你一定能做点什么。林建议你带一些血样去新加坡化验。但艾哈迈德提议你们两个人留下来处理伐木的问题，让其他人去递送血样。

▶▶ 如果你选择应对伐木的问题，请翻到第 **159** 页

▶▶ 如果你选择将血样送去医院，请翻到第 **165** 页

"我很高兴你选择听从我的建议。"赫尔穆特对你说。

你点了点头，满脑子都是找另一条路的想法。

寻找一个安全的地方穿过冰隙需要大半个夜晚的时间。如果你必须在黑暗中行进，肯定会冻死。幸运的是，在每年的这个时候，南极的太阳几乎不会落下。

走近联合国的营地时，你看到一个人影跳上跳下，吸引了你的注意。你的手在油门上使劲，雪地车朝着那个人影喷射向前。

"这是我见过的最棒的景象。"当你走下雪地车，那人惊叹道。

"我们一直很担心你，一切都好吗？"你问道。

"大家都很好，很走运。冰隙在半夜裂开了。我们的通信棚、装着食物和雪地车的帐篷都消失了。"他回答。这时其他人也开始从帐篷里出来。

很快，雪地履带车来了。你设法把所有人都塞进去，然后回到阿蒙森－斯科特站。一切都将恢复正常，你的人生也是如此。这次的任务也宣告结束了。

▸▸ **本故事完**

你离开艾哈迈德，和新朋友贝纳蒂一起去和其他二十个选择处理安理会问题的成员集合。你们在一间大房间里见面，门上写着"安全部队"。墙壁上有两块显示着地图的屏幕，房间中央的一张大桌子被一台嵌入式电脑照亮——这是一张智能桌子。

"简直棒极了，你们不觉得吗？"一位留着长长的黑发、戴着黑框眼镜的女士问道。

"的确很不错。"你回答道。

"我叫埃米莉·冈萨雷斯。我将向你们介绍正在发生的事情，以及我们要如何解决这两个危机。"

尽管她举止轻松，穿着随意，但你很快感觉到她是个重要的人物。

所有人集合起来。埃米莉在她面前的电脑上找出了一张很大的非洲地图。地图投射到她身后的屏幕上，接着地图的范围发生了变化，集中在一个叫莫洛瓦的国家。

"就是这里，一个可爱的民主小国。但是，这里缺乏降水，旱灾严重，引发了饥荒。军阀们掌控政权，掠夺了所有的食物和燃料。人民苦不堪言。"

"我们能做什么？"你问道。

埃米莉回答："还不确定，我们需要确凿的信息。科特迪瓦挤满了从莫洛瓦边境逃过来的难民，那里没有足够的食物和医疗设施。疾病肆虐，难民营在迅速扩大。"

▶▶ 请翻到**下一页**

"联合国将在瑞士日内瓦的难民署举行会议。派遣第一批维和部队已经提上议程。"埃米莉继续说道。

你和贝纳蒂交换了一下眼神。

"真不敢相信他们会让我们参与这件事。"贝纳蒂低声说。

不等你回答，埃米莉继续说："下一个问题要复杂得多。"

屏幕上出现了一幅东欧的地图，还有一幅苏联的地图。

"苏联解体后，核武器散布在许多新国家。联合国监督下的裁军得到了执行。然而，最近有传言称，阿克斯坦仍然留有一些导弹。阿克斯坦的领导人尼古拉·博拉夫是一个残忍的军事独裁者。他否认留有这些武器，但是来自世界主要大国的压力迫使他接受联合国监察员的介入。"

会议结束后，你对贝纳蒂说："我们有机会参与重大的国际问题了。"

"你最感兴趣的问题是什么？"贝纳蒂问道。

▶▶ 如果你选择了解更多有关阿克斯坦武器危机的事情，请翻到**第 135 页**

▶▶ 如果你选择前往日内瓦参加有关莫洛瓦的会议，请翻到**第 167 页**

你决定和亚历山大碰碰运气。

"那么下一步做什么？"你问道。

"今晚我来接你。在那之前你就等着吧。"他说完就冲出了你的房间。

亚历山大的敲门声在半夜里响起。即使你已经醒着躺在床上等了几个小时，敲门声也把你吓了一跳。你精神抖擞地抓起背包，打开了门。

"我们必须迅速行动。警卫正在巡逻，几分钟后就会回来。"亚历山大轻声说道。

他领着你穿过一条长长的走廊，来到一座花园。漆黑的夜晚让行进变得困难，你撞到了一辆被低矮的树篱遮掩着的汽车上。

"哎哟！"你大叫一声。

"安静点，傻瓜，否则我们会像猪一样被关进香肠工厂的！"亚历山大厉声说道。

你的俄语并不纯正，但你也对他吼道："小心点，否则老天会收拾你。"这是你祖母讲过的一句古老的俄语，它似乎对亚历山大的态度转变产生了立竿见影的效果。

"对不起。快上车，我们要去一个安全的房子，在那里你可以和那些见过被销毁的武器的人交谈。"亚历山大透露。

汽车在一条狭窄的土路上疾驰，然后在一间小木屋附近减速。

小木屋里面狭小又肮脏。你看到四个人围坐在桌旁的椅子上。

▶▶ 请翻到第 **163** 页

"我先过桥，我可能是最轻的。"你说道。

"你很勇敢！"赫尔穆特敬佩地说。

你来到冰隙的边缘，凝视着深坑，这个坑将近三百英尺深。雪桥看起来很坚固，足以支撑你的体重，但大家都认为你仍然要格外小心。

"这里什么也没有。"你说着将安全绳缠绕在腰间，绳子一头挂在钩环上。

很快，每个人都开始行动，把绳子绑在一起，然后锚定在雪地履带车上。

你跪在桥上，爬行穿过桥面，身后拖着安全绳。脚下的雪因为压力咯吱咯吱响，但它仍承受着你的重量。你终于如释重负地到达了对岸，发出信号通知下一个人通过。

咔嚓！冰隙突然变宽了！雪桥在你面前崩塌，两名队员悬在半空中。你趴在地上，将一把冰斧插进雪里。但是压力太大了，你被拖进了那个裂开的洞里，其余的队员在你后面摔倒。你坠入冰隙的底部，感到绝望无助。这是一个冰冷的、永恒的坟墓。

▸▸ 本故事完

"必须阻止伐木工人！有没有其他办法可以把这些样本送到医院？"你问道。

"事实上，如果我自己回到布鲁，安排一架紧急救援飞机来取血样，可能会更快一些。"林说道。

林离开后，你和艾哈迈德前往伐木区。

"他们要把整个岛都夷为平地。"艾哈迈德难以置信地说，"树木一旦消失，这个部落也会消失。他们无法像我们一样在城市里生存，他们甚至从未见过房屋！"

曾经茂密的热带雨林现在是一片废墟。伐木工们用他们的大型机器把大部分植被都破坏了。树桩从泥泞的地上露出来。

你们走下山，穿过一片荒芜的空地，向一群站在推土机旁的人走去。

"谁是负责人？"你几乎控制不住自己的声音。

"是谁想问啊！"一个头戴安全帽的男人带着美国口音回答。

"联合国。"艾哈迈德回答道。这一句话似乎改变了他们的态度。

"跟我来。"其中一个人答道。

▶▶ 请翻到下一页

你们被带到一辆用带刺铁丝网围着的肮脏的小拖车上，车上坐着一个抽雪茄的大个子男人。

"你想干什么？"他咆哮道。

"你们必须马上停下来！你们在入侵部落的领地。"你坚定地说道。

"你疯了吗？留着价值数百万美元的树木就为了和几个野人和平共处？"他回答道，然后把雪茄头插进一个满是烟蒂的烟灰缸里。

"走吧，艾哈迈德，这个笨蛋不知道这个部落有多重要。"你脱口而出。

你的脸因愤怒而涨得通红。你冲出拖车，"砰"的一下关上身后的门。

▶▶ 请翻到下一页

第二天早上，你回到新加坡，给联合国发电报。艾哈迈德仍然留在部落里。联合国回电要求你在国际法庭上为这个案子辩护。三十六个小时后，你站在了法庭上。

"这个部落和其他部落一样有权拥有他们的森林家园。我们必须为保护这片土地而战。这个部落代表的不仅仅是五十条生命。如果不采取行动拯救他们，整个部落的文明就会在我们眼前消失。"你恳求道。

说完，法庭里一片安静。联合国无法阻止伐木活动，代表们也深知这一点。虽然可以给他们施压，但现实是，伐木工们总是我行我素。

现在你又回到了新加坡。艾哈迈德在机场迎接你。

"我找了一辆车带我们去伐木公司的办公室。"他帮你拿过行李时说道。

当该公司的老板告诉你们他不会停止伐木时，怒火再一次翻涌在你的血管里。他说自己有许可证，有权随意开发土地，不管谁住在上面。

"你会后悔这个决定的！"你咆哮着冲出办公室。

"我们将不惜一切代价阻止他们。"你愤怒地说。艾哈迈德点头表示完全赞同。

▶▶ 请翻到**下一页**

你和艾哈迈德讨论你们该如何做。你们可以选择让印尼政府介入，但这可能会花费太多时间。按照伐木工的速度，再过几周他们就会摧毁部落的土地。另一个选择是破坏伐木工的机器。这么做会违法，不管其动机和目的如何，这都是犯罪，但可能是值得的。

▶▶ 如果你选择请求印尼政府干预，请翻到**第 188 页**

▶▶ 如果你选择破坏伐木机器，请翻到**第 198 页**

　　"我们付出了沉重的代价才得到这些东西。"一位嚼着一大团口香糖的老人用令人惊讶的声音说。

　　他递给你一堆照片和地图说道："好好利用它们。"

　　你们会面的时间很短，结束后亚历山大把你送回城堡。你背包里的照片和地图似乎在放热，就好像它们本身具有放射性一样。

　　"站在原地别动。"一个人在你身后吼道，"举起手臂，转过身来。"

　　世界上再也没有了你的音信。你的尸体永远找不到了。导弹通过不法途径进入了很多小国家。但愿它们永远不会被使用。

　　使命：未完成。

▸▸ 本故事完

"我认为部落的健康更重要。"你说道。

"好想法，我将安排你们两个把样本带到新加坡。"林说道。

你们把从部落采集的血液样本交给新加坡医院的化验室。

你和艾哈迈德一直守在那里，直到化验结果出来，你们才出发去探索新加坡。

回到酒店，有一张字条留给了你们：

尽快来医院。

酒店轿车把你们送到医院门口。你们冲进化验室的办公室，一群医生在等着你们。

"这个部落对现代疾病没有免疫力。"其中一名医生说道，"如果我们想要拯救他们，必须尽快开始免疫措施。但是这有一定的风险。"

听到这个消息，你的心沉了下去。你唯一的希望是抗生素或许可以避免他们的死亡。

你认为现在最好离开这个部落。你们的造访已经伤害他们太多了。

你已经无能为力了，不得不回到纽约。

▸▸ **本故事完**

你决定去参加关于莫洛瓦问题的会议，贝纳蒂做出了同样的选择。你很高兴，你要去瑞士的日内瓦啦！

从飞机的舷窗望出去，你凝视着日内瓦湖深蓝色的湖水。你看到湖岸边的一个喷泉，把水喷射到几百英尺高的空中。你轻轻地摇着贝纳蒂的肩膀，将她唤醒。

"看窗外，日内瓦在我们的下面。"你说道。

"真不敢相信有这么碧绿的景色，太美了！"她赞叹道。

飞机平稳着陆后，你们终于可以踏上日内瓦的土地了。飞机飞行的时间很长，对即将到来的事件的焦虑感令你坐立不安。

走出飞机，你看到一个男人拿着个牌子，上面印着你和贝纳蒂的名字。

"那是我们的名字。"你指着牌子对贝纳蒂说。

"你们好呀。我是奈尔斯·加尔布雷思。"红头发的男人说，你听出他有英国口音，"等我们找到行李，就马上前往酒店。"

你们坐在奈尔斯的运动型小敞篷车里，在迷宫般的狭窄街道上飞驰。奈尔斯介绍自己是联合国非洲难民事务委员会的负责人。

▶▶ **请翻到下一页**

"我七点钟回来带你们去吃晚饭。我们有很多事情要讨论。但是现在你们应该睡一觉，来摆脱时差的困扰。"

你收拾好房间，去找贝纳蒂，然后你们一起走出酒店。

不管有没有时差带来的不适，你现在太兴奋了，根本睡不着觉。

你们四处闲逛了一会儿，你惊讶于这个城市是多么整洁有序。你感到饥肠辘辘，忍不住买了一大块瑞士巧克力。

回到酒店，服务台有条给你的留言，要你和贝纳蒂立即打电话给奈尔斯。信息标记为"紧急"。

▶▶ 请翻到**下一页**

你一到房间就给奈尔斯打电话。

"怎么了，奈尔斯？"

"到目前为止，我们一直与我们在莫洛瓦首都的代表保持联系，直到昨天。"奈尔斯回答道。

"到底发生了什么？"你问道。

"首都爆发了激烈的战斗，我们的联络人遇害了，她的搭档坐着联合国的吉普车逃到了科特迪瓦。这使我们处于危险的境地。难民来的速度太快，超出了我们的应对能力，现在不知道莫洛瓦内部发生了什么。"

"你要我和贝纳蒂飞到那儿去调查吗？"

"是的，我今晚飞往阿比让。我们需要更多像你们这样的年轻人。"奈尔斯严肃地说。

你和贝纳蒂接受了这一请求。毕竟，你们怎么能放弃这么刺激而重要的任务呢？

抵达阿比让，你闻到了从未闻过的陌生气味，奇妙的同时又让你害怕。

在这里，联合国的直升机将你们接走，飞往莫洛瓦和科特迪瓦边境上不断扩张的难民营。

直升机抵达营地时，你的注意力转向下方的数百顶帐篷和围绕在帐篷周围成群结队的人。

▸▸ 请翻到下一页

"我敢打赌，你从来没有想象过这样的情景。"直升机降落到地面时，奈尔斯说。

"当然没有。"你回答道。

哈丽雅特·斯通博士来接你们。她把你们带到一个大帐篷里，解释说因为大批难民的到来，再加上食物和医疗用品的短缺，造成了灾难。死亡笼罩着营地。霍乱、痢疾和其他瘟疫暴发。

"世界看不见这里，世界也不在乎这里。"斯通博士说。她看起来疲惫不堪。

"最重要的问题是，我们的联系被切断了，我们没有来自莫洛瓦内部的最新消息了。现在需要有人进入莫洛瓦打探到底发生了什么，甚至进行谈判。我们知道至少有五个军阀及其追随者在恐吓当地人民。"

"让我去吧，斯通博士。"你说。

"我也去。"贝纳蒂也开口道，"我们应该问一问刚来的难民，也许可以更好地了解情况。"

"好，时间紧迫。你们要知道这其中的风险。我把选择行动计划的权力交给你们。"斯通博士说。

▶▶ 如果你选择尽快出发，请翻到**第 139 页**

▶▶ 如果你同意贝纳蒂的观点，选择待在营地访问难民，请翻到

第 145 页

你驾驶着路虎越野车沿着一条狭窄的道路进入莫洛瓦，贝纳蒂坐在你旁边。你们俩都在思索着未来可能发生的事情。武装运输车跟在你们后面，让你们有了一丝安全感。

中午，你们在一个小村庄停下来。除了一个为可口可乐做广告的霓虹灯招牌外，这里的一切似乎都很落后。

去科特迪瓦的路上挤满了人。你得知这个地区是由一个叫卡拉奇的军阀控制着，他的地盘离主干道只有五十英里。

三小时后，你遇到了一个路障。一名警卫走到了你的车前，手里挥舞着一把机关枪。

"你们是谁？在这儿干什么？"他喊道。

"联合国和平使者。"你说。

你解释说你想见卡拉奇。然后警卫走进棚屋里，打了一个电话。

"卡拉奇同意见你，但是我们只允许三个人去见他。其余的人必须在这里等到谈话结束。"他说道。

▸▸ 请翻到**下一页**

你召集你的团队一起讨论这个提议。分开就达不到武装运输的目的，还会将你们置于极其危险的境地。

"也许我们应该回去等待联合国的直接命令。"贝纳蒂建议说。

"但我们已经走了这么远。另外，这是我们认识卡拉奇的机会。"你指出。

"好吧，你来决定吧。"贝纳蒂说道。

▶▶ 如果你同意卡拉奇的要求，选择带一小队人去见他，请翻到**下一页**

▶▶ 如果你选择返回科特迪瓦，请翻到**第 181 页**

你、贝纳蒂和翻译贾米勒，决定和卡拉奇见面。

当你把物资装进路虎越野车时，一个男人骑着摩托车过来。"我来给你们带路。"他冷酷地说。

越野车在崎岖的土路上颠簸。

"这太疯狂了，我们正走进虎穴。"你说。

"是的，但也许我们可以帮助这个可怜的国家。"贝纳蒂说。

"看到那片灰白的地方了吗？"贾米勒指向那里问道，"那曾经是一个大湖，里面有很多鱼。田里种满了小麦和大麦。现在这里只有死亡和痛苦。"

曾经肥沃的农田，现在只剩下被晒干的土地。你不知道干旱竟有如此严重。

前面带路的摩托车减速了，停在一扇大铁门前，这扇门通向一个废弃的机场。

贾米勒告诉你，自从第二次世界大战以来，它就没有被使用过。

摩托车来到一幢大楼前，你停下车，走出去。你的心怦怦直跳。

"欢迎来到我寒酸的总部。"一个瘦小的男人边说边走过来，"我是卡拉奇将军，很荣幸你们能来。我们一直在等待帮助和指导。"

你试图隐藏你的惊讶。这种热烈的欢迎让你觉得奇怪且不可靠，但你决定先配合他。

"我很高兴你会说英语。我们能帮上什么忙？"你问。

▶▶ 请翻到第 **179** 页

他说："我知道你的俄语很流利。"

"是的，我的祖父母教过我。"你吃着三明治回答。

"很好，你愿意加入我们派往阿克斯坦的团队吗？这很危险，但很重要。我查过你的背景，年纪轻轻就颇有成就。希望你可以为我们效力。"

你欣然接受，并很快被接去会见其他团队成员。他们向你简要说明了阿克斯坦的情况。

次日清晨，在托尔斯泰国际机场，你从一架小型里尔喷射机里出来。一个留着胡子的司机在一辆老旧的俄国产的轿车里等你。你们前往的目的地位于一个小村庄里的一座中世纪城堡。你们很快就到达了那里。

▶▶ 请翻到第 **177** 页

"我来帮你拿包。"一个和你年纪相仿的男孩走过来，用英语对你说。当你用俄语回答时，他露出了吃惊的表情。

"我是亚历山大，跟我来。"他说着，领着你走进城堡，来到一个又小又黑的房间。

亚历山大把你拉近，在你耳边低语："我是阿克斯坦抵抗组织的。我们知道你为什么在这里。如果你今晚和我一起来，我可以给你看阿克斯坦留有核武器的证据，以及它们的藏匿处。"

▸▸ 请翻到**下一页**

亚历山大的提议令你目瞪口呆。在你几乎还没开始任务之前，这会是一个巨大的突破。

但你脑子里的警钟响了起来：这也可能是一个将你驱逐出境的圈套，以此破坏联合国的威信。亚历山大可能是个特工。

▶▶ 如果你无法拒绝这个机会，请翻到**第 155 页**

▶▶ 如果你选择按兵不动，马上和联合国团队汇报，请翻到**第 192 页**

"正如你所看到的，我们正遭受一场大旱，并且缺少食物和医疗用品。许多人的食物被偷走了，他们被迫离开家园。大约三周前，他们之间开始争执。这些就是内战的起因。"将军解释道，"现在粮食供应必须来自外部。许多小军阀利用混乱局面控制了大片的土地。虽然我一直在努力维护和平，但采取进攻是不可避免的。"

"这么说你不是这些好斗的军阀喽？"贝纳蒂问道。

"不，我不是。我要去纽约，去联合国总部，为我的人民辩护。"将军说。

"我们为什么要相信你？内战正在进行，而你是胜利者。其他国家对此有什么看法？"贾米尔问出一连串的问题。

卡拉奇将军面带微笑，保持冷静。

"我代表我们国家的人民。你们可以到城里去问问他们关于我的情况。"

你、贝纳蒂和贾米尔讨论了这个意外的进展，它听起来好得令人难以置信。但也许这是一种策略，目的是引诱你和外援远离莫洛瓦。你能相信这个人吗？

▶▶ 如果你选择同意带卡拉奇去联合国总部，请翻到**第 183 页**

▶▶ 如果你选择不相信卡拉奇的故事，请翻到**第 185 页**

"准备掉头离开这里。"你对着连接到运输机的无线电低声说。

与此同时，卡拉奇的卫兵赶紧回到他的无线电旁。从他谈话的兴奋程度和音量中，你能感觉到他在谋划什么。

"你现在就跟我走！"卫兵突然宣布道，他的脸涨得通红，怒气冲冲。

"现在！"你大喊一声，急转方向盘，将车向后倒。你沿着公路快速行驶到边境，运输机跟在你后面。

贝纳蒂指向远处。

尘土扬起到空中。

"他们可能是卡拉奇的人。希望我们能在他们追上之前到达边境。"你抓起无线电通知运输机。

沿路响起了枪声，子弹射入路虎车。一颗地雷在你下方爆炸，撕碎了车的前轮胎。车辆旋转着失去控制，你尝试用曲柄转动轮子。车终于停了下来。你和贝纳蒂跳下车，奔向附近的运输机。

"我们快走！"你喊道。

沿路走了几英里，几小时前你刚走过的那座桥出现在你的视野里，现在它只不过是一座阴燃的废墟。手持枪支和火箭筒的人排列在路边。你唯一的选择就是投降。

▶▶ 请翻到**下一页**

你意识到应该接受进入卡拉奇基地的提议。一群持枪的雇佣兵把你们逼到一座破旧的建筑物前。你与贝纳蒂和其他成员分开了。几个男人把你领进一个比牛奶箱大不了多少的房间。

在没有食物和水的情况下，你被锁在这个房间里整整两天，里面热得像蒸笼。你开始神志模糊。他们把你拖出来，逼迫你签署一份供词，声明你是一名政府间谍。你害怕如果不同意这样做就会没命。这些人可是一有机会就开枪的。他们想控制整个国家，把所有的财富占为己有。

他们把你带回那个小房间。现在你只能等待，才知道自己是否做出了正确的选择。

▸▸ **本故事完**

你告诉卡拉奇可以带他去联合国总部。

"太棒了，"他开心地说道，"我的人民有希望了。"

"你能安排一架直升机把我们送到科特迪瓦吗？"你问道。

"只要打个电话就行。"卡拉奇说道。

与此同时，你用无线电通知等在路障处的其他成员，告诉他们你平安无事，让他们返回科特迪瓦。

清晨，你听到直升机的螺旋桨在空中划过的嗡嗡声。前往科特迪瓦的首都阿比让要经历一段漫长的飞行。休息过后，你们登上飞往纽约的直升机。联合国安理会等待你们的到来。

终于，你回到了美国。你和贝纳蒂护送卡拉奇将军去参加大会。召开这次特别会议是为了讨论莫洛瓦的危机。在你之后，贝纳蒂和卡拉奇将军提供了证词，最后由大会投票表决。他们决定由联合国组织维和部队恢复莫洛瓦政府，并监督食品和医疗用品在全国各地的发放。

▶▶ 请翻到**下一页**

随后，你和贝纳蒂被叫进一间小办公室，秘书长和卡拉奇将军正坐在里面。

"我们要感谢你们两位为拯救莫洛瓦所做的英勇努力。"卡拉奇说道。

"这没什么，我们只是做了我们认为正确的事情。"你回答道。

"但是你的直觉是非凡的。我很荣幸地邀请你们两位作为青年事务特别顾问来莫洛瓦，帮助我们重建政府。"

这个发展是你意想不到的。你不想错过这一宝贵的经历，再怎么说，这也比待在熟悉得不能再熟悉的美国度过剩余的暑假好！

▸▸ **本故事完**

你不相信卡拉奇，认为必须尽快逃离。

"卡拉奇，我觉得贝纳蒂、贾米尔和我需要谈一谈。你介意吗？"

"没关系，你结束后可以到我的办公室找我。"他慢悠悠地回到大楼里，示意一名警卫盯着你。

"我们必须在成为囚犯之前逃走。卡拉奇似乎太急于取悦我们了，他口口声声说要帮助国家和人民，我看他只想当国王。这里面一定有问题，我不想在这里继续浪费时间了。"你低声说。

说服贝纳蒂和贾米尔并不难。为了不惊动卡拉奇，也为了不冒生命危险，你对卡拉奇撒了谎，同意带他去纽约，但你坚持要等到明天早上再回到科特迪瓦。

"棒极了！我很高兴你能参与进来，这可以改变我们人民的生活！"卡拉奇兴奋地说道。

▶▶ 请翻到下一页

186

那天深夜，你、贝纳蒂和贾米尔收拾好东西，溜出了大楼。

开车太危险了，于是你们只好步行。

幸运的是，夜里黑漆漆一片，你们可以在不被发现的情况下逃走。

安全地走出了一段距离后，你停下来，打开无线电，呼叫武装护卫队，请求紧急救援。你确定好了碰面的时间和地点。现在准备逃跑吧！

地面坚硬，走起来很容易。很快你们就接近公路了。但

面前还有最后一个障碍：一条河流。干旱使河道变得狭窄，然而这里仍是河马的家园。它们被一些芦苇和黑暗所掩盖。

"向树林里跑！"贾米尔大喊一声，"有河马！"

你转过身，跌跌撞撞地在树丛中寻找掩护。但是太晚了！河马冲过来对你展开进攻，不到一分钟就结束了。你的尸体没有被找回来。

▸▸ **本故事完**

虽然破坏机器可能是相对高效的办法，但你坚决反对这么做。你带着联合国法庭禁令，大步走进警察局总部。局长立即处理了此事，安排了一名警官陪同你去伐木公司。

你们来到大厅，伐木公司的警卫不让你们进去。

"这是我们的通行证。"警官说着，举起他的证件，"你可以让我们去见董事长，也可以和我一起回警察局。"

警卫们面面相觑，决定让你们进去。

穿过大楼时，你感到突然受到了尊重。你们来到董事长的办公室，董事长把你们介绍给他的律师。谈话间，大家一致认为伐木工们不再会靠近这个小部落。走出大楼的时候，你感到无比自豪。

"我对你感激不尽。"回到布鲁后，林对你说，"与此同时，我们对送到医院的血样进行了分析。部落的人正在服药治疗疾病，一切都会好起来的。"

▸▸ 请翻到第 **190** 页

得知部落现在安全了，你很高兴。但是部落对你和其他人可能携带的细菌没有免疫力。欧洲人第一次来到美国时，印第安人就面临着这一严重的问题。许多印第安人死于欧洲人已经适应的疾病，希望新加坡的医生能够阻止这种情况发生在"隐藏者"身上。

早上，你坐在平房的早餐桌旁，林带着忧虑的表情向你走来。

"我刚刚接到联合国的电话，让我尽快去巴布亚新几内亚报到。"他解释道。

"那谁来研究部落？"你问道，不免有些失望。你一直期待着继续对部落进行研究。

"他们要派遣一组专家负责该部落。"

你坐下来想，为什么事情刚开始进展顺利就发生了这样的转变。林打断了你的思路。"我在巴布亚新几内亚的工作将会困难重重。如果你们两个人能在那里帮助我，我将不胜感激。"

"你到底要去哪里呢？"你问道。

▶▶ 请翻到**下一页**

　　"我要去调查外国财团开采石油与天然气的问题。这是与伐木类似的问题。这些财团经常扰乱当地人的生活节奏，对当地人几乎没有任何好处。当现代文明通过无线电、电视、旅游和商业影响土著时，往往会产生所谓的'期望上升革命'。人们总是渴望他们没有得到的东西，有时是政治上的，有时是物质上的。无论如何，这是一个在发生巨大变化的时代。我希望你们能加入。但如果你们想在这里继续你们的工作，我也能理解。"

▶▶　如果你选择和林一起前往巴布亚新几内亚，请翻到**第 215 页**

　　▶▶　如果你选择留在布鲁，继续研究部落，请翻到**第 225 页**

你还没有准备好接受亚历山大的提议。如果你从团队中消失，可能会引起他们对你的怀疑。如果被抓住，你可能会被驱逐出境，甚至死亡。你给任务负责人菲利普·杜蒙发了一条信息，告诉他你所面临的问题。他同意那天下午晚些时候在城堡的书房与你会面。

走进摆满书的书房，你看到一个人正挥舞着一根棍子。菲利普正坐在一张大桌子后面。

"他在干什么？"你问菲利普。

"他正在房间里搜寻窃听器。"菲利普说，"他在这个房间里发现了四个，是阿克斯坦人安装的。"他举起手向你展示了一个小型电子监听设备，按下黑色金属盒子上的一个按钮。"这样就可以对付任何偷听的人了。现在可以告诉我你的问题了。"

"阿克斯坦抵抗组织联系过我，他们声称有我们需要的信息。但这也许是个阴谋，为了将我们引入更大的麻烦。"你回答说。

"我能理解你的顾虑，"菲利普回答道，"尽管我们是一个中立的组织，也经常会遇到这样的问题。那个博拉夫会尽其所能不让我们探听到消息。但是，我们必须了解这些导弹的信息，即便有时我们需要承担风险。"

▸▸ 请翻到**下一页**

"我们该怎么办？"你问道。

"接受亚历山大的提议吧。我会假装你因为生病突然离开阿克斯坦，然后你去做卧底。如果你被抓住了，是没有保护的。你愿意吗？"

你毫不犹豫地回答："是的，我愿意。"

"很好。计划是这样的……"

第二天早上，你坐在托尔斯泰国际机场登机口的轮椅上，一位空乘推着你下了斜坡，来到波音747客机，这架飞机是要飞往纽约的。然后，你突然被推进了一个小房间。

"快把这些衣服换掉。"空乘指示着，把一套和他自己的一模一样的制服塞到你手里。接着，他脱下夹克，穿上你的衣服，然后坐在了轮椅上。"快点！时间不多了。博拉夫的间谍可能正在监视我们。"

"祝你好运。"你一边协助他坐进舱里的座位一边说。然后你离开飞机，推着现在已经空了的轮椅，穿过机场的前门。没有被人发现异常，你松了一口气。你现在身在国外，没有合法签证和护照，因此你必须非常小心。

亚历山大带着替换的衣服和假证件在停车场的一辆货车里等着你，他脸上没有一丝笑容。对一个年轻人来说，他似乎在秘密情报事务方面有着丰富的经验。

▶▶ 请翻到下一页

亚历山大把车开到一个有着很多废弃的大型建筑的海滨，然后开进仓库底层的一个车库。一个陌生人把你带到一架梯子前，下到一个洞里，这个洞通向地下的房间。你差点被一股臭味熏倒了。大约十几个人坐在一张长桌前。天花板上挂着一个灯泡，发出暗淡的光，把长桌照亮。空气中弥漫着烟雾和恐惧。

"我们在这个房间里组成了FRA——阿克斯坦自由共和国抵抗力量。尼古拉·博拉夫是在苏联解体后上台的，他对谋杀和暴力的疯狂嗜好是前所未有的。他相信只有他才能重建曾经伟大的苏联。我们必须阻止他。"

"我们同意。"你脱口而出，"联合国会提供帮助。"

"你现在能和我们一起来给那些武器拍照吗？"其中一名成员问道。

这就是你需要的证据，但这次行动可能非常危险。你不确定自己能否独自完成这项任务。你最好和联合国取得联系，看是否能派专家来帮助你，但等到那时也许就太晚了。

▶▶　选择你决定前往拍照，请翻到**下一页**
▶▶　如果你认为需要额外的帮助，请翻到**第 199 页**

你还记得菲利普·杜蒙说过的话："有时我们需要承担风险。"于是你同意马上出发。

亚历山大把你领到一个单独的房间，里面摆满了衣服。他建议你穿一些舒适的衣服，因为接下来旅途漫长。你很快找到一条厚厚的羊毛裤子、一件棉质的工作衬衫和一个羊皮夹克。

"我看起来怎么样？"你穿着新衣服走出来。

"简直就是个土生土长的阿克斯坦人，"亚历山笑着说，"把你的表给我。这里没人戴这么多按钮的手表。"

你点点头，把手表递了过去。亚历山大和你从这个房间回到车上。过了一会儿，你把车停在一个类似二十世纪三十年代初的火车站前面。

"我们要去哪里？"你问亚历山大。

"往南，到马拉辛山脉，那里是 FRA 的总部和训练营。我们一到达那里，就能获得进入武器的藏匿处所需的所有东西。"

"为什么乘客只有我们呢？"你在火车周围四处看了看问道。

"博拉夫上台后制定了一个规定，在国内旅行时，每个人都必须带着政府的通行证。这些通行证很难获得，因为你必须通过安全许可。"亚历山大解释道。

▶▶ 请翻到下一页

列车员打断了他的话："请出示通行证。"

糟了！完蛋了！然而，从眼角的余光中，你注意到亚历山大从口袋里拿出了两张叠好的通行证。

"谢谢。你们很幸运，能在每年的这个时候到山区去旅行。"列车员递回通行证，微笑着说道。

"跟你说过的，我们可是万事俱备。"亚历山大小声说。

沿途经过了大片的草原牧场，不禁让你想起了美国的中西部。火车开了好几英里后，开始爬上山麓和小丘，又经过了一些小村庄。你开始想，到底还要走多久。太阳开始落山时，亚历山大拍了拍你的肩膀，告诉你下一站就是目的地。

火车开出的汽笛声在你身后回响，你和亚历山大走向前方路上的一辆白色货车。这辆货车会带你到山里与 FRA 的人见面。

▸▸ 请翻到**下一页**

货车行驶到寒冷的山区，你希望快一点到达目的地。

"马上到了。"亚历山大喊道，他的头伸出窗外。

下面的山谷里有一个小村庄，是 FRA 的隐居地。当货车缓慢地向谷底驶去时，你注意到对面山上有一连串的闪光。这是什么意思？你心里纳闷。

你很快你就知道了。一个惊慌失措的人从一所房子里跑出来喊道："快逃！我们被军队包围了。快回去！"

穿着军装的人突然出现，朝你们的货车轮胎开枪。货车滑进了一条小水沟。鲜血从你脸上的伤口里流出来。

"举起手来。"扩音器里传出一个声音。穿着军装的人们从山上蜂拥而下，把整个村庄围了起来。枪声在远处响起。

你被带到一个小房间等待审讯。

"我们知道你是谁，也知道你的目的。"一名官员说。

"我是联合国的。你必须立刻释放我。"你以轻蔑的口吻说。

"没错，你曾经是联合国的一员。但是现在你在我们国家，还没有签证。在我们的任务完成之前，你将一直待在这里。"他转过身去，"把这个爱管闲事的人带走！"

▸▸ **本故事完**

"我已经决定了，"你轻声对艾哈迈德说，"我要做一件违法的事情。如果你想退出，现在还来得及。"

"我已经走了这么远。我要跟你一起阻止这次的伐木行动。"他回答道。

按照计划，你们两个在日出前躲在伐木工营地附近的丛林里。你在背包里装了大约十二袋糖，只要把糖倒入推土机和其他机器的油箱里，就能破坏引擎。

"我们走吧。"你说着，朝一辆大拖车爬去。你爬上去，把满满一袋糖倒进油箱。你和艾哈迈德重复这个动作，直到破坏了一半的车辆。

你们俩坐在一棵大树上观望。"我迫不及待地想看看他们脸上的表情。"艾哈迈德低声说道。太阳慢慢出来了，你看到第一批伐木工从他们的拖车里出来。

▶▶ 请翻到第 **203** 页

你决定等待，然后与一位联合国代表讨论这件事情。

你坐在一个小咖啡馆里，希望能碰到其中的一个代表。你知道，代表之间的秘密会议经常在这里举行。这可能是你在不暴露身份的情况下遇见他们的最佳场所。

几个小时过去了，在喝了无数杯咖啡后，你打算放弃，突然，你的朋友艾哈迈德出现在门口。

"艾哈迈德，你怎么在这里？"你兴奋地问道。

"我是来接替你的。我们都以为你在纽约的时候病了。"

"快，跟我来。我们必须去一个安全的地方谈话，我跟你解释一切。"你低声说道，抓住艾哈迈德的胳膊，把他从咖啡馆的后门拖出来。

你们来到一个小公园，你坐在一张长椅上，向艾哈迈德解释你的困境。

"我真的需要帮助。这项任务极其重要。"你对他说。

"我要和菲利普谈谈，他也许能做出安排。你明天早上在长椅上等着，我保证有人来这里向你传达消息。"艾哈迈德离开了，恐惧将你吞噬。

你在附近的一个小亭子里吃了点东西，然后住进了一家便宜的旅馆。幸运的是，他们没有要求你出示护照。

▶▶ 请翻到下一页

第二天早上，你小心翼翼地靠近公园的长椅。你的心跳如敲重金属音乐的鼓一样。当菲利普走近时，你正坐着浏览一份俄罗斯报纸。

"干得漂亮。看来你的信息是准确的。"他说道。

"但我们需要证据，我一个人做不到。这对我来说太难了。"你回答说。

"不用担心，我已经安排了一位专家过去。他明天早上第一件事就是在这儿见你。"菲利普起身递给你一张小卡片，"把这个给他，证明你的身份。"卡片上是一张泰姬陵的照片。

"记住，不要相信任何人，什么都不要相信，做最坏的打算。"菲利普离开前对你说道。

▶▶ 请翻到**下一页**

第二天，你再一次靠近公园的长椅。确信自己没有被监视后，你坐了下来。突然，一只手从你身后伸出来，把你按到了地上。你看到一张戴着面具的脸，一双眼睛正瞪着你。你把手伸进口袋，拿出了泰姬陵的照片。攻击者松开你的手臂，扶你站了起来，随后把面具从他脸上摘下。

"这是怎么回事？"你问道。

"只是看看你是否警觉，准备好迎接挑战。我叫比约恩。"他用严厉的声音说，"如果你打算和我一起执行这个任务，必须先通过一系列测试，以证明你有能力处理未来可能出现的问题。如我所见，你可以做一些工作。"

你大吃一惊。明明是你的任务，现在这个凶悍的家伙却对你提出了要求。比约恩以为他是谁？

▸▸ 如果你选择忍受比约恩的测试，请翻到**第 204 页**
▸▸ 如果你选择不接受他的挑战，请翻到**第 207 页**

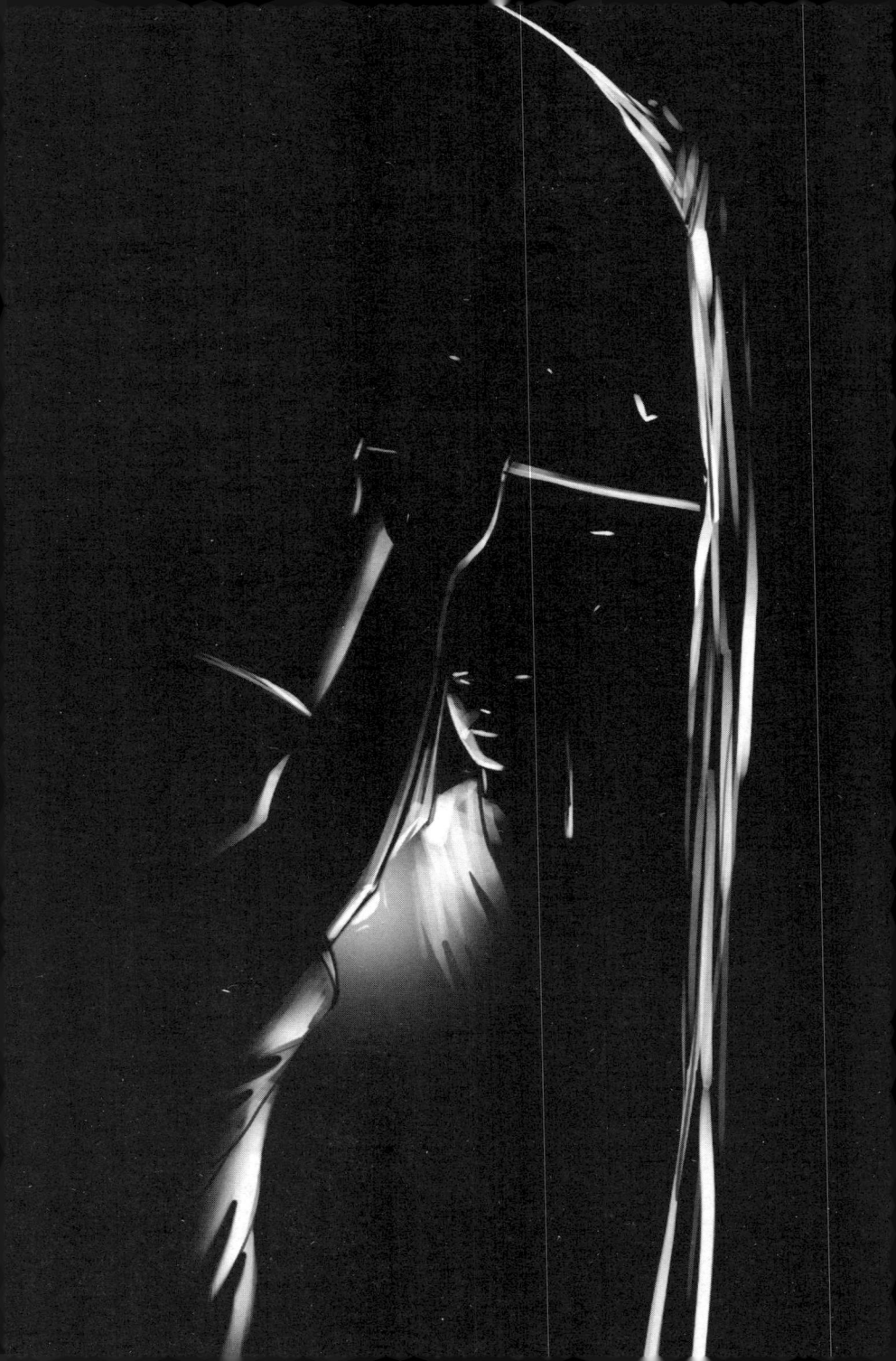

不一会儿，发动机就发出叮当声，像金属互相碰撞的声音。它们一个接一个地停止运转。愤怒的伐木工从驾驶座位上跳了下来，他们一开始很困惑，然后意识到车子被人动了手脚。

你举起手，摆出胜利的手势，艾哈迈德开心地拍了拍你的背。

第二天晚上，你回到伐木工营地，却发现他们现在有看门狗来保护设备了。但你也有别的方案。你带着装满钉子的袋子，花了一整晚的时间把它们钻到树上。当伐木工试图砍伐树木时，长钉会损坏锯子的锯齿。

"再过几天，他们将别无选择，只能放弃伐木。"艾哈迈德说道。

▶▶ 请翻到第 206 页

"好的，"你对比约恩说，"我接受你的测试。"

他说话时，眼睛总是盯着你。"我给你定了一个要完成的小提纲。"他说完就离开了。

你旁边的长椅上放着一个马尼拉纸制的信封：

> 从这里坐火车到拉姆尼格。
>
> 到达那里后，爬过索皮斯山到巴萨，在那里你可以租一辆车。
>
> 开车去机场。买一张去莫林的票。
>
> 在莫林，找到一辆自行车。骑上自行车在天黑时回到这个公园。

你难以置信地盯着字条。他疯了吗？你在心里问道。但你决定尽快开始这场测试。

第二天晚上，你骑着自行车回到长椅上，一整天的行程使你疲惫不堪。在长椅下你发现了另一个信封，你把它撕开。心中的怒火燃烧起来。

> 你已经完成了任务。
>
> 然而，你应该听我的，不要参与这项任务。
>
> 这项任务不需要你。
>
> 请拿上所附的机票返回纽约。

几分钟后，你的愤怒变成了解脱，因为你不用和一个疯子一起执行任务。你准备返回纽约。

使命：未执行。

▶▶ 本故事完

太阳升起，你看到两个男人拿着伐木工具走进树林。你躲在一边的灌木丛里观察。强有力的锯齿锯进树干，咬进了其中一根长钉。

"嚓嚓嚓！"刀刃折断成许多碎片。

一股火烧火燎的刺痛感在你的腿部扩散，你倒在了地上。原来是一块锯齿碎片飞进了你的大腿，并且伤口很深。看到自己的腿上满是鲜血，你晕了过去。当你恢复意识时，愤怒的伐木工的面孔出现在你的视野中。

"带我去医院！"你对艾哈迈德喊道，然后再次昏迷过去。

几周后，你坐在客厅里看电视，一则关于印度尼西亚的新闻引起了你的注意。由于最近的负面报道，伐木被迫停止。你的破坏行动成功了！

你的腿还缠着绷带，不过医生说你会好起来的。

这个部落现在世界闻名，他们的土地得到了充分的保护。然而，你仍然面临恶意破坏的指控。一旦你的腿痊愈，你将不得不回到印尼接受刑事审判。不管结果如何，你知道你做了很多好事！

▸▸ **本故事完**

"我们无须在这种测试上浪费时间。"你非常坚定地对比约恩说，"我现在准备好跟你走了！"

比约恩点了点头，回答道："孩子，我喜欢你的这股激情。"

你们俩离开公园，有一辆灰色的货车停在你们旁边，接着，车门开了。比约恩跳上车，你跟在他后面。司机奎恩介绍了自己。在任务执行期间，他将作为你们的支持小组。他留着长发，身材瘦小，看起来完全不像能参加精英卧底团队的样子。比约恩告诉你，奎恩精通通信、战略规划和计算机技术，最重要的是，他是寻找逃生路线方面的专家。

当货车飞驰在高速公路上时，你简要了解了这项任务。今晚，你们将进入武器藏匿处，并拍摄导弹的照片。明天你将带着证据回到联合国。

车停在了一条狭窄的土路上。"我们就在这里下车。"比约恩说道，他还从货车上拿下来一辆自行车。

"约定地点见。"他对奎恩喊道。随后货车开走了。

"自行车是计划里的一部分。"比约恩解释道，回应了你的困惑表情，并把他的计划告诉了你。

▶▶ 请翻到下一页

　　看着货车尾灯消失在路的尽头，你意识到任务真正开始了，现在没有回头路了。比约恩指示你躲在灌木丛里，他让你等着一辆补给车过来。然后比约恩快步穿过马路。

　　"如果你有成为一名演员的梦想，那么现在机会来了。"无线电里传来比约恩的声音。

　　你赶紧把自行车推到路中间并放下，然后你在它旁边的地上躺下。你可以听到至少有一辆卡车的引擎的隆隆声，你祈祷司机会看到你。

▸▸ 请翻到**第 210 页**

一阵尖锐的声音传来！不是一辆，而是两辆卡车猛烈的刹车声。前面那辆车离你躺的地方只有几米远。你听到吵嚷的说话声和摔门声。车上的人跑来看你，当他们靠近你的时候，突然身子瘫软，倒在地上。

"你没有杀死他们，是吗？"你问比约恩，站起身来。

"当然没有，我只是用镇静剂让他们睡着了。"比约恩笑着说道，"来，帮我把他们拖到树林里去。你去卡车上拿钥匙。"

几分钟后，你们两个穿着军装，爬上第一辆卡车的驾驶室，开车离开了。沿路行驶了一英里，你看见武器藏匿处的灯光照亮了天空。接近大门时，你感觉肾上腺素在你体内涌动。

"我会处理好一切的。"比约恩低声说，慢慢停下车。

比约恩递给门卫一沓文件。门卫签了字，然后还给你们，指给比约恩停车的位置。

▸▸ 请翻到**下一页**

比约恩将车停在一个装货码头附近，你们从卡车上跳下来，直奔奎恩在地图上指给你的休息室。比约恩出去执行命令，你静静地在休息室里等待。

终于，你听到两声敲门声，小心地打开门。比约恩站在你面前，他身边躺着两个被他用麻醉枪弄晕的人。你们俩将他们绑起来，并塞住他们的嘴。

你跟着比约恩偷偷溜进大楼，沿着一条又长又宽的走廊向前走，直到比约恩示意你停下来。一股浓重的香烟味包围着你。三个警卫员正坐在一个小凹室里打牌。

突然，比约恩拔出麻醉枪。砰！砰！砰！

"你认为——"一名警卫员话还没说完就倒下了。他们三个人都瘫倒在地。

你把他们绑起来的时候，比约恩在走廊尽头的门上放了一个小型爆炸装置。你们俩往后退。随着一股烟升起，门开了。在门的另一边又出现了一条走廊，以陡峭的角度向下倾斜。

"喏，拿着。"比约恩把麻醉枪递给你。

慢慢地，你跟着他走过走廊，来到一扇精致的铁门前。比约恩准备好了另一个爆炸装置，把它夹在门上。一阵微弱的爆破声响起后，门开了。

控制室里的人很是震惊，怔住了。有三个穿着实验服的人很快反应过来，向你们发起了攻击。但你的速度更快，把他们全部射晕了。

▶▶ 请翻到**下一页**

你摸索着从背包里掏出相机。大功告成——这些照片是你指控博拉夫政府的证据。

"从这个玻璃窗照一张导弹的照片。"比约恩在房间的另一头呼叫你。

"简直不敢相信这枚导弹的威力足以摧毁整个纽约城！"你惊讶地说道，眼睛盯着那枚缩进发射井里的黑红相间的导弹。

"我认为我可以解除这枚导弹。你相信吗？"比约恩自豪地说道。

"但是我们得离开这里了！"你惊呼道。

"我知道只要你拍完了照片，使命就完成了。但我认为我们有机会获得比预期更多的成果。这取决于你。"比约恩说道。

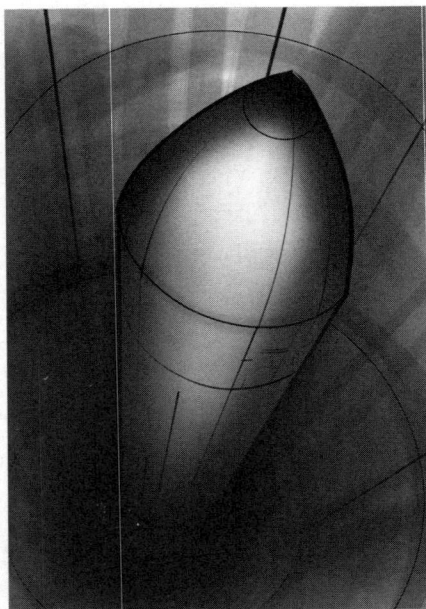

▶▶ 如果你认为有了照片的证据足以让世界意识到导弹的威胁，请翻到 **下一页**

▶▶ 如果你认为值得冒险接触导弹，请翻到**第 221 页**

"我们离开这里吧。"你说道。

在大楼外面,你转身问比约恩:"我们现在该怎么离开?"

比约恩回答说:"这就是为什么我们需要了不起的奎恩,他总能找到逃跑的办法。"

你跟在比约恩身后悄悄地跑进了树林,只有微弱的月光指引你们。从军事基地偷来的夜视眼镜帮你们看清了道路,戴上这副眼镜,视野如同在白天一样清晰。

突然,你看到前面有一辆灰色的货车。

"待在这儿别动。"比约恩命令道。过了一会儿,他带着奎恩回来了。"到这个箱子里去。你没有证件,我们只能把你藏起来。箱子会用政府标签密封。你将经历一段漫长而颠簸的旅程,但这是你安全越过边境到达最近的美国领事馆的唯一办法。你将从那里返回美国并向联合国汇报。祝你好运!"

时间漫长得像是过了许多年,你终于登上一架飞往美国的长途飞机。飞机一着陆,立刻有两个人把你护送到一辆等候的汽车上。你甚至不需要通过海关。

在前往联合国总部的路途中,他们没完没了地问关于武器的问题,以及你可能看到的却没有拍下来的东西。抵达联合国总部后,你很快就被带去会见安理会的几名成员。

▶▶ 请翻到**下一页**

"我们已经看过了你的照片和汇报，"一个男人咕哝着说道，"现在请你告诉我们你所知道的关于阿克斯坦的一切，包括它的人民、政府，以及 FRA。"

你花了将近三个小时来讲述整个经历。你疲惫不堪，身体里的每一根神经都在呐喊着想要睡觉。

"醒醒，你已经睡了好几个小时了，"你的朋友贝纳蒂轻声对你说，"欢迎回来。你真是个英雄。关于你的故事铺天盖地。"

你还没来得及回答，一个信差就来了，说："请你马上到 301 房间去。"

在这个小房间里有四个人面对着你，其中一个高个子女人在对你说话：

"阿克斯坦人否认了一切，他们说这些照片是伪造的。照片是我们仅有的证据，我们不确定是否能够证明。你愿意带一支秘密小分队回去验证这些照片吗？"

▶▶ 如果你选择请求在联合国大会上发言，并提供证据，请翻到**第 229 页**

▶▶ 如果你选择回去，请翻到**第 230 页**

你们与这些温和善良的人含泪道别。尽管你对即将到来的巴布亚新几内亚探险感到兴奋，你还是会想念这里的人们。

"我们去那里具体要做什么？"你在飞机上问林。

"达尔科公司一直在岛上四处勘探。最近，一支队伍抵达并深入到岛上的山区。当地政府相信他们一定有重大发现。通常情况下，跨国公司会试图向地方政府隐瞒他们的发现，直到他们能够执行对自己有利、而不是对当地人有利的合同。"

"政府是怎么知道的？"艾哈迈德问道。

"政府观察到该地区最近出现了大量的空中交通工具——直升机、短距起降飞机，以及其他能够在崎岖地带着陆的飞机。但该公司声称没有发生任何事情，并对政府充满敌意，于是政府请求帮助。还有一点，达尔科的名声一向不好。"

"那我们怎么办？"你有点担心地问道。

"我们要说自己来自经社理事会，该机构致力于改善偏远地区人民的生活水平。我们在这里可以提供关于农作物、人口、疾病控制的建议。这些都是相对简单的工作，不过我们要在这个过程中收集他们的信息。"

▶▶ 请翻到**下一页**

到达巴布亚新几内亚的首都莫尔兹比港后，一辆联合国的吉普车正停在码头供你们使用。

"我们上路吧，需要走很长一段路才能到达山脚下。"你说着，跳上了吉普车的驾驶座。林点点头表示同意，很高兴你负责开车。

郁郁葱葱的乡村美不胜收。艾哈迈德阅读关于巴布亚新几内亚的历史信息。

接近山脉时，你决定开始行动。

你们在一个小村庄前停下来，仔细检查整片区域，做好笔记并拍照，林提供指导。接受调查的村民们觉得你问的问题很好笑。

一位年长的村民告诉你，有一群人一直在离村子不远处挖掘开采。接着他在地上画了一个像达尔科公司标志的符号。

▶▶ 请翻到**下一页**

你们又对几个村庄进行了调查，以便获得更多信息。

你们越深入山区，周围的环境就越乡村化。你们行驶的这条路逐渐变窄，成了一条坑坑洼洼的小路，路中央长满了草。

"我们不能再往前开了。"你说道，只好把车停在一条宽阔的河前面。

"好的，"林说着从吉普车上跳下来，抓起一个大行李袋，"用这个吧。"

他打开一个充气筏。过了一会儿，你用充气泵把它充满了空气。你们把所有的装备都装好，爬上充气筏。

"这条河会把我们带到达尔科公司的开采地附近。"林告诉你。

▶▶ 请翻到下一页

你沿着河水向前划，听着森林里的声音：鸟叫声和其他动物的叫声混合交织。突然间，你听到一阵隆隆声。充气筏开始晃动。

"划到河边去，我们正在接近有瀑布的陡崖！"林喊道。

你们三个人拼命地划桨，设法使充气筏安全靠岸。

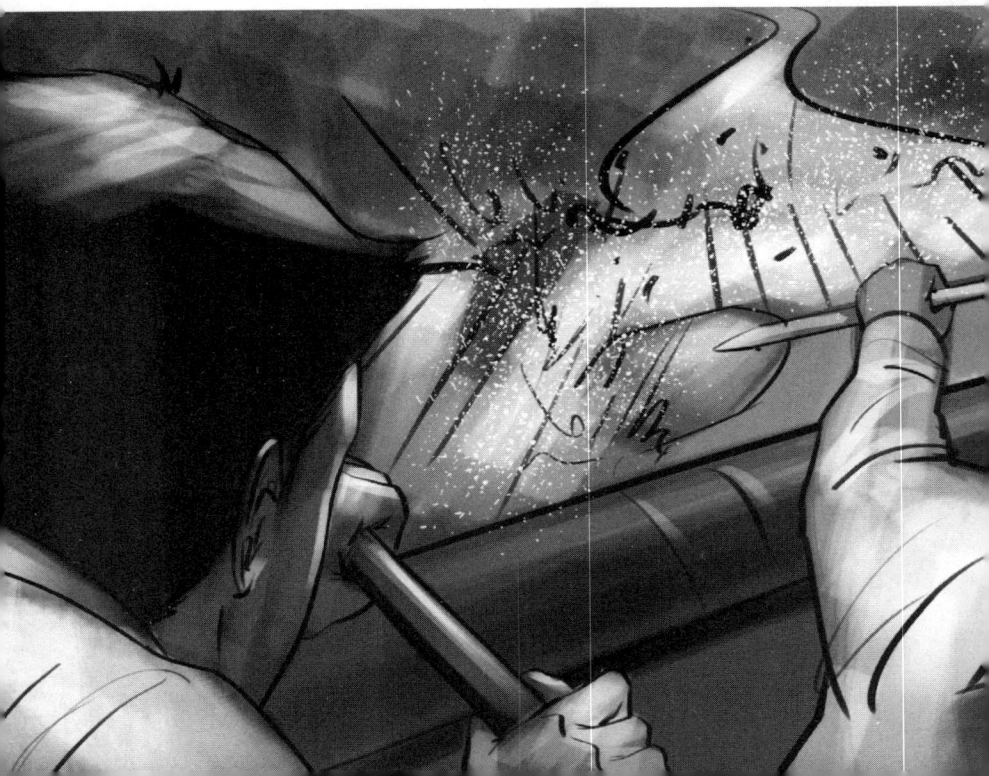

你们长长地舒了一口气，歇息了片刻，然后开始将设备搬下充气筏。你不得不抬着充气筏绕过瀑布。艾哈迈德先到森林里去探索一番，过了一会儿，他气喘吁吁地回来了。

"我走到山脊顶部时，看到远处有烟雾升起。应该是来自开采者的营地。"艾哈迈德汇报说。

▶▶ 请翻到**下一页**

你赶紧将充气筏放气，把它藏在灌木丛里。林估计升起烟雾的地方离这里大约有五英里远。你们决定先扎营，明天早上再露面。

日出时分，你们准备开始行动。

"我们现在必须接近他们。"你一边说，一边用大砍刀砍着藤蔓。

你们顺着烟雾来到一小块空地上，那里有一排帐篷。几个人站在一堆营火旁，喝着金属杯里的咖啡。你们走上前去。

"我们来自联合国，正在对该地区的村庄进行研究，也许你们可以协助我们研究。"

"这里没有村庄。"其中一个男人用刺耳的声音说道，"离这里最近的村庄在东边大约五十英里处。"

"那你们在这里干什么？"你问道。

"我们是大学的研究组，来研究植物。"一个身材矮小、衣冠楚楚的男人说，他脸上既没有畏惧，也没有笑容。

"和我们一起吃午饭吧！"小个子男人提议。

午餐很愉快，但并没有让你们获得任何有用的信息。你看到一只奇异的蝴蝶，于是借口向丛林走去。你路过一个帐篷，里面有一个人正弯腰听着无线电，无线电里面阿拉伯语夹杂着英语，语速飞快。

▶▶ 如果你选择待在原地不动，希望破译出对话的内容，请翻到**第228页**

▶▶ 如果你选择把艾哈迈德带过来，请翻到**第235页**

"好吧，我们试试看。但……但是……镇静剂的作用能持续多久？"你结结巴巴地说道。深入敌境令你紧张不安。

"大约三个小时。"比约恩回答道。他从昏倒的一个人的口袋里掏出一串钥匙。

"你在门口放哨。如果需要，就用无线电设备联系我。"

你坐在门边焦急地看着面前的钟表，宝贵的时间一分一秒地过去。你一直在担心那几个失去知觉的警卫会突然醒过来。

"比约恩，离我们开第一枪已经过去两个半小时了。我们快离开这里吧。"你对着无线电说道。

"只剩最后一个弹头了。"

大约三十分钟后，你终于看到比约恩朝你跑来。

"快点，有些人开始清醒了。我们得离开这里！"比约恩从你身边冲过去，一把推开门。

你跑出走廊，设法在没有人发现的情况下离开大楼。

"快，到大门去！"比约恩喘着粗气，大声喊道。

你看到大门处有警卫准备好了枪，顿时僵住了。

"冲向码头！没时间去找奎恩了。"比约恩吼道。你拔腿就跑。

▸▸ 请翻到下一页

"附近有一个小渔村，我们去那里，然后乘船逃到波罗的海。"

你继续在树林里跑，腿上和手臂上的肌肉似乎在灼烧着。你追不上比约恩。即使在剧烈的心跳声之下，你还是能听到远处传来的犬吠，它们一定在追你！你爆发出一股能量，推动双腿加快步伐。

月亮在前方的水面上闪烁着微光，你尽自己最大努力冲向港口。比约恩正站在一艘小渔船的甲板上，准备发动引擎。你跳上小船，它立刻轰鸣着发动起来。

当小渔船快速驶进港湾时，探照灯穿透黑暗照了过来。你意识到巡逻艇的速度比你们的船更快。

"快！去那边，把点火装置拿出来！"比约恩喊道。

你打开比约恩的背包，把点火装置扔到水里，希望能在他们赶上来之前进入公海。

"停下船，否则我们要开枪了！"你们的头顶上方传来一个响亮的声音。

你抬头看到一架军用直升机在上方盘旋。你们意识到已经没有希望了，只能投降，你和比约恩面面相觑，心里充满后悔。对方从直升机上滑下来，以间谍罪逮捕了你们。

▸▸ **本故事完**

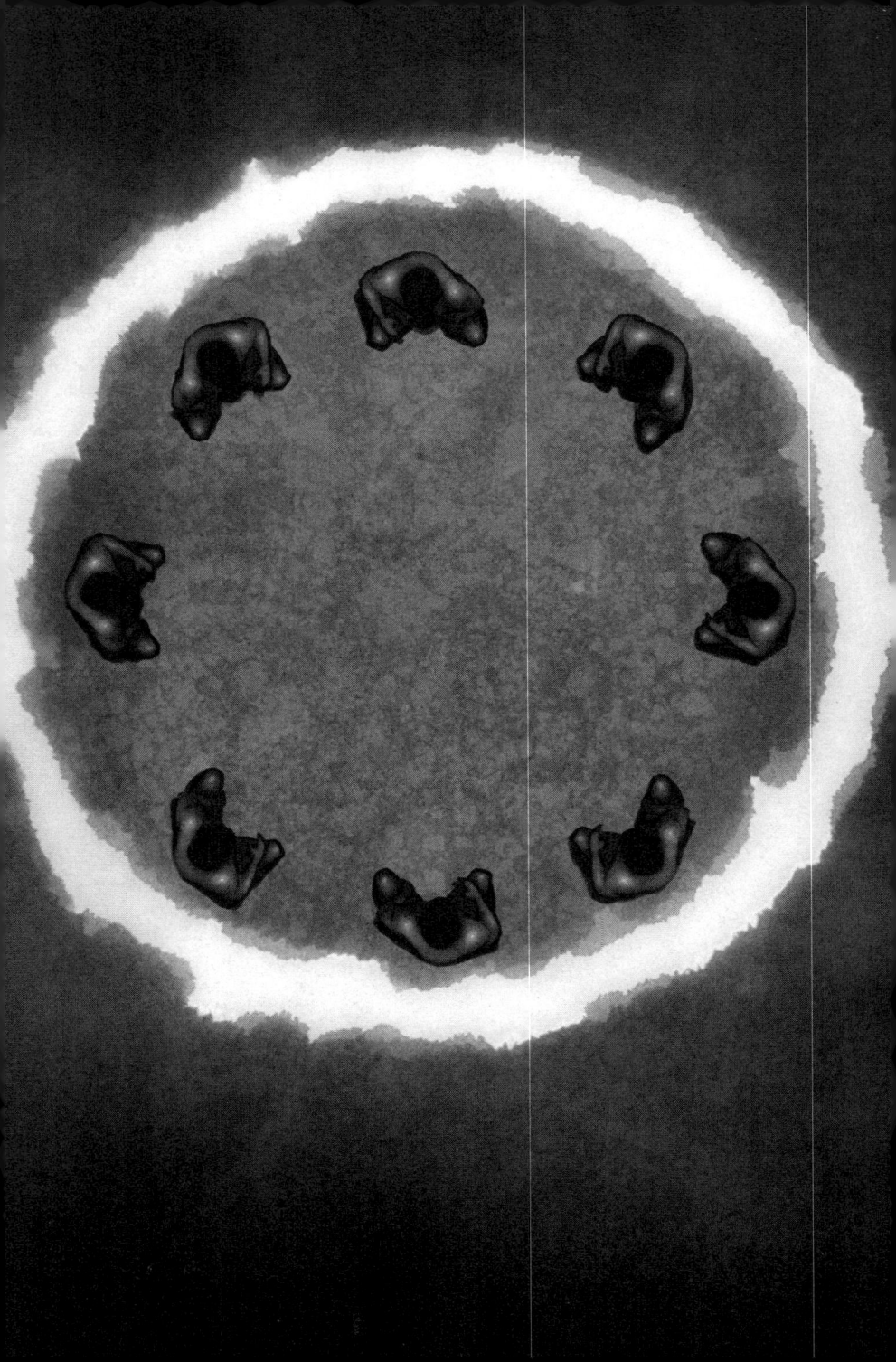

专家们抵达了，小平房里挤满了来自世界各地的人类学家。林离开了，这让你很难过，但你意识到你可以从这些专家身上学到很多东西。

艾哈迈德也决定留下来。你们两个将担任部落村庄的向导。你有点犹豫是否要带其他人进去，担心这个部落简单而和平的生活方式会被破坏。

距你上次拜访"隐藏者"已经有一段时间了。你们组的每个人都非常渴望见到这些森林居民。

当你们终于来到部落的村庄时，整个部落聚在一起，围成一圈。强烈的嗡嗡声如同数百个蜂房的蜜蜂同时作响。

"这一定是某种宗教诵经仪式。"艾哈迈德说道。

"你说得没错，"其中一位人类学家说，"我们很幸运，他们觉得和我们在一起很舒服，所以才让我们听到这神圣的诵经。"

最后，嗡嗡声停止了，你小心翼翼地走向前，介绍新来的人。酋长把你拉到一边，用手语解释说，这是一个庆祝部落从地球母亲那里诞生的仪式。今晚将有盛大的庆祝活动，欢迎所有人参加。

▸▸ 请翻到第 227 页

　　只有你和艾哈迈德想要留下来参加部落的活动，其他人则持谨慎态度。

　　当你搭起帐篷时，你注意到有五个部落成员溜进了树林。

　　"你觉得他们在干什么？"艾哈迈德问道。

　　"他们手里都拿着矛，肯定是为了庆祝晚餐去捕猎。"

　　这让你有点紧张。你只见过这个部落的人吃树根和蔬菜，不知道他们还能吃什么。

　　太阳落山时，你们被带到附近一座山的山顶，篝火在熊熊燃烧。

　　你看到部落的人把裹着树叶的鱼放在火上烤，你松了一口气。你不好意思地承认，曾一度担心他们会准备一些太奇怪的食物，比如猴子。

　　大家吃过晚饭后，嗡嗡的诵经声又开始了。人们站起来，围着篝火跳舞，节奏起伏不定。部落里的一名成员走近你，牵着你的手，领着你进入跳舞的圈子。你们跳舞跳了一整夜。

　　当太阳开始升起时，人们示意你走到圆圈的中心。酋长宣布你现在是部落的正式成员了，欢迎你来到他们的雨林藏身处。多么荣耀啊！这经历比参加美国的总统会议还要精彩得多。

▸▸ **本故事完**

你躲在一棵大树后面偷听，希望能听到几个英语单词。等待是有回报的。你听到几个英语短语，"间谍"和"死亡"这两个词清晰地在耳边响起。果然不出所料。

你的脉搏无法控制地剧烈跳动，你尽可能安静地退后。

糟了！那人跳了起来，无线电掉在了地上。

"你在这儿干什么？"他愤怒地问，眼睛直直地盯着你。

"我在森林里追一只蝴蝶，想拍张照片。"你拿着相机解释道。

"编的倒像是真的，不过你不必担心，我们几小时后就离开了。你会有足够的时间找蝴蝶、村庄，或许还有石油。"他回答道，起身朝空地走去。

是时候逃跑了。回到空地后，你示意林和艾哈迈德离开。令人惊讶的是，没有人阻止你们。来到瀑布时，你发现充气筏成了碎片。前方是绵延数英里的丛林。

那是你第一次听到它：一种金属发出的咔嗒声，那是打开武器的保险栓的声音！

"不，不要开枪！"这是你最后说的话。

你来到联合国大会现场时，再一次惊讶于这么多来自世界各国的人共聚一堂为同一件事情投票表决。任何国家都无法决定最后的结果，但在这里每个国家都有发言权。虽然每个国家都有几名代表，但每个国家只能投出一票。

会议漫长，令人疲惫。阿克斯坦的代表继续否认他们国家拥有核武器。接着轮到你上台发言。之后，代表们休息。

联合国决定派军队进入阿克斯坦，检查你拍摄的那处基地。此外，在危机得到解决之前，将对阿克斯坦实施经济制裁，并禁止它从联合国成员国家购买或出售任何商品，这将导致这个小国家陷入严重的资源短缺的境地。你和其他人希望这一经济制裁能够奏效。军事解决是所有方案中最不可取的，而且会在一切可能的情况下被阻止。

▶▶ **本故事完**

你再次穿越大西洋，在晚上的时候到达一个陌生国家的机场。

一位老妇人开着一辆破旧的汽车来接你，然后带你来到一个旧农舍。在那里你遇到了西莫林将军，他的制服上没有身份证明。这将是一次真正的秘密行动，你甚至不确定联合国是否参与其中。

几英里之外是阿克斯坦的边界。

"你将和其他四个人一起从飞机上跳伞下去，他们都是专业人士。然后你负责把他们带到武器藏匿处。"将军解释说。

"但我从没跳过伞。"你惊呼道。

"不用担心，我们有世界上最好的教练，他们会指导你的。"将军回答道。

太阳升起之前，你被唤醒，并被带到一架大飞机上。

穿着军装的指导员背着降落伞说："这很简单。我叫你跳，你就从舱门口跳下去。剩下的就交给降落伞了。"

你一整天都在练习。随着时间的推移，你慢慢有了自信，但恐惧仍在内心深处折磨着你。

"真希望能回家！"你不停地对自己说。

▶▶ 请翻到第 **232** 页

阿克斯坦政府否认与核武器有关的消息如野火般蔓延开来，联合国大会决定派遣更多武装人员。

该出发了！你的团队人数突然从几个人增加到一百人！武装干预是危险的，只能作为最后的手段来实施，但目前的情况已经到了令人绝望的地步。

飞机在你们面前等待着，四个巨大的引擎隆隆作响。你害怕得胃里一阵恶心。

"来，把这个涂在脸上和手上，"一个女人告诉你，她手里拿着一管黑色的油膏，"夜里活动时，需要和天空融为一体。"

飞机上升到近六千英尺的高空，平稳下来后，你注意到黄色的灯光在闪烁。成员们起身开始准备跳伞。你调整好降落伞，等待绿灯亮起。

你试图在绿灯亮起前保持冷静，汗水从你的脸上淌下来。灯光一闪，变成了绿色，你和其他人一起跳下飞机。当你真正意识到发生了什么的时候，你已身在天空中。我们着陆的时候会是什么样子？敌人会埋伏在下面吗？降落伞打开时，你心里想着这些问题。

▶▶ 请翻到下一页

　　飘向地面时，你看到一小片草地，决定降落在那里。一阵风将你包围，把你推向一片树林。树枝钩住了你，把你吊在离地面几英尺高的地方。你从裤子口袋里掏出一把刀，割断树枝，将自己解脱出来。你掉落在地上。

　　你迷迷糊糊地躺在树下，深深地吸了一口气。快速检查之后，你发现自己没有骨折，只有几处轻微的擦伤和淤伤。你瞥了一眼指南针，又查看了一下地图，确认集合点在一英里外。你站起来，步行去集合点。你尽可能地躲在暗处，倾听是否有敌人的声音，但什么也听不到。

▶▶ 请翻到**下一页**

你终于到了集合点。"跳伞怎么样？"其中一名成员边问边卷起自己的降落伞。

"很好，只是最后遇到了一点风向问题。"你回答道。

"今晚遇到困难的人不止你一个。我刚从无线电里听到消息，我们走漏了风声，阿克斯坦地面部队知道我们来了。做好一切准备吧。"

等所有人到齐，降落伞收起，背包装好后，你们就出发去基地。侦察兵在路上遇到你们，说敌人的坦克包围了整个基地。这让你们的团队面临一个艰难的选择。你们可以尝试用手持火箭发射器击毁坦克，但这属于战争行为；或者可以让一部分队员引开敌人的注意，由你带领小分队进入基地。

▶▶ 如果你选择带领小分队进入基地，请翻到**第 237 页**

▶▶ 如果你认为正面攻击胜算更大，请翻到**第 238 页**

你蹑手蹑脚地向后退去，悄悄地穿过丛林，回到空地。艾哈迈德正在和一名研究人员谈话。你解释说需要有人帮你收拾行李，将那人支走了。

"他们其中一名男子正在森林里用阿拉伯语在无线电上讲话，我不信任他。我需要你听听他在说什么。"你对艾哈迈德说，带他走进丛林。

当你们靠近帐篷的时候，你们两个蹲下身，躲在树后听着对话。大约过了十五分钟，那人关掉无线电，回到空地上。当他经过时，你们默不作声。

"我们要对付一些强硬的营运商。"艾哈迈德低声说道，"他们发现了巨大的石油储备和钛矿，他们还怀疑我们是来监视他们的。"

"我们必须告诉林，然后离开这里！"你喊道。

"别那么大声！我还没告诉你最坏的情况。他们认为我们是他们的竞争对手之一，并且要'除掉我们'。"艾哈迈德小声说。

"我们不要浪费时间了！"你说着，推着艾哈迈德回到空地上。幸运的是，你发现林独自一人待着。

▸▸ 请翻到下一页

你把这一发现告诉林，他并没有很重视。

"只要继续告诉他们你是联合国的就没问题。而且，我想他们也不敢贸然行动。"

"我不那么认为。他说那些威胁的话时是认真的，语气冷酷无情。我们不该冒任何风险。"艾哈迈德说。

"到目前为止，你们都做了正确的选择。现在你们想怎么做？"林问道。

▸▸ 如果你选择继续待在这里，希望他们相信你的身份，请翻到第 **241** 页

▸▸ 如果你选择尽快逃跑，请翻到第 **242** 页

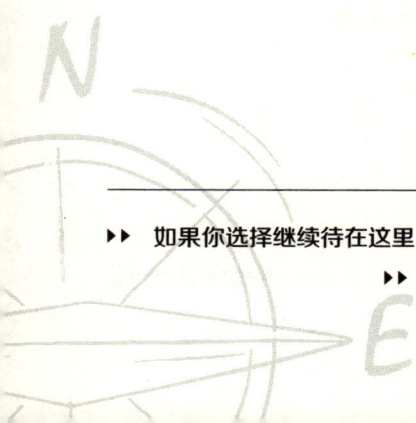

你选了一小队跳伞兵帮助你深入基地。与此同时，另一支小队将会转移敌方的注意力，使你们能够不被发现地进入。

你和其他几个人一起，蹲在树林里等待枪声。枪声表明转移开始了。

"我希望敌人能上当。必须把所有的坦克吸引到另一边，这样我们才能采取行动。"你的一个队员小声说道。

"他们会的。听，坦克正在发动引擎。"你对他说。

当枪声在基地的另一边越来越响的时候，你看到附近的坦克开始移动。巨大的爆炸声表明你的部队正在摧毁坦克。

"这是我们的机会。走吧！"你喊道，然后冲过茂密的树林。

▶▶ 请翻到第 **239** 页

你的同伴们开始准备武器进行正面攻击，你与指挥官一起查看大楼的平面图，以找出攻击的重点。

由于是在边境沿线发现了地面部队，你得到的唯一支持来自两架武装直升机。这两架直升机携带的导弹和枪支足以消灭所有的坦克。

一开始的侦察任务现在变得超乎你的想象。联合国试图避免使用武力，但有时使用武力是正当的。不过，武力并不总是万无一失的解决方案。

哨声还在你的耳边回响，你和其他一百名伞兵开始了进攻。子弹从你的头顶飞过，你越来越靠近这座建筑了。导弹朝坦克飞驰而去，你亲眼看到坦克被炸得粉碎。你继续前进，突然间，你注意到防御系统中有一个缺口，并顺利地被突破。

一颗子弹找到了它的目标——就是你。任务成功了，遗憾的是你没能亲眼看到。

▸▸ **本故事完**

冲出树林后，你在地上匍匐前进，用钢丝钳将栅栏的金属线切断，然后越过栅栏。很快你们所有人都进入了基地。一名警卫堵在入口处，但他很快就动弹不得了。

"快！他们的注意力转移不了多久！"你对其他人大声喊道，进入控制室。

控制室里的科学家们难以置信地盯着你们。一名队员把他们逼到角落里，用枪威胁他们。房间里响起了几声枪响。

然后枪声停止了。火药的味道呛人且令人害怕。

你们花了十几分钟在整个房间里安装炸弹，并拍摄更多的核武器照片。炸弹爆炸时，整个大楼将会倒塌，并且能在不激活弹头的情况下摧毁核武库。

▸▸ 请翻到下一页

你的团队带着科学家们迅速撤离大楼。片刻之后，大楼在一道耀眼的闪光中爆炸。你希望双方都不会有生命损失，但这是一个必须承担的风险。

几周后，FRA 对博拉夫政府发动了全面进攻。经过一场激烈而血腥的战斗，FRA 取得了胜利，博拉夫被关进了监狱。你在这次任务中发挥了重要作用，但只有极少数人会知道。

▸▸ **本故事完**

"我要留在这里，"你回答说，"但我要先摆平这些人。"

"我不赞同你这样做。"艾哈迈德警告说。

但你没有理睬他。你瞥了一眼林，想看看他的反应——他默不作声。你鼓起全部勇气，向围坐在火堆旁的那群人走去。

"我们需要谈谈。"你坚定地说。

"哦，好的，谈什么？"

"我知道你们是谁，在做什么。"你说道。

"小心！"艾哈迈德喊道。

其中一名男子从背后拔出了枪，怒斥道："恐怕你得把一切都忘掉。"

"你误会了，"你赶紧说，"我们是奉巴布亚新几内亚政府之命加入联合国的。如果你伤害我们，就永远出不了这个国家。"

你环顾四周，看到他们脸上震惊的表情。他们从未料到你会如此勇敢。

"我们只是希望你们公司在开采钛和石油之前，能够就合同与政府进行公平的谈判。这个国家理应分得利润。"你自信地说。

经过长时间的讨论，他们同意乘直升机带你们去莫尔兹比港，帮助协商采矿权问题。

合同最终敲定了，你感到无比自豪。政府赚取的利润将帮助改善散布在岛上的偏远村庄的生活条件。

▸▸ 本故事完

"我们离开这里吧。"你请求说。

你们三个快速收拾好自己的东西，冲进丛林。

"我们及时逃了出来。"你指着远处的一架直升机说，"希望他们不会预测到我们的下一步行动。"

"虽然走这条路要花更长时间，但在河上容易被人发现，我们不能冒险。"教授专注地看着地图说。

穿越丛林要跋涉整整三天时间，最后才能到达一个偏远的前哨站。在那里，你找到了一台无线电，于是你联系联合国，汇报了你们的紧急情况。联合国派出了一架直升机来接你们回纽约。

▸▸ 请翻到**下一页**

　　回到纽约，你在联合国大会上对达尔科公司的非法项目做了汇报。联合国随即开展了深入的调查，最终，达尔科被禁止在巴布亚新几内亚开展任何业务。

　　你的表现很出色，联合国希望你能在今后参加更多的任务。不过，就目前而言，你只想接受艾哈迈德的邀请，与他一起去阿拉伯联合酋长国住一段时间。经过这几周惊险刺激的活动，你终于可以好好休息了。

▸▸ **本故事完**

第二辑

选择你自己的冒险

逃亡黄金国
极限救援

〔美〕R. A. 蒙哥马利◎著　申晨◎译

湖南文艺出版社
HUNAN LITERATURE AND ART PUBLISHING HOUSE

小博集
BOOKY KIDS

©中南博集天卷文化传媒有限公司。本书版权受法律保护。未经权利人许可，任何人不得以任何方式使用本书包括正文、插图、封面、版式等任何部分内容，违者将受到法律制裁。

著作权合同登记号：图字18-2020-147

图书在版编目（CIP）数据

逃亡黄金国·极限救援 /（美）R.A.蒙哥马利著；申晨译. —— 长沙：湖南文艺出版社，2022.3
（选择你自己的冒险. 第二辑）
ISBN 978-7-5726-0294-8

Ⅰ.①逃… Ⅱ.①R… ②申… Ⅲ.① 儿童小说－长篇小说－美国－现代 Ⅳ.①I712.84

中国版本图书馆CIP数据核字（2021）第162351号

上架建议：儿童文学

XUANZE NI ZIJI DE MAOXIAN. DI-ER JI　TAOWANG HUANGJINGUO·JIXIAN JIUYUAN

选择你自己的冒险. 第二辑　逃亡黄金国·极限救援

作　　者：	〔美〕R. A. 蒙哥马利			
译　　者：	申　晨			
出 版 人：	曾赛丰		责任编辑：	刘雪琳
策划编辑：	蔡文婷		特约编辑：	丁　玥
营销支持：	付　佳　付聪颖　周　然		版权支持：	刘子一　姚珊珊
封面设计：	潘雪琴		版式设计：	霍雨佳
出　　版：	湖南文艺出版社			
	（长沙市雨花区东二环一段508号　邮编：410014）			
网　　址：	www.hnwy.net		印　　刷：	三河市兴博印务有限公司
经　　销：	新华书店		开　　本：	855mm×1180mm　1/32
字　　数：	141千字		印　　张：	7.875
版　　次：	2022年3月第1版		印　　次：	2022年3月第1次印刷
书　　号：	ISBN 978-7-5726-0294-8		定　　价：	130.00元（全5册）

若有质量问题，请致电质量监督电话：010-59096394
团购电话：010-59320018

注意！

这是一本与众不同的书，
决定故事内容的人完完全全是你自己。
书中有危险，有抉择，有冒险……当然，也有后果。
你必须用尽自己丰富的才能与大量的情报，
错误的决定可能导致最终的灾难，甚至死亡。

但是，不要气馁。
你在任何时候都可以返回，做出另一个选择，
改变你的故事走向，从而改写结局。

**加油吧，
选择你自己的冒险！**

逃亡黄金国

献给安森、拉姆齐和我的朋友比尔·科芬。感谢朱利叶斯。

——R.A. 蒙哥马利

现在是二〇四五年。虽然你年龄尚小，但是已经完成了在黄金国的秘密间谍任务并且准备撤离。黄金国是一个以高压集权手段统治的国家，现在已经占领了新墨西哥州、亚利桑那州和得克萨斯州。

你和你的行动小组必须安全地返回北部的家乡图尔塔利亚。你已经成功地获取了有关黄金国入侵图尔塔利亚的秘密计划的情报，如果能够将这份情报成功地交付给图尔塔利亚的领导人，将会拯救成千上万条生命。但是，去往名叫丹佛的北部城市的路程很长，而且充满着险恶。你很难知道哪些人值得你信任并且能够帮你抵达那里。

你是在黄金国执行间谍任务的领导人之一，你刚从由黄金国秘密警察管理的戒备最森严的监狱越狱成功。你的逃亡才刚刚开始。

现在，你和你的行动小组必须安全地抵达远在一千多英里（1英里=1.6093千米）外的家乡图尔塔利亚，你们需要穿越半荒漠地区和广阔的山区。

现在是二〇四五年。由于内战和外部入侵，美国分裂成了三个相互敌对的政治区域：黄金国、反抗者和图尔塔利亚。

黄金国是一个以高压集权手段统治的国家。其统治者以武力来统治，而非法律，并且一直以来都觊觎邻国的领土。黄金国的秘密警察在整片大陆引起了恐慌。

▶▶ 请翻到第 5 页

第二个政治区域叫反抗者，其占领了密西西比河东岸的所有领土。它由一些乱七八糟的小城邦组成。小城邦的政权杂乱无章，对黄金国的挑衅毫无反抗能力。

你要前往的政治区域叫图尔塔利亚，其政权覆盖了位于亚利桑那北部山区的联邦州和一直延伸到加拿大边界的北部平原上的州。

图尔塔利亚的首都是丹佛。图尔塔利亚是一个由人民选举的代表所管理的民主政权国家，并且由五人组成的专门小组共同领导。那里也是你的家乡。

你的父亲是五人专门小组的成员之一。你当初自告奋勇要前往黄金国参加间谍行动时，他曾一度反对。尽管如此，你还是执行了任务。因为你确信只有你才能获取到黄金国入侵图尔塔利亚计划的情报——你也确实做到了。

黄金国的秘密警察将你逮捕，值得庆幸的是，他们未曾猜到你知道他们的入侵计划。你得以从他们的监狱成功脱逃全凭运气好，而非周密的计划。

▶▶ 请翻到下一页

6

现在你正藏在一个废弃农场的谷仓里，距离原新墨西哥州的盖洛普市大概有七英里。你还有三名同伴。其中，最重要的人物——当然，是除了你之外——就是反抗黄金国组织的领袖。她叫米姆拉，今年三十岁。黄金国正花重金悬赏她的人头。她必须逃出来！

米姆拉的同伴叫马特，三十出头。他的责任就是安全地帮米姆拉撤离黄金国。

第三个人名叫黑文，他是一名电脑专家。他为人沉默，神色紧张，总是透过厚厚的镜片来打量整个世界。对黄金国来说他是一名急需的人才，因为他能帮助破解黄金国的电脑密码。

你的父亲已经通过黄金国的反抗组织为你们四个人安排了一架飞机逃生。今天早上，你们等待着一架"风神"牌双引擎动力滑翔机冲破云霄来接你们。

▶▶ 请翻到第 8 页

你们已经连续等了几个小时。目前，飞机已经晚点了半个小时。马特想要离开。

他解释说："我觉得我们应该离开这里返回到城里去。我不想在这里被捕。"

你看了看云层，又望了望荒漠。

最后，你说道："我们现在处于绝佳的位置，任何从远处冲过来的人都能被我们看到。我很了解我们的飞行员比尔，他为人十分可靠。他一定会来的！我认为我们应该再等等。"

马特紧张地说："他们正在包围我们呢，我能感觉到。"

目之所及并没有秘密警察的身影。但是，你知道他们随时都可能出现。

▶▶ 如果你选择听从马特的建议，回到城里，请翻到第 12 页

▶▶ 如果你选择再等半个小时，请翻到第 17 页

你站起来，能这么快地醒过来真是太好了。你和马特到外面与其他人会合。动力滑翔机已经发动引擎为最后的下降做准备。

你欣赏着那个正俯冲下来的流线型的超薄机身。这架设计于二〇一二年的"风神"将全性能滑翔机和动力飞机完美地结合起来。其一旦升空，便可以几乎不消耗任何燃料地飞行。你也想拥有一架属于自己的"风神"。

飞机正靠近地面，准备下降。你能看见坐在驾驶室里的比尔，也能看到机尾画着的用来伪装飞机的黄金国军事标志。然后，飞机颠簸了几下，其中一只机翼几乎要撞到地面。比尔将机身扶正，然后降落。你很好奇刚刚是怎么回事。或许是横向吹来的风的原因吗？

比尔使飞机滑行得近一些，转了一圈调整至起飞的方向，接着停下来。发动机空转着。你们四个人抓起自己的东西，朝舱门跑去。

你吃力地爬上了飞机，然后将你的物品放在了机尾，准备过一会儿再把它们固定。你们得立即起飞，以防飞机被发现。

你喊道："一切就绪，比尔！"

驾驶室里没有人回应。你疑惑地看了看马特。他耸了耸肩。你跑进驾驶室，看到比尔趴倒在操纵盘上。他没有呼吸了！

▶▶ 请翻到 第 15 页

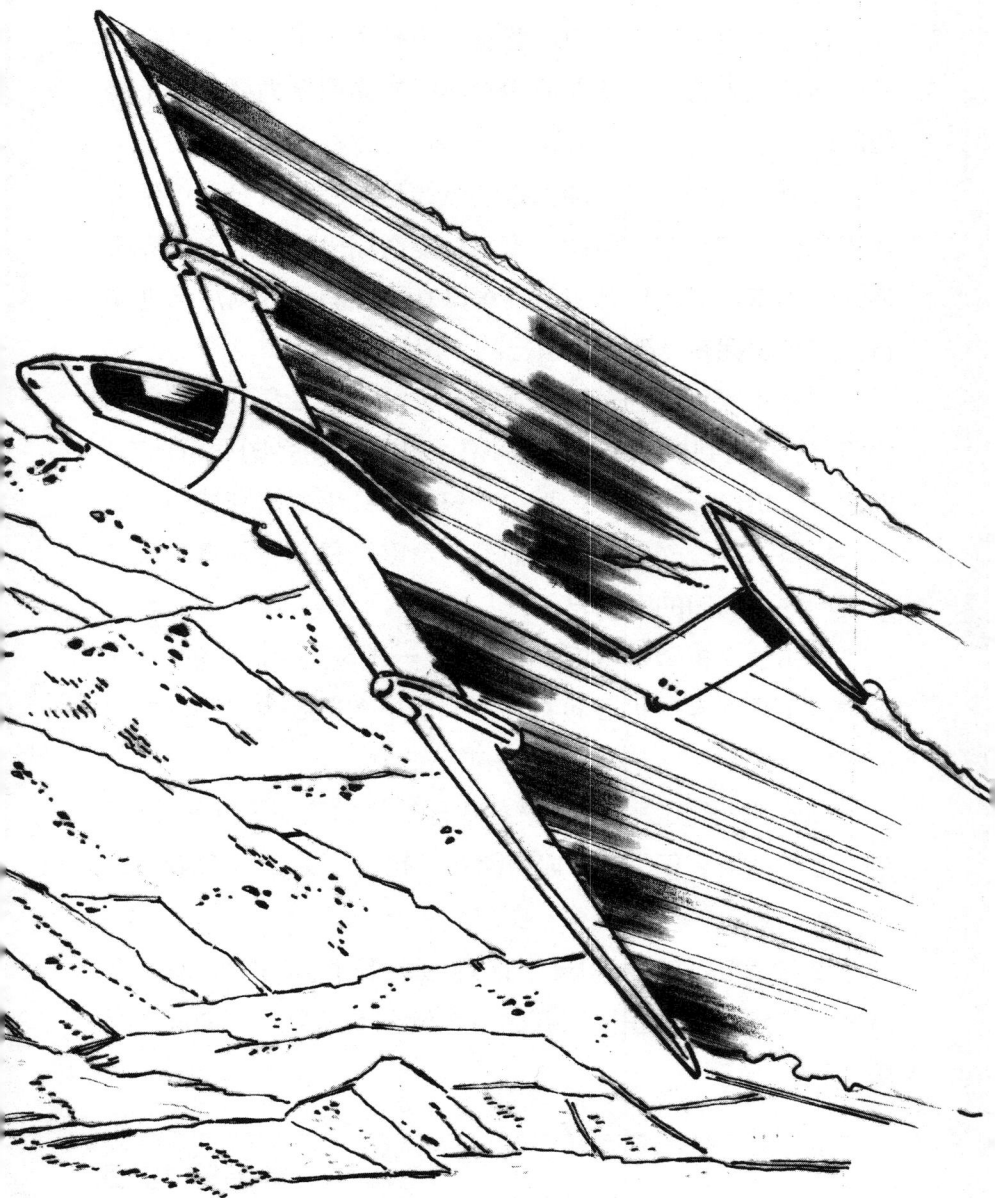

你对马特说道："欢迎登机，副机长。"

马特笑得合不拢嘴，向你敬了个礼，答道："听您指示，机长。"

你在主驾驶位上系好安全带，马特则到机尾去确认米姆拉和黑文是否已做好了起飞准备。他们为比尔搭了一张临时的床，以便让他更舒服些。等马特回来时，你和他迅速地将所有的设备和仪表进行检查：高度表、气压表、油量表、转速表、发动机温度表、推力手柄面板、引擎加温控制器等等。

一切准备就绪。你将飞机滑行到跑道的尽头。你的心脏剧烈地跳动着。尽管如此，你还是感到镇定自若、胸有成竹。

你再次浏览了一下控制面板，然后调整了推力手柄。飞机开始在沙漠上滑行起来。时机一到，你拉回操纵杆。你们升空了。你成功了！

你的"风神"冲上云霄，向着基督圣血山脉飞去。高度表随之飞快地转了起来。你飞过了一万五千英尺（1英尺=0.3048米）的高空，然后是一万六千英尺。终于，你到了最高点——一万七千英尺。飞机的下方布满了水汽凝结的积云。你知道其中一些云里藏着激烈的气流，它们能轻而易举地将机翼从飞机上扯下来。

▶▶ 请翻到第 19 页

　　或许，马特说得对。再等半个小时可能太冒险了。

　　你对他说："好吧，我们离开这里。从这些云来推断，飞机不知道什么时候才能到。但是，我们回到城里之后又能去哪里呢，马特？"

　　马特将两个帆布袋收起来，那里面放着一些私人物品，以及米姆拉和黑文偷出来的几本黄金国的军事手册和几张地图。他将袋子背在肩上，然后又盯着云层看了几秒，说道："没的选。回到我朋友胡利奥的住处去吧，那里离秘密警察的总部非常近，他们肯定想不到我们会在那里。"

　　你点头表示同意，但是一提到黄金国秘密警察几个字，你的心底就感到一阵恐惧。你宁愿离他们越远越好。

　　胡利奥住在位于阿尔伯克基市中心的一座厚壁土坯房里。傍晚时分，你们四个人在他的客厅里等待着。透过前窗，一栋现代造型的混凝土大楼的轮廓清晰可见，那里就是黄金国秘密警察的总部。两名身穿沙漠作战服荷枪实弹的武装分子正叉着腿站着，对过往的每个人都进行仔细盘查。

▶▶ 请翻到第 **14** 页

米姆拉坐在客厅远处的一个角落里，全神贯注地听着短波收音机。她抬起头来说：

"飞机坠毁了。黄金国的部队在圣菲将其击落。我希望飞行员别知道得太多。或许，他牺牲了也说不定。"

黑文畏缩在另一个角落，脸色异常苍白。马特握紧了拳头。

你对他们说："我们得离开这里，他们很快就会找到我们的。我得把黄金国入侵计划的情报带回到丹佛。你们有什么好主意吗？"

米姆拉站起身走到屋子的中间，看着你们所有人，说道："我认为我们应该分开行动。我跟着你。"她看向你，问："可以吗？"

马特反对道："我们绝不能分开。我们可以试着步行出城。"

米拉姆说："回到丹佛的路程很遥远。"

▶▶ 如果你选择分开行动，和米姆拉一起离开，请翻到第 **22** 页

▶▶ 如果你选择所有人在一起行动，请翻到第 **23** 页

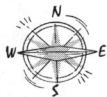

"马特！"你喊道。

他在你后面冲进了驾驶室。

"快帮忙抬一下比尔！"你迅速地解开了比尔的安全带，把他从座位上挪出来。他面色惨白，几乎没有脉搏。

马特问道："他怎么了？"

"可能是心脏病。他看起来情况很糟糕。"

马特抱怨着："哦，不。我们现在该怎么办呢？"

你说："我之前受过滑翔机的训练，而且曾经驾驶过其中的一种。我觉得我可以驾驶这架飞机离开这里。"

马特道："我曾接受过一点动力飞机的培训。听上去这行得通，但是有些冒险。或许我们可以放弃这架飞机，然后开着越野车选择更简单的方式——在陆地上离开这里。"

马特冲你咧嘴笑着。你正要冲着他微笑，但是你被身后传来的米姆拉的喊声打断了。

"有人来了！"

你从驾驶室向外望去，卷起的烟尘将那些人的行踪暴露给你。

马特说道："他们还有段距离，他们或许是黄金国的部队。我们最好做出决定！赶快！"

▶▶ 如果你选择尝试一下自己的飞行技术，驾驶"风神"离开，请翻到**第 11 页**

▶▶ 如果你选择冒着在地面被捕的危险，驾驶越野车离开，请翻到**第 18 页**

你对其他人说道："现在放弃还为时过早，我们再等一会儿吧。比尔也许遇到了恶劣的天气。空中什么事都可能发生。"

米姆拉点头同意。她看起来很冷静，对任何事情都有心理准备。但是坐在谷仓角落里的黑文看上去吓坏了，不停地将折叠好的电脑数据资料从兜里掏出来，胡乱地翻看着，然后再把它们塞回去。

你在干草堆上较舒适的地方坐下来。阳光透过窗户照在你的大腿上，感觉很美妙。你看着黑文的一举一动，为他的行为感到有些奇怪。黑文从一堆资料中抬起头，冲你紧张地咧嘴笑了笑，然后继续做他的事。你闭上双眼，向后靠着，放松下来。

不知不觉，马特轻轻地将你唤醒："该出发了，飞机来了。"

▶▶ 请翻到第 9 页

你说："好吧，我们就开越野车吧，马特。"

"那么，出发！"

你最后看了一眼飞行员比尔。你很想带上他一起——你们曾是挚友，但现在最重要的事情是米姆拉、马特、黑文和你能赶快逃跑。

你抓起你的行李准备离开"风神"，但是你突然想起一件事。你飞快地翻找着飞机上的储物柜，将所有有用的东西都扔出舱门外：急救箱、毯子、绳子、食物，最后还发现了一把藏在飞行员座位下方的冲锋枪。你跳出飞机。马特把越野车开到"风神"的侧面，迅速地将所有物品放进车里。

仿佛过了很久一样，但实际只有仅仅两分钟，你们所有人都上了车。这是一辆二〇〇五年生产的雪佛兰"开拓者"四驱越野车，虽然很旧却还很耐用。你们向北朝着图尔塔利亚出发。

▸▸ 请翻到第 **21** 页

当飞机处于平稳飞行的状态时，你终于松了口气。马特马上注意到了你因焦虑而苍白的脸，说："嘿，放松些。你成功了！由我来控制一会儿吧，这样你可以稍微休息一下。"

你感激地将手从操纵杆上移开。一两分钟后你就会缓过来。你刚瘫靠在座位上，马特便说道："黄金国的部队在那里，我们升空的时候我就看到他们了。还好我们离开了。"

▸▸ 请翻到下一页

"的确是这样。"你说着，将身体略微坐直些，已经感觉好多了，"我在想我们现在该做什么呢？"

"你想说什么？我们都已经飞得这么高了。"

"我们是飞得很高，但是我们也许应该先盘旋一会儿。我也不太确定我们是否该立即前往丹佛。我们周围的云层提醒了我，山里的天气会很恶劣。"

你现在可以完全坐直了，聊天帮助你缓解了很多。你补充道："天气不好的时候在这些山中飞行可不是闹着玩的。"

马特说："我明白你的意思了，但是我们已经浪费了很多时间了。我们首先得将比尔送去治疗。我认为我们现在得向丹佛出发。"

▶▶　如果你选择听从马特的判断，直接飞往丹佛，请翻到**第 26 页**

▶▶　如果你选择听从你自己的判断，一边盘旋一边判断天气是否适合飞行，

请翻到第 24 页

马特建议道："我们最好别走公路。沿着灌木丛行驶，那样会减少扬尘。或许这样，他们就会忙着搜索飞机，不会注意到我们了。"

很快，谷仓和凄凉绝望的"风神"便消失在你们的视野中。黄金国部队带起了一片尘埃，如果真的是他们的话，那就离你们更近了。当然，你们无法留下来一探究竟。

马特说道："我们驶过那个小坡时我仔细看了下，我觉得他们预计在十分钟之内就会抵达飞机那里。"

低沉的轰隆声打断了马特的话。

你战栗着说道："这是反坦克火箭筒。他们一定是黄金国的秘密警察。"

▸▸ 请翻到第 40 页

你说："米姆拉说得没错。如果我们分开行动，会有更好的机会逃跑。她和我会前往圣菲。我知道那里有一个藏身处，我们可以两天后在那里会合。怎么样，马特？"

"我觉得这不是个好主意。我有责任负责米姆拉的安全，而且一旦需要抵抗，我们四个人在一起胜算会更大。"

但是米姆拉的态度很坚定，你也是。最终，马特还是同意了。黑文仍然一言不发，他看起来很害怕。

"就是这儿，马特。这是藏身处的位置。"你在一张圣菲的地图上指给他看。藏身处距主广场的西侧只有两个街区。

你们相互握手道别，准备离开。

就在这时，传来了敲门声，很大的敲门声！米姆拉抬起一根手指抵在嘴唇上。黑文将整个身子缩进角落里，仿佛要将自己伪装成一件家具。所有人都看向了你。

▶▶ 如果你选择吩咐他们从房子的后门逃跑，请翻到**第 42 页**

▶▶ 如果你选择告诉他们准备抵抗，请翻到**第 31 页**

你说道："说得没错，马特。如果我们分开的话，不会有很大的胜算。我们需要保护这个组织。人多力量大。"

马特开始忙着查看地图，设计出一条穿越基督圣血山脉去往丹佛的逃生路线。

马特说道："这将是一场艰苦卓绝的旅程。"

你说："至少我听说在圣菲有一间藏身处。我们可以在那儿停留一下，然后再进山。"

你、米姆拉和马特一同仔细地看着地图。黑文一言不发地坐在那里，沉浸在自己的思绪中。

米姆拉提议朝东走避开山区。她说："我们可以沿着平原的路线抵达丹佛。"

你喊道："米姆拉，那样太危险了！如果在平原，我们只能靠灌木丛做掩护，那样我们就成了活靶子了。"

她点头道："的确如此！可正因如此，黄金国的人肯定推测到我们从山区逃生，也绝不会想到我们会走平原。不过，我们不要争论了。我们一起来做决定，然后出发。"

▶▶ 如果你选择在圣菲先做停留，然后走山路，请翻到**第35页**

▶▶ 如果你选择平原的路线，请翻到**第44页**

　　"马特，我决定先这里盘旋一会儿。我们先适应一下飞机，然后再观察一下天气情况。"

　　他同意了，说道："好吧，但是不要太久。"

　　在你的掌握下，飞机运行良好。它能对你的指令做出迅速反应。你差点忘了自己并非真正的飞行员。然而，你还是很担心天气情况。

　　你说："马特，我不喜欢这样的景象。"

　　"怎么了？"

　　"云层越积越厚，一旦飞进去我们就什么都看不见了。也就是说我们只能靠观测仪表飞行。而且，里面看上去像是有狂风，那样情况可能会非常糟糕。还有可能遇到冰雹，并且飞机表面可能会结冰。"

　　马特说道："听你这么说好像根本就不能飞了！不是不能飞，只是情况不是很理想。现在，我们还能怎么办？"

　　"我们可以回去。"

　　只听米姆拉喊着："绝对不行。"

　　然后，马特说道："我同意，那样的话米姆拉可能会丧生，我们都会没命的。"

▶▶ 请翻到**下一页**

突然，你想到了一个办法。"我们能否收听到黄金国的天气预报的广播呢？"

马特说道："可如果那样的话就会打破无线电静默。他们有可能会通过无线电信号追踪到我们，然后将我们从空中击落。"

黑文看上去对这个建议感到忐忑不安，你也感到这并不是最佳方案。

你说道："但是，它还是能为我们提供信息的。我认为我们可以编造出一条假信息，这样就不会暴露目标了。"

▶▶ 如果你选择打破无线电静默，试图收听天气预报，请翻到**第 37 页**

▶▶ 如果你选择保持无线电静默，试试看你们能否想出其他解决办法，请

翻到第 41 页

你说道："我们不能用宝贵的时间来兜圈子。我们得把黄金国的入侵计划送达图尔塔利亚。"

但是，你首先得越过高山，才能飞往丹佛。你们只有这一条路可走，并且米姆拉也十分赞同马特的观点。她也想不惜一切代价与黄金国的残暴统治斗争到底。

积雨云在接近你们飞行高度的地方凝结起来。飞机在气流中来回颠簸。你伸长了脖子扫视天空，试图在下方的云层中找到一丝缝隙。

你是该冒着可能撞到山峰的危险往下飞以寻找更晴朗的飞行空间？还是明知可能会遇到更多的气流，依然越过云层往更高的地方飞呢？这真是个艰难的抉择。

▶▶ 如果你选择向下飞，请翻到**第 39 页**

▶▶ 如果你选择向上飞，请翻到**第 32 页**

飞机再次向下俯冲，然后开始大幅度地打转。旋转让黑文失去了平衡。他被迫撞向了机尾的一面内壁上，随即昏迷了。你握住了操纵杆。

"风神"平稳下来。马特拿着绳子跑上前来，米姆拉紧随其后。

马特喊道："怎么回事？"

"把他绑起来。快！"你正忙着让飞机上升。

正当马特接近他时，黑文尖叫起来，胡乱地挥着手臂。马特和米姆拉无法靠近他来将其制伏。黑文像是发了疯一样，狠狠地向控制面板砸去，击打着开关和表盘。

你喊道："快阻止他！"

太迟了！黑文已经击中了应答机的发送按钮。飞机正在发送有关其所在位置的信号。黄金国的驱逐机很可能已经锁定了你们的位置。

▶▶ 请翻到第 29 页

马特挥出一拳，黑文随即倒下。马特和米姆拉瞬间将他五花大绑。

米姆拉说："现在他没办法惹麻烦了。"

你本想伸手去关掉应答机的开关。但是，又将手缩了回来。

米姆拉问道："怎么了？"

你答道："如果我们的应答机信号突然从空中消失的话，黄金国的人会起疑心。"

她说："可我们还能怎么做呢？"

"我的父亲曾经教过我一些黄金国的代码。我可以试着编造一条假的身份和秘密任务的信息来骗过他们。"你看向窗外又道，"或许，我可以关掉应答机，然后试着隐蔽在云层中。"

▶▶ 如果你选择关闭应答机，冲入云层中，请翻到**第 107 页**

▶▶ 如果你选择试图骗过他们，拿起麦克风，请翻到**第 55 页**

你选择飞向陶斯。你向马特解释说："它邻近图尔塔利亚和黄金国的边界。我们必须摆脱这股气流。"

你利用最后已知方位、飞行航速、风速、风向和你凭直觉判断出的所在位置进行了粗略的计算。

你宣布："按照我的推算我们此时此刻正在陶斯的上空。"

据最新报道，陶斯的政权还处于独立状态。除了有针对印第安人的临时军事巡逻以防止他们有敌对黄金国的行为，陶斯并不受其掌控。米姆拉在那里会很安全。

你觉得这是个不错的决定。随着你划过云层，山脉、村庄和沙漠地面的轮廓浮现在你下方。

降落很复杂，但是你能做到。你从父亲那里得到的飞行指导记忆犹新。"确定好降落位置。不要过快地减速，否则会突然熄火。降落时的位置不能太低，速度不能过慢。在正确的时机拉平操纵杆以便排压，一着落就按计划熄火。"

▶▶ 请翻到第 **70** 页

你向胡利奥藏在房子里的一堆武器点了点头。马特和米姆拉每人抓起一支枪开始上膛。这堆武器是一些旧的美国M-16步枪，于二十一世纪二三十年代领土战争和殖民矛盾时期留下来的。米姆拉给你扔过来一支。

敲门声再次在房子里回响。接着，你听到了微弱的说话声。

"朋友们，我的朋友们，别怕。是我，胡利奥。开门，请开门。"

你看了一眼手表，快要到五点了——一个危险的时间。过去三年来，黄金国一直在执行五点宵禁的规定。在晚上五点到第二天早上六点期间，凡是见到任何人在街上，都可以将其击毙。黄金国的精锐部队在城中巡逻，对他们来说，在街上射杀人民就像做游戏一样。

你说："胡利奥，请按照暗号敲门。"你还没听到事先约定好的敲门暗号：三声短、一声长、两声短。

胡利奥唯一的回答就是："朋友们，请让我进去。"

你手表显示的时间为四点五十八分。

▶▶ 如果你选择开门，请翻到**第 61 页**

▶▶ 如果你选择坚持听到敲门暗号后再开门，请翻到**第 119 页**

虽然上方的天气情况看上去更恶劣，但是你宁可遇到气流，也不想面对可能会撞到一些云层环绕着的山峰所带来的恐惧感。

"风神"对你的操作有相当出色的反应，它旋转着飞过凝结着氤氲水汽的白茫茫的一片云。有那么一会儿，你很享受飞行给你带来的这种纯粹的快乐，它让你想起了同父亲一起坐在瑞士造的流线型橙色翱翔机里，他在你身后教授你飞行技术的那些无忧无虑的日子。

突然，你冲到云层的上方，明媚的阳光瞬间温暖了整个机舱。

马特喊道："干得漂亮！小伙子，我希望能一直像这样飞完全程。"

"那么，我们就祈祷抵达丹佛的时候能再回到这些云层中。那时候比尔会帮我们大忙。"

米姆拉一直很沉默，但她突然喊道：

"快看！快看！"

她指向两点钟方向。你看到窗外有三架巡逻机，它们尾翼上鲜艳的蓝绿色黄金国标志在阳光的照耀下闪闪发亮。

▸▸ 请翻到第 51 页

你拿起麦克风。"呼叫任一图尔塔利亚基地。重复，任一图尔塔利亚基地。我们遇到了麻烦，需要降落协助。飞行员已经昏迷，或许已经死亡。重复，求救。有人在吗？"

你竖起耳朵，紧张地听了一会儿，等待回复。随后收到了一条广播：

"图尔塔利亚前进基地呼叫受困飞机。请向东北四十度，海拔一万四千英尺高度飞行，飞行速度五十米每秒。我们会在那里接应你们，带你们回家。"

马特拍了拍你的后背，说道："听上去不错！我们成功了！"

随后，广播再次响起："受困'风神'，我们收到了你的信息。这里是图尔塔利亚基地。我们会派护航机接应你，并且引导你下降。请保持在当前海拔高度处盘旋，并将应答机处于开启状态。救援队已出发。"

马特说："这样一来我们得好好想想。收到了两个回复，哪一个才是真的呢？其中一个肯定来自黄金国。"

▶▶ **如果你选择听从第一组指令，请翻到第 73 页**
▶▶ **如果你选择听从第二组指令，请翻到第 89 页**

你说："我们得走山路。山里有与我们是盟友的游击队和支持者。"

米姆拉点头赞同你的推测。现在该由你来领导逃亡了。

你说："时间紧迫，就算他们击落了我们的飞机，这个地区也会布满了巡逻队。他们会对跑道的周边地区进行搜查，然后从这里往北去。其实，我们处于他们后方，除非，他们猜到我们已经回城了。"

你盯着街对面秘密警察的大楼。门前车水马龙：吉普车、小型的公交车和来往的职工班车。突然，你看到了他们——两个六十出头的男人。其中一个肥硕无比，长着三个下巴，鼓睛暴眼。他粗短的手指间闪烁着几只钻石戒指。

另一个的身材矮小瘦削，穿着剪裁精良的制服，没有佩戴任何徽章。你认出了他。他是黄金国秘密警察的首领。此刻，他正穿过街道朝着你们的秘密藏匿点走来。

▶▶ 请翻到第 **48** 页

你说道："我想出一个办法能让我们在不被发现的情况下打破无线电静默。"

正当你拿起麦克风想通过无线电发送天气预报的请求时，黑文变得歇斯底里起来。

他尖叫道："我们都会没命的！"他又重复了一遍，不过这次语气平静了些，语调近乎呆板："我——们——都——会——没——命——的。"

然后，他突然扑向控制台。

就在你挡开他时，"风神"开始俯冲。马特和米姆拉抓住了黑文，将他拉走。黑文甩开了他们，蜷缩在机舱的一个角落里，呈现出近乎比尔那样昏迷的状态。黑文的呼吸很急促，目光呆滞。你趁机将飞机从俯冲状态拉回来。

马特猛然将头转到黑文的方向，低声问道："我们现在怎么办？"

你迅速地看了一眼黑文。

他现在看起来有所好转，呼吸平稳了些，不是那么吃力，脸上恢复了些许血色。但是，你还是怀疑他随时可能会爆发。

你悄声向马特说道："把他绑起来。"马特起身去拿绳子。一不留神，黑文又起身朝控制面板扑来。你试图将他挡回去，但是发疯使其如超人附体一般力大无比。他成功了！

▶▶ 请翻到第 27 页

你争论道："在陶斯的跑道上降落风险太大了。"

在你向马特解释了原因后，马特终于同意应该避免这类事故。尽管如此，你还是没能解决问题：云层中形成的气流可能会将"风神"的一只机翼扯断。

你说道："嘿，马特，据你估计这里离西海岸有多远？"

马特仔细地盯着地图。黑文停止了他乱涂乱画的工作，抬起头，像往常一样神色慌张地说道："加利福尼亚不安全。我知道那里不是个安全的地方。"

你和马特交换了一下眼神。马特说道："我不同意。加利福尼亚没有被任何组织控制。和其他任何地方相比，我们对那里抱有很大希望。"

你点头表示赞同，但是米姆拉并不这么认为。她抓住了马特的胳膊，说道："我有理由相信黑文是正确的。加利福尼亚不安全，我们在陶斯降落吧。"

马特感觉心里很不舒服。毕竟，是他受到嘱托陪同米姆拉并且帮助她逃回图尔塔利亚的。

▸▸ 请翻到第 **72** 页

你对自己能否在气流中成功操纵动力滑翔机还没有十足的把握。你向前推动控制杆，让"风神"从云层中大幅度地俯冲下去。你用力地踩着方向舵踏板，接着侧滑到一万三千英尺处，然后又处于水平状态。

你很幸运。云层突然散开了，至少，你有一定的视野和空间飞行了。群山环绕，气流变化无常，岩壁和被植被覆盖的斜坡离你太近了，让你感到不适。

你问："有什么建议吗，马特？我一点都不知道我们在哪儿。"

他摇了摇头，回答："想不出来。我们的处境十分危险，可以通过无线电向图尔塔利亚求助。"

"这个想法不错，但是这样做很危险。黄金国的人能利用这一点定位我们的位置，到那时就全完了。"

▶▶ 如果你选择发无线电向图尔塔利亚求助，请翻到**第34页**
▶▶ 如果你选择凭直觉继续飞，请翻到**第56页**

爆炸声终于在山间停止了回响。马特停了一会儿，说道："他们肯定一看到飞机就将它击毁了。"

你没有指向地问道："我在想他们有没有看到我们。"

马特答道："这很难说。"他在越野车里环顾了一周。米姆拉看起来很警觉，随时准备战斗。黑文看上去面无血色，仿佛随时都能晕倒。

你说："我们得决定接下来该怎么做。"

米姆拉补充道："我们没有任何信息。我真希望能知道他们是否发现了我们，或者会不会以为我们在飞机里，或者是否已经派人搜查飞机，或者……"

你道："等一下，想这些没有用。无论怎样，我们都得离开这里。我们现在有两个方式行进：驾驶越野车或者步行。越野车很快，但是很容易被他们发现；步行很慢，但是方便我们隐蔽。"你双手朝方向盘拍去，说道："我真希望自己知道该怎样选择。"

马特笑着问道："你有硬币吗？"

你回答说："没有，我会自己做出选择。"

▶▶ 如果你选择抛下越野车，步行出发，请翻到第 **43** 页

▶▶ 如果你选择继续驾驶越野车出发，请翻到第 **52** 页

你对马特说道："发送假的无线电广播正中秘密警察的下怀。我们让无线电保持静默吧。"

不过，这样也很危险，因为这架飞机真的急需尽可能多的救援。气流造成了很大的颠簸，你全神贯注地驾驶着。

马特发现了一个地图盒，里面刚好放着一张你们所在地区的局部飞行地图。

他大喊着："快看！就在陶斯北部的不远处有一条紧急降落跑道。我们到那儿去吧。"

你迅速地看了一下，刚好能看到那条跑道，它就蜿蜒在克奇纳峰附近的地区。要想穿过云层抵达那里非常艰难。万一发生了重大失误，可就糟了！

▶▶　如果你选择在陶斯的跑道上降落，请翻到第 **30** 页

▶▶　如果你选择继续朝着丹佛的大致方向飞行，请翻到第 **38** 页

你低声道："我们得离开这里。走，米姆拉，从后门出发。"

你们四个人冲向后门。你最先跑到那里，打开门，将头伸出门外。稍后，你悄声说道："没人看守。快！"

那扇门通向一条偏僻的小巷，它蜿蜒在各种商店、办公大楼和一些大型公寓楼房后面的迷宫一般的街道中。

你刚进入那条小巷便意识到黑文没有跟上你们。

"嘿，黑文哪儿去了？"你四处张望着。米姆拉和马特都摇了摇头。

你说："我们不能丢下他。"

马特看上去有些恼火，说道："我们没空找他，我们不能浪费时间，他会照顾好自己的，我们走吧。"

但是你没动。黑文是你们队伍中的一员，你是否该冒着将整个任务置于危险之中的风险去找他？还是任其自生自灭呢？

▶▶ 如果你选择回去找黑文，请翻到**第 104 页**

▶▶ 如果你选择不管黑文，继续前进，请翻到**第 62 页**

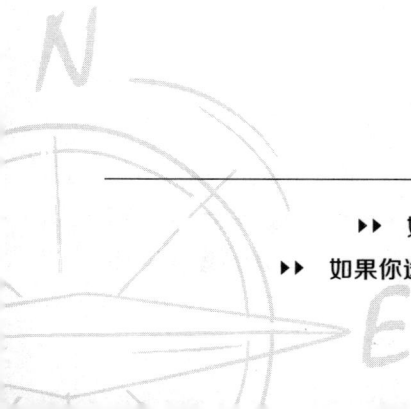

你说："我们步行吧。虽然慢一些，但是更安全。"

你将越野车掉头开入一个溪谷，然后将它停在一块凸出来的岩石下面，那里非常隐蔽。

你们四个人迅速地将有用的物品卸下车，并且将它们打包成容易携带的包裹。马特拿起冲锋枪道："我可是一流的神枪手。"听那口气并非自吹自擂。

你回答说："我们来祈祷事情不要发展到那个地步。"

你把所有东西一股脑地塞进你的临时包裹中。马特也快装好了，接着你转身去看米姆拉和黑文的进展。

米姆拉也快要完成了，但是你们没有看到黑文。

你环顾四周，在这个地区搜索了一圈。"马特，黑文去哪儿了？"

马特抬起头说道："不知道。他一分钟前还在这里，会不会到草丛里去了？"

你们三个人找了几分钟，但还是不见黑文的身影。

▶▶ 请翻到第 50 页

你同意道:"好吧,米姆拉。我们走平原的路线吧。"

她向窗外张望了一下,说:"很好,不过,阿尔伯克基已经开始宵禁了,我们明早才能出发。"

夜晚过得很慢,你不时地被偶尔的一两声枪响吵醒。终于,东方的天空泛起一层鱼肚白。

宵禁于早晨六点结束。

你们伪装成要去参加每周军训的民兵,准备出发。在黄金国,每个公民都要在民兵队服役,但是只有正规的军队才会配备武器。你们训练的日期由抽签决定。

所有的黄金国市民都需要身份证,上面印有关于外貌特征的详细描述、出生日期和一到七的数字,来标明你的训

练日。

胡利奥有一批民兵服，他夜里一直忙于帮你们准备身份证件，你们每个人证件的右上角都写着数字"4"。这不是一项简单的工作。一旦黄金国的人怀疑证件是伪造的，他们会先开枪再审问。

马特问道："都准备好了吗？我们分开行动，独自到广场去，然后在那里会合，一同搭车就像要去训练场地一样。一旦抵达平原，就可以找机会逃跑。"

▸▸ 请翻到第 60 页

你命令马特道："对黑文进行搜身。"

黑文的力量不足以反抗。马特搜查着他的衣物，在黑文的夹克衫的内衬里发现了一张黄金国秘密警察的工作证。

当晚六点整，有人轻轻地敲了几下后门。

秘密警察的首领道："我们得抓紧时间。"在巷子附近停了一辆政府用的加长轿车，他示意你们上车。

你们都挤了进去。黑文则被捆住且塞住了嘴，扔进了卡车。司机在夜幕中风驰电掣地开到了郊区的加油站。黑文被两名身穿蓝色工装裤的人带走了。

你、米姆拉和马特被藏在一辆有十六个轮子的油罐车的特殊部位中。它的引擎轰隆隆地响着，很快你们就向着圣菲和山区出发，最终抵达丹佛。

目前，你的冒险虽然结束了，但是你已经解救了米姆拉并且掌握了黄金国入侵的情报，图尔塔利亚的未来将一片光明。

▶▶ **本故事完**

你吓得说不出话来，示意其他人别出声。那位肥胖的男人坐上了一辆车，车子呼啸驰过，留下一串尾气。

另一个人径直走向胡利奥的房子——你们的藏匿处。你躲在窗帘后面，透过一丝缝隙观察他的一举一动。

他在门口停下来，掏出一包口香糖，从里面抽出一片，然后将剩余的一整包扔在了门前。他仔细地研究着房门，仿佛在欣赏博物馆里的一件艺术作品。随后，他弯下腰系鞋带，可是他的鞋带并没开，他用近乎耳语的声音说道："请看口香糖包装上的信息。双手合十。"

恐慌和惊讶让你近乎瘫倒。你父亲曾告诉你"双手合十"是图尔塔利亚特工的接头暗号。除了你和潜伏在图尔塔利亚的高级秘密间谍领导人，没有人知道。

你能信任秘密警察的头目吗？他究竟真的是图尔塔利亚的特工，还是通过严刑拷打你们的人而获取到"双手合十"的接头暗号的呢？

▶▶　如果你选择开门去读取口香糖包装上的信息，

请翻到第 67 页

▶▶　如果你选择从后门逃走，请翻到第 42 页马特说道："黑文一定是逃走了。"

"可为什么？"你和米姆拉一起问。

"可能是害怕？人们感到恐惧的时候总会做傻事。"

"这样的话，我们现在该怎么办呢？我们需要他获取到的电脑密码。我们应该去找他还是丢下他呢？"

米姆拉在沙漠干燥的空气中幽幽地问道。

▶▶ 如果你选择抛弃黑文，请翻到**第 86 页**

▶▶ 如果你选择寻找黑文，请翻到**第 118 页**

你喊道："天哪！它们是从哪里飞来的？它们怎么知道我们在这儿？"

马特用双筒望远镜扫视着空中，说道："那些是巡逻机。"

你问道："他们的速度不是很快，但足够追上我们。你们怎么想，马特和米姆拉？他们看见我们了吗？"

马特说："还没有，不过随时都有可能看到。我们有机会甩开它们吗？"

据你推算，巡逻机与你们之间的距离略超过六英里。你们刚好在云层的上方盘旋，恰好处于顺风方向，如果将油门杆推到最大，你们的速度可以达到七十米每秒。

如果你奋力逃跑，可以冲入图尔塔利亚的领空，但是巡逻机可能还是会跟着你们。如果你躲回到云层里，它们会在你周围盘旋，直到你再次钻出来。

▶▶ 如果你选择试着甩开巡逻机，请翻到**第 59 页**

▶▶ 如果你选择躲回到云层里，请翻到**第 54 页**

你说道："我有个主意。如果我们驾驶越野车，就能走得更远。也许在我们发现他们之前，他们不会看到我们。如果他们发现了我们，我们可以到那时再丢下越野车。"

米姆拉说道："好主意。马特，你来查阅放在汽车仪表板上的小柜里的那些地图，找出一条最佳的路线。黑文，你来放哨，看是否有黄金国的部队。"接着，她想了下，补充道："我也一同去放哨。"

你全神贯注地驾驶，这不是件容易的事。你必须在避开高大的树木和仙人掌的同时保持高速行驶。与此同时，你还要盯着后视镜，观察越野车扬起的沙尘，让其保持最小化。因为，沙尘会引起黄金国秘密警察的注意——要是他们在空中发现了越野车就另当别论了。

马特在研究地图。他说道："我们现在的位置极容易暴露，一路上没有太多可以隐蔽的地方。西北方向的地形稍微好一些，但并不是我们的目标方向。我们要行驶的路段被落基山脉的分水岭挡住了。"

你问："跨过分水岭怎么样？"

"附近只有一个山口，叫'撒旦山口'，为什么叫这个名字？"

▶▶ 请翻到**下一页**

你说道："撒旦山口！听上去很可怕。"

马特道："可能路况很可怕。我们也可以在与分水岭平行的西侧公路上行驶，唯一的问题是我们会暴露在公路上。"

"是五十六号公路吗？"你不经意地扫了几眼地图。

"没错。"

米姆拉说道："等一下，目前我们没有理由认为秘密警察知道我们在这里或是我们开着越野车。如果我们走公路的话，就和普通的越野车没什么两样。这样我们就有三双眼睛来放哨。"

你回答说："这主意不错，米姆拉。但是在撒旦山口行驶更隐蔽，那样我们就很难被发现。那也不太像是我们会走的路线。如果那些警察在搜寻我们的话，他们可能不会对那里进行搜查。"

▶▶ 如果你选择朝撒旦山口出发，请翻到**第 88 页**

▶▶ 如果你选择留在分水岭的西侧，试着走五十六号公路，请翻到

第 93 页

你大声地宣布着决定："回到云层中。我们不可能甩掉那些飞机。"

"风神"在气流中颠簸了几下。接着，你们被包裹在了水汽浓重的白色云层里。

广播响起：

"这里是图尔塔利亚自由之国广播基地，我们的雷达已扫描到你们，请你们使用正确的代码确认身份。"

你们安全了！但是只有你使用了正确的代码才能确认身份。你在放置飞行地图和图表的小帆布袋里面找到了认证代码。它只有在紧急情况下才能使用。当然，现在就是紧急时刻。

▶▶ 请翻到第**98**页

你拿起麦克风，开始广播："盖洛普基地。行动代号Y9，起始相数3。结束。"

马特疑惑地看着你。你很想解释一下你的行动，但是你现在没有时间。你一边等待着黄金国对你的广播做出回应，一边高速地运转着大脑。你挥手示意马特保持安静。

"Y9，这里是盖普洛基地。你到底是谁？结束。"

"盖普洛基地。请用一号代码。重复。一号代码。任务执行代号：Z-D-B-5，结束。"

你的额头冒了一层薄汗。如果父亲的代码信息正确的话，那么你刚刚已经告诉了盖洛普基地你正在执行黄金国最高安全等级的秘密侦察任务。目前，盖普洛基地应该乱成一团了，因为他们正在破译代码。

无线电收到广播："Y9。请待命。结束。"

哎呀，你想。或许是你的代码露馅了，或许是黄金国的成员毫无头绪，他们需要时间来破译。

▶▶ 请翻到第**64**页

你对马特说："使用无线电太冒险了，我们得凭直觉导航。"

你再次飞入了云层，短暂地盘旋了一会儿，很快就看到了另一个缝隙，然后你下降到一片晴朗的区域。幸运女神再次眷顾你：这片区域相当开阔。

米姆拉喊道："快看！快向左看！看到了吗？下面那里！看起来像一条跑道。"

你说道："我觉得你说得没错，米姆拉！你的眼神太敏锐了。我们试着在那里降落。"

你心跳加速，握着操纵杆的双手满是汗水，你向着那条偏僻的紧急备用跑道飞去。

▸▸ 请翻到第 **76** 页

你说道："我们逃跑吧。那三架飞机追不上我们。"

你希望自己做出了正确的判断。你将油门杆推到最大，然后向丹佛飞去。

突然，你的右前方又出现了一架带有蓝绿色黄金国旗帜的飞机。你的"风神"被包围在曳光弹的光芒中。

你最后一刻的想法是："为什么这个世界不能和平呢？"

▶▶ **本故事完**

你们四个人手里握着伪造的身份证，在胡利奥家的后门站成一列。每四分钟便有一个人离开。

你希望你的同伴们一切顺利。马特第一个走出去，他身材高大、目光坚定、自信满满。他微微蹙眉以表现出一副一位忠心耿耿的黄金国民兵希望加入全职军队的样子，因为这是一个有地位和特权的高薪精英职业。

接下来是米姆拉，她一直平静地等待着。她也自信地走出门，在巷尾右转，然后消失了。现在轮到黑文了。他踟蹰不前，不停地摆弄着腰上的土黄色枪带，哀号道："我做不到。他们会抓住我的。我做不到！"

你抓住了他的胳膊将他推出门外。

"不，你能做到。我陪你。"

由于你不得不一路拖着他沿着巷子走到广场，因此让自己直接暴露在黄金国秘密警察的总部前。你一点也不想这样。黑文浑身发抖、面如死灰并且走起路来跌跌撞撞。他可能随时会跑掉。只要被严厉的黄金国秘密警察看到一眼，一切就全完了。

▸▸ 请翻到第 100 页

你说道："马特，你来掩护我。我数到三然后开门。"

你挪到门边，用只有屋里的人能听到的声音低声数着："一……二……"

当你数到三时，猛地将沉重的木头门向前推去。门上的铁铰链嘎吱作响。夕阳的余晖射入昏暗的房间。胡利奥溜进来，随手"砰"的一声将身后的门关上，靠在门上喘气。

"很抱歉，但是时间紧急。那群穿制服的猴子枪法太差了，或许是我走运吧，谁知道呢。"

你问道："好了，好了，胡利奥。你给我们带来了什么消息？"

胡利奥绞着手中的帽子，面色沉重。没等他开口你便知道不是个好消息。

"米姆拉女士，我不得不告诉您一个难过的消息，您的两位表兄被捕了。"

胡利奥朝街对面的秘密警察总部点点头。米姆拉不禁打了个寒战，马特走过去握住了她的手。米姆拉倒抽了一口冷气，说："他们是我们当中最优秀的人，是能力超群的人。秘密警察是怎么找到他们的？肯定有人通风报信。秘密警察先是抓住了马特和我，现在又抓住了我的表兄！"

▶▶ 请翻到第**84**页

在这场高风险的游戏中，每个人都只能自保。你不能回去找黑文。你身上带着有关黄金国入侵计划的情报，米姆拉是反抗黄金国组织的领袖。你不能因为一个人让这一切陷入风险中。

你最后回头看了一眼敞开的门。然后，你、马特和米姆拉迅速冲出了小巷，向对面一栋十七层公寓大楼的一扇开着的门跑去。进来后，你发现自己在一个停车场里。马特随手锁上了你身后的门。你们脚下的水泥地面很干燥并且布满了沙砾，仿佛每走一步全世界都能听到你们的脚步声。

这个停车场里大概停了二十辆车。看车的是一位老人，正在值班室里打盹。他的电视还开着，里面播放着唯一的频道——黄金国政府电视台。电视的声音将你们接近的声音掩盖。你们轻易地就将他制伏，并把他绑了起来。当你从他头上的储物架上翻出一串钥匙时，他虚弱地冲你笑着，还做出了胜利的手势。

几分钟后，你、米姆拉和马特坐在了一辆银色的双门日本轿车里。虽然车有些旧，但性能还算良好。

你们驶离停车场，向北奔着圣菲和自由而去。

你说道："我们今晚就能到家了。"你知道你说得没错。

▸▸ **本故事完**

"盖洛普基地，这里是Y9。我们收到，并且正在将航线调整为1-1-7。"

你用力地踩下方向舵踏板，将驾驶杆移到右侧。仪表盘上的数字变化着：八十—九十——一百——一百一十。你使飞机处于水平状态，保持在一百一十七度的新航线上。

马特说道："我不喜欢这样，感觉很紧张。我们还有其他的办法吗？"

你指着飞机侧面出现的两架歼击机，叹了口气，说："现在没了。"

歼击机将你"护送"到了一座小型的黄金国军用机场。

途中，你曾有一两次认为你侦察到了一个绝佳的逃跑路线，但是你没有尝试。因为，歼击机上装载的热导导弹足以将你们炸成碎片。

你们降落后，比尔被送上了一辆救护车。你们都被逮捕了，并且作为"解放图尔塔利亚"光荣任务的逃犯被判处一年或者两年徒刑。

▶▶ **本故事完**

黄金国仿佛永远都不会再回应了。

马特问道："你知道我们全指望着你呢！"

"我知道，而且我也在祈祷计划能成功。"你把你的所作所为向马特解释了一下。

"我也希望能成功。不过，如果没成功，我们该怎么办呢？"

你回答道："我不知道。老实说，我真的不知道。"

无线电广播再次响起："Y9，这里是盖洛普基地。请改变航向前往 1-1-7。重复，1-1-7。任务执行代号更新为 B-5。收到了吗？"

马特问道："什么意思？"

"不太确定，他们想让我们更改航线。但是，我给他们发送的任务执行代号应该是最高级别的，他们不能更改。"

"那么'任务执行代号更新为 B-5'是什么意思？"

"这也是我所担心的。我从来没听说过。只有两个可能：第一种，那个代码是真的，而图尔塔利亚的特工并不知道；第二种，他们和我们一样用了假身份，他们知道是什么含义，但是希望我们被蒙蔽。"

马特说："我们该怎么做？"

"问得好。要么我们按照他们的命令更改航线，然后继续欺骗他们；要么，我们就逃跑。我没看到护卫机，我们或许能成功。"

这时，无线电广播里传来了不耐烦的声音："Y9，你们是否收到更改航线的指令？"

▶▶ 如果你选择更改航线，请翻到第 **63** 页

▶▶ 如果你选择逃跑，请翻到第 **68** 页

你说道："那辆没有看守的吉普车有些不对劲。我们最好步行。"

你们四个人步行出发穿过平原。太阳高高升起，热气在整片大地上蒸腾着。

你们还有许多天，甚至是许多周的长途跋涉。为了避免中暑和脱水，你们得在夜晚行进。你只能寄希望于你们会找到充足的水源来维持生命。

祝你好运！

▸▸ **本故事完**

你说："值得一试。我去开门。"

黑文冲到屋子中间挡住了你的去路。

"不，不要去！这是个陷阱！是陷阱！我们都会被杀的！"

你看了看黑文，接着看了看米姆拉，最后又看了看马特。黑文抓住了你的胳膊，他的双手颤抖着。

黑文乞求道："求你了，我会想办法让我们逃出去。我发誓，我会找到出路的。"

黑文的话让所有人感到震惊。一直以来，他都默不作声。

你说道："请让开，我已经做好决定了。"

黑文松开了你的手臂，然后挺直了身体，挑衅地说："你得先过了我这关再说。"

外面的灯光正在变暗。很快要到宵禁的时间了。

▶▶ 如果你选择将黑文推到一旁，请翻到第 **105** 页

▶▶ 如果你认为黑文一定有充分且合理的理由阻止你开门，请翻到

第 78 页

逃跑！这似乎是最佳方案。你将应答机关闭，可仍然开着无线电。

天空中云层密布，在你飞机附近的一朵云层尤其大。无线电发出了广播：

"Y9。请回答，Y9。这里是盖洛普基地。九号代码。九号代码。请回答，Y9。这里是盖洛普基地。长官，他们没有——"广播中断了。你被云层包围着，四周一片寂静。

"这里可能随时会有飞机飞入。我们祈祷他们不要找到我们。"

突然，你想出了一个主意！你自从进入云层就一直在观察气压表。据其数据显示有大量的上升气流。你迅速地启动"风神"的发动机，以小圈盘旋，然后关闭引擎。

马特喊道："你在做什么？你疯了吗？"

"等一下，别着急。这架飞机的滑翔比是二十比一。我不知道我们能否上升，但是我们应该可以保持在这个高度。风会在很短的时间内将尾气吹散。这样一来，他们就不会发现我们了，除非他们误打误撞遇到了我们。"

马特用怀疑的语气说道："我希望你是对的。"

"我也希望如此。"

你完全正确。"风神"保持住了高度，而且每转一圈甚至还升高了一些。你眼睛盯着仪表，开始将无线电调到广播的波段。

一个声音传出来："搜寻组长报告基地，没有发现目标。"

▶▶ 请翻到**下一页**

你低声对马特说道："是他们！"你不知道自己为什么要低声说话。因为，即使你打开窗户竭力嘶吼，他们也不会听到你的声音。

又一个声音说道："基地命令搜寻组长，继续搜索。"

"搜寻组长命令搜寻一号，查看那片云层。"

你转向马特，举起一只手。你的手指交叉着。马特笑着举起了两只手，他的手指都交叉在一起。

又过去了几分钟，广播突然响起："搜寻一号报告搜寻组长，未发现目标。等等！我看到他们了，就在我下方！"

你倒吸了一口气，疯狂地在空中搜索。你上方的云层略微散开，然后你瞥见了一架黄金国的歼击机。接着，云层又密集起来。

"搜寻组长命令搜寻一号。向下冲。准备导弹。发射！"

▸▸ 请翻到第 115 页

　　你真希望这只是一场和父亲的又一次着陆练习。但是，这一次你能依靠的只有自己，而且是一场真正的考验。

　　云层刚散开就又聚集起来。你接近跑道的时候开始感到紧张不安。

　　拉住操纵杆，倾斜，踩住方向舵踏板，轻轻推动操纵杆，将它向右移动，缓缓用力，看高度表！小心！小心！

　　云层散开了。你刚好在跑道南部上方大约一千英尺的位置。你进入最后的俯冲，放下襟翼，将飞行速度保持在五十米每秒左右。

着陆了！橡胶轮胎发出了刺耳的摩擦声，接着飞机在地面上颠簸着滑行。

马特长舒了一口气，拍着你的后背道："完美着陆！"

这一地区的印第安人非常欢迎你们。他们为你们提供住所和食物，并且照料生病的飞行员比尔。等到春天积雪融化的时候，你们会穿越群山继续向着丹佛出发。

干得漂亮！祝贺你！

▸▸ **本故事完**

你对米姆拉说："我们经讨论认为陶斯太危险了。"

她瘫坐在座位里。毕竟，你是飞行员也是队长。这次，你的决定依旧很坚定，"风神"向西飞去。

你有足够的燃料供你飞到洛杉矶地区。天气也在飞离陶斯四十分钟后有所好转。你说道："情况不错！我们会成功的。"

你的声音听起来欢欣鼓舞，但是飞机上的其他人都没有笑。米姆拉看上去很生气，黑文依然在乱写乱画，马特盯着窗外的地平线。

"能否请你将无线电广播打开呢，马特？这样我们会获得一些信息。"

马特摆弄着调频和声音按钮，广播里传来了和往常一样刺耳的杂音。突然，信号变得清晰，甚至有些过于清晰。那是一条由地面部队向直升机突击队发出的一长串作战命令。似乎是一群武装精良的士兵，极可能是先遣部队，在整个洛杉矶地区作战。

你还有不到一个小时就抵达洛杉矶地区了。也许，在那里降落是个错误。或许你应该向北飞向旧金山的左面，虽然那里应该早已被战火和爆炸摧毁了，但是可能还更安全。

▶▶ 如果你选择继续飞向洛杉矶，请翻到**第 108 页**

▶▶ 如果你选择向北飞向旧金山，请翻到**第 110 页**

你对马特说道："我准备听从第一组指令。他们让我们向东北四十度方向飞，刚好是丹佛的大致方位。而且，第二组指令已经将我们认定为'风神'，只有黄金国的部队在找'风神'。图尔塔利亚的中央指挥部一直将这次行动保密，如果是图尔塔利亚基地收到我们的信息，他们并不会知道我们乘坐的是什么飞机。"

马特赞许道："分析得很不错！"

你侧过机身，沿着东北四十度方向出发，上升至一万四千英尺，直奔家乡。图尔塔利亚基地一直为你导航，让你安全地跨过了群山。你偶尔会看到穿透了薄纱一样的云层的落基山脉的山峰。

刚越过高山，你便接到指令向丹佛机场平缓下降。云层很厚，你进入了一片静谧的白色世界。你在云层中缓缓下落，仿佛置身于一场悠长的梦境中。

▶▶ 请翻到第 81 页

你坚定地说道："我不走。首先，得有人照顾比尔。其次，离开也毫无意义。我们待在这里总比像野兔一样在野外乱走更容易被救援队发现。如果你们想离开的话，请随意。"

米姆拉冲你撇了撇嘴。马特耸了耸肩说："好吧，我跟随她——虽然你可能是对的。祝你好运！一切顺利！"

黑文加入了米姆拉和马特当中。他们三个人出发了，很快就不见踪影。

你用矮松的枯树枝生起篝火。燃烧起的烟雾很好闻。第二天晚上，比尔突然痉挛似的抽搐起来，随后又安静地躺下了。他去世了。

你的食物吃完了。时间一天天过去，你也不知过了多久。你一直处于幻觉中：朋友、温暖的阳光海岸和丰盛的食物。你不时地感到一阵暖一阵冷。一天下午，你听到了人的声音，但你确信这是幻觉。

可这不是！是图尔塔利亚的救援队。你获救了。

▸▸ **本故事完**

"风神"不经意间就触到了地面。它在灌木丛生的山间短跑道上降落，产生剧烈的颠簸。右侧的起落架断了，因此飞机旋转着卷起一阵尘土和干雪。机舱的尾部像纸片一样被扭断了，发出刺耳的断裂声，挡住了舱门。

接着，一切都安静了下来。你迅速地关闭开关，切断点火器，以免"风神"着火。驾驶舱的顶部也被卡住了，但是马特坚强的斗志给予了他无限的力量。他砸碎了窗闩，撞开了树脂弧形窗。你们四个刚从飞机里爬出来便觉得冷风拂面，你把比尔也拽了出来。

几分钟后，你们挤在了跑道旁一间摇摇欲坠的小屋里。虽然它无法为你们阻挡风寒，但至少你们都安然无恙地站在了地面上。

米姆拉开始将大家组织起来："马特，你和黑文去拿一些树枝将飞机盖起来。否则，等天一放晴，它就会立即被黄金国发现。将雪地上的着陆痕迹也掩盖起来吧！"

她转向你，说道："我们要做一个艰难的抉择。"

▸▸ 请翻到第 82 页

"别激动，黑文。我不会开门的。"你边说边后退。

他舒了一口气，说道："趁宵禁还没开始，我们还可以从后门离开。"

你们都认为是时候离开了。你们四个人分开行动，每人在胡利奥房子后面错综复杂的小巷子里选择了不同的出发方向。

几周后，你——只有你一个人——在圣菲和山区的反抗组织的帮助下成功返回了丹佛，送达了黄金国入侵计划的相关情报。图尔塔利亚部队利用这些情报设计好伏击，彻底摧毁了黄金国的入侵者。

当黄金国地区被解放时，你和图尔塔利亚的解放军一同进入了阿尔伯克基。那位曾经是黄金国秘密警察头目的瘦小男人迎接你。原来，他曾是图尔塔利亚的特工。那条写在口香糖包装上的信息是在提醒你小心黑文，因为黑文当时是一名双重间谍。

现在困难才刚刚开始。这里曾经是黄金国，现在属于图尔塔利亚领土的一部分。在这个地方重新建立一个民主国家虽然艰难，但是前途一片光明。可对你来说，目前最首要且最艰巨的任务是查出你那些朋友的下落。

▸▸ **本故事完**

直接前往丹佛或许并非不可能，但是你不想再撞大运。于是，你告诉其他人："目前，圣菲更值得一试。"

你们将有用的物品全部卸下车，并且把它们打包成容易携带的包裹。马特用一些树枝将越野车掩盖起来。

越过这道山口，另一端的路更容易行进。你觉得就算驾驶越野车也不见得会行驶得更远。

有那么几次，你们得进入树丛中躲避黄金国的巡逻队，但是你们最终还是抵达了你在圣菲的藏身处。

马克斯是你在圣菲的联络人。他很遗憾你没能抵达丹佛，但是看到你还活着他很开心。

正如他所说："嘿，虽然你们没能成功地逃回去，但是至少你活着，可以再尝试一次。"

▶▶ **本故事完**

你在距离跑道大约八千英尺时冲出云层。

"这里是地面控制中心。我们已经看到你了，'风神'。请再次盘旋，放下起落架，将飞行时速保持在五十六米每秒，沿着三十度角下降。请放松，注意，你的右侧机翼偏低。好的，把操纵杆拉回一点。继续，你做得很好，还不错。拉回操纵杆。再拉平一些。好的，你做到了！踩住刹车，再用力，让它平稳地滑在地面。干得漂亮！"

一辆载着三个人的吉普车疾速冲入跑道，其中一位是你的父亲。

他喊道："祝贺你！你成功了！我看到你将米姆拉平安地带回来了。嘿，那是谁？"

黑文本想躲开，结果被两名荷枪实弹的士兵抓住。

你父亲对他说道："我们听说过你的大名，黑文。你是间谍。我们要用你交换回一名我们的同志。"

你、马特和米姆拉被带到了图尔塔利亚总部，你把黄金国的入侵计划的情报做了汇报。米姆拉已等不及要在黄金国重新建立自由战士的反抗组织网。目前，你们都很安全，并且状态良好。

▶▶ **本故事完**

你很清楚她要说的是什么。你点点头，等她接着往下说。

"很明显，问题就是那位飞行员无法行动，但是我们得离开这里。"

你看看米姆拉，然后又向比尔望去，他正瘫倒在这间破旧的小屋的角落里，情况明显很糟糕。他肯定没有办法走出这里。

"你有什么提议吗，米姆拉？"

她双眼直视着你，目光冷静且坚定。

"我们先将他留在这里，并且留下我们所有的补给。希望我们能尽快回来救他。"

你不知道该说什么，这样就相当于宣告了比尔的死讯。你现在所做的真的是生死攸关的选择。

▶▶ 如果你选择丢下比尔，请翻到**第 114 页**

▶▶ 如果你选择陪在比尔身边，让其他人离开，请翻到**第 75 页**

你说道："黑文的主意行不通，秘密警察可能会跟踪他的朋友。我们得自己想办法。"

那一晚过得相当漫长。天蒙蒙亮，你们便依次每隔四分钟溜出一人进入房子后面的小巷里。马特扮成了一位年迈的妇人，米姆拉身穿之前突击中捕获的一名黄金国士兵的工装裤，你一直穿着自己的衣服——牛仔裤、T恤衫和一件浅色防风夹克。

黑文决定留下来。你并不对此表示难过，因为他只会拖你们的后腿。

在黄金国秘密警察大楼总部的正对面，有一个公交车站。你们三个人混入等车的人群中。在随时都可能会被发现的情况下，你很难做到举止自然。公交车终于来了，不过你、米姆拉和马特并没有坐在一起。之后，你们换乘了其他公交车。中午时分，你们抵达了圣菲。你的朋友们将你接到藏身处。你们没有遇到任何安检，这真是太神奇了。

米姆拉说道："上天很眷顾我们啊。"

她说的一点也没错。第二天，你们便穿越群山向丹佛出发。你知道你们一定会成功的。黄金国的入侵计划注定要失败！

▸▸ **本故事完**

马特试图安慰米姆拉，但是她继续用绝望的语气说道："黄金国的人似乎知道我们的一举一动。唯一能解释这一切的原因就是我们之中肯定有间谍！"

你问道："会是谁呢，米姆拉？黄金国的人都是疯子。他们是杀人凶手、是骗子。谁会为他们工作呢？"

米姆拉摇了摇头。她用近乎尖叫的声音说道："他们用金钱和权力腐化人民。他们通过行贿和恐吓来收买人们的灵魂。就是这样！"

谁是叛徒呢？

你看看马特。不，绝不可能是马特。胡利奥呢？不，这些年来他一直冒着生命危险帮反抗组织的人躲藏。那么，黑文呢？你朝他看去，他正面如死灰地蜷缩在角落里。他不敢担任双重间谍的工作。不过，谁知道呢。

与此同时，马特一直在观察你的一举一动。毕竟，你是新加入这个组织的人。

你说道："无论如何，我们得赶紧离开这里，待在这里等于自杀。黄金国的人此刻可能正在观察我们呢。"

▸▸ 请翻到第**106**页

你说道："确保米姆拉安全撤离并且将入侵计划的情报安全送达更为重要。黑文只能靠他自己了。我们没有他的电脑密码也能存活。"

马特说："我们走吧。"

你从黑文的背包里拿走一些重要的物品——一只水壶、备用火柴和一些牛肉干，然后便出发了。

你走在前面，米姆拉紧跟在后面，而马特殿后。他时不时地停下来，用折断的树枝将你们的足迹擦除掉。你们一直这样步行离开了越野车，向自由行进。

突然，一架低空飞行的飞机让你们四处躲藏起来。

正当你在树丛下飞奔时，米姆拉喊道："别抬头！"当飞机的声音渐渐在远处消失时，你问米姆拉为什么那么说。

"从空中看你的脸会非常清楚，比看一个人背影的轮廓要清晰得多。当有人在空中搜寻你的时候，要是不想被发现的话，就一定要低着头。"

你们在幽暗的峡谷中露营过夜。随着太阳落山，夜晚变得很冷。你很庆幸你们带了毯子。夜里，你被头顶的飞机声吵醒了很多次，但是你们隐藏得非常隐蔽，于是安心地睡着了。

第二天，你们的旅程继续——空中搜索也是一样。由于空中的飞机，你们改变了路线。你们仍然向北走，但是你们要从西边绕过去，而不是你们想要去的东边。

▸▸ 请翻到第 **126** 页

你不知该说什么好。你们所有人的内心都充满了感激之情。

终于，马特说道："谢谢你。"

接着，米姆拉和你一起说道："是的，谢谢你！"

那个声音回答道："不必客气，我们很欢迎你们。现在睡一觉，早上我们就出发。我们会将你们送到弗德台地。我们的兄弟会在那里继续帮你们穿过山脉抵达丹佛。"

那个身影站起来。你还是没能看见他的脸。他又说道："晚安，我的朋友们。"

你答道："晚安。"

由于得知明天你们就要踏上图尔塔利亚和自由的归途，你美美地睡了一觉。

▸▸ **本故事完**

你说道："走五十六号公路风险太大了。"

马特赞同道："我觉得撒旦山口听上去更安全。"

"去撒旦山口！"你边说边调整着越野车的方向盘，向右侧的山区驶去。

到目前为止，还没有黄金国部队的踪迹。你怀疑他们认为飞机被炸毁时，你们四个人全都在上面。

你开始说道："那个，马特。"

马特从窗边转过头来回应道："嗯？"

"我们离开'风神'的时候是不是将引擎关闭了？"

马克想了一会儿，说："是的，我觉得我们关了。当时一片混乱，我记不清是否关闭了。"

"我也是。但是，会不会这样：假如你是一名黄金国的人，奉命核实有关乘飞机潜逃的间谍的报告。你经过一个小山坡——"

"上面停了架飞机，所有的螺旋桨都在转动！你在它还没起飞时就将它炸成了碎片。"

"没错！当然，飞机上所有人没来得及逃走就丧生了。"你对马特笑着。

他也冲你咧嘴笑着，说道："说的就是我们！"

你问道："那么农场里有越野车的车轮印，但是没有车，这是怎么回事？"

马特飞快地答道："是逃犯的同伙。他们丢下逃犯，然后自己逃跑了。"

▶▶ 请翻到第 **91** 页

你听从了第二条广播的指令。

过一会儿你才意识到那条指令并不是来自图尔塔利亚，而是来自黄金国的一个基地。黄金国已经派出侦察机飞向你所在的区域。"风神"的机头刚刚向上探出云层，黄金国的飞机便迫使你退回到盖洛普主基地附近。

完蛋了。当飞机降落时，黑文咧嘴笑着。黄金国的人和他打着招呼，好像黑文是他们中的一员。

"真是个卑鄙小人！"你对马特和米姆拉说着。你们三个人被铐上了手铐、押上汽车，你们前途未卜。但有一点你们很确定：肯定不会有好事发生。

▸▸ **本故事完**

你说："没错，那么我们可以自由地回家了——我指的可不是黄金国的'极权主义'的自由。"

马特指着已经近在眼前的高山说道："还没有，我们得翻过这些山。距图尔塔利亚还有好长一段路要走。"

黑文补充道："而且，黄金国的人也许还在跟踪我们。"

你问道："你这话是什么意思呢？"

"我的意思是他们或许不会按照你的逻辑行事，他们有可能在找这辆越野车。"黑文的语气听上去好像很确信他们正在寻找。

马特说："也有可能。"

你对黑文说："那么你和米姆拉要睁大眼睛打起精神来观察呀。你也是，马特。既然已经在去往山口的路上了，我就不用你来导航了。"

你向上爬得越高，路况越糟糕。

米姆拉说道："这个山口名副其实呀。"

你闷哼了一声，表示赞同。路面突然变成了一条溪谷，你全神贯注于驾驶在卵石路面上，根本没空说话。

突然，越野车猛地向前倾了一下，方向盘从你的手中挣脱出来。

▶▶ 请翻到下一页

越野车正缓缓停下，马特问道："怎么回事？"

你答道："我们的拉杆好像断了一根。"

你下车去检查，蹲下身来向越野车底部看去，证实了你的推断。

马特说道："这下车可动不了了。"

黑文紧张地尖声问道："我们现在该怎么办呢？"

你说："我们步行。"

米姆拉问道："去哪儿呢？"

马特说："我们离洞口不远了——也就四分之三英里左右。我们先到那里。然后——"

你说道："然后，我们要么翻到山的另一端，要么向我知道的圣菲那里的藏身处出发。然后再试着逃跑。或者，我们可以待在山里，继续尝试一下。"

"但是离丹佛还有好几百英里呢。"黑文脱口而出。

你答道："没错。但我们不见得做不到。"

▶▶ 如果你选择穿越山口，向圣菲出发，请翻到第 **79** 页

▶▶ 如果你选择待在山里，尝试继续逃跑，请翻到第 **121** 页

"我希望你所说的是正确的，米姆拉。"你说着转向了第五十六号公路，向北驶去。

你决定不冒任何风险：每当有飞机接近，你就将车停靠在路边隐蔽。可是，有一次黑文疏忽了一架从他那边飞向越野车的飞机。待马特发现时一切都太迟了，已是无处可躲。你不得不完全地暴露在公路上。然而，什么也没发生。那架飞机从上空高高飞过，你们都长舒了一口气。

马特朝着黑文大喊，但黑文只说了句"十分抱歉。我当时在想其他的事"。

你很好奇黑文是怎么回事。你知道他并不愚蠢。他很害怕——这一点很容易看出来，但是恐惧只会让他更警觉，而并非更迟钝。

马特打断了你的思绪："我们正在接近查科峡谷，那里应该有很多适合隐蔽的地方。天色变晚了，我们该停下来找个地方露营过夜，一直躲到明天。我们可以明天晚上赶路，那样更容易隐蔽。"

"听上去不错，马特。"你真的开始感激有他在身边。他的想法大多很明智。

很快你们沿着路的尽头拐入一条砾石小路。小路通向一个隐蔽的峡谷，峡谷上方有一块凸出的岩石，尺寸刚好够越野车和你们四个人藏在下面。

▸▸ 请翻到**下一页**

你们吃了顿简单的晚餐，虽然不是很丰盛，但是牛肉干足够你挨很久。

你躺下来，正试着入睡。这时，你听到附近传来树枝折断的声音。你睁开眼，但是没有动。

马特躺在你附近，也睁开了双眼。他向你使了个眼色，然后将手悄悄地向冲锋枪伸去。

只听一个低沉的声音说道："如果我是你，我就不会动。"

你的心跳停止了。

▶▶ 请翻到第 **117** 页

你还没来得及移动，一个高大的身影就站在你面前。

只听一个低沉的声音说道："我们没有恶意。"

你说："我们也没有恶意。"

那个身影蹲下来，但是你看不见他。"很好，我想我们有一些共同点。现在，请回答我的问题。你们为什么来到我们的土地？"

▶▶ 请翻到**下一页**

我们的土地？你想。你不太确定该如何回答，于是说道："我们是来捕猎的。我们只是在这里露营过夜。"

那个声音又说："请如实地回答问题，这将决定你们的命运。"

你犹豫了一会儿，不知该怎么做。你确定还有人在观察着你们，听着你们的谈话。他们可能是使用诡计试图诱捕你们的黄金国士兵，但是说话人的声音听上不并不像他们。不过，在你坦白自己的身份之前还是得知道更多的信息。

你说道："我也想问您一个问题，请问您是谁？"

那个人回答："这样很公平，我们来用问题做交易。但是，既然你在我们的土地上，就要先由我们来提问。你还没回答我的问题：你们为什么来到我们的土地？"

▶▶ 如果你选择信任这个身份不明的人，回答"我们是在躲避黄金国的秘密警察"，请翻到第 123 页

▶▶ 如果你认为信任一个看不见面貌的人风险太大了，请翻到第 113 页

你说道："马特，代码在这里。我们试一下。"

马特回答："收到。我们一直期望如此，除非这是个陷阱。我们祈祷最后别落入黄金国的基地。"

"我们没的选，是不是？"

"是的，我想是没有选择的。你同意吗，米姆拉？"

她点点头。你们都把黑文遗忘了。他就像一件行李——一件紧张的行李。

马特调整了麦克风的音量，看着手上的电子表，然后每隔一秒钟精确地说出代码。

第一秒："O，M。"

第二秒："M，A，N，E。"

他停了三秒钟。

第六秒："P，A，D，M，E。"

他停了两秒钟。

第九秒："H，U，M。"

接着，他将代码重复了一次，将停顿时间的三秒和两秒调换一下位置。飞机上的所有人都竖起耳朵听着无线电的广播，等待着下方地面基地的回复。

六十秒过去了。

又过去了三十秒。

只要想一想这可能是一场骗局，想到地面的基地正准备向你发射防空导弹，你就感到脖子上寒毛倒竖。

▶▶ 请翻到**下一页**

突然，传来了一条广播，声音洪亮又清晰：

"欢迎回家。重复，欢迎回家。我们的身份认证代码是'曼陀罗'。重复，'曼陀罗'。我们会为你导航。"

你向机舱内环顾，只有黑文的脸上没有笑容。你很奇怪："他到底是怎么回事？"

图尔塔利亚基地为你做了降落指导，其中有两架黄金国飞机试图尾随你进入，但是图尔塔利亚的地面部队已经将其在空中击退。

你的着陆十分不易。当在跑道滑行时，右侧机翼断裂了，但是你们都很安全。

图尔塔利亚基地的指挥官热烈欢迎你们。你很快地将比尔送去治疗，并且上交了入侵计划的情报。米姆拉正开始计划针对黄金国的最新反抗行动。目前为止，一切都好。

▸▸ **本故事完**

马特在黄金国秘密警察总部大楼前方的广场上等你。米姆拉站在对面的角落里。

马特用洪亮清晰的声音向你喊道："嘿，你们几个到哪儿去了？军训要迟到了。"随后接着和其中一位士兵聊天。两个人讲着他们的笑话，大笑着。

米姆拉走过来加入你们，你们四个人在公交车的站台前等候。你希望黑文可以停止颤抖。

不久，一辆暗褐色的公交车停了下来。它靠太阳能驱动。虽然速度不快，但是能够移动。这样的车在这个国家不多见了。太阳能公交车是前黄金国的军国政府统治时期留下的产物，它们生产于图尔塔利亚，简单和高质量是它们还在被使用的原因。

▶▶ 请翻到下一页

两个小时后，你发现自己来到了平原。公交车将你们送达到训练场地，然后离开了。虽然天色还早，但是太阳光照在身上仿佛火烤一般。

米姆拉打量着这个地区，说道："太奇怪了，一个人也没有。"

马特道："看那边，有一辆空的吉普车。"

吉普车上印有黄金国的标志，但却是图尔塔利亚设计的。没有人看守它。

你指着远处，补充道："不仅如此，附近还有油料箱。那些油桶看上去是满的。"

米姆拉说道："情况好得简直有些不真实。"

你回答说："或许如此吧，但这给了我们一次逃跑的机会。唯一的问题是我们要不要偷走这辆吉普车，还是选择步行逃亡呢？"

▶▶ 如果你选择偷吉普车，请翻到第 **111** 页

▶▶ 如果你选择步行出发，请翻到第 **65** 页

你说道："我们尝试一下黑文的计划。我们接下来该怎么办呢，黑文？"

他露出了一丝笑容，对他来说真是罕见之举。"我们必须在这里等到黎明。我会在午夜后出发，到那时街道上不会有秘密警察。接着，我要联系那位有货车的朋友。"

马特站第一轮岗。你、米姆拉和胡利奥在客厅里时睡时醒。你听到窗外偶尔传来吉普车驶过的沙沙声和一两声轻武器的爆炸声。

将近凌晨三点时，马特把你叫醒，轮到你来站岗。清晨六点，传来了敲门声，是你们之前约定好的暗号：一声短，两声长，一声短。

你打开门，面前站着一个班的黄金国秘密警察。队长笑着，吸了一口细细的香烟，说道："欢迎回到伟大黄金国的戒备森严的监狱！"

当你向街对面的秘密警察总部行进时，你瞥见黑文坐在一辆没有标志的车里。他是叛徒吗，还是他也不幸被捕了？

你可能永远都不会知道了。

▸▸ **本故事完**

你说道："我不能丢下黑文，我应该对他的安全负责。你们先走吧，我回去找他。"

"好的，别着急。我和你一起去。"马特跟着你。

你们小心翼翼地回到了房子，里面寂静无声。你们穿过厨房，贴着墙边慢慢走到客厅的门口。你后背靠在墙上，将头从门口探进屋子。

这时，一个熟悉的声音说道："不许动！举起手来！"

黑文站在屋子中间，四周围着五名黄金国的士兵。黑文笑着，用一把破旧的激光手枪指着你和马特。

"一切都结束了，我们的人会在巷子里带走米姆拉小姐。"

你目瞪口呆地看着他。他笑得更加猖狂了。

他说："请让我做一下自我介绍。我是黑文·龙葵——黄金国秘密警察的副警长。"

▸▸ **本故事完**

你猛地将黑文从门边推开。他又抓住了你的胳膊。马特过去将他拽开，并且把他紧紧地擒住。你轻松地打开了门。

口香糖的包装纸皱巴巴地躺在几英尺外的排水沟里，你伸出手将它掏出来。街对面的士兵向你这边看过来，对你嘲弄一番，然后继续执行他们的日常任务去了。

黑文一直在挣扎，但是马特绝不放手。

在口香糖包装纸的内部，用规整的字体写着几行字：

有双重间谍

晚上六点准时在胡利奥房子后面与我会面

已安排好逃跑计划

双手合十

▸▸ 请翻到第 46 页

黑文走上前来，说道：

"米姆拉，我想我有办法让我们离开这里。我有一个朋友，他有一辆车。呃，其实不是小汽车，而是一辆旧货车。我可以让他明早过来接我们。他在卫生部工作，所以他能拿着特殊的政府通行证前往圣菲，甚至北部更远的地区。车上足够装下我们四个人。"

米姆拉满脸疑惑地望向你。在黄金国这样由恐怖主义统治的地区里，人们能相信的人只有他们自己。虽然有很多反抗组织成立起来，但它们都被密探和间谍摧毁了。

马特说道："我们得跟着黑文离开，米姆拉。你是黄金国里最强大的领导人，你的性命无比宝贵。在你被再次出卖之前，一定要离开这里。一旦你再次被捕，反抗黄金国就真的没有一丝希望了。人民的意志也会被击垮的。"

米姆拉点了点头，但是她脸上的表情还是充满疑虑。她转向了你。

▶▶ 如果你选择竭力劝说她接受黑文的帮助，请翻到**第 102 页**

▶▶ 如果你选择拒绝黑文的帮助，计划自己的逃生路线，请翻到**第 83 页**

躲入云层似乎是个不错的主意。你关闭了应答机。

云层很厚，"风神"渐渐消失在其中。驾驶舱的沉默似乎是一种不祥的预兆。

你们再也不会被发现了。

▸▸ **本故事完**

飞机上的人都一言不发。你决定在洛杉矶降落，这让大家感到很恐慌。但是，你知道那里有图尔塔利亚的特使。他们应该会帮助你们——至少你希望如此。

几分钟后，三架像昆虫一样的驱逐直升机从右侧向你聚集。你看到飞行员和炮手都神情冷酷，凛然不可侵犯。你这时才想起：为了飞到黄金国执行任务，图尔塔利亚的部队将黄金国的军事标志画在了"风神"上。

这时无线电发出了噼啪声，你收到了一条广播。

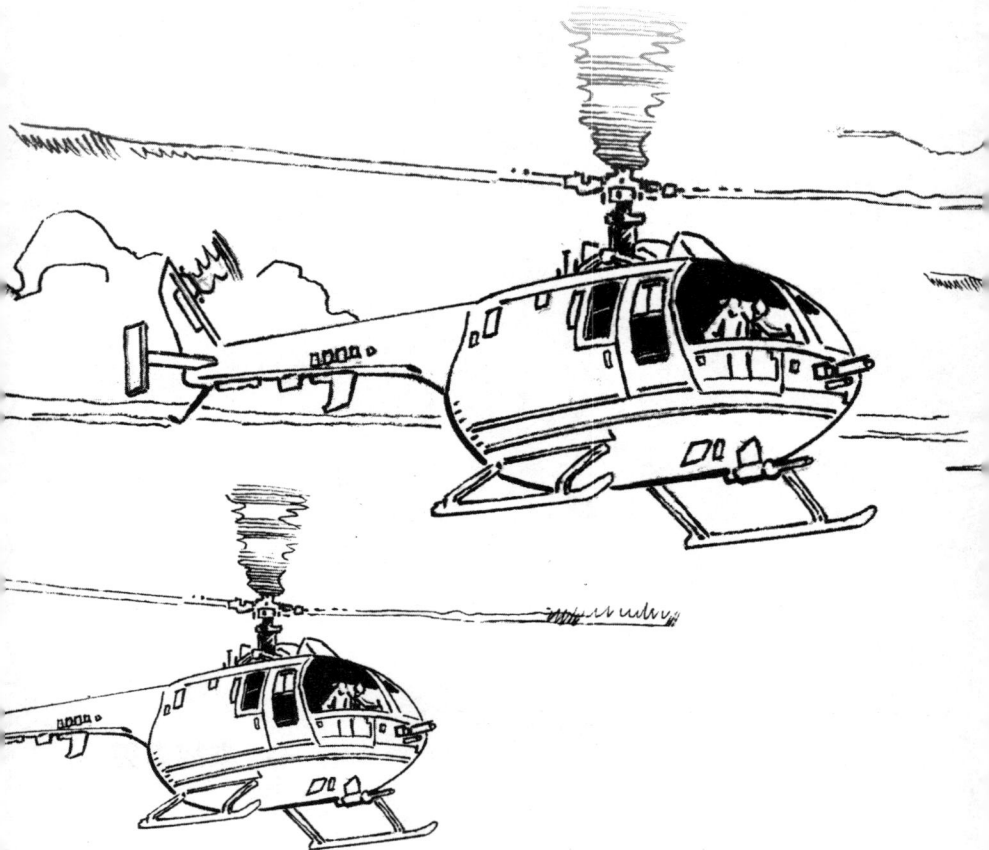

"攻击组长，发现一架带有黄金国标志的'风神'，请求获得命令击毁！"

一阵静默。你无助地盯着风挡玻璃外的直升机。马特调节着麦克风的声音准备回复。这时，直升机总部发来了回应：

"请求已批准。击毁入侵者。"

你们完蛋了。

▸▸ **本故事完**

你说道："我们离开这里吧。听上去，洛杉矶的情况一片混乱。我们不需要进入另一个战区了。你觉得呢，马特？"

"收到，向北出发。"

你们掠过下方一片片的陆地，很快便飞越更多的高山。正前方出现了雷雨云。你在云层间穿行，时而俯冲，时而倾斜，时而上升。在飞行的同时还要监测指南针、高度计和油量表，真的很艰难。

绕过一片又一片云层，你感到头晕目眩，开始分不清哪里是陆地，哪里是天空。你的上空是什么？下方又是什么？你们在哪儿？

正当你要放弃所有希望时，云层散开了。你看到下方有一片晴朗的区域。机会来了！

虽然那是片崎岖的山地，可你还是成功地完成了降落。其中一只机翼的尖部折损了，起落架也严重受损。马特的头部撞到了控制板上，破了一个小口子。黑文则全身都是呕吐物。尽管如此，你们五个人算是活着逃了出来。

你们在一片自由的领土上。这里的居民都是来自洛杉矶的难民、从被摧毁的旧金山逃出来的幸存者和从黄金国逃亡的坚强的人。距离你们降落位置三千米左右的地方有一片营地。那里的人们为你们提供了食物，他们照顾比尔，并且对你们的到来表示欢迎。

米姆拉发誓要重返黄金国战斗，但那是以后的事了。

▸▸ **本故事完**

偷吉普车似乎很容易，钥匙就插在点火器上，油罐都装满了油。你们穿过灌木丛生的平原，向北行驶，开往丹佛。

马特负责驾驶。几个小时过去了。其间，你们曾经两次被黄金国的巡逻队拦下，但是胡利奥做的假身份证相当逼真。幸运女神一直眷顾你们，所以你们顺利地继续行驶了。

离开公路越野行驶了两天后，你们进入了图尔塔利亚的境内。你、米姆拉和黄金国的入侵情报都安全了，而且你们获得了自由！

▶▶ **本故事完**

你们的任务太重要了，你没有办法为一位素未谋面的陌生人冒险。

你尽量用随意的语气说道："我们就是路过这里。如您所知：爬山，看看风景，打打猎。"

"我希望你说实话，但我们看出来你在撒谎。"那个声音停了一下，继续说道，"如果你们是猎人的话，特别是他们三个人，连一把枪都没带，你们四人只有一把冲锋枪。并且登山者和游客也不会清理掉自己的足迹。"

他又停下了，你很害怕，你回想起了你被人观察的感觉。那个声音又开始说道：

"我现在来回答你的问题。我们是纳瓦霍人，生活在这里。虽然我们把这里称之为我们的土地，但是我们并不认为土地可以被人类所占有。'我们'这个词是我们从白人那里借用的。我认为你们正从那些统治黄金国的败类手中逃跑——我不能把他们称之为人类。请不要向我们寻求帮助，我们现在不会帮助你们了。有些人是不说谎的，我们更相信那些人，即使有时这会对我们不利。对于那些说谎的人，我们就要回避。"

另一个身影从黑暗中站起来，将冲锋枪从马特的毯子下面拿走了。

那个身影说道："我们要将你们驱逐出我们的土地，你们不能再回来。你们自生自灭吧。"

▶▶ **本故事完**

你很难下定决心让比尔独自留在小木屋里。但是，你身上带着黄金国入侵计划的情报，你必须离开这里。你能否将这些情报带回到丹佛关系到图尔塔利亚的未来和许多人的生命。

马特在小屋外面研究地图，他指向了一个地点说道：

"我猜我们现在在这里。不过，这不重要，反正都是在野外。我们出发吧。"

你们迎着风，踏着雪，疲惫不堪地长途跋涉了三天三夜。你们无助地迷失在这片冷峻的崇山峻岭中。勇气和希望渐渐消退，你们感到的只有精疲力竭。黑文疯了，丢下你、马特和米姆拉，朝着想象出来的安全地点逃跑了。

最后，你们的食物吃完了。你们变得越来越饿，之后却感到出奇地平和。雪花连绵不断地飘下来，好像一群小小的朋友。

最后，你感到温暖、满足和幸福。马特和米姆拉继续跋涉前行，而你冲他们挥手道别，倒在了雪地里。

▸▸ **本故事完**

你无能为力。射向你们的热导导弹已经在空中。它的传感器已经伸出，能探测到最细微的热量。就算你关闭了引擎并且风已经将尾气吹散、给发动机降温，但发动机还是留有余热。如果那颗导弹长了双手的话，那么现在它一定在满意地搓着双手，因为它已将你锁定。

突然，它似乎探测到附近有更大的热源。电路咔嗒作响，继电器发出嗡嗡的声响，接着导弹立即改变了路线，紧跟着搜寻一号的排气尾迹。瞬间，导弹和搜寻一号只剩下一团迅速喷出的碎片。

▸▸ 请翻到 **下一页**

搜寻组长一直在寻找你，但是你躲藏的云层现在变得更厚了。你和飞机完全被掩盖住了。

终于，盖洛普基地将搜寻行动取消。你向着图尔塔利亚边境和自由疾飞！直到你在丹佛安全着陆时，才松开交叉在一起的手指。

▸▸ **本故事完**

马特小心翼翼地把手从冲锋枪上挪开。

"坐起来，慢一点，让我们看到你们的双手。"

大家都照做。那个声音听上去很不友好。你很想知道他周围有多少人，并且你们是怎么被发现的。

黑暗中有东西在移动，然后一个高大的身影走入这个浅洞外的月光中。

那不是士兵！你松了口气，接着一边猜测到底是谁，一边屏住呼吸。

你离开图尔塔利亚时，通过军事情报获悉这片区域已经无人居住了。黄金国警察曾经到这里"捕猎"，竞相射杀当地居民。或许，他们当时没有把当地居民赶尽杀绝，你想。

▸▸ 请翻到第 **124** 页

你说道："要是去找他的话，我们得设个时间限制。那么，如果我们在十分钟之内还没找到黑文的话，就放弃。可以吗？"

米姆拉赞同道："好的，我们出发吧。"

你背上黑文的包袱，出发去找他。由于不知道他去往的方向，也没有他的脚印，你们三人便沿着螺旋的路线寻找。

这片地区峰峦起伏，你的视线看不到太远的地方。十分钟到了，还是没有黑文的踪影。突然，当你们越过一个小山坡后，差一点和黑文撞了个满怀。

不幸的是，黑文和一群黄金国士兵站在一起。不知什么原因，他没有被绑起来。

黑文说道："啊，原来你们在这儿。我们一直在找你们。"

你们三人一同说道："我们？"

他将脚后跟并拢在一起，立正说："请让我做一下自我介绍。我是黑文·龙葵——黄金国秘密警察的副警长。"

他又微微地鞠了一躬，说："这次你们逃不掉了。"

▶▶ **本故事完**

你说道："胡利奥，拜托了。请用敲门暗号。"

"你到底想干什么，我的朋友？"

"敲门暗号。你知道的，胡利奥。"

"啊，实在抱歉，我忘记了。求求你们，开门吧！宵禁开始了！"

就在那时，你听到吉普车轮子尖锐的摩擦声和士兵们气愤的喊叫声。只听一声枪响。紧接着，门突然被打开了。胡利奥倒在门后的地板上。

你们的运气并不比你们的朋友好到哪儿去。黄金国的秘密警察已经发现了你们。你们很快就会知道街对面那栋混凝土高墙里面是什么样了。真是太糟糕了。

▸▸ **本故事完**

你说道："我们试着爬出这座山吧。"

"可是——"马特正要反对。

米姆拉坚定地打断说："我不去圣菲。只要还有一丝希望逃跑，我们就应该抓住它。"

你说："好，那我们出发。"

你们四个人迅速地将有用的物品卸下车：毯子、食物、水壶和绳子。马特用树枝将越野车掩盖起来，其余的人将所有补给打包成容易携带的包裹。

你们很快准备就绪。你们要到山口的顶部去，从那里更容易看清你们要走的方向。你们出发了。

你们那天并没有走得太远。由于你们一直拖着笨重的行李走在氧气稀薄的高海拔地区，所以当夜幕降临时，你们已是精疲力竭。

你们很想生篝火，但是又害怕被发现。你们围坐在一起一边吃东西，一边讲着黄金国秘密警察所犯下的暴行。它们激起了你逃生的斗志，但是却无法让你安心入睡。

第二天也是如此。但是，接下来天气变得很糟糕，漫天纷飞的大雪让你们不得不早早地停下来。你们躲在一个山洞里看着雪花一片片落下。

▶▶ 请翻到**下一页**

在山洞里能让你们安心地点起篝火，至少你们可以取暖了。

但是大雪一连三天都没有停，山路根本无法通行。在短暂的放晴后，雪越下越大。你们四个人被困在了山洞里。

食物吃光了。你们太虚弱了，根本无法行进。最后，你们都饿死了。黑文是最后一个死去的，因为他变成了食人魔。尽管如此，他最终还是死去了，这真是……

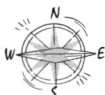

你说道："我们正在躲避黄金国的安全警察。"

那个人向地上唪了一口，说道："那些败类。"他停了一下，说："我要回答你的问题。我们是纳瓦霍人。这里是'我们'的土地，但是我们认为没有人能真正地拥有土地。那些黄金国的败类为什么追捕你们？"

"我们是——我是说曾经是——政治犯。我们是从他们的一间监狱中逃出来的。"你想将一切都告诉他，无论是你身上带着关于黄金国入侵计划的最高秘密情报这件事，还是米姆拉的真正身份。"我很想告诉你更多，但是我不能。我得回到图尔塔利亚。"

"我想我能理解你。现在该轮到你来问下一个问题了。"

你想问他是否会帮助你们逃走，但是你知道他的答案只有"会"或"不会"，而你需要知道更多。于是，你想出一个主意。

"你为什么会帮助我们逃跑呢？"

你听到马特和米姆拉在黑暗中咯咯地笑着。然后，那个声音也大笑起来。

"问得好。你以为我们会帮助你们吗？是的，我们会的。因为，我们也和你们一样痛恨黄金国的人。那些败类嘴上谈着自由，实际上奴役人民，他们来到我们的村庄，用我们的人作为射击练习的活靶。我们会帮助你们，也因为我们知道和你在一起的那位女士是谁，还因为我们是纳瓦霍人。"

▸▸ 请翻到第 **87** 页

马特首先打破沉默："我们没有恶意。"

"是啊，谁会相信你呢。"那位拿着枪的男人轻蔑地笑着。

你大喊道："等等！"所有人的目光都转向你。那个人似乎想到了什么。

你说："我们是朋友，不是恶魔。"

他答道："我们一直很欢迎朋友。"

"请问您能否为朋友分一些菜豆呢？"你用西班牙语说。

那个人冲你咧嘴笑着，放下手枪。

他也用西班牙语说："我家就是你家。"

是图尔塔利亚的特工！你们获救了！你能记住暗语真是太重要了。

那位特工名叫米格尔，他的伙伴正蹲伏着将你们围成一圈。

米格尔解释说："我们从弗德台地来勘察。我们得继续赶路，但是我想我可以把拉斐尔留给你们，在这儿。"他指着一位瘦弱的十六岁男孩说："他来帮助并带领你们向北去。"

你回答："非常感谢，你可能拯救了我们，也拯救了图尔塔利亚。"

米格尔警告说："我的朋友，你们的旅途并不容易，但是你们会成功的。让我来成为第一个欢迎你们回家的人吧。"

▸▸ **本故事完**

那晚你们很疲惫。晚饭吃的牛肉干并不能填饱肚子，你时睡时醒。

第二天早上，你们一边吃着早餐——更多的牛肉干，一边商讨下一步的计划。

马特说道："我们正被逼得向谢伊峡谷行进。"

你答道："或许没那么糟糕。"

米姆拉问道："为什么呢？"

"因为那里有很多可以隐蔽的地方，我们可以在那儿躲几天，等搜寻结束了我们再朝原定路线出发——向着家乡和自由。"

马特说道："我觉得不错。"

你们所有人背上行囊出发了。

当天晚些时候，你们发现自己身处于截然不同的地形。那些峡谷更陡峭并且更深邃，有更多的植被生长。你感到很安全，可是，你的直觉让你感到有人在观察着你们。你一直环顾四周，却没看见任何人。你决定不将自己的这种直觉告诉给其他人。因为，你不想让他们感到恐慌。

当晚你们在一棵雪松树下露营。和往常一样，你听见动物在夜间发出的声音。突然间，声音停止了，你听到有脚步声在接近。

▶▶ 请翻到第 **96** 页

极限救援

献给安森、拉姆齐和我的朋友比尔·科芬。

——R.A. 蒙哥马利

现在是二〇五一年。你是对抗黄金国的战争中的英雄。这场战争使曾经的美国四分五裂。你是图尔塔利亚政府所有间谍行动的最高执行长官。你手下的两名最出色的特工——马特和米姆拉——失踪了。突然，你获悉政治犯黑文携带着最高机密文件逃跑了。黑文来自黄金国，那是一个高压集权统治下的敌对国家，位于图尔塔利亚南部。你怀疑马特和米姆拉的失踪与此事有关。

作为长官，你需要对第一步的行动以及如何执行做出抉择。你身上寄托着国家的希望，你的决定也关系着民主政权的未来。

你是图尔塔利亚所有境外间谍行动的最高执行长官。二十一世纪中叶,由于内战和外部入侵,昔日的美利坚合众国已经分崩离析,图尔塔利亚便是于当时所成立的一个民主国家。

图尔塔利亚的政权覆盖了位于原亚利桑那北部山区的联邦州和一直延伸到加拿大边界北部平原上的州。图尔塔利亚的首都是丹佛。与图尔塔利亚南部和东南部接壤的邻国名叫黄金国,是一个充满了敌意的集权主义国家;另外一个政权名为反抗者,它的国土向西延伸至荒芜的大地,东至一群政权更迭不休、争端不断的小城邦。

在赢得了一场惨烈的战争后,图尔塔利亚曾经试图平定黄金国。但是,黄金国的首脑们在被击败后很快就逃跑了,他们现在仍然是威胁图尔塔利亚政权的不安因素。

▶▶ 请翻到**下一页**

你是真正的图尔塔利亚国家英雄之一。在与黄金国的艰苦斗争中，你曾经领导了一次潜伏于黄金国并获取其入侵计划情报的秘密间谍行动。你成功地完成了任务，图尔塔利亚的侵略之意也因此被彻底挫败了。你骄傲地佩戴着象征着图尔塔利亚最高荣誉和民众爱戴的金银色绶带。除你以外，还有两个人有资格被授予绶带，但是他们都已经为国捐躯了。

现在是二〇五一年。黄金国在过去的两年中一直表现得反常地沉寂。这背后一定有阴谋，你心想。

你的任务就是彻查图尔塔利亚边境的情况，并且阻止任何针对你们国家的新一轮打击行动。不久前，你派出了手下最优秀的特工——米姆拉和马特——前去侦察图尔塔利亚境外西部那片荒芜的土地的情况。那里是曾经的加利福尼亚州，目前一直陷于激烈的游击战中。所以，很难查出那里发生了什么。

根据马特和米姆拉发回的初步报告推测：黄金国的人正在勾结一些加利福尼亚人，计划利用该地区组织针对图尔塔利亚的新一轮袭击。但是，你的两位特工在最近的三次无线电通信中都没能与位于丹佛的行动中心取得联络。你上一次联系他们时，他们正身处加利福尼亚州正东一百英里左右的那座曾经叫作旧金山的城市。

▶▶ 请翻到第 **136** 页

你解释说："我是图尔塔利亚人。我正在执行营救两名同胞的任务，据最近的报告称他们就在这个地区。"

队伍中有人窃窃私语起来。

那个首领向他的部下说道："安静！我听不见了，也受够了你们的喋喋不休。"

他转向你说："我们怎么知道你所说的一切属实。你能证明吗？不管怎样，我都不能相信你们任何人。"

你想了想，然后回答道："我什么都证明不了。但是，请允许我问一下您是谁呢？"

那个人想了一会儿，然后说："你很勇敢，你会知道我的身份的。请跟我们来，我们能解决这件事。我叫塞勒斯，是这里的首领。"

一支小分队留下来看守飞机，并且对其进行搜查。幸好它上面没有任何标记，也没有任何与军方有关的身份证件。

▶▶ 请翻到第 **204** 页

你尝试发出无线电广播，但是没有人回答。

你说道："没有回应！什么都没有！"你因为没能联系到任何人而感到愤怒，也很担心自己有暴露方位的可能。

你将注意力重新集中到飞行中，发现当你忙于尝试无线电广播时一直都没仔细观察高度表和飞行速度。你现在才猛然发现自己的飞行高度已经低于四千英尺，而你的飞行速度已经降到几乎失速的状态！

控制面板开始颤动，控制杆变得难以操纵。你增大了马力将机头向前推去以提高飞行速度。

飞机迅速做出反应，但是你正处在一座狭窄的山谷之中，两侧都是绵延起伏的山脉。而就在你的正前方赫然耸立着一座更高更大的山峰。

▸▸ **请翻到第 171 页**

你正在行动中心思考对策。这时，传来了一阵急促的敲门声。一名中尉火急火燎地冲了进来。她满脸涨红，看上去十分焦急。

"长官，黑文逃走了！"

"什么？"你大喊一声，霍地站起。黑文可是黄金国的间谍！"这是什么时候发生的事？他是怎么逃走的？"

"就在今天早些时候。不仅如此，我们的中央电脑资料室丢失了三份最高机密文件！"

就在你还没能完全将这名中尉报告的情况消化掉时，另一名官员走进房间。他将一份打印的文件递给你。你仔细阅读上面的文字：

遇到麻烦

有极其重要的信息给你

没有时间了

请赶快

我们

这名官员说道："我认为这是马特和米姆拉发来的信息。"

你说："我也很确定是他们。'我们'后面是什么？最后几个字被删掉了。"

现在你面临着两个非常棘手的危机。黑文——这个臭名昭著的双重间谍——逃跑了；马特和米姆拉似乎面临生死攸关的险境。你要先处理哪一个呢？

▸▸ 如果你选择先去追捕黑文并拿回丢失的三份最高机密文件，请翻到
第140页

▸▸ 如果你选择先去寻找马特和米姆拉，请翻到**第223页**

你的直升机是一架高速低噪声的新型产品。飞行员拥有丰富的飞行经验和技巧。

很快，飞机便升上了海拔两千英尺的高空。你忙着用配备了电脑处理器的双筒望远镜扫视着地平线。这种望远镜能将画面放大七十倍，同时也能捕捉到生物身上的热能辐射。

你一直与里卡多上尉领导的地面部队和今早与你见过面的突击队中尉保持联络。

突然，你的直升机被云层遮盖，无线电通信也中断了。云层里含有一种会令人窒息和导致失明的气体。你和你的飞行员伸出手去拿氧气面罩。但是，飞行员突然向前扑倒，停止了呼吸。在他制服的胸口部位出现了深红色的圆圈印记。他牺牲了！

▶▶ 如果你选择独自降落直升机，请翻到**第 148 页**

▶▶ 如果你选择用降落伞逃生，请翻到**第 216 页**

另一位反抗者的人说："你可能认为你的朋友们已经死了，但塞勒斯一直全力以赴地保护他们。"

你问："我能去另一个营地吗？"

那位反抗者人员答道："当然可以。我们还会为你带一段路。你可以加入巡逻队，他们过一会儿就出发。"

你由三女一男共四个全副武装的人员护送到一个地点，在那里，你看到广阔的大地尽头有一些连绵起伏的丘陵。

他们指着那些丘陵说："塞勒斯就在那里，接下来得靠你自己了。祝你好运！"

两天后，你被一位反抗者的警卫拦住。他将你领到一个名叫塞勒斯的男人面前，他所在的营地正受到黄金国和集团组织部队的大规模袭击。

你向他解释了你的身份，然后向塞勒斯直言道："那么，他们现在在哪儿呢？"

"你指的是谁？"

你立刻回道："马特和米姆拉。"

塞勒斯耸了耸肩。

"我听说他们在这里。"

"你听到的是错误的消息。而且，我建议你离开这里。袭击很猛烈，你最好赶紧离开！"

你思考了一会儿。最后，你做了个决定。

▸▸ 请翻到第**170**页

在询问了那位向你报告黑文逃跑的消息的中尉后你得知：黑文在监狱的农场里得到了有毒的草药，并用其给监狱的警卫投毒。监狱的农场与行动中心相邻。大家都不知道黑文是如何拿到那些最高机密文件的，但是似乎是有潜伏在图尔塔利亚军队内部的黄金国间谍协助了他。到处都是间谍，这是如此混乱的政治局势中令人厌恶却又千真万确的一个事实。

黑文已经逃跑了数个小时。

"我得赶紧做出行动。"你自言自语。你竭力不去想马特和米姆拉。即使你知道他们的处境可能非常危险，但是你得一件一件地处理。

你按下了桌子上的全体紧急警告按钮。你手下有一支直升机队和一批训练有素的追踪者和登山者组成的突击队。在你的领导下，所有人都尽忠职守，或者你希望如此。

▶▶ 请翻到第 **143** 页

你打了个哈欠，伸了伸懒腰，说道："我们来看看今天会发生什么，塞勒斯。当你饥肠辘辘、身心俱疲的时候，最好不要做决定。"

塞勒斯点点头，向他的手下吩咐了几句。不一会儿，你就喝到了他提到的美味的花草茶。你还吃了一些炖肉——可能是兔子肉。肉汤热气腾腾，而且营养丰富，十分美味。

然后他们分给你一个到处是碎布补丁的睡袋。

最后，你在安排好的帐篷里躺下，透过帐篷的门帘向外张望。天空很晴朗，不久就将破晓。你身下的嫩草仿佛是一张舒适的床榻。

一个女人盘着腿坐在你的帐篷外面，腿上放着武器。她既是你的看守，也是你的保镖。

▶▶ 请翻到第 **159** 页

你说道："如果我们真的被包围了，那我们在白天就不可能有机会飞了。飞机爬升的速度很慢，尤其是还要载着我们三个人。我看看有什么方法能将它隐藏起来。"

马特和米姆拉赞同你的观点，但是塞勒斯咕哝着："这是自寻死路。我认为你们应该趁早逃跑，但是随你们便。"

他吩咐了几句之后，他的手下开始将飞机隐藏起来。

你、马特和米姆拉坐下来聊天。他们告诉你黄金国已经和集团组织结盟，并且图尔塔利亚将不可避免地遭到来自西边的空袭。他们会派出伞兵队，而且，黄金国要从南边对图尔塔利亚发动袭击，以配合这次空袭。

马特说道："现在，黄金国部队的飞机甚至正飞向这里，为发动袭击做准备。恐怕没办法阻止他们。"

米姆拉提议道："利用无线电通信吧。我们可以立即联络行动中心。"

你摇了摇头说道："我们不能冒着打草惊蛇的风险让黄金国发现他们集团组织突袭的计划已经暴露。我们的通信信息太容易被拦截了。我们最好集中精神，想办法尽可能快地在天黑时返回行动中心。我们可以在那儿组织一次突袭行动。"

▸▸ 请翻到第 **224** 页

　　五位军官听到紧急铃声后赶到了你的办公室，你向他们宣布："大家请听我的分析——黑文不可能逃得太远。因为，我们周围是半沙漠的北美草原。而且，停车场里没有车辆失踪，这一片区域也没有接到出现来路不明的飞机的报道。"

　　"长官，我们怎么确定他逃出这里了呢？"一位身穿沙色迷彩服的突击队中尉问，"或许，他根本就没离开监狱。那里搜查过了吗？"

　　你还没来得及回答，另一位军官站出来道："已经对监狱进行过彻底排查，没有发现他。"

　　"很好，我们留一支小分队再次确认一下。如果他还藏在这里，那么只要他现身肯定就会被抓住。非常感谢你们俩！"你冲他们点点头，然后继续说道，"我会乘坐领航直升机在空中对正南方的辖区进行搜索。里卡多上尉，你率领突击队向东南方向进行分散搜索。"

▶▶ 请翻到第**138**页

一队黄金国的士兵小心翼翼地向前移动着。你、塞勒斯和其他还活着的人放下了手里的武器。

那位黄金国的长官说道："你们得乖乖跟我们走，我们会查出你们掌握的信息和你们的身份。"

你很想知道马特和米姆拉是否也面临着同样的命运，或许他们还活着，并且也被这批黄金国的士兵逮捕了。也许，你很快就能见到他们，然后由你来策划一次逃亡。

▶▶ **本故事完**

你回答："是的，我要独自一个人行动。我知道总统先生和那位和平协调员已经命令我放弃单兵作战的任务。但是，这次情况不同。我独自一个人能更好地完成这个任务。我们的特工掌握的情报也许非常重要。总统可以在我回来的时候再批评我。"

那位中尉说道："如果你能回来的话。"

"别这么说，我得出发了。"

当你离开戒备森严的行动中心办公室时，内心产生了隐隐的恐惧感。随后，你起程前往机场。你已经很久没有单独一个人执行任务了。

到了机场，你取来了为紧急情况准备的求生包。当你把求生包放进流线型的新型三人座动力滑翔机时，你感到一阵兴奋。重新回到战场的感觉真好，你心潮澎湃。

十五分钟后，你获得地面管制许可，缓缓升入了图尔塔利亚的蓝色领空。飞机对操纵反应灵敏，你迅速地向上爬升。很快，你就朝着曾经是加利福尼亚州的北部地区飞去。你的飞行速度为六十一米每秒。西北方向的风速为每小时十至十五英里。据你计算，预计八小时后到达目的地。

▶▶ 请翻到第 **152** 页

你将飞行员从驾驶位置挪开，开始操控飞机。它在下落中急转了半圈，直到你将其稳住。你利用转速并结合着紧急喷气发动机推进器的力量，控制住了这架直升机。你慌忙地调试着麦克风，希望无线电通信已经恢复。

"呼叫突击队三号。求救！求救！"

没有回应，就连静电的噼啪声也没有。你看了一眼控制面板，发现无线电通信设备已经损坏了。它肯定是在飞行员遭到袭击时一同被毁的。但是袭击是怎么发生的呢？你未曾看到或者听到任何一架敌机。

正当你以为已经控制住了飞机时，它又向前俯冲并且剧烈地左右摇晃起来。

突然间，你看到了它们！就在你的飞机前方，有三架不同型号的直升机正呈密集队形缓缓地移动着。它们都闪闪发光，像是被太阳照射或是从水面反射的阳光。

嗖！

一道亮光向飞机的左侧闪过来。

▶▶ 请翻到第 **238** 页

当你做好决定时，便做好了动手的准备。你浑身的肌肉紧绷着，只等着在发起迅猛的一击时，能够释放全部的能量。

你慢慢地蹲下身，假装是因为靴子的鞋带松开了。黑文似乎毫无察觉。你单膝跪在沙地上，笨拙地整理着鞋带，准备一把抓住那根金属棒。你甚至能听到自己怦怦的心跳声。

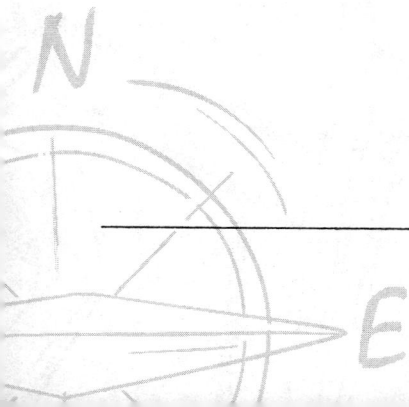

▸▸ **请翻到第 221 页**

你追逐着落日向西飞去。即使这样，你还是迷失了方向。黑暗将你和大地包裹起来。只有远处的地平线呈现出黄色和深红色的光圈。紧接着，光圈也消失了。云彩和星星相互躲藏嬉戏。你的下方是绵延万里的黑暗大地。偶尔会有摇曳的亮光一闪而过，那可能是营地的篝火。你不确定这些篝火是位于反抗者的基地、黄金国的军事前哨基地还是猎人或牧羊人的营地。

终于，你飞到了马特和米姆拉发出最后一条信息的地点上空。你望向西方，那里有另一片营地发出的亮光。再越过那里就是旧金山。几年前，就在城市的废墟里，有人建立起了一个地下组织。也许，那个地下组织中的某个人可以协助你去搜寻马特和米姆拉。

▶▶ 如果你选择尝试联络旧金山的地下组织，请翻到**第 158 页**
▶▶ 如果你认为通过调查地面上出现的篝火能够帮助你找到你的特工，请**翻到第 160 页**

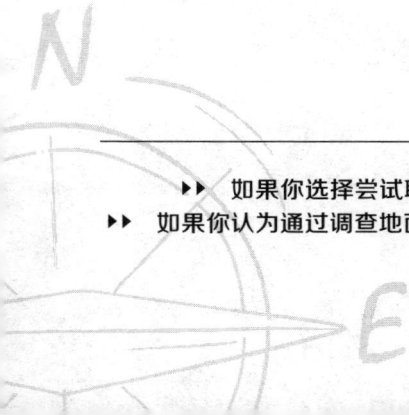

黑文继续说道："我警告你，在对付黄金国的时候要十二分小心。极端毁灭的政策已经过时了，而且毫无用处。我们可以帮你用飞船上的科技避免极端的方式。"

黑文看看马里列夫，然后又看着你，平静地说道："我们可以使敌人恢复中立，不造成任何破坏。"

你说道："我们的确一直期望不杀人就能结束这场战争。但是你怎么能使敌人'中立'呢？"

▶▶ 请翻到第**244**页

第二天清早，你们俩一到动力滑翔机那里，你就对塞勒斯说："快爬上来。但愿你知道我们要去哪儿。"

"我当然知道要去哪里。不过，每个人都有失败的权利，如果我们不尝试，就不会有机会取得成功。请相信我。"

他系好安全带，你关上顶部的舱盖。不一会儿，你们就升上天空了。

塞勒斯向下望去，然后笑着说："你知道吗，我们被包围了。"

"什么？你说就在那下面吗？"你这才意识到自己刚刚从一座遍布敌军的山谷中起飞，刚刚可能会被他们轻松地击落。顿时你感到脊背发凉。

"别担心，他们还没意识到已经将我们包围了。那里有四五支黄金国和集团组织的巡逻队。我们一直在观察他们，打算等待时机逃出来。幸运的话，我们能让他们扑空。"

塞勒斯不再说话，又去向外眺望，看着下方平静的世界。

▸▸ 请翻到第**176**页

在那个男人身后站着四名全副武装的警卫，他们观察着你的一举一动。此人名叫萨姆·鱼鹰，他是集团组织的领导者。在和他进行了长时间的谈话和商讨后，你成功地与他达成了协议！结果是你只需要向他提供比黄金国更多的财政援助。

他笑着说道："这其实就是金钱交易而已。"

你这边的要求之一是让他宣布和反抗者休战，另一条是需要鱼鹰帮助你们阻止黄金国入侵图尔塔利亚的计划。

虽然你不太确定萨姆·鱼鹰的为人到底有多么可信，但你已经尽你所能。这是一个很好的开始。现在，如果你能找到马特和米姆拉，那么图尔塔利亚的未来将会更加光明。

▶▶ **本故事完**

你在降落时将双腿蜷缩起来。着陆的冲击力比你预期中要小很多。你感叹着："这种新型的降落伞材料真是太棒了。"不过，周围没有一个人能听见你对这一新科技的赞扬。

你调节着图尔塔利亚为所有军队配备的微型通信机的按钮，希望它能正常运转。

你呼叫道："红色组长呼叫突击队三号。请回答。红色组长。重复，红色组长。突击队三号，你们在哪儿？"你极其渴望能收到回复。

你在一片荒芜的大草原上四处张望，希望能看到一些人类活动的迹象。与直升机上的情况一样，所有的通信设备都失灵了。目之所及，没有一个人影。

一阵尖锐的嗖嗖声打断了你的思路。你抬头看去，一架巨大的银色机器正在朝你的方向飞来。这艘巨大的不明飞行物遮天蔽日，你站在它投下的阴影里，无处可躲。

▶▶ 请翻到第 **165** 页

以现在的飞行速度估计，你将在一个小时之内抵达旧金山。图尔塔利亚的一名特工已经向你提供了一个人的名字，他能在那里帮助你追踪马特和米姆拉的行动和下落。

虽然有些许逆风，但是飞行很顺利。飞机下方的篝火渐渐消失了。你很快就飞越高山向旧金山降落。据图尔塔利亚的报告推测，旧金山及其周边地区已经划分为三个相互敌对的区域。市中心区域为犯罪分子组成的集团组织所掌控，从港口到电报山山顶，一直延伸到金门大桥——或者说是曾经的金门大桥，现在海岸的两边只剩下一堆混凝土、金属和电线，悬吊在水面之上的大桥已经不见了。

集团组织中既有军队人员，也有赌徒，还有毒贩子。该组织由一家高科技公司的总裁领导。他已经由创造天才摇身一变，成了掌握政权的领导者，掌管着这个曾经热闹繁华的都市。他对纯粹的权力的追求很明显已经达到癫狂的程度。

▸▸ 请翻到第 **172** 页

也许是茶里被投了药，也可能是你已经劳累了一整天，你很快就入睡了。你的脑中不断地浮现出各种梦境。

在某个梦中，你疯狂地奔跑在一条陡峭的小斜坡上，迫切地想要爬上顶峰，但那条路似乎没有尽头。

在另一个梦中，你又梦见自己回到了学校，正在参加考试，却记不起自己所学的知识和必须参加的考试科目。你在窄窄的睡袋里辗转反侧、来回翻滚。然后，你又梦到自己找到了马特和米姆拉。这个梦境似乎非常真实，只是你无法理解为什么米姆拉在摇晃着你。

▸▸ 请翻到**第 219 页**

你操纵滑翔机转了一个倾斜的长长的弧线。在八千英尺的高空很难判断出地形的细节。你猛踩方向踏板，将拉杆向前推到底。你的飞机安静、轻盈地侧向滑翔，直到高度计指向六千英尺处。下面是绵延起伏的山脉，你感到目前这是对你来说最安全的高度。你让飞机保持水平飞行，然后将油门杆拉回，切断动力。

你绕着那些营地将国境扫视了一周，在几块开阔的草地上看到了足够的降落空间。其中一块空地距离一堆篝火相当近。

你自言自语道："我到底该不该尝试发出无线电广播呢？这样做很冒险。如果那些人是敌军的话，肯定会将我自己彻底暴露。但从另一个角度想，如果能在着陆前先让某人帮助我查看一下那片营地的话，会节省很多时间，而且也更安全。"

▶▶ 如果你选择尝试使用无线电通信，请翻到**第 134 页**

▶▶ 如果你选择不使用无线电通信，直接进入营地，请翻到**第 167 页**

"好吧，黑文，不管你是谁，我决定冒一次险，登上你的这个机器看一看。"在好奇心的驱使下，你无法放弃登上飞船的机会。

黑文说道："很好，我就知道你会同意。你是一个有思想、有才能的人，长官。"

他再次伸出手，握住了你的手。几秒钟后，你就真的进入了飞船内部。单单看那银色飞船光滑的金属外壳，你根本无法想象在其内部所见到的景象。你惊讶地望着四周水晶般的多面体内壁，仿佛置身于一颗钻石中。

从多面体内部反射出的耀眼、多彩的光芒让你惊呆了，你恍惚地问道："我们在哪里？"

在黑文身旁出现了一个生物的声音："我们在一个结构很复杂的碳原子内部，为了适应在地球上的航行，我们已经将其体积放大。"那个生物的身体形状是棱角锋利的正方体，通体呈金属灰色，中间由红色的塑料配件连接。

它在你面前变化出了四肢、躯干和头部，让你想起来曾经读到过的东西——许多年前，在昔日的美国曾经风靡一时的日本"变形金刚"。

▶▶ 请翻到第 **183** 页

你说："听着，我只是一个普通人。我的哥哥曾在旧金山城外住了好多年，他在局势恶化之前搬到了这里。我正在找他，我想——"

那个提着灯的男人说道："站在那儿别动。你看起来很诚实，我只是凭着直觉判断。虽然我不相信你说的故事，但是我却很信任你，我说不出原因。大家叫我塞勒斯，这些是——"

这时，有一只猫头鹰呜呜地叫了起来。塞勒斯举起一只手。

他低声说道："别出声！那是我的一个手下。这附近可能有我们不需要或者不想见到的人。"

突然传来两声枪响。枪法很准——在你附近的两个人倒在了地上。

塞勒斯向他的手下喊道："别开枪，不要浪费任何一颗子弹。"

他拽住你的胳膊将你拉到一堆乱石后面蹲下。

他递给你一把自动武器，说："给，如果你需要的话，可以用这把枪。"他又递给你两夹弹药，说："我们反抗者的军队没有太多弹药，所以请精打细算地使用。"

▸▸ 请翻到第 **164** 页

枪声充斥了天空。你朝飞机的方向看去，刚好看到它被一连串子弹击中。汽油罐炸开了，发出了一声沉闷的爆炸声。几分钟之间，你的飞机变成了裹在熔化塑料中的丑陋金属，黑乎乎的，扭成一团。

塞勒斯再次抓住了你的胳膊。

"我对此感到难过。你最好独自行动。如果你想逃进树林里，我不会怪你的。"

▶▶ 如果你选择独自逃走，请翻到**第 168 页**

▶▶ 如果你选择和塞勒斯待在一起，请翻到**第 170 页**

那架飞行器的底部向下投射出一道天蓝色的光线，把你笼罩在其中，你能感受到它温暖的能量。你想移动脚步走到光线之外，但是你的双脚被锁定在原地，动弹不得！你试图举起胳膊，但是它们只能贴在你身侧。你的呼吸十分舒缓，你的脉搏一直在下降，直到你能感受到心脏每次跳动时的节奏。

黑文的身影迅速地一段接一段出现在你的身边：首先是他的头部和肩膀，然后是整个身体。慢慢地，他的面部细节和皮肤颜色也逐渐显现出来。这个幻影伸出手来触摸了你，他的触摸将你从静止状态中释放出来。

▸▸ 请翻到第 175 页

你扫视着设备，下意识地查看飞行速度和高度表的指数。在一片未知的土地上降落可能会很冒险。

你大声地提醒自己："但是当附近可能有黄金国的人时，使用无线电通信可能风险更大。"你沙哑的说话声在动力滑翔机昏暗的驾驶舱里听上去很不真实。

你反复地在天空中寻找其他飞机，并且观察着在你和陆地间飘过的云朵。你驾着飞机在可能是最佳降落点的上空盘旋了两圈，然后准备着陆，开始进行最后的冲刺。

你自言自语道："放下起落架，飞行速度正确，放平机翼。"然后飞机开始高速俯冲向一片漆黑的草地。

你的飞机向下俯冲，并且在颠簸的气流中左右摇晃着。你谨慎却又目的明确地扳动着操纵杆。

▶▶ 请翻到第 **180** 页

你对他说："或许你是对的，塞勒斯。再会了，并且祝你好运！我希望你能挺过去。"

他回答说："好的，再会啦！"然后又投入到战斗中。

你在枪战开始时看到了求生包掉落的地点，因此你得以在黑暗中将其找到。你周围到处是为活命而战斗的人。你很想知道，除你以外还有多少人会趁着夜色溜走，逃避这场肆虐的战火。

你将肩膀穿进求生包的肩带里，从枪战的中心区像一只蜗牛一样爬走，希望能趁人不备逃出生天。

交火不那么激烈了，于是你以半蹲的姿势抬起身，开始弯着腰跑了起来。什么事也没有！你还活着，没被发现。

你跑出一百码（1码=0.9144米）远，停下脚步，调整呼吸，然后又跑出一百码，再停下。射击声再次激烈起来。现在，你听到了持续不断的可怕的迫击炮的巨响。夜空中到处充满了痛苦和恐惧的喊叫声。你继续向前跑。

▸▸ 请翻到第 **222** 页

黑文和人形机器人将你从水晶飞船上扔了出去。你掉到了沙地上，发出沉闷的声响。

飞船不见了。不久之后，你就被你的突击队员们围住了。你的记忆开始衰退，记不起有关黑文和那艘飞船的任何事情。

但是你所丢失的记忆还远不止这些。很快，你甚至不记得你是谁，来自哪里，这些人为什么围着你。不到一个小时，你便失去了语言能力。所有声音听上去都模糊不清，除了哭喊声。那哭喊声是你发出的！

你现在的智力水平只相当于一个三周大的婴儿。黑文成功地复仇了。

▶▶ **本故事完**

你说道："我要留下来，塞勒斯。不完成任务我绝不回去。不管怎样，你能得到所需的所有帮助。"

他回答说："好的，但是请记住，那是你自己的事。"

交火很激烈。你忙着保护自己，没时间去找马特和米姆拉。似乎没有活着突围出去的希望。你回忆着自己在图尔塔利亚的生活和自由选择权对你的人民的重要意义。交战偶尔会缓和下来，在那些时候你又重燃了希望。

你对塞勒斯说："我看不见我们的对手。"

他答道："事情一向如此，埋伏，攻击，然后撤退。事实上，我们一直使用同样的战术，结果也都是一样的，这不过是在杀人而已。"

很快交战又开始了，似乎没有人能在这样惨烈的斗争中幸存。

突然间，你的弹药耗尽了。

▶▶ 请翻到第 **174** 页

"哎呀！"你边喊边将油门杆向后拉，以给足飞机马力。你几乎是贴着山顶飞过去的。

你心中自责道："刚刚那样会没命的。我得控制住自己的情绪，否则就永远都找不到马特和米姆拉了。"

正在这时，下方的营地里射来一枚热制导火箭弹。

发射那枚火箭弹的黄金国巡逻队看到你的飞机上出现的小火球都兴奋地欢呼起来。

▸▸ **本故事完**

通过特工的情报还可以推测出集团组织中的各个派系都希望他们的领导人下台，甚至想将其杀害。但是，他似乎很有生存的天赋。他行事神鬼莫测、倒行逆施，同时诡计多端。

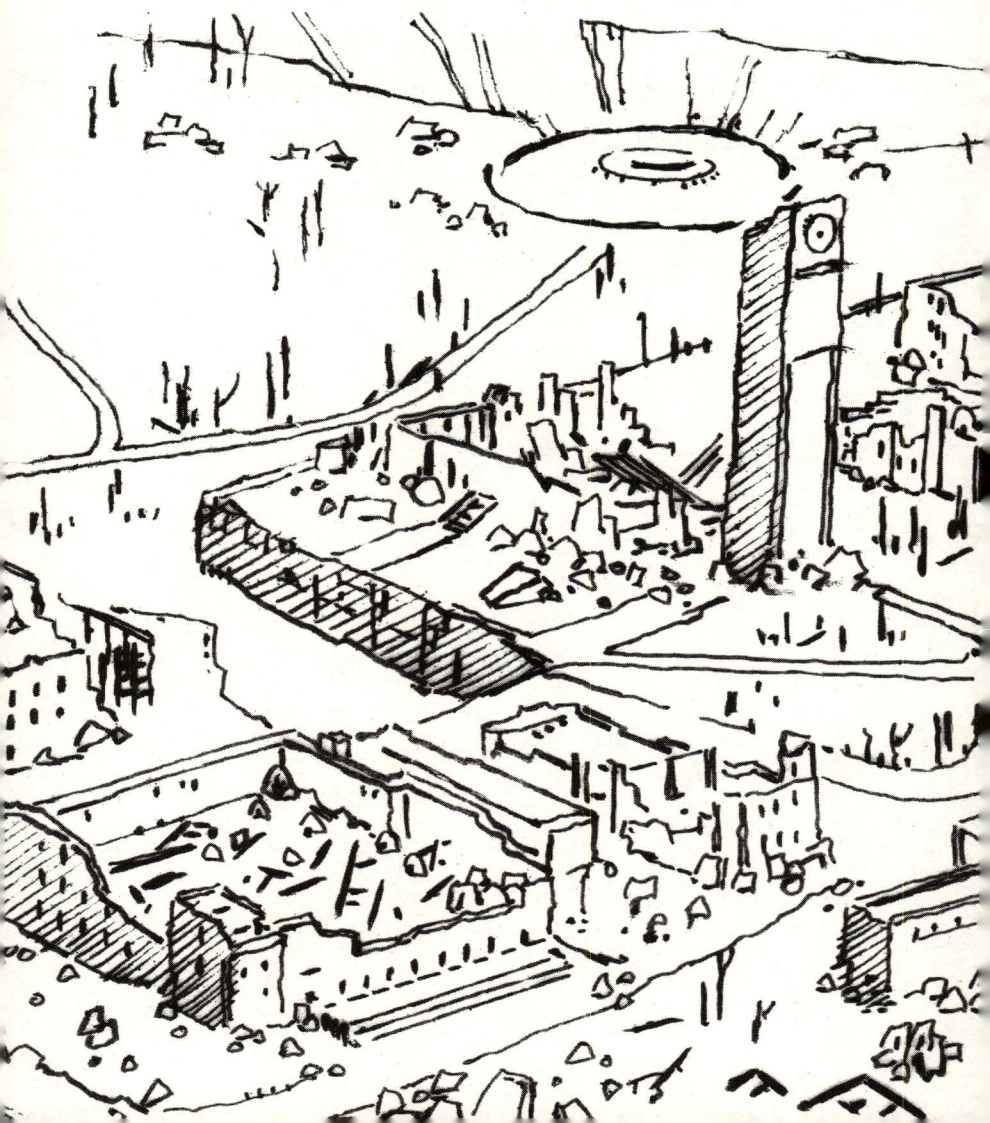

在旧金山内外有两个与集团组织对抗的派系。他们互相争夺那些浑浑噩噩、穷困潦倒又担惊受怕的底层民众的支持。其中，有一支派系名叫反抗者，另外一支则经常更换名称，如同天气变化一样频繁。你的联络人便是反抗者的一名成员。

你飞往的机场位于一片有争议的地区。由于你的飞机也可以在小场地着陆，所以你决定放弃在机场降落，转而寻找以前曾是加利福尼亚州大学伯克利分校的操场。当然，学校距此不远，其残存的设施处在旧金山的湾区，据报告称那里目前为反抗者所控制。

▶▶ 请翻到第 **178** 页

你说道："塞勒斯，我没有子弹了。你那里还有没有多余的弹药？"

"没有了，恐怕就这么多了。我自己的弹药几分钟之前也打光了。"

很快，所有的反抗者成员的弹药都用光了。虽然袭击者们意识到了这一点，但他们还是十分谨慎。他们仍然守在自己的阵地，怀疑反抗者也许是在故意让他们放松警惕。

最后，他们用扬声器向你们喊话。

"放下武器！你们已经无路可逃了。我再重复一遍，站起身来，放下武器！"

塞勒斯点点头，又耸了耸肩说："我们看看会怎么样。"

▶▶ 请翻到第**145**页

黑文说道："我敢肯定你绝对想不到会是这样，对吗？我比你想象中更加强大。"他的语气听上去很平缓，声音不慌不忙。

你点了点头。

他继续说道："你知道吗，我从来就不是黄金国的人。事实上，我并不是人类。这一点你通过我的飞船就能看出来。我来自一个叫作水晶人的社会。我们的人民需要你们的帮助。我不确定该选择黄金国还是你们图尔塔利亚来帮助我。现在，我倾向于选择图尔塔利亚的人。你要不要登上飞船，弄清楚我们到底需要哪些帮助呢？我们是很友好的。"

你回答说："如果我拒绝会怎么样呢？"

"什么事也不会发生，你可以离开。"

你问："那我的飞行员呢？如果你们真的很友好，那为什么要杀掉他？"

黑文答道："我们不是杀死你的飞行员的凶手。你确定你的人民都可信吗？"

就在这时，你看见远处有三个人影朝你走来。他们是图尔塔利亚突击队的成员。

▶▶ 如果你选择暂且相信黑文，请翻到第 **161** 页

▶▶ 如果你选择逃向自由，加入你自己的人民，请翻到第 **179** 页

你按照塞勒斯手指的方向飞行。

你们飞了一段时间之后，你对他说："但愿咱们快到目的地了。前面的天气情况看上去不妙。"

他一言不发，点了点头。随后，你又将注意力集中到飞行中。天空中很快布满了塔状的雷暴云，它们可以轻松地将任何飞机的机翼扯断，尤其是你这种小巧的动力滑翔机。你在云层间左躲右闪，一会儿爬升，一会儿俯冲，忽而侧飞，忽而转向。你周围到处是闪电，它们点亮了云层，仿佛是有人在里面打开了电灯开关。狂风以一万两千英尺每小时的速度吹着飞行速度为二十米每秒的飞机，你的滑翔机就像一件玩具一样被风玩弄于股掌之中。

你不停地向前飞，在空中挣扎着。你曾两次穿出云层去找降落的地点，但是都失败了。

▶▶ 请翻到第**192**页

几分钟后，你就看到了一片橄榄球场，经过仔细观察之后，你认为那里是相对安全的着陆地点。你没有试着使用无线电通信。

着陆十分顺利。飞机在昔日的五十码线的位置停止了滑行。你从驾驶舱里翻身出来，抓起求生包，准备出发去找你在反抗者的联络人杰里米。

▸▸ **请翻到第 225 页**

　　你卧倒在地，踹了黑文的腿将他放倒，趁他还没反应过来时便站起身朝那三名突击队员奔去。

　　你喊道："别开枪！是我！"但是他们离得太远了，根本无法认出你。他们警惕地看着你跑近。

　　你使出全身的力气飞奔，没有回头看。你随时都做好了挨一枪或者被麻痹激光击中的准备。黑文不会就这么轻易地放过我，你心想。

　　没有枪声传来，也没有麻痹激光拦住你。突击队员举起武器，摆好姿势准备射击。你向前做了最后的冲刺，进入了那队人的防御区。

　　"谢天谢地你们在这儿，"你气喘吁吁地说，"我从来没这么开心——"

　　可当你看到他们脸上冷酷的表情时，立即停了下来。你突然发现没有人走上前来援助你。

　　一位刚被任命的突击中尉说道："不许动，长官，你逃不掉的。别轻举妄动，否则你永远都动不了了。"

　　你大喊："你这是什么意思？放下武器！你怎么敢用它们指着我！"

▸▸ 请翻到第**185**页

滑翔机起落架的轮子触地了。飞机在草地上滑行，在凹凸不平的地面上颠簸着。你用力踩了几次方向踏板，试图避开地面上看上去像岩石或凸起的地方。但是，你的努力似乎没有起到多少效果。

飞机最后颠簸了一下，然后停止了滑行。

你一边将舱盖打开一边祝贺自己："还不赖嘛！"夜晚中凉爽、芳香的气息迎面吹来。

你舒展着四肢，然后解开安全带和肩带的卡扣。随着你关闭了引擎的开关，飞机立即变成了地面上一件无声、静止的物体。

你的求生包放在后座。你回身探出一只手臂将其抓起，然后走出驾驶舱，站在了机翼上。

▶▶ 请翻到下一页

黑暗中传来的说话声吓了你一跳："不许动，否则你会没命的。"你千真万确地听到了自动手枪解除保险的咔嗒声，它现在处于全自动射击状态。

你说道："好的！好的！我没动。"恐惧感让你的声音听起来虚弱又尖锐。

那个声音用平稳自信的语气说道："现在，慢慢地走下来，把包放在地上，举起手来。"

你照做了，因为别无选择。

那个声音命令道："站在原地不许动。"

几分钟后，你被五个身穿便衣的人包围着。其中一人捡起了你的求生包。那个发号施令的人点亮了一盏小提灯，端详着你。

他又说道："如果你是黄金国的人，那么你活着的剩余时间能用两只手数出来了。如果你不是，那么你最好尽快做出解释。"

▶▶ 如果你选择将真实身份告诉那些逮捕你的人，并且向他们解释关于马特和米姆拉的事，请翻到**第 133 页**

▶▶ 如果你选择假装自己是一个普通人，正在寻找住在旧金山城外的哥哥，**请翻到第 162 页**

你紧张地问这个生物："你的身体是不是可以变形？"

黑文咯咯地笑起来，双手交叉在胸前，向后倚在一面水晶墙壁上，说："瞧好了！"

那只类似于机器人的生物开始变软。金属灰色的外壳变成了肉色的皮肤，变化出的四肢变得柔软又灵活，最后它变成了一个人类，站立在你的面前。这个身穿着图尔塔利亚常见的传统中性服装的人类笑着说："对初学者来说，是不是还不错？"

你转向黑文，问道："你到地球来究竟想要什么？我们有什么东西是你们没有的吗？"

黑文看着你冷静又平缓地说："我们需要两个东西。首先是一个能放置攻击武器的秘密行动基地。我们正在和相邻的星系交战。"

你问道："还有呢？"

"如果未来我们必须离开我们的星球，我们的人民得有一个栖身之地。我们需要你帮助说服图尔塔利亚的国会来援助我们。黄金国的人过于偏执和自私，他们不会帮助任何人的。"

黑文等待着你的答复。

▶▶ 如果你选择帮助黑文，请翻到第 **186** 页

▶▶ 如果你选择拖延时间，伺机逃出水晶飞船，请翻到第 **206** 页

你喊道："马里列夫，小心。"这时，两名黄金国的警卫正跪下来，发射他们的全自动武器。随后，你的突击队的一名队员投掷出一枚烟幕弹。其他两名队员将那两名警卫制伏。你、马里列夫和三名突击队员冲进了大楼。

你对黄金国行动中心的布局了如指掌。许多年前你曾在黄金国战争中被捕，当时你经常被带到这里受审。

你喊道："二楼第三个门，马里列夫。小心！"

你使出浑身的力气一脚将房门踹开。

▶▶ 请翻到第 213 页

中尉向队伍中的另一个人使了个眼色，那个人在你手腕上戴上了手铐。从松树后面出现了一队士兵，他们都穿着黄金国的军装！

黑文突然出现在你身边，说道："干得漂亮，中尉！将这个地球人交给我吧。"

那个中尉敬了个军礼，然后转过身和黄金国的士兵交谈。

你问道："我的队员在哪里？"其实你更害怕知道答案。

那个叛变的中尉说："不用担心，我们会照顾他们的。"

黑文将你带回到飞船上。

你用厌恶的语气说道："这么说，你赢了，不是吗，黑文？"

"冷静些，长官。每件事都不像其呈现的样子。我和你一样也想摆脱掉这些黄金国的士兵。他们是法西斯主义者。我们的特工对他们的制度做过分析，法西斯主义不会长久持续下去。如我所说，我们需要帮助，并且想向你们图尔塔利亚人求助。你能联系行动中心把我们的位置报告给他们吗？你的军队可以逮捕这些黄金国的士兵，然后我们可以开始谈一谈如何互相帮助。"

▶▶ 如果你选择用通信设备与行动中心取得联络，请翻到第 **187** 页

▶▶ 如果你选择假装联络，请翻到第 **194** 页

"虽然你曾经帮助过黄金国，可不知为何我还是相信你，黑文。"你说道，"毕竟，你也不知道黄金国的人究竟有多么邪恶。但是，首先你得向我进行更详细的说明。我需要知道你们所有的事。"

"这说来话长，长官。除非你允许我用我们水晶人的脑电波进行一次快速信息传输。"

你回答："我不知道这能否实现。我的脑电波属于人类的脑电波，它们可能无法与你们的接合。"

黑文说道："别担心。我们已经分析过人类的身体构造了，可以进行正常的传输。"

▸▸ 请翻到第 **247** 页

你呼叫行动中心，发出剿灭黄金国的求救信息，立刻得到了回应。一支图尔塔利亚的突击队兵不血刃地俘虏了黄金国小队。很快你的突击队员们也获了救，他们被关在距飞船两英里远的一个地方。他们被一种老式的气体武器钳制住了，这种气体曾在二十世纪六十年代的美国政治冲突时期被警察用来镇压抗议者。气体的作用只是暂时的，并且接触到该气体也不会造成副作用，只是会让人不停地流眼泪。

在图尔塔利亚的指挥飞机里坐着一位名叫马里列夫的女性首席政委。

"这个叫黑文的家伙曾经被当作黄金国间谍游街，我很想和他讲话。他在哪里？"她向你询问道。

"什么意思，他就在这里，"你回答道，转过身来才发现一个人也没有，"他一分钟前还在这里。"

"别害怕，"黑文的声音从空中传来，"我只是休息一下。长期保持人类的形态让我感到十分疲惫。"

▶▶ 请翻到第 191 页

"早安，今天天气真好。"你说着朝柜台走去，希望这种若无其事的样子能打破僵局，"请给我来杯咖啡。"

"没有咖啡。你以为我们是谁，一个文明的国度吗，老弟？这儿有些茶，喝不喝随你。我们只有这些。我们过去七年中都只喝茶。"

"好的，那样也很不错。"

你捧着香浓的茶水坐下来，终于鼓起了勇气向服务员问道："请问你不会恰好带着一份旧《纽约时报》吧？"这是你的接头暗号。如果那个服务员就是杰里米，他会听出来的。

他看看你，问道："你要哪天的？"

▸▸ 请翻到第**200**页

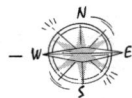

黑文的身体开始在你身边显现出来。

他说道："我掌握了对你们图尔塔利亚人民来说非常重要的情报。黄金国计划在下周对你们的首都丹佛发动突袭。我建议你们抢先攻打他们的首都。你们可以用我们的武器和飞船。"

他又问道："你们会接受我们帮助吗？当然，我们也想得到一些回报。"

▶▶　如果你选择接受他的帮助，请翻到**第 195 页**

▶▶　如果你选择拒绝他的帮助，请翻到**第 202 页**

每分每秒都过得异常煎熬，祈求风暴平息是你行进的唯一动力。最后，你一头闯入一团庞大厚重的云团，你祈祷着能活着飞出去。

可事情不如你所愿。你和塞勒斯连同飞机迎面撞上了藏在云层中的坚硬的岩壁。唯一幸运的是，这一切结束得很快。

▸▸ **本故事完**

你说着："好的，黑文。我会联络总部基地。"你在说话的同时摆弄着通信设备，借以拖延时间。你有一种预感：黑文正在试图侵入你们的安全系统所在的波段，妄图率领黄金国发动袭击。

黑文点点头，转过身背对着你，以很快的语速对他的一名手下吩咐事情。

与此同时，黄金国的军队正在忙着安排转移他们的囚犯——你的突击队员们——回到黄金国的领土。他们出发前一点也不在乎你，因为他们信任黑文和他的手下。

黑文的注意力似乎都集中于谈话。你扫视了一眼附近的区域，在距离你五英尺处的地面上发现了一根金属棒。

你认为如果你能将黑文击倒，把他的武器抢到手，然后钻进矮松丛中，你就有机会逃出生天。

你耐心地等待和观察着。黑文结束了谈话，将他的手下解散，转身面对着你。现在只剩下你们两个人了，黄金国的部队已不见踪影。

▶▶ 如果你选择将黑文击倒，请翻到第 **150** 页

▶▶ 如果你认为使用武力没有用，请翻到第 **207** 页

你说："任何你能提供的帮助我们都需要。那些黄金国的人不会善罢甘休。"

你看了看马里列夫。她点头表示同意。

你继续说道："请您申请对黄金国的首都发动先发制人的军事打击。国会召开一次紧急会议应该就会批准。"

马里列夫再次点点头，用她的通信设备扰乱信息，以避免被任何黄金国的监听站截获信息。黑文邀请你和马里列夫进入他的宇宙飞船里。在你紧张不安地等待着图尔塔利亚国会批准你们行动的两个小时内，你了解到黑文所来自的星系位于时间外部的边缘。

"黑文，你是说分布在周围的几十亿个星球和星系中，只有地球可能适于你们的人民居住吗？"

黑文还处于人类的形态。他咧嘴笑着回答道："前往那些对你来说似乎不太可能抵达的星球和星系，对我们来说只是小菜一碟。但是，我的回答是肯定的。地球对我们来说是十分舒适的居住地。而且，它也是整个宇宙中真正充满希望和光明的几个地点之一。"

他神情严肃地补充道："如果你们不像我们现在所做的那样去自我毁灭的话，这里的确是。"

▶▶ 请翻到第 153 页

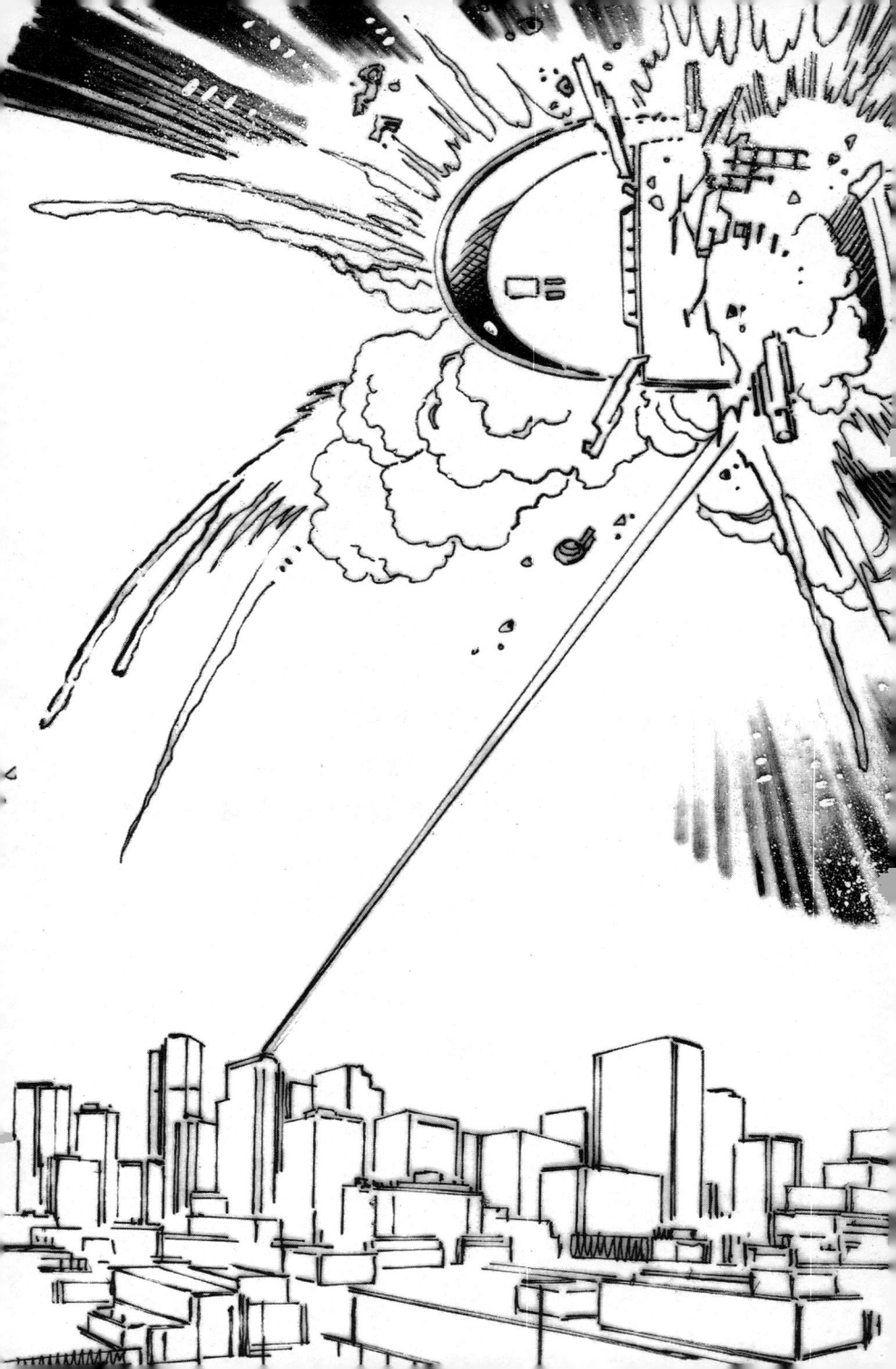

"你最好实话实说，黑文。如果丹佛的人怀疑我们叛变，便会在一瞬间将我们炸得粉身碎骨。"虽然你对这个决定感到不安，但似乎这是目前让你摆脱困境的最好办法。

黑文点点头，于是你进入到他的飞船中。在飞往丹佛的途中，你将正确的安全代码告诉了黑文。在你们抵达的几秒前，他向手下发出指示。那道之前将你麻痹的蓝光再次让你动弹不得。

丹佛基地判断出黑文的计划是具有敌意的。战术攻击指挥部发射出一枚圆形拦截器。你、黑文和那架飞船一同被消灭在空中。

▶▶ **本故事完**

你回答杰里米的问题："我认为图尔塔利亚和你们国家有着共同的利益。集团组织对我们国家来说和黄金国一样危险。现在这两支力量已经结盟，这让我们都陷入了困境。好的，我们会给予你们直接的帮助——人力、设备和补给。但是，首先，我得知道马特和米姆拉怎么样了，他们在哪里？"

杰里米看着你。他不是一个友善的人，你心想。

"如果你是从图尔塔利亚来的话，那么你曾飞到过他们扎营的地方。他们正试图追踪一支黄金国的突击队。可能要出大事。到处都是黄金国的人，看情况他们似乎在集结部队从图尔塔利亚的西部发动袭击。"

你询问："你最后一次收到马特和米姆拉的信息是什么时候？"

"一周前。很明显，他们受到了袭击。不过，我猜他们还在那里。"

你问道："营地距离这里有多远？"

他回答："大约八十或者一百英里。虽然飞去更快，但是也有一条陆路通往那里。我们有几辆摩托车，虽然很旧，但是可以使用。"

▶▶ 如果你选择通过陆路寻找马特和米姆拉，请翻到第 210 页

▶▶ 如果你选择飞往营地，请翻到第 201 页

你对杰里米说："你的要求太多了。但是，如果你帮助我找到马特和米姆拉的话，我可以提供帮助并领导一次潜入集团组织领地的行动，去打探他们的实力。"

杰里米不情愿地同意了。当晚，你和三名反抗者的成员乘船悄悄溜到海湾对岸。夜晚使旧金山变得异常恐怖。到处都是蜡烛和灯笼发出的星星点点的微光，只有诺布山地周围的地区才有电灯。

通过侦察，你获悉集团组织的现有军力十分分散而且数量较少。也许，其大部分力量都在山区和黄金国集结在一起。或许，集团组织的可怕形象仅仅是大肆宣传的假象。

几个小时后，你便和反抗者的成员回到了"饥饿的派力肯"，并将情况进行了汇报。

杰里米说道："我就知道。骗子，他们都是骗子。很好，你履行了诺言。我们来看看能为马特和米姆拉做些什么。据我们所知他们在山区里的某个地方，我会带你去那里。"

杰里米信守承诺。他带着你来到了位于城市东边山区的友军营地，马特和米姆拉就藏在那里。他们获取到了关于黄金国策划的袭击行动的重要情报。现在唯一的任务就是乘飞机将他们带回家并向图尔塔利亚发出警报。

▸▸ **本故事完**

你答道："一九八五年十月十五日。"

他说："那是伟大的一天。请跟我来。"他朝着饭店的后面走去。

同时有两个人从柜台离开，站到了饭店正门旁。你跟着那位服务员来到了一间密室内。

杰里米问道："很好，你知道暗号。那么你想做什么？你是谁？"

"我是一名图尔塔利亚人。我想知道我的两位特工马特和米姆拉的消息。他们是否安全？他们在哪里？他们上次来这儿是什么时候？"

"你对一个陌生人问了太多的问题。如果我们帮助你，我们会得到什么好处？图尔塔利亚会和我们一起对抗集团组织吗？我们现在非常绝望。"

▶▶ 如果你选择承诺帮助他们对抗集团组织，请翻到**第 198 页**

▶▶ 如果你选择和杰里米商定协议，避免直接承诺来自图尔塔利亚的救援，

请翻到第 217 页

你说："我想飞过去。请您帮我找一位了解那个地区的人来协助我。"

杰里米点点头，然后回到了餐厅的柜台前。几分钟后，一个五十岁上下的女人走入了密室。她身材瘦削，但是从脸部的线条你可以看出她曾经很胖。这些年兵荒马乱，食物很紧缺。

那个女人盯着你，表现出明显的怀疑和敌意。你感到这里的每个人都不会信任其他人。

她用令人厌恶的语气问道："这么说，你想知道那两个人在哪里，是吗？"

你回答："是的，您能在这张地图上指给我看吗？"

你将一张飞行地图推给她。她拿起地图，专注地看着，用一只手指悬在纸面上。

▸▸ 请翻到第 **214** 页

你答道："我敢保证图尔塔利亚国会一定会非常感谢你的帮助。但是，目前时间至关重要，并且我有一支突击队可以调遣。或许袭击黄金国的大本营就可以把这一切扼杀在萌芽中。"

"如你所愿，长官。但是你们地球人做事总是让人难以捉摸。让我们一起祈祷你做出了正确的决定。如果你需要帮助，请随时叫我。"

黑文的身影消失了。

你对马里列夫说："我希望他回到他的飞船里面了。我们也最好立刻行动起来。你想好怎么行动了吗？"

她提议："这么做怎么样——只有你和我两个人悄悄潜入黄金国的大本营，然后亲手将其摧毁。不声不响，干脆利索。"

你仔细地分析了一下当前的形势。两位身着平民装扮的人的确可以不引人注目地行动，一大批身穿军装的突击队员则无法做到。

▶▶ 如果你选择和马里列夫进入黄金国，请翻到**第 208 页**

▶▶ 如果你选择使用一整支突击部队，请翻到**第 212 页**

在路上颠簸时，你有些后悔自己选择了摩托车而不是飞机。道路已经好多年没人养护了，到处坑坑洼洼、杂草丛生。

不过，骑手似乎并不介意。他们快乐地高速行驶，在起伏的路面和草丛中照样一路飞驰。

你向你的骑手喊道："你说有多远来着？"他没有回答。

你又喊了一句："到底多远呢？"

他只是咧嘴笑着加速。这辆老旧的哈雷摩托车喷吐着浓烟继续呼啸疾驰。

▶▶ 请翻到第 209 页

将近一个小时后，你被领着穿过杂草丛生的山丘。之前降落和被捕的兴奋感渐渐消失，你变得疲惫不堪。毕竟，你不间断地驾驶了八个小时的动力滑翔机。你很渴望赶快到达目的地，不管是哪里。

十分钟后，你的愿望实现了。你来到了一片由五颜六色的帐篷组成的营地，它们是幸福时代的远足和登山运动留下的遗迹，这些周末或假日的休闲运动曾经在加利福尼亚州风靡一时。

虽然那些帐篷的布料——褪了色的橘色、黄色或者黄褐色——都已经破旧不堪，但它们的确能遮风挡雨。

塞勒斯催促你道："坐吧。你想喝什么？咖啡？茶？这都不重要。我们只有花草茶，用的是我们沿路采到的植物。"

他在你身旁坐下，然后命令道："说说你的故事。"

▸▸ 请翻到第 215 页

"这种事情不能立刻做出决定，" 你对黑文说，"让我和我的人民谈一谈。对于这种事情，我无法全权负责。而且又有谁会相信我呢？"

黑文摇了摇头，看上去既无奈又绝望。

"有信念的人太少了。你不相信你的直觉，或者也许你相信。你认为这一切都是黄金国设的骗局，我从你的表情中能看出来。可能是我想错了吧。也许，图尔塔利亚并不能帮助我们。你在拖延时间，而时间对我们来说很宝贵。我已经在地球上浪费了很多年了。我们需要帮助，现在就需要。你不相信我！你不信任我！"

▸▸ 请翻到第 **169** 页

你用图尔塔利亚的国会的一句准则劝慰自己："暴力只会催生暴力。我最好观望一下形势。"

你又胡乱地摆弄着通信器。你没有骗过黑文。他将通信器从你的手中拿走，放进了他的口袋里。

"我不会强迫你联络总部的，长官。但是很遗憾我们不能达成合作。如果我们不合作，真的会有很大的损失。我有一个计划，也许它能向你证明我想和图尔塔利亚人民合作的诚意。"

你点点头，更多的是出于习惯而非对他刚刚所说的表示赞同。

"我的计划是：我会告知黄金国的长官将要把你带到黄金国接受审讯。事实上，我们会前往图尔塔利亚的首都——丹佛。这样我就不能再伪装成黄金国特工了。你认为怎么样？"

你思考着这个计划。如果黑文最后真的是骗子的话，那么使用特殊安全代码将黑文和他的飞船带回丹佛，会给图尔塔利亚带来灾难。他会在图尔塔利亚发动毁灭性的攻击。

▶▶ 如果你选择将黑文带回丹佛，请翻到**第 197 页**

▶▶ 如果你选择带着黑文离开，既不去黄金国也不去丹佛，请翻到**第 235 页**

你同意马里列夫的主意，于是说道："我们独自完成这项任务吧，马里列夫。"

十一个小时后，你和马里列夫在黄金国的总部前被捕。

你在黄金国的部队冲进来之前的几秒钟对马里列夫说道："我们根本就没有机会。从我们踏入黄金国土地的那一刻起就注定要失败，因为我们犯了一个最低级的错误。当我们穿着便服时，我们忘了将鞋子也换掉。图尔塔利亚军方制作的鞋会留下独特的鞋印，就连小孩都能分辨出来。"

马里列夫没有时间回答你，黄金国的人也没有问任何问题。你在自动手枪的一阵枪声中结束了大好的前途。

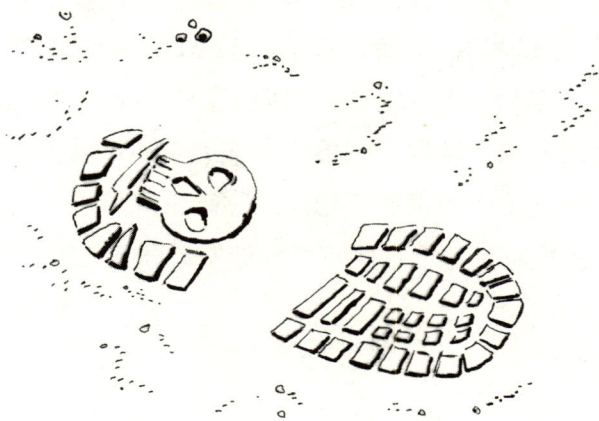

▸▸ **本故事完**

三个小时之后，你们跨过一条高高的山路，然后开始下降到一座林木葱郁、绵延起伏的狭长山谷中。再然后，这个地区的一切出现了毫无秩序的景象。

你很好奇自己为什么没有被敌对的集团组织或者黄金国的巡逻队拦下。

骑手给你的防风镜上沾满了尘土，你得不停地擦拭它才能看清东西。摩托车排出的尾气让你感到一阵阵恶心。

你再次问道："还有多远？"

那位骑手指了指前方。

他说："在那里。"

果然，翻过下一座小山，你们来到了一处反抗者的武装营地。反抗者的成员欢迎了骑手们，因为骑手们带来了住在伯克利的人的消息和一些必需的补给。

但是你的特工却并不在这里。

你询问道："马特和米姆拉在哪儿？"

其中一个成员回答："他们在上面的另一个营地里，和一个名叫塞勒斯的人在一起。"

▶▶ 请翻到第 **139** 页

你对杰里米说："摩托车听上去不错。我们准备出发吧。"

一位站在门口望风的人说道："别着急，我们会去那里的。但我们需要时间安排一些事情。别着急，伙计，别着急。"

几杯茶过后，你听到摩托车引擎发出的声音。三辆陈旧的哈雷摩托车出现在你眼前。它们的骑手们都穿着一家名叫"天堂的傻瓜"的摩托车骑行俱乐部的皮夹克。那些人都蓄着胡须，外表粗犷。

其中一辆摩托车旁挂着一只挎斗，是附加在摩托车旁用来载人的独轮座位。你希望那不是你的座位，但是一位骑手指着它说："坐进来。"

你照做了。他递给你一副防风镜和一个头盔。

另一位骑手说道："咱们上路吧！"

▸▸ 请翻到第 **203** 页

看到你的突击部队都满怀热情、整装待发，你感到非常欣慰。催泪气体的作用已经完全消失了。装备经过了反复检查。你们呼叫增派直升机支援。

执行任务所需的直升机要两个小时才能到此集合。与此同时，你派出了搜查小分队，搜查这一地区残留的黄金国的突击队员，没有任何发现。

这群紧张严肃的突击队员在深入黄金国领空的时候一言不发。你对没有遇到空中巡逻队的阻截感到惊讶。黄金国的部队正忙于安排他们对图尔塔利亚的突袭计划，因为他们的所有运输设备和飞机都用来备战。

查看了校对过时间的手表之后，你们的直升机中队按原定计划从黄金国首都的空中俯冲下去，降落在行动中心大楼附近。你和其他人打开直升机舱门一跃而下，向楼门冲去。子弹在空中划过。

▸▸ 请翻到第 **184** 页

你命令道："举起手来！不许动！"

黄金国最重要的三位首脑都在这里：黄金国的陆军司令、空军司令和情报主席。

你命令他们："这边！快走！"陆军司令向他的武器扑了过去，但是马里列夫向下猛击他的小臂，将其制服。

你驱赶着你的犯人走出走廊，走下楼梯，来到了大街上。你的突击队已经成功地拖延住了黄金国的援兵，但是他们也付出了惨重的代价——一架直升机被摧毁了。

你、马里列夫、你们的三名囚犯与几名突击队员一起登上了另一架完好的直升机。很快，你们就启程离开了黄金国。

一队图尔塔利亚的战机前来接应你们，并且带着你们和有史以来的最大战果——三名法西斯的首领——凯旋。

马里列夫用手拍着你的肩膀说道："好样的！也许真正的和平马上就要到来了。"

▸▸ **本故事完**

那个女人说道:"在那里,他们应该就在那儿。那两个傲慢的人,就是他们!他们如此自信,真是找死的好办法!如果你问我的话,你就是在浪费时间。他们已经被秃鹫吃了有几天了。"她转身离开了。

她在地图上指的位置就是你看到篝火的地方。可问题是——营地里的那些人是友善的吗?

杰里米回来说道:"你已经得到想要的信息了吗?那么,你最好赶快离开,你太引人注目了。别忘了,图尔塔利亚已经承诺要帮助我们了。"

你点头同意,然后回到了你的飞机上。现在街道上的人更多了,都是一副行色匆匆、鬼鬼祟祟的样子。

你自言自语道:"真高兴我要离开这鬼地方了。"

▶▶ 请翻到第 **234** 页

于是你向他说起你的事。他在听你讲述的过程中时不时地点点头，但是在你讲完之前一句话也没说。

"哼！听上去很合情合理。虽然我不认识马特和米姆拉他们，但是我听说过他们。我可以帮助你，如果……"

你问道："如果什么？"

"慢着，我的朋友，别激动。旧金山剩余的地方由名叫集团组织的犯罪团伙控制。我们是反抗者——一群为自由而抗争的战士。有几个像我们一样的组织在和集团组织作战，但是我们太分散了，互相联络很困难。咱们做个交易，怎么样？"

▶▶ 请翻到第 220 页

你大喊："控制杆全部失灵了！"可没有人能听见你的话。

没有时间了。你离地面只有一千五百英尺，而且直升机正在急速地坠落。你挣扎着想要解开安全带。终于，只听"咔嗒"一声，按钮解开了。你踉跄着爬向有机玻璃舱门。气流的颠簸让你撞到了直升机的侧壁上。你感到嘴里有一股咸咸的血腥味，原来是你在离开驾驶舱时狠狠地撞伤了头部。

哇！你的降落伞终于展开了，在混浊、充满了浓密气体的云层中下降的你停止了翻滚。你挂在肩带里缓缓下落，双腿在空中来回晃荡着，就像一只提线木偶。

不一会儿，你便置身于距地面不到二百英尺的晴朗天空中。你的大脑也随之清醒了，于是做好了着陆的准备。周围竟然一个人也没有！

我的手下去哪里了？你感到很纳闷。里卡多上尉和突击队员们应该在那里啊！

▶▶ 请翻到第 **157** 页

你回答说："我的政府并没有授予我承诺对这里进行武装介入的权力。尽管如此，我还是会考虑一下我能帮得上什么忙。"

杰里米的一只手猛拍在木头桌面上。

"胆小鬼！我们为生命而战，而你说话就像一名律师。我们不需要你或者你这种人。滚吧，你可算走了。"他转身离开。

接下来怎么办？你想。

你叫住了他："嘿，等一下，别这么急躁。我们来谈一谈，或许我们能想出一些办法。"

你希望杰里米能理智一些。他转过身，走了回来，盯着你的眼睛，说道：

"你的朋友马特和米姆拉也这么说过，结果我们得到了什么呢？只有麻烦。你不是想向我们证明图尔塔利亚想要帮助我们吗？那么，就去集团组织的领地和他们谈判协商停战。如果你有胆量的话，就这么做。"

▶▶ 如果你选择尝试和集团组织展开停战谈判，请翻到**第 236 页**

▶▶ 如果你选择不去谈判，而是提出帮助并领导他们展开侦察行动，前去刺探集团组织的领地，请翻到**第 199 页**

"我一定是在做梦。"你边想着这句话边睁开眼。米姆拉正俯身看着你，马特就站在她旁边。

米姆拉说道："谢天谢地！你找到我们了，长官。我们一直都渴望能与你取得联络。在上一次与集团组织交火时，无线电通信设备损坏了。你还好吧？"

你现在已经完全清醒了，于是脱口而出："什么？你们是怎么到这里的？"

塞勒斯说道："是我将他们带过来证实你的身份的。"

他站在马特身后，接着说："因为我需要确认你不是来自坏人那边的，所以就给你下了药。我从一开始就知道马特和米姆拉的营地位置。"

塞勒斯冲你笑了一下，又很快恢复严肃的神情，说道："现在难题来了。我们被集团组织和黄金国的部队包围了。在这种光线下他们用不了多久就会发现你的飞机，然后会跟踪过来寻找你。那时我们便会陷入困境。"

▸▸ 请翻到第 229 页

你问道："什么样的交易？"虽然你在提防这个人，却有一点相信他为了自由与掌管旧金山的犯罪团伙抗争。

"很简单，你驾驶飞机将我带到其他反抗者的大本营。我知道他们的位置，或者他们可能会露营的地点。我会让他们帮忙寻找你的手下，但与此同时，我会安排我们的行动来对抗这一地区的集团组织的军队。成交吗？"

你问道："如果我不同意会怎样呢？"

"我会等到你想合作为止，我们有的是时间。事实上，这是我们唯一拥有的东西。"

▶▶ 如果你选择载着塞勒斯飞到其他反抗者的营地，请翻到第 154 页

▶▶ 如果你选择等着看会发生什么，请翻到第 141 页

你在心里对自己说道："就是现在！"

你抓住金属棒，一跃而起，挥着金属棒以迅雷不及掩耳之势向黑文猛击过去。

那根金属棒当啷一声砸在了一面无法穿透的隐形屏障上，又弹了回来。你被反弹力撞倒，仰面朝天摔在了地上。

▸▸ 请翻到第 **239** 页

你开始感到自己跑不动了，至少无法保持预计的速度一直跑下去。你感到肺部像要炸开了一样。似乎没有人注意到你。或许，你已经从所有的袭击者身边溜过去了。

你瘫坐在一堆乱石和矮灌木旁的地上，调整着呼吸，回身看向刚刚逃出来的人间炼狱。看来在这个距离，混战中横飞的枪弹已经无法伤害到你。

你自言自语道："我不能停留得太久。"然后再次出发。你沿着天然形成的山路快速地行进着。

几个小时过去了。你吃了些求生包里背的薄荷蛋糕和葡萄干能量棒垫垫肚子。天很快破晓了。现在你感到自己至少已经脱离危险区域了。

▶▶ 请翻到第 226 页

你对那位涨红了脸的中尉说道："我来负责寻找马特和米姆拉。请让冯·莫奇克上尉立刻到这儿来，由她来处理黑文和他带走的资料。他真是个蠢货，竟然认为自己能跑掉。"

中尉答道："是，长官。"随后她和另一位长官离开了你的办公室。

过一会儿，冯·莫奇克上尉向你敬了一个漂亮的军礼。她立正站好，等待着你的指示。你将黑文和丢失材料的事情告诉她。

"上尉，只要能追回黑文和那些材料，你想动用多少兵力都可以。我对你有信心。请记住，时间是最重要的。出发吧，祝你好运！"

"是，长官。我们一定全力以赴。"

你答道："你们得付出十二分的努力，一定要拿回材料。"

上尉离开了，你的中尉又走了进来。

你询问道："已经确定马特和米姆拉发出那条信息的位置了吗？"

"是的，长官。在旧金山东边一百英里处。正如您所猜测的那样，在他们将信息完整发出前传输就被切断了。"

"好的，请准备一架新的动力滑翔机。我去找他们。"

"您要独自行动吗，长官？"

▶▶ 请翻到第 **146** 页

随着白天结束，紧张感逐渐袭来。你不安地等待着夜色降临。你们周围的山里到处是敌军的巡逻队。反抗者营地的帐篷都已经被拆卸并打包完毕了。每个人都躲在掩护下，一动也不动。

反抗者组织的人们都将子弹上膛，趴在地上扫视着地平线。远处偶尔有一些声响。你们所在的地区似乎不会被发现，更不会受到袭击。

终于，夜晚降临了，该出发返回图尔塔利亚了。在告别声和对友谊的承诺中，你、马特和米姆拉迅速地朝着藏着你们飞机的地点出发。

虽然起飞很冒险，但你还是成功地飞出了山谷。你偏转机身朝正东方向飞去。你最后看了一眼山谷间闪现出星星点点的战火。集团组织和黄金国的部队正在袭击反抗者组织。

▸▸ 请翻到第 **232** 页

从表面上看，大学附近的伯克利地区并没有什么变化。但是，很多房子被抛弃了，人们害怕陷入三个敌对组织的战争中，因而都逃到了乡村。

你有一张图尔塔利亚特工提供给你的这个地区一年前的地图。等到了早上，你应该可以在一家名叫"饥饿的派力肯"的餐馆找到杰里米。

接下来的几个小时里，你决定在其中一栋废弃的房子里待到天亮。一进入房子，你就掏出了地图。你还没来得及将它展开，长时间连续飞行的紧张所导致的疲惫感向你袭来。你闭上了眼睛。

▶▶ 请翻到第 228 页

到了天光大亮时，你跑到了一座茂密的松林里，林子坐落在陡峭的小山坡上，远处是崇山峻岭。你停下来从求生包里掏出一张地图。按照地图上标注的位置，附近应该有一处曾经的滑雪胜地，名叫斯阔谷滑雪场。也许翻过下一座山就到了。

这时，你听到了一阵噪声。那是轻型飞机发出的嗡嗡声，可能是一架侦察机。它是在找你吗？你满是疑问。

▶▶　如果你选择隐蔽起来等待飞机离开，请翻到**第 248 页**

▶▶　如果你选择继续前行，尝试躲在树丛中，请翻到**第 237 页**

当你醒来时，已经是早上了。海湾上的薄雾渐渐散去。虽然海湾的景色很美，但是当你走在空无一人的寂静街道上时，心中满是孤独和忧伤。

"饥饿的派力肯"在早餐时间营业，已经有十二至十五位顾客围在柜台前。当你走进餐馆时，嘈杂的说话声停止了。渐渐地，所有人都将脸转过来打量你。你点头致意，可还是没能打破沉默。

▶▶ 如果你选择在柜台旁坐下来，请翻到第 **188** 页

▶▶ 如果你选择转身出去，等待更好的时机，请翻到第 **233** 页

马特和米姆拉肯定了塞勒斯的话。

你问道："那我们有机会逃出去吗？"

塞勒斯在帐篷门帘旁蹲下，看着远处山上射来的第一缕晨光，说道："我们可以试着将飞机藏起来，用树枝将其遮盖住，但愿他们不会发现它。或者，你们三个人试着逃到飞机那里，立刻起飞。唯一的机会就是黄金国的人还在睡觉，他们这群人很懒惰。"

▶▶ 如果你选择试着将飞机掩藏起来，等到夜里再起飞，请翻到第 142 页

▶▶ 如果你选择立即起飞，请翻到第 243 页

你用最快的语速解释，你是一名图尔塔利亚的使者，同时也代表反抗者组织前来。

那个警卫咕哝着将你领入了旅馆，穿过大堂到了电梯前。他和你一同进了电梯，按下了二十一层的按钮。当电梯门向两边滑开时，他在你身后一把将你推进了一间套房里。

你看到房间里有一个三十岁左右的男人，蓄着长发和胡须，戴着一副墨镜，身穿一件花哨的夏威夷衬衫，佩戴着耳环和银色的手镯。

他冲你咧嘴一笑，然后说道："快请进，坐吧，要喝点什么吗？什么也不喝？那么，你随意。"

▶▶ 请翻到第 **155** 页

米姆拉说道："我希望反抗者们能支撑下去。"

你神情严肃地点点头，然后转回身去观察飞机的航线。你又默默地在心里祈祷你和你的特工们也能顺利返航。距离黄金国向东展开进攻的时间不多了。你将动力滑翔机的速度推到最高，争分夺秒地将马特和米姆拉获得的重要情报带回图尔塔利亚。

▶▶ **本故事完**

有人咳嗽了一声，大部分人都转过去看那个人。你自言自语道："那么，我告辞了。"你向柜台旁还在朝你看的那些人草草地挥手告别，走出门外。

嚯！刚才感觉不大对劲，你心想。

你还没从"饥饿的派力肯"走出五步，就被一群歹徒团团围住。

那群歹徒的头目说道："我觉得他看起来像是一名间谍——真是完美的人质。把他带走！"

你的手腕被尼龙绳绑住，嘴里被人用布塞住，就这样被拖走了。没有人来救你。这对生活在这片区域的人民来说是常事，这里处于真正的无政府的混乱状态。更糟糕的是，据说大部分的人质从这里被带走后都不可能有逃生的机会了！

▶▶ **本故事完**

那天上午晚些时候，你安全地乘上飞机向东出发。这时，你接收到了一条无线电信息。你拨动着调度盘旋钮，直到信号变得清晰。

"两块甘草比萨外卖。重复，两块甘草比萨外卖。"

是马特和米姆拉在用代号呼叫！

你用六位数的身份验证码回答道："0—4—2—8—1—7。"

你收到了回答："我们已读取。比萨已经准备好外送了。"接着是米姆拉和马特所在方位坐标的编码。

你向他们的营地飞去。现在只需要安全降落，再迅速起飞，并且在返程时避开黄金国的部队。

马特和米姆拉将他们所搜集到的情报告诉了你。

你对他们说："这真是太重要了。我相信它会帮助我们粉碎黄金国的进攻计划。"

▸▸ **本故事完**

你交给黑文的保密解除代码和坐标将你们最终带到了加利福尼亚州。

黑文并没有被愚弄，于是说道："好的，长官，我们两个来较量一下。"

宇宙飞船以超时空速度起飞，你被带到了星群的外围，在那里接受水晶人的审讯，并且作为一件谈判的筹码——一名人质——来帮助他们从图尔塔利亚那里获得所需的帮助。

祝你好运！图尔塔利亚有政策规定绝不为人质谈判。你一向赞同这一政策，但现在你不太确定了。

你说道："好的，我明白你的意思了。我会想想为了与集团组织商定停战能做些什么。而你想一想怎样能找到马特和米姆拉。你同意吗？"

杰里米握住了你的手用力地摇晃着。

他说道："现在，我们来谈一谈。"

你们两个人用接下来的一整天时间计划如何接触集团组织。集团组织的总部位于诺伯山山顶的一个旧旅馆里。

▶▶ 请翻到第 240 页

你自言自语道："不能再浪费时间了。"

你躲在树影下继续前行，希望能躲过飞机的注意。

你在塞拉山里转了两天。第二天的黎明时分，你被一支反抗者的巡逻队拦住了。他们将你带到了总部，它在斯阔谷滑雪场里的一间巡逻队住的棚屋里。你在那里解释了你的任务并描述了塞勒斯和他带领的反抗者组织所遭到的袭击。

然后，你得知了一个坏消息。反抗者的长官告诉你："你的特工——马特和米姆拉——已经被黄金国的部队抓走了，他们可能已经牺牲了。你得和我们待在一起。我们像塞勒斯和他的反抗者组织一样脆弱。我们正在为袭击做准备，我相信你能帮上忙。"

失去了你的特工让你陷入了深深的悲痛中。你必须尽快通知行动中心。目前，你必须按照这位长官所说的去做，留在反抗者组织，用你的智慧帮助他们对抗黄金国的袭击。这只是拯救图尔塔利亚的许多战役的开始。

▸▸ **本故事完**

"哦，不！"你大喊道，"那些原来是外星人的飞船，不是黄金国的飞机！"

那些怪异的飞船盘旋在你周围，向你射击。你拼命地俯冲试图躲避这些骇人的攻击。

其中一艘飞船以前所未见的速度消失了。其他两艘向你步步逼近。

"救命！救命！有人在吗——任何人！他们马上就要……"

这是你所说的最后几句话。

▶▶ **本故事完**

　　黑文俯视着你，说道："我不会怪你的，长官。毕竟，你为什么要相信我呢？正如你们地球人所说，语言很廉价。尽管如此，恐怕我们以后也必须开始信任彼此。请让我帮助你登上这艘飞船，这样我们能谈得更深入。如果我将你前来寻找的最高机密文件还给你，或许你就会相信我了。"

　　你别无选择，只好跟着黑文。你不确定自己是否已经变成了一名囚犯，但目前所有的选择权都在这个名叫黑文的生物手中。

　　你完成黑文所提出的任何要求：谈话、协商、计划。现在，生存是你的主要目标。你只能祈祷黑文会原谅你，并且会允许你对之前的事情重新做出选择。

▶▶ **本故事完**

第二天早上，你便出发去做让你感到恐惧的任务。你乘船从伯克利前往旧金山。天空雾气蒙蒙，空气很潮湿。你们花了很长时间横渡海湾，一路上很不舒服。你小心翼翼地避开了集团组织的巡逻队。

到了旧金山，就像走入了噩梦之中。摩天大楼静悄悄的，很多都毁于大火，玻璃被砸得稀烂。路上趴着一排排生锈的汽车，有些也被焚烧过。

你惊险地从一支巡逻队的抓捕中逃脱了。不过，你最终成功地在长途跋涉之后登上了山顶，来到了旧旅馆的外面。它是过去的遗迹——华美、典雅，并且在一堆废墟中得以完好地保留了下来。

恐惧感几乎让你不敢走入精心装饰的正门。

一个声音喊道："你想做什么？"

▸▸ 请翻到第 231 页

你说道："这是最后的机会了。在这里躲藏无异于束手就擒。"

你、马特和米姆拉朝着反抗者隐藏你们飞机的地点出发。

你们刚抵达那里，一连串的迫击炮和轻武器的攻击将飞机炸毁，也摧毁了你们逃生的希望。未来你们不是被捕就是牺牲。你们拥有的只有时间，但也所剩无几。

▸▸ **本故事完**

黑文还没来得及回答，马里列夫便打断道："图尔塔利亚国会已经同意我们的行动了。"

她关闭通信设备，说道："要尽快发动先发制人的突袭。"

黑文回答："请交给我吧。"

他向他的手下下达了命令，让飞船飞往黄金国的首都。"我们会在不伤害人民的情况下制止住威胁，然后由你们来主导在黄金国的行动。你们地球人和我们水晶人会合作得很愉快的。正如我之前所说，我们也需要你的帮助。稍后我们会探讨此事的。"

你赞同道："我觉得你是对的，黑文。"

他补充道："顺便说一下，这是你们的最高机密文件。它们对我们并没有用。我将它们偷走只是为了引诱你来找我。"

▸▸ **本故事完**

你再次受到了好奇心的驱使，因此同意了黑文的提议。

黑文身旁的人形机器人在你的头上放置了一只类似于玻璃的透明钟形罩。灯光闪了一下又熄灭了。在你的大脑中展现了另一个遥远星系的星球及其辉煌的文明和糟糕的历史。

你变成了水晶人的一部分，开始了解水晶人的起源。

你对这些生物不再抱有任何怀疑。现在你必须努力说服其他的图尔塔利亚人民，让他们相信这些水晶人需要帮助。虽然这不是件容易的事，但是你刚刚获取到的知识让你自信满满，你相信自己一定会成功。

▸▸ **本故事完**

那种恼人的嗡嗡声越来越近。飞机出现在一棵松树上空。那是一架超轻型飞机，是二十世纪八十年代的老古董，当时人们将驾驶这种可笑的飞机作为体育运动。如今，它主要的优点就是不需要耗费太多的燃料。燃料如今非常宝贵，尤其在这片遭受多年战争浩劫的荒芜的西部土地上。

那架飞机来回往复地飞行，如同一只蜻蜓。"它在寻找什么？"你在心里问自己。

你意识到它可能正在搜寻你。但它到底属于敌人还是朋友呢？或许塞勒斯向其他反抗者组织发送了信息；或许他们是来提供援助的；或许它甚至可能是马特和米姆拉，他们可能平安无事，而且来找你了！

正当你决定向飞机发出信号时，它转身飞走了。飞机的引擎声渐渐变弱，然后消失不见。你盯着天空看了很久，然后整理思绪，思考当前的任务：离开这片荒地，找到马特和米姆拉，返回图尔塔利亚。

没有支援你的飞机，这真是一个大难题——几乎不可能完成，但是你决定不那样去想。你在一天又一天的疲惫跋涉中告诉自己："只有心怀不屈不挠的决心才能征服不可能之事。"

你继续前行。

▸▸ **本故事完**